*SENHORITA SMILLA*
*E O SENTIDO DA NEVE*

CB124797

PETER HØEG

# SENHORITA SMILLA E O SENTIDO DA NEVE

*Romance*

Tradução do dinamarquês:
HELOISA JAHN

COMPANHIA DAS LETRAS

Copyright © 1992 by Peter Høeg og Munksgaard/
Rosinante København

Título original:
*Frøken Smillas fornemmelse for sne*
*Roman*

Capa:
*Silvia Ribeiro*

Preparação:
*Márcia Copola*

Revisão:
*Carmen S. da Costa*
*Cecília Ramos*

*A tradutora agradece*
*a atenção e os preciosos esclarecimentos*
*de Tine Lykke Prado*

Dados Internacionais de Catalogação na Publicação (CIP)
(Câmara Brasileira do Livro, SP, Brasil)

Høeg, Peter
Senhorita Smilla e o sentido da neve : romance / Peter Høeg; tradução do dinamarquês Heloisa Jahn. — São Paulo ; Companhia das Letras, 1994.

ISBN 85-7164-390-3

1. Romance dinamarquês I. Título.

94-2018 CDD-839.8

Índice para catálogo sistemático:
1. Romance : Literatura dinamarquesa 839.8

1994

Todos os direitos desta edição reservados à
EDITORA SCHWARCZ LTDA.
Rua Tupi, 522
01233-000 — São Paulo — SP
Telefone: (011) 826-1822
Fax: (011) 826-5523

Groenlândia
Ilha Ellesmere
Qaanaaq (*Thule*)
*Baía Baffin*
Base Aérea de Thule
GROENLÂNDIA
Ilha Pylot
Cemitério dos Icebergs
Upernavik
*Mar de Brumas*
*Baía Disko*
*Søndre Strømfjord*
*Estreito Davis*
Gela Alta
Nuuk (*Godthaab*)
Greenland Star
Quqortoq (*Julianehaab*)
Cabo Farewell
DINAMARCA
Copenhague
N
O
L
S
*Atlântico Norte*

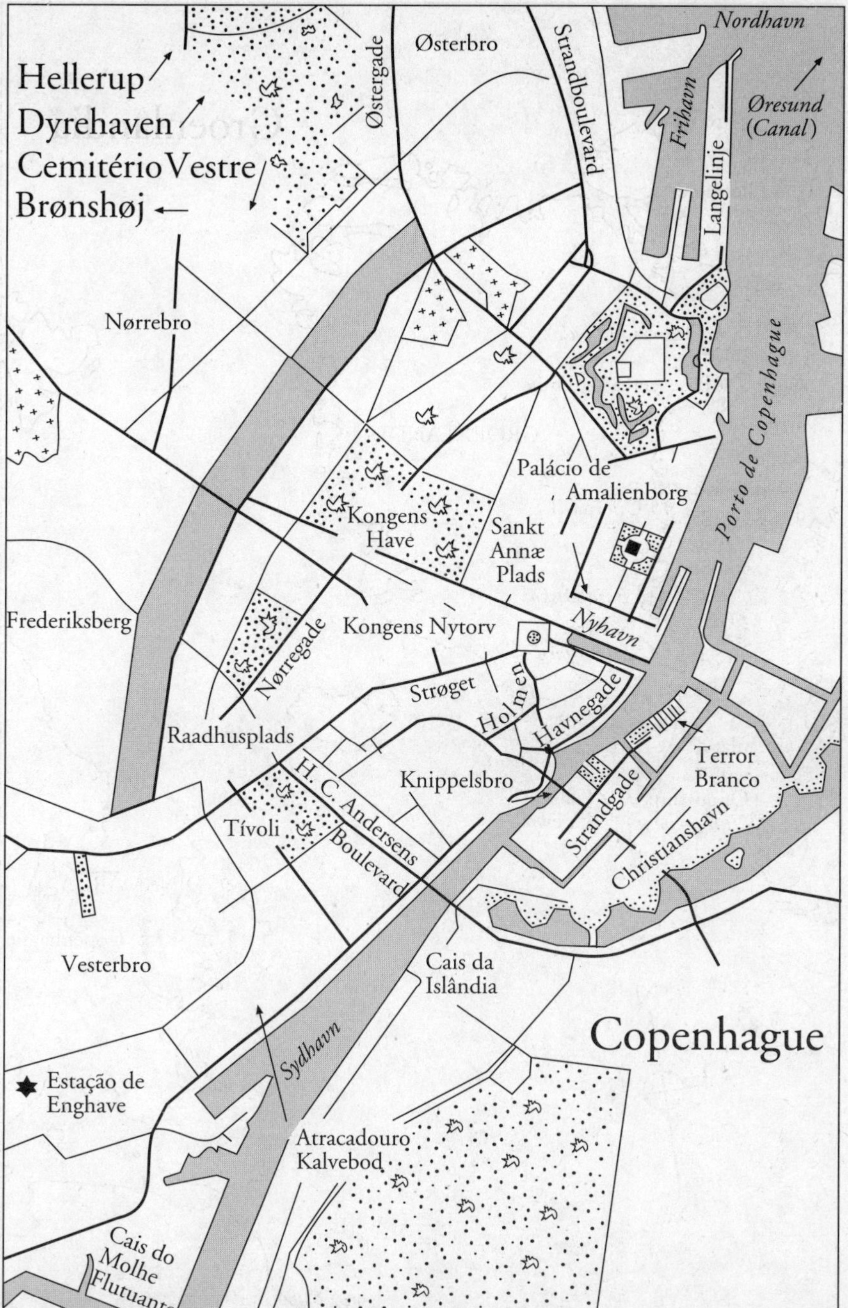

Hellerup
Dyrehaven
Cemitério Vestre
Brønshøj
Østergade
Østerbro
Strandboulevard
Nordhavn
Frihavn
Langelinje
Øresund (Canal)
Nørrebro
Porto de Copenhague
Palácio de Amalienborg
Kongens Have
Sankt Annæ Plads
Frederiksberg
Kongens Nytorv
Nyhavn
Nørregade
Strøget
Holmen
Havnegade
Raadhusplads
H. C. Andersens Boulevard
Knippelsbro
Terror Branco
Strandgade
Christianshavn
Tívoli
Vesterbro
Cais da Islândia
Copenhague
Sydhavn
Estação de Enghave
Atracadouro Kalvebod
Cais do Molhe Flutuante

# A CIDADE

## PARTE UM

# 1

Faz um frio extraordinário, menos dezoito graus centígrados, neva, e na língua que já não é a minha a neve é *qanik*, grandes cristais quase sem peso que caem agrupados e forram a terra com uma capa de gelo branco, pulverizado.

O escuro de dezembro sobe do túmulo, dá a impressão de não ter limites, é como o céu lá em cima. Nessa escuridão nossos rostos são apenas pálidos discos luminosos, o que não me impede de perceber a desaprovação com que o pastor e o bedel da igreja consideram minhas meias arrastão pretas e a choradeira de Juliane, pior porque esta manhã ela tomou um antabus e agora está quase sóbria diante da dor. Para eles, nós duas não respeitamos o clima nem as circunstâncias trágicas. Mas a verdade é que tanto as meias de náilon como os comprimidos, cada um a seu modo, são uma homenagem ao frio e a Isaías.

As mulheres que cercam Juliane, o pastor e o bedel da igreja são todos groenlandeses e quando cantamos "Guutiga, illimi" — "Ó tu, meu Deus" —, quando as pernas de Juliane cedem debaixo dela e ela larga num choro que devagar ganha intensidade, quando o pastor, falando em groenlandês do Oeste, toma como ponto de partida a passagem predileta dos morávios em Paulo sobre a remissão pelo sangue, nesse momento, com um pouco de concentração, conseguimos transportar-nos para Upernavik, ou Holsteinsborg, ou Qaanaaq.

Mas logo ali, no escuro, como a proa de um navio, erguem-se os muros do presídio Vestre, estamos em Copenhague.

O cemitério groenlandês faz parte do cemitério Vestre. Atrás de Isaías em seu caixão vem um séquito constituído pelos conhecidos de Juliane, que agora ajudam-na a ficar de pé, o pastor e o bedel, o mecânico e um grupinho de dinamarqueses, dos quais conheço apenas a assistente social e o investigador.

Agora o pastor está dizendo alguma coisa que me leva a crer que na realidade ele deve ter conhecido Isaías, embora, que eu saiba, Juliane jamais fosse à igreja.

Em seguida sua voz some, pois agora as outras mulheres começam a chorar com Juliane.

Há muitas delas reunidas, vinte talvez, e agora elas deixam que a dor as envolva como uma maré negra na qual mergulham e pela qual se deixam levar, de um jeito que ninguém de fora pode entender, ninguém que não tenha crescido na Groenlândia. E talvez nem isso seja suficiente. Porque eu, por exemplo, fico de fora.

Pela primeira vez olho diretamente para o caixão. É hexagonal. Há um momento em que os cristais de gelo têm essa forma.

Agora baixam o caixão para dentro da terra. É de madeira escura, tão pequeno, já está com uma camada de neve por cima. Os flocos são do tamanho de penas miúdas e assim é a neve, nem sempre ela é fria. O que acontece neste momento é que o céu está chorando por Isaías e as lágrimas viram plumas de geada que se depositam sobre ele. Com isso o universo puxa um acolchoado por cima dele para que ele nunca mais sinta frio.

Quando o pastor joga terra sobre o caixão, quando se espera que nos voltemos para ir embora, instala-se um silêncio que parece durar muito tempo. As mulheres estão quietas, nenhuma se move, é como um silêncio esperando que algo se desencadeie. Olhando-se de onde estou, ocorrem duas coisas.

A primeira delas é que Juliane cai de joelhos e apóia o rosto na terra e as mulheres deixam que fique assim.

A segunda ocorrência é interna, é dentro de mim, e o que se desencadeia é um insight.

O tempo todo devo ter tido um pacto amplo com Isaías no sentido de não deixá-lo desamparado, nunca, nem agora.

# 2

Moramos no Terror Branco.

Num terreno recebido em doação, as autoridades nacionais da habitação mandaram construir uma série de caixas pré-fabricadas de concreto branco que lhes valeu um prêmio da Associação para o Embelezamento da Capital.

O conjunto, inclusive o prêmio, produz uma impressão de coisa barata e pouco sólida, porém não há nada de menor em se tratando dos aluguéis, tão elevados que só quem tem condições de morar aqui são pessoas sustentadas pelo governo, como Juliane, o mecânico, que teve que se arranjar com o que pôde encontrar, e alguns seres mais marginais, como eu própria.

Por isso o nome pelo qual o lugar é conhecido é um tanto injurioso para nós que moramos aqui, mas mesmo assim, de um modo geral, ele é adequado.

Há razões para alguém mudar-se para cá e razões para que fique por aqui. Com o tempo, a água foi adquirindo importância para mim. O Terror Branco fica bem na frente do porto de Copenhague. Neste inverno tive ocasião de ver o gelo formar-se.

Em novembro a terra se congela. Respeito o inverno dinamarquês. O frio — não o medido, dos termômetros, mas o que se sente — depende mais da intensidade do vento e da umidade relativa do ar que da temperatura propriamente dita. Na Dinamarca senti mais frio que jamais senti em Thule, na Groenlândia. Quando as primeiras chuvaradas viscosas de novembro vêm bater em meu rosto com uma toalha molhada, enfrento-as com *capucines* forradas de pele, polainas negras de alpaca, uma saia escocesa comprida, suéter e um abrigo preto impermeável.

Depois a temperatura começa a cair. Em determinado momento, quando a superfície do mar atinge 1,8°C, os primeiros cristais formam uma membrana efêmera que o vento e as ondas quebram, criando gelo *frazil*, que se amalgama numa pasta espumosa denominada *grødis*, *grease ice*, que mais adiante vai formar placas que flutuam soltas, *pancake ice*, que num meio-dia frio de domingo se congelam numa única camada uniforme.

E o frio aumenta, o que me deixa feliz porque sei que agora o congelamento tomou impulso, que agora o gelo vai se instalar, que agora os cristais formaram pontes e aprisionaram a água salgada em bolsas com estrutura semelhante à dos veios de uma árvore através das quais a substância vai filtrando devagar, fato que não vem à cabeça de muitos dos que voltam os olhos para Holmen mas que constitui um argumento para acreditar-se que o gelo e a vida se relacionam de inúmeras maneiras.

Em geral o gelo é a primeira coisa que percebo quando chego a Knippelsbro.* Mas naquele dia de dezembro também vejo outra coisa. Vejo a luz.

É uma luz amarela como costumam ser as luzes numa cidade durante o inverno, e nevou, de modo que mesmo débil aquela luzinha produz um reflexo intenso. Ela brilha ao pé de um dos depósitos que, num momento de fraqueza, decidiram manter na época em que construíram nosso conjunto residencial. Lá adiante, na direção da Strandgade e de Christianshavn,** gira a luz azul de uma radiopatrulha. Daqui vejo um policial, a área provisoriamente isolada com fita listrada vermelha e branca. Bem perto do depósito dá para perceber o que há na área isolada: uma pequena mancha escura na neve.

Porque estou correndo e porque passa só um pouco das cinco horas e o tráfego da tarde ainda não esmoreceu, chego lá alguns minutos antes da ambulância.

Isaías está caído com as pernas dobradas por baixo do corpo e o rosto enfiado na neve e as mãos rodeando a cabeça, como a protegê-lo do pequeno projetor que o ilumina, como se a neve fosse uma vidraça através da qual ele tivesse avistado alguma coisa lá no fundo, debaixo da terra.

Sem dúvida o policial devia perguntar-me quem eu sou e anotar meu nome e endereço e de um modo geral adiantar o serviço de seus colegas que dentro em pouco vão começar a tocar as campainhas das casas. Mas o policial é um homem jovem com uma expressão de mal-estar nos olhos. Evita olhar diretamente para Isaías. Depois de convencer-se de que não vou ultrapassar sua barreira, me deixa ficar por ali.

(*) *Bro*: ponte. Knippelsbro: ponte Knippels. (N. T.)

(**) *Gade*: rua; *havn*: porto. Strandgade: rua Strand (rua da Praia); Christianshavn: porto de Christian. (N. T.)

Ele podia ter isolado uma área maior. Mas não teria feito a menor diferença. Os depósitos estão passando por uma reforma parcial. Pessoas e máquinas compactaram tanto a neve que esta parece o assoalho de um terraço.

Mesmo na morte, Isaías se mantém a uma certa distância, como se não quisesse saber da comiseração de ninguém.

Lá no alto, fora da luz do projetor, distingue-se vagamente um telhado. O depósito é alto, deve ter a altura de um edifício de sete ou oito andares. A construção contígua está sendo reformada. A fachada que dá para a Strandgade está com andaimes. Para lá me dirijo enquanto a ambulância transpõe a ponte e procura situar-se entre as edificações.

Os andaimes recobrem a parede inteira, até o telhado. Seu último nível está adernado. Quanto mais subo, mais frágil parece a construção.

Estão construindo um telhado novo. Mais acima erguem-se os caibros triangulares do telhado. Protegidos com encerados, eles recobrem metade da área do edifício. A outra metade, a que dá para o mar, é uma superfície plana coberta de neve. É ali que estão as pegadas de Isaías.

No ponto onde começa a neve, um homem de cócoras com os braços ao redor dos joelhos balança o corpo de cá para lá.

Mesmo encolhido, o mecânico dá a impressão de ser um homem grande. E mesmo nessa situação de absoluto abandono ele parece estar sofreando alguma coisa.

Quanta claridade! Há alguns anos mediram a luz em Siorapaluk.* Entre dezembro e fevereiro: três meses sem sol. Imagina-se uma noite eterna. Mas há a lua e as estrelas e vez por outra a aurora boreal. E a neve. Registraram a mesma quantidade de luz existente nas cercanias de Skanderborg.** É assim que eu própria recordo minha infância. Que sempre brincávamos fora e que sempre estava claro. Naquele tempo a luz era uma obviedade. Tantas coisas são óbvias para uma criança. Com o tempo a gente começa a duvidar.

Seja como for, me impressiona a claridade do telhado diante de mim. Como se o tempo todo tivesse sido essa neve, que forma uma camada de talvez dez centímetros, a origem da luz deste dia de inverno, irradiando-a, além disso, num reflexo difuso, sob a forma de continhas cinzentas e luminosas.

(*) Cidade da Groenlândia. (N. T.)

(**) Cidade de porte médio no interior da Dinamarca.

A neve do chão derrete um pouco, mesmo com frio intenso, devido ao calor da cidade. Mas aqui em cima ela está solta, do jeito que caiu. Só Isaías pisou nela.

Mesmo sem nenhum calor, nenhum vento, mesmo que nenhuma outra neve tenha caído, mesmo assim a neve se altera. Como se respirasse, como se se condensasse e se levantasse e se afundasse e se decompusesse.

Ele andava de tênis, mesmo no inverno, e aquelas são suas pegadas, a sola gasta de suas botinas de basquete com o contorno muito apagado dos círculos concêntricos da parte dianteira do arco sobre o qual o jogador supostamente gira.

Seus passos na neve saem do ponto onde estamos. As pegadas avançam diagonalmente para a borda e prosseguem, contornando o telhado, por mais dez metros aproximadamente. Ali, estacam. Para em seguida prosseguir na direção do ângulo e da fachada do depósito. Onde acompanham a borda a uma distância aproximada de meio metro até o ângulo que dá para o outro depósito. Dali ele recuou cerca de três metros na direção do centro para tomar impulso. Em seguida as pegadas avançam diretamente para a borda, para o lugar de onde ele saltou.

O outro telhado é de telhas negras, vitrificadas, formando um ângulo tão abrupto junto à calha que, não tendo onde firmar-se, a neve não forma pingentes. Desse ponto de vista, dava no mesmo ele ter pulado diretamente no vazio.

Não há outras pegadas além das de Isaías. Exceto ele, ninguém mais esteve naquela superfície coberta de neve.

— Quem o encontrou fui eu — esclarece o mecânico.

Para mim jamais é fácil ver homens chorarem. Talvez por saber como o choro é fatal para sua auto-estima. Talvez porque para eles, de tão inabitual, o choro sempre os leva de volta à infância. O mecânico está na fase de ter desistido de secar os olhos, seu rosto é uma máscara de muco.

— Está chegando gente — digo.

Os dois homens que chegam ao telhado mostram desagrado ao ver-nos. Um deles carrega equipamento fotográfico e está sem fôlego. O outro me lembra um pouco uma unha encravada. Plano, duro e cheio de impaciente irritação.

— Quem é a senhora?

— A vizinha de cima — respondo. — E este senhor é o vizinho de baixo.

— Por favor, desçam.

Em seguida ele vê as pegadas e passa a ignorar-nos.

O fotógrafo tira as primeiras fotografias, com flash e uma grande câmera polaroid.

— Só as pegadas do falecido — diz o Unha. Fala como se estivesse aprontando seu relatório de cabeça. — Mãe alcoolizada. Por isso ele veio brincar aqui em cima.

Seus olhos dão outra vez conosco.

— Vamos descendo.

Nesse momento nada está claro para mim, tudo é confuso. Em compensação, porém, minha confusão é tanta que estou disposta a partilhá-la. Por isso não saio do lugar.

— Estranha maneira de brincar, não é mesmo?

Tem gente que me acha vaidosa. E não tenho exatamente a intenção de negar esse fato. Posso ter minhas razões para isso. De todo modo, nesse momento o que o faz prestar atenção em minhas palavras é a roupa que estou usando. Pulôver de cashmere, chapéu de pele, luvas. É claro que ele gostaria de me mandar descer. Mas percebe que estou com jeito de ser uma senhora elegante. E não é muito comum ele encontrar senhoras elegantes andando pelos telhados de Copenhague.

Por isso ele hesita um instante.

— Como assim?

— Quando você estava com a idade dele — digo —, e papai e mamãe ainda não tinham voltado para casa das minas de carvão e você se distraía brincando e correndo sozinho no telhado do abrigo para os sem-teto, por acaso costumava correr em linha reta ao longo da borda?

Ele fica pensando.

— Me criei na Jutlândia — diz ele. Mas ao dizê-lo não tira os olhos de mim.

Em seguida se vira para o colega.

— Precisamos de um pouco de luz aqui em cima. Você pode aproveitar para acompanhar essa senhora e esse senhor até lá embaixo.

A solidão, para mim, é como a bênção da Igreja para outras pessoas. Para mim ela é a luz da misericórdia. Jamais fecho minha porta atrás de mim sem a consciência de estar praticando um ato piedoso para comigo mesma. Cantor ilustrou para seus alunos o conceito de infinitude contando que certa vez havia um homem que tinha um hotel com um número infinito de quartos e que o hotel estava lotado. Aí chegou mais um hóspede. Aí o proprietário passou o hóspede do quarto número 1 para o quarto número 2, o do número 2 para o número 3, o do 3 para o 4, e assim por diante. Desse modo o recémchegado ficou com o quarto número 1.

O que me fascina nessa história é que todos os envolvidos, tanto os hóspedes como o dono do hotel, consideram perfeitamente natural executar uma série infinita de operações para que um único hóspede possa desfrutar da paz e do sossego de ter um quarto só para si. Esse é um grande tributo a minha solidão.

Além disso, percebo que arrumei meu apartamento como se ele fosse um quarto de hotel. Não me desfiz da impressão de que a pessoa que mora aqui está de passagem. Quando sinto necessidade de esclarecer esse fato para mim mesma, penso que a família de minha mãe — minha mãe inclusive — era meio nômade. Como desculpa, a explicação deixa a desejar.

Mas tenho duas amplas janelas que dão para a água. Posso avistar a igreja de Holmens, o prédio da Seguradora Marítima e o Banco Nacional, cuja fachada de mármore esta noite tem a mesma cor do gelo do porto.

Me ocorreu que está na hora de ficar triste. Já conversei com os policiais, dei uma força a Juliane, acompanhei-a à casa de conhecidos e voltei, e o tempo todo mantive a dor ao largo com a mão esquerda. Agora deve ter chegado minha vez de ficar infeliz.

Mas ainda não está na hora. A dor é uma dádiva, algo que devemos fazer por merecer. Servi-me de um copo de chá de hortelã e me instalei junto à janela. Mas nada acontece. Talvez porque ainda reste uma coisinha por fazer, uma única coisa inacabada — do tipo capaz de impedir a manifestação de um sentimento.

De modo que tomo meu chá enquanto o trânsito da Knippelsbro se acalma e se transforma em fitas vermelhas de luz na noite. No fim sinto uma espécie de paz. Paz suficiente para uma pessoa adormecer.

# 3

É num dia de agosto um ano e meio atrás que encontro Isaías pela primeira vez. Um calor úmido e pesado como chumbo transformou Copenhague numa incubadeira de loucura imediata. Andei de ônibus, com aquela sensação peculiar de panela de pressão, num vestido novo de linho branco com um profundo decote nas costas e guarnecido com babados de renda valenciana que levei muito tempo passando a ferro para que ficasse armado e que agora já murchou na depressão geral.

Há gente que viaja para o Sul nesta época do ano. Para o calor. Eu, pessoalmente, o mais ao sul que já estive foi Køge.* E enquanto o inverno atômico não resfriar a Europa, não tenho intenção de ir mais longe.

É um desses dias em que se poderia perguntar pelo significado da existência e receber a resposta de que não há nenhum. E na escada, um andar abaixo de meu apartamento, há algo no chão, algo que se agita.

Quando as primeiras grandes levas de groenlandeses começaram a chegar à Dinamarca na década de 30, uma das primeiras coisas que eles contaram ao escrever para as famílias foi que os dinamarqueses são uns verdadeiros porcos, que têm cachorros dentro de casa. Por um momento, imagino que há um cachorro deitado na escada. Aí vejo que é uma criança e nesse dia, especificamente, a diferença não é grande.

— Dê o fora, seu merda — digo eu.

Isaías olha para cima.

— *Peerit* — diz ele —, dê o fora você.

São raros os dinamarqueses que percebem só de olhar para mim. Eles acham que tenho traços levemente asiáticos, sobretudo quando sombreio as têmporas. Mas o garoto da escada me encara com um olhar que constata imediatamente o que os dois temos em comum. Um olhar que está presente nos recém-nascidos e que depois desaparece, para de vez em quando reaparecer em pessoas muito velhas. Quem

(*) Cidade situada cinqüenta quilômetros ao sul de Copenhague. (N. T.)

sabe uma das razões pelas quais nunca sobrecarreguei minha vida com filhos seja o fato de muito ter especulado sobre a razão pela qual as pessoas deixam de olhar diretamente umas para as outras...

— Você me lê uma história?

Tenho um livro na mão. Por isso a pergunta.

Seria possível afirmar que ele parece um duende da floresta. Mas como está imundo, como está só de ceroulas e brilha de suor, também seria possível dizer que parece um filhote de foca.

— Dê o fora — digo eu.

— Você não gosta de criança?

— Eu como criança.

Ele se afasta para um lado.

— *Salluvutit*, mentira sua — diz ele quando passo a seu lado.

Nesse instante observo nele duas coisas que de certo modo me ligam a ele. Vejo que está sozinho. Como sempre há de estar quem vive no exílio. E vejo que não tem medo da solidão.

— Que livro é esse? — grita ele atrás de mim.

— Os *Elementos*, de Euclides — respondo, batendo a porta.

E acabou sendo esse mesmo, os *Elementos*, de Euclides.

É o livro que empunho na mesma noite quando tocam a campainha e ali está ele do lado de fora, sempre de ceroulas, e simplesmente me encara, e eu me afasto para ele passar e ele entra no apartamento e em minha vida para na realidade nunca mais voltar a sair dela, nesse momento retiro da estante os *Elementos*, de Euclides. Como se quisesse fazê-lo ir embora. Como para deixar bem claro desde o início que não tenho livros que possam interessar a uma criança, que ele e eu não temos como encontrar-nos em torno de um livro ou de outra maneira qualquer. Como para escapar de alguma coisa.

Nos instalamos os dois no sofá. Ele senta com as pernas cruzadas, bem na borda, como as crianças de Thule costumavam sentar, em Inglefield, no verão, na borda do trenó que funciona como cama no interior da tenda.

— "Um ponto é aquilo que não pode ser dividido. Uma linha é uma extensão sem largura."

E acabou sendo esse livro, que ele jamais comenta e ao qual sempre voltamos. De vez em quando experimento algum outro. Uma ocasião tomo emprestado da biblioteca *Rasmus Klump no gelo*. É com absoluta serenidade que ele ouve a descrição das primeiras ilustrações. Depois aponta um dedo para Rasmus Klump.*

— Que gosto ele tem? — pergunta.

— "Um semicírculo é uma figura contida num diâmetro e na circunferência cruzada pelo diâmetro."

Para mim, naquela primeira noite de agosto a leitura passa por três fases.

Primeiro há simplesmente irritação diante de uma situação pouco prática como aquela. Em seguida vem o estado de espírito que sempre me invade diante da mera idéia daquele livro: veneração. A consciência de que ele é a base, a fronteira. Que quando se recua, passando por Lobatchevski e Newton, quando se recua até onde dá, sempre se acaba em Euclides.

— "Na maior de duas linhas retas dadas desiguais..."

Chega um momento em que deixo de ver o que estou lendo. Chega um momento em que na sala há apenas minha própria voz e a luz do sol que se põe no Sydhavn. Depois não resta nem a voz, apenas eu e o menino. A certa altura, paro. Ficamos simplesmente sentados ali a olhar para a frente, como se eu tivesse quinze anos e ele dezesseis e tivéssemos chegado ao *point of no return*. Chega um momento em que ele se levanta tão retinho, tão quieto, e se vai. Fico olhando o pôr-do-sol, que nesta época do ano leva três horas. Como se afinal o sol, na hora de ir embora, encontrasse qualidades no mundo que agora o fazem partir a contragosto.

É óbvio que não foi por medo de Euclides que ele partiu. É óbvio que o que eu estava lendo não tinha a menor importância. Nesse ponto eu podia até ter lido alto a lista telefônica. Ou *Detection and classification of ice*, de Lewis e Carrisa. Ele teria vindo do mesmo jeito, para sentar-se a meu lado no sofá.

Houve épocas em que ele vinha diariamente. Outras vezes passavam-se duas semanas em que eu o via uma única vez, e de longe. Mas quando ele vinha, em geral era quando estava começando a escurecer, quando o dia chegava ao fim e Juliane estava fora do ar.

(*) Rasmus Klump é um ursinho, personagem popular de histórias infantis. (N. T.)

De vez em quando eu dava um banho nele. Ele não gostava de água quente. Mas não dava para limpá-lo a frio. Eu o punha na banheira e abria a ducha manual. Ele não reclamava. Havia muito aprendera a adaptar-se à adversidade. Mas não afastava os olhos reprovadores de meu rosto por um instante sequer.

# 4

Houve muitos internatos em minha vida. Todo dia faço um esforço para esquecer esse fato e por longos períodos consigo. Apenas em lampejos uma recordação isolada acha meios de vir à tona. Como faz neste momento a sensação toda especial de um dormitório. Em Stenhøj, perto de Humlebæk, dormíamos em dormitórios. Um para as meninas, outro para os meninos. À noite abriam as janelas. E nossos cobertores eram muito finos.

Na morgue, ou necrotério da comarca de Copenhague, localizado no porão do Instituto Médico Legal, no Rigshospital, num dormitório resfriado até um pouco acima do ponto de congelamento, os mortos dormem seu último e frio sono.

Tudo é limpo, moderno e definitivo. Mesmo na sala de autópsias, pintada como uma sala de estar, onde há um par de lâmpadas de pé e onde uma folhagem se esforça para segurar o astral.

Há um lençol branco sobre Isaías. Sobre o lençol alguém depositou um pequeno ramo de flores, como para dar uma força à planta do vaso. Ele está totalmente coberto, mas pelo corpo miúdo e a cabeça grande dá para perceber que é ele. Os franceses medidores de crânios tiveram sérios problemas na Groenlândia. Eles trabalhavam apoiados na teoria segundo a qual haveria uma correspondência direta entre a inteligência de uma pessoa e o tamanho de seu crânio. Entre os groenlandeses, que para eles eram macacos em etapa de transição, encontraram os maiores crânios do mundo.

Um homem de avental branco afasta o lençol do rosto dele. De tão intato que parece, Isaías dá a impressão de ter tido o sangue e a cor cuidadosamente drenados para em seguida ser posto a dormir.

Juliane está em pé a meu lado. Está vestida de preto e sóbria pelo segundo dia consecutivo.

Quando saímos para o corredor, o avental branco vem conosco.

— A senhora é parente dele? Irmã? — sugere.

Ele não é mais alto que eu, mas é largo e pelo jeito parece um carneiro a ponto de chifrar alguém.

— Médico — diz ele. Aponta o bolso do avental e percebe que não tem crachá a identificá-lo.

— Que droga — diz ele.

Continuo avançando pelo corredor. Ele vem logo atrás de mim.

— Eu também tenho filhos — diz ele. — A senhora sabe se foi um médico que o encontrou?

— Um mecânico — digo eu.

Ele sobe conosco no elevador. De repente sinto necessidade de saber quem mexeu em Isaías.

— O senhor fez uma autópsia?

Ele não responde. Talvez não tenha escutado. Corre a nossa frente. Junto à porta de vidro, estende de repente um pedaço de cartolina, como um exibicionista abrindo o sobretudo.

— Meu cartão. Jean-Pierre, como o flautista. Lagermann, como as balas de alcaçuz.

Juliane e eu não trocamos uma só palavra. Mas depois que nos instalamos no táxi, quando estou a ponto de bater a porta, ela agarra com força minha mão.

— Essa Smilla — diz, como referindo-se a uma pessoa que não está ali — é uma senhora legal. Cem por cento, puta merda.

O carro se põe em movimento e eu endireito o corpo. Quase meio-dia. Tenho um compromisso.

CENTRO DE AUTÓPSIAS DA GROENLÂNDIA, é o que se lê na porta de vidro à qual se chega depois de voltar pela Frederik den Femtes Vej,* passando pelo edifício Teilum e pelo Instituto Médico Legal, até o novo anexo do Rigshospital, e depois de subir pelo elevador que passa por andares em cujas portas está escrito ASSOCIAÇÃO MÉDICA DA GROENLÂNDIA, CENTRO POLAR, INSTITUTO DE MEDICINA ÁRTICA, e chegar ao quinto andar, que é uma meia-água.

(*) *Vej*: rua (literalmente: caminho). Frederik den Femtes Vej: rua Frederik den Femtes (rua Frederico V). (N. T.)

Esta manhã liguei para a delegacia de polícia, que me transferiu para a Divisão A, que me mandou falar com o Unha.

— A senhora pode encontrá-lo no necrotério — diz ele.

— Também quero conversar com o médico.

— Loyen — diz ele. — A senhora pode falar com o Loyen.

Do outro lado da porta de vidro há um pequeno corredor que leva até uma placa onde está escrito PROFESSOR e, em letras menores, LOYEN. Debaixo da placa há uma porta e atrás da porta um vestiário e atrás deste um escritório gélido com duas secretárias debaixo de fotos de icebergs na água azul debaixo de um sol cintilante. Dali em diante começa o verdadeiro escritório.

Não instalaram uma quadra de tênis ali dentro. Mas não foi por falta de espaço. Decerto foi porque o Loyen já tem umas duas quadras de tênis no quintal de sua casa em Hellerup e duas mais em sua casa de verão na Klitvej, em Skagen. E também porque uma quadra de tênis ia desmerecer a marcada imponência do aposento.

Há um espesso tapete no chão, duas paredes cobertas de livros, janelas panorâmicas para a cidade e sobre o Fælledpark, um cofre embutido na parede, quadros com molduras douradas, um microscópio sobre uma mesa de luz, uma vitrine com uma máscara folheada a ouro que parece ter saído de algum sarcófago egípcio, dois conjuntos de sofá, dois monitores apagados, cada um em seu pedestal, e ainda sobra espaço suficiente para fazer um jogging, caso a pessoa se canse de ficar sentada atrás da escrivaninha.

A escrivaninha é uma grande elipse de mogno, é dali que ele se levanta e vem a meu encontro. Tem dois metros de altura, está pelos setenta, anda aprumado, usa avental branco, está bronzeado feito um sheik do deserto e tem uma expressão amistosa como a do homem que de cima de seu camelo olha para baixo com benevolência vendo o resto da humanidade passar rastejando pela areia.

— Loyen.

Embora ele omita o título, este se impõe. Juntamente com o fato, que não convém esquecer, de que o restante da população do mundo é pelo menos uma cabeça mais baixa que ele e de que aqui, a seus pés, ele tem um monte de outros médicos que não conseguiram chegar a professores, e de que acima de sua cabeça tem apenas o teto branco, o céu azul e Nosso Senhor, ou talvez nem isso.

— Sente-se, minha senhora.

Ele irradia cortesia e autoridade e eu devia estar feliz. Outras mulheres antes de mim já foram felizes e muitas mais ainda o serão, pois não há nada melhor nos momentos difíceis da vida que ter dois metros de bem-educada autoconfiança médica em que se apoiar, ainda por cima num ambiente tranqüilizador como este.

Sobre a mesa há porta-retratos com as fotografias da esposa do médico, de seu terrier Airedale e dos três garotões do papai que com certeza estudam medicina e tiram dez em todas as provas, inclusive em sexologia clínica.

Eu nunca disse que era perfeita. Diante de pessoas que têm poder, que gostam de tê-lo e que o utilizam, me transformo em outra pessoa, mais mesquinha, mais cruel.

Mas não o demonstro. Sento bem na borda da cadeira e coloco as luvas escuras e o chapéu com o véu escuro junto à beira do tampo de mogno. Diante de si, como tantas vezes antes, o prof. Loyen vê uma mulher vestida de preto, sofredora, interrogativa, insegura.

— A senhora é groenlandesa?

Sua experiência profissional lhe permite perceber esse fato.

— Minha mãe era de Thule. Foi o senhor quem... examinou Isaías?

Ele faz um aceno afirmativo.

— O que eu gostaria de saber é o seguinte: de que ele morreu?

A pergunta o pega um pouco de surpresa.

— Da queda.

— Mas o que isso significa, do ponto de vista meramente fisiológico?

Ele pensa um instante, pouco habituado a ter que formular o óbvio.

— Ele caiu de uma altura de sete andares. O organismo como um todo sofre um colapso geral.

— Mas, sei lá, ele parecia tão ileso!

— Isso é normal em acidentes desse tipo, minha senhora. Mas...

Já sei o que ele vai dizer. "Isso enquanto não abrimos os corpos. Lá dentro encontramos apenas fragmentos de ossos e hemorragia interna."

— Mas não estava.

Ele endireita o corpo. Tem mais o que fazer. A conversa está chegando ao fim sem ter chegado a acontecer. Como tantas conversas antes e tantas depois desta.

— Havia marcas de violência?

Minha pergunta não o surpreende. Em sua idade e ofício não é fácil a pessoa deixar-se surpreender.

— Absolutamente nenhuma — diz ele.

Permaneço sentada em silêncio total. É sempre interessante abandonar europeus ao silêncio. Para eles o silêncio é um vazio em que a tensão entra numa escalada que converge para o intolerável.

— O que a levou a imaginar uma coisa dessas?

Deixou o "minha senhora" de lado. Finjo que não ouvi a pergunta.

— Como é possível que este centro, com as atribuições que tem, não esteja sediado na Groenlândia? — pergunto.

— O instituto foi fundado há apenas três anos. Antes disso a Groenlândia não tinha um centro de autópsias. Sempre que necessário, o promotor público de Godthaab mandava buscar alguém no Instituto Médico Legal de Copenhague. Este departamento é novo e temporário. No decorrer do ano que vem, todo ele deve ser transferido para Godthaab.

— E o senhor? — pergunto.

Ele não está habituado a ser interrogado e daqui a pouco vai parar de responder.

— Dirijo o Instituto de Medicina Ártica. Mas originalmente sou patologista forense. Durante esta fase inicial, ocupo o cargo de diretor interino do centro de autópsias.

— O senhor realiza todas as autópsias judiciais de groenlandeses?

Foi um chute às cegas. Mesmo assim, acho que acertei em cheio, com força, pois ele pisca.

— Não — diz ele, e agora fala pausadamente —, mas de vez em quando ajudo o Centro de Autópsias da Dinamarca. Eles têm milhares de casos todos os anos, do país todo.

Penso em Jean-Pierre Lagermann.

— O senhor fez a autópsia sozinho?

— Temos uma rotina fixa, que só não seguimos em casos muito especiais. Há um único médico, que conta com a ajuda de um técnico de laboratório e às vezes de uma enfermeira.

— Seria possível ver o relatório da autópsia?

— De todo modo a senhora não ia entender. E o que conseguisse entender não lhe agradaria!

Por um curto momento ele havia perdido o autocontrole. Mas em seguida o recupera.

— Esses relatórios pertencem à polícia, que solicita formalmente as autópsias. E que além disso determina quando o sepultamento pode ser realizado, ao assinar o atestado de óbito. O acesso do público aos detalhes administrativos está reservado às questões civis, não às judiciais.

Ele trava um combate frontal, vai cair na rede. Sua voz adquire um tom tranqüilizador.

— A senhora tem que entender que numa situação dessas, caso haja a menor dúvida quanto às circunstâncias do acidente, tanto nós como a polícia temos o máximo interesse em obter os esclarecimentos mais minuciosos. Examinamos tudo. E encontramos tudo. Num caso de molestamento é praticamente impossível não deixar indícios. Há impressões digitais, a criança se defende e fica com células epiteliais debaixo das unhas. Não havia nada disso. Nada.

Caso encerrado. Partida encerrada. Levanto-me e calço as luvas. Ele se reclina.

— Naturalmente, o relatório da polícia passa por nós — diz ele. — As pegadas permitiam que se deduzisse claramente que ele estava sozinho no telhado quando o fato aconteceu.

Enceto a longa caminhada até o centro do assoalho. Lá chegando, viro-me para ele. Captei alguma coisa, não sei bem o quê. Mas ele já voltou a instalar-se em seu camelo.

— Se quiser ligar outra vez, será um prazer falar com a senhora.

Demora um instante para a tontura passar.

— Todos nós — digo eu — temos as nossas fobias. Uma coisa que nos faz entrar em pânico. Eu tenho as minhas. Certamente o senhor também tem as suas, quando tira esse avental à prova de balas. O senhor sabe qual era a de Isaías? Altura. Até o primeiro andar, ele ia num pulo. Mas dali em diante se arrastava, de olhos fechados e agarrado com as duas mãos à balaustrada. Imagine só, todos os dias, na escada interna do edifício, com a testa suada e os joelhos trêmulos, cinco minutos para ir do primeiro ao terceiro andar. A mãe dele tentou conseguir um apartamento no térreo antes de eles se mudarem. Mas o senhor sabe... Quando se é groenlandês e sustentado pelo governo...

Depois de algum tempo ele responde.

— Mas isso não o impediu de subir até lá.

— É — digo eu —, não impediu. Mas o senhor vê, o senhor podia vir com um macaco hidráulico. Podia vir com um guindaste. Não ia conseguir obrigá-lo a subir um metro sequer daquele andaime.

O que me assombra, o que fico perguntando para mim mesma nas noites de insônia, é o que poderia ter acontecido para ele subir até lá.

Continuo vendo a figurinha dele na minha frente, do jeito que agora está, lá embaixo, no porão. Não olho para Loyen nem uma vez. Simplesmente saio pela porta afora.

# 5

Juliane Christiansen, mãe de Isaías, é uma confirmação vigorosa dos poderes curativos do álcool. Quando está sóbria é rígida, silenciosa e fechada. Bêbada, é enérgica e alegre como um passarinho.

Visto que esta manhã ela tomou um antabus e que agora, depois de chegar em casa do hospital, bebeu — por cima do comprimido, por assim dizer —, essa bela transformação pode ser apreciada através do véu do envenenamento generalizado do organismo. Mesmo assim ela está se sentindo nitidamente melhor.

— Smilla — diz ela —, eu amo você.

Dizem que na Groenlândia as pessoas bebem muito. Essa é uma afirmação atenuadíssima. Na Groenlândia bebe-se colossalmente. Por isso minha relação com o álcool é o que é. Sempre que me dá vontade de beber alguma coisa mais forte que chá de ervas, penso no que se passava antes do racionamento voluntário de álcool em Thule.

Esta não é a primeira vez que venho ao apartamento de Juliane, mas sempre ficávamos bebendo café na cozinha. É preciso respeitar a privacidade dos outros. Principalmente quando de resto suas vidas estão expostas como uma ferida aberta. Mas agora sou tomada por uma propensão irresistível a assumir uma responsabilidade; alguém deixou de ver alguma coisa.

Por isso começo a remexer as coisas e Juliane me deixa à vontade. Em parte porque comprou vinho de maçã no supermercado, em parte porque há tanto tempo é sustentada pelo governo, há tanto tempo está sob o microscópio eletrônico das autoridades, que nem sabe mais que é possível ter alguma coisa de caráter pessoal.

O apartamento tem aquele ambiente doméstico acolhedor que resulta de muito se andar pelo chão encerado com botas de solado de madeira, de muitos cigarros acesos esquecidos na beirada da mesa e de muita ressaca cozinhada no sofá da sala, e quando a única coisa que é nova e funciona bem é a televisão, preta e grande como um piano de cauda.

O apartamento tem uma peça a mais que o meu: o quarto de Isaías. Uma cama, uma mesa baixa e um guarda-roupa. No assoalho, uma caixa de papelão. Na mesa, dois bastões, uma pedra de amarelinha, uma espécie de tigela de sucção, um carrinho de montar. Incolores como cascalho numa gaveta.

No guarda-roupa uma capa de chuva, botas de borracha, tamancos, pulôveres, camisetas, meias, tudo socado de qualquer jeito. Passo os dedos por baixo das pilhas de roupas e por cima do guarda-roupa. Nada além do pó do ano inteiro.

Sobre a cama, suas coisas devolvidas pelo hospital num saco de plástico transparente. Macacão impermeável, tênis, abrigo, camiseta, meias. No bolso uma pedra branca e macia que foi usada como giz.

Juliane está em pé na porta, chorando.

— A única coisa que joguei fora foram as fraldas.

Uma vez por mês, quando seu pavor das alturas se intensificava, Isaías passava uns dois dias usando fraldas. Uma vez eu mesma comprei fraldas para ele.

— Onde está a faca dele?

Ela não sabe.

No parapeito da janela há um navio de montar, um desses brinquedos caros, parece um grito na modulação suave do quarto. No suporte está escrito: "Vapor *Johannes Thomsen* da Associação Criolítica da Dinamarca".

Nunca antes tentei bisbilhotar que jeito ela dá para manter a cabeça fora da água.

Passo o braço sobre seus ombros.

— Juliane — digo —, será que você faria a gentileza de me mostrar seus papéis?

Os outros costumam ter uma gaveta, uma pasta, um arquivo. Juliane tem sete envelopes sebosos para a manutenção dos testemunhos impressos de sua existência. Para muitos groenlandeses o lado mais difícil da Dinamarca é a papelada. A linha de frente de papel da burocracia estatal: formulários, solicitações, correspondência oficial com as instâncias governamentais adequadas. Há uma ironia fina e delicada no fato de que mesmo uma existência praticamente analfabeta como a de Juliane tenha desencadeado essa montanha de papel.

Os pequenos lembretes das consultas na clínica de alcoolismo de Sundholm, certidão de nascimento, cinqüenta cupons da padaria da praça Christianshavn, que quando totalizam quinhentas coroas dão direito a uma rosca gratuita. Cartão da Rudolph Bergh,* antigos certificados para desconto nos impostos, extratos bancários. Uma fotografia de Juliane tomando sol no Kongens Have.** Apólice do seguro de saúde, passaporte, recibo da conta da luz. Cartas da Companhia de Crédito Riber. Um maço de papeizinhos, por exemplo canhotos de cheques, de onde se deduz que Juliane recebe mensalmente uma pensão de nove mil e quatrocentas coroas.*** Bem embaixo da pilha, um maço de cartas. Jamais consegui ler as cartas dos outros. Assim, deixo de lado as pessoais. As últimas são oficiais, escritas à máquina. Estou quase guardando tudo outra vez quando vejo a carta.

Uma carta esquisita. "Por meio desta desejamos informar-lhe que a diretoria da Associação Criolítica da Dinamarca, em sua última reunião, decidiu conceder-lhe uma pensão de viuvez em decorrência da morte de Norsaq Christiansen. Essa pensão é no valor de nove mil coroas mensais, reajustáveis segundo as alterações do custo de vida." Em nome da diretoria da associação, assina "E. Lübing, Contadora-Chefe".

Nada de muito estranho nisso. Só que depois da carta pronta alguém a inclinou num ângulo de noventa graus. Para acrescentar na diagonal, com caneta-tinteiro, à margem da carta: "Sinto imensamente. Elsa Lübing".

É possível aprender alguma coisa sobre o resto da humanidade a partir do que as pessoas escrevem nas margens. Já houve muita especulação em torno da prova desaparecida de Fermat. Num livro que tratava do postulado jamais demonstrado de que, embora freqüentemente seja possível dividir o quadrado de um número pela soma de dois outros quadrados, isso não é possível com potências maiores que dois, Fermat acrescentou à margem: "Achei uma prova realmente maravilhosa para esse postulado. Infelizmente esta margem é muito estreita para que eu a anote aqui".

Há dois anos, nos escritórios da Associação Criolítica da Dinamarca, uma mulher ditou uma carta absolutamente correta. Conforme

(*) Clínica para doenças sexualmente transmissíveis. (N. T.)

(**) *Have*: jardim. O Kongens Have (Jardim do Rei) é um parque muito freqüentado em Copenhague. (N. T.)

(***) Aproximadamente mil e quinhentos dólares. (N. T.)

a todas as formalidades, essa carta não apresenta erros de datilografia, é exatamente o que deveria ser. Em seguida a mulher recebeu a carta datilografada para ver se estava tudo certo, leu e assinou embaixo. Depois ficou imóvel um momento. Para no fim inclinar o papel e escrever: "Sinto imensamente".

— De que ele morreu?

— Norsaq? Estava numa expedição que foi à costa oeste da Groenlândia. Houve um acidente.

— Que tipo de acidente?

— Ele comeu alguma coisa que lhe fez mal. Acho.

Ela olha para mim indefesa. As pessoas morrem. Não há razão alguma para especular como ou por quê.

— Podemos considerar o caso encerrado.

Estou com o Unha no telefone. Abandonei Juliane a seus próprios pensamentos, que agora se movem como plâncton num mar de vinho doce. Talvez eu devesse ter ficado na casa dela. Mas não sou ama-seca de almas. Mal consigo dar conta da minha. Além disso, também tenho minhas preocupações. Por causa delas, telefonei para a delegacia de polícia. Minha ligação é transferida para a Divisão A, onde sou informada de que o investigador ainda está trabalhando. E, a julgar por sua voz de condenado, faz tempo demais que está trabalhando.

— O atestado de óbito foi assinado às quatro horas.

— E as pegadas? — pergunto.

— Se a senhora tivesse visto as coisas que eu já vi ou se tivesse filhos, saberia como as crianças são totalmente irresponsáveis e imprevisíveis.

Sua voz se transforma num grunhido quando ele pensa em todos os aborrecimentos por que já passou por culpa dos próprios pirralhos.

— É; e, além disso, neste caso só tem um groenlandês de merda, claro! — digo eu.

Silêncio total. Ele é um homem que mesmo depois de um longo dia de trabalho tem reservas suficientes para ajustar o termostato para congelamento rápido.

— Olhe, vou lhe dizer uma coisa. Para nós não faz a menor diferença, está ouvindo? A vítima pode ser um pigmeu, pode ser um assassino serial e estuprador; para nós tanto faz, vamos até o fim. Até o fim. Está me entendendo? Fui buscar pessoalmente o laudo do médico-legista. Nada leva a crer que o caso tenha sido mais que um acidente. Do tipo trágico, só que temos cento e setenta e cinco casos do gênero por ano.

— Estou com vontade de dar queixa.

— Boa idéia, dê queixa.

E desligamos. Na realidade, dar queixa é uma coisa que nem me passou pela cabeça. Só que também tive um dia duro.

Sei muito bem que a polícia tem que tomar conta de um monte de coisas. Entendo isso muito bem. Entendo tudo o que ele me falou.

Menos uma coisa. Quando dei meu depoimento anteontem, respondi a muitas perguntas. A outras, não respondi. Uma das que não respondi dizia respeito à "situação matrimonial".

— Não é da sua conta — eu disse ao policial. — A não ser que o senhor esteja interessado num encontro.

Ora, por que a polícia tem que saber alguma coisa sobre minha vida íntima? Como, pergunto a mim mesma, o Unha sabia que não tenho filhos? Não tenho como responder a essa pergunta.

É só uma perguntinha. Mas, sempre que o mundo vê uma mulher sozinha e desprotegida, tem a maior dificuldade para chegar a uma conclusão sobre a razão pela qual essa mulher, caso tenha a minha idade, não tem marido e um par de filhinhos encantadores. Com o tempo a gente cria alergia pela pergunta.

Vou buscar duas folhas de papel sem pauta e um envelope e me sento à mesa. Bem em cima, escrevo: "Copenhague, 19 de dezembro de 1993. Ao Procurador Geral da República. Meu nome é Smilla Jaspersen. Por meio desta, venho registrar uma queixa".

## 6

Ele dá a impressão de estar chegando aos cinqüenta, mas é vinte anos mais velho. Veste um abrigo esportivo térmico preto, sapatos com travas na sola, capacete para beisebol americano e luvas de couro sem dedos. De um bolsinho no peito retira um pequeno frasco marrom de remédio, que esvazia num movimento experiente, quase discreto. É propranolol, um betabloqueador que reduz a velocidade dos batimentos cardíacos. Abre uma das mãos e olha para ela. É grande, branca, bem cuidada e totalmente firme. Escolhe um taco número um, um *driver*, Taylormade, com punho em forma de sino, lustroso, de jacarandá. Aproxima-o da bola, depois o ergue. Ao bater tem toda a sua força, todos os seus oitenta e cinco quilos, reunidos num ponto do tamanho de um selo; a bolinha amarela parece desintegrar-se e desaparecer. Ela só se torna novamente visível ao aterrissar no gramado, no outro extremo do jardim, onde vai colocar-se obedientemente junto à bandeirinha.

— Bolas Cayman — diz ele. — De McGregor. Antigamente eu sempre tinha problemas com os vizinhos. Estas de agora só cobrem a metade da distância.

Ele é meu pai, a exibição foi em meu benefício e vejo através dela seu verdadeiro significado. Um menininho pedindo amor. Que não tenho a mais pálida intenção de dar.

Considerando-se de meu ponto de vista, toda a população da Dinamarca é de classe média. Os verdadeiramente pobres e os verdadeiramente ricos, de tão raros, chegam a ser exóticos.

Tenho a sorte de conhecer alguns dos pobres, visto que boa parte deles são groenlandeses.

Meu pai está incluído entre os verdadeiramente ricos.

Na marina de Rungsted ele tem um Swan de sessenta e sete pés com tripulação fixa de três homens. Tem sua ilhota particular perto da entrada do fiorde Ise, onde pode fazer um retiro em sua cabana norueguesa de troncos e dizer aos eventuais turistas que aparecem sem ser convidados que dêem o fora, que sumam de sua vista. É um dos poucos habitantes da Dinamarca a ter um Bugatti e um empregado com a tarefa de lustrar o automóvel e aquecer a graxa na caixa do eixo com um bico de Bunsen nas duas vezes por ano em que participa da corrida de carros antigos do Clube do Bugatti. O resto do tempo ele se dá por satisfeito com pôr na vitrola de vez em quando o disco enviado pelo clube e no qual é possível escutar alguém dar à manivela num daqueles magníficos veículos, fazer-lhe uma festinha e em seguida acelerar.

Ele possui esta casa, branca como neve e decorada com conchas caiadas, de telhado de ardósia natural e com uma escada em curva que leva à porta de entrada. Com canteiros de rosas no jardim, que vai em declive acentuado até a Strandvej, e um quintal grande o bastante para abrigar um campo de treinamento de golfe com nove buracos, o que é ótimo, agora que ele adquiriu essas bolas novas.

Meu pai ganhou seu dinheiro dando injeções.

Jamais foi homem de deixar vazarem informações sobre si próprio. Mas os interessados podem abrir o Livro Azul* e verificar que aos trinta anos de idade ele se tornou médico-chefe, que foi o primeiro catedrático de anestesiologia da Dinamarca quando o curso foi criado, e que cinco anos mais tarde deixou os hospitais para dedicar-se — como reza a bonita expressão — a sua clínica particular. Mais tarde, passou a viajar com sua glória. Não como um qualquer, mas em aviões particulares. Aplicou injeções nos poderosos. Orquestrou os anestésicos nos primeiros transplantes pioneiros de coração, na África do Sul. Integrava a delegação americana de médicos que foi à União Soviética por ocasião da morte de Brejnev. Alguém já me disse que nas derradeiras semanas de vida de Brejnev foi meu pai quem manteve a morte ao largo, manipulando suas compridas cânulas.

Ele parece um estivador e cultiva discretamente essa semelhança deixando crescer a barba de vez em quando. Uma barba que hoje em dia é grisalha, mas que antigamente era azul de tão negra e que mesmo hoje precisa ser raspada duas vezes por dia para dar impressão de asseio.

Suas mãos são invariavelmente firmes. Com elas ele é capaz de introduzir uma cânula de cento e cinqüenta milímetros no flanco, retroperitonealmente, através dos profundos músculos das costas, até a aorta. Em seguida é capaz de bater de leve com a ponta da agulha na

(*) *Quem é quem* dinamarquês. (N. T.)

grande artéria a fim de certificar-se de que a agulha está posicionada onde queria que estivesse, para depois ir até atrás da aorta e deixar um depósito de lidocaína no grande plexo nervoso. O sistema nervoso central controla o tônus das veias. Ele tem uma teoria segundo a qual esse bloqueio pode contribuir para melhorar insuficiências circulatórias nas pernas de pessoas saudáveis com excesso de peso.

Quando aplica injeções, fica tão concentrado quanto é possível um ser humano ficar. Não consegue pensar em mais nada, nem na conta de dez mil coroas que sua secretária está preparando e que deverá ser paga antes de 1º de janeiro, e Feliz Natal e Próspero Ano Novo e vamos ao próximo.

Nestes últimos vinte e cinco anos ele esteve entre os duzentos jogadores de golfe que participaram dos últimos cinqüenta Eurocards. Vive com uma bailarina treze anos mais moça que eu e que passa o tempo andando atrás dele como se vivesse unicamente na esperança de que ele lhe dispa o tutu de tule e as sapatilhas de seda.

De modo que meu pai é um homem que tem tudo o que se pode pegar e apalpar. E é isso que ele acha que está me mostrando aqui, no seu campo de golfe. Que possui tudo aquilo que seu coração pode desejar. Mesmo os betabloqueadores, que ele vem tomando há dez anos para ter mãos totalmente firmes, praticamente não apresentam efeitos secundários.

Damos a volta na casa pelos caminhozinhos de cascalho alisados a ancinho cujas bordas no verão o jardineiro Sørensen apara com tesoura de cabeleireiro, tão meticulosamente que se não tomamos cuidado podemos cortar os pés descalços nos talos curtos. Estou vestindo um casaco de pele de foca sobre um conjunto de lã, bordado, com um zíper. Quem olha vê um pai e uma filha com dinheiro de sobra e muita vitalidade. Examinando melhor, porém, não passamos de uma tragédia banal repartida em duas gerações.

A sala de estar tem assoalho de carvalho fóssil e caixilhos de aço inoxidável na parede de vidro espelhado que dá para a banheira dos passarinhos, o roseiral e o descenso social que acaba na Strandvej. Junto à lareira, Benja, de malha e meias grossas de lã, alonga os músculos dos pés e me ignora. A impressão que ela dá é de uma pessoa pálida, encantadora e mal-educada, como um jovem duende que tivesse virado strip-teaser.

— Brentam — digo eu.

— Como é que é?

Ela fala destacando as sílabas, como lhe ensinaram na Escola Real de Teatro.

— Para problemas nos pés, querida. Brentam cura fungos entre os dedos. Agora se pode comprar sem receita.

— Não estou com fungos — responde ela com frieza. — Acho que só se pega isso quando se chega a sua idade.

— Menores de idade também pegam, querida. Principalmente pessoas que treinam muito. E passa fácil para outros lugares...

Rosnando, ela se retira andando de costas para o aposento ao lado. Tem um monte de energia bruta, mas teve uma infância mimada e uma carreira rápida. Ainda não fez frente à adversidade, indispensável para o desenvolvimento de uma psique capaz de resistir.

A sra. Gonzales serve o chá numa mesinha de centro que é um vidro de setenta milímetros apoiado num bloco de mármore polido.

— Há quanto tempo, Smilla!

Ele discorre um pouco sobre seus novos quadros, sobre as memórias que está escrevendo e sobre o que vem ensaiando ao piano. Está ganhando tempo. Preparando-se para o impacto que há de vir quando eu me referir a um assunto que nada tem a ver com ele. Está agradecido pelo fato de eu deixá-lo falar. Mas, na realidade, não temos ilusões.

— Me fale de Johannes Loyen — digo.

Meu pai estava com trinta e poucos anos quando foi para a Groenlândia e conheceu minha mãe.

O esquimó polar Aisivak contou a Knud Rasmussen que no começo o mundo era habitado por apenas dois homens e que os dois eram grandes feiticeiros. Como eles queriam multiplicar-se, um deles transformou o próprio corpo de modo a poder dar à luz; e desse dia em diante os dois tiveram muitos filhos.

Na década de 1860 o catequista groenlandês Hanșeeraq registrou no diário da confraria, o *Diarium Friedrichstal*, diversos casos de mulheres que caçavam como homens. Encontram-se exemplos disso na coletânea de lendas de Rink e nos *Relatos da Groenlândia*. Sem dúvida o fato jamais foi uma coisa comum, mas aconteceu. Provocado pelo número excessivo de mulheres, pela taxa de mortalidade e pela fome, bem como pela convicção, generalizada na Groenlândia, de que os dois sexos contêm em si a possibilidade de tornarem-se o oposto.

Normalmente, porém, essas mulheres passavam a vestir-se como homens e renunciavam à vida de família. A coletividade podia admitir uma mudança de sexo, mas não um estado em trânsito.

Com minha mãe foi diferente. Ela ria e tinha seus filhos e fofocava sobre os amigos e limpava peles como uma mulher. Mas atirava e andava de caiaque e arrastava carne para casa como um homem.

Quando tinha uns doze anos, ela foi com o pai para o gelo no mês de abril, onde ele atirou num *uuttoq*, uma foca que tomava sol sobre o gelo. Errou o tiro. Outros homens teriam achado diversas razões para errar o tiro. Para meu avô só havia uma. Que algo irreversível estava para acontecer. Era uma calcificação do nervo óptico. Um ano depois ele estava totalmente cego.

Naquele dia de abril minha mãe ficou vendo o pai afastar-se para inspecionar uma linha de pesca. Teve tempo de avaliar suas diversas alternativas de futuro. Podia ser sustentada pela assistência pública — que, se ainda hoje é insuficiente para sobreviver-se na Groenlândia, naquela época era uma espécie de piada não intencional. Ou então morrer de fome, o que não era incomum. Ou viver sustentada pelos parentes — que não conseguiam ganhar o suficiente nem para o próprio sustento.

Quando a foca apareceu outra vez, ela disparou.

Antes ela já tinha apanhado escorpião-d'água e peixe e caçado passarinho. Com aquela foca, virava caçadora.

Acho que era raro ela sair de si mesma e considerar de fora o próprio papel. Uma vez estávamos vivendo em tendas, no acampamento de verão, perto de Atikerluk — penhasco que no verão é tomado por alcas, um número tão grande de aves negras de peito branco que só quem já viu pode fazer uma idéia da quantidade. Transcende a possibilidade de mensuração.

Vínhamos do Norte, onde havíamos pescado narval em pequenos cúteres a diesel. Houve um dia em que pegamos oito animais, em parte porque eles haviam ficado presos pelo gelo numa área limitada, em parte porque os três barcos estavam sem contato entre si. Oito narvais é carne demais, até para comida de cachorro. Carne demais.

Um dos narvais era uma fêmea prenhe. O mamilo fica logo acima da abertura da vagina. Quando minha mãe abriu de um só talho a cavidade abdominal para remover os intestinos, deslizou para o gelo um filhote de meio metro, de uma brancura angelical, totalmente formado.

Os caçadores ficaram umas quatro horas praticamente em silêncio olhando o sol da meia-noite, que nessa época do ano fornece uma luz constante, e comendo *mattak*, pele de narval. Eu não consegui engolir nem um pedacinho.

Uma semana mais tarde estamos nós no penhasco das aves e já faz um dia que não comemos. A técnica consiste em integrar-se à paisagem, esperar e apanhar a ave com uma rede grande. Na segunda tentativa consigo apanhar três.

Eram três fêmeas voltando para os filhotes. Seus ninhos são construídos em cavidades na encosta íngreme, onde os filhotes fazem uma barulheira infernal. As mães escondem os vermes que encontram numa espécie de bolsa que têm no bico. Matam-se essas aves comprimindo seus corações. Eu tinha conseguido três aves.

Já tinha havido tantas antes. Tantas aves mortas, assadas no barro e comidas, tantas que nem consigo lembrar. Mas isso não me impede de ver de repente seus olhos feito túneis no fundo dos quais esperam os filhotes, e os olhos desses filhotes são outros túneis no fundo dos quais está o filhote de narval, cujo olhar está voltado para dentro e para longe. Devagarinho levanto a rede e numa breve explosão de ruído as aves se erguem no ar.

Minha mãe está sentada a meu lado, absolutamente imóvel. E olha para mim como se eu fosse uma coisa que ela estivesse vendo pela primeira vez.

Não sei o que me brecou. No Ártico a compaixão não é uma virtude; ela consiste, antes, numa espécie de insensibilidade, numa ausência de sentimentos para com os animais, o meio ambiente e a natureza da necessidade.

— Smilla — diz ela —, eu carreguei você na *amaat*.

Estamos em maio e sua pele tem um lustro castanho-escuro, profundo, como uma dúzia de camadas de verniz. Está usando brincos dourados; no pescoço tem uma corrente com duas cruzes e uma âncora. Seu cabelo está preso à nuca num nó, ela é grande e bela. Mesmo hoje, quando penso nela, acredito que seja a mulher mais bonita que já vi na vida.

Devo estar com cinco anos mais ou menos. Não sei bem o que ela está querendo dizer, mas é a primeira vez que entendo que somos do mesmo sexo.

— Mesmo assim — diz ela —, sou forte como um homem.

Ela está usando uma camisa de algodão xadrez vermelha e preta.

Em seguida arregaça uma das mangas e me mostra o antebraço, largo e duro como um remo. Em seguida desabotoa lentamente a camisa.

— Venha cá, Smilla — diz com suavidade.

Ela jamais me beija e raramente me toca. Mas em momentos de grande intimidade deixa que eu beba daquele leite que sempre está ali, por baixo da pele, como o sangue sempre está. Abre as pernas para que eu possa me acomodar no meio. Tal como os outros caçadores, usa calças de pele de urso curtida sumariamente. Adora cinzas, de vez em quando as come diretamente da fogueira; agora, besuntou-se com cinza debaixo dos olhos. Nesse aroma de carvão queimado e pele de urso chego ao seio, que é luminoso de tão branco e tem uma aréola rosada, grande e delicada. E ali bebo o *immuk*, o leite de minha mãe.

Mais tarde e uma única vez ela tentou me explicar por que num mês há três mil narvais reunidos num mesmo local fervilhante de vida e no mês seguinte, presos pelo gelo, eles morrem congelados. Por que em maio e junho o número de alcas naquele penhasco é tão grande que a pedra fica pintada de preto e depois, no mês seguinte, há meio milhão de aves mortas de fome. À maneira dela, quer me mostrar que por trás da vida dos animais do Ártico há uma grande flutuação populacional. E que dentro dessas alterações nossa atividade pesa menos que nada.

Entendi o que ela estava me dizendo, entendi tudo. Nesse dia e depois. Mas não fez a menor diferença. No ano seguinte — no ano anterior a seu desaparecimento — comecei a sentir náuseas quando saía para pescar. Estava com uns seis anos. Pequena demais para especular sobre as razões, mas grande o suficiente para entender que aquilo era uma sensação de estranhamento em relação à natureza. Que eu já não tinha acesso a uma parte dela com a naturalidade de antes. Quem sabe já nesse momento eu tivesse começado a desejar compreender o gelo. Querer entender é uma tentativa de recuperar algo que se perdeu.

— Professor Loyen...

Pronuncia esse nome com o interesse e o respeito cauteloso com que um brontossauro sempre trata outro.

— Um homem muito capaz.

Esfrega uma palma branca sobre a face e o queixo. Trata-se de um gesto meticulosamente estudado, que produz um ruído semelhante ao obtido quando se fricciona uma lixa áspera num pedaço de madeira.

— O Instituto de Medicina Ártica, foi ele que criou.

— Que interesse ele tem por medicina legal? Aceitou ser nomeado legista da Groenlândia.

— Originalmente era patologista forense. Mas aceita tudo o que lhe dê mérito. Talvez imagine que desse modo sobe na profissão.

— O que ele pretende?

Há um corte na conversa. Meu pai passou a maior parte de sua vida com a cabeça debaixo do braço. Com a idade, desenvolveu intenso interesse pelas razões que movem as pessoas.

— Em minha geração há três tipos de médico. Os que ficam comprometidos como médicos de hospital ou acabam na clínica privada. Entre eles há muitos homens notáveis. Depois há os que defendem tese, que é... você sabe, Smilla, essa é uma condição arbitrária, ridícula e inadequada para conseguir escalar os degraus do sistema. Esses acabam médicos-chefes. São reizinhos no ambiente fechado da medicina. Depois vem o terceiro tipo. Nós, que chegamos ao topo e lá permanecemos.

Isso é dito sem sombra de auto-ironia. Seria possível levar meu pai a discorrer com toda a seriedade sobre o fato de que um de seus problemas é não sentir-se tão satisfeito consigo próprio quanto seria de se esperar.

— Para dar essas últimas braçadas é preciso uma força especial. Um desejo forte, uma ambição. Por dinheiro. Ou poder. Ou talvez por discernimento. Na história da medicina essa luta sempre foi simbolizada pelo fogo. A eterna chama dos alquimistas debaixo da retorta.

Ele olha para a frente como se tivesse a seringa na mão, como se a agulha estivesse a ponto de atingir o alvo.

— Loyen — diz ele —, desde os tempos de estudante, só queria uma coisa. Diante dessa ambição, tudo o mais desaparecia. Queria ser reconhecido como o melhor em sua área. Não o melhor da Dinamarca, o melhor dentre esses camponeses todos. O melhor do universo. Essa ambição profissional é o fogo interno que arde dentro dele. E não é um fogo de palha. É uma fogueira de São João.

Não sei como meu pai e minha mãe se conheceram. Só sei que ele foi à Groenlândia porque essa terra hospitaleira sempre foi um campo de trabalho para as experiências científicas. Estava trabalhando em uma técnica nova para o tratamento das nevralgias do trigêmeo, uma inflamação dos nervos sensoriais do rosto. Anteriormente o tratamento consistia em matar o nervo com injeções de álcool, o que provocava paralisação parcial do rosto e perda da sensibilidade em um dos lados da musculatura da boca, o assim chamado lábio caído. Visto que até as melhores famílias, as mais ricas, eram atingidas por esse mal, meu pai se interessou por ele. Há uma grande incidência desse mal no Norte da Groenlândia. E foi para tratá-lo com sua nova técnica — uma desnaturação a quente, parcial, do nervo afetado — que meu pai viajou para lá.

Há fotografias dele. Com suas botas Kastinger e seu abrigo acolchoado, munido de machado de gelo e óculos de proteção para nevascas, na frente da casa que lhe haviam destinado. Apoiando as mãos nos ombros dos dois homenzinhos escuros que lhe servirão de intérpretes.

Para ele o Norte da Groenlândia era, na realidade, o Extremo Norte de Thule. Nem por um segundo ele considerara a hipótese de ficar mais que o mês de praxe num deserto de gelo varrido pelo vento onde nem sequer havia um campo de golfe.

É possível fazer uma pálida idéia da intensa energia que circulava entre ele e minha mãe quando se pensa que ele ficou três anos por lá. Tentou convencê-la a mudar-se para a base, mas ela se recusou. Para minha mãe, assim como para todos os nativos do Norte da Groenlândia, a idéia de ficar encerrada era intolerável. Diante disso ele foi atrás dela até uma das cabanas de madeira compensada e teto de metal corrugado construídas quando os americanos expulsaram os esquimós da região onde a base foi erguida. Hoje me pergunto como ele conseguiu. A resposta, evidentemente, é que enquanto ela viveu ele teria deixado para trás sem vacilar os tacos de golfe e a bolsa para segui-la, nem que fosse para as negras e tórridas profundezas do inferno.

"*Tiveram* um filho", é o que se diz das pessoas que têm filhos. Nas circunstâncias específicas, essa afirmação não estaria correta. O que estou querendo dizer é que quem teve meu irmão mais moço e eu foi minha mãe. Fora desse cenário, presente mas sem conseguir ter uma participação real, perigoso como um urso polar, preso a um país que odiava por um amor que não entendia mas a que não podia resistir, e sentindo-se incapaz de influir fosse como fosse naquela situação toda, estava meu pai, o homem das cânulas e das mãos firmes, o jogador de golfe Moritz Jaspersen.

Quando eu tinha três anos de idade ele se foi. Ou melhor: partiu porque não deu mais. No fundo de cada paixão cega e insensata cresce um ódio pelo amado, que passa a deter a única chave possível para a felicidade. Eu tinha apenas três anos, como já disse, mas até hoje me lembro da maneira como ele se foi. Partiu num estado de fúria contida, fervorosa, lívida, amaldiçoada. Como forma de energia, essa fúria só foi batida pela saudade que o trouxe de volta. Estava unido a minha mãe com um elástico invisível para o mundo mas cujo efeito e cuja realidade física eram comparáveis às de uma correia.

Enquanto esteve lá, pouco se ocupou de nós, as crianças. De meus primeiros seis anos de vida, guardo suas pegadas: o cheiro do tabaco Latakia que fumava. A autoclave onde esterilizava seus instrumentos. O interesse que despertava quando de vez em quando empunhava seus tacos e se posicionava do lado de fora de casa e arremessava um balde de bolas através do gelo recém-formado. E o estado de espírito que trazia consigo, que era a soma dos sentimentos que tinha por minha mãe. Uma calidez tão apaziguadora quanto a que se pode esperar encontrar num reator nuclear.

Qual o papel de minha mãe nisso tudo? Não sei e jamais saberei. As pessoas que entendem dessas coisas dizem que os dois parceiros sempre contribuem um com o outro quando uma relação amorosa efetivamente naufraga e vira destroços. É possível. Como todo mundo, desde os sete anos pintei minha infância com uma grande quantidade de ouro falso e é possível que um pouco desse ouro tenha pintado minha mãe. Seja como for, foi ela quem ficou onde estava, quem armava as redes e quem trançava meu cabelo. Ela estava lá, grande e presente, enquanto Moritz, com seus tacos de golfe, seus tocos de barba e suas cânulas oscilava entre os pólos opostos de sua paixão, entre a fusão absoluta e a colocação do Atlântico Norte inteiro entre ele e a amada.

Quem cai no mar na Groenlândia não volta mais à tona. A temperatura do mar é de menos que quatro graus centígrados e com essa temperatura todos os processos de decomposição se interrompem. Por isso não ocorre fermentação do conteúdo do estômago, que na Dinamarca faz com que os suicidas voltem à tona e acabem sendo levados para a praia pelas ondas.

Mas encontraram os restos de seu caiaque, de onde deduziram que devia ter sido uma morsa. As morsas são imprevisíveis. Podem ser hipersensíveis e tímidas. Mas quando avançam um pouco mais para o Sul durante o outono, época de escassez de peixe, podem transformar-se em assassinas excepcionalmente rápidas e meticulosas. Com as duas presas, são capazes de abrir um rombo no costado de um navio. Uma vez vi alguns caçadores apresentarem um bacalhau a uma morsa que haviam capturado viva. Ela uniu os lábios numa boquinha de beijo e depois sugou a carne do peixe, ficou só a espinha.

— Vai ser ótimo se você quiser vir passar o Natal comigo, Smilla.

— Para mim o Natal não significa nada.

— Você está pretendendo deixar seu pai passar a noite sozinho? Uma das facetas mais desagradáveis que Moritz desenvolveu com a idade é essa mistura de perfídia e sentimentalismo.

— Você já pensou no Lar dos Idosos?

Levanto-me e ele vem atrás de mim.

— Você não tem coração, Smilla. Deve ser por isso que jamais conseguiu se ligar a um homem.

Ele está o mais próximo das lágrimas que consegue chegar.

— Pai — digo eu. — Me dê uma receita.

Ele passa por uma metamorfose instantânea, rápido como o raio, da queixa para a preocupação, como fazia com minha mãe.

— Você está doente, Smilla?

— Muito. Mas com esse pedacinho de papel você pode salvar minha vida e não faltar com seu juramento de médico. Mas vai ter que ser uma receita de cinco dígitos.

Ele estremece, estamos tratando do sangue que corre em suas veias, de seus órgãos vitais — sua carteira e seu talão de cheques.

Visto o casaco de pele. Benja não aparece para se despedir. Junto à porta ele me passa o cheque. Sabe que esse canal é sua única linha de comunicação com minha vida. E, mesmo esse, ele tem medo de perder.

— Você quer que o Fernando leve você em casa?

Nesse momento ele se dá conta de uma coisa.

— Smilla! — grita ele. — Você não está pretendendo viajar, está?

Estamos separados por um gramado coberto de neve. Bem que podia ter sido a calota de gelo continental.

— Estou com um peso na consciência — digo. — Para dar um jeito na coisa vou ter que pagar um bom dinheiro.

— Nesse caso — diz ele, em parte para si mesmo —, tenho medo de que o cheque não seja suficiente.

E assim ele fica com a última palavra. Não dá para ganhar sempre.

# 7

Talvez seja coincidência, talvez não seja, ele aparecer nas horas em que os trabalhadores estão em horário de almoço e o telhado fica às moscas.

O sol brilha forte numa insinuação de calor, céu azul, gaivotas brancas, vista para o estaleiro de Limhamn,* e nem sinal da neve que determinou que estivéssemos aqui. Eu e o sr. Ravn, investigador da promotoria pública.

Ele é baixo, não é mais alto que eu, mas está usando um casaco muito grande, cinzento, com tanto enchimento nos ombros que ele até parece um garoto de dez anos trabalhando num musical sobre a época da Lei Seca. Seu rosto é escuro e queimado como lava e tão magro que a pele se depositou sobre o crânio, como acontece com as múmias. Mas seus olhos são atentos e observadores.

— Pensei em dar uma passadinha por aqui — diz ele.

— Quanta gentileza. O senhor sempre dá uma passadinha quando alguém dá queixa?

— Raramente. Em geral o caso é entregue às autoridades locais. Digamos que é devido à natureza do caso e aos pensamentos suscitados por sua carta-queixa.

Não digo nada. Deixo que o silêncio exerça sua influência sobre o investigador. Não há efeitos perceptíveis. Seus olhos cor de areia pousam-se sobre mim sem se desviarem e sem qualquer embaraço. Ele é capaz de ficar parado aqui o tempo que for. Só isso já faz dele um homem incomum.

— Conversei com o professor Loyen. Ele me contou que a senhora lhe fez uma visita. Que a senhora acha que o garoto sofria de pânico das alturas.

A posição que ele ocupa neste mundo não permite que eu confie inteiramente nele. Mas sinto necessidade de confiar-lhe em parte o que me atormenta.

(*) Cidade sueca. (N. T.)

— Havia as pegadas na neve.

Raríssimas pessoas sabem ouvir. Sua pressa as arrasta para fora da conversa, ou internamente elas procuram melhorar a situação, ou ficam preparando a observação a ser feita quando o outro se calar e chegar sua vez de entrar em cena.

Mas o homem que tenho diante de mim é diferente. Quando falo ele escuta o que eu digo — e só o que eu digo — sem distrair-se.

— Li o relatório e vi as fotografias...

— Havia outra coisa. Uma outra coisa.

Estamos chegando perto do que deve ser dito mas não pode ser explicado.

— Eram pegadas de aceleração. Quando se dá a partida na neve ou no gelo, verifica-se uma pronação na junta do tornozelo. O mesmo acontece quando se anda descalço na areia.

Tento demonstrar com o pulso o leve movimento rotativo para fora.

— Se o movimento é muito rápido, se não está totalmente sob controle, há uma escorregadela para trás.

— Como acontece com toda criança brincando...

— Quando se está habituado a brincar na neve não se faz esse tipo de pegada porque o movimento é antieconômico, como uma distribuição errada do peso do corpo ao subir um declive ou ao praticar esqui cross-country.

Até eu posso ouvir como essa história toda deve estar parecendo inconsistente. Preparo-me para uma observação sarcástica. Que não vem.

Ele percorre com os olhos a superfície do teto. Não tem tiques, não mexe no chapéu, não acende o cachimbo, não passa o peso do corpo de um pé para o outro. Não puxa um bloquinho do bolso. É apenas um homem muito baixo que escuta e reflete com todo o cuidado.

— Interessante — diz por fim. — Mas também um tanto... abstrato. Difícil defender esse ponto de vista para um leigo. Difícil *apoiar* alguma coisa nisso.

Ele tem razão. Ler a neve é como ouvir música. Descrever o que se leu é discorrer por escrito sobre a música.

Quando acontece pela primeira vez, é como descobrir que se está acordado quando todos os outros estão dormindo. Solidão e onipotência em partes iguais. Estamos a caminho da embocadura da baía de

Inglefield, vindos de Qinnissut. Estamos no inverno, venta e está apavorantemente frio. Para urinar, as mulheres têm que acender um fogareiro debaixo de um cobertor para conseguir abaixar as calças sem sofrer congelamento imediato.

Há algum tempo observamos que vai haver nevoeiro, mas quando ele chega, chega instantaneamente, como uma cegueira coletiva. Até os cachorros se amontoam. Para mim, no entanto, o nevoeiro não existe. Meu sentimento é de feroz, luminoso entusiasmo, pois sei com absoluta segurança por onde devemos avançar.

Minha mãe ouve o que lhe digo e os outros ouvem o que ela diz. Estou no trenó da frente e lembro que sinto que vamos deslizando por uma fita de prata que começa em mim e acaba na casa de Qaanaaq. Minutos antes que a fachada da casa surja da noite, sei que é chegado o momento de ela aparecer.

Talvez aquela não fosse a primeira vez, mas é assim que eu me lembro. Talvez seja errado evocar revelações relativas a nosso próprio ser como algo acontecido em momentos únicos, isolados. Talvez apaixonar-se, a consciência penetrante de que um dia temos que morrer e o amor pela neve não sejam, na realidade, ocorrências repentinas, talvez esses sentimentos sempre tenham estado ali. Talvez, também, eles jamais desapareçam por inteiro.

Há uma outra imagem de nevoeiro, talvez do mesmo verão. Nunca andei muito de barco. Não estou familiarizada com as características do fundo do mar. Desconheço a razão pela qual me levaram. Mas em todos os momentos sei onde nos encontramos em relação aos pontos de referência na terra.

A partir desse momento começaram a me levar todas as vezes com eles.

No Coldwater Laboratory, mantido pelo exército americano na ilha Pylot, havia pessoas pesquisando o fenômeno do sentido de orientação. Lá encontrei grossos livros e longas listas de artigos tratando do fato de que ventos direcionalmente constantes sopram junto do solo fazendo com que os cristais de gelo adquiram determinada inclinação, de modo que mesmo com más condições de visibilidade seria possível identificar os pontos cardeais. Que uma outra brisa quase imperceptível um pouco mais acima provoca um nítido resfriamento de um dos lados do rosto sempre que há nevoeiro. Que o inconsciente registra subliminarmente até mesmo a luz que em geral não se percebe. Segundo determinada teoria, nas regiões árticas o cérebro humano teria condições de registrar a intensa turbulência eletromagnética do pólo norte magnético nas proximidades de Bucha Felix.

Comunicações verbais sobre a experiência da música.

Meu único irmão espiritual é Newton. Na universidade, fiquei emocionada quando nos apresentaram ao trecho dos *Principia mathematica*, Livro I, em que ele inclina um balde cheio de água e usa a superfície oblíqua da água para defender o ponto de vista de que existe um *Absolute Space* no interior e em torno da Terra que roda e do Sol que gira e das estrelas que piscam, e que em decorrência é impossível encontrar-se qualquer ponto de partida constante ou qualquer sistema inicial ou qualquer ponto fixo na existência. O *Absolute Space*, o Espaço Absoluto, aquilo que se mantém imóvel, aquilo a que podemos agarrar-nos.

Eu podia ter beijado Newton. Mais tarde me desesperei com a crítica de Ernst Mach à experiência do balde, crítica que funcionou como ponto de partida para os trabalhos de Einstein. Naquela época eu era mais jovem e me emocionava com facilidade. Hoje sei que o que eles fizeram foi simplesmente demonstrar que a argumentação de Newton era insuficiente. Toda formulação teórica é uma redução da intuição. Ninguém abalou a convicção que eu e Newton tínhamos sobre o Espaço Absoluto. Ninguém encontra o caminho para Qaanaaq com o nariz enfiado nos escritos de Einstein.

— Em sua opinião, o que teria acontecido?

Nada desarma tanto quanto uma atitude de receptividade.

— Não sei — digo.

É uma afirmação muito próxima da verdade.

— O que a senhora gostaria que fizéssemos?

Aqui, à luz do dia, com a neve derretida e a vida seguindo seu curso do outro lado da Knippelsbro, com uma pessoa atenciosa a falar comigo, de repente minhas objeções parecem muito inconsistentes. Não encontro nada para responder-lhe.

— Vou reexaminar o caso — diz ele — do início ao fim, e considerá-lo à luz do que a senhora me contou.

Descemos; é uma dupla descida. Lá embaixo me espera a depressão.

— Estacionei o carro na esquina — diz ele.

E nesse instante comete seu grande erro.

— Eu sugeriria que enquanto reexaminamos o caso a senhora retirasse sua queixa. Isso vai nos dar condições de trabalhar com sossego. E, pela mesma razão, se os jornalistas vierem com perguntas, acho que senhora devia recusar-se a fazer comentários sobre o caso. A meu ver a senhora não deve sequer mencionar o que me contou. Diga a eles que conversem com a polícia, que já estamos trabalhando no caso.

Sinto meu rosto corar. Mas não é de vergonha. É de raiva.

Não sou perfeita. Tenho mais consideração pela neve e pelo gelo que pelo amor. Para mim é mais fácil sentir interesse pela matemática que afeiçoar-me aos outros seres humanos. Mas estou ancorada a uma coisa na existência que é constante. Podem chamá-la sentido de orientação, podem chamá-la intuição feminina, podem chamá-la do que lhes der na telha. Estou apoiada numa base sólida abaixo da qual é impossível cair. Pode até ser que eu não tenha conseguido organizar minha vida muito bem. Mas sempre me seguro — com pelo menos um dedo de cada vez — no Espaço Absoluto.

Por isso o mundo pode sair dos eixos e as coisas podem dar errado só até um certo limite. Depois disso eu me dou conta. Agora já sei, sem sombra de dúvida, que há alguma coisa errada nessa história.

Não tenho carta de motorista. Quando se está bem vestido há muitos parâmetros a supervisionar caso se tenha ao mesmo tempo que manobrar uma bicicleta, prestar atenção no trânsito, manter a dignidade e não deixar voar um chapeuzinho de caça comprado na Vagn, na Østergade. Em geral isso determina que eu ande a pé ou tome o ônibus.

Hoje decido ir a pé. Estamos numa terça-feira, 21 de dezembro, e está frio e claro. Primeiro vou andando até a biblioteca do Instituto Geológico, na Øster Voldgade.

Há uma frase de que gosto muito, o postulado de Dedekind sobre a compressão linear. Ela diz mais ou menos o seguinte: que em qualquer ponto de uma série de números, por mais mínimo que seja o intervalo, encontra-se o infinito. Quando procuro "Associação Criolítica da Dinamarca" no computador da biblioteca encontro material para um ano de leitura.

Seleciono *O ouro branco.* Constato que se trata de um livro com brilhos. Os homens que trabalham na pedreira de criolito têm um brilho nos olhos, os industriais que recolhem o lucro têm um brilho nos olhos, os groenlandeses encarregados da limpeza têm um brilho nos olhos e os fiordes azuis da Groenlândia estão cheios de reflexos e raios de sol.

Sigo meu caminho passando pela estação de Østerport e descendo o Strandboulevard. Vou até o número 72-B, onde a Associação Criolítica da Dinamarca, ao lado de sua concorrente, a Associação Criolítica do Øresund, estava equipada com quinhentos empregados, dois edifícios de laboratórios, um depósito de criolito bruto, um pavilhão de classificação de criolito, uma cantina e oficinas. Agora só restam os trilhos da estrada de ferro, as ruínas da fábrica, alguns galpões e telheiros e uma única edificação de tijolos vermelhos. Pelo que li, sei que as duas grandes jazidas de criolito de Saqqaq acabaram se esgotando na década de 60 e que no decorrer da década de 70 a empresa passou a dedicar-se a outras atividades.

Agora só resta um terreno cercado, uma entrada de carros e um grupo de operários de macacão branco desfrutando uma tranqüila cerveja natalina* enquanto os feriados não chegam.

Uma garota ousada e empreendedora teria avançado diretamente para eles e, depois de fazer uma saudação de exploradora, conversaria com eles usando o jargão especial dos operários, levando-os a contar tudo sobre a sra. Lübing — quem era ela, onde teria ido parar.

Não sou assim direta. Não gosto de falar com estranhos. Não gosto de trabalhadores dinamarqueses em grupo. Para falar a verdade não gosto de pessoa alguma em grupo.

Meditando sobre essas coisas dei a volta no quarteirão; os trabalhadores me viram e fazem gestos para que eu me aproxime; acabo constatando que são cavalheiros muito bem-educados, que trabalharam naquele lugar durante trinta anos, que agora receberam a ingrata tarefa de acabar com tudo, que sabem que a sra. Lübing ainda está viva, que mora em Frederiksberg, que seu endereço está na lista telefônica e por que o interesse?

— Uma vez ela me fez um favor — digo. — E agora estou querendo que ela me dê uma informação.

Eles acenam com a cabeça e dizem que a sra. Lübing fez favores a muita gente e que eles próprios têm uma filha da minha idade e apareça sempre.

Enquanto faço o caminho inverso pelo Strandboulevard penso que

(*) Na Dinamarca as cervejarias costumam produzir uma cerveja escura na época das festas de fim de ano. (N. T.)

no fundo da desconfiança mais paranóide há um sentimento de humanidade e um desejo de estabelecer contato esperando para vir à tona.

Ninguém que alguma vez na vida tenha vivido na vizinhança de animais com suficiente espaço vital consegue fazer visitas ao jardim zoológico. Mas uma vez aconteceu de eu levar Isaías ao Museu Zoológico para mostrar-lhe a sala das focas.

Ele acha as focas com cara de doentes. Mas fica encantado com o modelo do auroque. A caminho de casa passamos pelo Fælledpark.

— Que idade tinha aquele lá? — pergunta.

— Quarenta mil anos.

— Então ele não vai viver muito tempo.

— Acho que não.

— Quando você morrer, Smilla, posso ficar com seu couro?

— Está bem — respondo.

Passamos pelo Triangle. É um dia quente de outono, há uma nebulosidade no ar.

— Smilla, vamos até a Groenlândia?

Não vejo razão alguma para poupar as crianças das verdades desagradáveis. Afinal, elas têm que crescer para tolerar tudo o que toleramos.

— Não — respondo.

— Então está bem.

Jamais lhe prometi nada. Não posso prometer-lhe coisa alguma. Nenhuma pessoa pode prometer seja o que for a outra pessoa.

— Mas podemos ler sobre a Groenlândia.

Referindo-se a "nós", ele se refere a nossas leituras em voz alta, consciente de que sua presença a meu lado é tão importante quanto minha leitura.

— Em que livro?

— Nos *Elementos* de Euclides...

Quando chego em casa já está escuro. O mecânico está guardando a bicicleta no porão.

Ele é muito possante, parece um urso, se andasse com o pescoço erguido seria majestoso. Mas anda de cabeça baixa — talvez para pedir desculpas por sua estatura, talvez para evitar os batentes de portas deste mundo.

Gosto dele. Tenho um fraco por perdedores. Inválidos, estrangeiros, o garoto gordinho da classe, aqueles com quem ninguém quer dançar. Meu coração bate por eles. Talvez por sempre ter sabido que de certa forma jamais vou deixar de ser um deles.

Isaías e o mecânico tinham uma relação de amizade. Desde antes de Isaías aprender a falar dinamarquês. Por certo eles não tinham necessidade de muitas palavras. Um trabalhador reconheceu o outro. Dois homens sozinhos no mundo, cada um a seu modo.

Quando ele desce com a bicicleta, vou atrás. Estou com uma idéia a respeito do porão.

Ele conseguiu uma sala dupla para usar como oficina. Com chão de cimento, ar seco, aquecimento e uma luz elétrica amarela muito forte. O espaço limitado está cheio de coisas. Uma mesa de trabalho ao longo de duas paredes. Pneus e câmaras-de-ar pendurados em ganchos. Uma caixa de plástico cheia de potenciômetros defeituosos. Um painel de plástico com pregos e parafusos. Uma tábua com pequenos alicates isolados para trabalhar com eletrônica. Uma tábua cheia de ganchos. Um compensado de nove metros quadrados aparentemente com todas as ferramentas do mundo. Uma fileira de ferros para solda. Quatro estantes com material para encanamento, latas de tinta, vitrolas desmanchadas, um conjunto de chaves inglesas, eletrodos para soldar e toda a linha de ferramentas elétricas da Metabo. Apoiados na parede, dois garrafões para soldador a $CO_2$ e dois menores para maçarico. E ainda uma máquina de lavar roupa desmontada. Baldes com uma solução contra podridão seca. Um suporte para bicicleta. Uma bomba-de-pé.

Há tantos objetos reunidos que a impressão que se tem é de que eles estão à espera do menor pretexto para instaurar o caos. Num plano puramente pessoal, acho que bastaria alguém me mandar descer aqui sozinha com a missão de acender a luz para que tivesse início uma perturbação tamanha que depois até mesmo localizar o interruptor da luz ficaria impossível. Mas nas condições atuais tudo é mantido em seu lugar pelo sentido de ordem profundamente funcional de um homem que quer ter certeza de poder encontrar as coisas que tiver necessidade de usar.

O lugar é um mundo duplicado. Na parte de cima está a mesa de trabalho, as ferramentas, a cadeira alta de escritório. Na parte de baixo, sob a mesa, esse universo se repete em dimensões reduzidas. Uma mesinha de compensado equipada com serra, chave de fenda, formão. Uma banqueta. Uma superfície de trabalho. Um pequeno torno. Uma caixa vazia de cerveja. Uma caixa vazia de charutos com umas cinqüenta latas de Humbrol. As coisas de Isaías. Já estive aqui uma vez, com os dois trabalhando. O mecânico estava sentado em sua cadeira, inclinado sobre uma lupa de pé, e Isaías no chão, de ceroulas, esquecido do mundo. No ar o cheiro de solda queimada e de endurecedor de epóxi. Juntamente com o cheiro de uma outra coisa mais forte: concentração absoluta, obliterante. Fiquei ali parada uns dez minutos. Eles não levantaram a cabeça uma vez sequer.

Isaías não estava equipado para o inverno dinamarquês. Só de vez em quando Juliane se decidia a vesti-lo convenientemente. Eu já o conhecia havia seis meses quando ele contraiu sua quarta infecção séria no ouvido médio num período de dois meses. Quando saiu do atordoamento da penicilina, estava com problemas de audição. A partir daí, todas as vezes que eu lia para ele, sentava-me na frente dele para que ele pudesse acompanhar os movimentos de minha boca. No mecânico ele havia encontrado uma pessoa com quem podia conversar sem precisar falar.

Como estava à espera daquele encontro, fazia dias que eu andava com uma coisa no bolso do casaco. Agora mostro a ele essa coisa.

— O que é isso?

Trata-se da tigela de sucção que peguei no quarto de Isaías.

— Uma "taça". Os vidraceiros usam para transportar pedaços grandes de vidro.

Retiro as coisas da caixa de cerveja. Há vários pedaços de madeira esculpida. Um arpão, um machado. Um barco feito com madeira densa, meio pintalgada, talvez pereira. Um *umiaq*. Lixado por fora até ficar bem liso e escavado por dentro com uma goiva. Um trabalho lento, meticuloso, cuidadosamente executado. Há ainda um carrinho de tiras de alumínio encurvadas e coladas umas às outras, recortadas de uma placa quase tão fina quanto papel. Fragmentos de um grosseiro vidro tingido, derretidos e espichados sobre um bico de gás. Diversos pares de óculos. Um walkman. A tampa sumiu, mas o aparelho foi engenhosamente reparado com um pedaço de plexiglas aparafusado com minúsculas fechaduras. Está guardado num estojo de vinil costurado à mão. A coisa toda dá a impressão de ser um projeto conjunto de um adulto e uma criança. Também há diversas fitas cassete.

— Onde está a faca dele?

Ele dá de ombros. Pouco depois, sai se arrastando. Ele é o amiguinho de cem quilos de todo mundo, além de ser unha e carne com o zelador. Tem todas as chaves do porão e pode ir e vir por onde bem entender.

Pego a banqueta e me sento perto da porta, de onde posso ver a peça inteira.

No internato cada um de nós possuía um armário de trinta por cinqüenta centímetros. Com cadeado. O proprietário do armário tinha uma chave do cadeado. Todos os outros podiam abri-lo com um pente de aço.

Existe uma crença muito difundida de que as crianças são abertas, de que a verdade sobre seu ser interior praticamente brota delas. Não é bem assim. Ninguém é mais protegido que uma criança e ninguém tem mais necessidade de sê-lo. Essa é uma reação a um mundo que o tempo todo tenta abri-la com um abridor de latas para ver o que ela tem por dentro, com a intenção de avaliar se não seria o caso de trocar por algo mais funcional.

A primeira necessidade que se desenvolve no internato — excetuando-se a fome permanente, jamais satisfeita por inteiro — é a necessidade de sossego. Num dormitório não há sossego. Por isso esse desejo é suprimido e se transforma em necessidade de ter um esconderijo, um local secreto.

Procuro imaginar a situação de Isaías, os lugares por onde andava. O apartamento, o bloco, o jardim-de-infância, o aterro. Lugares que nunca vou conseguir investigar por inteiro. Por isso me aferro ao lugar que tenho diante de mim.

Observo o aposento. Muito atentamente. Sem encontrar coisa alguma. Nada além da lembrança de Isaías. Então evoco seu aspecto nas duas vezes em que vim aqui, há tanto tempo já.

Talvez eu tenha passado uma boa meia hora sentada até ter a cena diante de mim. Há seis meses houve uma inspeção no edifício para verificar a ocorrência de podridão seca. A sociedade seguradora apareceu com um cachorro treinado para farejar e localizar o fungo. Foram encontradas duas manchas pequenas: depois de remover a parte atingida, trataram o local. Um dos pontos onde trabalharam foi este aposento. Abriram a parede um metro acima do chão. Depois tornaram a fechar o buraco, mas sem cobrir os tijolos com cimento como no resto da parede. Debaixo da mesa de trabalho, num lugar sombrio, ainda há um quadrado de seis tijolos por seis tijolos.

Mesmo assim, tenho dificuldade para localizar esse ponto. Ele deve ter ficado esperando enquanto os trabalhadores acabavam o serviço. Depois entrou, com a argamassa ainda úmida, e empurrou um dos tijolos um pouquinho para dentro. Esperou um pouco, depois puxou o tijolo para seu lugar. Repetiu isso até a argamassa secar. Calma e silenciosamente, noite afora, a intervalos de quinze minutos, desceu até o porão para movimentar uma pedra um centímetro. É o que imagino. Não é possível enfiar a lâmina de uma faca entre a pedra e a argamassa. Mas quando empurro, ela entra. No início não consigo entender como ele fez para tirar o tijolo, já que não dá para agarrá-lo. Aí empunho a tigela de sucção e examino bem. Não posso empurrar o tijolo para dentro, pois ele iria simplesmente cair no espaço oco de dentro da parede. Mas, quando aplico o círculo de borracha preta ao tijolo e utilizo a pequena alavanca para criar sucção, o tijolo sai na minha direção com muita resistência. Ao retirá-lo, entendo por quê. Na parte de trás foi cravado um preguinho azul. Em torno desse preguinho está enrolado um fio de náilon. Sobre o prego e o fio foi colocada uma grande gota de epóxi, que hoje está dura como pedra. O fio entra pela cavidade da parede. Na ponta está pendurada uma caixa de charutos chata, fechada com dois elásticos grossos. O conjunto é um poema de engenhosidade técnica.

Guardo a caixa no bolso do casaco. Depois recoloco a pedra no lugar.

O cavalheirismo é um arquétipo. Quando vim para a Dinamarca, a comarca de Copenhague reuniu uma turma de crianças que iriam aprender dinamarquês na escola de Rugmarken, perto dos alojamentos do bem-estar social para os imigrantes em Sundby, na ilha de Amager. Eu me sentava ao lado de um garoto chamado Baral. Estava com sete anos e usava os cabelos cortados curtos. Nos intervalos, jogava bola com os meninos. Mais ou menos três meses depois, fizeram um exercício em que tínhamos que dizer os nomes uns dos outros.

— E a seu lado, Baral, quem é?

— O nome dele é Smilla.

— O nome *dela* é Smilla. Smilla é uma menina.

Ele olhou para mim tomado de espanto. Passado o choque inicial e durante o restante do semestre houve apenas uma diferença importante em seu comportamento para comigo. Ele havia incorporado uma agradável, gentil prestimosidade.

Constatei o mesmo em Isaías. Ele era capaz de passar subitamente para o dinamarquês só para poder me tratar de *De*, "senhora", assim que percebeu o respeito implícito nesse tratamento. Nos últimos três meses, quando a autodestruição de Juliane se impôs e assumiu contornos mais definidos, acontecia de ele não querer voltar para casa à noite.

— A senhora acha — dizia ele — que posso dormir aqui?

Depois de dar-lhe um banho eu o punha de pé sobre o assento da privada para passar-lhe creme no corpo. Dali ele conseguia ver o próprio rosto no espelho, aspirando desconfiado o aroma de rosas do creme para noite de Elizabeth Arden.

Jamais aconteceu, estando ele acordado, de ele me tocar. Jamais segurava minha mão, jamais dava mostras de afeto e jamais as solicitava. No decorrer da noite, porém, ele de vez em quando rolava para o meu lado, profundamente adormecido, e ficava ali por alguns minutos. Encostado a minha pele ele tinha uma diminuta ereção, que aparecia e desaparecia, aparecia e desaparecia, como uma personagem de teatro de fantoches.

Nessas noites eu dormia pouco. A menor mudança no ritmo apressado de sua respiração me despertava. Muitas vezes eu simplesmente ficava acordada na cama, pensando que o ar que estava inalando era o mesmo que ele havia expirado.

# 8

Bertrand Russell escreveu que a matemática pura é o campo em que não sabemos do que estamos falando ou até que ponto o que estamos dizendo é verdadeiro ou falso.

É assim que eu me sinto em relação a cozinhar.

Em geral como carne. Carne gorda. Não consigo me aquecer com verduras e pão. Jamais adquiri uma visão de conjunto sobre minha cozinha, sobre os alimentos crus, sobre a química básica da confecção das refeições. Tenho um único princípio de trabalho. Só faço comida quente. Isso é importante, quando se é sozinho. Atende a um objetivo de higiene mental. Nos deixa para cima.

Hoje também atende a um outro objetivo. Posterga dois telefonemas. Não gosto de falar ao telefone. Gosto de ver a pessoa com quem estou falando.

Coloco a caixa de charutos de Isaías sobre a mesa. Faço então o primeiro telefonema.

Na realidade, tenho esperança de que já esteja tarde; estamos perto do Natal e as pessoas têm que sair cedo do trabalho.

Telefono para a Associação Criolítica. O diretor ainda está no escritório. Não se apresenta, é apenas uma voz, seca, inamistosa e implacável como areia passando numa ampulheta. Ele me explica que, visto que o Estado estava representado no conselho diretor e visto que atualmente a associação está sendo liquidada e a fundação reorganizada, decidiu-se que todos os papéis deverão ser cedidos ao Arquivo Nacional, que conserva documentos relativos a decisões tomadas pelas autoridades públicas, e que alguns deles — não sabe esclarecer quais — serão classificados sob a rubrica "Resoluções gerais", que permanecem confidenciais durante cinqüenta anos, enquanto outros — que, como imagina que eu entenda, tampouco tem condições de identificar — serão considerados informações de caráter pessoal, beneficiadas por oitenta anos de proteção.

Experimento perguntar-lhe onde estão atualmente os papéis.

Enquanto realidade física, toda a documentação ainda se encontra sob a guarda da associação, mas formalmente ela já pertence ao Arquivo Nacional, ao qual, em decorrência, devo dirigir-me, e posso fazer mais alguma coisa pela senhora?

— Pode — respondo. — Vá se foder.

Retiro os elásticos da caixa de Isaías.

As facas aqui de casa servem no máximo para abrir envelopes. Cortar uma fatia de pão grosso está no limite de suas possibilidades. Para mim é o que basta. Do contrário, nos dias ruins não seria difícil me passar pela cabeça que sempre existe a solução de ir para a frente do espelho do banheiro e cortar a própria garganta. Em ocasiões como essa é agradável contar com uma segurança extra — de que primeiro vai ser preciso descer até o vizinho de baixo para pedir uma faca decente emprestada.

Mas posso entender o amor por uma lâmina afiada. Uma vez comprei um *skinner* Puma para Isaías. Ele não agradeceu. Seu rosto não demonstrou surpresa. Tirou com cuidado o punhal curto, de lâmina larga, de seu estojo verde, e cinco minutos depois foi tratar da vida. Ele sabia e eu sabia e ele sabia que eu sabia que ele havia ido para o porão, para debaixo da mesa do mecânico, para se enroscar com sua nova propriedade, e que seriam necessários vários meses para que ele absorvesse o fato de que a faca era mesmo dele.

Agora a faca está diante de mim, em sua bainha, na caixa de charutos. Com um cabo de chifre cuidadosamente lustrado, largo. Há quatro outras coisas na caixa. Uma ponta de arpão do tipo que todas as crianças da Groenlândia encontram nos acampamentos abandonados e que sabem que devem deixar para os arqueólogos e que mesmo assim recolhem e carregam de um lado para outro. Uma garra de urso, e, como sempre, me impressiona a dureza, o peso e o fio dessa unha isolada. Uma fita cassete sem caixa, mas enrolada numa folha de papel quadriculado verde desbotado coberto de números. No alto está escrito em letras de fôrma: NIFLHEIM.

Além disso há um passe de ônibus. O talonário foi retirado e agora o invólucro serve de capa para uma fotografia. Uma foto colorida, sem dúvida tirada com uma instamatic. No verão, provavelmente no Norte da Groenlândia, pois o homem está com os jeans enfiados em *kamiks*. Está sentado numa pedra, ao sol. Tem o torso nu e um relógio de mergulhador grande e preto no braço esquerdo. Está rindo para o fotógrafo e nesse instante, com cada dente e cada ruga realçada pelo riso, aquele é o pai de Isaías.

Ficou tarde. Mas parece haver um momento em que aqueles dentre nós que mantêm o mecanismo da sociedade em marcha lhe dão um último empurrãozinho antes do Natal para fazer jus à gratificação, que este ano consiste num pato congelado e num beijinho atrás da orelha dado pelo diretor.

De modo que abro a lista telefônica. O escritório do promotor público da comarca de Copenhague está localizado na Jens Kofods Gade.

Não sei muito bem o que vou dizer a Ravn. Talvez eu só esteja precisando dizer-lhe que ele não me fez de boba, que não entreguei os pontos. Precisando dizer-lhe: "Olhe, seu bunda-mole, fique sabendo que estou de olho em você".

Estou preparada para toda e qualquer resposta.

Menos para essa.

— Não há ninguém aqui com esse nome — diz a voz impessoal de uma mulher.

Sento-me. Não há mais nada a fazer senão respirar um pouco no bocal para ganhar tempo.

— Com quem estou falando? — pergunta ela.

Estou quase batendo o telefone. Mas alguma coisa naquela voz me impede de fazê-lo. Um certo quê de comadre. Tacanho e intrometido. Tenho uma súbita inspiração diante de sua curiosidade.

— Com Smilla — sussurro, tentando jogar algodão-doce entre mim e o bocal. — Da Sauna Smilla. O senhor Ravn pediu para trocar sua hora de massagem...

— Esse Ravn é baixo e magro?

— Como um palitinho, querida.

— Usa uns casacos enormes?

— Umas barracas.

Posso ouvir sua respiração se acelerar. Sei que ela está com os olhos reluzentes.

— É o cara do setor de fraudes — diz ela.

Agora ela está feliz. Feliz do jeito dela. Acabei de proporcionar-lhe a grande fofoca do Natal, para contar às amigas do peito amanhã cedinho tomando café com roscas.

— Você foi minha salvação, querida — digo. — Que tal experimentar uma massagenzinha?...

Ela bate o telefone.

Vou para a janela e levo meu chá. A Dinamarca é um país adorável. A polícia é mesmo um amor. Tão surpreendente. Acompanha a guarda real até o palácio de Amalienborg. Ajuda os patinhos selvagens a atravessar a rua. E quando um menino cai de um telhado, quem aparece primeiro é o guarda. Depois vem a polícia criminal. E para rematar, o promotor público encarregado de crimes econômicos graves envia seu representante. Muito tranqüilizador.

Tiro o telefone da tomada. Hoje já falei o suficiente. Pedi ao mecânico que invente alguma coisa para que também seja possível desligar a campainha da porta.

Vou para o sofá. Primeiro aparecem as imagens do dia que passou. Deixo que sigam seu caminho. Em seguida aparecem recordações de quando eu era pequena — ora levemente depressivas, ora suavemente estimulantes; deixo que sigam atrás das outras. Aí vem a paz. É quando ponho um disco na vitrola. Depois sento e choro. Não choro por nada ou ninguém em especial, só choro. Essa vida que eu levo, de certo modo fui eu quem inventou e é assim mesmo que eu quero que ela seja. Choro porque no universo existe uma coisa tão bela como Kremer tocando o concerto para violino de Brahms.

# 9

De acordo com determinada teoria científica, só podemos sentir-nos totalmente seguros da existência daquilo que nós próprios vivenciamos. Nesse caso, raros são aqueles que se sentem absolutamente seguros da existência da Godthaabsvej às cinco da manhã. Seja como for, as janelas estão escuras e vazias, as ruas estão desertas e não há ninguém no ônibus da linha 2, exceto o motorista e eu.

Há algo especial em relação às cinco horas da manhã. É como se o sono batesse o pé no fundo. A curva do ciclo REM muda de direção e começa a empurrar o adormecido para o reconhecimento de que agora vai ser necessário parar com aquilo. Nessa hora as pessoas são desprotegidas como bebês. É quando os grandes animais selvagens caçam e a polícia aparece para cobrar as multas de estacionamento dos maus pagadores.

E é nesse momento que tomo o ônibus da linha 2 para Brønshøj, para a Kabbelejevej, que acompanha a margem do pântano Utterslev, com o objetivo de fazer uma visita ao perito em medicina forense Lagermann. Lagermann, como as balas de alcaçuz.

Ele reconheceu minha voz ao telefone antes que eu tivesse tempo de me identificar e lascou uma hora.

— Seis e meia. Pode ser?

De modo que chego um pouco antes das seis. As pessoas se apóiam no tempo para conseguir agüentar suas vidas. Se alguém interfere, por pouco que seja, quase sempre acontece alguma coisa intrigante.

A Kabbelejevej é uma rua escura. As casas são escuras. O pântano ao fundo é escuro. A temperatura está gélida, o calçamento, cinza-claro de geada, os automóveis estacionados estão recobertos por uma peliça branca cintilante. Vai ser interessante ver o rosto tonto de sono do médico forense.

Há uma casa com a luz acesa. Não apenas com a luz acesa: a casa está iluminada e vêem-se silhuetas movendo-se atrás das janelas, como se um baile de gala começado ontem à noite ainda não tivesse chegado ao fim. Toco a campainha. Smilla, a fada boa, a última convidada antes do alvorecer.

Cinco pessoas abrem a porta ao mesmo tempo para em seguida se apertarem todas no vão da porta. Cinco crianças com tamanhos que vão de bem pequena a média. E dentro há mais. Estão vestidas para uma expedição, com botas de esqui e mochila — que lhes permite manter as mãos livres para partir para cima do inimigo. Têm pele branca como leite, sardas, cabelos vermelhos cor de cobre por baixo dos chapéus com aquecedor de orelhas, e uma aura de vandalismo hiperativo.

Bem no meio está uma mulher com a mesma pele e a mesma cor de cabelo das crianças, mas com altura, ombros e costas de jogador de futebol americano. Atrás dela emerge o perito em medicina forense.

Ele é meio metro mais baixo que a mulher. Está inteiramente vestido e entranhadamente bem-disposto e de olhos vermelhos.

Ao me ver, nem ergue as sobrancelhas. Afunda a cabeça nos ombros e aramos nosso caminho através dos gritos e através de aposentos que parecem ter sido cruzados — primeiro de cá para lá, depois de lá para cá — por correntes migratórias e hordas selvagens, e através de uma cozinha onde foram preparados lanches para um batalhão e por uma porta afora e quando essa porta é fechada o silêncio é total, está seco, muito quente, e a luz é de neon.

Estamos no interior de uma estufa construída fora da casa como uma espécie de jardim-de-inverno e, excetuando-se dois caminhozinhos e uma pequena plataforma com móveis de ferro pintados de branco e uma mesa, o assoalho está coberto de canteiros e vasos com cactos. Cactos de todas as alturas, de um milímetro a dois metros. Com todos os graus de espinhamento. Iluminados por luzes de crescimento roxas e azuis.

— Dallas — diz ele. — Bom lugar para se colecionar alguma coisa. Fora isso, não sei se posso recomendar o lugar, juro que não sei. Nas noites de sábado tínhamos até cinqüenta assassinatos. Muitas vezes éramos obrigados a trabalhar ao lado da sala de emergências. Num lugar preparado para fazer autópsias. Era prático. Aprendia-se alguma coisa sobre tiros e facadas. Minha mulher dizia que eu nunca estava com as crianças. O que, aliás, era a mais pura verdade.

Enquanto fala, ele olha firmemente para mim.

— A senhora chegou mais cedo. Não que isso faça alguma diferença para nós, de todo jeito já estamos de pé. Minha mulher matriculou os pequenos no jardim-de-infância de Allerød. Para que eles pudessem andar um pouco pela floresta. A senhora conhecia o garotinho?

— Era amiga da família. Principalmente dele.

Sentamos de frente um para o outro.

— O que a senhora deseja?

— O senhor me deu seu cartão.

Ele simplesmente ignora o que lhe digo. Percebo que é uma pessoa que já viu coisas demais para perder tempo com rodeios. Caso vá contribuir de alguma forma, exige franqueza.

Assim, conto a ele como Isaías tinha medo de altura. Falo das pegadas no telhado. De minha visita ao prof. Loyen. Do investigador Ravn.

Ele acende um charuto e observa seus cactos. Talvez não tenha entendido o que lhe contei. Não sei se eu mesma entendo.

— O nosso — diz ele — é o único instituto autêntico. Os outros têm quatro pessoas enrolando, sem conseguir verbas para comprar as pipetas e os ratos brancos necessários para enxertar as culturas de células. Nós temos um prédio inteiro. Temos patologistas, químicos, geneticistas forenses. E no porão, a tralha toda. Treinamos estudantes. Temos duzentos empregados, que diabo. Examinamos três mil casos por ano. Em Odense deve haver no máximo quarenta assassinatos. Aqui em Copenhague examinei mil e quinhentos. O mesmo que na Alemanha e nos Estados Unidos. Se houver três homens na Dinamarca que possam denominar-se médicos forenses já é muito. E eu e o Loyen somos dois deles.

Ao lado de sua cadeira vejo um cacto com o formato de um toco de árvore em flor. Da formação verde, lenta, espinhosa, semelhante a uma árvore, brotou uma explosão de púrpura e alaranjado.

— Na manhã seguinte ao dia em que trouxeram o garoto estávamos sobrecarregados. Motoristas embriagados, almoços de Natal. Todas as tardes às quatro horas o diabo da polícia passa para recolher os relatórios. Pois bem. Às oito horas comecei a trabalhar no garoto. A senhora não vai se impressionar, não é? Temos nossa rotina. Primeiro um exame externo. Verificamos se há tecido celular debaixo das unhas, esperma no reto. Depois abrimos e damos uma olhada nos órgãos internos.

— Com a polícia presente?

— Só em ocasiões especiais, por exemplo, se há suspeita séria de assassinato. Não era o caso. Aquilo era rotina. Ele estava de macacão impermeável. Levanto o macacão, pensando comigo mesmo que aquilo não era roupa que se usasse para praticar salto à distância. Tenho um macete. O tipo de coisa que as pessoas inventam em tudo quanto é profissão. Enfio uma lâmpada acesa nas pernas das calças. Sim senhor.

Material resistente, aquele. O mesmo que eu uso quando trabalho no jardim. Mas na coxa vejo uma perfuração. Examino o garoto. Pura rotina. Aí vejo um buraco. Vou logo lhe dizendo que eu devia ter visto aquilo quando fiz o exame externo do corpo, mas, que diabo, todo mundo é humano. É aí que começo a achar a coisa esquisita. Porque não havia sangramento e o tecido não estava contraído. A senhora sabe o que isso significa?

— Não — respondo.

— Significa que, seja lá o que for que tenha acontecido, aconteceu depois de seu coração parar de bater. Em seguida examino melhor o impermeável. Encontro uma marquinha ao redor do buraco e me vem uma idéia. Aí pego uma agulha de biópsia. Uma espécie de cânula, bastante robusta, equipada com uma alça manual, que se introduz no tecido para extrair uma amostra. Assim como os geólogos extraem amostras do interior da Terra. Utilizadíssima por fisiologistas do esporte no Instituto August Krogh. E não dá outra. Puta que pariu. O círculo no impermeável pode ter sido causado por alguém que estivesse com muita pressa. Alguém que enfiasse a agulha de biópsia com um gesto brusco.

Ele se inclina para mim.

— Sou capaz de comer meu chapéu velho se alguém não tiver feito uma autópsia muscular nele.

— O médico da ambulância?

— Também pensei nisso. Não faz o menor sentido, mas quem mais poderia ter sido? De modo que telefono e me informo. Converso com o motorista. E com o médico. E com nossos empregados que receberam o corpo. Eles juram por tudo quanto é santo que não fizeram nada do gênero.

— Por que Loyen não me contou nada disso?

Durante um curto instante ele está a ponto de me dizer. Depois a confiança que há entre nós se desfaz.

— Deve ser uma porra de uma coincidência.

Ele apaga as luzes de crescimento. Estávamos sentados com a noite a cercar-nos pelos quatro lados. Agora fica perceptível que, desmentindo todas as aparências, o dia vai ter algum tipo de luz. A casa está silenciosa. Está ali sentada quieta ofegando em silêncio para ver se recupera o fôlego antes do próximo Armagedon.

Ando um pouco por um dos caminhos da estufa. Cactos têm algo de obstinado. O sol procura impedir que eles subam, o vento do deserto procura impedir que eles subam, a seca, o frio da noite, todos procuram impedir que eles subam. E mesmo assim eles crescem. Eriçam-se, protegem-se atrás de uma concha espessa. E não cedem nem um milímetro. Vejo-os com simpatia.

Lagermann me faz pensar em suas plantas. Talvez por isso colecione cactos. Sem conhecer a história de sua vida, posso ver que ele deve ter tido que atravessar alguns metros cúbicos de concreto para poder sair à luz.

Estamos perto de um canteiro com ouriços-do-mar verdes que dão a impressão de terem passado por uma tempestade de algodão.

— *Pilocereus senilis* — diz ele.

Ali ao lado há uma fileira de vasos com formações menores, azuis e roxas.

— Mescalina. Mesmo os lugares grandes, por exemplo, o Jardim Botânico da Cidade do México ou o Museu do Cacto de Cesar Mandrique em Lanzarote, não têm mais exemplares que eu. Basta uma lasquinha e você decola. Pelo menos é o que ouvi dizer. Sou um homem ponderado. Racionalista. Pesquisamos o cérebro. Retiramos um fragmento. Depois o auxiliar recoloca o crânio no lugar e puxa o couro cabeludo. Nem se nota. Já vi milhares de cérebros. Não têm grande mistério. É tudo pura química. Basta a gente receber as informações necessárias. Na sua opinião, o que ele foi fazer em cima daquele telhado?

Pela primeira vez tenho vontade de dar uma resposta sincera.

— Acho que tinha alguém atrás dele.

Ele balança a cabeça.

— Criança não costuma fugir até tão longe. As minhas sentam no chão e berram. Ou então se trancam.

Uma vez o mecânico reformou uma bicicleta para Isaías. Na Groenlândia ele não tinha aprendido a andar de bicicleta. Assim que a bicicleta ficou pronta, se mandou. O mecânico foi encontrá-lo a dez quilômetros de distância, na Gammel Køge Landevej, com as rodinhas laterais e um lanche no bagageiro. Voltando para casa, na Groenlândia. Estava indo naquela direção porque uma vez Juliane fora internada com delirium tremens no hospital de Hvidovre.

Desde que vim à Dinamarca pela primeira vez, aos sete anos de idade, até desistir, aos treze, fugi mais vezes que consigo lembrar. Em duas ocasiões cheguei até a Groenlândia, uma das quais a Thule. Basta ficar por perto de uma família e fazer de conta que sua mãe está sentada cinco assentos à frente no avião ou que está um pouquinho mais atrás na fila. O mundo está cheio de histórias de aventuras de papagaios, gatos persas e buldogues franceses perdidos que miraculosamente descobrem o caminho para casa e vão ao encontro de papai e mamãe na Frydenholms Allé. E isso não é nada perto dos muitos quilômetros percorridos pelas crianças em busca de uma vida decente.

Tudo isso eu podia ter tentado explicar a Lagermann. Mas não o faço.

Estamos no vestíbulo, entre botas, protetores de patins, restos de provisões e todos os tipos de objetos abandonados pelas tropas.

— E agora?

— Estou atrás — digo — do nexo lógico. O senhor se referiu a ele. Enquanto não o encontrar, não vou conseguir entrar no espírito natalino.

— A senhora não tem algum trabalho que a ocupe?

Não respondo. De repente ele atira todas as flechas. Quando fala, já não diz palavrões.

— Já vi uma enormidade de parentes tomados pela dor. Vi muitíssimos talentos isolados convencidos de que podiam trabalhar melhor que nós e que a polícia. Muitas vezes, diante de suas idéias e sua tenacidade, eu disse para mim mesmo: "Vamos dar um crédito a esse sujeito". Mas, com a senhora, não tenho tanta certeza...

Faço uma tentativa de sorriso com a intenção de recompensar seu otimismo. Mas ainda é de manhã muito cedo. Até para mim.

Em vez disso, constato de repente que me virei e lhe joguei um beijo. De uma planta do deserto para outra.

Não sou nenhuma conhecedora de marcas de automóvel. Por mim, podiam passar todos os automóveis do mundo por uma prensa hidráulica e expeli-los para além da estratosfera e colocá-los em órbita em torno de Marte. Excetuando-se, naturalmente, os táxis, que devem estar disponíveis sempre que eu tiver necessidade deles.

Mas tenho uma vaga noção da aparência de um Volvo 840. Nos últimos anos a Volvo tem financiado o torneio de golfe Europe Tour e usaram meu pai numa série de anúncios com homens e mulheres que ficaram famosos internacionalmente. Numa das fotos ele aparecia no meio de uma tacada, na frente do terraço do Clube de Golfe de Søllerød; em outra ele estava sentado de avental branco diante de uma bandeja de instrumentos com uma expressão nos olhos que significava: "Caso o senhor necessite de um bloqueio na hipófise, conte comigo". Nas duas ele havia conseguido que o fotografassem exatamente do ângulo em que se parece com Picasso de peruca, e o texto era algo como: "Esses nunca erram o alvo". Passei três meses vendo o tal anúncio nos ônibus e nas estações de trem e pensando no que teria gostado de acrescentar ao texto. E em minha cabeça apontou o perfil angular, aparentemente vítima de um encolhimento, de um Volvo 840.

Quando a temperatura sobe logo antes do nascer do sol, como aconteceu hoje, o último lugar onde o gelo dos automóveis derrete é no teto e sobre os limpadores de pára-brisa. Uma banalidade que só a minoria percebe. O carro da Kabbelejevej, sem gelo algum porque foi seco ou porque foi usado há pouco, é um Volvo 840 azul.

Com certeza é possível imaginar muitas razões para que alguém viesse estacionar ali às sete e vinte da manhã. Mas justo agora não me ocorre nenhuma. De modo que vou até o automóvel, me inclino por sobre o capô e espio através do vidro fumê da janela da frente. No começo não consigo ver direito. Mas quando subo numa das rodas consigo ver de cima o assento do motorista. Há um homem sentado dormindo. Fico olhando durante algum tempo, mas ele não muda de posição. No fim, desço e tomo a direção da Brønshøj Torv.*

Dormir é importante. Bem que eu gostaria de ter dormido umas duas horas mais esta manhã. Mas para isso jamais teria escolhido um Volvo estacionado na Kabbelejevej.

— Meu nome é Smilla Jaspersen.

— Compras da mercearia?

— Não, Smilla Jaspersen.

Não é totalmente verdadeiro que as conversas telefônicas sejam a forma de comunicação mais insatisfatória do mundo. Com o interfone chegamos bem mais perto do ápice. Para combinar com o resto do edifício, que é alto, cinza-prata e senhorial, o interfone é de alumínio

(*) *Torv*: praça. Brønshøj Torv: praça Brønshøj.

oxidado e em forma de concha. Infelizmente o aparelho também absorveu o rumor do grande oceano, que agora engole a conversa.

— A faxineira?

— Não — respondo. — Também não é a pedicure. Eu gostaria de fazer algumas perguntas sobre a Associação Criolítica.

Elsa Lübing faz uma pausa. Essa é uma prerrogativa que se tem quando se está na ponta certa do interfone. Num lugar quentinho, junto do interruptor da tranca elétrica da porta.

— A senhora está sendo muito inoportuna. Por favor, escreva ou apareça outro dia.

E colocou o aparelho no gancho.

Dou um passo para trás e olho para cima. É um prédio isolado no bairro das Aves, em Frederiksberg, no final da Hejrevej. Um prédio alto. Elsa Lübing mora no sétimo andar. Na sacada de baixo o elaborado ferro batido está coberto de floreiras. Vendo os nomes dos moradores, deduzo que esses amantes das flores são o casal Schou. Aperto a campainha uma só vez, curta e autoritária.

— Sim? — A voz tem pelo menos oitenta anos.

— Encomenda da floricultura. Estou com um buquê para Elsa Lübing, do andar de cima, mas ela não está. Será que a senhora faria a gentileza de me deixar entrar?

— Infelizmente temos instruções estritas de não abrir a porta para os outros apartamentos.

Fico maravilhada com pessoas de oitenta anos que ainda obedecem a instruções estritas.

— Senhora Schou — insisto —, são orquídeas. Recém-chegadas da ilha da Madeira. Estão murchando neste frio.

— Que tristeza!

— É, um horror! — digo eu. — Mas basta a senhora dar uma apertadinha de nada naquele botãozinho de nada e vou poder colocá-las no lugar quentinho onde elas têm que estar.

Ela abre a porta.

O elevador é do tipo que dá vontade de ficar andando para cima e para baixo umas sete ou oito vezes para aproveitar o sofazinho embutido de pelúcia, o jacarandá lustroso, os gradis dourados e os cupidos de jato de areia nos painéis de vidro através dos quais dá para ver os cabos e o contrapeso mergulhando nas profundezas que deixamos para trás.

A porta de Elsa Lübing está fechada. No andar de baixo, a sra. Schou abriu a sua para verificar se a história das orquídeas não seria um disfarce para um rápido estupro natalino.

Em meu bolso, entre moedas soltas e lembretes da seção de ciências da biblioteca da universidade, trago um papel, que introduzo na fenda para correspondência. Depois esperamos, eu e a sra. Schou.

A porta tem uma abertura para correspondência de bronze, uma placa com o nome da moradora pintado à mão e almofadas brancas e cinza.

A porta se abre. No vão está Elsa Lübing.

Ela passa um bom tempo me examinando.

— É — diz afinal. — Insistente a senhora é.

Dá um passo para o lado. Passo diante dela. Para dentro do apartamento.

Ela tem as cores de sua casa. Prata polida e creme fresco. É muito alta, mais de um metro e oitenta, e está usando um vestido comprido, despojado, branco cru. Seu cabelo está preso e algumas mechas soltas lhe caem sobre o rosto como uma cascata de metal resplandecente. Nada de pintura, nada de perfume e nada de jóias, exceto uma cruz de prata pendurada até logo abaixo da garganta. Um anjo. Do tipo que você imagina que proteja alguma coisa com uma espada flamejante.

Ela olha a carta que enfiei para dentro da porta. É a concessão de pensão de Juliane.

— Estou perfeitamente lembrada desta carta — diz ela.

Na parede há um quadro. Do céu voa para a terra um caudal de patriarcas de barba comprida, criancinhas gordas, frutas, cornucópias da abundância, corações, âncoras, coroas reais, canhões e um texto que se pode ler caso se saiba latim. Esse é o único sinal de luxo. Fora o quadro, o aposento tem paredes brancas, nuas, assoalho de parquê com tapetes de lã, uma mesa de carvalho, uma mesa redonda mais baixa, um par de cadeiras de espaldar alto, um sofá, uma estante alta de livros e um crucifixo.

Mais não precisa. Porque aqui tem uma outra coisa. Uma vista que normalmente só se tem quando se é piloto e que só se tolera quando não se sofre de vertigem. O apartamento parece consistir antes de mais nada em um aposento muito grande e iluminado. Dando para a sacada, ao longo de toda a largura do aposento, há uma parede de vidro. Através dessa parede se vê todo o bairro de Frederiksberg,

Bellahøj e, ao longe, Høje Gladsaxe. Através dela entra a luz da manhã, branca como se estivéssemos do lado de fora. Na parede oposta há uma ampla vidraça. Através dela, por sobre fieiras infinitas de telhados, vêem-se as torres de Copenhague. Bem alto sobre a cidade, como numa redoma de vidro, estamos, Elsa Lübing e eu, esforçando-nos para fazer uma avaliação uma da outra.

Ela me oferece um cabide para o casaco. Instintivamente tiro os sapatos. Alguma coisa no aposento convida a isso. Sentamo-nos em duas cadeiras de espaldar alto.

— Neste horário — diz ela —, costumo estar fazendo minhas orações.

Ela afirma isso com a mesma naturalidade com que poderia afirmar que neste horário costuma acompanhar o programa de exercícios da associação do coração.

— Assim, desconhecendo esse fato, a senhora escolheu um momento impróprio.

— Vi seu nome na carta e procurei seu endereço na lista telefônica — digo.

Ela olha de novo para o papel. Depois tira os pequenos óculos de leitura de lentes grossas.

— Um acidente trágico. Principalmente para o menino. Uma criança precisa do pai e da mãe. Essa é uma das razões práticas pelas quais o casamento é sagrado.

— O senhor Lübing teria gostado de ouvir a senhora dizer isso.

Se o marido dela tiver morrido, não estou ofendendo ninguém, com esse tempo de verbo. Se estiver vivo, minha observação é um cumprimento de bom gosto.

— Não há nenhum senhor Lübing — diz ela. — Sou noiva de Jesus.

Ela faz essa afirmação com um ar ao mesmo tempo sério e coquete, como se os dois tivessem se casado há uns poucos anos e sua relação fosse muito feliz e desse a impressão de que vai ser duradoura.

— Mas isso não significa que eu não considere o amor entre o homem e a mulher uma coisa divina. Só que acredito que tudo isso não passa de uma etapa do caminho. Uma etapa que, por assim dizer, me permiti saltar.

Ela me olha com algo semelhante a um dissimulado senso de humor.

— Como pular uma série na escola.

— Ou então — digo eu — como passar direto de contadora a chefe da contabilidade na Associação Criolítica da Dinamarca.

Quando ela ri, sua risada é grave como a de um homem.

— E a minha querida senhora — diz ela —, é casada?

— Não. Nunca fui.

Há uma cumplicidade entre nós. Duas mulheres maduras, ambas sabendo o que significa viver sem marido. Aparentemente ela se vira melhor que eu.

— O menino morreu — digo. — Caiu de um telhado quatro dias atrás.

Ela se levanta e se aproxima da parede de vidro. Se fosse possível adquirir um aspecto tão belo e digno, que privilégio envelhecer. Mas quando me lembro dos trinta centímetros que teria que crescer, deixo o pensamento de lado.

— Eu o vi uma vez — diz ela. — Depois de tê-lo visto, entende-se que esteja escrito que para entrar no Paraíso é preciso voltar a ser como as crianças. Espero que a pobre mãe encontre o caminho para Cristo.

— Só se for possível encontrá-lo no fundo da garrafa.

Ela me olha sem sorrir.

— Ele está em toda parte. Até no fundo da garrafa.

No início dos anos 60 a missão cristã na Groenlândia ainda tinha um pouco da vibração do imperialismo. As épocas mais recentes — principalmente na Base Aérea de Thule —, com seus reservatórios cheios de publicações pornográficas e uísque e a demanda de semiprostituição, abandonaram-nos à margem da religião, num vácuo de assombro. Perdi a noção de como se faz para atacar um europeu religioso.

— Onde a senhora conheceu Isaías?

— Eu usava minha modesta influência na associação para favorecer os contatos com os groenlandeses. Nossa pedreira em Saqqaq, tal como a pedreira da Associação Criolítica do Øresund, em Ivittuut, ficava num local de acesso proibido. O pessoal era dinamarquês. Os únicos groenlandeses admitidos eram os encarregados da limpeza, os *kivfaks*. Desde o dia em que a mina foi aberta estabeleceu-se uma rígida separação entre dinamarqueses e esquimós. Nessa situação, procurei fazer com que atentassem para o mandamento sobre o amor ao próximo. Com anos de intervalo, admitíamos esquimós para as expedições geológicas. Foi numa delas que o pai de Isaías faleceu. Embora sua mulher o tivesse abandonado, bem como ao filho deles, ele havia continuado a contribuir para o sustento dela. Quando a diretoria decidiu conceder a pensão, convidei-a a ir até o escritório com o menino. Foi então que o conheci.

Alguma coisa na palavra *conceder* me dá uma idéia.

— Por que deram a pensão? Obrigação legal?

Ela hesita um momento.

— Acho que não havia obrigação. Não posso excluir a possibilidade de ter influído com meu ponto de vista.

Vejo mais uma faceta da srta. Lübing. O poder. Talvez seja o que acontece com os anjos. Quem sabe eles também tenham pressionado um pouco Nosso Senhor lá no Paraíso.

Fui para perto dela, na janela. Frederiksberg, o bairro que cerca a Genforeningsplads, Brønshøj — a neve faz tudo ficar com cara de povoado. A Hejrevej é curta e estreita. Vai dar na Duevej. Na Duevej há muitos carros estacionados. Um deles é um Volvo 840 azul. Os produtos das fábricas Volvo estão ficando muito presentes. Devem estar fazendo isso para que a empresa possa financiar o Europe Tour. E pagar os honorários que meu pai se gaba de ter exigido para deixar-se fotografar.

— De que morreu o pai de Isaías?

— Envenenamento alimentar. A senhora se interessa muito pelo passado, senhorita Jaspersen?

É agora que devo decidir se vou aplicar uma história inventada ou seguir o caminho mais difícil da verdade. Sobre a mesa baixa está a Bíblia. Um dos catequistas groenlandeses da escola dominical da missão morávia era obcecado pelos manuscritos do mar Morto. Lembro de sua voz: "E Jesus disse: não mentirei". Deixo que o pensamento funcione como uma advertência.

— Acho que alguém o assustou, que alguém o perseguiu até aquele telhado de onde ele caiu.

Sua equanimidade não sofre o mínimo abalo. Nestes últimos dias tenho circulado entre pessoas que encaram as coisas que mais me perturbam com a maior naturalidade.

— O demônio tem muitas faces.

— E eu estou atrás de uma dessas faces.

— A vingança pertence ao Senhor.

— Para mim, esse tipo de justiça é demorado demais.

— Segundo meu ponto de vista, para prazos mais curtos existe a polícia.

— A polícia deu o caso por encerrado.

Ela olha para mim.

— Chá — diz ela. — Ainda não lhe ofereci nada para tomar.

Na porta, a caminho da cozinha, ela se volta.

— A senhora conhece a parábola sobre os talentos? É sobre a lealdade. Assim como há uma lealdade para com o divino, também há uma lealdade para com o terreno. Trabalhei na Associação Criolítica durante trinta e cinco anos. A senhora entende?

— A cada dois ou três anos a associação enviava uma expedição geológica à Groenlândia.

Tomamos chá. Em porcelana real Trankebar, de um bule de prata Georg Jensen. Visto de perto, o gosto de Elsa Lübing é mais para elegante que para modesto.

— A expedição do verão de 91 para Gela Alta, na costa oeste, custou um milhão oitocentas mil setecentas e quarenta e sete coroas e cinqüenta centavos. Metade dessa quantia foi paga em coroas dinamarquesas, metade em "dólares do cabo York", a unidade monetária especial da empresa, batizada com o nome do entreposto comercial de Knud Rasmussen em Thule em 1910. É só o que posso lhe contar.

Estou sentada com cautela. Consegui que Rohrmann, na Ordrupvej, pusesse um forro de seda em minhas calças de pelica. Ela não queria. Segundo ela, as bainhas encolhem. Mas eu insisto. Minha existência se apóia nas pequenas alegrias. Quero a combinação de frescor e calidez da seda contra minhas coxas. O preço disso é ser obrigada a sentar-me com cautela. A movimentação na cadeira é que força a bainha. Para mim, esse é o probleminha decorrente de nossa conversa. O da srta. Lübing é bem maior. Está escrito, ao que me parece, que não devemos transformar nosso coração num covil de ladrões. Ela sabe disso e sabe que neste momento está sendo vítima de uma certa pressão.

— Entrei na Associação Criolítica em 1947. Quando o fabricante Virl, no dia 17 de agosto, me disse: "A senhora vai ganhar duzentas e quarenta coroas por mês, refeições de graça e três semanas de férias no verão", eu não disse nada. Mas por dentro pensei que então era verdade, afinal de contas. Olhe as aves no céu. Elas não semeiam. Será que Ele não vai tomar conta da gente? No Grøn & Witzke, na Kongens Nytorv,* onde eu trabalhava antes, meu salário era de cento e oitenta e sete coroas por mês.

(*) Antiga praça, no coração de Copenhague. A Kongens Nytorv (praça Nova do Rei) tem de um lado o antigo porto e o Teatro Real. A tradicional Strøget, rua de pedestres de Copenhague, também começa nessa praça. (N. T.)

O telefone fica junto à porta de entrada. Quanto a ele, duas observações. Que está fora da tomada e que não há bloco de recados, não há agenda de endereços, não há lápis. Notei tudo isso ao entrar. Agora estou começando a entender o que ela faz com os números soltos de telefone que nós, mortais, escrevemos na parede ou no dorso da mão ou deixamos tombar no esquecimento. Ela os confia a sua impressionante memória numérica.

— Desde esse dia, jamais tive conhecimento de alguém que tivesse razões para queixar-se da generosidade ou da abertura da empresa. Ou, então, o que possa ter havido foi consertado. Quando entrei havia seis cantinas. Um café para os empregados, um refeitório para o pessoal do escritório, um para os operários especializados, um para os gerentes de escritório e de contabilidade e para os contadores, um para o pessoal científico dos prédios de laboratórios e um para o diretor e a diretoria. Mas isso mudou.

— Será que a senhora teria feito sentir sua influência? — arrisco.

— Tínhamos vários políticos na diretoria. Naquela época, entre outros, Steincke. Visto que o fato que testemunhei ia de encontro a minha consciência, fui falar com ele: no dia 17 de maio de 1957 às quatro horas da tarde, no mesmo dia em que fui nomeada contadora-chefe. Eu disse a ele: "Não entendo nada de socialismo, senhor Steincke. Mas sei que o socialismo tem algumas coisas em comum com a conduta das primeiras congregações de cristãos. Eles davam o que tinham para os pobres e viviam todos juntos como irmãos e irmãs. Como é possível conciliar essas idéias com as seis cantinas, senhor Steincke?". Ele respondeu com a Bíblia. Disse que devemos dar a Deus o que é de Deus mas também a César o que é de César. Passados alguns anos, porém, as seis cantinas estavam reduzidas a uma.

Ao servir o chá ela usa um coador para impedir que as folhas escorram com o líquido. Há um pedaço de algodão sob o bico do bule para que este não pingue na mesa. Dentro dela uma coisa parecida está acontecendo. O que a incomoda é o trabalho pouco costumeiro de ter que filtrar as coisas que não devem passar para mim.

— Somos, éramos, semi-estatais. Não como a Associação Criolítica do Øresund, que era 50% do Estado. Mas o Estado estava representado na diretoria e detinha 33,33% das ações. Além disso, havia uma grande transparência em relação às contas. Fazíamos cópias de tudo naquele papel de cópia de antigamente. — Ela sorri. — Que lembrava papel higiênico número 00. Em parte, as contas eram examinadas pelo departamento contábil, instituição que desde o dia 1º de janeiro de 1976 se transformou na Auditoria do Estado. O problema era o trabalho conjunto com o setor privado. Com a Greenex, Corporação Sueca para a Extração de Diamantes, e, mais tarde, com as Pesquisas Geológicas da Groenlândia. Os empregados a meio período e a um quarto de período. Surgiam situações complicadas. Além disso, havia a questão da hierarquia. Toda empresa precisa de hierarquia. Havia trechos dos livros de contas a que nem eu tinha acesso. Eu mandava encadernar meus livros de contas em couro cinza com os títulos impressos em vermelho. Esses livros estão num cofre, no arquivo. Mas também havia um outro livro menor, confidencial. Devia haver. É sempre assim nas grandes corporações.

— "Estão no arquivo." O verbo está no presente.

— Eu me aposentei há dois anos. Desde então, fui contratada pela associação como assessora para assuntos contábeis.

Faço uma última tentativa.

— E o livro de contas da expedição do verão de 91? Tinha algo de especial?

Por um segundo tenho a impressão de que estou chegando perto dela. Mas o filtro volta para o lugar.

— Não estou bem lembrada.

Insisto uma última vez. Indelicada, fracasso antecipadamente.

— Posso ver o arquivo?

Ela se limita a balançar a cabeça.

Minha mãe fumava um cachimbo feito com um velho cartucho de bala. Ela jamais contava uma mentira. Mas sempre que ela queria esconder uma verdade, raspava o cachimbo, punha a raspa na boca, dizia *mamartoq*, "delicioso", e em seguida declarava-se impossibilitada de falar. Calar também é uma arte.

— Não era difícil para uma mulher — pergunto calçando os sapatos — ser responsável pela parte financeira de uma grande corporação da década de 1950?

— O Senhor foi misericordioso.

Penso comigo mesma que em Elsa Lübing o Senhor havia encontrado um instrumento eficaz para a manifestação de Sua misericórdia.

— O que a faz pensar que alguém perseguiu o menino?

— Havia neve no telhado de onde ele caiu. Vi as pegadas. Eu tenho o sentido da neve.

Ela olha adiante de si com ar cansado. De pronto, sua fragilidade fica perceptível.

— A neve é o símbolo da inconstância — diz ela. — Está no Livro de Jó.

Já vesti a capa. Não sou nenhuma conhecedora da Bíblia. Mas no papel de moscas do cérebro de vez em quando ficam presos estranhos fragmentos de minhas lições de infância.

— É — digo eu. — E da luz da verdade. Está no Apocalipse. "A sua cabeça e os seus cabelos eram brancos como a neve."

Ao fechar a porta atrás de mim, ela está com um ar aflito. Smilla Jaspersen. A querida visita. A difusora de luz. Quando ela se afasta o céu está azul e o humor excelente.

Assim que saio porta afora para a Hejrevej ouço o zumbido do interfone.

— A senhora poderia me fazer o favor de voltar?

Sua voz está rouca. Talvez um efeito do interfone subaquático.

De modo que tomo outra vez o elevador. E ela me recebe outra vez à porta.

Só que nada é como antes, como diz Jesus em algum lugar.

— Tenho uma mania — diz ela. — Quando estou atrapalhada gosto de abrir a Bíblia aleatoriamente. Para obter um sinal. É um joguinho entre mim e Deus, se a senhora quiser.

Se fosse outra pessoa essa mania poderia ser tomada por uma das pequenas perturbações funcionais adquiridas pelos europeus muito solitários. Mas com ela não. Ela jamais está sozinha. É casada com Jesus.

— Ainda há pouco, quando a senhora fechou a porta, abri a Bíblia. Na primeira página do Apocalipse. Que a senhora tinha acabado de citar. "Eu tenho as chaves da morte e do inferno."

Estamos uma diante da outra, olhando-nos.

— As chaves da morte e do inferno — diz ela. — Até onde a senhora está disposta a ir?

— Faça um teste.

Por um momento mais, algo ainda se debate dentro dela.

— Há um arquivo duplo, no porão, sob o prédio do Strandboulevard. No primeiro estão os livros de contas e a correspondência. Os supervisores, contadores, eu própria, às vezes os chefes de departamento: todos tínhamos acesso a ele. O outro fica atrás do primeiro. Lá estão os relatórios das expedições. Determinadas amostras de minérios. Há toda uma parede coberta de mapas topográficos. Há uma estante com amostras de material extraído em perfurações, amostras geológicas do tamanho de um dente de narval. A esse material, em princípio, só é possível ter acesso com permissão da diretoria ou do diretor.

Ela me volta as costas.

Sinto a solenidade de que se reveste aquele momento. Ela está cometendo uma das quebras de regulamento de sua vida — que, indubitavelmente, foram raríssimas.

— Claro, não estou lhe dizendo que é preciso estar informada sobre um sistema de chaves para chegar até lá. Também não estou lhe dizendo que essa chave Abloy no alto da mesa abre a porta de entrada.

Viro a cabeça devagar. Atrás de mim, em ganchinhos de cobre, vejo três chaves penduradas. Uma delas é uma chave Abloy.

— O prédio propriamente dito não tem sistema de alarme. A chave do arquivo do porão está pendurada no cofre do escritório. Um cofre eletrônico com um código de seis dígitos: a data em que fui nomeada contadora-chefe: 17-05-57. Essa chave abre as duas salas do porão.

Ela se vira e se aproxima de mim. Acho que essa proximidade é o mais perto que ela consegue chegar de tocar um outro ser humano.

— A senhora é uma pessoa de fé? — pergunta.

— Não sei se é no seu Deus que eu acredito.

— Tanto faz. A senhora acredita na existência de um ser supremo?

— Em determinadas manhãs eu não acredito nem em mim mesma.

Ela ri pela segunda vez nesse dia. Depois se vira e avança para sua vista panorâmica.

Quando está a meio caminho da janela, enfio a chave no bolso. Com as pontas dos dedos me certifico de que, pelo menos nesse bolso, o forro de Rohrmann não se esfiapou.

Em seguida vou-me embora. Desço pelas escadas. Caso exista uma divina providência, uma das questões cruciais é saber quão diretamente ela intervém. Saber, por exemplo, se foi Nosso Senhor em pessoa quem me viu na Hejrevej 6 e disse: "Que haja uma brecha", e brecha houve. Por intermédio de um de seus próprios anjos.

Quando viro a esquina para a Duevej estou com uma esferográfica na mão. Há uma certa placa de automóvel que estou com muita vontade de anotar no dorso da mão. Mas não dá certo. Quando chego à esquina não há carro algum à vista.

# 10

— Do pó vieste.

Às vezes acontecia de aparecerem gerifaltes durante uma caçada de alcas. No começo eles eram apenas dois pontinhos no horizonte. Depois as montanhas pareciam dissolver-se e subir aos céus. Quando um milhão de alcas decolam, o espaço escurece por um momento, como se o inverno tivesse voltado num piscar de olhos.

Minha mãe atirava nos falcões. Um gerifalte mergulha a uma velocidade de duzentos quilômetros por hora. Normalmente ela acertava. Atirava neles com uma bala niquelada de baixo calibre. Íamos buscá-los para ela. Uma vez a bala tinha entrado por um olho e se alojado no outro, como se o falcão morto estivesse a olhar para nós com um olhar reluzente, penetrante.

Um taxidermista da base os empalhava para ela. Os gerifaltes são uma espécie protegida. Nos Estados Unidos ou na Alemanha, no mercado negro, é possível vender um filhote de falcão — para ser criado para a caça — por cinqüenta mil dólares. Ninguém ousava acreditar que minha mãe tivesse desobedecido à interdição de caça.

Ela não os vendia. Dava de presente. Para meu pai, para um dos etnógrafos que a procuravam por ser ela mulher e caçadora, para um oficial da base.

Os falcões empalhados eram um presente ao mesmo tempo horrível e fascinante. Ela os apresentava com solenidade e aparentemente com absoluta generosidade. Depois fazia uma observação casual sobre o fato de estar precisando de um par de tesouras de alfaiate. Dava a entender que necessitava setenta e cinco metros de corda de náilon. Ou comentava que nós, crianças, aproveitaríamos muito dois conjuntos de roupa de baixo térmica.

Ela ganhava o que pedia. Envolvendo o homenageado em um casulo de gentileza contundente, mutuamente comprometedora.

Eu ficava com vergonha daquilo e a amava por causa daquilo. Era assim que ela reagia à cultura européia. Abria-se para ela com uma gentileza repleta de lívida premeditação. E se fechava sobre ela para apropriar-se do que lhe pudesse ser útil. Um par de tesouras, um rolo de corda, os espermatozóides que levaram Moritz Jaspersen para dentro de seu útero.

É por isso que Thule jamais será um museu. Os etnógrafos construíram um sonho de inocência em torno do Norte da Groenlândia. Um sonho segundo o qual os *inuits* continuariam sendo as imagens de exposição largamente sorridentes, contadoras de histórias, de pernas tortas, dançando ao som dos tambores, que na virada do século os primeiros exploradores acharam que estavam encontrando ao sul de Qaanaaq. Minha mãe lhes dava um pássaro morto. E conseguia que eles lhe comprassem a metade do armazém. Andava num caiaque construído exatamente como os que se construíam no século XVII, antes que a arte da construção de caiaques desaparecesse do Norte da Groenlândia. Mas usava um tambor de plástico como bóia de pesca.

— Ao pó hás de voltar.

Sou capaz de perceber o sucesso nos outros. Só que eu mesma não consigo ter sucesso.

Isaías estava dando certo. Ele teria conseguido chegar lá. Teria conseguido tomar a Dinamarca para si e transformá-la e ter sido as duas coisas, dinamarquês e groenlandês.

Mandei fazer para ele um anoraque de seda branca. Até o modelo havia sido produzido por europeus. Uma vez meu pai ganhou um de presente do pintor Gitz-Johansen. Este o obtivera no Norte da Groenlândia, ao ilustrar a grande obra de referência sobre os pássaros da Groenlândia. Vesti o anoraque em Isaías, penteei seu cabelo, depois o levantei do chão e fiz com que ficasse em pé sobre o tampo da privada. Quando ele se viu no espelho, aconteceu. O tecido tropical, o respeito groenlandês por roupas elegantes, a atração dinamarquesa pelo luxo, todas essas coisas se fundiram. Talvez pesasse, ainda, o fato de que fora eu a dar o presente.

Um momento depois ele estava fungando.

— Limpe meu nariz!

Limpei seu nariz.

— Por quê? — perguntei. Ele costumava assoar o nariz na pia.

Assim que abri a boca, seus olhos localizaram meus lábios no espelho. Muitas vezes eu me dava conta de que ele via o significado antes que fosse enunciado.

— Quando estou com o *annoraaq qaqortoq*, o elegante anoraque, não tenho vontade de ficar com os dedos melados.

— E do pó ressurgirás.

Procuro escrutar as mulheres próximas a Juliane para descobrir se há possibilidade de alguma delas estar grávida. De um menino que receba o nome de Isaías. Os mortos sobrevivem no nome. Quatro meninas receberam o nome de Ane por causa de minha mãe. Muitas vezes fui procurá-las e fiquei conversando com elas para, através ou atrás da mulher diante de mim, achar um reflexo daquela que me deixou.

Estão recolhendo as cordas que desceram o caixão. Por um curto instante minha saudade é como uma loucura. Se pelo menos abrissem o caixão um momento e me deixassem deitar ao lado de seu corpinho frio, no qual alguém enfiou uma agulha, que abriram e fotografaram, do qual tiraram pedaços e que depois fecharam outra vez; se eu pudesse uma vezinha só sentir sua ereção de encontro a minha coxa, um gesto de erotismo temeroso, sem finalidade, a trepidação da asa da mariposa contra minha pele, os insetos escuros da felicidade.

O frio é tanto que eles são obrigados a esperar para fechar a cova, de modo que quando nos afastamos ela fica aberta atrás de nós. O mecânico e eu vamos andando lado a lado.

O nome dele é Peter. Há menos de treze horas pronunciei seu nome pela primeira vez.

Dezesseis horas antes é meia-noite. Na Kalkbrænderivej. Comprei doze sacos grandes de plástico preto, quatro rolos de fita crepe, quatro tubos de cola instantânea e uma lanterna de bolso Maglite. Abri os sacos, pus um por cima do outro, colei-os dois a dois. Guardei-os em minha bolsa Louis Vuitton.

Estou usando um par de botas de cano longo, um suéter vermelho de gola alta, um casaco de pele de foca da loja Groenlandia e um kilt do Scotch Corner. Segundo minha experiência, fica mais fácil explicar as coisas quando se está bem vestido.

O que acontece em seguida carece de uma certa dose de elegância.

Toda a área da fábrica está rodeada por uma cerca de três metros e meio de altura, com uma única volta de arame farpado por cima. Mentalmente, vejo uma porta nos fundos dando para a Kalkbrænderivej e para a via férrea. Já vi o lugar antes.

O que não vi foi a placa que esclarece que a Central de Cães de Guarda da Dinamarca toma conta do local. Isso não significa necessariamente alguma coisa. Tantas placas são colocadas sem outro significado que não o de manter uma boa atmosfera. Assim, dou um chute tentativo na porta. Não se passam nem cinco segundos e aparece um cachorro do outro lado da cerca. Provavelmente um pastor alemão. Ele parece uma coisa que deixaram junto da porta para as pessoas limparem os pés. Talvez isso seja uma explicação para seu mau humor.

Na Groenlândia algumas pessoas têm jeito com os cachorros. Minha mãe tinha. Antes que as cordas de náilon se popularizassem nos anos 70, usávamos arreios de pele de foca para puxar os trenós. As outras parelhas de cães comiam seus arreios. Nossos cachorros não tocavam nos seus. Minha mãe havia proibido.

Outras pessoas nascem com pavor de cachorro e jamais o perdem. Eu sou uma delas. Por isso volto para o Strandboulevard e tomo um táxi para casa.

Não vou para meu apartamento. Vou para o de Juliane. Em sua geladeira pego meio quilo de fígado de bacalhau. Ela ganha de graça os fígados partidos de um amigo que trabalha no mercado de peixe. Em seu banheiro, derramo no bolso meio frasco de comprimidos de Rohypnol. Foi seu médico que lhe deu, recentemente. Ela os vende. Rohypnol tem saída entre os junkies. Ela usa o dinheiro para comprar seu próprio remédio, que é do tipo que as autoridades alfandegárias sobrecarregam com impostos.

Na coletânea de Rink há uma história do Oeste da Groenlândia sobre um ogro que não consegue adormecer, condenado a velar por toda a eternidade. Isso acontece porque ele nunca tomou Rohypnol. Quando se toma Rohypnol pela primeira vez, meio comprimido basta para cair num coma profundo.

Juliane deixa que eu a assalte. Ela abriu mão de quase tudo, inclusive de me fazer perguntas.

— Você me esqueceu! — grita ela atrás de mim.

Tomo um táxi que me leva de volta à Kalkbrænderivej. O carro fica com cheiro de peixe.

À luz do poste, embaixo do viaduto que leva ao Porto Livre, esmago os comprimidos e os enfio no fígado. Agora eu também fiquei com cheiro de peixe.

Desta vez não preciso chamar o cachorro. Ele me espera em pé, na esperança de que eu volte. Jogo o fígado por cima da cerca. Ouve-se tanta coisa sobre o faro apurado dos cachorros. Tenho medo de que ele sinta o cheiro dos comprimidos. Minhas preocupações são infundadas. Ele traga o fígado como um aspirador de pó.

Em seguida esperamos, o cachorro e eu. Ele espera por mais fígado. Eu espero para ver o que a indústria farmacêutica pode fazer pelos animais insones.

Chega um carro. Um carro da Central de Cães de Guarda. Na Kalkbrænderivej não há um só lugar onde uma pessoa possa ocultar sua presença ou sequer torná-la discreta. De modo que fico ali de pé. Um homem uniformizado sai do carro. Toma nota da minha existência, mas não encontra explicação satisfatória. Mulher sozinha de casaco de pele à uma da manhã nas proximidades de Østerbro? Ele destranca o portão e põe o cachorro numa trela. Sai com ele para a calçada. O cachorro rosna feio para mim. De repente suas pernas viram geléia e ele começa a escorregar. O homem olha preocupado para o cachorro. O cachorro olha pesaroso para o homem. O homem abre o porta-malas. O cachorro apóia sozinho as patas da frente, mas o homem tem que empurrar seu traseiro. Está intrigado. Entra no carro e vai-se embora. Abandonando-me a meus próprios pensamentos sobre a forma como trabalha a Central de Cães de Guarda da Dinamarca. Acabo concluindo que eles distribuem os cachorros só como amostra, de forma aleatória, de vez em quando e por um curto período de tempo em cada lugar. Agora ele está indo colocar o cachorro em outro lugar. Faço votos de que o cachorro encontre alguma coisa macia para poder dormir.

Enfio a chave no cadeado. Só que não consigo abrir o portão. Dá para entender. Elsa Lübing sempre chegou ao trabalho num determinado horário, depois de o porteiro ter aberto a porta. Por isso não sabe que nesta periferia remota as entradas têm um outro sistema de chaves.

Não há outra coisa a fazer senão pular a cerca. A coisa é demorada. No fim sou obrigada a jogar as botas por cima da cerca antes de pular. Um pedaço de pele de foca fica preso no arame.

Só preciso ver um mapa de cada vez, para que a paisagem saia do papel. Não é uma coisa que eu tenha aprendido. Embora, evidentemente, eu tenha sido obrigada a adquirir uma nomenclatura, um sistema de representação. As escarpadas curvas de nível dos mapas topográficos do Instituto Geodésico. As parábolas verdes e vermelhas dos mapas militares da banquisa. As fotografias circulares, em cinza e branco, do radar da faixa X. As medições multiespectrais do LANDSAT 3.

Os mapas cor de caramelo dos sedimentos, elaborados pelos geólogos. As fotografias térmicas, vermelhas e azuis. Analisando-se bem, no entanto, foi como aprender um novo alfabeto. Que é esquecido assim que se começa a ler. O texto sobre o gelo.

No livro do Instituto Geológico havia um mapa da Associação Criolítica da Dinamarca. Um mapa cadastral, uma fotografia aérea e uma planta das instalações. Agora que estou ali, sei como aquele lugar era antigamente.

Hoje isto é uma demolição. Escura como uma caverna, com manchas brancas nos lugares onde a neve se acumulou, soprada pelo vento.

Entrei pelo que antigamente seriam os fundos do depósito de criolito bruto. O piso ainda está no lugar. Um campo de futebol abandonado de concreto congelado. Procuro localizar os trilhos. E no mesmo instante tropeço nos dormentes. Os trilhos da estrada de ferro que trazia o minério das docas da empresa. Uma silhueta no escuro é o hangar dos trabalhadores, onde antes ficava a ferraria, a central das máquinas e a carpintaria. Um porão entupido de tijolos era outrora o porão da cantina. O terreno da fábrica é cortado pela Svanekegade. Do outro lado da rua começa o bairro residencial, com montes de estrelas de Natal elétricas, montes de velas e montes de papai-mamãe-filhinhos. E logo abaixo das janelas deles: os dois compridos edifícios de laboratórios que ainda não foram demolidos. Seria essa uma imagem da atitude da Dinamarca para com sua antiga colônia — desilusão, desistência, retirada? E, ao mesmo tempo, manutenção do controle administrativo anterior: controle da política externa, direitos sobre a mineração e interesses militares?

Diante de mim, à luz do Strandboulevard, o prédio parece um castelinho.

Trata-se de um edifício em forma de L. A entrada fica no alto de uma escadaria de granito em forma de leque, na ala que dá para o Strandboulevard. Dessa vez a chave gira.

A porta dá acesso a um pequeno vestíbulo quadrangular com piso de mármore quadriculado branco e preto e uma acústica que reverbera, por menos barulho que se faça. Desse vestíbulo sai uma escada que desce para o escuro e o arquivo. Subindo cinco degraus chega-se ao andar de onde ao longo de quarenta e cinco anos Elsa Lübing fez valer sua influência.

As escadas sobem até uma porta dupla que se abre para um amplo aposento que provavelmente se estende ao longo de toda a área daquela ala. Ali se vêem oito escrivaninhas, seis janelas oitavadas que dão para a rua, arquivos, telefones, processadores de texto, duas fotocopiadoras, estantes de metal com pastas de plástico azuis e vermelhas. A uma das paredes está pendurado um mapa da Groenlândia. Numa mesa comprida, uma máquina de fazer café e diversas xícaras. No canto um grande cofre, cuja janelinha projeta no aposento o brilho da palavra *closed*.

Há uma escrivaninha separada das outras, um pouquinho maior que as demais. Seu tampo está coberto com um vidro. Sobre o vidro, um pequeno crucifixo. Nada de escritório separado para a contadora-chefe. Apenas uma escrivaninha num pool comum. Como nas primeiras congregações cristãs.

Sento-me em sua cadeira de espaldar alto. Para entender como é sentar-se durante quarenta e cinco anos em meio a borrachas e papelada bancária enquanto uma parte de nosso entendimento se eleva para uma dimensão espiritual onde arde uma luz cuja intensidade é tanta que ela dá de ombros alegremente para o amor terreno. Que, para nós outros, é uma mistura da catedral de Nuuk e da possibilidade de uma terceira guerra mundial.

Pouco depois, me levanto. Sem ter ficado mais esclarecida.

Há persianas nas janelas. A luz amarela do Strandboulevard forma uma faixa zebrada no assoalho. Registro a data em que ela foi nomeada contadora-chefe: 17-05-57.

O cofre ronrona e a porta se abre para fora. Não há maçaneta, só uma borda larga onde segurar-se e apoiar o peso.

Sobre estreitas prateleiras de metal estão os livros de contas da Associação Criolítica desde que a mesma, em 1885, por concessão do Estado, separou-se da Øresund. Uns seis livros por ano. Centenas de pastas encadernadas em couro cinza com os títulos impressos em vermelho. Uma história e tanto. Sobre os mais importantes e lucrativos investimentos na Groenlândia, tanto do ponto de vista político como do ponto de vista econômico.

Retiro uma pasta onde está escrito “1991” e dou uma folheada. “Salários”, “Aposentadorias”, “Taxas portuárias”, “Contribuições trabalhistas”, “Alojamento e alimentação”, “Impostos sobre a tonelagem”, “Lavanderia”, “Despesas de viagem”, “Dividendos dos acionistas”, “Pago ao Laboratório Químico Struer”.

Na parede direita do cofre há uma fileira de chaves penduradas. Localizo a que corresponde ao arquivo.

Quando bato a porta do cofre os números desaparecem um a um, e, quando saio da sala e desço no escuro, lá está novamente a palavra *closed*.

A primeira das salas do arquivo é a totalidade do porão de uma das alas do edifício. Trata-se de uma peça de teto baixo com infinitas estantes de madeira, infinitas pilhas de papel de rascunho em pacotes de papel pardo, e repleta desse tipo de ar que sempre paira sobre os grandes desertos de papel, um ar irritante e despojado de toda e qualquer umidade.

A segunda sala forma um ângulo com a primeira. Está equipada com o mesmo tipo de estante. Mas nessa sala também há armários com gavetas rasas, para os mapas topográficos. Um arquivo de pendurar, com outras centenas de mapas, alguns dos quais guardados em tubos de cobre. Um armário de madeira trancado a chave que parece um caixão de dez metros de comprimento. Lá provavelmente repousam as amostras das perfurações.

A peça tem duas janelas posicionadas no alto da parede dando para o Strandboulevard e quatro dando para o terreno da fábrica. É aqui que entra em cena meu trabalho anterior com os sacos de plástico. Resolvi cobrir as janelas para poder acender a luz.

Algumas garotas pintam sozinhas suas simpáticas águas-furtadas. Trocam o forro de seus móveis. Limpam suas fachadas com jatos de areia.

Eu sempre encomendei o serviço a alguém. Quando não deixei para o ano seguinte.

São janelas grandes, com barras de ferro pelo lado de dentro. São necessários três quartos de hora para que eu escureça as seis.

Nem assim, ao acabar, tenho coragem de acender a luz elétrica: prefiro me virar com minha lanterna.

Nos arquivos deveria imperar a ordem mais impiedosa. Os arquivos são simplesmente a cristalização do desejo de pôr ordem no passado. Para que jovens dinâmicos e apressados possam entrar correndo, selecionar um caso específico, uma amostra geológica específica, e sair correndo outra vez, levando um fragmento preciso do passado.

Esses arquivos, porém, deixam certas coisas a desejar. Não há etiquetas nas estantes. Não há números, não há anos e não há letras no dorso do material arquivado. E quando pego uma ou outra coisa aqui e ali, pego *Coal petrographic analyses on seams from Atâ* (*low group profiles*), *Nûgssuaq, West Greenland*, e *Sobre o uso do criolito bruto processado na produção de lâmpadas elétricas*, e *Demarcação de fronteiras no loteamento de 1862*.

Subo e faço uma ligação telefônica. Ao telefonar, sempre se tem a impressão de estar sendo impróprio. Ainda mais quando se telefona da cena do crime. Como se eu tivesse utilizado a linha direta com a delegacia com o objetivo de me entregar.

— Alô! Elsa Lübing ao aparelho.

— Estou aqui, no meio de montanhas de papel, tentando me lembrar onde está escrito alguma coisa sobre o fato de que mesmo os eleitos correm o risco de extraviar-se.

Ela espera um pouco, depois ri.

— Em Mateus. Mas talvez o trecho mais adequado para este momento esteja em Marcos, quando Jesus diz: "Errais ao não conhecer as escrituras nem o poder de Deus".

Rimos juntas pelo telefone.

— Abdico de qualquer responsabilidade — diz ela. — Durante quarenta e cinco anos insisti para que os arquivos fossem organizados e sistematizados.

— Fico feliz ao saber que houve alguma coisa que a senhora não conseguiu fazer.

Ela está em silêncio ao telefone.

— Onde? — pergunto.

— Há duas estantes sobre a bancada, a caixa comprida de madeira. É ali que estão os relatórios das expedições. Em ordem alfabética conforme os minérios que estavam procurando. Os volumes que estão mais ao fundo, junto à janela, são os das viagens que tinham objetivos ao mesmo tempo geológicos e históricos. O que a senhora está procurando deve estar entre esses últimos.

Ela está prestes a desligar.

— Senhorita Lübing... — digo eu.

— Sim?

— Alguma vez a senhora faltou ao trabalho por doença?

— O Senhor olhou por mim.

— Foi o que eu pensei — digo. — Deu para perceber.

E desligamos.

Em menos de dois minutos encontro o relatório. Está encadernado com capa preta e espiral. Tem quarenta páginas numeradas no canto inferior direito.

Cabe direitinho em minha bolsa. Depois vai ser preciso retirar os plásticos das janelas e desaparecer pela Kalkbrænderivej tão imperceptivelmente como vim.

Não consigo conter a curiosidade. Levo o relatório até o canto mais afastado da sala e me sento no chão, apoiada a uma estante. Com meu peso, a estante cede. É uma estante de madeira fina. Eles jamais imaginaram que o arquivo fosse ficar tão grande. Que a Groenlândia fosse tão surpreendentemente inesgotável. Foram atulhando as prateleiras. Uma estante de madeira fina suportando as marcas do tempo.

"Expedição geológica da Associação Criolítica da Dinamarca a Gela Alta, julho-agosto de 1991", lê-se na folha de rosto. Seguem-se vinte páginas de relatório da expedição com entrelinhas bem apertadas. Dou uma olhada nas primeiras páginas, que começam por contar que o objetivo da expedição era "investigar a ocorrência de cristais de rubi granular na geleira Barren, em Gela Alta". O texto também enumera os cinco membros europeus da expedição. Entre outros o professor de etnologia ártica dr. Andreas Fine Licht, Ph. D. O nome faz tocar uma campainha em algum lugar distante dentro de mim. Mas quando tento ouvi-la, ela some. Deduzo que sua presença esclarece por que está escrito embaixo que a expedição é financiada pelo Instituto de Etnologia Ártica.

Segue-se um relatório com uma parte escrita em inglês, outra em dinamarquês. Também folheio esse pedaço. Trata de um grupo de salvamento que saiu de helicóptero de Holsteinsborg para a geleira Barren. O helicóptero não conseguiu aproximar-se muito devido ao risco de avalanche provocada pelo ruído dos motores. Por essa razão o helicóptero voltou e em seu lugar mandaram um Cherokee 6-3000, que não sei o que seja, mas está escrito que o mesmo pousou na água trazendo a bordo piloto, navegador, médico e enfermeira. Segue-se um curto relato escrito pela equipe de salvamento e um certificado médico da casa de saúde. Houve cinco mortos. Um finlandês e quatro esquimós. Um dos esquimós se chamava Norsaq Christiansen.

Há um apêndice de vinte páginas. Um apanhado das amostras mineralógicas colhidas. Prestação de contas. Uma longa série de fotografias em branco e preto, tomadas do avião, de uma geleira que se bifurca e flutua em torno de uma montanha cônica, fragmentada, luminosa.

Um protetor de plástico contém cópias de cerca de vinte cartas, todas tratando do transporte dos corpos.

A coisa toda parece correta e sóbria. Trágico, mas uma coisa que pode acontecer. Nada que possa explicar por que dois anos mais tarde um garotinho cai de um telhado em Copenhague. O pensamento que me ocorre é que andei vendo fantasmas. Que fiquei maluca. Que é tudo invencionice minha.

Só agora percebo como a sala ao meu redor está sobrecarregada de passado. De sucessões de dias, sucessões de números, sucessões de pessoas, que a cada dia, ano após ano, comeram seus sanduíches na cantina e dividiram um chope com Amanda, mas nunca mais que um, exceto no Natal, quando o laboratório tempera com cominho um garrafão de vinte e cinco litros de álcool de desinfecção a noventa e seis por cento para o almoço festivo. O arquivo grita para mim que essa gente toda era feliz. Também era isso o que afirmava o livro da biblioteca e o que Elsa Lübing me disse: "Éramos felizes. Aquele era um bom lugar para se trabalhar".

Como tantas vezes antes, sinto uma fisgada no peito de vontade de ter participado, de fazer parte. Em Thule e Siorapaluk jamais se perguntava o que as pessoas eram, pois todos eram caçadores, todos se ocupavam de alguma coisa. Na Dinamarca as pessoas são assalariadas e a existência adquire conteúdo e significado quando se sabe que está na hora de arregaçar as mangas e enfiar a caneta atrás da orelha e calçar as botas e ir para o trabalho. E nas horas vagas se assiste televisão ou visita os amigos ou joga badminton ou faz um curso noturno de computação. Instalar-se num porão debaixo do Strandboulevard no meio da noite na época do Natal é coisa que não se faz.

Esta não é a primeira nem a última vez que esses pensamentos me ocorrem. O que será que nos faz procurar pelo mergulho na depressão?

Ao fechar o relatório tenho uma idéia. Abro novamente a pasta e folheio as páginas até encontrar o trecho com a notificação médica. Ali percebo uma coisa. E nesse momento sei que valeu a pena tanto esforço.

Na Groenlândia tive algumas amigas que assim que ficavam sabendo que estavam grávidas passavam a ter consigo mesmas um cuidado que nunca haviam tido antes. É essa a sensação que me invade neste momento. Que de agora em diante tenho que tomar conta de mim.

O tráfego já se interrompeu. Não uso relógio, mas são mais ou menos três da manhã.

O prédio está em silêncio. No silêncio ouve-se de repente um ruído fora do lugar. Perto demais para vir da rua. Mas fraco como um sussurro. Do lugar onde estou, a abertura da porta que dá para o primeiro andar é um retângulo fracamente iluminado, cinza. Por um instante o retângulo está ali, no instante seguinte já não está. Alguma coisa entrou na sala, alguma coisa que está bloqueando a luz com seu corpo.

Mexendo devagar a cabeça, sinto um movimento a descer os degraus. Tiro as botas. Não são boas para correr. Levanto. Mexendo devagar a cabeça vejo a silhueta no marco fracamente iluminado da porta.

Acreditamos que há um limite para a dimensão do medo. Só até encontrarmos o desconhecido. Todos dispomos de uma quantidade infinita de pânico.

Agarro com força uma das estantes, depois a empurro na direção dele. Imediatamente antes de ela cair, caem os primeiros volumes. Isso o alerta e ele levanta as mãos, tentando impedir que a estante caia. Primeiro é um ruído como se os ossos de seus antebraços estivessem se partindo. Depois o que dá a impressão de serem quinze toneladas de livros cai ao chão. Ele não pode largar a estante, mas o peso é grande demais. E lentamente suas pernas começam a ceder.

Disseminou-se por uma grande parcela da população a idéia errônea de que a violência sempre favorece os fisicamente fortes. Isso não é verdade. O resultado de uma luta depende da velocidade nos primeiros metros. Quando depois de seis meses na escola de Rugmarken fui transferida para a escola de Skovgaard, pela primeira vez me deparei para valer com a famosa perseguição com que os dinamarqueses tratam os diferentes. Na escola de onde vínhamos éramos todos estrangeiros e estávamos no mesmo barco. Em minha nova turma eu era a única com cabelo preto falando dinamarquês sofrível. Havia um garoto, especialmente, de uma das classes de mais velhos, que era de fato muito brutal. Descobri onde ele morava. Levantei cedo e fiquei a sua espera no ponto onde ele atravessava a Skovshovedvej. Ele pesava quinze quilos mais que eu. Não teve vez. Jamais conseguiu os dois minutos de que tinha necessidade para entrar no clima. Acertei-lhe um direto no meio da cara e quebrei seu nariz. Em seguida chutei suas rótulas, primeiro uma depois a outra, para posicioná-lo numa altura mais operativa. Foram necessários doze pontos para recolocar seu septo no lugar. No fim ninguém acreditou que pudesse ter sido eu.

Desta vez também não fico comendo mosca esperando o Natal chegar. Tiro da parede um dos rolos de cobre com cinqüenta mapas topográficos dentro e golpeio sua nuca com toda a força.

Ele despenca na hora. Em cima dele vêm as estantes. Fico esperando. Para ver se por acaso ele trouxe algum amigo. Ou um cachorrinho. Mas o único ruído que ouço é sua respiração debaixo de trinta metros de estantes.

Acendo a lanterna na cara dele. Está todo empoeirado. O golpe fez um corte na ponta de sua orelha de abano. Está com calças pretas de abrigo, pulôver azul-marinho, gorro preto de lã, sapatos azul-marinho de borracha e uma consciência negra. É o mecânico.

— Peter — digo eu. — Peter, seu atrapalhado.

Quanto à estante, ele não consegue dar conta. Tento arredá-la, mas não sai do lugar.

Sou obrigada a abandonar os dispositivos profissionais de segurança e acender a luz. Começo a remover da estante papéis, livros, mapas, relatórios e suportes de livros de aço maciço. São três metros a desembaraçar. Leva quinze minutos. Isso feito, consigo levantar a estante um centímetro e ele consegue se arrastar sozinho. Vai até a parede, onde se senta, apalpando a cabeça.

Só agora minhas pernas começam a tremer.

— Estou com perturbações visuais — diz ele. — Acho que fiquei com uma co-comoção cerebral.

— É sempre uma esperança — respondo.

Passa-se um quarto de hora até ele conseguir levantar. E mesmo assim, parece Bambi no gelo. Precisamos de meia hora mais para pôr a estante em pé outra vez. Primeiro precisamos tirar todos os papéis para depois levantá-la, e depois recolocar os papéis. O calor é tanto que tiro a saia e trabalho de meia-calça. Ele circula de pés descalços e com o torso nu e a todo momento fica com tontura e enjôo e é obrigado a descansar. O choque e a dúvida não esclarecida flutuam no ar, juntamente com pó suficiente para encher a caixa de areia das crianças no parquinho.

— Que cheiro de peixe, Smilla!

— Fígado de bacalhau — respondo. — E ainda dizem que é bom para a saúde!

Ele fica olhando em silêncio quando abro o cofre e penduro a chave no lugar. Depois abrimos a porta e saímos. Ele me conduz até um portão na cerca que dá para a Svanekegade. O portão está aberto. Depois de passarmos ele se inclina sobre o cadeado e o cadeado faz um clique.

O carro dele está na rua ao lado. Enquanto andamos, firmo-o com uma das mãos. Com a outra carrego um saco de lixo que está cheio de outros sacos de lixo. Uma radiopatrulha passa por nós devagar. Mas sem parar. Vê-se cada coisa nas ruas a essa hora! Deviam deixar as pessoas se distraírem do jeito que acham melhor.

Ele me conta que está tentando fazer seu carro ser aceito num museu de carros antigos. É um Morris 1000 de 1961, ele me diz. Com assentos de couro vermelho e capota e painel de madeira.

— Não vou conseguir dirigir — diz ele.

— Não tenho carta de motorista.

— Mas você já dirigiu alguma vez?

— Tanques na calota de gelo continental.

Ele acha que é muito risco para seu Morris. Prefere dirigir. Atrás do volante há pouco espaço para seu corpo grande. A capota está cheia de frestas e passamos um frio do cão. Pena que ele não tenha conseguido pôr o carro no museu há um monte de tempo.

A temperatura baixou de um pouco menos que zero para bem abaixo de zero e em nosso trajeto para casa começa a nevar. Com *qanik*, neve em pó moída fino.

A modalidade mais perigosa de avalanche é a avalanche de neve em pó. Essas avalanches são desencadeadas por perturbações energéticas muito pequenas, como por exemplo um ruído forte. Sua massa é muito pequena, mas elas se movem a uma velocidade de duzentos quilômetros por hora e arrastam atrás de si um vácuo mortífero. Já aconteceu de pessoas terem os pulmões sugados para fora do corpo em avalanches de neve em pó.

Foi esse tipo de avalanche em modelo miniatura que começou no telhado íngreme e resvaladiço de onde Isaías caiu e que agora me obrigo a olhar. Uma das coisas que se pode aprender com a neve é como as grandes forças e catástrofes sempre podem ser encontradas em formato menor na vida cotidiana. Não se passou um dia em minha vida adulta sem que eu me espantasse com a incapacidade de groenlandeses e dinamarqueses de se compreenderem mutuamente. Claro, é pior para os groenlandeses. Para quem dança na corda bamba, não é saudável ser mal interpretado por aquele que está segurando a corda. E a vida dos *inuits* neste século tem sido uma dança na corda bamba sobre um fio que tem uma das pontas presa à terra menos hospitaleira do mundo, com o clima mais rigoroso e mais oscilante do mundo, e a outra à administração dinamarquesa.

O quadro geral é esse. O miudinho, do dia-a-dia, é que moro no apartamento de cima do apartamento do mecânico há um ano e meio e que já conversei com ele vezes sem fim e que ele consertou minha campainha da porta e minha bicicleta e que eu o ajudei a corrigir a ortografia de uma carta para o Ministério da Habitação. Corrigi mais ou menos vinte palavras em vinte e oito. Ele é totalmente disléxico.

Estávamos precisando de um banho para livrar-nos do pó, do sangue e do fígado de bacalhau. Mas o que aconteceu nos ligou um ao outro. Por isso vamos os dois para o apartamento dele. Onde jamais estive antes.

A ordem impera na sala de estar. Os móveis são em madeira clara lixada e alvejada, com almofadas e estofamentos feitos com mantas de lã. Há castiçais com velas, uma estante de livros com livros, um painel com fotografias e desenhos infantis dos filhos de conhecidos. "Para o Peter Grandão da Mara, cinco anos." Há roseiras em vasos de porcelana e nelas há rosas vermelhas e a impressão que se tem é de que alguém as rega e conversa com elas e lhes promete que jamais irão passar férias em minha casa, onde por uma ou outra razão o clima não é favorável a plantas.

— Ca-café?

Café é veneno. Mesmo assim, de repente me dá vontade de refocilar na lama e digo:

— Quero, obrigada.

Fico olhando da porta enquanto ele prepara o café. A cozinha é toda branca. Ele se posiciona no centro, como um jogador de badminton na quadra, para mover-se o mínimo possível. Ele tem um pequeno moedor elétrico. Nesse moedor ele tritura primeiro diversos grãos claros, depois alguns que são pequenos, quase pretos, e brilhantes como vidro. Mistura tudo no pequeno funil de metal que em seguida encaixa numa máquina mecânica de fazer café expresso que coloca sobre um dos bicos de gás.

Na Groenlândia as pessoas adquirem péssimos hábitos com relação ao café. Eu uso leite quente diretamente sobre o Nescafé. Também não vou dizer que nunca dissolvi o pó diretamente na água que sai da torneira de água quente.

Ele serve uma parte de creme batido e duas partes de leite integral em dois copos altos com alças.

Quando serve o café da cafeteira, o café é preto e espesso como petróleo cru. Depois usa a torneira de vapor para fazer o leite espumar e reparte o café entre os dois copos.

Vamos para o sofá levando os copos. Sei apreciar quando alguém me serve uma coisa boa. No copo alto a bebida é escura como um velho carvalho e tem um aroma tropical envolvente, quase perfumado.

— Eu estava seguindo você — diz ele.

O copo está queimando de quente. O café está fervendo. Normalmente as bebidas quentes esfriam ao serem servidas. Mas neste caso a torneira de vapor aqueceu o copo a cem graus, juntamente com o leite.

— A porta está aberta. Eu entro. Como é que ia sa-saber que vo-você ia estar no escuro esperando?

Sugo cautelosamente a borda do copo. A bebida é tão forte que meus olhos se enchem de água e de repente sinto as batidas de meu coração.

— Fiquei pensando no que você disse lá no telhado. Sobre as pegadas. — Sua voz está sumida. De vez em quando não dá para ouvir nada.

— Nós dois éramos amigos. Ele era tão pequeno. Assim mesmo, éramos amigos. A gente não fala muito. Mas se diverte. Você não imagina quanto. Ele faz ca-caretas. Esconde o rosto com as mãos. Levanta a cabeça. Está com cara de macaco velho e doente. Esconde o rosto de novo. Mostra. Está com cara de coelho. Na vez seguinte parece o monstro de Frankenstein. Eu acabo de quatro implorando para ele parar. Dê a ele uma faca, um pedaço de madeira e um formão. Dê a ele uma faca e um pedaço de pedra-sabão. Ele senta, balança o corpo e rosna como um ursinho. De vez em quando diz alguma coisa. Só que em groenlandês. Diz para si mesmo. Ficamos ali trabalhando. Cada um por si e ao mesmo tempo juntos. Eu acho ótimo ele conseguir ser uma pessoa tão especial, com a mãe que ele tem.

Ele faz uma longa pausa, na esperança de que eu tome a palavra. Mas não contribuo. Os dois sabemos que sou eu a pessoa que tem direito a um esclarecimento.

— Assim, uma noite estamos os dois sentados como sempre. Petersen, o zelador, entra. Ele guarda seus garrafões de vinho na escada, perto do forno do aquecimento. Vem buscar seu vinho de abricó. Nunca aparece nesse horário, mas ali está ele, com sua voz grave. E seus tamancos. E aí baixo os olhos para o garoto. Ele está sentado todo encolhido. Como um bicho. Com a faca que você deu na mão. Tremendo inteiro. Parece uma fera. Mesmo depois de ver que era só o Petersen, não parou de tremer. Pego ele no colo. Pela primeira vez. Falo com ele. Ele não quer ir para casa. Trago aqui para ca-casa. Deito no sofá. Penso em ligar para você, mas fico sem saber o que dizer. A gente não se conhece tanto, afinal. Ele dorme aqui. Fico sentado aqui, ao lado do sofá. A cada quinze minutos ele salta feito uma mola, tremendo e chorando.

Ele não é de falar. Nos últimos cinco minutos me disse mais coisas que em todos esses dezoito meses somados. Se expõe de tal modo que não posso olhá-lo nos olhos, fico olhando para o café. Formou-se uma película de minúsculas bolhas transparentes que capturam a luz e a refletem em tonalidades vermelhas e roxas.

— Daquele dia em diante tenho a sensação de que ele tem medo de alguma coisa. O que você falou sobre as pegadas ficou na minha cabeça. Por isso fico de olho em você. Você e o Barão se entendem... se entendiam.

Isaías havia chegado à Dinamarca um mês antes de eu me mudar para o conjunto. Juliane dera a ele um par de sapatos de verniz. Na Groenlândia, verniz é coisa chique. Não estava dando para encaixar o pé de dedos abertos de Isaías nos sapatos de bico fino. Mas Juliane havia conseguido encontrar um modelo de fôrma larga. Desde então o mecânico chamava Isaías de Barão. Quando um apelido pega é porque alguma verdade profunda foi captada. Nesse caso, era a dignidade de Isaías. Que tinha alguma coisa a ver com o fato de ele ser tão auto-suficiente. Com o fato de que, para ser feliz, precisasse que o mundo lhe desse tão pouco.

— Por acaso vejo você ir até a casa de Juliane depois sair de novo. Sigo você com o Morris. Vejo você dar comida para o cachorro. Vejo você pular a cerca. Vou e abro o outro portão.

Então foi isso. Ele ouve alguma coisa, dá uma espiada, vai atrás, abre um portão, leva uma porrada na cabeça e cá estamos. Nenhum mistério, nada de novo ou de incrível sob o sol.

Ele me dedica um sorriso atravessado. Sorrio também. Cá estamos, tomando café e sorrindo um para o outro. Os dois sabemos que eu sei que ele está mentindo.

Falo de Elsa Lübing. Da Associação Criolítica da Dinamarca. Do relatório que está diante de nós, sobre a mesa, num saco de plástico.

Falo de Ravn. Que não trabalha exatamente onde trabalha, mas num outro lugar.

Ele fica olhando para baixo enquanto falo. Cabeça baixa, imóvel.

Há algo oculto, fora, nos limites da consciência. No entanto os dois percebemos que estamos participando de uma barganha. Que com profunda desconfiança recíproca estamos passando as informações que somos obrigados a revelar para obter outras em troca.

— Depois, tem o ad-advogado.

Fora, sobre o porto, surge a luz que antes talvez dormisse nos canais, embaixo das pontes, de onde ela agora se ergue hesitante sobre o gelo, que se põe a brilhar. Em Thule a luz voltava em fevereiro. Semanas antes de podermos ver o sol, quando ele ainda estava afundado nas montanhas e nós vivendo na escuridão, seus raios iam cair sobre a ilha Pearl, centenas de quilômetros mar adentro, fazendo-a cintilar como um cristal de madrepérola rosa. Na época eu estava convencida, independentemente do que dissessem os adultos, de que o sol havia hibernado no mar e que agora estava despertando.

— Tudo começa quando vejo o carro, um BMW vermelho, na Strandgade.

— Sei — digo.

A impressão que eu tenho é de que os carros da Strandgade mudam todos os dias.

— Uma vez por mês. Vem buscar o Barão. Quando o Barão volta para casa, está que não dá nem para falar.

— Sei — digo.

É preciso dar todo o tempo do mundo aos lentos.

— De modo que um dia desses vou e abro o carro e dou uma olhada no porta-luvas. Uso uma ferramenta. Advogado. O nome é Ving.

— Será que você não olhou o carro errado?

— Flo-flores. É como com as flores. Quando se é jardineiro. Eu vejo um carro uma ou duas vezes e não esqueço mais. Como você com a neve. Como você lá no telhado.

— Quem sabe fosse engano meu.

Ele balança a cabeça.

— Eu vi você e o Barão brincando de pular.

Passei grande parte da infância brincando daquilo. Acontece muitas vezes de ainda brincar durante o sono. A gente pula por cima de uma área coberta de neve onde ninguém passou ainda. Os outros esperam de costas. Depois os outros têm que reconstituir a partir das pegadas o pulo que a gente deu. Era disso que Isaías e eu brincávamos. Muitas vezes eu ia com ele até o jardim-de-infância. Muitas vezes chegávamos lá uma hora e meia atrasados. Deu bolo. Me avisaram que um jardim-de-infância não pode funcionar se as crianças chegam se arrastando no meio da manhã. Mas éramos felizes.

— Ele pulava como um saco de pulgas — diz o mecânico com ar sonhador. — Era esperto. Dá meia-volta no ar e aterrissa num pé só. Volta atrás sobre as próprias pegadas.

Olha para mim balançando a cabeça.

— Mas você acertava todas. Todas.

— Quanto tempo eles ficavam fora?

As britadeiras da Knippelsbro. O trânsito que começa. As gaivotas. O ruído distante, parece um baixo, não mais que uma vibração profunda, do primeiro hidrofólio para a Suécia. O som breve da sirene do ferry para Bornholm no instante em que ele dá a volta defronte ao palácio de Amalienborg. Está amanhecendo.

— Algumas horas, talvez. Mas ele voltava em outro carro. Num táxi. Sempre voltava sozinho de táxi.

Ele faz uma omelete para nós, comigo em pé na porta contando a ele sobre o Instituto Médico Legal. Sobre o prof. Loyen. Sobre Lagermann. Sobre a marca de alguma coisa que talvez fosse uma biópsia muscular retirada de uma criança. Depois da queda.

Ele corta cebola e tomates, refoga na manteiga, bate as claras em neve, mistura as gemas e frita a mistura dos dois lados. Leva a frigideira para a mesa. Tomamos leite para acompanhar e comemos algumas fatias de um pão de centeio preto, úmido, com cheiro de alcatrão.

Comemos em silêncio. É quando como com estranhos — como agora — ou quando estou com muita fome — como agora — que recordo o significado ritual das refeições. Que recordo a associação infantil entre a solenidade da reunião e as grandes experiências gastronômicas. Da gordura rosada e um pouco espumante da baleia comida em uma travessa comum. Da sensação de que praticamente tudo na vida existe para ser partilhado.

Levanto-me.

Ele está na frente da porta como se quisesse bloquear a saída.

Penso em como o que ele me disse hoje deixa a desejar.

Ele se afasta para o lado. Passo na frente dele. Com as botas e o casaco de pele na mão.

— Estou deixando parte do relatório com você. A leitura vai ser um bom treinamento para sua dislexia.

Em seu rosto há um certo ar de troça.

— Smilla! Como é possível uma garota elegante e miudinha como você falar num tom tão grosseiro?

— Sinto muito — digo — se lhe dou a impressão de que a grosseria está só em minha boca. Eu me desdobro para ser grosseira por inteiro.

E fecho a porta.

# 11

Dormi a manhã inteira e acordei um pouco tarde, por isso tenho só uma hora e meia para tomar banho, me vestir e aplicar a maquiagem de enterro — muito pouco tempo, como pode confirmar todo aquele que já tenha feito a tentativa de dedicar-se ao favorecimento do próprio aspecto. Em decorrência estou aturdida quando chegamos à capela e encerrada a cerimônia não melhorei nada. Andando ao lado do mecânico, a impressão que tenho é de que alguém desaparafusou minha tampa e ficou me esfregando por dentro, para cima e para baixo, com a escova grande de limpar garrafas.

Uma coisa quente me desce sobre os ombros. Ele tirou o paletó e pôs em cima de mim. O paletó dá nos meus pés.

Paramos e olhamos para trás, para o túmulo e para nossas próprias pegadas. As dele são grandes, esparramadas nos calcanhares. É provável que ele tenha as pernas levemente arqueadas, embora mal dê para notar. Minhas pequenas perfurações com os saltos altos. Lembram um pouco pegadas de cervo. Um movimento oblíquo, inclinado para baixo, e no fundo da pegada marcas pretas, onde as patas atravessam a camada de neve para atingir a terra.

As mulheres passam por nós. Vejo apenas suas botas e sapatos. Três delas carregam Juliane; as pontas de seus sapatos se arrastam na neve. Ao lado da batina do pastor vejo um par de botas pretas de couro bordado. Sobre o portão que dá para a aléia há uma lâmpada. Quando olho para cima a mulher levanta a cabeça e faz um movimento, o cabelo comprido voa e desaparece no escuro e o rosto colhe a luz, um rosto branco de olhos grandes, como água escura na palidez. Ela leva o pastor pelo braço e fala insistentemente com ele. Alguma coisa nesses dois vultos próximos um do outro congela a cena e a fixa em minha memória.

— Senhorita Jaspersen.

É Ravn. Com amigos. Dois homens. Usando casacos tão grandes quanto o dele, mas habilitados a recheá-los. Por baixo estão de terno azul, camisa branca, gravata e óculos escuros para que o escuro do inverno às quatro da tarde não lhes fira os olhos.

— Eu gostaria de trocar duas palavrinhas com a senhora.

— Onde? Na sede da divisão de fraudes? Sobre meus investimentos?

Ele ouve sem esboçar reação. Tem um rosto sobre o qual tantas coisas já se passaram no decorrer do tempo que nada mais é capaz de marcá-lo. Faz um gesto na direção do automóvel.

— Agora? Não sei se estou com muita vontade.

Ele não se move um milímetro. Mas seus dois confrades escorregam imperceptivelmente para mais perto.

— Smilla. Se vo-você não está querendo ir, acho que não deve ir.

É o mecânico. Ele se atravessou na frente dos homens.

Quando os animais — e de um modo geral todas as pessoas comuns — se defrontam com uma ameaça física, seus corpos se enrijecem. Do ponto de vista fisiológico isso é pouco econômico, mas a regra é essa. Os ursos polares são a exceção. São capazes de ficar deitados à espreita durante duas horas, perfeitamente relaxados, sem liberar por um segundo a tensão de sua musculatura em estado de prontidão. Agora percebo que o mecânico também é uma exceção. Seu corpo está praticamente solto. Mas em sua concentração para com os homens que tem diante de si existe uma ferocidade física que uma vez mais me lembra quão pouco sei a seu respeito.

Não há efeito visível sobre Ravn. Os dois homens azuis, porém, dão um passo para trás e ao mesmo tempo desabotoam os casacos. Quem sabe tenham ficado com calor. Quem sabe os dois sofram do mesmo tique nervoso. Ou então, quem sabe, os dois andam com cassetetes de miolo de chumbo.

— Depois alguém me leva em casa?

— Até a porta.

Eu e Ravn vamos no assento traseiro do automóvel. Em certo momento inclino o corpo e retiro os óculos escuros do motorista.

— Sou muda como um túmulo, coração — digo. — Minha boca está fechada com sete selos. Não vai ser por mim que o Ravn aqui vai ficar sabendo que você dorme em serviço. Às sete e meia da manhã na Kabbelejevej.

Na delegacia de polícia o carro avança por entre os prédios vermelhos que abrigam os escritórios da Divisão de Veículos Motorizados. Vamos para um pavilhão baixo, vermelho, que dá para o porto.

O prédio não tem placa alguma. Não encontramos ninguém. Não se escuta o matraquear das máquinas de escrever. Não há placas com nomes no alto das portas. Só paz e sossego. Como numa sala de leitura. Ou como na morgue, no porão do Instituto Médico Legal.

Os dois pajens azuis se evaporaram. Atravessamos um escritório escuro. Há venezianas nas janelas. Através das persianas vêem-se as luzes elétricas, as docas, a água, o cais da Islândia.

É uma sala que durante o dia deve ser muito iluminada. Fora isso, não há grande coisa a observar. Nada nas paredes. Nada sobre as mesas. Nada nos peitoris das janelas.

Ravn acende a luz. Num dos cantos vejo um homem sentado numa cadeira. Estava sentado no escuro, esperando. Rijo, cabelo curto, preto, quase felpudo, olhos azuis distantes e uma boca impiedosa. Está vestido com apuro.

Ravn vai sentar-se atrás de sua escrivaninha.

— Smilla Jaspersen — apresenta. — Comandante Telling.

De costas para as janelas, tenho os dois homens diante de mim.

Nada de cigarros, nada de café em potinhos plásticos, nada de gravador, nada de luz elétrica ofuscante, nada de tom de interrogatório. Só clima de espera.

No qual permaneço em silêncio.

Do silêncio surge uma senhora trazendo uma bandeja com chá, açúcar, leite e rodelas de limão, tudo em porcelana branca. Em seguida o edifício abandonado a engole e ela desaparece. Ravn serve o chá.

Vai buscar uma pasta em uma gaveta. Uma pasta cor-de-rosa. Lê devagar. Como se tentasse — novamente — viver a experiência pela primeira vez.

— Smilla Qaavigaaq Jaspersen. Nascida a 16 de junho de 1956 em Qaanaaq. Progenitores: Ane Qaavigaaq, caçadora, e Jørgen Moritz Jaspersen, médico. Escola primária na Groenlândia e em Copenhague. Graduação na Escola Secundária de Birkerød em 1976. Estudos no Instituto H. C. Ørsted e no Instituto Geográfico de Copenhague. Morfologia glacial, estatística e problemas básicos de matemática. Viaja ao Oeste da Groenlândia e a Thule em 1975, 1976 e 1977. Depósitos a favor das expedições dinamarquesas e francesas ao norte da Groenlândia em 1978, 1979 e 1980. Em 1982, contratada pelo Instituto Geodésico. Entre 1982 e

1985, membro da equipe científica de expedições à calota de gelo continental, ao oceano Ártico e à América do Norte Ártica. Em adendo, diversas referências. Uma do major Guldbrandsen, que chefiava a Patrulha Sirius. De 1979. Queixando-se de que a senhora se recusa a utilizar trenós puxados por cães. A senhora tem medo de cachorro?

— Digamos que seja cautela.

— Mas ele acrescenta que gostaria de recomendar a todas as expedições civis que lhe confiassem a função de navegadora, nem que fosse preciso carregar a senhora nas costas. Depois, seus artigos científicos. Uma dúzia, diversos deles publicados no exterior. Com títulos que não chegam a penetrar o entendimento do comandante Telling e o meu. "Statistics on glacial graphology." "Mathematical models for brine drainage from seawater ice." E um compêndio para os estudantes, escrito pela senhora tempos atrás: *Principais características da morfologia glacial do Norte da Groenlândia.*

Ravn fecha a pasta.

— Constam também diversas outras referências. De professores. De colegas de trabalho do Coldwater Laboratory, do exército norte-americano, que funciona num lugar chamado ilha Pylot. Todas, unanimemente, afirmam que a pessoa que desejar alguma informação sobre o gelo terá todo o interesse em consultar Smilla Jaspersen.

Ravn despe o casaco. Por baixo é mirrado como um limpador de cachimbo. Tiro os sapatos e cruzo as pernas sobre o assento da cadeira de modo a poder massagear os dedos dos pés. Estão dormentes de frio; em minhas meias ainda há torrões de gelo.

— De um modo geral, essas informações são idênticas às do curriculum vitae fornecido pela senhora quando solicitou um visto de entrada para o Norte da Groenlândia, em conexão com a expedição para marcação de ursos polares promovida pelo Instituto Polar da Noruega. Na época, fizemos uma verificação sumária dessas informações. São totalmente corretas. Sendo assim, acho que devemos concluir que estamos lidando com uma jovem muito independente, com aptidões incomuns, administradas com ambição e talento. A senhora também acha que é essa a conclusão correta?

— O senhor deve chegar exatamente à conclusão que melhor lhe aprouver — respondo.

— Além disso, também obtive algumas outras informações isoladas.

A pasta é muito fina, verde-escura.

— De um modo geral, este relatório é idêntico ao que o comandante Telling e seu escritório tiveram oportunidade de consultar quando carimbaram "Recusado" em sua última solicitação de visto de entrada para o Norte da Groenlândia. Ele começa por enumerar diversas ocorrências de caráter privado. Mãe desaparecida no dia 12 de junho de 1963, durante expedição de caça. Dada por morta. Irmão comete suicídio em setembro de 81 em Upernavik. Pais casados em 1956, separados em 1958. Depois da morte da mãe, pátrio poder transferido para o pai. Protesto do irmão da mãe indeferido pelo Ministério da Justiça em maio de 64. Vinda para a Dinamarca em setembro de 1963. Entre 63 e 71, desaparecida, procurada e localizada pela polícia seis vezes, duas delas na Groenlândia.

Escola dinamarquesa para imigrantes, 1963. Escola de Skovgaard, Charlottenlund, 64-5. Expulsa. Internato Stenhøj, Humlebæk, 65-7. Expulsa. Seguem-se permanências menos prolongadas em pequenas escolas particulares. Conclusão da escola primária depois de receber instrução particular em casa. Em seguida, ginásio. Pulou último ano. Diploma do secundário em 1976, depois de receber instrução particular. Admitida na Universidade de Copenhague. Sai em 1984 sem graduação. Seguem-se informações sobre a atividade política. Detida diversas vezes durante a ocupação do Ministério do Meio Ambiente pelo Conselho dos Jovens Groenlandeses. Participação ativa na fundação da IA, depois da cisão do CJG.

Olha inquisitivamente para Telling.

— *Inuit Ataqatigiit.* "Os que hão de vencer." Agressivamente marxista.

É a primeira vez que o capitão abre a boca.

— Abandona o partido no mesmo ano, depois de inúmeros desentendimentos. Desde então, sem partido. Seguem-se algumas contravenções menores. Três casos não esclarecidos de infração da legislação territorial canadense para o estreito Peary. Por quê?

— Eu estava marcando ursos polares. Os ursos não sabem ler placas. Por isso não respeitam fronteiras nacionais.

— Pequenas infrações de trânsito. Condenada por difamação em decorrência de um artigo sobre "Pesquisas em gelo e o motivo do lucro na Dinamarca em conexão com a exploração dos recursos petrolíferos no oceano Ártico". Conseqüentemente, excluída da Sociedade Dinamarquesa de Glaciologia.

Ergue os olhos.

— Existe alguma instituição que *não* a tenha expulsado, senhorita Jaspersen?

— Até onde eu sei, continuo fazendo parte do Registro Nacional de Cidadãos — respondo.

— Para terminar, também demos uma olhada no setor tributário e de administração pública. Entra alguma coisa, proveniente de seus artigos, empregos esporádicos e auxílios da assistência social. Nada que se coadune com seus gastos. Conclui-se que a senhorita tem alguém que a financia. Como é sua relação com seu pai?

— Terna e respeitosa.

— Talvez isso explique muita coisa. Para falar a verdade, o comandante Telling também andou dando uma olhada na declaração de imposto de renda de seu pai.

Para mim não é novidade eles saberem essas coisas. Desde a criação da Base Aérea de Thule foram estabelecidas limitações para o número de passageiros civis que cada avião podia transportar para a Groenlândia. Para que o serviço de inteligência tivesse tempo de investigar se todos haviam sido confirmados na Igreja luterana, vinham de boas famílias e haviam sido vacinados contra a febre vermelha do Leste. O que é impressionante é eles estarem se dando o trabalho de me contar tudo o que sabem.

— Essas informações pintam um quadro mais complicado. Compõem o retrato de uma mulher que jamais concluiu um curso. Que é desempregada. Que não tem família. Que criou conflitos por toda parte onde andou. Que jamais conseguiu se adaptar. Que é agressiva. E que oscila entre extremos políticos. Mesmo assim a senhora conseguiu participar de nove expedições em doze anos. Não conheço a Groenlândia. Mas imagino que, quando a gente não consegue dar certo na vida, a calota de gelo continental é um bom lugar para ocultar esse fato.

Não faço comentários. Mas registro-os no livro negro debaixo do nome dele.

— Nessas expedições a senhora sempre ocupou o posto de navegadora. Todas elas se valeram de material cartográfico confidencial, de fotografias de satélite e radar e de observações meteorológicas proporcionadas pelos militares. Nove vezes no decorrer dos últimos doze anos a senhora assinou um compromisso de confidência e de não-divulgação dessas informações. Temos cópias de todas elas.

Começo a perceber aonde ele quer chegar, qual seu objetivo.

— Num país pequeno como o nosso a senhora é um assunto sensível, senhorita Jaspersen. A senhora já viu e ouviu muita coisa.

Como acontece automaticamente quando se vai ao Norte da Groenlândia. Mas a senhora tem um passado e uma personalidade que, caso a senhora se encontrasse em qualquer outro ponto do território dinamarquês, teriam sido razão suficiente para que a senhora não recebesse permissão para ver ou ouvir coisa alguma.

A circulação dos meus pés está começando a voltar.

— Que vergonha — digo. — Estou quase chorando. Posso assoar o nariz na gravata do comandante?

— No seu lugar, uma pessoa com um mínimo de bom senso faria o possível para não chamar a atenção de ninguém.

— Será que é da minha roupa que o senhor não está gostando?

— O que não nos agrada são suas tentativas infrutíferas ou francamente nocivas de se imiscuir nas investigações do caso que, como já lhe prometi uma vez, vai ser reexaminado.

Obviamente tudo o que foi dito até agora avançava para isso.

— É — respondo. — Lembro perfeitamente que o senhor prometeu. Na época em que o senhor ainda trabalhava para a promotoria pública de Copenhague.

— Senhorita Smilla! — diz ele num tom suave. — Podemos mandar a senhora para a cadeia na hora que quisermos. A senhorita está me entendendo? Podemos instalá-la numa solitária, isolá-la, no momento que nos der na telha. Nenhum juiz vacilaria, com essa sua folha.

Desde o início, esta reunião esteve voltada para a questão da autenticidade. Ele estava querendo me mostrar o que é capaz de fazer. Que tem condições de obter as informações que mandei para o governo da Groenlândia e para os militares. Que pôde seguir meus passos. Que tem acesso a todo e qualquer arquivo. E que quando quiser pode convocar um oficial do serviço da inteligência às seis da tarde na semana do Natal. E que tudo isso ele fez para que eu não tenha a sombra de uma dúvida de que ele pode me prender na hora que quiser.

E conseguiu. Agora já sei que ele pode. Que as coisas têm que ser do jeito que ele quer. Porque por baixo de sua ameaça existe uma camada mais profunda de entendimento. Que ele agora arrasta para a luz.

— Segundo me disseram — diz ele lentamente —, ser preso num quartinho mínimo, sem janela, à prova de som, é particularmente desconfortável para pessoas que cresceram na Groenlândia.

Não há sadismo algum nele. Somente uma compreensão precisa e quem sabe levemente melancólica dos instrumentos de que dispõe.

Na Groenlândia não há prisões. Fazendo-se uma comparação entre a Dinamarca e Nuuk, a maior diferença na aplicação da lei é que na Groenlândia, em muitos dos casos que na Dinamarca teriam significado prisão, o castigo costuma ser uma multa. O inferno groenlandês não é a paisagem rochosa com lagos sulfurosos da Europa. O inferno groenlandês é um aposento fechado. Lembro de minha infância, lembro de como jamais estávamos dentro de casa. Para minha mãe, morar no mesmo lugar durante um longo período era uma coisa impensável. Em se tratando de minha liberdade espacial, sinto-me exatamente como notei que os homens se sentem em relação a seus testículos. Eu a embalo como se embala um bebezinho e a adoro como se adora uma deusa.

Cheguei ao fim da linha em minhas pesquisas sobre a morte de Isaías.

Levantamo-nos. Nossas xícaras ficaram intocadas. O chá esfriou.

# A CIDADE

## PARTE DOIS

# 1

Dá para tentar disfarçar uma depressão de diversas maneiras. Ouvindo a obra de Bach para cravo na Frelserskirke.* Espalhando com a gilete uma carreirinha de entusiasmo em forma de pó sobre um espelho de bolso para depois aspirar com um canudinho. Ou pedindo socorro. Pelo telefone, por exemplo, pois assim a gente sabe quem está ouvindo o pedido.

Esse é o jeito europeu. Ter esperança de conseguir deixar os problemas para trás.

Prefiro o jeito groenlandês. Que consiste em mergulhar no estado de espírito sombrio. Em colocar o próprio fracasso debaixo do microscópio e ficar olhando.

Quando as coisas estão muito mal — como agora —, vejo um túnel negro na minha frente. Para ele eu avanço. Tiro minhas lindas roupas, minha roupa de baixo, meu capacete de segurança e meu passaporte dinamarquês e entro nas trevas.

Sei que há de vir um trem. Uma locomotiva a vapor revestida de chumbo transportando estrôncio 90. Avanço a seu encontro.

Posso fazer isso porque tenho trinta e sete anos. Sei que dentro do túnel, por debaixo das rodas, no meio dos dormentes, existe um pontinho de luz.

Estamos na manhã da véspera de Natal. De uns dias para cá, venho pouco a pouco me afastando do mundo. Agora me preparo para a descida final. Que tem que acontecer. Porque me deixei enganar por Ravn. Porque agora estou faltando a meu compromisso com Isaías. Porque não consigo tirar meu pai da cabeça. Porque não sei o que dizer ao mecânico. Porque parece que não aprendo.

Preparei-me não tomando café da manhã. Acelera o confronto. Tranquei a porta. Me instalo na cadeira grande. E invoco o mau hu-

(*) *Kirke*: igreja. É comum haver concertos de câmara na Frelserskirke (igreja do Divino Salvador), em Copenhague. (N. T.)

mor: aqui está Smilla, sentada. Com fome. Em dívida. Na véspera do Natal. Enquanto os outros estão com as famílias. Com os namorados. Com os queridinhos. Enquanto os outros se têm uns aos outros.

Dá certo. Já estou diante do túnel. Meio velha. Um fracasso. Abandonada.

Tocam a campainha da porta. É o mecânico. Dá para perceber pelo jeito como ele toca a campainha. Cauteloso, tentativo, como se a cigarra estivesse aparafusada diretamente no crânio de uma senhora idosa que ele não quisesse incomodar. Desde o enterro não o vejo. Não quis pensar nele.

Saio e corto o contato da campainha. Torno a me sentar.

Dedico-me à ampliação interna de um quadro de minha segunda fuga, quando Moritz foi me buscar em Thule. Estávamos os dois na plataforma de cimento sem revestimento pela qual se andam os últimos vinte metros antes de entrar no avião. Minha tia choramingava. Aspirei todo o ar que pude. Imaginei que vai ver assim conseguia levar comigo para a Dinamarca aquele ar limpo, seco e adocicado.

Batem à porta da cozinha. É Juliane. Que se põe de joelhos e grita pela fresta da correspondência.

— Smilla! Preparei massa de bolinho de peixe!

— Me deixe em paz!

Ela fica chateada.

— Vou derramar em sua caixa de cartas.

Logo antes de subirmos para o avião minha tia me deu um par de *kamiks* para usar dentro de casa. Só bordando as miçangas ela levara um mês.

O telefone toca.

— Eu gostaria de ter uma conversa com a senhora sobre um certo assunto.

A voz de Elsa Lübing.

— Lamento — respondo. — Conte a outra pessoa. Não atire suas pérolas aos porcos.

Tiro o fio do telefone da tomada. Começo a sentir uma intensa atração pela solitária mencionada por Ravn. Num dia como este não se pode excluir a possibilidade de que o próximo evento seja alguém batendo a nossa janela. No quarto andar.

Batem à janela. Lá fora, um homem verde. Abro.

— Limpador de janelas. Só queria avisar. Para a senhora não inventar de trocar de roupa.

Dá um larguíssimo sorriso. Como se limpasse as vidraças pondo um vidro na boca de cada vez.

— Que diabo de história é essa? Por acaso o senhor está querendo dizer que não está com vontade de me ver nua?

Seu sorriso murcha. Ele aperta um botão e a plataforma onde está retira-o de meu campo de visão.

— Não quero que me limpem as janelas — grito para ele. — De todo modo, na minha idade já não se consegue enxergar direito o que está acontecendo lá fora.

Durante meus primeiros anos na Dinamarca eu não falava com Moritz. Jantávamos juntos. Por determinação dele. Sem pronunciar palavra ficávamos solenemente sentados enquanto sucessivas governantas serviam sucessivas refeições. *Fru* Mikkelsen, Dagny, *frøken* Holm, Boline Hsu.* *Crepinettes,* lebre ao creme, legumes japoneses, espaguetes húngaros. Sem trocar uma só palavra.

Sempre que alguém comenta a rapidez com que as crianças esquecem e perdoam e como elas são sensíveis, deixo entrar por uma orelha e sair pela outra. As crianças são capazes de lembrar, esquecer e eliminar por completo aqueles de quem não gostam.

Eu devia ter uns doze anos quando comecei a entender a razão pela qual ele tinha me trazido para a Dinamarca.

Eu tinha me mandado de Charlottenlund. Estava indo para o Oeste de carona. Tinha ouvido dizer que indo para o Oeste chega-se à Jutlândia. Frederikshavn era na Jutlândia. De lá chegava-se a Oslo. De Oslo havia cargueiros partindo regularmente para Nuuk.

Perto de Sorø, no fim da tarde, fui recolhida por um guarda-florestal. Ele me levou até uma casa da guarda florestal, me deu leite e sanduíche e me disse para esperar um pouco. Fiquei escutando na porta enquanto ele telefonava para a polícia.

Fora da garagem encontrei a vespa do filho dele. Saí pela estrada que corta os campos lavrados. O guarda-florestal veio atrás, mas seus chinelos ficaram presos no lodo.

Era inverno. Numa curva junto a um lago derrapei, caí, rasguei o casaco e bati a mão. Dali em diante passei boa parte da noite andando.

(*) *Fru*: senhora; *frøken*: senhorita. (N. T.)

Me acomodei para dormir num abrigo junto a um ponto de ônibus. Quando acordei, estava sentada sobre uma mesa de cozinha com uma mulher desinfetando os arranhões de meu tórax com álcool. Parecia que eu estava sendo golpeada por um bate-estaca.

No hospital limparam o asfalto do ferimento e me engessaram os ossos quebrados do pulso. Aí Moritz chegou para me buscar.

Estava muito zangado. Enquanto descíamos o corredor do hospital um ao lado do outro, ele tremia.

Me levava pelo braço. Quando foi pegar as chaves do carro teve que me largar e eu corri. Era para Oslo que eu ia. Mas não estava em boa forma e ele sempre foi rápido. Os jogadores de golfe praticam corrida para agüentar as distâncias, que às vezes, quando eles fazem setenta e dois buracos em dois dias, chegam a duas vezes vinte e cinco quilômetros. Para encurtar, ele me pegou na hora.

Eu tinha uma surpresa para ele. Um bisturi, que havia escondido no capuz na sala de emergência. Os bisturis entram na carne como se ela fosse manteiga que tivesse ficado ao sol. Mas como minha mão direita estava engessada, foi só um talho na palma de uma das mãos dele.

Ele olhou para a mão, depois a ergueu para me bater. Mas eu tinha chegado um pouco para trás. Assim, começamos a andar em círculos um atrás do outro naquele estacionamento. Quando a violência física se mantém à espreita durante muito tempo na relação de duas pessoas, pode ser um alívio chegar até ela.

De repente ele endireitou o corpo.

— Você parece sua mãe — disse. E começou a chorar.

Naquele momento pude vê-lo por dentro. Quando minha mãe desapareceu, deve ter levado consigo um pedaço de Moritz. Ou pior: uma parte de seu mundo físico deve ter se afogado com ela. Naquele estacionamento, cedinho na manhã de inverno, com nós dois a encarar-nos, com seu sangue pingando e abrindo um pequeno túnel vermelho na neve, lembrei de uma coisa a seu respeito. Lembrei dele na Groenlândia, antes da morte de minha mãe. Lembrei que junto com suas imprevisíveis e intempestivas alterações de humor havia uma jovialidade que era uma alegria de viver que possivelmente até fosse uma espécie de calor humano. Essa parte do mundo minha mãe tinha levado consigo. Ao desaparecer, minha mãe tinha levado as cores. Desde então ele estava preso num mundo todo em preto e branco.

Ele tinha me levado para a Dinamarca porque eu era a única pessoa capaz de lembrá-lo do que ele perdera. As pessoas apaixonadas veneram uma fotografia. Se ajoelham diante de um pedaço de pano. Fazem uma viagem para ficar olhando a parede de uma casa. Tudo o que tiver o efeito de atiçar as brasas que ao mesmo tempo as aquecem e consomem.

Com Moritz era pior. Ele estava irremediavelmente apaixonado por uma pessoa cujas moléculas haviam sido sugadas para o imenso nada. Seu amor tinha perdido as esperanças. Mas se aferrara à memória. E essa memória era eu. Com imensa dificuldade ele fora me buscar e ao longo dos anos enfrentara uma série infinita de rejeições num deserto de hostilidade só para poder me olhar e descansar um instante naquilo que eu pudesse ter de parecido com a mulher que era minha mãe.

Os dois endireitamos o corpo. Joguei o bisturi num matagal. Voltamos à sala de emergência para ele fazer um curativo.

Aquela foi a última vez que tentei fugir. Não vou dizer que o perdoei. Sempre recrimino os adultos que não suportam a pressão do amor e permitem que ele recaia sobre crianças pequenas. Só estou querendo dizer que de alguma forma o entendi.

Desta cadeira onde estou, vejo a fresta da correspondência. A última entrada por onde o mundo ainda não tentou se introduzir. Agora alguém mete por ali uma longa tira de papelão cinzento. Com alguma coisa escrita. Deixo passar algum tempo sem ir ver. Mas é difícil ignorar um bilhete com um metro de comprimento.

"Tudo é preferível ao suicídio", é o que está escrito. Pelo menos o que deveria estar escrito. Ele conseguiu incluir uns dois ou três erros de ortografia no breve texto.

A porta de seu apartamento está aberta. Sei que ele jamais a tranca. Bato e entro.

Molhei a cabeça com um pouco de água fria. É até possível que tenha escovado o cabelo.

Ele está sentado na sala lendo. É a primeira vez que o vejo de óculos.

Do lado de fora, outra vez o limpador de janelas. Quando me vê, resolve continuar seu trabalho no andar de baixo.

O mecânico ainda está com um curativo na orelha. Mas parece que está ficando bom. Tem olheiras negras debaixo dos olhos. Mas está recém-barbeado.

— Houve uma segunda expedição.

Bate com a mão nos papéis diante dele.

— O mapa.

Sento-me a seu lado. Ele está cheirando a xampu e alho.

— Alguém fez anotações no mapa.

É a primeira vez que examino um mapa detalhado da geleira. Trata-se de uma fotocópia. Escreveram alguma coisa a lápis na margem. Na cópia a anotação saiu apagada. É uma mistura de inglês e dinamarquês. "Revisado de acordo com a expedição da Fundação Carlsberg. 1966."

Ele olha para mim cheio de expectativa.

— E aí digo pa-para mim mesmo: deve ter havido uma segunda expedição! E considero a hipótese de voltar ao arquivo.

— Sem chave?

— Tenho ferramentas.

Não há por que duvidar. Com suas ferramentas ele abriria até os porões do Banco Nacional.

— Mas tive a idéia de ligar para a Carlsberg. A coisa não é tão sim-simples. Transferem a ligação. Afinal me põem em contato com a Fundação Carlsberg. Lá me informam que a fundação financiou uma expedição em 66. Mas já não há ninguém daquela época trabalhando na fundação. E não acharam nenhum relatório. Só acharam uma outra coisa.

Ele saca o trunfo.

— Tinham a prestação de contas e a lista dos participantes da expedição e dos colaboradores a quem tinham pago salário. Você sabe de onde eu disse que estava li-ligando? Do fisco. Eles me deram os nomes na hora. E sabe de uma coisa? Uma pessoa participou das duas expedições.

Ele põe um pedaço de papel diante de mim. Com uma lista de nomes em letra de fôrma dos quais reconheço dois. Ele aponta um dos dois.

— Nome esquisito, não é? A gente ouve uma vez e não esquece mais. Ele foi nas duas vezes.

"Andreas Fine Licht", dizia o papel. "600 CYD 12/9."

— O que é CYD?

— *Cap York Dollars.* A moeda utilizada pela Associação Criolítica na Groenlândia.

— Liguei para o Registro Nacional. Eles precisavam dos nomes, do número das identidades e dos últimos endereços conhecidos. De modo que tive que ligar de novo para a fundação. Mas aí consegui. São dez nomes, está vendo? Três groenlandeses. Dos outros sete, só dois continuam vivos. O ano de 1966 es-está ficando muito distante. Um é o Licht. O outro é uma mulher. Na Carlsberg disseram que ela tinha sido paga para traduzir alguma coisa. Não faziam idéia do quê. O nome dela é Benedicte Clahn.

— Tem mais um.

Ele me olha sem entender.

Ponho o relatório médico diante dele e mostro a assinatura. Ele decifra o nome devagar.

— Loyen.

Depois confirma com a cabeça.

— Em 66 ele também foi.

Ele faz comida para nós.

Sempre se diz que, nas casas onde a gente se sente bem, as pessoas acabam na cozinha. Em Qaanaaq vivíamos na cozinha. Aqui, me satisfaço com ficar em pé na porta. Trata-se de uma cozinha espaçosa. Mas ele consegue preenchê-la sozinho.

Há mulheres que sabem fazer suflê. Que aliás estão justamente com uma receita de *parfait* de moca enfiada no bustiê. Capazes de montar os próprios bolos de casamento com uma mão e fazer *steak au poivre* Nossi Bé com a outra.

Uma coisa dessas deve deixar todo mundo feliz. Desde que não signifique que nós outras devamos ficar nos sentindo mal só porque ainda não conseguimos começar a entender nossas torradeiras elétricas.

Ele está com uma montanha de peixe e uma montanha de legumes. Salmão, cavala, bacalhau, diversos tipos de linguado. Dois caranguejos de bom tamanho. Caudas, cabeças, barbatanas. Depois cenoura, cebola, alho-poró, canabrás, erva-doce e topinambo.

Ele lava e cozinha os legumes.

Falo de Ravn e do comandante Telling.

Ele põe arroz por cima. Com cardamomo e anis-estrelado.

Falo das cláusulas de confidência que subscrevi.

Dos relatórios em poder de Ravn.

Ele escoa a água dos legumes e cozinha as postas de peixe.

Falo das ameaças. Que podem me prender quando lhes der na telha.

Ele retira as postas de peixe uma a uma. Estou bem lembrada disso na Groenlândia. Da época em que tínhamos tempo para fazer comida.

O tempo de cozimento dos diferentes peixes varia muito. O bacalhau fica pronto logo depois. A cavala demora mais, o salmão mais ainda.

— Estou com medo de ir para a cadeia — digo.

Ele acrescenta os caranguejos por último. Deixa no máximo cinco minutos na fervura.

De certo modo sinto alívio pelo fato de ele não abrir a boca, não soltar exclamações. Ele é a única outra pessoa que sabe tudo o que sabemos. Tudo o que agora vamos ter que esquecer.

Sinto necessidade de explicar a ele a história da claustrofobia.

— Você sabe qual é a base da matemática? — pergunto. — A base da matemática são os números. Se alguém me perguntasse o que mais me deixa feliz, eu responderia: os números. A neve, o gelo e os números. Você sabe por quê?

Ele parte as patas com um quebrador de nozes e retira a carne com uma pinça curva.

— Porque o sistema numérico é exatamente como a vida humana. Para começar, temos os números naturais. Os que são inteiros e positivos. Os números das criancinhas. Mas a consciência humana vai aumentando. A criança descobre a carência, e você sabe qual é a expressão matemática para a carência?

Ele acrescenta creme de leite e algumas gotas de suco de laranja à sopa.

— Os números negativos. A formalização de que se percebe que se sente falta de alguma coisa. E a consciência continua aumentando, cresce, e a criança descobre os espaços intermediários. O espaço entre as pedras, entre os pedaços de musgo nas pedras, entre as pessoas. E entre os números. E você sabe aonde isso vai dar? Nas frações. Números inteiros mais frações dão números racionais. E a consciência não fica nisso. Ela deseja ir além da razão. Realiza uma operação absurda como a extração da raiz quadrada. E obtém os números irracionais.

Ele aquece baguete no forno e põe pimenta no moedor.

— É um tipo de demência. Porque os números irracionais são infinitos. Não dá para escrevê-los. Eles levam a consciência para além dos limites. E quando adicionamos os números irracionais aos racionais, temos os números reais.

Fui até o meio da sala para ter mais espaço. É raro a gente ter a possibilidade de se explicar para um outro ser humano. Em geral é preciso debater. E isso é importante para mim.

— A coisa não pára por aí. Não pára nunca. Porque agora, nesse ponto, expandimos os números reais com raízes quadradas imaginárias de números negativos. São números que não temos como imaginar, números que a consciência normal não consegue apreender. E quando adicionamos os números imaginários aos números reais, obtemos todo o sistema numérico. O primeiro sistema numérico que nos permite explicar satisfatoriamente a formação de cristais no gelo. É como uma paisagem ampla, aberta. Os horizontes. A gente avança na direção deles e eles vão trocando de lugar. Isso é a Groenlândia, é disso que não consigo me privar! É por isso que não quero ser presa.

Fui parar na frente dele.

— Smilla — diz ele. — Posso lhe dar um beijo?

Todo mundo deve ter uma auto-imagem. Sempre me imaginei uma Dona Feroz muito faladeira. Agora não sei o que dizer. Sinto que ele me traiu. Que não me ouviu como devia. Que me enganou. Por outro lado, ele não está fazendo nada. Não está me incomodando. Está parado na frente das panelas fumegantes e simplesmente olha para mim.

Não acho o que responder. Só fico ali parada sem saber o que fazer comigo naquele momento, que felizmente passa.

— Fe-feliz Natal.

Comemos sem trocar uma só palavra. Em parte, claro, porque o não-dito de antes ainda está no ambiente. Mas principalmente porque a sopa o exige. Não dá para falar diante dessa sopa. Lá do prato ela grita, quer nossa absoluta atenção.

Com Isaías era a mesma coisa. Às vezes, quando eu lia alto para ele ou quando ouvíamos *Pedro e o lobo,* acontecia de minha atenção voltar-se para outra coisa e meus pensamentos me levarem em outra direção. Depois de algum tempo ele começava a pigarrear. Um pigarro amistoso, de protesto, eloqüente. Que dizia mais ou menos o seguinte: Smilla, você está sonhando, está longe de mim.

O mesmo acontecia com a sopa. Estou comendo em um prato fundo. O mecânico bebe em uma xícara grande. O gosto é de peixe. De profundo oceano Atlântico, de icebergs, de algas. O arroz evoca os trópicos, folhas dobradas de bananeira. Os mercados flutuantes de condimentos da Birmânia. Para dar livre curso à fantasia.

Tomamos água mineral. Ele sabe que não bebo álcool. Não me perguntou por quê. Pensando bem, ele jamais me perguntou nada. Exceto aquilo de há pouco.

Ele pousa a colher.

— Aquele navio — diz. — A miniatura de navio do quarto do Barão. Dava a impressão de ser uma coisa tão cara.

Ele põe um impresso na minha frente.

— A ca-caixa que ele tinha lá no quarto. Na qual ele fez um furo. Era a embalagem do navio. Foi lá que encontrei isto aqui.

Por que eu mesma não tinha visto?

Na primeira página lia-se: "Museu Ártico. Navio *Johannes Thomsen,* da Associação Criolítica da Dinamarca. Escala 1:50".

— O que é Museu Ártico? — pergunto.

Ele não sabe.

— Mas na caixa havia um endereço.

Ele ainda não mostrou todas as suas cartas. Recortou o endereço da caixa de papelão com uma faca. Sem dúvida para evitar os erros de ortografia. Agora ele me apresenta o endereço.

"Escritório de Advocacia Hammer & Ving." E um endereço na Østergade, junto à Kongens Nytorv.

— Era ele que vinha buscar o Barão de carro.

— Que diz Juliane?

— O medo é tanto que ela só treme.

Ele faz café. Com dois tipos de grão, com o moinho, com o funil, com a máquina, sempre meticuloso, sempre sem pressa. Tomamos o café em silêncio. Hoje é véspera de Natal. Para mim, o silêncio costuma ser um aliado. Hoje ele me causa uma leve pressão nas orelhas.

— Quando você era pequeno, em sua casa faziam árvore de Natal? — pergunto.

Questão aceitável, na aparência. Mas formulada para descobrir quem ele é.

— Todo ano. Até meus quin-quinze anos. Aí o gato pulou na árvore. A árvore pegou fogo.

— E você, o que fez?

Só depois de perguntar, percebo ter dado por certo que ele teria feito alguma coisa.

— Tirei a camisa e enrolei o gato. Isso abafou o fogo.

Penso nele sem camisa. À luz das lâmpadas. À luz das velas de Natal. À luz do gato em chamas. Afasto o pensamento. Ele volta. Alguns pensamentos têm grude.

— Boa noite — digo, levantando.

Ele me segue até a porta.

— Te-tenho certeza que esta noite eu sonho.

A observação aponta para alguma coisa. Examino seu rosto em busca de algo que indique que ele está fazendo troça de mim, mas seu rosto está sério.

— Obrigada, estava tudo muito bom — digo.

Um dos sintomas de que a vida da gente está precisando de uma arrumação é quando se constata que nossos bens consistem basicamente em coisas tomadas emprestadas há muito tempo, coisas que agora é tarde demais para devolver, pois sentimos que seria preferível raspar a cabeça que encarar a criatura fantasmagórica que é seu legítimo proprietário.

Meu gravador tem uma plaquinha: "Instituto Geodésico". Alto-falantes embutidos, setenta por cento de distorção embutidos e indestrutibilidade embutida, ou seja, não se consegue sequer achar uma desculpa para comprar outro.

Na mesa diante de mim está a caixa de charutos de Isaías. Uma a uma, sopesei as coisas na mão. Localizei a ponta de arpão em *Os esquimós*, de Birket-Smith. É uma ponta da cultura Dorset. Entre 700 e 900 d.C. Diz o livro que foram encontradas pelo menos cinco mil delas. Ao longo de um litoral de três mil quilômetros.

Retiro a fita do invólucro. É uma Maxell XLI-S. Uma fita cara. Uma fita para quem quer gravar música.

Não há música na fita. É um homem falando. Um groenlandês.

Na ilha Disko, em 1981, ajudei a testar os efeitos corrosivos da névoa marinha sobre as carabinas utilizadas por razões de segurança nas travessias da geleira. Tudo o que fazíamos era pendurá-las numa corda e voltar três meses depois. Aparentemente, continuavam confiáveis. Um pouco castigadas, mas confiáveis. Segundo o fabricante, elas resistiam a impactos de até quatro mil quilos. Verificou-se que conseguíamos despedaçá-las com a unha. Expostas a um clima hostil, elas se haviam desintegrado.

É num processo de deterioração desse tipo que se perde o próprio idioma.

Quando fomos transferidos da escola do povoado para Qaanaaq encontramos professores que não sabiam uma palavra de groenlandês e que não tinham a menor intenção de aprender. Eles nos disseram que aqueles dentre nós que se mostrassem mais capazes haveriam de receber um bilhete de entrada para a Dinamarca e para uma profissão e para uma saída da miséria ártica. Esse ascenso dourado teria lugar em dinamarquês. Isso era na época em que se construíam os fundamentos da política dos anos 60. Que oficialmente declarou a Groenlândia "distrito mais setentrional da Dinamarca" e oficialmente determinou que os *inuits* fossem chamados "dinamarqueses do Norte" e "instruídos nos mesmos direitos que os demais dinamarqueses", nas palavras do primeiro-ministro.

Com isso estão construídos os fundamentos. Aí vai-se para a Dinamarca, passam-se seis meses e a impressão que se tem é que jamais se há de esquecer a língua materna. É nela que se pensa, nela se recorda o passado. Aí a gente encontra um groenlandês na rua. Conversa-se um pouco. E de repente aparece uma palavra totalmente comum que a gente não consegue lembrar. Passam-se mais seis meses. Uma amiga nos leva à Casa do Groenlandês, na Løvstræde. É então que se percebe que dá para despedaçar nosso próprio groenlandês com a unha.

Mais tarde, depois de ter voltado, tentei aprender a língua de novo. Como tantas outras coisas, não consegui nem deixei de conseguir. É mais ou menos a situação em que me encontro com minha língua materna: como se eu tivesse dezesseis ou dezessete anos.

Aliás, na Groenlândia não existe uma língua única. São três. O homem da fita de Isaías fala groenlandês do Leste. Um dialeto sulino. Incompreensível para mim.

Pelo tom, chego à conclusão de que ele está falando com alguém. Mas ninguém o interrompe. Parece que ele está falando numa cozinha ou numa sala de jantar, pois de vez em quando se tem a impressão de ouvir barulho de talheres. De vez em quando, o ronco de um motor. Quem sabe um gerador. Ou a estática do aparelho.

Está explicando uma coisa importante para ele. Uma explicação longa, ansiosa, detalhada, mas também com longas pausas. Durante as pausas é possível ouvir, por trás da voz dele, um cicio que talvez seja música, talvez o som de um instrumento de sopro. Traços de uma gravação anterior, não totalmente apagada.

Desisto de entender o que está sendo dito e deixo os pensamentos voarem. O homem que está falando não pode ser o pai de Isaías, o dialeto não confere.

A voz conclui uma sentença e se cala. Devem ter usado o botão PAUSE, pois não se ouvem estalidos. Em determinado momento se ouve a voz, no momento seguinte só a estática. E muito longe, lá no fundo, restos de uma música remota.

Deixo o gravador ciciar e apóio as pernas na mesa.

De vez em quando eu punha música para Isaías. Puxava os alto-falantes para o sofá, para perto de seus ouvidos deficientes, e aumentava o volume. Ele se recostava no sofá e fechava os olhos. Muitas vezes adormecia. Deslizava devagarinho para um dos lados sem acordar. Eu o pegava no colo e carregava para baixo. Se houvesse muito barulho, subia de novo com ele e o deitava na cama. No exato momento em que era colocado na cama, invariavelmente ele acordava. E nesse estado semi-adormecido, cantarolando com voz rouca, ele dava a impressão de estar tentando entoar alguns acordes do que ouvira.

Fechei os olhos. É de noite. Os últimos convivas natalinos já foram para casa com os trailers cheios de presentes. Agora estão deitados, felizes porque depois de amanhã vão poder trocá-los por outros ou pedir o dinheiro de volta. Isso se o vovô ou a vovó não tiverem tido a consideração de oferecer-lhes um cheque em lugar do presente.

Está na hora do chá de hortelã. De contemplar a cidade. Viro-me para a janela. Há sempre a esperança de que enquanto a gente não estava olhando tenha começado a nevar.

Nesse instante alguém ri.

Estou de pé com as mãos estendidas na minha frente. Não se trata de uma risada delicada, de mocinha. É o fantasma da ópera. Quero vender minha vida pelo maior preço possível.

Ouvem-se quatro batidinhas leves e a música começa. Jazz. No primeiro plano o som forte de um trompete. Vem da fita de Isaías.

Comprimo o botão de STOP. Levo um bom tempo para voltar à terra. Para construir um pânico respeitável basta uma fração de segundo. Libertar-se dele toma, às vezes, metade de uma noite.

Rebobino a fita e toco de novo a última parte. Mais uma vez, utilizou-se o botão de PAUSE. Sem aviso, de repente a risada. Profunda, triunfante, sonora. Depois as batidinhas. Depois a música. Jazz e ao mesmo tempo não-jazz. Há algo eufórico, incongruente naquilo.

Como quatro instrumentos que tivessem enlouquecido. Mas funciona. Porque ao mesmo tempo existe uma estranha precisão. Como o número de um palhaço no picadeiro de um circo. A parte que exige maior precisão é a que deve parecer mais caótica.

A música dura uns sete minutos. Depois a fita acaba e as notas são bruscamente interrompidas.

A música tinha uma energia. Uma estranha euforia, por cima do medo, véspera de Natal, três da madrugada.

Em Qaanaaq eu cantava no coro da igreja. Imaginava os três reis magos de botas de neve andando pelo gelo no trenó puxado por cães. Com os olhos fixos nas estrelas. Eu sabia como eles estavam se sentindo por dentro. Estavam em contato com o *Absolute Space*. Sabiam que estavam no caminho certo. Que avançavam para um fenômeno de energia. Era isso o que Jesus-Menino significava para mim, enquanto eu ficava ali fingindo que estava lendo as notas que na realidade jamais tinha aprendido, pois sempre aprendi as músicas de ouvido.

Agora é a mesma coisa, com mais de metade de minha vida atrás de mim, no Terror Branco. Grande coisa eu nunca ter tido um filho. Gosto do mar e do gelo e não passo o tempo me sentindo fraudada pela Criação. Uma criança que nasce é uma coisa para se buscar, uma coisa para procurar, uma estrela, uma aurora boreal, uma coluna de energia no universo. E uma criança que morre é uma abominação.

Levanto, desço e toco a campainha.

Ele aparece de pijama. Bêbado de sono.

— Peter — digo. — Estou com medo. Mas estou nessa, de todo modo.

Ele sorri, semi-acordado, semi-adormecido.

— Eu sabia — diz ele. — Eu sabia.

# 2

— O trinta é um número bíblico — diz Elsa Lübing. — Judas recebeu trinta dinheiros de prata. Jesus tinha trinta anos ao ser batizado. Este ano agora vai fazer trinta anos que a Associação Criolítica adotou a escrituração automatizada.

Hoje é 27 de dezembro. Estamos sentadas nas mesmas cadeiras. Sobre a mesa o mesmo bule de chá, os mesmos descansos debaixo das xícaras. Fora, a mesma vista estonteante, a mesma luz branca de inverno. Poderia parecer que o tempo parou. Como se tivéssemos passado esta última semana sentadas aqui, imóveis, e agora alguém apertasse um botão e continuássemos do ponto onde havíamos parado. Se não fosse por uma coisa. Parece que ela tomou uma decisão. Aparenta uma espécie de determinação.

Seus olhos estão encovados e ela está mais pálida que da última vez, como se tivesse tido que passar noites de insônia para chegar até este ponto.

Ou será que é tudo imaginação minha? Talvez ela esteja com essa cara por ter festejado o Natal jejuando, velando e repetindo suas orações setecentas vezes, de manhã e à noite.

— De certa forma esses trinta anos mudaram tudo. De certa forma tudo ficou na mesma. Naquele tempo, na década de 60 e no início da década de 70, o diretor era o conselheiro Ebel. Ele e a esposa tinham cada um seu Rolls-Royce construído especialmente para eles. De vez em quando um dos carros estacionava do lado de fora e o motorista de libré ficava esperando atrás do volante. Desse modo ficávamos sabendo que ele ou a esposa estavam em visita à fábrica. Eles, pessoalmente, jamais víamos. Ela possuía um vagão particular que ficava estacionado em Hamburgo; diversas vezes por ano esse vagão era engatado ao trem e os dois iam para a Riviera. A administração cotidiana ficava a cargo do diretor financeiro, do diretor de vendas e do engenheiro-chefe Ottesen. Ottesen estava sempre no laboratório ou na pedreira, em Saqqaq. Esse era um que jamais encontrávamos. O diretor de vendas viajava o tempo todo. De vez em quando ele voltava distribuindo sorrisos, presentes e histórias frívolas por todos os lados. Lembro que a primeira vez que ele chegou de Paris, logo depois da guerra, trazia meias de seda.

Ela ri ao pensar que um dia ficou feliz por ganhar meias de seda.

— Já observei que a senhora também se interessa pelo vestuário. Isso desaparece com a idade. Nos últimos trinta anos só me vesti de branco. Ao restringir as coisas materiais, deixamos o pensamento livre para o espiritual.

Não digo coisa alguma, mas anoto mentalmente a observação. Para a próxima vez que mandar fazer calças no alfaiate Tvilling, da Heinesgade. Ele coleciona esse tipo de jóias cintilantes.

— Era um aparelho que media um metro e sessenta e cinco por um metro por um metro e vinte. Esse aparelho podia ser ajustado para operar em dois planos. Com sistemas monetários continentais, decimais, e com as libras e pence da Inglaterra. As informações relevantes eram marcadas utilizando-se uma espécie de código de furos em fichas destinadas ao registro de dados e com elas o aparelho era alimentado. Isso significava que o acesso às informações ficava dificultado. Quando os números são comprimidos na ficha perfurada e codificados, fica mais difícil entendê-los. É isso a centralização. Foi o que disse o diretor. Que sempre é preciso pagar um preço pela centralização.

De certo modo ficou mais fácil orientar-se no mundo moderno. Todos os fenômenos ficaram internacionais. Como parte da centralização, a Companhia Comercial da Groenlândia encerrou seus negócios na ilha Maxwell em 1979. Durante dez anos meu irmão foi caçador ali. O rei da ilha, incontestável como um babuíno macho. O fechamento do entreposto comercial empurrou-o para o Sul, para Upernavik. Quando me mandaram para a estação meteorológica ele estava varrendo os cais do porto. No ano seguinte ele se enforcou. Foi no ano em que o índice de suicídios na Groenlândia foi o mais alto do mundo. Os ministros da Groenlândia escreveram no *Atuagagdliutit* que tudo indicava que seria difícil concatenar a necessária centralização ao comércio da caça. Não escreveram que certamente haveria muitos outros suicídios pelo caminho. Mas estava subentendido.

— Prove os biscoitos — diz ela. — *Spekulaas.* Eu mesma fiz. Foi preciso uma eternidade para aprender a tirá-los da fôrma sem estragar o desenho.

Os biscoitos são chatos, castanho-escuros, com um fundo de lascas bem comprimidas de amêndoa torrada. Ela os observa atentamente. Uma pessoa que passou a vida sozinha pode permitir-se refinar interesses altamente especializados. Por exemplo, a melhor maneira de tirar os biscoitos da fôrma.

— Eu trapaceio um pouco — diz ela. — Este aqui, por exemplo. A fôrma é um casal. É realmente muito difícil conseguir desenformá-los com os olhos no lugar. Esse é o problema das massas muito secas. Por isso utilizo uma agulha de tricô depois de desenformá-los e espalhá-los sobre a mesa. Não é bem o desenho original, mas quase. Numa empresa acontece mais ou menos a mesma coisa. Nesse caso o nome certo é "boa prática contábil". Trata-se de uma expressão flexível, que inclui tudo o que os auditores consideram aceitável. A senhora sabe como se reparte a responsabilidade nas empresas registradas na bolsa?

Balanço a cabeça. Os biscoitos combinam tão bem a manteiga e os condimentos que uma pessoa poderia comer cem deles e só se dar conta de que estava se sentindo mal quando já fosse muito tarde.

— Claro, do ponto de vista fiscal o conselho diretor, e em última instância os acionistas, é responsável pelos atos da administração. O diretor financeiro era "presidente executivo do conselho". Essa divisão de poder pode parecer extremamente racional. Só que ela exige uma profunda confiança. Ottesen estava sempre na pedreira. O diretor de vendas estava sempre viajando. Acho que não seria exagero dizer que ao longo de muitos anos o diretor financeiro tomou todas as decisões significativas da empresa. Claro, não havia por que duvidar de sua integridade. Um tomador de decisões totalmente confiável. Ao mesmo tempo advogado e contador. Ex-membro do conselho do município. Pelo Partido Social-Democrata. Ele fez parte e ainda faz de inúmeros conselhos diretores. Tanto da área da habitação como de fundos de poupança.

Ela me passa a tigela. Os dinamarqueses manifestam seus sentimentos mais intensos em conexão com a comida. Isso eu entendi quando pela primeira vez fiz uma visita na companhia de Moritz. Quando me servi de biscoitos pela terceira vez ele me olhou fixamente.

— Continue a se servir até sentir vergonha de você mesma — disse ele.

Eu não estava muito segura de meu dinamarquês, mas captei o sentido. Servi-me três vezes mais. Sem afastar os olhos dele. A sala onde estávamos desapareceu, as pessoas que estávamos visitando desapareceram, eu não sentia o gosto dos biscoitos. Só Moritz existia.

— Ainda não estou envergonhada — disse eu.

Servi-me três vezes mais. Ele se apossou da travessa e colocou-a fora de meu alcance. Eu tinha vencido. A primeira de uma longa série de pequenas e importantes vitórias sobre ele e sobre a educação dinamarquesa.

Os biscoitos de Elsa Lübing pertencem a uma outra categoria. Têm a função de me transformar ao mesmo tempo em sua confidente e sua cúmplice.

— Quem escolhe os auditores é a assembléia geral. Mas as ações da empresa, exceto as pertencentes ao próprio diretor financeiro e ao Estado, estão espalhadas por muitas mãos. Pertencem a todos os herdeiros dos oito sócios que obtiveram as primeiras concessões, no século passado. Jamais foi possível reunir todos eles na assembléia geral. Isso significa que o diretor exerceu uma influência excepcionalmente grande. Convém observar que todas as decisões relativas à parte economicamente mais importante do subsolo groenlandês foram tomadas por um único homem, não é mesmo?

— Muito comovente.

— Além disso, há um aspecto comercial. A associação era um freguês extremamente importante. Um auditor que se voltasse contra o diretor podia correr o risco de perder esse freguês. E finalmente havia o fato de que na empresa as mesmas pessoas desempenhavam mais de uma função. O auditor da empresa na década de 60 mais tarde passou a ser colega do diretor, ao abrir um escritório de advocacia. No dia 7 de janeiro de 1967 fiz um balanço da contabilidade do semestre. Havia um lançamento que não estava especificado. No valor de cento e quinze mil coroas. Na época, uma quantia elevada. Talvez uma pessoa de fora não achasse aquilo estranho. O conselho provavelmente nem teria notado. Não num volume de vendas de cinqüenta milhões. Mas para mim, que examinava as contas diárias, era uma coisa inaceitável. Assim, fui atrás das fichas que continham as informações relevantes. Não achei. As fichas eram numeradas. Deviam estar lá. Mas não estavam. De modo que subi até a sala do diretor. Fazia vinte anos que eu trabalhava sob a orientação dele. Ele ouviu o que eu disse, baixou os olhos para seus papéis, depois falou: "Senhorita Lübing, eu autorizei esse lançamento. Por razões técnicas contábeis, houve dificuldade para fazer um detalhamento. Nosso auditor acredita que a listagem atual é boa prática contábil. Tudo o que não estiver incluído ultrapassa sua esfera de competência".

— O que a senhora fez? — pergunto.

— Voltei e lancei os totais. De acordo com a orientação recebida. E com isso virei cúmplice. De uma coisa que não entendia, que jamais entendi. Não administrei os talentos que me foram confiados. Não me mostrei digna de confiança.

Entendo seus sentimentos. O problema não foi pôr sua competência em questão, subtraindo-lhe informações. Ou a resposta impertinente que lhe deram. O que a incomoda é ter sido manipulada em seus ideais de honestidade.

— Vou lhe dizer em que lugar dos livros de contas essa quantia aparece.

— Deixe-me adivinhar — digo. — Na prestação de contas da expedição geológica da associação à geleira Barren, em Gela Alta, costa oeste da Groenlândia, no verão de 66.

Ela olha para mim com os olhos apertados.

— No relatório de 91 mencionava-se uma expedição anterior — esclareço. — Simples.

— Nessa expedição também houve um acidente — diz ela. — Um acidente com explosivos. Dos oito participantes, dois morreram.

Intuo a razão pela qual ela quis falar comigo. Para ela sou uma espécie de auditor. Uma pessoa que talvez possa ajudá-la — e a Nosso Senhor — a examinar uma conta pendente de 7 de janeiro de 1967.

— O que a senhora acha? — pergunta ela.

Que devo responder-lhe? Meus pensamentos são um caos.

— Acho — digo — que ao que tudo indica a geleira Barren é um lugar pouco saudável para se visitar.

Passamos algum tempo sentadas em silêncio a tomar nosso chá, a comer nossos biscoitos e a olhar para esse mundo a nossos pés, trivial e coberto de neve.

E ainda por cima com uma faixa de sol cortando a Solsortevej e o campo de futebol da escola da Duevej. O tempo todo, porém, sei que ela não acabou de dizer o que tem para dizer.

— O conselheiro Ebel morreu em 64 — diz ela. — Todos dizem que toda uma época da vida financeira da Dinamarca morreu com ele. Em seu testamento havia uma cláusula determinando que seu Rolls-Royce fosse jogado no Atlântico Norte. Enquanto no convés do navio o ator sueco Gösta Ekman recitava o monólogo de Hamlet.

Visualizo o cenário. E penso que esse sepultamento poderia funcionar como símbolo de uma morte política e da respectiva ressurreição. A velha política clamorosamente colonial para a Groenlândia foi abandonada naquele momento. Para dar lugar à política dos anos 60 — a educação dos dinamarqueses do Norte para desfrutarem de direitos iguais.

— A empresa foi reorganizada. Percebemos porque foram contratados um novo gerente de escritório e duas novas contadoras. Só que as mudanças mais profundas ocorreram no departamento científico. Isso porque o criolito estava se esgotando. O tempo todo eles tinham sido obrigados a desenvolver novos métodos de classificação e extração, já que a qualidade do minério estava ficando cada vez pior. Mas todos sabíamos o que estava acontecendo. De vez em quando, na hora do almoço na cantina, corria o boato de que havia sido descoberta uma nova jazida. Era como um surto de febre. Uns dias depois o boato era invariavelmente desmentido. No início a equipe do laboratório era composta por apenas cinco pessoas. Essa equipe foi ampliada. Em certo momento chegou a ter vinte membros. No passado havia acontecido de contratarem geólogos extras durante curtos períodos. Finlandeses, muitas vezes. Mas naquele momento foi contratada uma equipe científica permanente. Em 1967 foi instituído um conselho consultor para as atividades científicas. O resultado foi mais mistério no trabalho cotidiano. Ficávamos sabendo de muito pouco do que se passava. Mas o objetivo era encontrar novas jazidas. O conselho era constituído por representantes de algumas das grandes empresas e instituições com as quais a associação trabalhava. Corporação Sueca para a Extração de Diamantes, Subsolo Dinamarquês S. A., Instituto Geológico, Pesquisas Geológicas da Groenlândia. Isso complicava a contabilidade. Eram muitos novos honorários, muitos gastos com expedições. E eu pensando o tempo todo na história não esclarecida das cento e quinze mil coroas.

Fico imaginando como teria sido ser ela, com sua extraordinária ligação com os números e sua crença na honestidade, e trabalhar todos os dias com uma pessoa que suspeitava ter acobertado uma irregularidade.

Ela mesma me fornece a resposta.

— "Porque não há coisa alguma escondida que não venha a ser manifesta." Marcos, capítulo 4, versículo 22.

A fé na justiça divina lhe deu paciência.

— Em 1977 fomos informatizados. Uma coisa que jamais consegui entender. Por solicitação minha, continuamos mantendo uma contabilidade manual. Em 1992 me aposentei. Três semanas antes de meu último dia de trabalho fizemos um balanço. O diretor financeiro sugeriu que eu deixasse essa súmula de balanço para o gerente do escritório. Insisti em fazê-la pessoalmente. No dia 7 de janeiro, exatamente vinte e cinco anos depois do acontecimento que mencionei, lá estava eu com os livros relativos à expedição a Gela Alta realizada no verão anterior. Parecia uma maldição. Localizei a velha prestação de contas. Comparei as duas ponto por ponto. Claro, não foi simples. O financiamento da expedição de 91 saiu pelo conselho científico, uma prática que havia ficado comum. Mesmo assim, era possível comparar as duas expedições. Em 91, o maior lançamento elevava-se a quatrocentas e cinqüenta mil coroas. Telefonei para o conselho e solicitei um detalhamento.

Ela faz uma pausa e controla sua indignação.

— Tempos depois recebi uma carta cujo conteúdo, em poucas palavras, era que eu não devia ter passado por cima de meus superiores imediatos com uma solicitação daquelas. Mas aí não adiantava mais. Porque naquele dia, pelo telefone, eu havia obtido uma resposta. As quatrocentas e cinqüenta mil coroas tinham servido para fretar um navio.

Ela percebe que não estou entendendo nada.

— Um navio — diz ela —, um navio de cabotagem, para transportar oito homens até a costa oeste da Groenlândia com o objetivo de colher uns poucos quilos de amostras de pedras preciosas. Não faz sentido. Inúmeras vezes fretamos o *Disko*, da Companhia Comercial da Groenlândia. Mas para transportar criolito. Um navio para uma pequena expedição era algo impensável. Quando a senhora sonha, senhorita Smilla, consegue lembrar depois?

— De vez em quando.

— Nestes últimos tempos sonhei diversas vezes que a senhora era uma enviada da Providência.

— A senhora devia ouvir as coisas que a polícia diz de mim.

Como muitas pessoas idosas ela desenvolveu uma escuta seletiva. Ignora o que lhe digo e prossegue no mesmo rumo.

— Talvez a senhora ache que estou velha. Quem sabe até imagine que estou senil. Mas lembre-se dos Atos dos Apóstolos: "Vossos velhos sonharão sonhos".

Seu olhar passa diretamente através de mim, diretamente através da parede. Vai diretamente para o passado.

— Acho que as cento e quinze mil coroas de 1966 devem ter servido para fretar um navio. Acho que alguém enviou duas expedições à costa oeste, acobertado pela Associação Criolítica.

Seguro a respiração. Com sua retidão e este rompimento de uma lealdade de toda a vida, o momento é delicado.

— Só pode haver uma explicação para isso. Eu, pelo menos, depois de quarenta e cinco anos na associação, não consigo encontrar outra resposta. Quiseram transportar alguma coisa para a Dinamarca, uma coisa tão pesada que era necessário um navio.

Visto o abrigo. O preto, com capuz, que me faz parecer uma freira e que imaginei que era adequado para a ocasião.

— A Fundação Carlsberg financiou parte da expedição de 1991. Em sua contabilidade consta o pagamento de honorários para uma tal Benedicte Clahn — digo.

Ela olha para a frente com expressão sonhadora enquanto folheia seus livros de contas internos — completos, impecáveis.

— Em 1966 também — diz devagar. — Um total de duzentas e sessenta e sete coroas como pagamento de serviços de tradução. Esse foi um dos lançamentos para os quais não encontrei explicação. Mas lembro dela. Era uma conhecida do diretor. Tinha morado na Alemanha. Fiquei com a impressão de que os dois tinham se conhecido em Berlim, em 1946. Assim que a guerra acabou, os aliados negociaram, em Berlim, a partilha das reservas de alumínio. Naquele ano, muitos representantes da associação foram repetidas vezes a Berlim.

— Quem, por exemplo?

— Ottesen foi. O diretor de vendas. E o conselheiro Ebel.

— Mais alguém?

Ela está zonza por ter falado tanto e por ter deixado fluir seus sentimentos para uma coisa que talvez acabe sendo a sarjeta. Esgotada, pensa no que lhe perguntei.

— Não lembro de ter ouvido mencionar outras pessoas. É importante?

Dou de ombros. Ela me segura. Quase consegue me levantar do chão.

— A morte do garotinho. O que a senhora está pensando fazer? A Dinamarca é uma sociedade hierarquizada. Ela localiza um erro e recorre a seu chefe. É rechaçada. Recorre ao conselho. É rechaçada. Mas acima do conselho está Nosso Senhor. Ela recorreu a Ele em orações. Agora ela deseja que eu mostre que sou uma de Suas colaboradoras, enviada por Ele para ajudá-la.

— O navio de cabotagem. Partiu com o que tinha ido buscar?

Ela sacode a cabeça.

— Impossível saber. Depois do acidente os sobreviventes e seus equipamentos foram transportados para Godthaab de avião e de lá trazidos de volta para a Dinamarca. Disso eu tenho certeza porque o departamento de contabilidade pagou pelo frete e pelos bilhetes de avião.

Ela vai comigo até a porta do elevador. Sinto uma súbita ternura por ela. Uma espécie de sentimento maternal, apesar de ela ter o dobro de minha idade e ser três vezes mais forte que eu.

O elevador chega.

— Não vá ter pesadelos por causa de sua honestidade — digo.

— Já estou muito velha para me arrepender de alguma coisa.

Desço de elevador. Quando transponho a soleira da porta um pensamento me cruza o espírito. Chamo-a pela concha prateada; ela responde como se tivesse ficado parada esperando que eu a chamasse.

— Senhorita Lübing...

Quem iria ter a idéia de chamá-la pelo primeiro nome?

— O diretor financeiro: quem é ele?

— Vai se aposentar no ano que vem. Tem seu próprio escritório de advocacia. Seu nome é David Ving. O nome do escritório é Hammer & Ving. Fica na Østergade.

Agradeço.

— Que Deus a acompanhe — diz ela.

Ninguém jamais me disse isso antes fora de uma igreja. Talvez, aliás, eu jamais tenha tido tanta necessidade de uma coisa dessas.

— Eu tinha um a-amigo que trabalhava na limpeza na central da Nørregade da Companhia Telefônica.

Estamos sentados na sala de visitas do mecânico.

— Ele contava que eles simplesmente telefonam e dizem que já estão com a ordem judicial. Aí se instala um grampo num relé e depois, através da rede telefônica, calmamente instalados na delegacia de polícia, eles interceptam todas as ligações telefônicas de e para determinado número.

— Nunca gostei de telefones.

Sobre a mesa ele tem um grande rolo de fita isolante vermelha, larga, e uma tesourinha. Corta um bom pedaço e cola no bocal de seu telefone.

— Faça a mesma coisa em sua casa. Assim, de agora em diante, sempre que você telefonar ou que alguém telefonar para você, primeiro vai ser preciso tirar a fita isolante. Com isso você vai se lembrar de que talvez em algum lugar da cidade alguém esteja ouvindo a conversa. A gente sempre esquece que o telefone pode não ser tão particular assim. Com a fita você vai se lembrar de tomar cuidado. Por exemplo, se acontecer de você fazer uma declaração de amor.

Se eu quisesse declarar meu amor a alguém, com certeza não haveria de fazê-lo pelo telefone. Mas não digo nada.

Não sei coisa alguma sobre ele. Durante estes últimos dez dias pude ver gotículas de seu passado. Elas não combinam umas com as outras. Como por exemplo agora o fato de ele saber como se grampeia um telefone.

O chá que ele prepara para nós dois é mais uma dessas gotas que me surpreendem mas sobre a qual não desejo fazer perguntas.

Ele ferve leite com gengibre fresco, um quarto de fava de baunilha e um chá tão escuro, de folhas tão finas, que mais parece poeira negra. Coa tudo e adiciona açúcar de cana para nós dois. É um chá que sacia e que ao mesmo tempo tem algo de euforicamente revigorante. Seu sabor é o sabor que imagino que tenha o Oriente.

Conto a ele sobre minha visita a Elsa Lübing. Agora ele sabe tudo o que eu sei. Exceto um ou outro detalhe, como por exemplo a caixa de charutos de Isaías e seu conteúdo, entre outras coisas uma fita na qual um homem dá uma risada.

— Além da Fundação Carlsberg, quem financiou a expedição de 91? Ela sabia? Quem providenciou o navio?

Me dá raiva não ter perguntado exatamente isso. Avanço para o telefone. O bocal está bloqueado.

— A fi-fita é para isso mesmo — diz ele. — Senão a gente esquece depois de cinco minutos.

Vamos juntos os dois ao telefone público da praça. Seus passos são uma vez e meia os meus. Mesmo assim, é reconfortante andar lado a lado. Ele anda tão devagar quanto eu.

Quando minha mãe não voltou, observei que cada instante pode ser o último. Nada na vida deve ser simplesmente uma passagem de um lugar para outro. Todo passeio deve ser dado como se fosse a última coisa que nos resta.

Só é possível exigir uma coisa dessas de si mesmo como um ideal inatingível. A partir daí, temos que nos lembrar desse ideal sempre que somos negligentes com uma coisa ou outra. O que para mim significa duzentas e cinqüenta vezes por dia.

Ela responde na hora. Me impressiona o tom confiante de sua voz.

— Alô!

Não me identifico.

— As quatrocentas e cinqüenta mil coroas. Quem pagou?

Ela não faz perguntas. Talvez também ela tenha sido alertada sobre a possibilidade de haver mais gente na linha telefônica. Ela pensa um instante em silêncio e responde.

— A Geoinform. É o nome da empresa. Eles tinham dois representantes no conselho científico. Eram proprietários de parte das ações. Cinco por cento, que eu me lembre. O suficiente para ter que registrá-las na Junta Comercial. A proprietária é uma mulher.

O mecânico entrou na cabine telefônica comigo. Isso me leva a pensar três coisas. A primeira é que ele lota a cabine. Se endireitasse o corpo, poderia desprender o fundo e ir-se embora comigo e a cabine.

A segunda é que suas mãos, apoiadas no vidro na minha frente, são macias e limpas. Habituadas ao trabalho, mas macias e limpas. De vez em quando ele trabalha numa oficina da Toftegaards Plads. Como é possível — pergunto para mim mesma — passar o dia lidando com graxa e chave inglesa e ter os dedos tão macios?

A terceira coisa é que sou suficientemente sincera para admitir que me dá um certo prazer estar assim ao lado dele. Tenho que fazer força para não prolongar a conversa só por esse motivo.

— Fiquei pensando numa coisa que a senhora me perguntou. De Berlim depois da guerra. Esqueci de mencionar um colega. Naquela época ele não estava trabalhando conosco. Só mais tarde. Não na pedreira, mas aqui em Copenhague. Como consultor médico. O doutor Loyen. Johannes Loyen. Ele estava fazendo alguma coisa para os americanos. Acho que era especialista em medicina legal.

— Como se vira professor, Smilla?

Fizemos uma lista de nomes num pedaço de papel. Há o procurador e auditor oficial David Ving. Um homem que entende um pouco de navios. Por exemplo, como justificar os gastos para alugar um. E mandar para as criancinhas groenlandesas como presente de Natal.

Há Benedicte Clahn. O mecânico encontrou seu nome na lista telefônica. Isso se for a mesma. No fim, constatamos que ela mora a duzentos metros do lugar onde estamos neste momento. Num dos armazéns restaurados da Strandgade. Que abrigam os apartamentos mais caros da Dinamarca. Três milhões de coroas por oitenta e quatro metros quadrados. Mas por esse preço a pessoa tem direito a paredes de um metro e meio de espessura para dar com a cabeça depois de calcular quanto está pagando pelo metro quadrado. E vigas de pinho da Pomerânia para se enforcar se a história de bater com a cabeça na parede não resolver. Ao lado do nome dela ele anotou um número de telefone.

E há dois professores. Johannes Loyen e Andreas Fine Licht. Dois homens sobre os quais não sabemos praticamente nada, exceto que seus nomes estão associados às duas expedições a Gela Alta. Duas expedições sobre as quais na realidade tampouco sabemos coisa alguma.

— Houve um tempo em que meu pai era professor — digo eu. — Agora que ele não é mais, gosta de dizer que em geral viram professores as pessoas que são inteligentes mas não inteligentes demais.

— E o que acontece com as pessoas que *são* inteligentes demais?

Detesto citar Moritz. O que fazer com as pessoas cujas palavras a gente não quer repetir mas que mesmo assim deram as definições mais exatas?

— Ele diz que elas sobem para o meio das estrelas ou vão parar no fundo do poço.

— Qual das duas coisas aconteceu com seu pai?

Tenho que meditar um pouco antes de encontrar uma resposta.

— Acho que o mais exato seria dizer que ele se partiu ao meio — digo.

Escutamos em silêncio os ruídos da cidade. Os automóveis que passam pela ponte. O barulho das britadeiras dos operários do turno da noite em uma das docas secas de Holmen. Os sinos da Frelserskirke. Dizem que todo mundo deveria poder tocar os sinos da torre. Aliás, é justamente a impressão que se tem. Às vezes parece que é Horowitz quem está tocando. Outras parece que foram buscar um bêbado anônimo no Café Høvlen.

— Junta Comercial — digo. — A senhorita Lübing disse que quando se quer saber alguma coisa sobre quem controla determinada empresa ou quem faz parte do conselho diretor é só procurar na Junta

Comercial. Supostamente eles possuem os balanços de todas as sociedades registradas na Bolsa de Valores da Dinamarca.

— A Junta fi-fica na Kampmannsgade.

— Como você sabe? — pergunto.

Ele olha pela janela.

— Eu prestava atenção na escola.

# 3

Há manhãs em que se tem a impressão de emergir de um banho de lama. Com os pés presos num bloco de cimento. Em que se sabe que se deu o último suspiro durante a noite. E em que a única coisa boa é saber que de todo modo já se está morto e que por isso ninguém vai poder transplantar nossos órgãos inanimados.

De cada sete manhãs, seis são assim.

E a sétima é hoje. Acordo numa clareza de cristal. Levanto da cama como se algo justificasse isso.

Faço os quatro exercícios de ioga que consegui aprender antes de receber o enésimo aviso da biblioteca; eles mandaram um mensageiro e tive que pagar uma multa tão alta que dava muito bem para ter comprado o livro.

Tomo um chuveiro de água gelada. Visto legging, um suéter bem grande, botas cinza e um chapéu de pele da Jane Eberlein. O estilo do chapéu tem uma inspiração meio groenlandesa.

Perdi para sempre minha identidade cultural, costumo dizer para mim mesma. E depois de me dizer isso um monte de vezes acordo, como esta manhã, com uma sólida identidade. Smilla Jaspersen — uma groenlandesa e tanto.

São sete da manhã. Desço para o porto, saio para o gelo.

O gelo do porto de Copenhague não é um lugar onde se possa aconselhar os pais a mandarem os filhinhos brincar, nem sequer quando o gelo está duro como hoje. Até eu tenho que tomar cuidado ao pisar no gelo.

Depois de andar uns quarenta metros, paro. Neste ponto a superfície fica um pouquinho mais escura. Um passo mais e passo através do gelo. Em pé, balanço para cima e para baixo. O gelo marítimo é poroso e elástico, a água se escoa através dele e forma duas superfícies espelhadas em torno de minhas botas onde se refletem as luzes esparsas na escuridão.

Há um homem parado no cais. Uma silhueta negra contra as paredes brancas. O medo se dissemina como um som vibrante. A foca sobre o gelo em risco de vida. Tão sensível, tão palpável, tão imóvel. O som morre. É o mecânico — curvo, quadrado, como uma grande pedra. Há dois dias não o vejo. Talvez o tenha evitado.

Ficamos tão habituados a ver a cidade a partir de determinados ângulos que vista daqui ela parece uma capital estranha, jamais descortinada. Como Veneza. Ou Atlântida. Uma cidade que, revestida de neve e noite, poderia ser de mármore. Ando de volta para o cais.

Ele poderia ser outra pessoa. Eu poderia ser outra pessoa. Os dois poderíamos ter sido jovens amantes. Em vez de um gago disléxico e uma megera azeda que se contam um ao outro meias verdades e avançam juntos por uma vereda incerta.

Quando paro diante dele, ele me agarra pelos ombros.

— Você pode morrer!

Alguém menos informado poderia jurar que em sua voz há quase uma súplica.

Me solto dele.

— Tenho um bom relacionamento com o gelo.

Quando dissolvemos o Conselho dos Jovens Groenlandeses para criar a IA e tivemos que nos posicionar diante dos social-democratas do SIUMUT e da classe dominante groenlandesa reacionária do ATASSUT, lemos *O capital* de Karl Marx. Passei a gostar muito desse livro. Por sua solidariedade vibrante, feminina, e sua potente indignação. Não tenho conhecimento de outro livro tão carregado de fé em tudo o que é possível realizar, caso se tenha mesmo vontade de mudar as coisas.

Infelizmente eu mesma não tenho essa segurança. Muito recebi e tantas foram as coisas que eu quis. E acabei sem ter coisa alguma direito e sem saber direito o que quero. Fiquei com uma formação profissional incompleta. Viajei. De vez em quando tenho a sensação de que fiz o que tinha vontade de fazer. Mesmo assim, fui dirigida. Algum tipo de mão invisível me segurou pela gola, e toda vez que eu achava que estava dando um passo importante em direção à luz mais ela me empurrava para o fundo da rede de esgotos que corre por baixo de uma paisagem cujo aspecto desconheço. Como se estivesse escrito que tenho que engolir tantos e tantos metros cúbicos de águas servidas para só depois poder ter meu buraco para respirar.

Em princípio, nado contra a corrente. Mas há certas manhãs — como hoje — em que um excedente de energia me faz entregar os pontos. Neste momento, andando ao lado do mecânico, sinto-me estranhamente, inexplicavelmente feliz.

Me vem a idéia de que poderíamos tomar juntos o café da manhã. Sei lá quanto tempo faz que tomei café da manhã na companhia de outra pessoa. Porque assim decidi. De manhã sou muito sensível. Gosto de ter tempo para molhar a cabeça com água fria, passar delineador e tomar um copo de suco para só depois considerar-me sociável. Mas esta manhã veio cheia de vontades. Nos encontramos e agora vamos andando um ao lado do outro. Estou quase sugerindo.

De repente, estou flutuando.

Ele me pegou no colo e me levou para os andaimes. Penso que é alguma brincadeira e estou a ponto de dizer alguma coisa. Aí vejo o que ele percebeu e fico quieta. A escada está escura em todos os andares. Mas uma porta está se abrindo. Projeta uma luz dourada no escuro. E dois vultos. Juliane e um homem. Ele fala com ela. Ela cambaleia. O que ele diz cai como uma bofetada. Ela se põe de joelhos. Aí a porta se fecha. O homem sai pela escada externa.

Os amigos de Juliane não costumam ir embora às sete da manhã. Nesse horário eles ainda nem chegaram em casa. E, quando vão, não vão lépidos e fagueiros como esse homem. Vão de quatro até o elevador.

Estamos à sombra dos andaimes. Ele não pode nos ver. Está usando uma capa de chuva Burberry comprida e chapéu.

Na frente do prédio que dá para Christianshavn o mecânico me dá um apertão no braço e prossigo sozinha. O chapéu na minha frente se introduz num automóvel. No mesmo instante em que esse carro se afasta do meio-fio, o pequeno Morris pára a meu lado. Os assentos estão frios e são tão baixos que tenho que me espichar para conseguir olhar pelo vidro dianteiro. Está coberto de gelo, por isso avançamos espiando por uma fresta para um ponto imediatamente posterior à insígnia da marca do carro sobre o capô, seguindo as luzes vermelhas de ré diante de nós.

Atravessamos a ponte. Viramos à direita antes da igreja de Holmens passando pelo Banco Nacional, do outro lado da Kongens Nytorv. Talvez haja mais tráfego, talvez só o nosso. Impossível saber, olhando pelos vidros do carro.

O homem estaciona junto ao parque Krinsen. Ultrapassamos e paramos na frente da embaixada da França. Ele não olha para trás.

O homem passa pelo Hotel d'Angleterre e vira na Strøget.* Estamos vinte e cinco metros atrás dele. Agora há outras pessoas em torno de nós. Ele se aproxima de um pórtico e abre com uma chave.

Se eu estivesse sozinha, ficava por aqui. Não tenho necessidade de entrar pelo pórtico para saber o que está escrito no painel dos moradores. Sei quem é o homem que seguimos, tenho tanta certeza que até parece que ele me mostrou suas credenciais. Se eu estivesse sozinha, ia embora para casa e refletia pelo caminho.

Mas hoje somos dois. Pela primeira vez em muito tempo, somos dois.

Num instante ele está a meu lado, no instante seguinte avançou para o pórtico e pôs a mão na fresta para evitar que se fechasse.

Vou atrás. Quando se brinca ou quando se joga bola, ocorrem momentos como este, de compreensão espontânea, recíproca, sem palavras.

Estamos numa passagem de teto abobadado em bronze branco e ouro, painéis de mármore, luz suave, amarela, e uma porta envidraçada com maçaneta de cobre. A passagem avança para um jardim interno com arbustos perenes, pequenas nogueiras-do-japão e uma fonte. Tudo isso coberto pela neve das últimas duas semanas, que só derreteu uma única vez e que agora tem sobre sua superfície uma crosta fina de gelo. De algum lugar lá em cima vem caindo a primeira luz do dia, como pó.

Sobre as escadas, um cabo elétrico. Contorna uma quina. De lá vem o ruído de um aspirador de pó. Diante de nós, um carrinho de limpeza. Com dois baldes, esfregões, escovas de assoalho e um dispositivo para torcer os panos de chão formado por dois cilindros. O mecânico puxa o carrinho para si.

Acima de nós ouvem-se passos. Passos leves, abafados pela passadeira azul presa por varetas de cobre da largura da escada. Envolve-nos um cheiro agradável. Um cheiro que conheço mas que não consigo identificar.

Estamos no segundo piso quando a porta bate atrás dele. O mecânico anda com o carrinho debaixo do braço como se não fosse nada.

O dourado e os painéis cor de creme do pórtico se repetem nas escadas e portas. Há placas de bronze com nomes gravados. A placa diante de nós está fixada no alto de uma fenda para correspondência de largura dupla. Para que os cheques de grandes dimensões também

(*) Rua de pedestres, espinha dorsal do centro de Copenhague. (N. T.)

possam ser introduzidos. "Escritório de Advocacia", diz ali. Óbvio. "Escritório de Advocacia Hammer & Ving." A porta não está trancada; entramos. Nós e o carrinho.

Passamos para um amplo vestíbulo. Uma porta aberta dá acesso a uma série de escritórios que se sucedem como extensões um do outro, como os salões de recepção nas fotografias do palácio de Amalienborg. E também há fotografias da rainha e do príncipe e pisos de parquê reluzente e quadros em molduras douradas e os móveis de escritório mais luxuosos que já vi. E o mesmo cheiro das escadas, que agora reconheço. É cheiro de dinheiro.

Não há vivalma. Pego um dos esfregões do carrinho e torço; o mecânico pega um grande pano de chão.

No final da série de escritórios há uma porta dupla fechada. Bato a essa porta. Ele deve ter um painel de controle perto dele, pois quando a porta se abre ele está sentado na ponta oposta do aposento, um escritório com janela para o jardim.

Está sentado atrás de uma escrivaninha de mogno negro apoiada sobre quatro patas de leão cuja imponência nos obriga a especular sobre como terão feito para conseguir subi-la até aqui. Na parede atrás da escrivaninha vêem-se três pinturas tristonhas em pesadas molduras representando a Marmorbro.

Difícil adivinhar sua idade. Por Elsa Lübing, sei que deve ter mais de setenta. Mas seu aspecto é saudável e atlético. Como se todas as manhãs ele atravessasse de pés descalços a areia de sua praia particular e descesse até o mar para serrar um buraco no gelo e tomar um banho refrescante e em seguida voltar correndo para comer uma boa tigela de cereais com leite desnatado.

Isso manteve sua pele lisa e corada. Só que não foi benéfico para os cabelos. É completamente calvo.

Seus óculos de aros de ouro têm tantos reflexos que nunca dá para ver direito os olhos.

— Bom dia — digo. — Controle de qualidade. Estamos verificando o serviço de limpeza da manhã.

Ele não diz nada, só fica olhando para nós. Como se ele tivesse acabado de falar, recordo nitidamente sua voz, seca e correta, de uma conversa telefônica ocorrida há muito tempo.

O mecânico se retira para um canto e começa a esfregar. Eu me encarrego do peitoril da janela mais próxima da escrivaninha.

Ele olha para seus papéis. Eu enxugo o peitoril com o pano. Fica um rastro raiado de água suja.

Daqui a pouco ele vai começar a estranhar.

— É... Coisa boa é uma boa limpeza! — digo.

Seu rosto se contrai, levemente irritado.

Junto à janela está pendurado um quadro com um veleiro.

Pego o quadro e tiro o pó da parte de trás com o pano.

— Lindo quadro, este — digo. — Me interesso muito por navios. Quando volto para casa depois de um longo dia de trabalho cercada por luvas de borracha e desinfetantes, ponho os pés para cima e folheio um bom livro sobre navios.

Agora ele está considerando a hipótese de que eu não seja boa da cabeça.

— Todos temos nossos preferidos. Os meus são os navios que já viajaram para a Groenlândia. E o que é o acaso! Quando vi seu nome naquela bonita placa, disse para mim mesma: "Meu Deus, Smilla", eu disse. "Ving! Aquele homem tão bom que certa vez deu de Natal a um de seus amigos a miniatura de um navio." Do ótimo navio *Johannes Thomsen*. Para um garotinho groenlandês.

Penduro de novo o quadro. A água não lhe fez bem. Toda limpeza tem seu preço. Penso em Juliane, de joelhos diante dele na fresta da porta.

— Outro assunto sobre o qual jamais me canso de ler é o dos navios fretados para expedições à Groenlândia.

Agora ele está sentado completamente imóvel. Só no reflexo das lentes dos óculos há um leve movimento.

— Por exemplo, os dois navios fretados em 66 e 91. Para as duas expedições a Gela Alta.

Me aproximo do carrinho e torço o pano.

— Agora espero que o senhor esteja satisfeito — digo. — Temos que ir. O dever nos chama.

Ao sair, olhando para trás através da longa fila de salas, podemos ver o interior de seu escritório. Ele está sentado atrás da escrivaninha. Não se moveu.

No alto da escada encontramos uma senhora de meia-idade de guarda-pó branco. Dá tapinhas em seu aspirador com um olhar sentido. Como se estivesse conversando com ele sobre o que os dois irão fazer agora, no vasto mundo, sem o carrinho de limpeza.

O mecânico coloca o carrinho diante dela. Não está muito feliz por ter se apropriado das ferramentas de trabalho de outra pessoa.

Gostaria de dizer-lhe algumas palavras. De um trabalhador para outro. Mas não consegue descobrir o quê.

— Somos da companhia — digo. — Fizemos uma inspeção de seu trabalho. Estamos muito, muito satisfeitos.

Localizo uma das cédulas de cem coroas estalando de novas de Moritz e equilibro-a na borda do balde.

— Por favor, aceite, como um bônus pela boa qualidade de seus serviços. Nesta bela manhã. Para comprar um pão doce para a hora do café.

Ela me olha com melancolia.

— Sou a gerente — diz. — Além de mim, só há quatro ajudantes.

Os três ficamos ali parados por um momento olhando uns para os outros.

— E daí? — digo. — Gerentes também gostam de pão doce com café.

Entramos no automóvel e ficamos sentados durante algum tempo olhando para a Kongens Nytorv. Ficou tarde para tomarmos juntos o café da manhã. Combinamos encontrar-nos mais tarde. Agora que a tensão passou, conversamos como estranhos. Depois que eu desembarco, ele desce o vidro.

— Smilla. Não foi loucura?

— Foi impulsivo — digo. — Além disso, alguma vez você já caçou?

— Pouco.

— Para caçar animais tímidos, como a rena, por exemplo, de vez em quando você tem que se deixar ver por eles. De propósito. A gente se levanta e agita o cano do rifle. Em todos os seres vivos o medo e a curiosidade estão localizados quase no mesmo ponto. O animal se aproxima. Sabe que é perigoso. Mas tem necessidade de ver o que está se mexendo daquele jeito.

— E o que você fazia quando o animal se aproximava?

— Nada — admito. — Jamais consegui me forçar a atirar. Mas pode ser que a gente tenha a sorte de ter alguém por perto que saiba o que é preciso fazer.

Vou andando para casa e atravesso a Knippelsbro. São oito horas, o dia mal começou. Tenho a sensação de que realizei exatamente o que estava em minha pauta.

Há uma carta a minha espera. Um envelope retangular de papel pardo grosso. Vem de meu pai. É um envelope forrado das Fábricas de Papel Reunidas, com suas iniciais em baixo relevo. Sua letra dá a impressão de que ele fez um curso de gabolice caligráfica. E fez, aliás. Foi quando eu estava morando com ele. Duas noites de curso foram suficientes para ele esquecer a letra antiga. E até hoje não aprendeu outra. Passados três meses, estava escrevendo feito uma criança. Eu tinha que imitar sua assinatura nas faturas que ele mandava. Ele tinha medo de que seus pacientes tivessem uma recaída ao ver a assinatura vacilante daquele gigante da medicina.

De lá para cá ele adquiriu maior controle sobre ela. O mundo a admira. Para mim, é uma letra simplesmente esnobe.

É uma carta amistosa. Consiste numa única linha num pedaço de papel com marca-d'água que sei que custa cinco coroas a folha. Acompanhando um maço de fotocópias de recortes de jornal presos por um clipe.

"Querida Smilla", leio. "Aí está o que o arquivo do *Berlingske Tidendes** tinha sobre Loyen e a Groenlândia."

Há uma folha mais.

"Uma lista completa de suas publicações científicas", leio na letra de Moritz. A lista está datilografada.

Embaixo consta que as informações foram extraídas de uma coisa chamada *Index Medicus* e que foram adquiridas junto a um banco de dados de Estocolmo. Há artigos em quatro idiomas, inclusive russo. A maioria é em inglês. Não chego a entender nem os títulos de metade deles. Mas Moritz acrescentou um breve esclarecimento à margem. São artigos sobre *crash injuries.* Sobre toxicologia. Um artigo em co-autoria sobre as dificuldades da assimilação da vitamina B-12 pelo estômago em decorrência de ferimentos com arma de fogo. São artigos das décadas de 40 e 50. A partir de 1960 eles começam a versar sobre medicina ártica. Triquinose, *frostbite.* Um livro sobre epidemias de gripe na região do mar de Barents. Uma longa série de artigos curtos sobre parasitas. Diversos sobre o uso de raios X. Ele desenvolveu estudos nas mais variadas áreas.

Tem-se a impressão de que em diversas ocasiões ele fez pesquisas históricas. Há um artigo sobre o exame de despojos de habitantes da turfeira dinamarquesa. Depois, três títulos que assinalo com uma cruz. Referem-se ao exame de múmias com a utilização de raios X. Um deles

(*) Um dos jornais de grande circulação do país. (N. T.)

realizou-se em Berlim na década de 70, no Museu Pergamon, em múmias encontradas no túmulo de Tutancâmon. Outro versa sobre processos pré-budistas de embalsamamento na Malásia e na Tailândia e foi publicado por um museu de Cingapura. O terceiro é um tratado sobre as múmias Qilakitsoq da Groenlândia.

No final da lista escrevo: "Com os agradecimentos da... Smilla". Coloco num envelope e escrevo o endereço de meu pai. Em seguida passo a examinar os recortes de jornal.

São dezoito, em ordem cronológica. Começo pelo fim. Há um artigo de outubro anunciando que os preparativos para o estabelecimento de uma instância de medicina legal para a Groenlândia, sob a direção do prof. dr. Johannes Loyen, estão quase finalizados. O artigo seguinte data de um ano atrás. É uma fotografia com uma legenda: "O comitê de ética por ocasião da conferência em Godthaab". Vestindo *kamiks* e bonés de pele, Loyen é o segundo a partir da esquerda. Sua estatura é a mesma dos que estão atrás dele, dois degraus acima. O seguinte refere-se a seus setenta anos, no ano anterior. Segundo o texto, graças ao trabalho por ele desenvolvido num centro de autópsias para a Groenlândia decidiu-se, numa medida excepcional, prolongar seu mandato. E assim vai, de trás para diante. "Parabéns ao professor Loyen por seus sessenta anos." "Professor Loyen leciona na recém-criada universidade da Groenlândia." "Representantes do conselho de saúde na Groenlândia: à esquerda o diretor de medicina de Copenhague e a seu lado o médico-chefe J. Loyen, diretor do recém-inaugurado Instituto de Medicina Ártica." E assim vai, de trás para diante, ao longo das décadas de 70 e 60. As expedições de 91 e 66 não são mencionadas.

O penúltimo recorte é de 1949. Trata-se de uma pequena obra de prostituição verbal. Uma descrição entusiástica dos novos *dumpsters* da Associação Criolítica da Dinamarca, que facilitaram o transporte do minério desde as camadas mais profundas da jazida até a superfície da terra. Um tributo caloroso ao diretor e conselheiro Ebel e senhora, que aparecem na frente. Atrás estão o engenheiro-chefe, dr. Wilhelm Ottesen, e o consultor médico da empresa, dr. Johannes Loyen. A fotografia foi tirada junto à pedreira, em Saqqaq, no instante em que a nova máquina deposita a primeira carga na superfície.

Depois dessa foto há um intervalo de dez anos. O último recorte é de maio de 1939.

Trata-se de uma foto com um pequeno texto. A foto foi tirada num porto. Ao fundo vê-se um navio escuro. Em primeiro plano, umas dez pessoas. Os cavalheiros vestem ternos claros, as senhoras saias longas e agasalhos leves. Por ter sido tirada naquele local, parece uma foto encenada. O texto é bastante curto. "A corajosa e entusiástica companhia de Freia Film por ocasião de sua partida para a Groenlândia." Segue-se uma enumeração dos corajosos e entusiásticos membros da companhia. Que inclui atores e um diretor. E o médico da companhia cinematográfica e seu assistente. O médico chama-se Rovsing. O assistente não é identificado. Na imprensa conservadora dos anos 30, assistentes não tinham nome. Sua carreira posterior, porém, preservou também essa fotografia em um arquivo e determinou que alguém acrescentasse seu nome a esferográfica. Ele aparece na fotografia. Mais alto que os outros. E, apesar de sua juventude, de sua posição subalterna e de seu lugar atrás dos excêntricos que brincam diante da câmera, já naquela época sua arrogância cintila. É Loyen. Dobro o recorte.

Depois do café da manhã visto um casaco comprido de camurça e o chapéu de pele da Jane Eberlein. O casaco tem bolsos internos profundos. Neles coloco o último recorte dobrado, um maço de cédulas, a fita de Isaías e a carta para meu pai. E saio. O dia começou.

Na Prontoprint da Torvegade mando fazer uma cópia da fita. Além disso, peço para consultar a lista telefônica. O Instituto de Esquimologia está localizado na Fiolstræde. Faço uma ligação da cabine da praça. Passam a ligação para um professor, que pela voz parece ser de origem groenlandesa. Esclareço que tenho uma fita em groenlandês do Leste que não compreendo. Ele pergunta por que não vou até a Casa do Groenlandês.

— Quero a ajuda de um especialista. Não se trata apenas de entender o que é dito. Quero tentar identificar a pessoa que está falando. Preciso de alguém capaz de ouvir aquela voz e dizer que a pessoa que está falando tem cabelos tingidos com hena e levou uma palmada quando tinha cinco anos e estava no penico e que, a julgar-se por suas vogais, muito provavelmente tudo isso aconteceu em Akunnaaq no ano de 1947.

Ele começa a rir de boca fechada para si mesmo.

— A senhora tem dinheiro?

— *Senhora*? Não é senhora, é senhorita.

— Molhe Flutuante. Fica no Sydhavn. Atracadouro 126. Peça para falar com o curador.

Quando desliga o telefone, ainda está rindo.

Tomo o trem para a estação de Enghave. De lá, vou a pé. Consultei o mapa de Copenhague na biblioteca da Torvegade. Em minha cabeça ficou a imagem de um labirinto de ruas tortuosas.

A estação está fria. Na plataforma oposta está um homem. Ele contempla ansioso o ponto de onde irá surgir o trem que há de levá-lo para longe, para a cidade, para junto dos outros. Ele é a última pessoa que vejo.

Neste momento o centro da cidade é um formigueiro. As pessoas estão lotando as lojas de departamentos. Aprontam-se para as premières de teatro. Fazem fila para entrar no Hviids Vinstue.*

O Sydhavn é uma cidade fantasma. O céu está baixo e cinzento. O ar que aspiro tem gosto de fumaça de carvão e produtos químicos. Aqueles que têm medo de que as máquinas possam estar prestes a tomar o poder devem evitar passeios ao Sydhavn. Aqui a neve não foi removida. A circulação está interrompida. Vez que outra uma carreta desmesuradamente grande com vidros negros onde não se avista ninguém passa pela estreita estrada enlameada. No alto de uma fábrica de sabão vê-se um cobertor de fumaça verde. Uma cantina apregoa refeições rápidas. Por trás das vidraças brilham as luzinhas vermelhas e amarelas das solitárias fritadeiras de uma cozinha deserta. Por sobre uma pilha de carvão coberta de neve um guindaste movimenta-se de um lado para outro sobre seus trilhos, incansável e inútil. Pelas frestas das portas fechadas das garagens escapam reflexos azulados e a crepitação das soldadoras elétricas e o tilintar do dinheiro sujo ganho, mas nada de vozes humanas.

De repente a estrada se abre para um cartão-postal. Uma ampla enseada circundada por depósitos baixos, amarelos. A superfície da água está congelada; ainda não acabei de apreciar a paisagem e o sol aparece, baixo, amarelo-claro, surpreendente, e tira centelhas do gelo como se alguém tivesse acendido uma lâmpada subterrânea por trás de uma vidraça congelada. Junto ao cais vêem-se barquinhos de pesca com cascos azuis, como o ponto onde o mar encontra o horizonte. Ao fundo da enseada, no porto propriamente dito, está ancorado um grande veleiro de três mastros. É o Molhe Flutuante.

O Atracadouro 126 corresponde ao veleiro. Andando para lá, não encontro vivalma. Todos os barulhos de máquinas sumiram atrás de mim. Não se ouve um ruído.

(*) Bar no centro de Copenhague. (N. T.)

No cais ergue-se uma pilastra com uma caixa do correio pintada de branco. Sobre ela, uma grande tabuleta ainda envolta em plástico branco.

Na popa, letras douradas anunciam que o nome do navio é *Nordlyset*, Luz do Norte. O navio tem uma figura de proa representando um homem com uma tocha na mão; um casco negro, brilhante, de pelo menos trinta metros, mastros que avançam para o céu e dão a impressão de que se está diante de uma igreja, e um cheiro de alcatrão e serragem. Recentemente alguém gastou uma fortuna para reformá-lo.

Subo para bordo utilizando uma passarela com uma espessa esteira de fibra de couro e balaustradas com bolas de bronze polido. Todo o convés está ocupado por grandes caixas de madeira fechadas com o aviso "Frágil", e pilhas de tábuas e latas de tinta. Todo o cordame está meticulosamente enrolado, todas as madeiras apresentam o reflexo profundo, castanho-escuro, de uma dúzia de camadas de caro verniz naval. O esmalte branco brilha como vidro. O ar vibra com produtos de dar lustro, epóxi de dois componentes e massa de rejunte. À parte essa vibração, aparentemente o navio está deserto.

Uma escada estreita no meio das caixas leva a uma porta dupla laqueada que não está trancada. Do outro lado dessa porta, uma escada mergulha nas sombras.

No final da escada há um homem. Esse homem está com o corpo apoiado numa lança e não se move. Nem quando chego juntinho dele.

O aposento deve ter diversas clarabóias ainda cobertas. Mas pelas bordas das coberturas filtram-se faixas estreitas de luz branca. Suficiente para eu poder ver que estou num salão. Todas as paredes divisórias foram retiradas para formar uma área de aproximadamente vinte e cinco metros de comprimento, da largura do navio.

Há agora luz suficiente para eu perceber que o homem diante de mim é um esquimó. O objeto no qual ele se apóia é um longo arpão. Na mão esquerda ele segura seu arremessador de dardos. Seus trajes estão incompletos, com *kamiks* de cano alto e um forro interno de pele de ave. Não é muito mais alto que eu. Dou um tapinha em sua bochecha. Seu corpo foi feito de fibra de vidro oca e depois pintado com capricho. Ele tem uma expressão atenta.

— Parece vivo, não?

A voz vem de algum lugar atrás de um painel. Ao aproximar-me desse painel, tenho que dar a volta em um caiaque ainda não totalmente desembalado e num relógio de vidro largado ali como um aquário vazio de três mil litros. O painel é uma pele, esticada entre duas costelas de baleia. Atrás dele há uma escrivaninha. Atrás da escrivaninha está sentado um homem. O homem se levanta e aperto a mão que ele me estende. Ele é idêntico ao manequim. Só que trinta anos mais velho. Seu cabelo é grosso, cortado estilo pajem, mas grisalho. Sua ficha é como a minha: dessa ou daquela maneira groenlandês.

— O curador?

— Eu mesmo.

Um dinamarquês sem sotaque. Ele faz um gesto com a mão.

— Estamos instalando a coleção. Vale uma fortuna.

Ponho a fita cassete diante dele. Ele a apalpa com cuidado.

— Estou querendo identificar o homem que fala na fita. Vim até aqui por indicação do Instituto de Esquimologia.

Ele sorri satisfeito.

— Não há propaganda como a de boca. E também de longe a mais barata. A senhora sabe quanto custa um anúncio?

— Só os pessoais.

— Caros?

Ele está genuinamente interessado. Humor, com ele, é artigo jogado fora.

— Muito.

Ele assente com a cabeça.

— É terrível. Acabam com o dinheiro da gente. Jornais, impostos, alfândega...

Tenho a impressão de já tê-lo visto antes. Uma sensação que tenho cada vez mais freqüentemente em relação a rostos e lugares. Não sei se isso acontece porque são tantas as coisas que já vi que o mundo está começando a repetir-se ou se a causa é um desgaste prematuro do aparelho mental.

Na mesa diante dele há um gravador chato, negro-mate, quadrado. Ele coloca a fita. O som sai por alto-falantes afastados, distribuídos pelo perímetro da sala. Agora que meus olhos estão se acostumando ao escuro, consigo perceber como as paredes curvas acompanham o costado do navio.

Ele escuta durante meio minuto com o rosto entre as mãos. Em seguida, pára a fita.

— Quarenta e poucos. Cresceu na região de Angmagssalik. Muito pouco estudo. O groenlandês do Leste básico tem traços de dialetos do Norte. Mas lá em cima eles andam tanto de um lado para outro que é impossível dizer qual dos dialetos. Ao que tudo indica, ele jamais passou muito tempo fora da Groenlândia.

Ele me olha com olhos cinza-claros, quase leitosos, com uma expressão de quem está esperando alguma coisa. De repente entendo o quê. O aplauso no fim do primeiro ato.

— Fantástico — digo. — Dá para perceber mais alguma coisa?

— Ele está descrevendo uma viagem. Pelo gelo. De trenó. Provavelmente é caçador, pois se serve de diversos termos técnicos, como por exemplo *anut* para referir-se aos arreios dos cachorros. Provavelmente está falando com um europeu. Utiliza as denominações inglesas das localidades. E tem a sensação de que é preciso ficar repetindo muitas das coisas.

Ele passou muito pouco tempo ouvindo a fita. Considero a possibilidade de que esteja me fazendo de boba.

— A senhora não confia em mim — diz ele com frieza.

— Só estou pensando como é possível tirar tanto de tão pouco.

— A língua é um holograma.

Faz essa declaração lenta e enfaticamente.

— Em cada emissão humana está a soma do passado lingüístico daquela pessoa. Por exemplo, a senhora... Tem trinta e poucos anos. Cresceu em Thule ou ao norte de Thule. Um de seus pais é *inuit*. Ou ambos. A senhora veio para a Dinamarca depois de ter assimilado toda a base do idioma groenlandês, mas antes de perder o talento instintivo da criança de aprender perfeitamente um idioma estrangeiro. Digamos que a senhora tinha entre sete e onze anos. A partir daí a coisa se complica. Há traços de diversos sócio-dialetos. Talvez a senhora tenha vivido ou tenha freqüentado a escola em algum lugar ao norte de Copenhague, Gentofte ou Charlottenlund. Também percebo um certo sotaque do Norte da ilha da Zelândia. E, por incrível que pareça, também há um vestígio mais recente de groenlandês do Oeste.

Não faço o menor esforço para disfarçar meu espanto.

— É verdade — digo. — De um modo geral, é verdade.

Ele estala os lábios satisfeito.

— Existe alguma possibilidade de descobrir onde ocorre o diálogo?

— A senhora não sabe mesmo?

Percebo pela segunda vez. A precipitada autoconfiança e o sentimento de triunfo diante do próprio conhecimento.

Ele volta a fita. Ao manipular o gravador, não olha para ele. Deixa que eu ouça a gravação durante uns dez segundos.

— O que a senhora está ouvindo?

Ouço apenas a voz incompreensível.

— Por trás da voz. Um outro som.

Volta outra vez ao começo. Dessa vez, escuto. Um barulho débil, crescente, de motor; como um gerador que começasse a funcionar e depois parasse.

— Um avião a hélice — diz ele. — Um grande avião a hélice.

Ele avança a fita. Ouve outra vez. Um trecho com o tilintar indistinto de louça.

— Uma sala ampla. De teto baixo. A mesa sendo posta. Uma espécie de restaurante.

Vejo na cara dele que ele sabe a resposta. Mas que lhe dá prazer puxá-la devagarinho lá do fundo de sua cartola.

— Uma voz em segundo plano.

Ele ouve diversas vezes o mesmo trecho. Agora consigo ouvir a voz mal-e-mal.

— Uma mulher — digo.

— Um homem que fala como mulher. Reclamando aos gritos. Em dinamarquês e inglês dos Estados Unidos. Sua língua materna é o dinamarquês. Ao que tudo indica, interpela a pessoa que está pondo a mesa. Com certeza o gerente do restaurante.

Pela última vez considero a hipótese de que ele esteja apenas supondo. Mas sei que ele tem razão. Que deve ter um sentido de audição excepcionalmente preciso e treinado, bem como um extraordinário talento para as línguas.

Ouvimos novamente a fita.

— Outro avião a hélice — digo tentativamente.

Ele faz que não com a cabeça.

— Um jato. Um jato de pequenas dimensões. Logo depois do avião precedente. Aeroporto movimentado.

Recosta-se na cadeira.

— Em que lugar do mundo é possível encontrar-se um groenlandês do Leste sentado conversando num restaurante cuja mesa está sendo posta e onde um dinamarquês reclama em inglês dos Estados Unidos enquanto ao fundo se ouve o rumor dos aviões?

Agora também sei a resposta, mas deixo que ele a verbalize. Devemos deixar que as criancinhas passem na frente. Inclusive criancinhas adultas.

— Só existe um lugar assim. A Base Aérea de Thule.

O nome do clube da base aérea é Northern Star, Estrela do Norte. Um restaurante dividido em duas partes, com um salão de dança.

Ele retoma a fita do começo.

— Coisa esquisita.

Não abro a boca.

— A música... por trás da voz... ficou da gravação anterior. Evidentemente música pop. "There must be an angel." Eurythmics. Mas o trompete...

Ele ergue os olhos.

— O piano, que evidentemente a senhora está ouvindo, é um Yamaha Grand.

Uma coisa que não estou conseguindo é ouvir um piano.

— Um som forte, maciço, brilhante. Um baixo um tanto desajeitado. Às vezes um tanto desafinado. Nenhum Bösendorfer, claro... Mas o que me intriga é o trompete.

— Depois que a fita acaba ainda tem um resto de música — digo.

Ele avança. Quando aperta o botão PLAY estamos num ponto logo depois do início da música.

— "Mr. PC!" — diz ele. Em seguida sua expressão fica vaga, absorta.

Ele deixa a fita tocar até o fim. Quando aperta o STOP, está muito distante dali. Dou-lhe tempo para voltar à terra. Ele enxuga os olhos.

— Jazz — diz absorto. — Minha paixão...

Durante um curto momento, baixou a guarda. Ao voltar, é o galinho de sempre. Dentre os políticos e burocratas que lideram o governo autônomo, três quartos pertencem a sua geração. Eles foram os primeiros groenlandeses a graduar-se na universidade. Alguns sobreviveram e se aferraram a suas identidades. Outros como o curador, com sua frágil porém excepcionalmente inflada autoconfiança, tornaram-se groenlandeses do Norte autênticos, intelectuais.

— Na realidade é muito difícil reconhecer um músico pelo tom. Quem, por exemplo, conseguimos identificar dessa maneira? Stan Getz, quando toca em estilo latino-americano. Miles Davis, pelo som despojado, preciso, sem vibratos. Armstrong, por sua cristalização meticulosa do jazz de Nova Orleans. E esse músico.

Ele olha para mim com expectativa e reprovação.

— O grande jazz é sinônimo do quarteto de John Coltrane. McCoy Tyner no piano, Jimmy Garrison no baixo, Elvin Jones na percussão. E, durante os períodos em que Jones esteve preso, Roy Hanes. Só os quatro. Exceto em quatro ocasiões. Os quatro concertos do Independent Club, em Nova York. Nesses concertos o quarteto recebeu o acréscimo de Roy Louber no trompete. Louber aprendeu com o próprio Coltrane seu sentido europeu de harmonização e seu vigor cerimonial africano.

Ficamos algum tempo ali sentados, refletindo.

— O álcool — diz ele de repente — jamais deu nenhuma contribuição para a música. Dizem que maconha é o máximo. Mas o álcool para o jazz é uma bomba-relógio.

Ficamos sentados algum tempo ouvindo o tique-taque da bomba.

— Desde aquele tempo, em 64, Louber se dedicou a liquidar consigo mesmo de tanto beber. Em seu declínio, tanto humano como musical, passou pela Escandinávia. E aqui ficou.

Agora recordo o nome nos anúncios de concertos. Nas manchetes escandalosas de certos jornais. Uma delas dizia: "Famoso jazzista alcoólatra tenta virar ônibus".

— Ele deve ter tocado no restaurante. A acústica é a mesma. Barulho de pessoas comendo. Alguém tratou de aproveitar a oportunidade para fazer uma gravação pirata.

Ele sorri, cheio de compreensão por um projeto desse tipo.

— Deram um jeito de conseguir uma gravação ao vivo grátis. Dá para economizar uma fortuna com um pequeno walkman. Desde que a pessoa esteja disposta a correr o risco.

— Por que razão ele teria ido a Thule?

— Dinheiro, claro. Os músicos de jazz vivem de quebra-galhos. Imagine o que não custa...

— O quê?

— Beber até morrer. Alguma vez já lhe passou pela cabeça quanto a senhora economiza pelo fato de não ser alcoólatra?

— Não — digo.

— São cinco mil coroas — diz ele.

— Como é que é?

— Cinco mil coroas por esta sessão. Dez mil se a senhora quiser uma transcrição autenticada do conteúdo.

Em seu rosto não há a sombra de um sorriso. Está falando sério.

— O senhor me dá um recibo?

— Nesse caso preciso fazer o cálculo do imposto.

— Faça isso. Faça exatamente isso — digo.

Na realidade o recibo não me serve para nada. Mas vou pendurá-lo na parede lá de casa. Como um lembrete sobre o que pode acontecer com a propalada prestimosidade dos groenlandeses e sua indiferença no que diz respeito a dinheiro.

Ele usa uma máquina de escrever e uma folha de papel A4.

— Preciso de pelo menos uma semana. A senhora me telefona no dia 5 ou 6 de janeiro?

De um maço, pego cinco cédulas novíssimas de mil coroas. Ele fecha os olhos e escuta enquanto eu conto as cédulas. Em todo o caso, uma paixão mais ardente que o jazz modal ele tem. O estalido voluptuoso das cédulas trocando de proprietário — com ele ocupando a posição de receptor.

Depois de levantar-me, sinto necessidade de perguntar-lhe uma coisa.

— Como se aprende a ouvir tanta coisa?

Ele cintila como um sol.

— Originalmente, sou teólogo. Ocupação que proporciona uma oportunidade única de ouvir as pessoas.

É porque a batina clerical é um disfarce quase tão completamente total que levei tanto tempo para reconhecê-lo. Embora não se tenham passado nem dez dias desde que o vi enterrar Isaías.

— De vez em quando ainda exerço essa ocupação. Ajudo Chemnitz quando a coisa aperta. Mas nos últimos quarenta anos tenho me ocupado quase só de idiomas. Na época, meu professor na universidade era Louis Hjelmslev. Ele lecionava lingüística comparada. Tinha um domínio seguro sobre umas quarenta ou cinqüenta línguas. E já tinha aprendido e voltado a esquecer outras tantas. Naquele tempo eu era jovem e me surpreendia como a senhora. Quando perguntei a ele como tinha feito para aprender tantas línguas, ele respondeu...

Nesse ponto ele imita um homem com um maxilar superior muito projetado para a frente.

— "Leva muito tempo para aprender as primeiras treze, catorze. Daí em diante fica bem mais rápido."

Ele se torce de rir. Está de ótimo humor. Brilhou e ganhou dinheiro com isso. Uma coisa me chama a atenção: de todos os groenlandeses que já encontrei, ele é certamente o primeiro que me deu o tratamento de "senhora" e esperou que eu fizesse o mesmo.

— Tem outra coisa — diz ele. — Desde os doze anos sou completamente cego.

Ele se deleita com minha súbita rigidez.

— Movo os olhos acompanhando sua voz. Mas não vejo. Em determinadas circunstâncias a cegueira apura o ouvido.

Aperto a mão que ele me estende. Devia ter calado a boca. É realmente muito errado perturbar um cego. Quanto mais um conterrâneo. Mas para mim a avidez genuína e sincera sempre foi uma coisa misteriosa e provocadora.

— Senhor curador — sussurro. — O senhor devia tomar cuidado. Na sua idade. Com todo esse dinheiro no bolso. Cercado por todos esses tesouros. Num navio que grita como um cofre de banco aberto. Com o Sydhavn cheio de bandidos. O senhor sabe, este mundo está cheio de pessoas inescrupulosas que fazem o impossível para se apropriar dos bens de seus irmãos...

Ele tenta engolir seu pomo-de-adão.

— Até logo — digo. — Se eu fosse o senhor, fazia uma barricada na porta assim que eu sair.

Os últimos raios dourados do sol instalaram-se sobre as pedras chatas do cais. Num instante terão desaparecido. Atrás de si irão deixar um frio áspero, úmido.

Não se vê vivalma. Utilizo uma chave para rasgar o plástico branco da placa. Só um rasgão, só o suficiente para poder espiar o que está escrito. Pintado por um pintor de cartazes. Letras negras sobre fundo branco. "A Universidade de Copenhague, o Centro Polar e o Ministério da Cultura aqui estabelecem o MUSEU ÁRTICO." Segue-se uma lista dos patrocinadores que financiaram a festa. Não leio. Começo a andar pelo cais.

Museu Ártico. Foi lá que compraram o navio de Isaías. Pesco a nota do curador lá do fundo do bolso. Sua apresentação é impecável — um milagre mais, considerando-se que é cego. Assinou embaixo. Sua assinatura é ilegível. Mas também aplicou um carimbo. O carimbo eu consigo ler.

Está escrito: ANDREAS FINE LICHT. PH. D. PROFESSOR DE LÍNGUAS E CULTURAS ESQUIMÓS.

Fico imóvel até passar o impacto. Em seguida considero a possibilidade de voltar por onde vim.

Acabo indo em frente. A fita é uma cópia. E, quando se caça, de vez em quando pode ser vantajoso deixar-se ver, levantar e agitar o cano de seu rifle.

# 4

Chego praticamente em cima da hora. O pequeno Morris azul está estacionado no H. C. Andersens Boulevard, defronte ao Tívoli.

O mecânico está parecendo um homem que esperou e que enquanto esperou pensou muitas coisas melancólicas.

Me instalo ao lado dele. O carro está frio. Ele não olha para mim. A dor está em seu rosto como num livro aberto. Juntos olhamos para a frente em silêncio. Não pertenço às forças policiais. Não tenho por que exigir dele uma confissão.

— O Barão — diz ele por fim — se lembrava. Nunca esquecia.

Eu havia pensado a mesma coisa.

— À-Às vezes passavam-se três semanas sem que ele aparecesse no porão. Quando eu era pequeno e passava três semanas na colônia de férias, quando voltava para casa tinha praticamente esquecido meus pais. Mas o Barão fazia coisinhas. Quando chego em casa e ele está por ali brincando, pára de brincar. E corre para mim. E simplesmente anda um pouco a meu lado. Como se fosse só para mostrar que os dois nos conhecemos. Só até a porta. Ali, ele fica. Me faz um aceno com a cabeça. Para mostrar que não me esqueceu. Outras crianças esquecem. Gostam de qualquer um e esquecem todos.

Morde o lábio. Não tenho nada a acrescentar. É tão relativamente pouco o que as palavras podem fazer em relação ao sofrimento. Tão relativamente pouco o que as palavras podem fazer em relação a seja lá o que for. Mas que outra coisa temos?

— Vamos a uma confeitaria — digo.

Enquanto cruzamos a cidade, nada lhe conto sobre minha visita ao Atracadouro 126. Mas conto sobre o telefonema que dei logo em seguida, de um telefone público, para Benedicte Clahn.

La Brioche d'Or fica no Strøget, perto da Amagertorv, na sobreloja do segundo edifício depois do posto de vendas da fábrica da Porcelana Real.

Já na porta há fotografias da cornucópia da abundância de um metro de diâmetro que a confeitaria fornecia à corte com um guindaste. Subindo a escada vê-se uma exposição de tortas de creme particularmente memoráveis que dão a impressão de terem sido aspergidas com uma camada de laquê para permanecer ali por toda a eternidade. Junto à porta de entrada monta guarda o modelo em tamanho natural do boxeador Ayub Kalule, confeccionado em chocolate amargo quando Ayub se tornou campeão da Europa; do outro lado da porta depara-se com uma mesa comprida coberta de tortas que parecem capazes de fazer qualquer coisa, exceto voar.

O teto é todo decorado com um chantilly de gesso e florões e o assoalho é recoberto por um tapete espesso e esponjoso, cor de pão-de-ló impregnado de sherry. Junto às mesinhas cobertas por toalhas brancas sentam-se senhoras elegantes dedicadas a empurrar uma segunda porção de torta Sacher com xícaras de meio litro de chocolate quente. Para atenuar o previsível susto da conta e o medo do encontro com a balança, um pianista de peruca toca distraído sobre um estrado um pot-pourri de Mozart, que sofre um declínio instantâneo quando o pianista tenta ao mesmo tempo piscar o olho para o mecânico.

A um dos cantos, sozinha, está sentada Benedicte Clahn.

Algumas pessoas dão a impressão de não combinarem com suas vozes. Até hoje me lembro de meu espanto quando me vi pela primeira vez frente a frente com Ullorianguaq Christiansen, que durante vinte anos fora o locutor de notícias da Rádio Groenlândia. A voz abrira caminho para um deus e ele não passava de um homem, um homem só um pouquinho mais alto que eu.

Em outras pessoas a voz e o aspecto refletem-se tão fielmente que basta ouvi-las falar uma vez para reconhecê-las assim que as temos diante de nós. Falei apenas um minuto com Benedicte Clahn pelo telefone e sei que aquela mulher é ela. Veste um conjunto azul e não tirou o chapéu; bebe água mineral, é bonita, nervosa e imprevisível como um cavalo de corrida.

Tem sessenta e poucos anos e seu cabelo comprido castanho-avermelhado está parcialmente preso por baixo do chapéu. Mantém o corpo ereto, é pálida, tem um queixo agressivo e narinas vibrantes. Se alguma vez já vi uma pessoa complicada, é ela.

O tempo necessário para cruzar o aposento é tudo o que tenho para tomar algumas decisões fundamentais.

Algumas horas antes telefonei para ela da estação de Enghave, de um telefone público. Sua voz é profunda, rouca, quase indolente. Mas por baixo daquela calma tenho a sensação de que há um fole. Ou será que é ilusão minha? Depois de ter passado uma hora no Atracadouro 126, não confio mais em minha capacidade auditiva.

Quando lhe digo que estou interessada em seu trabalho em Berlim em 1946, ela fecha questão.

— Não há qualquer possibilidade de conversarmos sobre isso. Totalmente impossível. Segredos militares, a senhora sabe... Aliás foi em Hamburgo, não em Berlim.

Quer dizer, ela não quer saber de conversa. Mas ao mesmo tempo percebo indícios de uma curiosidade mal contida.

— Estou telefonando do Quartel de Svanemølle — digo. — Estamos preparando uma publicação para comemorar a participação dinamarquesa na Segunda Guerra Mundial.

Ela dá meia-volta.

— É mesmo? Quer dizer que a senhora está ligando do quartel. A senhora faz parte do Corpo Feminino?

— Sou mestre em história. Estou preparando essa publicação comemorativa para o Arquivo Histórico do Exército.

— Não me diga! Uma mulher! Fico muito satisfeita. Acho que antes preciso discutir o assunto com meu pai. A senhora conhece meu pai?

Não tenho a honra. E, se quiser ter, preciso correr. Pelas minhas contas ele deve estar com uns noventa anos. Mas não comento nada em voz alta.

— O general August Clahn — diz ela.

— Gostaríamos que a publicação fosse uma surpresa.

Ela entende muito bem.

— Quando a senhora teria um tempinho para conversar comigo?

— Vai ser difícil — diz ela. — Preciso consultar minha agenda.

Espero. Vejo minha imagem refletida na parede de aço da cabine telefônica. Um grande gorro de pele. Embaixo, cabelo preto. Atrás do cabelo um sorriso bobo.

— Talvez eu consiga um momento hoje à tarde.

Evoco a conversa enquanto cruzo a confeitaria. Na direção dela. Uma filha de general. Uma amiga dos militares. Mas também uma voz rouca. Um jeito de avaliar o mecânico.

Uma pessoa explosiva. Tomo uma decisão.

— Smilla Jaspersen — digo. — E este é o comandante e doutor Peter Føjl.

O mecânico gela.

Benedicte Clahn ri alegremente para ele.

— Que interessante! O senhor também é historiador?

— Um dos melhores historiadores militares do Norte da Europa — digo.

O olho direito dele começa a tremer. Peço café e torta de framboesa para ele e para mim.

Benedicte Clahn pede outra água. Não quer torta. Quer a atenção integral do dr. Peter Føjl.

— Aconteceram tantas coisas... Não sei em quê, exatamente, vocês estão interessados!

Vou fundo.

— Em sua colaboração com Johannes Loyen.

Ela balança a cabeça.

— A senhora falou com ele?

— O comandante Føjl é muito amigo dele.

Ela balança a cabeça graciosamente. Nada mais natural. Um sheik conhece o outro.

— Já faz tanto tempo...

O café chega numa cafeteira estampada. Quente e cheiroso. Meu encontro com o mecânico é responsável por eu estar me aventurando na perigosa prática de ingerir esse tóxico daninho.

Ele deixa sua xícara intocada. Ainda não se sente à vontade com sua dignidade acadêmica. Fica sentado olhando para as mãos.

— Foi em março de 1946. A Royal Air Force tinha tomado dos alemães a Casa Dagmar, na Raadhusplads, em Copenhague. Fiquei sabendo que estavam atrás de jovens dinamarqueses de ambos os sexos que soubessem falar alemão e inglês. Minha mãe era suíça. Eu havia freqüentado a escola em Grindelwald. Sou bilíngüe. Tinha sido considerada muito jovem para participar da Resistência. Mas achei que aquilo era uma oportunidade de fazer alguma coisa pela Dinamarca apesar desse fato.

Ela fala para mim. Mas tudo está voltado para o mecânico. É provável que boa parte da vida dela tenha estado voltada para os homens. Ela ri um riso rouco.

— Para ser totalmente sincera, na época eu tinha um amigo, um segundo-tenente, que seis meses antes havia ido para a Alemanha. Eu queria ir para onde ele estivesse. Exigia-se que as mulheres completassem vinte e um anos durante os primeiros três meses de serviço. Eu tinha dezoito. E queria partir assim mesmo. De modo que menti que era três anos mais velha.

Talvez, penso comigo mesma, você com isso também tenha encontrado uma oportunidade de ver-se livre legalmente de Papai General.

— Fui entrevistada por um *colonel* no uniforme cinza-azulado da RAF. Também fiz testes de inglês e alemão. E de leitura de manuscritos em alemão gótico. Disseram que minha conduta durante a guerra seria vigiada. Duvido que eles tenham feito isso. Se tivessem feito, teriam descoberto minha idade.

A torta de framboesa tem um fundo de creme de amêndoas. Tem sabor de fruta, amêndoa torrada e creme de leite. Juntamente com o local onde nos encontramos, ela representa para mim o supra-sumo das classes média e alta na civilização ocidental. Uma associação entre a mais refinada realização alimentar e um consumismo forçado, extravagantemente sem sentido.

— Um trem especial nos levou até Hamburgo. A Alemanha estava dividida entre as potências aliadas. Hamburgo era inglesa. Trabalhávamos e tínhamos nosso alojamento num grande quartel da Juventude Hitlerista. Na Graf Golzkaserne, em Rahlstedt.

Pelo fato de serem tão totalmente desprovidos de capacidade de escutar, a maioria dos dinamarqueses deixa de viver a experiência de uma fascinante lei da natureza. A que neste momento passa a agir sobre Benedicte Clahn. A metamorfose da pessoa que está falando assim que se deixa tomar pelo próprio relato.

— Estávamos alojados em quartos de duas camas junto aos pavilhões onde trabalhávamos. Trabalhávamos num amplo salão. Doze ao redor de cada mesa. Usávamos uniforme: um traje cáqui de batalha com saia, sapatos, meias e uma capa. Tínhamos patente de sargento no exército inglês. Cada mesa tinha o seu *Tischsortierer*, ou monitor. O responsável por nossa mesa era um comandante inglês do sexo feminino.

Ela faz uma pausa. O pianista está dando os primeiros acordes de uma série Frank Sinatra. Ela não presta atenção.

— Lilla Bols — diz ela. — Me embriaguei pela primeira vez na vida. Tínhamos permissão para fazer compras no armazém do quartel. No mercado negro um pacote de cigarros Capstan rendia a quantidade de alimentos utilizada por uma família alemã durante um mês. O responsável era o *colonel* Ottini. Inglês, apesar do nome. Uns trinta e cinco anos. Um encanto. Cara de buldogue manso. Líamos toda a correspondência externa, tanto a que chegava como a que saía. As cartas e envelopes tinham um aspecto idêntico ao de hoje. Só que o papel era de qualidade inferior. Cortávamos a borda do envelope, líamos a carta, carimbávamos "Censura", depois colávamos com fita adesiva. Todas as fotografias e desenhos deviam ser retirados e destruídos. Todas as cartas com observações sobre nazistas que ocupassem postos na tarefa de reconstrução da Alemanha deviam ser reportadas. Se por exemplo estivesse escrito algo como "*Denk mal*, naquele tempo ele era *Sturmbannführer* na SS e agora é diretor", coisas assim. Acontecia muito. Mas o que mais interessava eram referências à organização clandestina nazista Edelweiss. Os senhores entendem, os alemães tinham queimado boa parte de seus arquivos por ocasião da retirada. Os aliados precisavam desesperadamente de informações. Deve ter sido essa a razão pela qual nos contrataram. Éramos seiscentos dinamarqueses. Só em Hamburgo. Toda carta que contivesse a palavra *Edelweiss*, uma flor seca, marcas em letras que aparentemente pudessem formar a palavra *Edelweiss*, devia ser carimbada — cada um de nós tinha seu próprio carimbo de borracha — e entregue a *der Tischsortierer*.

Como por telepatia nesse momento o pianista começa a tocar "Lilli Marleen". Em ritmo de marcha, exatamente como Marlene Dietrich cantava um dos versos. Benedicte Clahn fecha os olhos. Sua voz está alterada.

— Essa canção... — diz ela.

Esperamos que a música acabe. O pianista emenda "Ich hab'noch einen Koffer in Berlin".

— O pior era a fome — diz ela. — A fome e a destruição. Para ir de Rahlstedt ao centro de Hamburgo viajava-se vinte minutos numa espécie de metrô. Tínhamos folga aos sábados à tarde e aos domingos. E nosso uniforme de sargento nos dava acesso às cantinas dos oficiais. Podíamos tomar champanhe, comer caviar, filé, sorvete. Uns quinze minutos antes do centro da cidade, mais ou menos na altura de Wandsbeck, começavam as ruínas. Os senhores não podem imaginar o que era. Ruínas até onde a vista alcançava. Até o horizonte. Uma planície de ruínas. E alemães. Famintos. Passavam por você na rua, pálidos, abatidos, esfomeados. Fiquei seis meses na Alemanha. Nunca, nem uma única vez, vi um alemão se apressar.

Ela tem lágrimas na voz. Esqueceu-se de quem é. Segura com força meu braço.

— A guerra é um pavor!

Olha para nós, lembra-se de que representamos as forças armadas e por um curto instante uma longa série de níveis de consciência entram em colisão em sua mente. Em seguida, bem-disposta e sensual, ela volta ao presente. Sorri para o mecânico.

— Meu segundo-tenente voltou para a Dinamarca. Eu estava disposta a ir atrás dele. Mas um dia sou chamada à presença de Ottini. Ele me faz uma oferta. No dia seguinte sou transferida para Blankeneese. Às margens do Elba. Os ingleses haviam requisitado todas as grandes mansões. Era numa delas que trabalhávamos. Havia quarenta pessoas na casa. A maioria ingleses e americanos. Vinte dessas pessoas trabalhavam no andar de cima, na escuta telefônica. Embaixo éramos diversos grupos independentes. É óbvio que jamais ficávamos sabendo o que os outros faziam. Em Rahlstedt também havíamos jurado silêncio. O que não nos impedia de comentar as coisas entre nós. Mostrávamos uns aos outros as cartas mais engraçadas. Em Blankeneese era bem diferente. Foi lá que conheci Johannes Loyen. No começo éramos apenas eu e mais dois. Um matemático inglês e um professor de sistemas de notação coreográfica belga. Trabalhávamos com cartas cifradas e comunicações telefônicas. Mas principalmente cartas.

Ela ri.

— Acho que no começo estavam nos testando. Nos davam coisas sem importância. Era comum examinarmos duas cartas por dia. Geralmente cartas de amor. Fui para lá no mês de julho. De agosto em diante as coisas começaram a acontecer. As cartas ficaram diferentes. Muitas delas escritas pelas mesmas pessoas. Também recebemos o acréscimo de um novo censor, um alemão que havia trabalhado para Von Gehlen. Jamais entendi aquilo. Aquela história de americanos e ingleses assimilarem parte do aparelho de segurança alemão. Mas ele era um homem suave e educado. Nunca se consegue ver direito esse tipo de coisa nas pessoas, não é mesmo? Também não dizem que Himmler tocava violino? Holtzer, assim ele se chamava. De uma ou de outra maneira ele tinha um conhecimento especial do caso no qual estávamos trabalhando. Porque essa foi uma das coisas que mais adiante eu entendi. Que estávamos trabalhando num caso. Os outros três sabiam. Jamais comentaram nada. Mas passavam o tempo me perguntando sobre determinadas expressões. Com o tempo um quadro começou a tomar forma.

Mais uma vez, desaparecemos para ela. Ela está em Hamburgo, às margens do Elba, em agosto de 46.

— Havia uma palavra sobre a qual eles perguntavam sempre. *Niflheim*. Um dia fui ver o que era. Significa "mundo de brumas". É a última parte de *Hel*, o reino dos mortos. Lá pelo final de agosto acho que eles já haviam delimitado o que estavam procurando, pois desse momento em diante passamos a receber somente cartas trocadas entre as mesmas quatro pessoas. Jamais víamos os envelopes. Só sabíamos os nomes, os endereços não. Para começar, trabalhamos com oito cartas. A cada semana que passava, outras duas vinham somar-se a elas. O código era muito tosco. Como uma coisa feita às pressas. Mesmo assim, era complicado decifrá-lo: o código não estava baseado na língua normal, mas numa série de metáforas predeterminadas. O suposto tema das cartas era o transporte e a venda de mercadorias. Foi nesse momento que Johannes, o doutor Loyen, se integrou ao grupo. Ele estava na Alemanha na qualidade de médico-legista, para participar do fechamento de campos de concentração.

Ela aperta os olhos e fica com cara de escolar.

— Um homem muito bonito. E muito vaidoso. Transmita a ele meus cumprimentos e conte as coisas que eu lhes disse sobre ele, senhor comandante.

O mecânico assente e esmaga o guardanapo entre as mãos.

— Ele estava aborrecido porque não era a grande estrela das identificações, e sim os odontologistas legistas, inclusive nos processos de Nuremberg. Em nosso grupo ele tinha a função de consultor para as questões da área médica. Mas não havia necessidade disso. A essa altura, percebi que Niflheim devia ser uma expedição à Groenlândia. Loyen sabia alguma coisa a respeito da Groenlândia. Talvez tivesse estado na Groenlândia. Jamais falava nisso. Mas falava alemão muito bem. Passou a trabalhar em pé de igualdade conosco. No final de setembro conseguimos. Fui eu quem conseguiu decifrar o código. Uma carta enumerava, como um prognóstico, os preços dos grãos naquela semana. Números que aumentavam um pouquinho a cada dia, para culminar na sexta-feira. Procurei aquela semana na agenda que minha mãe tinha me mandado. Sexta-feira era dia de lua cheia. Muitas vezes eu havia participado da Admiral's Cup, atravessando o canal da Mancha no grande Colin Archer de meu pai. Tive a impressão de que os números pareciam referir-se ao movimento das marés. Fomos atrás dos grandes almanaques da marinha britânica. Eram os fluxos e refluxos do Elba. A partir daí foi simples. Em três semanas deciframos as cartas, da última à primeira. Tratavam da obtenção de um navio. E de uma viagem à Groenlândia. Operação Niflheim.

— Com que objetivo? — pergunto.

Ela balança a cabeça.

— Jamais fiquei sabendo. Acho que os outros também não sabiam. As cartas tratavam das negociações em torno de um navio, muito complicadas devido às condições de exceção. Da possibilidade de ir primeiro até Kiel para depois cruzar as águas territoriais dinamarquesas. Da localização das rotas de minas. Do bloqueio britânico do Elba e do canal de Kiel. Mas todas as pessoas que escreviam as cartas sabiam do que se tratava. Por isso o objetivo da viagem jamais era mencionado.

Os três nos recostamos ao mesmo tempo. Voltando à confeitaria La Brioche d'Or, ao cheiro de café, ao presente, a "Satin Doll".

— Vou querer um pedacinho de torta — diz Benedicte Clahn.

Ela mereceu. A torta chega e parece verão. Com um chantilly tão fresco e macio e branco-amarelado que até parece que a vaca está de plantão junto à porta do forno.

Espero que ela prove. É muito difícil uma pessoa conseguir levantar a guarda enquanto obtém satisfação para os sentidos.

— A senhora já contou essa história a alguma outra pessoa?

Ela está a ponto de responder com uma negativa indignada. Mas nesse momento suas lembranças recém-despertadas, sua confiança em nós e quem sabe o gosto das framboesas fazem seu efeito.

— Sou uma pessoa absolutamente discreta — diz ela.

Concordamos apaziguadoramente.

— É possível que Johannes Loyen e eu tenhamos discutido essas coisas uma ou duas vezes. Mas isso aconteceu há mais de vinte anos.

— Será que foi em 1966?

Surpresa, ela olha para mim. Por um momento a luz vermelha se acende. Depois ela conclui que evidentemente fomos informados pelo próprio Loyen.

— Johannes estava trabalhando para uma empresa que precisava organizar uma viagem à Groenlândia. Ele queria que nós dois juntos tentássemos reconstruir algumas das informações contidas nas cartas de 1946. Principalmente detalhes sobre as rotas. O que fosse possível sobre as condições de ancoragem. Não conseguimos. Embora tivéssemos dedicado muito tempo a isso. Acho até que recebi um pagamento pelo trabalho.

— Depois vocês voltaram a falar no assunto em 90 ou 91?

Ela morde o lábio.

— Helen, a mulher dele, é muito ciumenta — diz ela.

— Em que ele estava interessado?

Ela balança a cabeça.

— Jamais mencionou. Por acaso a senhora já tentou perguntar alguma coisa a ele?

— Não tivemos ocasião — respondo. — Mas ainda teremos.

Alguma coisa em meu esclarecimento a deixa pensativa. Tento encontrar alguma coisa tranqüilizadora para dizer. Ela mesma encontra. Seu olhar vai de mim para o mecânico, depois volta para mim.

— Vocês são casados?

Ocorre o fato estarrecedor de que ele enrubesce. O rubor começa no pescoço e vai subindo, como uma alergia a crustáceos. Um rubor flamejante, desamparado.

Percebo que uma curta onda de calor percorre a face interna de minhas coxas. E por um curto instante acredito que alguém deixou cair alguma coisa quente em meu colo. Mas não.

— Não — respondo. — É difícil dedicar-se inteiramente ao Arquivo do Exército e ao mesmo tempo constituir família.

Ela faz que sim com a cabeça, compreensiva. Está perfeitamente informada sobre a dicotomia entre guerra e amor.

— Dois homens se encontram — digo. — Talvez em Berlim. Loyen e Ving. Loyen sabe alguma coisa sobre algo que vale a pena ir buscar na Groenlândia. Ving tem uma organização que pode servir como fachada para ir buscar essa coisa, pois é um dos diretores da Associação Criolítica além de ser seu verdadeiro líder. Depois temos Andreas Licht. Sobre esse, a única coisa que sabemos é que conhece bem as condições da Groenlândia.

Não me passa pela cabeça contar-lhe sobre o Atracadouro 126.

— Juntos, eles organizam uma expedição, promovida pela associação, no ano de 1966. Alguma coisa dá errado. Talvez um acidente com explosivos. Seja como for, a expedição gora. Aí eles esperam vinte e cinco anos. E tentam de novo. Dessa vez com uma diferença. O transporte está sendo pago com verbas externas. A impressão que se tem é que eles conseguiram uma subvenção. Que se aliaram com alguém. Uma vez mais, porém, a coisa não dá certo. Quatro baixas. Entre os mortos, o pai de Isaías.

Estou sentada no sofá do mecânico. Embaixo de uma manta de lã. Ele está de pé no meio da sala abrindo uma garrafa de champanhe. Alguma coisa naquele vinho caro dentro desta sala me perturba. Ele pousa a garrafa ainda fechada.

— Falei com Juliane hoje à tarde — diz ele.

Bem que eu havia percebido, na confeitaria e no caminho de volta para casa, que havia algum problema.

— Todos os meses o Barão era examinado no hospital. Ela recebia mil e qui-quinhentas coroas toda vez que ele ia. Era sempre na primeira ter-terça-feira do mês. Vinham buscá-lo. Ela nunca ia junto. O Barão não contava nada.

Ele se senta e contempla a garrafa gelada. Sei o que está pensando. Considera a possibilidade de guardá-la novamente.

Diante de nós ele depositou cálices altos, delicados. Primeiro lavou com água quente, sem utilizar sabão, depois secou com um pano de prato limpo até que ficassem inteiramente transparentes. Em suas mãos grandes, os cálices parecem frágeis como celofane.

Em Nuuk é preciso esperar onze anos na fila da casa própria. Em seguida recebe-se um armário, um telheiro, uma cabana. Na Groenlândia todo o dinheiro está associado à língua e à cultura dinamarquesas. Quem domina o dinamarquês consegue empregos bem remunerados. Os outros podem apodrecer nas fábricas de filé de peixe ou nas filas de desempregados. Numa cultura que tem uma estatística de assassinatos comparável à de uma situação de guerra.

Crescer na Groenlândia comprometeu para sempre minha atitude para com a riqueza. Sei que ela existe. Mas jamais consegui lutar por ela. Ou respeitá-la seriamente. Ou considerá-la meta a ser atingida.

Muitas vezes me sinto uma lata de lixo. As circunstâncias despejaram no fundo da minha vida os excessos de uma cultura tecnológica: as equações diferenciais, um gorro de pele. E agora uma garrafa de vinho gelada à temperatura de zero grau. Com o tempo foi ficando cada vez mais difícil para mim desfrutar dela de coração leve. Se de repente me tirassem tudo, eu não me incomodava.

Já não tento manter a Europa ou a Dinamarca à distância. Tampouco faço força para que fiquem. De um ou de outro modo ambas são parte de meu destino. Vão e vêm em minha vida. Desisti de tentar aproximá-las ou afastá-las de mim.

Anoiteceu. Estes últimos dias têm sido tão longos que fico feliz quando vou para a cama e durmo um sono pesado como o de minha infância. Daqui a pouco, depois de ter me limitado a umedecer os lábios com o vinho, pretendo levantar-me para ir embora.

Ele abre a garrafa quase sem fazer barulho. Serve o vinho devagar e cuidadosamente, até um pouco acima da metade dos copos. No mesmo instante os copos ficam recobertos por uma camada de suor. De irregularidades imperceptíveis nas paredes internas, arqueadas, sobem para a superfície pequenas fileiras de bolhas.

Ele apóia os cotovelos nos joelhos e contempla as bolhas. Seu rosto está distante, absorto pelo que vê; nesse momento seu rosto tem a inocência do rosto de uma criança. Exatamente da maneira que tantas vezes vi Isaías observar o mundo.

Deixo meu copo intocado e sento na mesa baixa, diante dele. Nossos rostos estão na mesma altura.

— Peter — digo. — Você conhece a desculpa de que estávamos bêbados, por isso não sabíamos o que estávamos fazendo.

Ele faz que sim com a cabeça.

— Por isso quero fazer uma coisa antes de beber.

Beijo-o. Não sei quanto tempo se passa. Mas, enquanto o tempo passa, meu corpo inteiro está na minha boca.

Depois vou-me embora. Podia ter ficado, mas vou-me embora. Não é por mim nem por ele. É por respeito por essa coisa que tomou conta de mim, que há anos eu não sentia, que tenho a impressão de não conhecer mais, diante da qual me sinto uma estranha.

Demoro para adormecer. Mas principalmente porque não tenho coragem de abandonar a noite e o silêncio, bem como a consciência lúcida, hipersensível, de que ele está deitado em algum lugar abaixo de mim.

Quando o sono finalmente chega, imagino que estou em Siorapaluk. Estou deitada no estrado com diversas crianças. Estivemos contando histórias, agora as outras adormeceram. Só resta minha voz. Ouço-a de fora, noto que resiste a calar-se. Mas finalmente ela fraqueja, falha, cai de joelhos, abre os braços e se deixa colher por uma rede de sonhos.

# 5

A Junta Comercial está localizada na Kampmannsgade número 1 e parece bem cuidada, pintada de novo, eficiente, confiável, prestativa e exclusiva sem ser pretensiosa.

O homem que vem me atender é um garoto. Tem no máximo vinte e três anos e está de terno de jaquetão de tweed Harris fininho sob medida, gravata branca de seda, dentes brancos e sorriso largo.

— Já nos vimos em algum lugar... — diz ele.

Os papéis estão reunidos com uma espiral, a pilha é da grossura de uma Bíblia ilustrada e ostenta o título *Balanço relativo ao ano fiscal de 1991 da sociedade acionária Associação Criolítica da Dinamarca.*

— Como se vê quem controla a empresa?

Suas mãos roçam as minhas quando ele abre o livro.

— Não dá para saber diretamente. Mas, de acordo com a legislação para as sociedades acionárias, a primeira página deve trazer uma listagem de todos os acionistas que detenham mais de cinco por cento das ações. Será que foi numa festa na Escola de Comércio?

A lista tem catorze linhas, com pessoas jurídicas e físicas misturadas. Ving está entre eles. O Banco Nacional também. A Geoinform também.

— Você pode me mostrar os balanços da Geoinform?

Ele se instala no computador. Enquanto esperamos ao lado do aparelho ele sorri para mim.

— Ainda vou me lembrar de onde foi — diz ele. — Você não estudou direito, por acaso?

Sentado, ele deu uma lida num jornal francês. Acompanha meu olhar.

— Me inscrevi para fazer diplomacia — diz ele. — Por isso preciso acompanhar esses jornais. Não temos nada sobre a Geoinform. Vai ver que não é sociedade acionária.

— É possível descobrir quem faz parte da diretoria da empresa?

Ele vai buscar um volume que tem o dobro do tamanho de uma lista telefônica e que se chama *Greens danske fonds*, Fundações dinamarquesas Green. Abre o livro e me mostra. A diretoria da Geoinform é formada por três pessoas. Copio os nomes.

— Posso convidar você para almoçar?

— Preciso ir dar uma volta no Dyrehaven* — digo.

— E se eu fosse junto?

Aponto seus mocassins.

— Com setenta e cinco centímetros de neve?

— No caminho eu podia comprar umas botas de borracha.

— Você está trabalhando — digo. — Está a caminho da diplomacia.

Ele concorda a contragosto.

— Quem sabe quando a neve derreter — diz ele. — Na primavera.

— Se sobrevivermos até lá — digo.

Vou até o Dyrehaven. Nevou durante a noite. Levo comigo meus *kamiks.* Bem antes dos portões, calço os *kamiks.* As solas não agüentam muito uso. Quando éramos pequenos jamais podíamos dançar usando os *kamiks* quando houvesse areia no chão. Era possível gastar a sola inteira numa noite. Mas na neve e no gelo, que têm uma fricção totalmente diferente, eles são extremamente duráveis. A neve nova é leve e fria. Me afasto tanto quanto possível das veredas. Passo o dia todo vagando lenta e molemente no meio dos galhos negros cintilantes de neve. Persigo os rastros tortuosos de um veado até entender seu ritmo. O fato de que a cada cem metros o animal dá um pinote. Seu hábito de depositar pequenas quantidades de urina logo à direita das pegadas. A regularidade com que ele escava a terra escura para abrir uma clareira em forma de coração em busca de folhas.

Três horas depois, dou com ele. Um cervo. Branco, alerta, interessado.

Consigo uma mesa lateral no restaurante de Peter Liep e peço um chocolate quente. Depois coloco diante de mim o papel com os três nomes.

Katja Claussen
Ralf Seidenfaden
Tørk Hviid

(*) Literalmente "Jardim dos Animais". Extenso parque e reserva botânica e zoológica nos arredores de Copenhague com uma grande população de veados. Antiga reserva de caça da Coroa, abriga um pequeno castelo. Ponto turístico e passeio tradicional dos habitantes da cidade. (N. T.)

Localizo o envelope de Moritz com as cópias dos recortes de jornal. Estou atrás de um deles.

Um grupo de crianças e adultos enche o local. O grupo deixou os esquis e trenós do lado de fora. Falam alto, com vozes cheias de prazer. Cheias do calor intrigante da neve.

O recorte é de um jornal de língua inglesa. Talvez por isso tenha ficado na minha cabeça. Como foi recortado torto, parte da manchete se perdeu. Em seguida o título foi completado à mão, com esferográfica verde. A data é 19 de março de 1992. "First Copenhagen Seminar on Neocatastrophism. Professor, MD, Johannes Loyen, member of the Royal Danish Academy of Sciences, is giving the opening lecture."

Loyen aparece num palco, aparentemente sem manuscrito ou cátedra. A sala é grande. Atrás dele estão três homens sentados a uma mesa curva como uma seção do arco de um círculo.

"Behind him Ruben Giddens, Ove Nathan and Toerk Hviid, the..."

O texto está cortado, a continuação da linha ficou de fora. Suas compositoras não dispunham de um ø para o nome dele. Por isso prestei atenção no nome. Foi por isso que me lembrei.

O sol desce cintilante quando vou para casa. Com o coração aos pulos.

No instante em que passo pela porta o telefone toca.

Levo uma eternidade para retirar a fita adesiva. Tenho a sensação de que deve ser o mecânico. Que ele deve ter tentado ligar milhões de vezes.

— Aqui é Andreas Licht.

A voz está fraca, como se ele estivesse resfriado.

— Sugiro que a senhora venha imediatamente.

Sinto uma centelha de irritação. Alguns dentre nós jamais aprendem a obedecer a ordens.

— Precisa ser hoje?

Ouço um ruído abafado, como se ele estivesse disfarçando uma risada.

— A senhora está interessada, não está?

Ele põe o fone no gancho.

Fico ali parada com todos os agasalhos. No escuro, pois não deu tempo de acender a luz. Dc onde ele tirou meu telefone?

Detesto que me apressem. Tenho outros planos para o dia de hoje.

Tiro os *kamiks* e saio novamente, para a noite de Copenhague.

Ao descer as escadas, estaco diante da porta do mecânico. Estou tentada a levá-lo comigo. Mas identifico o sentimento como sendo uma fraqueza.

Tenho no bolso uma caneta, mas papel não. Escrevo numa nota de cinqüenta coroas: "Sydhavn, Molhe Flutuante, Atracadouro 126. Volto mais tarde. Smilla".

O recado é um termo médio entre minha necessidade de proteção e minha crença de que os planos que conseguimos manter secretos são os que melhor conseguimos levar a cabo.

Tomo um táxi até a central de energia do Sydhavn. Talvez esteja ficando contaminada pela paranóia do mecânico em relação aos telefones, mas não quero deixar rastros nítidos.

Da central até lá são quinze minutos de caminhada.

Neste momento, as máquinas também dormem. A cidade parece ter ficado muito longe. Mesmo assim, nas ruas desertas por onde passo vê-se um reflexo de suas luzes. No céu azul-negro, vez que outra, esparsos fogos de artifício riscam rastilhos de luz e explodem. O estouro distante leva um certo tempo a me alcançar. É noite de Ano Novo.

As ruas não têm iluminação. Recortados contra o céu mais claro, os guindastes são silhuetas mudas. Tudo está fechado, extinto, rendido.

O Molhe Flutuante é uma superfície branca no escuro. A neve recente sobre o gelo concentra a pouca luz existente e brilha fosca. Um único carro passou por aqui antes de mim, ando sobre as marcas de suas rodas.

A placa continua coberta pelo plástico. Com o rasgão que eu fiz. A neve do atracadouro, da passarela e de parte do convés foi removida. Alguns caixotes foram afastados para abrir lugar para um fardo de barris vermelhos. Além da neve e dos barris e do escuro, tudo está como estava ontem.

Nenhuma luz a bordo.

Enquanto cruzo a passarela, penso nas marcas de pneus. Na neve, os pneus escorregam um pouquinho para trás sobre o próprio rastro. O rastro que segui ia até o porto. Não havia rastro voltando. Não há outros caminhos para o Molhe Flutuante, tampouco para sair de lá. Só o que utilizei. Mas do carro, nem sinal.

A porta esmaltada está fechada, mas não trancada. Dentro há uma luzinha fraca.

Sei que o esquimó de fibra de vidro está no mesmo lugar. A luz vem de algum ponto atrás do biombo.

Sobre a escrivaninha há uma pequena lâmpada de leitura. Atrás da mesa está sentado o professor e curador do museu Andreas Licht com a cabeça inclinada e um amplo sorriso em minha direção.

Quando dou a volta na mesa o sorriso não deixa seu rosto.

Ele está agarrado ao assento de sua cadeira com as duas mãos. Como se quisesse manter-se ereto.

De perto observo que seus lábios estão arreganhados, expondo os dentes. E que não está agarrado à cadeira. Suas mãos estão amarradas com cabos finos de fio de cobre. Ponho a mão nele. Está quente. Apalpo seu pescoço com os dedos. Não há pulso. Tampouco batimentos cardíacos. Pelo menos não que eu consiga perceber.

Sua orelha voltada para mim está tampada com algodão. Como quando uma criancinha tem otite. Dou a volta nele. A outra orelha também está com algodão.

Com isso minha curiosidade se extingue. Quero ir para casa.

Nesse momento fecham a porta do alto da escada. Sem aviso, sem ruído de passos. A porta é simplesmente fechada, silenciosa e calmamente. Em seguida, trancam-na por fora.

Aí a luz se apaga.

Só agora entendo por que havia tão pouca luz na sala. Pessoas cegas não têm necessidade de luz. Absurdo pensar nisso justo agora. Mas esse é meu primeiro pensamento no escuro.

Fico de joelhos e me enfio embaixo da escrivaninha. Talvez não seja adequado. Talvez seja a estratégia da avestruz. Mas não estou com vontade de ficar ali de pé exposta no escuro. Lá embaixo examino os tornozelos do curador. Também estão quentes. E também estão amarrados à cadeira com fio metálico.

Há um movimento no convés por sobre minha cabeça. De alguma coisa sendo arrastada. Tateio no escuro e encontro um fio de telefone. Vou seguindo o fio e de repente me vejo segurando a ponta entre os dedos. O fio foi arrancado do aparelho.

Nesse momento os motores do navio começam a funcionar — o lento despertar de um grande motor a diesel. E fica girando.

Corro para a escuridão. Uma vez, vinte e quatro horas atrás, já me orientei neste aposento. Por isso sei onde há uma porta. Vou dar na antepara logo ao lado da porta. Não está trancada. Quando cruzo a porta, o barulho das máquinas fica mais forte.

O aposento tem pequenas escotilhas altas voltadas para o cais. Através delas entra um pouco de luz. O aposento me esclarece como o curador resolvia seu problema de locomoção. Ele não saía de bordo. Aqui foi instalado um quarto para ele. Um beliche, um criado-mudo, um armário embutido.

A sala de máquinas deve estar atrás da parede do fundo. Apesar do isolamento, o barulho das batidas é nítido. Quando tento olhar pela escotilha ele fica ensurdecedor. O navio manobra lentamente para longe do cais. A marcha foi engrenada. Não se vê vivalma. Só o contorno negro do molhe que se afasta.

Uma chispa se acende no cais. Só um ponto de luz, como quando alguém acende um cigarro. A incandescência sobe e flutua num arco em minha direção. Atrás de si, arrasta uma cauda gotejante de brasas. Um foguete foi disparado.

Explode logo acima de minha cabeça num estampido abafado. No segundo seguinte estou cega. Um perverso clarão branco se lança contra mim vindo do molhe e da água. No mesmo instante o fogo suga todo o oxigênio do ar e eu me atiro ao chão. Tenho a sensação de estar com areia nos olhos, de respirar dentro de um saco plástico, de que alguém tem um secador de cabelos ligado em minha direção. Claro, são os barris de gasolina. Derramaram gasolina no navio.

Engatinho e abro a porta da peça de onde vim. Agora há toda a luz que se possa desejar. As coberturas das clarabóias queimaram e a peça está iluminada por algo semelhante a um gigantesco sol de montanha.

No convés ouve-se uma série de explosões abafadas e a luz lá fora lança centelhas azuis, depois amarelas. O ar se enche de tinta epóxi queimada.

Engatinho de volta para o quarto. Está quente como uma sauna. Contra a brancura das escotilhas percebo a fumaça que começou a se introduzir. Fora de uma das vidraças, o fogo se interrompe por um momento. O silo da fábrica de torta de soja brilha como ao pôr-do-sol, as janelas ao longo do cais da Islândia cintilam como vidro derretido. São os reflexos do fogo que me cerca.

Nesse momento uma teia de rachaduras se abre sobre o vidro e a paisagem desaparece.

Fico pensando se óleo diesel queima. Tenho a impressão de que só em temperaturas muito elevadas. No mesmo instante o tanque de diesel vai para o espaço.

Não há explosões, é mais como um som sibilante que se transforma em rugido, um rugido que vai crescendo até tornar-se o som mais forte que já houve na Terra. Aperto a cabeça contra o assoalho. Quando ergo a cabeça, o beliche sumiu. A parede que dá para a sala de máquinas sumiu, contemplo um mundo de fogo. No meio desse mundo, o motor é um quadrado preto com uma rede cinzelada de tubos. Que começa a afundar. Separa-se do navio, rompe seu casco. Quando entra em contato com o mar, produz uma explosão de vapor. E desaparece. Na superfície da água as línguas de diesel em chamas tramam um tapete de fogo.

Agora a popa do navio forma um pórtico aberto para o cais da Islândia. Enquanto estou ali de pé olhando para fora, o navio inteiro dá a volta lentamente, afastando-se do óleo ardente.

O casco aderna. A água entrou por baixo e puxa o navio para trás. Estou com água até os joelhos.

A porta atrás de mim se abre com violência e o professor entra. A inclinação do navio fez a cadeira de escritório rodar. Ele vai de encontro à antepara, bem ao meu lado. Depois cruza aquele que uma vez foi seu quarto e mergulha na água.

Tiro a roupa. Casaco de camurça, suéter, sapatos, calça, blusa, calcinha e por último as meias. Levo a mão à cabeça em busca do chapéu. Encontro somente um círculo de pele. As labaredas do motor a diesel devem tê-lo queimado inteiro. Tenho sangue nas mãos. Meu cabelo queimou. O topo de meu crânio está totalmente calvo.

São uns duzentos metros até o cais do Molhe Flutuante. Não tenho escolha. Do outro lado está o fogo. Pulo.

O choque térmico me faz abrir os olhos, mas ainda estou debaixo da água. Tudo resplandece em verde e vermelho, iluminado pelo incêndio. Não olho para trás. Em uma água com menos de seis graus centígrados têm-se poucos minutos de vida. O total de minutos depende das condições físicas. As pessoas que atravessaram o canal da Mancha estavam em ótimas condições físicas. Agüentaram bastante tempo. Estou em péssimas condições físicas.

Nado com o corpo quase vertical, só com os lábios fora da água. O problema é o peso da parte do corpo que fica para fora da água. Depois de alguns segundos começa o tremor. Enquanto a temperatura do corpo cai de trinta e oito para trinta e seis graus, a pessoa treme. Depois o tremor desaparece. É quando a temperatura cai para trinta graus. Trinta graus é crítico. É quando começa a indiferença. É quando a gente se congela e morre.

Depois de nadar cem metros não consigo mais esticar os braços. Penso em meu passado. Não adianta. Penso em Isaías. Não adianta. De repente paro de sentir que estou nadando, parece que estou numa encosta, inclinando o corpo de encontro à ventania, e que aquela luta não faz o menor sentido.

A água ao meu redor é um mosaico de caquinhos dourados. Lembro que alguém tentou me matar. Que agora essa pessoa está em algum lugar a felicitar-se. Pronto, aquela já foi. Smilla. A groenlandesa de mentira.

O pensamento me dá forças para os últimos metros. Tomo a decisão de dar mais dez braçadas. Estou na oitava quando bato a cabeça em um pneu de trator pendurado no atracadouro do *Nordlyset* para servir de pára-choque.

Sei que só me restam uns poucos segundos de consciência. Ao lado do pneu há uma plataforma logo acima da superfície da água. Faço uma espécie de tentativa de subir para cima dela a gritos. Não se ouve um som. Mas consigo subir.

Na Groenlândia, quando se cai na água, corre-se para evitar o congelamento. Mas lá o ar é frio. Aqui está quentinho, parece verão. No começo não entendo por quê. Depois vejo que é por causa do incêndio. Fico caída na plataforma. O *Nordlyset* está agora no meio da entrada do porto, um esqueleto de madeira, negro como carvão, no meio de uma bola branca de fogo.

Me arrasto escada acima, andando de quatro. O cais está abandonado. Não há sombra de ser humano.

Estou a ponto de deixar-me cair para descansar ao calor do navio em chamas. Posso ver minha própria pele nua cintilando. Os pelinhos chamuscados, pretos, crespos. Então me ponho a andar. Começo a ter alucinações, fragmentos desconexos. De quando eu era pequena. Uma flor que encontrei, centáurea, com brotos. Uma preocupação torturante: será que Eberlein ainda tem daquele brocado do meu chapéu? A sensação de estar doente e urinar na cama.

Vejo os faróis de um carro e não dou a mínima. O carro pára e para mim dá no mesmo. Envolvem-me com alguma coisa. Nada poderia interessar-me menos. Deito. Reconheço os buracos do teto. É o pequeno Morris. A nuca do mecânico. Ele está dirigindo o carro.

— Smilla — diz ele. — Smilla, pelo amor de Deus...

— Cale a boca — digo.

Em seu apartamento ele me enrola em cobertores de lã e me massageia até eu não suportar a dor. Depois me faz beber um copo de chá com leite depois do outro. É como se o frio não quisesse ir embora.

Como se tivesse entrado em meu esqueleto. A uma certa altura também tomo um copo com alguma bebida alcoólica.

Choro um bocado. Entre outras coisas, de autocomiseração. Conto a ele sobre o esconderijo de Isaías. Sobre a fita cassete. Sobre o professor. Sobre o telefonema. Sobre o incêndio. Sinto que minha boca simplesmente funciona sozinha enquanto eu própria estou em algum outro lugar observando.

Ele não faz comentários.

Num certo momento ele enche a banheira de água para mim. Adormeço na banheira. Ele me acorda. Deitamo-nos um ao lado do outro em sua cama e adormecemos. Algumas horas de cada vez. Só quando o dia começa a clarear aqueço de verdade.

Já é de manhã quando nos amamos. Não estou com a cabeça bem no lugar.

# A CIDADE

## PARTE TRÊS

# 1

Troco duas vezes de táxi e desembarco na Farumvej. Dali vou andando pela rua que atravessa o pântano Utterslev e olho duzentas e cinqüenta vezes para trás.

Telefono da Tuborgvej.

— O que é neocatastrofismo?

— Por que você sempre liga desses insuportáveis telefones públicos, Smilla? Algum problema com dinheiro? Desligaram seu telefone? Você quer que eu mande religar?

Para Moritz o Ano Novo é a rainha das festas. Ele sofre da auto-ilusão cíclica recorrente de que é possível começar do ponto zero, de que podemos construir uma vida nova a partir de resoluções. No primeiro dia do ano sua compenetração é tamanha que dá para ouvir pelo telefone. Até pelo telefone público.

— Em março de 92 houve um seminário sobre o assunto em Copenhague — digo.

Ele reprime um resmungo enquanto tenta pôr o cérebro para funcionar. O que finalmente dá o empurrão é o fato de que a pergunta tinha algo a ver com ele próprio.

— Me convidaram — diz ele.

— E por que você não foi?

— Precisava estudar muito.

Há anos ele me disse que tinha parado de estudar. Em primeiro lugar, é mentira. Em segundo, essa é uma maneira intolerável de dar a entender que com a enormidade de seu saber não há ninguém no mundo capaz de ensinar-lhe alguma novidade.

— O neocatastrofismo é um termo abrangente. Foi cunhado por Schindewolf em algum momento na década de 1960. Schindewolf era um paleontólogo. Só que todos os tipos de especialistas das ciências naturais participaram do debate. Todos eles acreditam que o desenvolvimento da Terra, especialmente de sua biologia, não seguiu um ritmo regular, mas aconteceu aos saltos. Que ocorreu em decorrência de grandes catástrofes naturais, que favoreceram a sobrevivência de determinadas espécies. A queda de meteoritos, a passagem de cometas, erupções vulcânicas, catástrofes químicas naturais. O ponto central do debate sempre foi a seguinte pergunta: até que ponto se poderia dizer que essas catástrofes aconteceram a intervalos regulares? E, caso isso seja verdade, o que determina sua freqüência? Fundou-se uma associação internacional. A primeira reunião foi em Copenhague. No Falkonercentret. Abertura dos trabalhos pela rainha. Nada era suficientemente elegante. Receberam dinheiro da esquerda e da direita. Os sindicatos contribuíram por acreditar que a associação promove a pesquisa das catástrofes ambientais. O setor industrial contribuiu por acreditar que a associação não tem absolutamente nada a ver com as catástrofes ambientais. Os órgãos de fomento à pesquisa contribuíram porque há uma porção de figurões participando da associação.

— O nome Hviid lhe diz alguma coisa em relação ao assunto? Tørk Hviid?

— Havia um compositor chamado Hviid.

— Acho que não é esse...

— Você sabe que eu não consigo guardar nomes, Smilla.

É verdade. Ele consegue guardar corpos. Títulos. Consegue reconstruir todas as jogadas em todos os torneios grandes e pequenos de que tenha participado. Mas esquece regularmente o nome de sua própria secretária. É sintomático. Para as pessoas realmente autocentradas o mundo circundante empalidece e perde os nomes.

— Por que você não participou do seminário?

— Muita mistura para o meu gosto, Smilla. Com todos aqueles interesses antagônicos. Com toda aquela política. Você sabe que não gosto de me meter em política. Ao fim e ao cabo eles nem tiveram coragem de usar a palavra *catástrofe*! O nome da associação ficou sendo Centro de Pesquisas para o Desenvolvimento.

— Será que você poderia descobrir quem é esse Hviid?

Ele respira profundamente, repleto de seu inesperado poder.

— Nesse caso posso esperar uma visita sua amanhã? — pergunta.

Estou quase dizendo a ele que pode mandar a informação pelo correio. Mas estou frágil e um tanto mole. Ele percebe.

— Venha encontrar-se comigo e Benja amanhã no Savarin.

Parece uma ordem, mas a intenção é de que seja uma combinação rápida.

Uma das crianças abre a porta.

Sou uma das primeiras pessoas a admitir que o clima frio é imprevisível. Mesmo assim, fico momentaneamente surpresa. Fora, são cinco horas da tarde. Num céu azul-marinho, sem nuvens, surgem as primeiras estrelas. Do lado de lá da porta, em volta da criança, neva. Uma camada fina se depositou sobre o cabelo vermelho, os ombros, o rosto, os braços desnudos.

Vou atrás dela. Na sala há farinha por toda parte. Três crianças misturam massa diretamente sobre o assoalho de parquê. Sua mãe está na cozinha untando fôrmas com manteiga. À mesa da cozinha está sentada uma menininha misturando algo semelhante a massa doce para torta. No momento ela está tentando fazer a massa absorver uma gema de ovo. Com as mãos e com os pés.

— O saco de farinha arrebentou lá na sala.

— É — digo. — O assoalho fica uma beleza de limpo.

— Ele está lá fora, no jardim-de-inverno. Proibi-o de fumar aqui dentro.

Ela tem uma força autoritária que lembra minha idéia infantil de Nosso Senhor. E uma doçura inabalável como a de Papai Noel num filme do Disney. Caso se queira saber quem são os verdadeiros heróis da história mundial, é preciso olhar para as mães. Nas cozinhas, com as fôrmas de assar bolo. Enquanto os homens estão no banheiro. Na rede. No jardim-de-inverno.

Ele está escovando os cactos. O ar está espesso de fumaça de charuto. Ele tem uma escovinha, fina como uma escova de dentes, com cerdas compridas, curva, com uns trinta centímetros de comprimento.

— Para que os poros não fiquem entupidos. Aí eles não conseguiriam respirar.

— Pensando bem — digo —, talvez fosse preferível.

Ele fica com um ar culpado.

— Minha mulher me proíbe de fumar perto das crianças.

Mostra o toco de charuto.

— Romeu e Julieta. Um havana clássico. O sabor é delicioso. Principalmente o finalzinho. Quando já se está quase queimando os lábios. Na parte onde se concentra a nicotina.

Penduro minha jaqueta amarela acolchoada em uma das cadeiras brancas de ferro. Depois tiro o lenço da cabeça. Por baixo estou com um pedaço de gaze. Que também tiro. O mecânico limpou o ferimento e untou-o com pomada de clorexidina. Inclino a cabeça para que ele veja.

Quando ergo outra vez a cabeça, seus olhos estão sérios.

— Uma queimadura — diz ele pensativo. — Será que a senhora estava por perto?

— Estava a bordo.

Ele lava as mãos numa pia funda de aço inoxidável.

— Como a senhora conseguiu sobreviver?

— Nadei.

Ele seca as mãos e volta. Apalpa o ferimento. Parece que está enfiando as mãos no meu cérebro.

— É superficial — diz ele. — Parece que a senhora não vai ficar careca.

Telefonei para ele no Rigshospital nesse mesmo dia. Não me identifico, mas também não é necessário.

— O navio que queimou no porto — digo — tinha um homem a bordo.

No noticiário radiofônico era a notícia mais importante. Os jornais deram na primeira página. Com uma fotografia tirada à noite, à luz dos holofotes dos bombeiros. No meio do porto três mastros carbonizados apontam da água. O cordame e os laises de verga desapareceram. Mas ninguém mencionou vítimas.

Ele fica muito lento.

— É verdade?

— Preciso dos resultados da autópsia.

Ele fica um bom tempo em silêncio.

— Que merda — diz ele. — Tenho uma família para manter.

Quanto a isso, não posso dizer nada.

— Hoje à tarde. Depois das quatro.

Ele se instala diante de mim e retira o celofane e o anel de um charuto. Tem uma caixa de fósforos com palitos muito compridos. Com um desses fósforos faz um respiradouro na ponta cônica, encurvada, da folha de tabaco redonda, enrolada. Em seguida acende o charuto, lenta e cuidadosamente. Só quando a brasa se forma ele fixa os olhos em mim.

— E não teria sido a senhora — diz ele — quem o matou?

— Não — digo.

Agora, enquanto ele fala, fica me olhando como se quisesse examinar minha consciência.

— Quando uma pessoa se afoga, o que acontece é que primeiro ela tenta segurar a respiração. Quando não agüenta mais, inala profundamente, desesperadamente, uma ou duas vezes. Com isso, bombeia água para os pulmões. Esse movimento acumula algumas substâncias protéicas esbranquiçadas no nariz e na garganta, devido ao mesmo princípio de quando se bate clara de ovo. Forma uma espuma. Essa pessoa, como naturalmente eu não deveria comentar, sobretudo com alguém que talvez esteja envolvido no crime, essa pessoa não apresentava sinais desse tipo de coisa. De onde é possível concluir-se que sua morte não foi por afogamento.

Ele bate cuidadosamente a cinza do charuto.

— Ele já estava morto quando subi para bordo.

Ele mal me ouve. Seus pensamentos ainda estão na manhã daquele dia, na autópsia.

— Primeiro, amarraram-no. Com pedaços de fio de cobre. Ele se debateu como o diabo, mas no fim conseguiram amarrá-lo. Para mim, eram dois homens. Ele era um homem forte. Um senhor de idade, mas forte. Depois forçaram a cabeça dele para um lado. A senhora conhece hidróxido de sódio. Uma base fortemente corrosiva. Um segurou-o pelos cabelos. Arrancou uma porção de chumaços. Em seguida derramaram hidróxido de sódio na orelha direita. Tudo tão simples e bonitinho, puta que pariu.

Pensativo, ele observa o charuto.

— Não é possível exercer minha profissão sem deparar-se de vez em quando com a tortura. Um assunto complicado. Uma merda. E, ainda por cima, para que exista tortura do ponto de vista jurídico é preciso que ela seja praticada por uma organização. Para o torturador, o importante é descobrir o ponto fraco da vítima. Esse aí era cego. Não que eu tenha descoberto esse fato. Só ficamos sabendo quando recebemos seu prontuário médico. Mas os torturadores sabiam. Por isso se concentraram em sua audição. É preciso reconhecer que foram muito inventivos. Um negócio de psicopata. Mas com um aspecto criativo. Uma coisa que a gente não pode deixar de ficar pensando é: o que será que eles estavam querendo?

Penso na voz do curador ao telefone, no que imaginei que fosse uma risada abafada. Naquele momento já tinham feito ele falar.

— Ele estava com algodão nos ouvidos.

— É bom saber. Quando pescaram seu corpo, o algodão tinha saído. Mas imaginei que deviam ter posto algodão. Quando encontrei as pequenas queimaduras. Em algum momento eles chegaram ao fim da linha com ele. Fosse qual fosse. E aí fizeram uma coisa muito esperta. Molharam um par de mechas de algodão em alguma coisa, talvez no hidróxido. Que afinal estava ali, à mão. Aí separaram os dois fios de um cabo e aplicaram um pólo a cada um de seus ouvidos. Depois ligaram na tomada. Em seguida, calma e serenamente, ligaram a corrente. Morreu na hora. Rápido, barato, higiênico.

Ele balança a cabeça. É médico, não psicólogo. Não consegue entender o mundo em que vivemos.

— Uma dupla altamente profissional. Mas, se eu acreditasse em resoluções de Ano Novo, a minha seria agarrar aqueles putos.

Acordo à uma mais ou menos. Num segundo estou dormindo, no segundo seguinte estou acordada.

Ele está deitado a meu lado. De bruços, com as mãos estendidas ao lado do corpo. No sono um dos lados de seu rosto está amassado de encontro ao lençol. A boca e o nariz vibram suavemente, como se ele estivesse cheirando uma flor. Ou estivesse a ponto de beijar uma criança.

Fico deitada em silêncio e olho para ele de um jeito que antes não tinha conseguido. Seu cabelo é castanho, com um ou outro fio grisalho. É um cabelo grosso, como as cerdas de uma vassoura. Embrenhar as mãos neles é como segurar uma crina.

Ali naquela cama sou tomada de felicidade. Não como algo que me pertença. Como uma roda de fogo girando pelo quarto e pelo mundo.

Por um momento acho que vou conseguir deixar que ela passe, que posso ficar ali deitada observando o que já tenho e não desejar nada além daquilo.

No momento seguinte desejo interromper o curso das coisas. Quero que tudo fique assim. Que também amanhã ele esteja deitado a meu lado. Esta é a minha oportunidade. Minha única, última oportunidade.

Estendo as pernas para fora da cama. Estou em pânico.

É isso que há trinta e sete anos venho tentando evitar. Exercitei-me sistematicamente na única coisa neste mundo que vale a pena aprender. A desistir. Parei de esperar isso ou aquilo. Quando a prática da humildade for incluída entre os esportes olímpicos, já estou na equipe nacional.

Jamais tive paciência com os males de amor dos outros. Detesto sua fraqueza. Vejo quando encontram um cara na ponta do arco-íris.

Vejo quando têm filhos, compram um carrinho de bebê azul-marinho marca Silver Cross e vão passear no aterro para aproveitar o sol da primavera, rindo para mim com ar superior e pensando: "Pobre da Smilla, não sabe o que está perdendo, não sabe como é a vida para nós, que temos bebê e papel passado".

Quatro meses depois organiza-se um encontro do antigo grupo do curso de cuidados pré-natais e aquela maravilha do Ferdinand que ela tanto adora tem uma pequenina recaída e estica umas carreirinhas num espelho e ela vai encontrá-lo no banheiro, rolando com uma das outras felizes mamães. Numa fração de segundo ela deixa de ser uma mamãe grandiosa, invulnerável, cheia de orgulho e majestade, para se transformar em gnomo do intelecto. De um só golpe cai a meu nível e desce ainda mais baixo, transforma-se em inseto, em minhoca, em centopéia.

Aí, pronto. Me pegam e tiram a poeira. Tenho que ouvir como é triste ser mãe sozinha depois da separação, como os dois se pegam a tapas na hora de dividir o aparelho de som, como a juventude dela está sendo sugada pelo filho, que se transformou numa máquina que a usa sem dar nada em troca.

Eu nunca quis ouvir esse tipo de papo. "Que diabos, o que vocês estão querendo? Vocês acham que sou conselheira sentimental feminina? Acham que sou um diário? Uma secretária eletrônica?"

Uma coisa é proibida nas viagens de trenó: choramingar. A lamúria é um vírus, uma doença mortal, infecciosa, epidêmica. Não quero ouvir lamúrias. Não quero compactuar com essas orgias de mesquinhez emocional.

É por isso que agora estou com medo. Ali, em pé no assoalho da casa dele, ao lado da cama dele, ouço alguma coisa. Vem lá de dentro de mim mesma e é um choramingo. É o medo de que aquilo que me é dado possa vir a ser-me retirado. É o barulho de todas as histórias infelizes de amor que eu não quis escutar. Agora a impressão que se tem é que todas elas estão contidas em mim.

Mas ainda posso me salvar. Posso pegar minhas roupas e sair com elas debaixo do braço. Nem preciso gastar tempo vestindo a roupa. Basta sair e correr escada acima. Em meu apartamento pego uma mala, ponho o que é mais necessário — ou nem isso, basta telefonar para uma empresa de mudanças e mandar retirar e armazenar tudo, depois ponho minha caixa de dinheiro num bolso e a fita de Isaías no outro e me mudo para um hotel, assim quando ele acordar já não estou mais aqui e nunca mais vou precisar olhá-lo nos olhos.

Ele abre os olhos e fica me olhando. Fica deitado quietinho tentando compreender onde está. Depois sorri para mim.

Lembro de que estou nua. Viro de costas para ele e vou andando de lado na direção de minhas roupas. Ele dobrou tudo para mim, dobrou como ninguém dobrava desde o dia em que a roupa foi comprada. Visto a roupa de baixo. O pudor faz parte da natureza humana. Fico doente com a convicção dos europeus, de que podem solucionar as próprias neuroses sexuais auto-induzidas pondo a carne sobre a mesa e examinando com o microscópio.

Vou para a sala. Não tenho idéia do que vou fazer comigo mesma.

Ele vem logo depois. Vestiu um calção. Branco, comprido até os joelhos, grande como se tivesse sido feito com uma capa de edredom. Parece um jogador de críquete seminu.

Vejo agora, e lembro de ter visto ontem. Ao redor dos pulsos e tornozelos ele tem linhas pretas finas. São cicatrizes. Não quero perguntar-lhe coisa alguma a respeito.

Ele chega perto de mim e me beija. Embora em nenhum momento tenhamos estado embriagados, faz sentido dizer que esse é nosso primeiro abraço sóbrio.

Só agora me lembro da véspera. Mas tão nitidamente que parece que o incêndio está acontecendo agora, exatamente agora, nas paredes do apartamento.

Pomos a mesa juntos. Ele tem uma centrífuga de fazer suco. Espreme peras e maçãs em copos altos. O suco de maçã é verde com um lustro avermelhado, o da pêra é amarelado. Nos primeiros minutos. Depois eles começam a ter seus sabores e cores alterados.

Quase não comemos. Tomamos um pouco de suco e contemplamos a louça, a manteiga, o queijo, o pão torrado, a geléia, as uvas passas, o açúcar.

Não há tráfego na rua, muito pouco sobre a ponte. É feriado.

Ele está a diversos metros de mim, mas eu o tenho dentro da vida, como se ainda estivéssemos enroscados um no outro.

Quando me despeço dele com um beijo e subo para meu apartamento só de roupa de baixo, com as roupas debaixo do braço, ainda não trocamos uma só palavra naquela manhã.

Em casa não tomo banho. Pode haver tantas razões para uma pessoa não se lavar. Em Qaanaaq havia uma mãe que não lavou a face esquerda do filho durante três anos porque a rainha Ingrid a beijara.

Visto a roupa e vou até a cabine telefônica da praça. De lá telefono para o Rigshospital, Instituto Médico Legal, Centro de Autópsias de Copenhague, e peço para falar com o dr. Lagermann.

Ele arejou a peça. Verifica-se que a iniciativa tinha o objetivo de obter oxigênio suficiente para acender o charuto seguinte. Mas durante um curto instante o ar é fresco e puro.

— Eles agüentam tanto ar puro, os cactos?

Com Lagermann a ironia não é muito promissora em matéria de retorno de investimentos.

— No Saara, nas covas de Níger, à noite faz sete graus negativos. Durante o dia a temperatura é de cinqüenta graus ao sol. É a maior diferença de temperatura no período de um dia verificada na superfície da Terra. Às vezes acontece de não chover durante cinco anos seguidos.

— Mas será que alguém respira esse ar através de um charuto?

Ele suspira.

— Não posso fumar lá dentro por causa da família. Aqui fora sou perturbado por minhas visitas.

Ele coloca o charuto novamente na caixa. Uma caixa achatada, com uma estampa de Romeu beijando Julieta em seu balcão.

— Agora — diz ele — quero uma porra de uma explicação.

Trato de concatenar meus pensamentos. Que estão perdidos no beijo da caixa de charutos.

— O senhor conhece os *Elementos* de Euclides? — pergunto.

E lhe conto tudo detalhadamente. A morte de Isaías. A polícia. A Associação Criolítica da Dinamarca. O Museu Ártico. Falo um pouco do mecânico. De Andreas Licht.

Nem bem começo a falar ele se distrai e pesca um charuto da caixa. São dois charutos até eu chegar ao fim.

Quando paro de falar ele se afasta, como se quisesse colocar uma distância entre nós. Vai andando lentamente pelos caminhos curtos e estreitos entre as plantas. Ele tem o hábito de fumar os últimos milímetros do charuto, de modo que no fim ele fica com a brasa entre os dedos. Quando isso acontece, joga as últimas partículas de tabaco nos canteiros.

Depois anda na minha direção.

— Rompi com meu compromisso de confidência. Estarei cometendo uma ofensa penal se não for à polícia contar o que a senhora me contou. Trata-se de atacar um dos cientistas mais importantes da Dinamarca, a promotoria pública, o chefe de polícia. Muita gente já foi demitida só por pensar metade do que já pensei. E tenho uma família para sustentar.

— E cactos para aguar.

— Mas como um filho pode amar um pai que deixa que lhe dêem um pontapé na bunda na primeira vez que seu ganha-pão é ameaçado?

Não digo nada.

— Ser médico-assistente não é a única maneira honrada de ganhar a vida. Minha avó era judia. Quem sabe posso me encarregar da limpeza dos banheiros do cemitério mosaico!

Está pensando alto. Mas já chegou a uma conclusão.

Na cozinha ele estaca.

— Ano e data das duas expedições?

Digo a ele.

— Talvez fosse esclarecedor ver os relatórios médico-legais dessas expedições — diz ele.

Os primeiros pães acabam de sair do forno. Um tem a forma de uma mulher nua. Fizeram os bicos dos seios e os pêlos do púbis com uvas passas.

— Olhe! — me diz um menininho. — É para ser você!

— É — diz outro. — Tire a roupa para a gente ver se parece!

— Cale a boca! — diz Lagermann.

Me ajuda a vestir o casaco.

— Minha mulher acha que não se deve dar palmadas nos filhos em nenhuma circunstância.

— Na Groenlândia também — digo —, nunca se bate nas crianças.

Ele parece desapontado.

— Mas deve ser tremendamente humano ter a tentação de bater.

O mecânico está esperando na calçada. Os dois homens trocam um aperto de mão. No movimento de chegar até o outro o médico-legista se estica no ar e o mecânico se inclina para o chão. Os dois se encontram a meio caminho numa cena desajeitada de filme mudo. Como tantas vezes antes, fica no ar a questão: por que é tão raro um homem manter o autocontrole? Como entender o fato de que numa mesa de autópsia, numa cozinha, atrás de um trenó puxado por cachorros eles podem ser equilibristas perfeitos, enquanto no momento de estender a mão a um estranho eles afundam num desamparo de criancinha?

— Loyen — diz Lagermann.

Dá as costas ao mecânico, como se quisesse mantê-lo fora da conversa. Uma última tentativa fracassada de observar a discrição da classe e proteger um colega.

— Chegou cedinho de manhã. Ele entra e sai quando quer. Mas o vigia viu quando ele chegou. Dei uma olhada no plano de trabalho. Ele não tinha nenhum outro motivo para ir até lá. Pegou a biópsia. Que merda, não conseguiu se segurar. O vigia disse que o pessoal da limpeza estava lá no momento. Talvez isso explique sua negligência.

— Como ele sabia que o menino estava morto?

Ele dá de ombros.

— Ving.

Quem falou foi o mecânico. Lagermann olha para ele como quem olha um inimigo.

— Vi-ving. Juliane telefonou para ele. Ele deve ter telefonado para o Loyen.

O pequeno Morris está estacionado em frente à casa. Sentamo-nos um ao lado do outro sem dizer palavra. Quando ele fala, gagueja como um louco.

— Se-segui você até aqui. Parei na Tu-Tuborgvej e vi você atravessar o pân-pântano.

Não é necessário perguntar por quê. Às vezes nosso terror é o mesmo.

Abro nossas roupas, sento-me sobre ele e o faço entrar em mim. Ficamos sentados assim durante muito tempo.

Ele coloca fita isolante em minha porta de entrada. Tem daquele tipo de fita adesiva branca, opaca, utilizada pelos artistas gráficos. Com uma tesoura, corta duas tirinhas finas e as coloca por cima das fechaduras superior e inferior. Não dá para ver. Mesmo que a pessoa saiba onde estão, mal consegue percebê-las.

— Só por uns dias. Sempre que você for entrar, primeiro verifique. Se a fita estiver descolada, espere eu chegar. Mas é melhor entrar aqui o menos possível.

Ele evita olhar para mim.

— Enquanto isso, se vo-você não se importar, pode ficar lá em casa.

Nunca se sabe muito bem o que significa esse "enquanto isso".

Na universidade eles tinham um monte de clichês divertidos, etnológicos. Um deles era a imensa dívida da cultura matemática européia para com a antiga cultura popular — basta ver as pirâmides, cuja geometria desperta respeito e admiração.

Evidentemente, isso é idiotice travestida de tapinha nas costas. Na realidade que ela própria define, a cultura tecnológica é superior. As sete ou oito normas práticas dos agrimensores egípcios são matemática de ábaco comparadas ao cálculo integral.

Em *Os últimos reis de Thule*, Jean Malauri afirma que um argumento de peso a favor do estudo dos interessantes esquimós polares é que esse estudo possibilitaria que se aprendesse alguma coisa sobre a passagem do homem do estágio de Neanderthal para a Idade da Pedra.

O livro foi escrito com um certo carinho. Mas é um tratado sobre os preconceitos inconscientes.

Seja qual for o povo que se deixe pesar numa balança graduada com as medidas da ciência européia vai parecer uma cultura de símios avançados.

Todos os sistemas de mensuração carecem de sentido. Todas as tentativas de contrapor culturas com o objetivo de constatar qual delas é a mais desenvolvida fatalmente serão apenas projeções idiotas do ódio votado pela cultura ocidental a suas próprias sombras.

Há uma maneira de entender outra cultura. *Vivê-la.* Transferir-se para ela, pedir para ser aceito como visitante, aprender a língua. É possível que em algum momento a compreensão chegue. Que será invariavelmente sem palavras. No momento em que se apreende algo que é estranho, perde-se a necessidadc de explicá-lo. Explicar um fenômeno é afastar-se dele. Quando começo a falar sobre Qaanaaq, para mim mesma ou para outras pessoas, começo novamente a perder o que jamais foi completamente meu.

Como agora, no sofá da casa dele, quando tenho vontade de contar-lhe a razão pela qual me sinto ligada aos esquimós. Que é por causa da capacidade que eles têm de saber, sem sombra de dúvida, que a vida tem sentido. Pelo modo como, em sua consciência, sem cair no desespero e sem procurar uma solução simplificada, eles convivem com situações contraditórias e inconciliáveis. Pelo caminho curto curto que os leva ao êxtase. Porque são capazes de encontrar uma pessoa e vê-la como ela é, sem julgá-la e sem ter sua clareza obscurecida pelo preconceito.

Sinto necessidade de dizer-lhe isso tudo. Deixo que essa necessidade cresça. Observo como ela me aperta o coração, a garganta, atrás da testa. Sei que é porque neste momento sou feliz. Nada corrompe tanto quanto a felicidade. A felicidade nos leva a pensar que, se partilhamos este momento, também podemos partilhar o passado. Se ele é suficientemente forte para encontrar-me agora, também deve ter condições de abrigar minha infância.

Depois solto esse impulso. É uma tensão. Que agora sobe e sai pelo teto. Ele jamais vai sequer imaginar que ela existiu.

Ele assa bananas. Deixa-as no forno até a casca ficar negra. Enquanto isso, torra avelãs. Na grelha de torrar pão. Me tranqüiliza dizendo que a-assim elas to-torram por igual.

Não sinto a menor vontade de rir. Ele tem a solenidade de um padre. Dá um único talho nas bananas. São amarelas e viscosas. Pelo talho, derrama mel de urze e algumas gotas de licor.

Por mim o mundo podia parar neste momento. Ninguém precisa dizer mais nada.

Ele seca os lábios com o guardanapo. Lábios sensíveis, boca larga. O lábio superior é um pouquinho grosso.

— Em 1966 eles viajam para lá. Aí ficam vinte e cinco anos parados. Aí viajam para lá de novo. Aí ficam parados um ano e meio. Aí o Barão morre. Aí a polícia fica muito interessada. Aí o museu queima.

Nós dois queremos que o outro diga o que estamos pensando.

— Parece que há alguma coisa no ar, Smilla.

— É — respondo.

— Eles estão planejando viajar para lá outra vez. O inverno é a melhor época para fazer os preparativos. Assim eles po-poderiam partir no início da primavera.

É exatamente o que pensei.

— Mas como eles fa-fazem? Não podem organizar a viagem, conseguir o navio e o equipamento por meio da Associação Criolítica. A associação está praticamente fechada.

Me dá vontade de ver o céu estrelado, por isso apago a luz. O reflexo de fora é um pouquinho diferente do que tenho em meu apartamento.

— Loyen, Licht, Ving — digo. — Eles é que descobriram. Seja lá o que for. Ficaram sabendo que estava lá. Talvez em Hamburgo. Eles é que organizaram as primeiras viagens. Mas agora estão velhos. Não teriam condições de organizar de novo. E alguém matou Licht. Atrás dos três há alguma outra coisa, algo grande, algo mais implacável.

Ele chega perto e me abraça. Posso apoiar o cocuruto em sua axila.

— Eles vão precisar de um navio — diz ele pensativo. — Tenho um amigo que entende um pouco de navios.

Tenho vontade de fazer-lhe perguntas para descobrir um pouco de todas as coisas que não sei sobre ele. Mas não pergunto.

— Estive na Junta Comercial. A diretoria da Geoinform é formada por três pessoas.

Recito os três nomes. Ele balança a cabeça. Fora da janela surge fraquinho o Sete-Estrelo. Aponto com o dedo.

— As Plêiades. Em meu idioma elas se chamam *qiluttuusat.*

Ele pronuncia devagar, cuidadosamente. Como quando faz comida. Sua respiração é ácida e cheirosa. Cheira a nozes torradas na grelha de torrar pão.

De pé no assoalho do quarto despimo-nos um ao outro.

Ele tem uma brutalidade leve, desajeitada, que diversas vezes me leva a pensar que desta vez perco a razão. Em nossa intimidade mútua nascente convenço-o a abrir a pequena rachadura da cabeça do pênis para que eu possa introduzir o clitóris e fodê-lo.

# 2

Primeiro entramos no salão. As escotilhas são de cobre, as paredes e o teto de mogno. Os móveis são estofados em couro claro e estão aparafusados ao chão com rebites de cobre e equipados com suportes de bronze montados sobre balanceiros para os copos de uísque, e são tão profundos que mesmo na ocorrência de um tufão ártico deveria ser possível sentar-se ali e desfrutar do tilintar dos cubos de gelo no Laphroig triplo.

O aposento seguinte é uma coberta de vinte e cinco metros paralela à quilha em meio a mais mogno e ao longo de diversas escotilhas polidas e passando por relógios navais e imponentes escrivaninhas aparafusadas com uma dúzia de homens trabalhando como se tudo tivesse que ficar pronto em trinta segundos. As mulheres escrevem em processadores de texto, os homens falam em três telefones ao mesmo tempo e o teto sumiu atrás de uma nuvem de fumaça de cigarro e operosidade.

Depois se chega à recepção de um escritório. Ali está sentada uma senhora de meia-idade com maquiagem e blusa de renda e paletó acinturado e antebraços de ferreiro. Se eu não estivesse com o mecânico, teria ficado com medo.

Ele a conhece. Os dois se dão as mãos e fica parecendo que vão fazer uma queda-de-braço. Continuamos avançando rumo ao camarote do comandante. No caminho passamos por vitrines com modelos de petroleiros do tipo em que a tripulação tem que armar acampamento três vezes para ir de uma ponta à outra.

Aqui as escotilhas são grandes como tampas de poço e mais baixas, de modo que é possível avistar os arbustos da pracinha que há no meio da Sankt Annæ Plads e ser lembrado de que toda esta miragem marítima está localizada no segundo andar de uma mansão que dá fundos para o palácio de Amalienborg e é a pior maluquice arquitetônica de interior que me lembro de já ter visto.

À escrivaninha — munida de bordas altas para impedir que as canetas douradas rolem para o chão no decorrer da jornada marítima imaginária — está sentado um garoto com cara de ter no máximo catorze anos, com cabelo cor de areia lambido e sardas no nariz.

Quando ele fala, é num contralto fino, claro, cheio de dignidade.

— Sei muito bem o que você está com vontade de dizer, queridinha. Você está com vontade de dizer: "Onde está seu pai, menino? É com ele que queremos falar". Mas você está enganada. Mês que vem completo trinta e três anos. Se acontecesse de algum molestador de crianças dar cabo de mim por engano, minha mulher e meus três filhos receberiam vinte e cinco milhões de coroas depois da venda da empresa.

Depois me pisca o olho.

O nome dele é Birgo Lander. Ele é um amigo do mecânico. É dono e diretor de sua própria empresa de navegação. Sua infância transcorreu em quase todas as instituições de ensino da Dinamarca; é órfão, rico, totalmente inescrupuloso, ainda mais disléxico que o mecânico, bebe, joga, e com seu aspecto poderia pagar meia passagem nos ônibus não fosse o fato de que possui um Jaguar feito por encomenda.

Uma parte disso eu e o resto da Dinamarca sabemos pelos jornais e revistas. O resto o mecânico me contou a caminho daqui.

Com as duas mãos ele pega uma das mãos do mecânico. Não diz coisa alguma, mas olha para ele como se acabasse de reencontrar um irmão mais velho que há muito não via. Depois sentamos. O mecânico empurra sua cadeira um pouco para trás e se retira da conversa. Os esclarecimentos estão por minha conta.

— Se eu quisesse alugar um navio de mais ou menos quatro mil toneladas para transportar uma carga sobre a qual não gostaria de fornecer maiores detalhes, para um local que tampouco tenho a intenção de revelar, o que deveria fazer? E caso eu já estivesse à procura do melhor navio, seria possível alguém de fora acompanhar minhas indagações?

Ele se levanta. Calça botas de cowboy de salto alto. Elas não resolvem seu problema de altura. De um armário na parede ele traz uma garrafa dupla de aguardente clara de frutas. O mecânico e eu declinamos. Ele se serve num copo alto, cilíndrico.

A peça toda se enche do aroma de peras frescas. Ele beberica o drinque. Sete vezes seguidas. Depois me olha para ver se estou impressionada.

— Estou bêbado desde as dez da manhã — diz ele. — E mereço.

Seus olhos flutuam, mas a voz é clara.

— Se você tentasse encontrar um navio, não ia conseguir manter a coisa secreta. Mas quem quisesse acompanhar seus passos teria que ter algum amigo armador. E agora você tem, queridinha.

De certo modo já comecei a gostar dele. Uma criança abandonada, alguém que sempre teve dificuldade para lidar com as coisas e que para falar a verdade não teve a menor vontade de aprender.

Numa gaveta ele localiza uma nota de mil coroas, que coloca sobre a mesa.

— Tudo tem um verso e um reverso. O normal é que os dois lados tenham o mesmo valor.

Vira a cédula amorosamente.

— Mas no ramo dos navios a astúcia é tanta que o reverso é muito maior que o verso.

E estende o braço, mostrando.

— O verso é este endereço neste lugar caro. É toda aquela madeira das caixas de charutos e todas aquelas suítes por que vocês passaram para chegar até aqui.

Bate a mão no cabelo fino.

— O reverso é aqui. Não se "aluga" um navio, queridinha. "Freta-se" um navio. De algum armador. O negócio é feito por meio de um contrato. Um contrato desses tem um verso, que, caso aconteça o pior, pode ser levado a um tribunal naval. No verso está escrito para onde o navio está indo e o que está levando.

Prova da bebida.

— Mas você não quer fornecer informações sobre destino e carregamento. Então solicita um contrato onde conste como destino "o mundo inteiro" e como carregamento "não especificado". Esse seu desejo deixa qualquer armador chateado. Nossos navios são como filhos. A gente gosta de saber onde eles estão brincando. Preferimos que não andem em más companhias. Mas nenhuma chateação é tão grande que um pagamento não tenha condições de eliminar. Aí você sugere um "contrato-de-gaveta", um contrato à parte. A navegação dinamarquesa está cheia de contratos à parte. A ponto de nestes últimos quinze anos todas as companhias de navegação dinamarquesas terem trazido carvão da África do Sul e levado munições para o Oriente Médio. Mesmo sendo contra a lei. São metros e metros de contratos à parte. Que não se destinam ao tribunal naval. Esses contratos são tão sensíveis à luz quanto filmes não revelados. Você sugere um contrato desses. Ali consta que você vai pagar ao armador uma espécie de bônus para poder continuar sendo uma jovem discreta e cheia de mistérios. Vamos fazer uma brincadeira. Digamos que sou o armador de quem você quer fretar um navio. Noventa e oito por cento de todos os negócios nessa área realizam-se em particular. De modo que agora você vai contar para o tio Birgo, em particular, qual o verdadeiro destino de seu naviozinho.

— Costa oeste da Groenlândia.

— Isso vai dificultar as coisas para a pessoa que quer fretar e facilitar para a pessoa que quer manter-se informada a respeito da transação. Para ir à Groenlândia um navio tem que estar classificado como capacitado para navegação no gelo. A Inspetoria Naval dinamarquesa exige que todos os navios sejam classificados a cada quatro anos quanto a seu casco e uma vez por ano quanto a seu equipamento de segurança e suas máquinas. Se o navio não é aprovado, fica impedido de navegar. Desde o ano passado os navios que vão à Groenlândia têm que ter fundo duplo e laterais duplas.

— E a tripulação?

— Em geral o navio é fretado com tripulação. Do contrário é preciso dirigir-se a uma das empresas internacionais que se dedicam exclusivamente a fornecer tripulações completas. Mas nesta situação específica o melhor seria um *bare boat charter*. Ou seja, aluga-se o navio e nada mais. Depois, trata-se de encontrar um comandante. O comandante deverá ser uma pessoa especial, alguém a quem se possa puxar para um lado, convidar para tomar alguma coisa e dizer que no caso seu salário vai ser um pouco maior que o de hábito. Que em troca vamos precisar de todo o seu tato, de toda a sua sensibilidade. Com o auxílio dele encontra-se o resto da tripulação. Para um navio de quatro mil toneladas, onze a doze homens.

Agora preciso pedir-lhe uma coisa. É sempre difícil fazer solicitações.

— Se um freguês tivesse feito uma sondagem para achar um navio desse tipo e um comandante desse tipo, você teria condições de descobrir, tio Lander?

Ele olha para mim magoado.

— O cabeçalho que está no alto do "verso", relativo a tudo o que acontece nessa área, é: "All negotiations whatsoever to be kept strictly private and confidential". O ramo da navegação é um dos mais discretos do mundo.

Fecha solenemente a mão sobre o copo. Depois me pisca o olho.

— Mas por você, meu docinho de coco, sou capaz de ir à Lua.

Olha para o mecânico, depois para mim.

— Se é que posso chamar você assim...

— Você pode me chamar de tudo o que passar por sua cabecinha oca — digo.

Ele pisca uma vez. Está tão pouco habituado a encontrar oposição que esqueceu como a pessoa se sente.

Cobre o rosto com as mãos por um momento para organizar as idéias.

— Este ramo não tem um aspecto muito atraente quando visto pelo verso. Mas pelo reverso está cheio do que costumam chamar "ética". E as duas regras mais importantes são: jamais enganar um cliente, e jamais enganar outro armador.

Dá alguns goles. Estamos diante de sua filosofia de vida.

— Quando a ocasião se apresenta você dá uma banana para o Estado, para as autoridades. Com um sorriso no rosto, desobedece a legislação sobre divisas do ministro Ole Espersen e vai para a Cidade do Cabo com uma maleta com um milhão em dinheiro vivo para subornar um bosquímano que é mestre do porto e que está retendo no estaleiro um petroleiro de quinhentas mil toneladas com a desculpa de que está de quarentena. Você compra cinco sociedades por ano por mil dólares cada no Panamá para não navegar sob bandeira e legislação dinamarquesas. Você altera a rota de um cargueiro alérgico às autoridades alfandegárias e vai para um porto espanhol onde já comprou as autoridades alfandegárias locais para que refaturem seu carregamento. Mas não engana um freguês. Porque os fregueses têm que voltar. E, antes de mais nada, não engana um armador. Nós, da área da navegação, somos solidários. As coisas funcionam assim: tenho um freguês que tem um navio e você tem um freguês que tem uma carga. Juntamos os dois. Da próxima vez é o oposto. Um armador vive de outros armadores, que vivem de outros armadores...

Ele está comovido.

— É uma grande irmandade, queridinha.

Bebe e espera um pouco, até recuperar a firmeza da voz.

— Isso significa que funcionamos em rede. Conhecemos outros armadores, de Guadalupe à Terra do Fogo, de Rangum às ilhas Hébridas. E trocamos idéias. Conversas sem maior importância. Depois de alguns anos de conversa, se a pessoa tem jeito para a coisa, acaba ganhando cem mil toda vez que pega o telefone e abre a boca. Em todo porto importante a Lloyd e as outras grandes companhias têm olheiros acompanhando todas as chegadas e todas as partidas. Depois de algum tempo você começa a conhecer os olheiros. Se alguém tentou alugar um navio de quatro mil toneladas habilitado para navegação no gelo com o objetivo de transportar uma carga misteriosa para um lugar misterioso e você está interessada em saber quem e como, procurou a pessoa certa, queridinha. Porque o tio Birgo vai descobrir isso para você.

Levantamos. Ele me estende a mão por cima da escrivaninha.

— Foi um prazer conhecê-la, queridinha.

Está sendo sincero.

Ao sair passamos pela blusa de renda. Na sala seguinte, dou meia-volta.

— Esqueci uma coisa.

Ele está sentado à escrivaninha. Ainda está rindo para si mesmo. Me aproximo dele e lhe dou um beijo na bochecha.

— O que o Føjl vai dizer? — pergunta ele.

Pisco o olho para ele.

— *All negotiations whatsoever to be kept strictly private and confidential.*

Dia sim, dia não Moritz busca Benja depois dos ensaios da tarde e os dois vão jantar juntos no Savarin, no Nyhavn.*

Moritz freqüenta o lugar por causa da cozinha e porque os preços estimulam sua auto-estima e porque gosta de ter uma boa visão das pessoas que passam na rua através das vidraças espelhadas que ocupam toda a altura da fachada. Benja vai junto porque sabe que as pessoas que passam na rua, através das mesmas vidraças, têm uma boa visão dela.

Eles têm mesa reservada junto à janela e garçom fixo, e comem sempre a mesma coisa. Moritz pede rins de carneiro, e Benja uma tigela com o gênero de ração que se dá aos coelhos. Não longe deles está jantando hoje uma família que contrabandeou uma criança pequena para esta região normalmente sem crianças. Moritz olha para a criança.

— Você jamais me deu netos — diz ele para mim.

— Criança pequena tem cheiro de mijo — diz Benja.

Moritz olha para ela atônito.

— Rins de carneiro também — diz ele.

Penso no mecânico, esperando no carro.

(*) Localizado na parte mais central de Copenhague, o "Porto Novo" era o antigo porto da cidade; ainda hoje ali atracam barcos de pequeno porte. Local freqüentado por marinheiros, com bares abertos a noite inteira. O Savarin, vizinho ao Teatro Real, é um restaurante elegante que se vale do décor típico como elemento decorativo. (N. T.)

— Você não vai sentar, Smilla?

— Tem uma pessoa me esperando.

Pela vidraça Benja pode ver o Morris, mas não a pessoa sentada ao volante.

— Pelo jeito é alguém da sua idade — diz ela. — Quarenta e poucos. A julgar pela gracinha do carro.

Se eu tiver que responder a isso, acabo ofendendo Moritz. Por isso deixo passar em brancas nuvens.

Me inclino para a borda da mesa. Sempre foi assim. Benja e Moritz sentam-se confortavelmente, inclinados para trás. Este é o mundo deles. Eu não tiro o agasalho e me comporto como se tivesse chegado da rua para tentar vender alguma coisa.

Moritz está com dois envelopes entre as mãos. Um é cinzento e manchado com uma coisa que parece vinho tinto. No silêncio que nos envolveu ele tenta utilizar os envelopes para me obrigar a sentar. Mas não consegue.

— Isto me deixa sem jeito — diz ele.

Não sei do que ele está falando.

— Hviid não é um nome qualquer. Houve um compositor, Jonathan Hviid. Telefonei para o Victor Halkenhvad.

Benja ergue a cabeça. Esse nome até ela já ouviu.

— Eu não sabia que ele ainda estava vivo.

— Eu também não tenho muita certeza.

Moritz me estende o envelope. Aproximo-o do nariz. A mancha é de vinho tinto. Moritz enfia um dedo na gola rulê e desliza-o em volta do pescoço.

— Não foi agradável. Ele decaiu muito. Num certo momento, bateu o telefone. Quando eu estava no meio de uma frase. Mas de todo modo escreveu.

É raríssimo ver Moritz incomodado. Esta é das raras ocasiões. Só quando chego ao carro entendo por quê.

Ele me alcança na porta.

— Você esqueceu isto.

É o segundo envelope.

— Um único recorte sobre Tørk Hviid. Do Dansk Presseservice.

Uma empresa de recortes de jornal de que ele é assinante. Mandam-lhe todo o material de imprensa que sai a respeito dele.

Ele tem vontade de me tocar. Não tem coragem. Quer dizer alguma coisa. Não consegue botar para fora.

No carro, leio a carta em voz alta. A letra é quase ilegível.

— "Jørgen, seu ajudante de barbeiro de meia-tigela."

O mecânico parece um pouco desorientado.

— O nome de meu pai é Jørgen — digo. — E Victor sempre foi temperamental.

A última vez que o vi foi há uns quinze anos. Ele vivia na Store Kannikestræde, numa residência que a Opera lhe oferecera a título honorário. Estava sentado numa poltrona instalada junto ao piano. Usava um roupão: eu jamais o vira vestindo outra coisa. Suas canelas estavam à mostra, e inchadas. Não sei se ele ainda conseguia se levantar. Devia pesar mais de cento e cinqüenta quilos. Tudo nele estava pendurado. Era para mim que ele olhava, não para Moritz. Não eram bolsas o que ele tinha debaixo dos olhos, mas redes.

— Não gosto de mulheres — disse ele. — Chegue mais para lá.

Afastei-me.

— Você era uma gracinha quando pequena — disse ele. — Essa época acabou.

Assinou uma capa de disco e entregou-o a Moritz.

— Sei o que você está pensando — disse. — Está pensando que agora o velho idiota gravou mais um disco.

Eram os *Gurrelieder*. Até hoje tenho o disco. Continua sendo uma gravação inesquecível. Vez por outra uma idéia me passa pela cabeça: que o corpo, ou seja, nossa existência física, determina um limite para a quantidade de sofrimentos que a mente é capaz de suportar. E que naquele disco Victor Halkenhvad vai além desse limite. De modo que depois nós outros podemos ouvir e dar uma olhada sem sermos obrigados a ir até lá pessoalmente.

Mesmo quando uma pessoa tem total desconhecimento da história cultural européia como eu, ela pode perceber que naquela música, naquele disco, um mundo desmorona. A questão é saber se alguma outra coisa ocupou seu lugar. Victor achava que não.

— "Dei uma olhada em meu diário. Meu diário é tudo o que me resta em matéria de memória. A última vez que você me visitou foi há dez anos. Deixe-me contar-lhe que estou com Alzheimer. Mesmo um médico mercenário como você sabe o que isso significa. Cada dia que passa arranca uma dentada de meu cérebro. Em breve, se Deus quiser, não vou mais conseguir lembrar de todos vocês, que me traíram e traíram a si próprios."

A causa daquilo fora sua indiferença. Ao mesmo tempo em que ele cantava, trêmulo, prestes a explodir, insuportavelmente tomado pelo romantismo e os sentimentos correspondentes, havia uma sensação de distanciamento, um lugar nele que não dava a mínima.

— "Jonathan e eu fomos colegas no Conservatório. Fomos admitidos em 1933. Naquele ano Schönberg se convertera ao judaísmo. No mesmo ano do incêndio do Reichstag. Jonathan era bem assim. O timing mais impressionantemente pavoroso. Compôs uma peça para oito flautas transversas e deu o nome de 'pólipos de prata'. No meio da flatulenta estreiteza mental dinamarquesa do pós-guerra, que achava que até o Nielsen era provocador demais. Escreveu um concerto genial para piano e orquestra. Previa que o piano estivesse munido de antiquadas chapas aquecidas de ferro sobre as cordas, o que produziria um som muito especial. O concerto jamais foi executado. Jamais, nem uma única vez. Casou-se com uma mulher em quem até eu tinha dificuldade para encontrar algum defeito. Ela estava com vinte e poucos anos quando o menino nasceu. Moravam em Brønshøj, num bairro que não existe mais. Pavilhões de jardim com telhado de metal ondulado. Eu ia visitá-los. Jonathan não ganhava um puto. Ninguém tomava conta do menino. Roupa furada, olhos vermelhos, jamais ganhou uma bicicleta, levava surras na escola proletária local porque não comia e era muito fraquinho para se defender. Porque Jonathan tinha que ser o grande artista. Vocês todos traíram seus filhos. E precisa uma bicha velha como eu vir dizer isso a vocês."

O mecânico estacionou junto ao meio-fio para poder escutar.

— Os barracões de Brønshøj — diz ele. — Lembro muito bem. Ficavam atrás do cinema.

— "Ele se afastou de mim. Ouvi dizer que em certo momento eles foram para a Groenlândia. Ela havia conseguido trabalho como professora. Sustentava a família enquanto Jonathan compunha para os ursos polares. Depois que eles voltaram, fui visitá-los uma única vez. O filho também estava lá. Bonito como um deus. Algum tipo de cientista. Frio. Conversamos sobre música. Ele só queria falar de dinheiro. Lesões permanentes. Como você, Moritz. Dez anos sem me visitar. Espero que você sufoque no meio da sua fortuna. Havia uma obstinação naquele garoto. Como Schönberg. Música dodecafônica.

Pura obstinação. Mas Schönberg não era frio. O garoto era um gelo. Estou cansado. Comecei a urinar na cama. Você agüenta ouvir essa, Moritz? Espere que a sua vez vai chegar."

Não assinou a carta.

O recorte do outro envelope não passa de uma nota. No dia 7 de outubro de 1991 a polícia de Cingapura deteve o cidadão dinamarquês Tørk Hviid. O consulado, por instrução do Ministério das Relações Exteriores, encaminhou uma nota de protesto. A notícia não me diz coisa alguma. Mas me lembra que Loyen também foi a Cingapura uma vez. Fotografar múmias.

Vamos para Nordhavn. Quando passamos na frente da Associação Criolítica da Dinamarca ele diminui a marcha e olhamos um para o outro.

Estacionamos o carro junto à usina de Svanemølle e vamos andando na direção do porto pela Sundkrogsgade.

Sopra um vento seco em que dançam cristais de gelo quase invisíveis que ardem no rosto.

De vez em quando andamos de mãos dadas. De vez em quando paramos e nos beijamos com lábios frios e bocas quentes, de vez em quando vamos indo cada um por si. Calçamos botas, sobre a calçada há neve acumulada. Mesmo assim parecemos dois bailarinos deslizando na direção de um abraço ou para longe dele, uma arremetida para um vôo. Ele não me prende, não me puxa para a terra, não me empurra para a frente. Ora está junto a mim, ora um pouco para trás.

Um porto industrial tem uma coisa sincera. Aqui não há iates clubes reais, não há lugar para passear, as fachadas não são iluminadas. Aqui há silos para matérias-primas, depósitos para cargas, guindastes para contêineres.

No interior de um portão aberto vê-se um casco de aço. Subimos por uma escada de madeira e chegamos ao convés. Sentamos na ponte de comando e olhamos para o convés branco. Deito a cabeça no ombro dele. Levantamos âncora. É verão. Estamos navegando para o Norte. Quem sabe acompanhando o litoral da Noruega. Não muito distanciados do continente porque tenho medo do alto-mar. Passamos pelas embocaduras dos grandes fiordes. O sol brilha. O mar está azul, claro e profundo. Como se embaixo da quilha tivéssemos um imenso bloco de cristal líquido. Brilha o sol da meia-noite. Uma rodela de luz avermelhada que parece querer pular. Uma canção suave do vento nas cordas.

Andamos até a marina. Homens de macacão passam por nós em suas bicicletas e se viram para olhar para nós e rimos para eles e sabemos que estamos luminosos.

Vagamos pelas docas silenciosas até ficarmos duros de frio. Jantamos num restaurantezinho construído ao lado de um defumadouro. Fora as nuvens se inclinam por um momento diante de um extraordinário pôr-do-sol vermelho que faz as cores dos cascos dos barcos de pesca passarem do branco azulado ao rosa e ao lilás.

Ele me fala de seus pais. Do pai, que nunca diz nada e é carpinteiro e que é uma das últimas pessoas na Dinamarca a saber fazer uma escada em caracol que se enrola na direção do céu numa perfeita espiral de madeira. Da mãe, que testa receitas de bolo para as revistas femininas — bolos que ela mesma não pode comer porque sofre de diabetes.

Quando lhe pergunto onde conheceu Birgo Lander ele sacode a cabeça e fica calado. Por cima da mesa acaricio a lateral de seu maxilar, junto ao músculo da mastigação, e penso como é possível que a existência seja capaz de fazer-nos subitamente experimentar a felicidade e o êxtase junto a uma pessoa que nos é completamente estranha.

Lá fora, a noite caiu.

Mesmo no escuro, mesmo no inverno, o bairro de Hellerup está numa dimensão diferente da de Copenhague. Paramos o carro numa rua silenciosa, tranqüila. Ao longo do meio-fio e junto aos altos muros que cercam as mansões, a neve branca cintila. Nos jardins as coníferas e os arbustos formam superfícies compactas, escuras, como a orla de uma floresta ou o flanco de uma montanha sobre um tapete de neve alva.

A rua não tem iluminação. Mesmo assim, podemos ver a casa. Uma mansão branca, alta, situada no ponto onde a rua em que estacionamos desemboca numa aléia.

Não há cerca nem sebe ao redor da casa. Da calçada pode-se passar diretamente para os gramados. Em cima, no andar superior, uma das janelas está iluminada. Tudo parece bem cuidado, recém-pintado, caro e discreto.

Um pouco adiante no gramado há uma placa iluminada por uma lâmpada. Na placa está escrito “Geoinform”.

Nossa idéia era simplesmente passar por ali para ver o prédio e já faz uma hora que estamos aqui.

Não tem nada a ver com a casa. Podíamos ter ficado em qualquer lugar. Qualquer quantidade de tempo.

Um carro de polícia pára ao nosso lado. Já passou por nós duas vezes antes. Agora ficaram curiosos.

O policial fala por cima de mim com o mecânico.

— Que é que há, moço?

Estico a cabeça para fora da janela, para dentro do carro de polícia.

— A gente mora num apartamento de um quarto só, seu polícia. Num porão na Jægersborggade. Temos três filhos e um cachorro. De vez em quando a gente precisa de um pouco de privacidade. E tem que ser de graça. Aí a gente vem para cá.

— Tá bom, dona — diz ele. — Mas vão para outro lugar com sua privacidade. Este é um quarteirão de embaixadas.

Foram embora. O mecânico dá a partida no carro e engata a marcha.

Nesse momento a luz se apaga na casa diante de nós. Ele diminui a marcha. Esgueiramo-nos para a aléia com os faróis apagados. Três vultos aparecem na escada. Dois deles não passam de pontos escuros na noite. Mas o terceiro busca instintivamente a luz. É um casaco de pele, um rosto branco onde a luz se concentra. É a mulher que no enterro de Isaías conversava com Andreas Licht. Ela agita a cabeça e o cabelo escuro resvala para a noite. Agora que a vejo repetir o gesto, percebo que ele não resulta da vaidade, mas da autoconfiança. Uma porta de garagem se abre. O carro surge numa inundação de luz. Os faróis passam por cima de nós e se vão. Por trás do carro as portas voltam a fechar-se lentamente.

Estamos seguindo o carro. Não de muito perto, pois a aléia está deserta, mas tampouco nos afastamos muito.

Quando se atravessa Copenhague no escuro e se permite que tudo ao redor saia de foco e se esgarce, surge uma outra configuração que o olhar bem ajustado é incapaz de perceber. A cidade como um campo de luz em movimento, uma teia de aranha branca e vermelha armada sobre a retina.

O mecânico dirige tranqüilo, quase absorto, como se estivesse à beira do sono. Não faz movimentos bruscos, não freia de repente, não chega a acelerar, é como um fluxo em meio às ruas e seu tráfego. E o tempo todo, em algum ponto a nossa frente, como uma silhueta larga, baixa, vai o carro que nos conduz.

O tráfego vai ficando esparso e finalmente pára. Estamos a caminho do Atracadouro Kalvebod.

Entramos no atracadouro andando muito lentamente e com os faróis apagados. Algumas centenas de metros a nossa frente, no próprio cais, vemos apagar-se um par de luzes vermelhas de ré. O mecânico estaciona junto a um tabique escuro.

O calor relativo do mar criou um nevoeiro que absorve a luz circundante. A visibilidade é de aproximadamente cem metros. O outro lado do porto sumiu na escuridão. Ouve-se o ruído lânguido das ondas batendo nas estacas do atracadouro.

Alguma coisa se move. Não há ruído, mas uma cristalização negra de um ponto na noite. Um campo de negror que se movimenta sistematicamente entre os carros estacionados. A uma distância de vinte e cinco metros do ponto onde estamos, o movimento se interrompe. Ao lado de um caminhão frigorífico claro há uma pessoa. Acima do vulto há um ponto mais claro, como um chapéu branco ou uma auréola. O vulto fica imóvel durante muito tempo. A névoa fica um pouco mais espessa. Quando ela se desvanece, a sombra se foi.

— Ele estava apalpando os ca-capôs dos carros. Para ver se estavam quentes.

Fala sussurrando, como se sua voz pudesse ecoar na noite.

— Ho-homem cauteloso.

Ficamos sentados em silêncio e deixamos o tempo passar. A despeito do lugar, a despeito do desconhecido que espreitamos, é como uma onda de felicidade para mim.

Pelo relógio dele, passa-se mais ou menos meia hora.

Não ouvimos o ruído do carro. Ele surge da névoa com os faróis apagados e passa por nós com um ruído de motor que é um mero murmúrio. Tem vidraças escuras.

Saímos do carro e andamos pelo cais. Os dois contornos negros que adivinhávamos são navios. O mais próximo é um veleiro. A passarela está recolhida e tudo está escuro. Lá em cima uma placa branca esclarece, em alemão, que se trata de um navio-escola polonês.

O outro é um casco alto, negro. Na metade do comprimento do navio sobe uma escada de alumínio, mas tudo parece deserto e abandonado. O navio se chama *Kronos*. Tem mais ou menos cento e vinte e cinco metros de comprimento.

Voltamos para o carro.

— Não seria o caso de subirmos a bordo? — diz ele.

A decisão fica comigo. Durante um momento fico tentada. Depois vem o medo e a lembrança do perfil em chamas do *Nordlyset* tendo ao fundo o cais da Islândia. Faço que não com a cabeça. Agora, justamente agora, sinto um enorme apreço pela vida.

Falamos com Lander de um telefone público. Ele ainda está no trabalho.

— Quem sabe o nome do navio é *Kronos*... — digo eu.

Ele se levanta depois volta. Passa-se algum tempo enquanto ele vira as páginas.

— O *Lloyd's register of ships* tem cinco *Kronos*: um navio-tanque de substâncias químicas baseado em Frederiksstad, uma draga de areia em Odense, um rebocador em Gdansk e dois *general cargo*, um no Pireu e outro no Panamá.

— Os dois últimos.

— O grego tem mil e duzentas toneladas, o outro quatro mil.

Passo a esferográfica para o mecânico. Ele faz que não com a cabeça.

— Também sou ruim com números — cochicha ele.

— Alguma fotografia?

— Não no *Lloyd's*. Mas uma porção de números. Cento e vinte e sete metros de comprimento, construído em Hamburgo em 1957. Reforçado para navegação no gelo.

— Proprietários.

Ele se afasta outra vez do telefone. Olho para o mecânico. Seu rosto está no escuro, de vez em quando os faróis dos carros o iluminam, branco, preocupado, sensual. E, por baixo da sensualidade, alguma coisa feroz.

— O *Lloyd's maritime directory* diz que o armador é uma firma chamada Plejada, com registro no Panamá. Mas o nome parece dinamarquês. Uma tal Katja Claussen. Nunca ouvi falar.

— Mas eu já — digo. — O *Kronos* é o nosso navio, Lander.

# 3

Estamos sentados na cama dele com as costas contra a parede. Sob esta luz as cicatrizes em seus pulsos e tornozelos ficam negras como cintas de ferro contra sua nudez branca.

— Você acha que a gente decide o que faz da vida da gente, Smilla?

— Os detalhes — digo. — Mas as coisas grandes acontecem por si mesmas.

O telefone toca.

Ele tira a fita adesiva e ouve uma mensagem curta. Depois coloca o fone no gancho.

— Pode ser que seja o caso de você desenterrar os saltos altos. Birgo quer encontrar com a gente hoje.

— Onde?

Ele ri cheio de segredos.

— Numa espelunca, Smilla. Mas vista uma roupa bonita.

Ele me carrega escada acima. Esperneio em seus braços e os dois rimos baixinho para não chamar a atenção. Em Qaanaaq, quando eu era pequena, na noite de núpcias o noivo arrastava a noiva para o trenó e os dois partiam, seguidos pelos convidados e suas aclamações. Até hoje se faz isso de vez em quando. Por antecipação, parece-me que a hora que vou ter que passar sozinha para trocar de roupa vai ser longuíssima. Melhor pedir a ele que fique comigo para eu poder olhar para ele o tempo todo. Para mim ele ainda não está totalmente ancorado na realidade. Sua doçura natural, sua solidez, sua cortesia desajeitada continuam sendo um sonho nítido. Mas apenas um sonho. Me estico, agarro a moldura da porta e resisto a ser posta no chão. Deslizo os dedos pela fechadura superior. Os dois pedaços de fita adesiva estão rompidos, as bordas ásperas picam as pontas de meus dedos.

Seguro as mãos dele e as passo sobre a fita. Seu rosto fica muito sério. Ele apóia a boca em minha orelha.

— Vamos cair fora...

Faço que não com a cabeça. O lugar onde eu moro é inviolável. Você pode me tirar qualquer coisa. Mas preciso ter um canto só meu.

Tento abrir a porta. Está destrancada. Entro. Ele não tem outra saída senão vir atrás. Mas não está gostando.

O apartamento está frio. É porque quando saio sempre desligo a calefação. Não gosto de desperdiçar energia. Vedo as janelas. Fecho as portas. É uma coisa de Thule. De um sadio aprendizado sobre o custo e a raridade do petróleo.

Por isso ao sair de uma peça também apago a luz automaticamente. E só acendo quando é mesmo necessário. Na entrada vejo o reflexo da luz acesa na sala, uma luz que não fui eu que acendi.

A cadeira giratória da escrivaninha foi empurrada para junto da janela. No encosto está pendurado um paletó com ombros muito largos. Diretamente sobre os ombros flutua um chapéu. No batente da janela repousa um par de sapatos pretos bem lustrados.

Acho que não fizemos barulho. Mesmo assim os sapatos descem para o chão e a cadeira é lentamente girada em direção a nós.

— Boa noite, senhorita Smilla — diz ele. — Boa noite, senhor Føjl.

É Ravn.

Seu rosto está cinzento de fadiga e em sua face aparece a sombra de uma barba que tenho a impressão de que o promotor público encarregado de crimes econômicos graves não iria aprovar. Sua voz está rouca como a voz de uma pessoa que há muito tempo não dorme.

— A senhora sabe qual é a primeira condição para fazer carreira no Ministério da Justiça? — pergunta.

Olho ao redor. Mas tenho a impressão de que ele está sozinho.

— A primeira condição é a *lealdade*. Também é preciso ter uma boa classificação nas provas. E vontade de fazer um trabalho que está longe de ser trivial. Mas a longo prazo o que conta é isso: ser leal. Bom senso, em compensação, não é indispensável. Bom senso pode até atrapalhar.

Sento numa cadeira. O mecânico encosta o corpo na escrivaninha.

— Em algum momento a pessoa escolhe. Alguns vão ser juízes-adjuntos e algum dia passam a juízes. Muitos desses tinham uma confiança natural na justiça, no sistema. Acreditavam que é possível emendar, reconstruir. Outros de nós viramos policiais-assistentes, investigadores e mais tarde assistentes da promotoria pública. Ou até, com o tempo, promotores-assistentes. Éramos os céticos. Acreditávamos que uma declaração, uma confissão ou um incidente raramente eram o que supostamente eram. Nosso ceticismo era um excelente instrumento de trabalho. Desde que não se voltasse contra nosso trabalho ou contra o próprio ministério. Um funcionário público lotado na promotoria jamais deve duvidar de que tem razão. Toda pergunta impertinente da imprensa deve ser canalizada para as instâncias superiores. Todo artigo com a menor sombra de crítica que se escreva, pensando bem, praticamente todo e qualquer artigo, será considerado uma deslealdade para com o ministério. De certa forma, no Ministério da Justiça você deixa de existir enquanto indivíduo. A maioria das pessoas se adapta a essa necessidade. Posso lhe garantir que no fundo quase todos ficam aliviados com o fato de que o Estado os liberta do problema de terem que ser indivíduos independentes. Os poucos que não conseguem adaptar-se são desligados no início do processo.

Já vi isso em viagens muito longas. As pessoas esgotadas de repente descobrem em seu próprio mundo interno paisagens de alegre cinismo.

— Com tudo isso, de vez em quando um caráter dissimulado permanece no sistema. Alguém capaz de disfarçar sua verdadeira natureza até ser tarde demais. Até ter se tornado relativamente indispensável, de modo que só com muita dificuldade o ministério poderia desfazer-se dele. Esse tipo de gente jamais chega ao topo. Mas pode avançar bastante. Pode chegar a investigador da promotoria pública, por exemplo. A essa altura, por conta da idade, e quem sabe também da competência em sua área específica, a idéia de dispensá-lo ficou muito remota. Mas o cara já criou tanta dificuldade que não dá para promovê-lo. Ele se transforma numa pequena pedra no sapato do ministério. Não chega a doer. Mas irrita. Com o tempo tratam de colocá-lo num nicho. Onde possam contar com sua obstinação e memória mas onde seja possível mantê-lo fora das vistas do público. Quem sabe essa pessoa acabe por assumir missões especiais. Por exemplo, no serviço de inteligência, em que manter-se à sombra faz parte do espírito da coisa. Pode até acontecer que uma denúncia sobre o inquérito em torno da morte de um menininho vá parar em suas mãos. Isso se por acaso já houvesse um relatório sobre o caso nos registros da polícia.

Ele não olha para nenhum de nós. Está falando para o aposento em geral.

— Aí o cara recebe uma instrução "de cima": é para tranqüilizar a pessoa que fez a queixa. "Acalmar", dizem eles no ministério em Slotsholm. Têm muita experiência no assunto. Mas desta vez o caso é mais difícil. A morte de uma criança. Fotografias das pegadas no telhado. Fácil, fácil a coisa vira aborrecimento. Aí levanto a lebre de que há uma irregularidade na morte do garoto. Mas não encontro apoio. Nem da polícia nem do ministério.

Ele se levanta da cadeira com dificuldade.

— Aí acontece aquele lamentável incêndio. Infelizmente, também ele relacionado de alguma forma com a Groenlândia. E o senhor que faleceu é mencionado no tal relatório. Ontem de manhã me afastaram do caso. "Devido a suas características complexas", e assim por diante.

Ele endireita o chapéu e se aproxima da escrivaninha. Bate de leve na fita adesiva do telefone.

— Tão inteligente — diz. — Ninguém imagina as desgraças que esses aparelhos ocasionam na vida de cidadãos sem jaça. Mas teria sido melhor simplesmente não atender as ligações nem fornecer o número do telefone a terceiros. O navio queimou praticamente inteiro. Mas o telefone devia ser feito com um material de difícil combustão. E estava no chão. Tinha um dispositivo interno que registrava o último telefonema. O último telefonema foi para a senhora. Imagino que muito em breve a senhora vai ser chamada para uma conversa.

— Não foi arriscado vir até aqui? — pergunto.

Ele tem uma chave na mão.

— O zelador nos emprestou uma chave no início do inquérito. Tomei a liberdade de fazer uma cópia. Desse modo, entrei pelo porão. Tenho a intenção de sair por onde entrei.

Durante uma fração de segundo acontece uma coisa com ele. Por trás de sua fisionomia se acende uma luz, como se uma pitada de humor e humanidade se inflamasse por trás da lava. A memória fóssil que tem a pedra-pomes do tempo em que tudo era quente e fluido. Essa luz me leva a fazer-lhe uma pergunta.

— Quem é Tørk Hviid?

A luz se apaga, seu rosto fica inexpressivo como se a alma tivesse abandonado o corpo.

— Isso é nome?

Pego seu paletó do encosto da cadeira e o ajudo a vesti-lo. Ele é um pouco mais baixo que eu. Tiro um grão de poeira de seu ombro. Ele olha para mim.

— O número de meu telefone particular está no anuário. Considere a possibilidade de me dar um telefonema, senhorita Smilla. Mas, por gentileza, utilize um telefone público.

— Obrigada — digo.

Mas ele já se foi.

O campanário da Frelserskirke dá as horas. Olho para o mecânico. Estou com as mãos nas costas. A peça está cheia do que Ravn trouxe consigo e deixou atrás de si: franqueza, amargura, insinuações e uma espécie de calor humano. E outra coisa mais.

— Ele estava mentindo — digo. — No fim ele mentiu. Sabe quem é Tørk Hviid.

Olhamo-nos nos olhos. Há algo errado.

— Detesto mentira — digo. — E no caso de alguém ter que mentir, eu mesma me encarrego.

— Então você devia ter dito isso a ele. Em vez de ficar fazendo festinha.

Não acredito no que estou ouvindo, mas vejo que ouvi direito. Reluz em seus olhos o ciúme mais puro, inadulterado e besta.

— Não fiz festinha nele — digo. — Ajudei-o a vestir o casaco. Por três razões. Primeiro porque é uma cortesia que se deve a um senhor mais velho de compleição delicada. Segundo porque provavelmente ele arriscou o emprego e a aposentadoria vindo até aqui.

— E terceiro?

— Terceiro — digo — porque dessa maneira tive oportunidade de roubar sua carteira.

Coloco a carteira sobre a mesa, debaixo da luz, no mesmo lugar onde há algum tempo estava a caixa de charutos de Isaías: é uma carteira reforçada de couro marrom.

O mecânico olha firme para mim.

— Furto de pouca monta — diz ele. — Considerado um crime insignificante pelo código penal.

Esvazio o conteúdo da carteira sobre a mesa. Cartão de crédito, notas de dinheiro. Um invólucro de plástico com um cartão branco onde, debaixo de uma coroa negra em alto relevo, se esclarece que Ravn tem o direito de parar o carro no estacionamento do ministério em Slotsholm. Uma conta da alfaiataria dos Irmãos Andersen. No valor de oito mil coroas. Uma pequena amostra de lã cinza está presa ao papel com um clipe. "Sobretudo de homem, tweed Lewis, entregue dia 27 de outubro de 1993." Até agora eu estava certa de que seus paletós eram um engano. Uma coisa comprada de segunda mão. Agora constato que são intencionais. Com seu salário de simples funcionário público ele paga uma fortuna pela pobre ilusão de meio metro a mais sobre os ombros. Por alguma razão esse fato o coloca sob uma luz favorável.

Há um compartimento com moedas. Sacudo a carteira e tiro as moedas. Entre elas há um dente. O mecânico se inclina sobre mim. Me encosto para trás contra ele e fecho os olhos.

— Um dente de leite — diz ele.

Na parte de trás há um montinho de fotografias. Coloco-as sobre a mesa como cartas de baralho num jogo de paciência. Sobre um aparador de mogno há um samovar. Ao lado do aparador, uma estante de livros cheia de livros. Dentre as palavras dinamarquesas, uma que jamais consegui entender senão como um cassetete lingüístico para golpear a cabeça dos outros é a palavra *cultivado.* Mas talvez ela pudesse ser aplicada à mulher em primeiro plano. Tem cabelo branco, óculos sem aros, tailleur branco de lã. Deve ter sessenta e poucos anos. Nas outras fotografias a mesma mulher aparece cercada de crianças. Netos. Isso explica o dente de leite. Empurra uma criança no balanço, parte bolo numa mesa armada num jardim, estende os braços para um bebê que lhe é oferecido por uma mulher mais jovem com um queixo igual ao dela mas magra como Ravn.

Essas são fotografias coloridas. A seguinte é em branco e preto. Dá a impressão de estar superexposta.

— São as pegadas de Isaías na neve — digo.

— Por que a foto está assim?

— Porque a polícia não sabe fotografar neve. Quando se usa flash ou refletor de um ângulo de mais de quarenta e cinco graus, o reflexo acaba com a imagem. É preciso usar filtro de polaroid e lâmpadas colocadas à altura da neve.

A fotografia seguinte mostra uma mulher numa calçada. A mulher sou eu, a calçada é a calçada fronteira ao edifício onde mora Elsa Lübing. A foto está tremida, foi tirada de dentro de um automóvel, a lente ficou parcialmente bloqueada pela porta.

Com o mecânico tiveram mais sorte. O cabelo está muito curto, no mais está bem parecido. Duas fotos, uma de perfil e uma de frente.

— Do serviço militar — diz ele. — Encontraram as fotos antigas de quando eu estava fazendo o serviço militar.

A última fotografia é outra fotografia colorida, dá a impressão de ter sido tirada durante as férias, com sol e palmeiras verdes.

— Pa-para que fotografias nossas?

Ravn não toma notas, não deveria ter necessidade de fotografias para estimular a memória.

— Para mostrar por aí — digo. — Para outras pessoas.

Coloco os papéis e o dente e as moedas no lugar. Ponho tudo direitinho no lugar. Exceto a última foto. Palmeiras debaixo de um sol certamente intolerável. Umidade do ar de aproximadamente cem por cento, sem dúvida. Isso não impede o homem do primeiro plano de estar usando camisa social e gravata por baixo do avental de laboratório. Parece tranqüilo e satisfeito. É Tørk Hviid.

# 4

Resolvi usar um paletó de smoking com lapela larga de seda verde. Calças pretas que vão até um pouco abaixo do joelho, meias verdes, sapatinho baixo verde e um pequeno fez de veludo para cobrir o lugar sem cabelos.

O problema do smoking para as mulheres é sempre o que a gente vai usar por cima. Levo sobre os ombros uma capa Burberry branca, fina. Mas além disso avisei o mecânico que quero ir de carro até a porta.

Vamos pela Østerbrogade e depois seguimos pela Strandvej. Ele também está de smoking. Num outro estado de espírito talvez eu tivesse notado que o smoking é o maior tamanho que se pode encontrar comprado pronto e que mesmo assim está cinco números abaixo do que devia e que além disso parece coisa do Exército da Salvação e mais prejudica que favorece. Mas agora já estamos próximos demais um do outro. Mesmo agora — na camisa-de-força do smoking — para mim ele parece uma borboleta saindo do casulo preto.

Ele não olha para o meu lado. Olha pelo retrovisor. Seu jeito de dirigir continua fluido e relaxado. Mas seus olhos memorizam os automóveis que vêm atrás de nós e os que vão a nossa frente.

Viramos na Sundvæng, uma das ruazinhas laterais que dão para a Strandvej na altura do Øresund. Houve uma época em que a Sundvæng ia dar numa porteira que se abria para a praia. Hoje ela acaba num muro amarelo alto e numa barreira flanqueada por uma guarita de vidro onde um homem uniformizado nos pede o passaporte e consulta um computador e abre a barreira e nos deixa avançar até a barreira seguinte onde uma mulher também uniformizada aceita duzentas e cinqüenta coroas por cabeça e nos põe para dentro de um estacionamento onde pagamos setenta e cinco coroas a um vigia para que lance um olhar descaradamente condescendente para o Morris, que desde esse momento passa a estar sob sua guarda para que possamos entrar pela porta giratória de uma fachada de mármore e subir até um vestiário onde abrimos mão de cinqüenta coroas cada para que uma loura cuja imponência nos permite olhar para dentro de suas narinas receba nossos agasalhos.

Diante de um espelho que cobre uma parede inteira, aperfeiçôo uma ou outra avaria do batom enquanto me rejubilo por ter ido ao banheiro antes de sair de casa. Pelo menos por enquanto não vou precisar descobrir quanto custa para a pessoa ter o direito de urinar.

A meu lado está o mecânico, olhando para a própria imagem no espelho como se pertencesse a algum desconhecido. Estamos no foyer do Cassino Øresund, décimo segundo, mais novo e mais renomado da Dinamarca. Um lugar de que já ouvi falar mas onde nunca imaginei que algum dia haveria de pôr os pés.

Foi aqui que Birgo Lander marcou encontro conosco — e lá vem ele. De sapatos brancos, calças brancas com uma listra vertical azul-clara, blazer azul-marinho, suéter cinza de gola alta, echarpe de seda com pequenas âncoras bordadas e um bonezinho branco de uniforme. Seus olhos estão vidrados, seu passo um tanto incerto e ele está radiante feito um sol. Com as duas mãos, endireita cuidadosamente minha gravata-borboleta branca.

— Você está extraordinariamente apetitosa esta noite, queridinha.

— Você também não está mal. Esse é seu uniforme de explorador marinho?

Ele enrijece o corpo por um instante. Passaram-se apenas doze horas desde que nos vimos pela última vez. Mas ele já esqueceu a experiência.

Depois, sorri para o mecânico.

— Ela tem um cheque em branco para o meu coração.

Os dois trocam um aperto de mão e novamente observo a mudança quase imperceptível no homem de negócios. Durante um momento, enquanto ele segura a mão do outro, sua embriaguez e sua vulgaridade intencional, meticulosamente cultivada, dão lugar a uma gratidão que chega às raias da adoração. Em seguida ele nos leva para dentro.

Jamais vou conseguir ficar à vontade nos lugares caros. A cada passo tenho a sensação de que vai aparecer alguém para me dizer que não tenho o direito de estar ali. A situação do mecânico não parece muito melhor. Vem se esgueirando alguns metros atrás de nós enquanto tenta enfiar a cabeça entre as omoplatas. Birgo Lander desfila como se fosse o dono dali.

— Sabia que parte do bolo me pertence, queridinha? Você não lê jornal? Junto com o Unibank, que financiou o Marienlyst, e o Cassino Austria, que explora os cassinos do Hotel Scandinavia, o de Århus e o de Odense. Fiz isso só para não jogar. Os donos nunca podem jogar em seus próprios cassinos. O mesmo se aplica aos crupiês e carteadores. O Austria distribui um livro com fotografias dessas pessoas. Elas também estão proibidas de jogar nos outros cassinos da empresa.

Entra no restaurante andando a nossa frente. Trata-se de uma sala grande, circular, em torno de um salão de dança. Ao fundo vê-se um bar comprido, fracamente iluminado. Sobre um estrado, manso e anônimo, toca um quarteto de jazz. As toalhas das mesas são amarelo-claras, as paredes cor de creme, o bar de aço inoxidável. Todas as paredes são tacheadas e os batentes das portas têm um metro de espessura e estão guarnecidos de trancas. A coisa toda é feita de modo a imitar um cofre e o resultado é sólido, caro e opressivamente frio e distante como um baile de fim de temporada num cofre de banco. Uma das paredes é parcialmente coberta por vidraças que dão para o estreito. Dá para ver as luzes da Suécia e a outra ala do cassino com as salas de jogos que, como jaulas de vidro iluminadas, refletem-se na água. Debaixo das vidraças adivinham-se as placas cinzentas de gelo ao longo do litoral congelado.

O mecânico fica para trás. Lander me toma pelo braço. Deslizam junto de nós mulheres decotadas e cavalheiros de smoking, cavalheiros de camisa lilás e dinner-jacket branca, cavalheiros de camiseta de camurça e relógio Rolex de ouro e cabelo descolorido pelo sol.

A sala é oval com uma das metades ocupada por uma parede de vidro que dá para a água. A parede de vidro é como uma muralha negra, a única luz são as fracas lâmpadas sobre as mesas de jogo. São quatro mesas curvas de vinte-e-um e duas roletas grandes. Uma corda entre as mesas forma um cercado. Atrás dela estão sentados três crupiês-chefes, um perto das mesas de carteado e os outros, cada um em sua cadeira alta, à cabeceira da roleta francesa e à cabeceira da roleta americana. Para cada duas mesas há um fiscal e cada mesa tem seu crupiê.

O lugar está tão duro de gente que não dá para ver as superfícies das mesas de jogo. O único ruído audível são as vozes dos crupiês e o tilintar macio das fichas sendo empilhadas.

Os jogadores são todos homens. Umas poucas mulheres asiáticas estão sentadas às mesas. Umas poucas mulheres européias observam, sem jogar. A sala está tensa, numa concentração profunda. Os rostos dos jogadores estão pálidos àquela luz, absortos, hipnotizados.

De vez em quando uma silhueta se desprega da mesa e desaparece atrás de nós. Algumas abatidas, outras com olhos brilhantes, mas a maioria neutra, concentrada. Alguns dão adeus para Lander. A mim, ninguém vê.

— Eles não me vêem — digo.

Ele aperta meu braço.

— Você freqüentou a escola, queridinha, sabe como os homens são por dentro. Coração, cérebro, fígado, rins, cavidade abdominal, testículos. No momento em que se entra aqui acontece uma metamorfose. Assim que você troca suas fichas, um animalzinho se instala dentro de você, um pequeno parasita. No fim a única coisa que resta é o esforço de lembrar que cartas já saíram, o esforço de perceber onde a bola vai cair, as probabilidades de combinação de cartas e a lembrança de quanto você já perdeu.

Olhamos para as fisionomias que cercam a mesa para junto da qual ele me conduziu. Parecem cascas. Nesse exato instante é quase impossível imaginar que essas pessoas tenham alguma vida fora desta sala. Talvez não tenham mesmo.

— Esse parasita é o pássaro do jogo, queridinha. Um dos predadores mais vorazes do mundo. E olhe que sei do que estou falando. Já perdi tudo diversas vezes. Mas voltava. Por isso fui obrigado a pagar para entrar no negócio. Agora que sou proprietário, agora que já estive nos bastidores, a coisa mudou.

Abre-se uma brecha entre as costas das pessoas e o feltro verde aparece à vista. O crupiê é uma garota de cabelo claro de unhas vermelhas compridas e um inglês perfeito, um pouco anasalado.

— *Buying in? Forty-five thousand goes down. One, two, three...*

Uns poucos dentre os presentes têm diante de si um copo de água mineral. Ninguém bebe álcool.

— Esse pássaro, queridinha, pode ser encontrado em diversos tamanhos. Em algumas pessoas ele é um canarinho. Em mim é um pato cevado. Naquele é uma avestruz...

Ele falou baixinho e não apontou com o dedo, mas não tenho dúvidas. O homem a quem se refere está sentado de lado para nós. Seu rosto é elegante, eslavo, como um dos bailarinos auto-exilados da década de 70. Tem maçãs altas, cabelo preto liso. Suas mãos repousam sobre pilhas de fichas coloridas. Não move um músculo. Sua atenção está dirigida para o maço de cartas ao lado do crupiê, como se neste momento concentrasse todas as suas energias para influenciar o resultado do jogo.

— *Thirteen, blackjack, insurance, sir? Sixteen. Do you want to split, sir? Seventeen, too many, nineteen...*

— Uma avestruz que o comeu por dentro e agora ocupa mais espaço que ele. Vem para cá todas as noites, até perder tudo. Depois trabalha um semestre. Depois volta e perde tudo de novo.

Encosta a boca em minha orelha.

— Comandante Sigmund Lukas. Nesta última semana ele perdeu o que restava. Foi obrigado a me pedir dinheiro emprestado para comprar cigarros e tomar um táxi para casa.

O homem tem uma idade indefinida. Pode ter trinta e poucos, quarenta e poucos anos. Talvez cinqüenta. Enquanto o observo, ganha e aproxima de si uma pilha de fichas.

— Cada ficha vale cinco mil coroas. Mandamos fazer essas aí no mês passado. Cada mesa tem a sua tarifa. Esta é a cara. Aposta mínima, mil coroas; máxima, vinte mil. Com direito a dobrar e com uma média de tempo de jogo de um minuto e meio por rodada, o que significa que você pode ganhar ou perder cem mil coroas em cinco minutos.

— Se ele está duro, de quem é o dinheiro que está jogando hoje?

— Hoje ele está jogando com o dinheiro do tio Lander, queridinha.

Ele me puxa pelo braço. Vamos para o bar, apoiamos as costas no balcão. Trazem um copo alto, fosco, e colocam ao lado dele. O copo estava no congelador e ficou coberto por uma camada fina de gelo, que agora derrete e começa a escorrer. Contém um líquido claro, cor de âmbar.

— *Bullshot*, queridinha. Um centilitro de vodca, oito centilitros de caldo de carne.

Fica pensativo.

— Dê uma olhada em nossos fregueses. São pessoas muito diferentes. Muitos advogados freqüentam este lugar. Muitos empreiteiros. Alguns garotos que recebem boas mesadas da família. A artilharia pesada do submundo dinamarquês. Essa gente pode ir até ali e trocar tantas fichas quantas tiver vontade. E não deixamos a polícia fazer o que estava louca para fazer: anotar os números das cédulas. Por isso este lugar é uma das mais importantes centrais de lavagem de dinheiro ganho com a droga. Depois há as mocinhas de olhos puxados que comandam a prostituição organizada com garotas tailandesas e birmanesas. Há muitos empresários, diversos médicos. Há gente que faz a volta ao mundo jogando. Semana passada esteve aqui um armador norueguês. Hoje é possível que ele esteja em Travemünde. Na semana que vem em Monte Carlo. Num só dia ele ganhou quatro milhões e meio. Os jornais comentaram.

Ele esvazia o copo e coloca no balcão. Substituem por um cheio.

— Tantas pessoas diferentes. Mas uma coisa elas têm em comum. Elas perdem, Smilla. Todas acabam perdendo. Este lugar só tem dois ganhadores. Nós, proprietários, e o Estado. Temos oito representantes do fisco permanentemente aqui. Eles têm turnos, como os nossos crupiês, turno diurno e noturno, depois turno das "contas", responsável por fechar as contas, das três da manhã em diante. Temos ainda o pessoal da polícia civil e os fiscais civis do imposto de renda, que, exatamente como nosso próprio pessoal da segurança, tomam conta para que os crupiês não trapaceiem, não marquem as cartas, não fiquem de combinação com algum cliente. Nossa tributação acompanha o movimento, uma das mais altas tributações sobre jogos de azar do mundo. Mesmo assim, só no salão de jogos do cassino temos duzentos e noventa empregados: gerentes, carteadores, crupiês-chefes, pessoal da segurança, equipe técnica e fiscais. No restaurante e na boate são mais duzentos e cinqüenta; cozinheiros, garçons, pessoal do bar, recepcionistas, leões-de-chácara, pessoal do vestiário, gerentes de shows, fiscais e as putas fixas que também controlamos. Você sabe como a gente faz para pagar salário a toda essa gente? Olhe, cá entre nós, é porque ganhamos uma grana preta das pessoas que jogam. Para o Estado este esgoto é a maior mamata desde que inventaram a peagem para os navios que passam pelo Øresund. Logo no dia seguinte o armador norueguês perdeu tudo o que tinha ganho. Mas *essa notícia* não deixamos vazar para os jornais. Na semana passada uma dona de bordel tailandesa perdeu quinhentas mil coroas três vezes seguidas. Ela vem toda noite. Sempre que me vê, implora para eu fechar este lugar. Enquanto este lugar existir, ela não vai conseguir ter paz. Tem que vir aqui. Claro, antes da gente existir havia os lugares ilegais. Mas não era a mesma coisa. Era mais pôquer, que é mais lento e exige que a pessoa conheça as combinações. A legalização mudou o panorama. É como uma epidemia que estivesse contida e de repente fosse solta. Tem um rapaz que vem aqui que construiu uma empresa de tintas. Nunca tinha jogado até alguém trazê-lo aqui. Agora está perdendo tudo. Gastamos cem milhões de coroas para construir e equipar isto aqui. Mas é tudo uma merda pintada de ouro.

— Mas você investiu dinheiro — digo.

— Talvez eu mesmo seja uma maçã podre.

O melancólico descaramento com que os dinamarqueses aceitam a brecha monumental que separa sua própria percepção dos atos que praticam é uma coisa que sempre me fascinou.

— É um negócio como este que produz um fenômeno como o Lukas. Um marujo de primeiríssima linha. Durante anos ele navegou seu próprio pequeno navio de cabotagem na Groenlândia. Depois foi responsável pela construção de uma frota pesqueira em Mbengano, no oceano Índico, ao largo da costa da Tanzânia, como parte do maior projeto escandinavo de ajuda aos países em desenvolvimento. Jamais bebe. Conhece o Atlântico Norte como ninguém. Tem gente que diz que ele ainda gosta do mar. Mas joga. O passarinho esvaziou-o por dentro. Ele já não tem família, não tem casa. E agora chegou a esse ponto. Está à venda. Só depende da oferta.

Vamos para perto da mesa. Ao lado do comandante Lukas está sentado um homem com cara de açougueiro. Ficamos ali parados uns dez minutos. Durante esse tempo ele perde cento e vinte mil coroas.

Um novo crupiê vem posicionar-se por trás da garota de unhas vermelhas e dá umas pancadinhas leves em seu vestido-casaca preto. Sem se virar, ela conclui o jogo. Sigmund Lukas ganha. Até onde posso ver, umas trinta mil coroas. O açougueiro perde as últimas fichas na sua frente. Levanta-se sem qualquer expressão no rosto.

Unhas Vermelhas apresenta seu substituto. Um rapaz munido do mesmo charme superficial e da mesma cortesia da moça.

— *Ladies and gentlemen. Have a new dealer. Thank you.*

— Você gostaria de jogar, queridinha?

Segura uma pilha de fichas entre o polegar e o indicador.

Penso nas cento e vinte mil coroas que o açougueiro perdeu. Um ano de salário líquido para nós, dinamarqueses comuns. Cinco vezes o salário líquido de um ano para nós, esquimós polares comuns. Nunca em minha vida vi tamanho desrespeito pelo dinheiro.

— Pode jogar na privada — digo. — Pelo menos a pessoa tem o prazer de ouvir a descarga.

Ele dá de ombros. Pela primeira vez o comandante Lukas levanta os olhos de gato do feltro e olha para nós. Reúne suas fichas, levanta-se e sai.

Vamos atrás dele devagar.

— É por mim que você está fazendo isso? — pergunto a ele.

Ele me pega pelo braço e agora seu rosto está sério.

— Caí por você, queridinha. Mas amo minha mulher. Estou fazendo isso pelo Føjl.

Pensa um pouco.

— Não tenho muito a dizer a meu favor. Bebo demais. Fumo demais. Trabalho demais. Negligencio minha família. Ontem, quando eu estava de molho na banheira, veio o meu mais velho e ficou me olhando, depois disse: "Pai, onde você mora?". Minha vida não vale grande coisa. Mas tudo o que ela vale, devo ao pequeno Føjl.

O comandante Lukas está à espera numa pequena varanda de vidro que se projeta sobre a água. Deslizo para o banco do outro lado da mesa, o mecânico se materializa vindo de lugar nenhum e se instala a meu lado. Lander, em pé, apóia o corpo na mesa. Por trás dele uma garçonete fecha uma porta de correr. Estamos sozinhos na pequena caixa de vidro, a impressão que se tem é de que flutuamos sobre o Øresund. Lukas está de lado para nós. Tem diante de si uma xícara com um fluido escuro que pelo cheiro é um concentrado de café. Fuma um cigarro atrás do outro. Nem uma única vez olha para nós. As palavras vão brotando de sua boca amargas e a contragosto, como suco de lima verde. Ele tem um leve sotaque estrangeiro. Polonês, imagino.

— No inverno, acho que no final de novembro, eles me aparecem aqui certa noite. Um homem e uma mulher. Me perguntam como eu me viro no mar ao norte de Godthaab no mês de março. "Como todo mundo", respondo. "Nem pensar." Nos separamos. Na semana passada eles voltam. Minha situação está totalmente alterada. Me perguntam de novo. Tento explicar a eles o problema do *pack ice*, da massa de gelo. Do "cemitério de icebergs". Das águas navegáveis que costeiam o litoral, tão cheias de fragmentos de gelo e de icebergs e de avalanches de gelo que deslizam das geleiras diretamente para o mar que o quebra-gelos atômico norte-americano *Northwind*, da base de Thule, só se atreve a navegar por ali a cada três ou quatro invernos. Eles não querem nem saber. Estão por dentro da coisa toda. Se eu acho que consigo, perguntam. O que o talão de cheques deles acha que consegue, pergunto.

— Algum nome, alguma empresa?

— Só o navio. Um navio de cabotagem. De quatro mil toneladas. O *Kronos*. Está no Sydhavn. Os dois compraram o navio e mandaram reformar. Acabou de sair do estaleiro.

— Tripulação?

— Dez homens, escolhidos por mim.

— Carga?

Ele olha para Lander. O armador não move um músculo. A situação está confusa. Até agora eu estava imaginando que ele só me conta isso tudo porque Lander insistiu para ele contar. Agora que o observo de perto, deixo a idéia de lado. Lukas não aceita ordens de ninguém. Provavelmente só do pássaro interno.

— Não sei qual é a carga.

Uma amargura que chega às raias do ódio por si mesmo o faz balançar o corpo para a frente e para trás um instante.

— Equipamento?

Quem falou, de repente, foi o mecânico.

Ele leva um bom tempo para responder.

— Um LMC — diz ele. — Comprei um para eles, refugado pela marinha.

Apaga a bagana no café.

— O armador equipou o navio com grandes botalós. Com um guindaste. E pôs reforço especial na parte dianteira do porão de carga.

Levanta-se. Vou atrás. Quero falar com ele sem que os outros ouçam, mas a jaula de vidro é tão pequena que assim que nos levantamos damos com a parede. Estamos tão próximos do vidro que nossas respirações fazem rodelas brancas e efêmeras.

— Posso embarcar?

Ele considera a questão. Quando responde, compreendo que houve um mal-entendido.

— Ainda não tenho camareira.

A porta de correr desliza para um lado. Na abertura está um homem com ombros largos e cinzentos, num sobretudo que um visitante com menos autoridade teria sido obrigado a abandonar no vestiário. É Ravn.

— Senhorita Smilla. Posso ter uma palavrinha com a senhorita?

Todos olham para ele e ele recebe os olhares de todos como recebe tudo o mais — com inabalável impassibilidade.

Ando alguns passos atrás dele. Ninguém teria podido perceber que nos conhecemos. Ele me guia através de um largo corredor com folhagens e conjuntos de sofás estofados em couro. No final há uma sala com máquinas de moedas. Todas ocupadas.

Um rapaz afasta-se de sua máquina para que possamos usá-la. Posiciona-se a uma certa distância e fica ali parado.

Ravn tira um canudo de papel com moedas de vinte coroas do bolso do paletó.

— Eu gostaria muito de reaver minha carteira.

Está de costas para mim, jogando.

— Tenho plantão fixo aqui: um dia a cada duas semanas — diz. Mal consigo ouvir sua voz por cima do ronco da máquina.

— Fomos seguidos até aqui?

No começo ele não responde.

— Vocês estão sendo procurados. Recebi a notificação há um quarto de hora.

Chegou minha vez de ficar calada.

— Há sempre uma dúzia de guardas civis montando guarda neste lugar. Mais nossos próprios representantes. Se a senhora ficar aqui, só lhe restam alguns minutos de liberdade. Se for-se embora imediatamente, talvez eu possa retardar um pouco as coisas.

Vou colocando enfileirados na frente dele sua carteira, dois pedaços de papel, uma fotografia e um recorte de jornal. Ele vai pegando sem tirar os olhos da máquina. Some com a carteira em um dos bolsos e aproxima os papéis do rosto para ver melhor. Quando estende a mão novamente, a fotografia desapareceu. Balança a cabeça.

— Eu fiz o que pude — diz. — E o que a senhora não conseguiu, tomou pela força. Agora é preciso que isso chegue a um fim.

— Quero saber — digo. — Faço qualquer coisa. Inclusive vendê-lo ao Unha.

— Unha?

— O detetive achatado, durão, que, quando a gente pensa que conseguiu cortar a dele, aparece de novo.

Ele ri pela primeira vez. Depois o sorriso desaparece e tem-se a impressão de que jamais existiu. A imagem que se reflete no espelho diante dele é um reflexo sem vida, que contrasta com os cilindros multicoloridos da máquina girando a toda a velocidade. Mas quando ele fala, sei que de alguma maneira consegui tocá-lo.

— Chiang Rai, fronteira entre Camboja, Laos e Birmânia. A região é dominada por príncipes feudais. O mais poderoso deles é Khum Na. Um exército regular de seis mil homens. Escritórios no Oriente inteiro e nas cidades mais importantes do Ocidente. Controla todo o comércio mundial de heroína. Tørk Hviid trabalhava em Chiang Rai.

— Fazendo o quê?

— Ele é microbiologista, especializado em mutações decorrentes de radiação. Todo o processamento das papoulas usadas na produção de ópio é feito naquela área. Dizem que eles têm os laboratórios mais modernos do mundo no gênero. No meio da selva. Hviid realizava um trabalho de irradiação das sementes de papoula com vistas a melhorar a produção. Houve boatos de que teria obtido uma nova espécie, a *mayam*, que, em estado puro, fervido mas não cristalizado, era duas vezes mais forte que qualquer heroína conhecida.

— Por que envolver-se com essas coisas todas, Ravn? A divisão de fraudes está interessada em narcóticos?

Ravn não responde.

— E Katja Claussen?

— Originalmente, comerciante de antiguidades. Em 1990 ou 1991 descobriu-se que a maior parte da heroína distribuída nos Estados Unidos e na Europa na década de 80 havia entrado nos países escamoteada em objetos antigos.

— E Seidenfaden?

— Transporte. Engenheiro especializado na área dos transportes. Resolveu o problema do transporte de antiguidades do Oriente para o Ocidente para diversas empresas diferentes. Encarregou-se durante algum tempo de manter uma verdadeira ponte aérea que saía de Cingapura, passava pelo Japão e ia para a Suíça, a Alemanha e Copenhague. Para evitar o arriscado espaço aéreo do Oriente Médio.

— Por que eles não estão na cadeia?

— Os grandes, os talentosos, raramente são punidos. Agora a senhora tem que sair daqui, senhorita Smilla.

Não me movo.

— E a Freia Film?

Sua mão se imobiliza sobre a alavanca cromada. Depois confirma com a cabeça, cansado.

— Companhia cinematográfica que funcionava como cobertura para atividades de espionagem da Alemanha, tanto antes como durante a ocupação da Dinamarca. Sob o pretexto de fazer filmagens que corroborassem a teoria de Hörbinger sobre Thule, a empresa organizou duas expedições à Groenlândia. O verdadeiro objetivo era verificar a possibilidade de ocupar a Groenlândia, especialmente as duas pedreiras de criolito, para garantir o abastecimento de alumínio, tão necessário para a indústria aviatória. Além disso fizeram medições para a instalação de bases aéreas que pudessem funcionar como pontos de apoio para uma eventual invasão dos Estados Unidos.

— Loyen era nazista?

— Loyen era e é uma pessoa obcecada com a fama. Não se interessa por política.

— O que ele encontrou na Groenlândia, Ravn?

Ele balança a cabeça.

— Isso é uma coisa que ninguém sabe. Tire isso da cabeça.

Agora ele olha para mim.

— Vá para a casa de uma boa amiga. Encontre uma desculpa plausível para ter estado naquele navio. Depois apresente-se à polícia por livre e espontânea vontade. Contrate um bom advogado. No dia seguinte a senhora está livre. Esqueça o resto.

Ele estende uma das mãos. Sobre a palma está uma fita cassete.

— Peguei isto em seu apartamento. Para proteger a senhora em caso de busca.

Estendo a mão para pegar a fita, mas ele some com ela outra vez.

— Por que tudo isso, Ravn?

Ele contempla o giro da roda da máquina.

— Digamos que não gosto de mortes mal explicadas de crianças pequenas.

Espero, mas ele não solta mais nada. Então dou as costas e saio. No mesmo instante, ele ganha. Como um vômito metálico o robô expele uma torrente de moedas com um tinido que prossegue atrás de mim como se nunca mais fosse parar.

Retiro o casaco no vestiário. Minhas têmporas estão latejando. Fico com a sensação de que todo mundo está olhando para mim. Olho ao redor em busca do mecânico. Espero que ele tenha alguma idéia. A maioria dos homens sabe tudo a respeito de disfarçar, encontrar justificativas, dar o fora. Mas o foyer está vazio. Fora eu e a moça do vestiário, que exibe um ar mais sério do que deveria, considerando-se que tem tudo para se divertir com o fato de que as pessoas lhe dão cinqüenta coroas para que pendure seus casacos num cabide.

Nesse instante ouço a risada. Alta, trepidante, sonora. Encadeia-se diretamente ao som do trompete, um assalto feroz, uma espécie de balido que em seguida cai para um tom mais brando, mais adequado ao local. Mas a essas alturas já reconheci o ruído.

Tenho tão pouco tempo. Embarafusto pelo meio das mesas e atravesso a pista de dança vazia. Os três músicos brancos que estão atrás dele vestem paletós de smoking amarelo-claros e têm rostos que parecem nhoques. Ele está de casaca. É tremendamente gordo, seu rosto é uma esfera negra de suor, os olhos grandes, brancos, estão injetados e protuberantes como se quisessem esquivar-se à porcentagem letal de álcool do crânio por trás deles. Ele parece o que é. Um colosso equilibrado num pedestal que já se dissolveu e desmoronou.

Mas a música não se abateu. Mesmo agora, que ele toca com surdina, a música é um clangor opressivamente compacto, dourado e quente, e, mesmo em meio ao trá-lá-lá do número que estão tocando, o som é interrogativo, perfurante, abrasivo. Me posiciono bem na frente do picadeiro baixo.

Quando eles acabam, subo ao palco. Ele sorri para mim. Mas é um sorriso sem calidez, simplesmente uma atitude embriagada para com o mundo circundante que provavelmente nem ao dormir ele consegue tirar do rosto. Se é que alguma vez ele dorme. Me aproprio de seu microfone e vou colocá-lo bem longe de nós. Ao fundo, as pessoas param de comer. Os garçons paralisam suas evoluções.

— Roy Louber — digo.

O sorriso se alarga. Ele bebe de um copo grande colocado a seu lado.

— Thule. Uma vez o senhor tocou em Thule.

— Thule...

Ele pronuncia a palavra tateando, com muita atenção, como se a ouvisse pela primeira vez.

— Na Groenlândia.

— Thule — repete ele.

— Na base americana. No Northern Star. Em que ano foi?

Ele sorri para mim e agita maquinalmente o trompete. Tenho tão pouco tempo a perder. Agarro a lapela de sua casaca e puxo o rosto largo para junto do meu.

— "Mr. PC." O senhor tocou "Mr. PC".

— Eles morreram, darling.

Seu dinamarquês, de tão carregado, é praticamente um inglês americano.

— Há muito tempo. Mortos e desaparecidos. Mr. PC, Paul Chambers.

— Que ano? Que ano foi?

Seu olhar parece sair de olhos de vidro, ébrios e incomunicáveis.

— Mortos e desaparecidos. Eu também, darling. Agora mesmo. *Any time.*

Sorri. Largo sua roupa. Ele endireita o corpo e sacode a saliva do trompete. Em seguida sou delicadamente levantada do palco e colocada no chão. O mecânico está atrás de mim.

— Comece a andar, Smilla.

Começo a andar. Ele desapareceu outra vez. Prossigo diretamente em frente. Diante de mim está a porta que dá para o foyer.

— Smilla Jaspersen!

A gente se lembra das pessoas pela roupa delas e pelos lugares em que as vimos, por isso no começo não consigo lembrar quem ele é. O terno azul-marinho e a gravata de seda não combinam com o rosto. Aí percebo que se trata do Unha. Nada nele chama a atenção, sua voz é suave e exigente. Com idêntica discrição e inevitabilidade, dentro em pouco eles irão seguir-me até o carro. Começo a andar mais depressa. Desliguei o cérebro. De todos os lados, agora, vejo homens que se aproximam — todos, como ele próprio, insistentes e seguros de si.

Saio para o foyer. Atrás de mim, a porta bate. É uma porta grande, também ela feita de modo a parecer uma porta de cofre, tão alta e pesada que dá a impressão de ter funções meramente decorativas. Mas ouço quando ela bate como a tampa de uma caixa de charutos. O mecânico apóia o corpo nela, aparentemente sem fazer esforço. Todo o barulho fica do lado de lá. A única coisa que se ouve é um golpe surdo, quando alguém do outro lado enfia o ombro.

— Corra, Smilla — diz ele. — Corra. Lander está esperando lá na rua.

Olho ao meu redor. Não há clientes no foyer. Atrás das estantes onde estão expostas as revistas e os cigarros do quiosque, um porteiro boceja com gosto. Atrás do balcão de informações uma mocinha está a ponto de cair dormindo em cima de seu PC. Atrás de mim um homem de dois metros de altura inclina-se indolentemente de encontro a uma porta de aço sacudida por pequenos solavancos. Tudo está silencioso e tranqüilo no Cassino Øresund. Lugar de classe. Estilo e refinamento em suas emoções, além da distração oferecida pelo feltro verde. O local certo para fazer amigos novos e encontrar os antigos.

Começo a correr. Quando chego ao estacionamento, já estou sem fôlego.

— Seu carro, madame.

O vigia ainda é o mesmo.

— Resolvi jogar fora. Depois do olhar que o senhor lançou para ele.

Não há passagem para pedestres. Ninguém contou com a possibilidade de que o cassino recebesse visitantes que viessem a pé. De modo que corro pelo pavimento da estrada, mergulho por baixo das duas barreiras brancas e vou sair na Sundvæng. Cem metros adiante um Jaguar vermelho está parado com as luzes de ré acesas.

Lander não olha para mim quando entro no carro. Seu rosto está branco e tenso.

É noite e faz muito frio. Acho que esta é a primeira vez que vejo uma cidade grande presa desse jeito no gelo. Copenhague dá a impressão de estar indefesa, impotente, como se uma nova idade do gelo estivesse por começar.

— O que é um LMC?

Ele dirige devagar, com rigidez, pouco habituado à película branca, cristalina, com que o frio recobriu o asfalto.

— Landing Mobile Craft. Lanchas de fundo chato para desembarque em terra. Do tipo usado na invasão da Normandia.

Peço-lhe que me leve até a Havnegade. Ele estaciona entre o molhe dos aerobarcos e o velho cais do barco para Bornholm. Peço-lhe que me dê seu boné e seus sapatos. Ele faz o que lhe peço sem me perguntar nada.

— Espere uma hora — digo. — Não mais.

À noite o gelo é de um verde-garrafa escuro, com uma camada fina de neve que deve ter caído esta noite. Desço por uma escada vertical de madeira embutida no atracadouro. No espelho de gelo o frio é intenso. Minha capa Burberry parece estranhamente endurecida, os sapatos de Lander dão a impressão de serem finos como casca de ovo. Mas são brancos. Juntamente com meu casaco e o boné, fazem com que eu me confunda com o gelo. No caso de haver alguém montando guarda no Terror Branco.

A neve se acumulou ao longo do quebra-mar, avalio que forma uma camada de mais de dez centímetros. Espessura suficiente para que a administração do porto abrisse um rinque de patinação. O problema é o lodo de neve, escuro, coagulado, no canal propriamente dito.

No Norte da Groenlândia as pessoas vivem tão apertadas... Dormem muitos na mesma peça. Todos ouvem e vêem todos os outros o tempo todo. A comunidade é tão pequena... A última vez que estive em casa havia seiscentas pessoas distribuídas em doze abrigos.

Diante disso, há o contraste da natureza. Todo caçador, toda criança, é invadido por um delírio desenfreado sempre que se afasta do abrigo, seja andando, seja num veículo qualquer. No princípio a sensação é uma excitação energética que chega às raias da demência. Depois aparece um estado de espírito peculiar de nitidez.

Eu mesma sei que é ridículo. Mas aqui, no porto de Copenhague, às duas da madrugada, sou tomada por esse estado de espírito. Provocado, de uma ou outra maneira, pelo gelo e pelo céu noturno e pelo espaço relativamente aberto.

Penso no que me aconteceu desde a morte de Isaías.

Vejo a Dinamarca diante de mim como uma língua de gelo. Está à deriva, mas nos imobiliza a todos engastados nas massas de gelo numa determinada posição relativamente a todos os outros.

A morte de Isaías é uma ocorrência irregular, uma erupção que produziu uma rachadura. A rachadura me soltou. Durante um curto espaço de tempo, sem que eu seja capaz de explicar como, adquiri a capacidade de movimentar-me, virei um corpo estranho a patinar na superfície do gelo.

Como patino agora sobre o porto de Copenhague, usando um chapéu de palhaço e sapatos emprestados.

Deste ângulo surge diante de mim uma nova Dinamarca. Uma Dinamarca constituída por aqueles que lutaram e conseguiram soltar-se parcialmente do gelo.

Loyen e Andreas Licht, movidos por diferentes espécies de ambição.

Elsa Lübing, Lagermann, Ravn, burocratas cuja força e cujo problema é a fé que têm no aparelho do Estado, na empresa, na carreira médica. Mas que por compaixão, esquisitice, razões incompreensíveis, deixaram essa lealdade de lado para me ajudar.

Lander, homem de negócios, homem de posses, levado pelo desejo de sentir emoções fortes e por uma enigmática gratidão.

Esse é o início de um corte transversal da sociedade dinamarquesa. O mecânico é trabalhador especializado, o operário. Juliane é a escória. E eu — quem sou eu? Serei o cientista, o observador? Serei aquele a quem foi dada a possibilidade de ter uma visão da vida a partir do exterior? De um ponto de vista em que solidão e objetividade se combinam em partes iguais?

Ou serei simplesmente patética?

No canal o lodo de gelo é retido por uma crosta fina, escura, em estado de dissolução, conhecida por "gelo podre", que se decompõe e desmorona de baixo para cima. Vou andando ao longo da orla negra, avanço para o Terror Branco, até encontrar um bloco de gelo suficientemente espesso. Passo para esse bloco, depois para o seguinte. Com a correnteza há um pequeno movimento através do porto, talvez meio nó, oscilante, mortal. Cubro o último trecho pulando de bloco em bloco. Não chego sequer a molhar os pés.

As janelas do Terror Branco estão apagadas. O conjunto todo parece repousar num sono que também inclui as paredes, o playground, as escadas, os troncos nus das árvores. Saio do canal atrás do abrigo das bicicletas, devagar e com cuidado. Fico ali.

Olho os carros estacionados. Olho as entradas escuras dos edifícios. Nenhum movimento. Depois olho para a neve. Para a camada fina, delicada, de neve recém-caída.

Não há lua, por isso demoro a discernir. Há uma única linha de pegadas. O homem atravessou a ponte e foi para os fundos do edifício. Do lado de cá do playground as pegadas ficam visíveis. Solas de borracha com um homem grande por cima. Dirigem-se para um telheiro mais adiante e não tornam a sair.

Em seguida consigo senti-lo. Nenhum ruído, nenhum odor, nada para ver. Mas as pegadas me tornaram receptiva a sua vizinhança, à certeza de que há uma ameaça iminente.

Esperamos vinte minutos. Quando o frio me faz começar a tremer, afasto-me da parede para não fazer barulho. Talvez pudesse desistir e voltar por onde vim. Mas fico. Abomino o medo. Detesto sentir pânico. Só tem um jeito de dominá-lo. Enfrentando diretamente o misterioso núcleo do terror.

Durante vinte minutos há apenas uma espera muda. Treze graus abaixo de zero. Minha mãe conseguia. Quase todos os caçadores groenlandeses conseguem, a qualquer momento. Excepcionalmente, também consigo. Para a maioria dos europeus seria impensável. Eles iriam apoiar o corpo no outro pé, pigarrear, tossir, fazer barulho com a roupa.

Esse, cuja presença percebo a menos de um metro de mim, deve estar convencido de que está sozinho, de que ninguém pode vê-lo ou ouvi-lo. Mesmo assim está silencioso como se jamais tivesse existido.

No entanto, nem por um segundo considero a possibilidade de mover-me, de ceder ao frio. Como um longo guincho interno, minha percepção me diz que há uma pessoa à espera. Que essa pessoa espera por mim.

Não o ouço sequer ir-se embora. Fechei os olhos por um instante porque eles tinham começado a escorrer por causa do frio. Quando torno a abri-los, uma sombra se desprendeu do telheiro e se afasta. Um vulto alto, um passo apressado, fluido. E no alto da cabeça, como um halo ou uma coroa, uma coisa branca, talvez um chapéu.

Quando se quer marcar ursos polares, há duas possibilidades de ação. A mais comum é anestesiá-los do helicóptero. O aparelho mergulha diretamente sobre o urso, a pessoa se inclina para fora do helicóptero e, assim que a pressão atmosférica da hélice atinge o urso e ele cai ao chão, a pessoa dispara.

A segunda maneira é a que adotávamos em Svalbard. Usando um veículo para locomoção na neve, à moda viking. Atira-se com uma espingarda de ar comprimido especialmente construída por Neiendamm no Sul da Jutlândia. É preciso estar a menos de cinqüenta metros. De preferência a menos de vinte e cinco. No exato momento em que o urso pára e se vira é que a gente consegue vê-lo como ele é. Não as carniças vivas com que nos divertem no jardim zoológico, mas um *urso polar*, o urso polar das armas groenlandesas, colossal, três quartos de tonelada de músculos, ossos e dentes. Uma capacidade explosiva radical, mortífera. Um animal selvagem que existe há apenas vinte mil anos e que nesse lapso de tempo conheceu apenas dois tipos de mamíferos. Os de sua própria espécie e a presa, a comida.

Nunca errei um disparo. Usávamos projéteis em que um dispositivo a gás injetava uma dose maciça de Zolatil. O animal caía quase instantaneamente. Mas nem por um momento fiquei livre do pânico, do medo, um medo de arrepiar os cabelos.

Agora é a mesma coisa. O que se afasta de mim é apenas um vulto, um estranho, uma pessoa que não está ciente de minha presença. Mas em minha pele anestesiada pelo frio os pêlos se eriçam como as cerdas de um porco-espinho.

Chego à escada pelo porão. O apartamento do mecânico está trancado e a fita no lugar.

A porta do apartamento de Juliane está aberta. Assim que passo pela frente da porta ela sai para a escada.

— Você vai viajar, Smilla.

Ela parece indefesa, exaurida. Isso não me impede de odiá-la.

— Por que você não me contou do Ving? — digo. — Que ele passava por aqui para pegar Isaías?

Ela começa a chorar.

— O apartamento. Era ele quem nos dava o apartamento. Ele é muito influente no setor da habitação. Podia nos tomar o apartamento. Ele mesmo avisou. Você não vai voltar?

— Vou — digo.

É verdade. Vou ser obrigada a voltar. Ela é tudo o que resta de Isaías. Como eu, para Moritz, sou a única maneira de chegar a minha mãe.

Vou para meu próprio andar. A fita está intata. Abro a porta e entro. Tudo está exatamente como deixei. Pego as roupas mais necessárias. Enchem duas malas e o peso é tanto que vou ser obrigada a contratar um caminhão de mudanças. Tento empacotar as coisas de outro jeito. É difícil porque não ouso acender a luz e trabalho ao reflexo das luzes da cidade na neve lá fora. No fim me limito a uma bolsa esportiva grande. Mas não sem sacrifícios excruciantes.

Parada no meio da peça, verifico tudo pela última vez. Depois tiro da gaveta a caixa de charutos de Isaías e guardo na bolsa. Digo adeus a meu lar com uma breve despedida mental.

Nisso toca o telefone.

Claro, não há outra coisa a fazer senão deixá-lo tocar. Prometi ao mecânico que não viria até aqui. Não tenho a intenção de falar com a polícia. Tudo o mais pode esperar. É só deixar tocar. Tenho tudo a perder e nada a ganhar.

Removo a fita e levanto o fone.

— Smilla...

Uma voz arrastada, quase distraída. E ao mesmo tempo dourada, sonora, parece um comercial. Nunca a ouvi antes. Os pêlos de minha nuca se arrepiam. Sei que a voz pertence a uma pessoa que um instante atrás estava parada a menos de um metro de mim. Sei com absoluta segurança.

— Smilla... Sei que você está aí.

Ouço sua respiração. Profunda, serena.

— Smilla...

Largo o fone — não no gancho, mas na mesa. Preciso usar as duas mãos para não deixá-lo cair. Penduro a bolsa no ombro. Não me dou tempo sequer para trocar os sapatos. Simplesmente vôo porta afora e escada abaixo no escuro, passo a porta e sigo a Strandgade, atravesso a ponte e subo a Havnegade. Não é possível manter absoluto domínio sobre todos os segundos de nossa vida inteira. Para cada um de nós chega um momento em que o pânico leva a melhor.

Lander está esperando com o motor ligado. Me atiro para o assento a seu lado e me aperto contra ele.

— Isso promete — diz ele.

Lentamente consigo reduzir a respiração aos limites do tolerável.

— Olhe, isso foi simplesmente uma admissão de simpatia de caráter absolutamente excepcional — digo. — Não deixe que lhe suba à cabeça.

Deixo que ele me leve até junto da casa. Pelo menos por esta noite perdi a vontade de ficar sozinha no escuro. E não sei em que outro lugar me enfiar. É o próprio Moritz quem abre a porta. De roupão de toalha branco, calção branco de seda, descabelado e com olhos sonolentos.

Ele olha para mim. Olha para Lander, que carrega minha bolsa. Olha para o Jaguar. Pasmo, ciúme, antigos rancores, arrebatamento, curiosidade e melíflua indignação entrecruzam-se e disputam a primazia sobre seu cérebro semi-adormecido. Diante disso, ele coça os tocos de barba.

— Você não vai entrar? — diz ele. — Ou prefere que eu enfie o dinheiro pela fresta da correspondência?

# 5

As costelas são as elipses fechadas do planeta, com foco no esterno, o osso do peito, o centro branco da fotografia. Os pulmões são as sombras acinzentadas da Via Láctea contra o negro escudo de chumbo do espaço. O contorno escuro do coração é a nuvem de cinza do sol extinto. As hipérboles nebulosas dos intestinos são os asteróides soltos, os vagabundos do espaço, a poeira cósmica esparsa.

Estamos no consultório de Moritz, em torno da tela iluminada onde há três radiografias penduradas. Na redução técnica da fotografia a fóton percebe-se mais claramente que nunca que o homem é um universo, um sistema solar visto de uma outra galáxia. Isso não impede esta pessoa de estar morta. No *permafrost* de Holsteinsborg alguém lhe cavou um túmulo com a ajuda de um martelo pneumático, depois pôs pedras por cima e vedou com cimento para afastar as raposas polares.

— Marius Høeg, morto na geleira Barren, Gela Alta, no mês de julho de 1966.

Moritz, o médico-legista Lagermann e eu observamos a tela. Sentada numa cadeira de vime, Benja chupa o dedão.

O chão é de mármore amarelo e as paredes são revestidas com um tecido castanho-claro. Os móveis são de vime e há uma mesa de exame pintada de verde-abacate e recoberta com couro cru. Na parede vê-se um original de Dalí. Mesmo o aparelho de raios X dá a impressão de sentir-se à vontade nessa tentativa de criar uma atmosfera de intimidade em torno da alta tecnologia.

É aqui que normalmente Moritz ganha boa parte do dinheiro utilizado para amenizar o ocaso de sua vida, mas neste exato momento ele está trabalhando de graça. Examina as radiografias que Lagermann, infringindo seis parágrafos da lei, subtraiu ao arquivo do Instituto Médico Legal.

— Está faltando o relatório da expedição de 66. Tiraram, simplesmente! Puta que pariu.

Contei a Moritz que estou sendo procurada e que não tenho intenção de entregar-me à polícia. Ele abomina ilegalidades, mas aquiesce porque com ou sem permissão da polícia é melhor eu estar aqui que em lugar incerto e não sabido.

Contei a ele que ia receber a visita de um conhecido e que íamos precisar da tela iluminada de sua clínica. Sua clínica é o sacrário de sua intimidade, juntamente com seus investimentos e suas contas na Suíça, mas ele aquiesce.

Disse-lhe que não quero comentar de que se trata. Ele aquiesce. Está tentando saldar sua dívida para comigo. Uma dívida de trinta anos, insondável.

Mesmo assim, agora que Lagermann veio e abriu sua maleta e prendeu as radiografias com pequenas presilhas, a porta se abre e Moritz entra de cabeça baixa.

Ali parado na nossa frente, ele é três pessoas numa só.

É meu pai que ainda ama minha mãe e talvez também a mim e que agora está tomado por uma preocupação que não consegue dominar.

É o grande médico e doutor em medicina e estrela internacional da injeção que jamais foi deixado do lado de fora e que sempre soube das coisas antes de todos os outros.

E é o menininho abandonado do lado de fora de uma porta atrás da qual alguma coisa está acontecendo, uma coisa da qual ele deseja ardentemente participar.

É esta última personagem que, num impulso repentino, permito que transponha a porta e apresento a Lagermann.

Naturalmente Lagermann conhece meu pai e lhe aperta a mão e lhe dirige amplos sorrisos e já esteve com ele umas duas ou três vezes. Eu devia ter previsto o que está acontecendo agora, ou seja, que Lagermann o conduz até a tela.

— Dê uma olhadinha nisto aqui — diz ele —, porque vai perceber uma coisa absolutamente impressionante.

A porta se abre e Benja entra manso. Com suas meias de lã e seus pés quinze-para-as-três de prima-dona e sua necessidade de atenção ilimitada.

Os dois homens estão hipnotizados pelo mapa celeste transparente da tela iluminada. Falam e me explicam. Mas na realidade estão falando um com o outro.

— São poucas as bactérias perigosas da Groenlândia.

Lagermann não sabe que Moritz e eu já esquecemos mais sobre a Groenlândia do que ele jamais será capaz de aprender. Mas não o interrompemos.

— Muito frio. E muito seco. Por isso os casos de envenenamento por ingestão de alimentos estragados são extremamente raros. Com uma única exceção. Botulismo, bactérias anaeróbias que provocam uma forma muito perigosa de envenenamento por carne.

— Sou lactovegetariana — diz Benja.

— O relatório fica guardado em Godthaab, com uma cópia em Copenhague. Segundo o relatório, foram encontradas cinco pessoas naquele mesmo dia, 7 de agosto de 91. Pessoas jovens, saudáveis. O botulismo, o *Clostridium botulinum*, é *anaeróbio*, exatamente como a bactéria que provoca o tétano. A bactéria em si mesma não é perigosa. Mas seus dejetos são extremamente tóxicos. Atacam o sistema nervoso periférico, onde os nervos inervam as fibras musculares. Paralisam a respiração. Imediatamente antes da ocorrência da morte, o estado é espetacular, naturalmente. Hipoventilação, uma acidose dos diabos. A pessoa fica com o rosto azul. Mas depois que acaba não fica nem rastro. Naturalmente os livores ficam um pouco mais escuros, mas que diabo, isso também acontece em caso de ataque cardíaco.

— De modo que não há nada visível externamente? — pergunto.

Ele faz que não com a cabeça.

— Nada. O botulismo é uma hipótese por exclusão. Uma explicação possível quando não se consegue encontrar a *causa mortis*. E quando há suspeita de botulismo é preciso fazer exames de sangue. Mandar analisar os alimentos sob suspeita. Encaminham-se amostras ao Instituto Serológico. O Hospital da Rainha Ingrid, em Godthaab, tem, evidentemente, um laboratório clínico. Mas o laboratório não dispõe de instalações capazes de detectar as substâncias tóxicas mais raras. Por isso mandaram-se amostras de sangue para Copenhague. Nas amostras encontraram a toxina do *botulinum*.

Lagermann brande um de seus grandes fósforos de acender charutos. As sobrancelhas de Moritz erguem se na testa. É proibido sob pena de morte fumar na clínica. Os fumantes são encaminhados ao *fumoir*, ou seja, são convidados a dar uma volta no jardim. O que, aliás, não chega a tranqüilizá-lo. Acha que a visão do tabagismo, mesmo à distância, pode alterar o equilíbrio de sua tacada. Um de seus raros, imensos, miraculosos triunfos sobre minha mãe foi ter conseguido que ela saísse de dentro de casa em Qaanaaq para fumar. Uma de suas inúmeras derrotas foi o fato de ela fumar no interior da barraca de verão, em Siorapaluk.

Com a ponta não sulfurada do palito, Lagermann aponta uma fileira de números microscópicos no canto inferior da radiografia.

— Raios X custam uma fortuna dos diabos. Só os utilizamos quando queremos procurar hardware enfiado no corpo das pessoas. Em 91 não foi tirada nenhuma radiografia. Ninguém julgou necessário.

Retira do bolso do peito um charuto enrolado em celofane.

— Não pode fumar aqui dentro — diz Benja.

Ele olha para ela preocupado. Depois bate com o charuto de leve na radiografia.

— Mas em 66 eles foram obrigados a tirar. Houve dúvidas quanto à identificação. Os corpos ficaram muito mutilados com a explosão. Não havia outra maneira senão tirar radiografias. Para localizar antigas fraturas e coisas do tipo. Supostamente as radiografias circularam entre todos os médicos groenlandeses. Juntamente com uma imagem panorâmica do que restava dos dentes.

Só agora percebo que na radiografia estão faltando os fêmures abaixo da bacia.

Lagermann pendura com todo o cuidado outras duas radiografias ao lado das primeiras. Numa delas a coluna vertebral está praticamente intata. A outra é um caos de fragmentos de ossos e sombras escuras, um universo pulverizado.

— Esse material evoca diversas perguntas de caráter profissional. Por exemplo, o posicionamento dos corpos em relação à detonação. A impressão que se tem é de que eles estavam sentados diretamente sobre o explosivo. Que o explosivo não foi colocado dentro de uma canaleta escavada para esse fim, não foi amassado no interior de uma lata virada, o que permite concentrar a explosão num ponto específico, como é de praxe quando se utilizam explosivos plásticos na rocha ou no gelo. Que por assim dizer ele praticamente detonou bem debaixo dos rabos deles. O que raramente acontece quando os responsáveis são pessoas do ramo.

— Bom, já vou indo — diz Benja. Mas continua sentada.

— Tudo isso, claro, são apenas especulações a partir de uns poucos indícios. Mas isto aqui não.

Pendura duas radiografias maiores por baixo das outras.

— Uma ampliação do negativo destas áreas.

Aponta com o charuto.

— Dá para ver os restos do fígado, a parte inferior do esôfago e o estômago. Aqui a costela inferior está em seu lugar, logo acima da *vertebra lumbalis*, que está aqui. Isto é o coração. Aqui ele está danificado. Aqui está intato. O senhor está conseguindo ver?

Para mim tudo aquilo é um caos de nuances cinzentas e pretas. Moritz se inclina para a frente. A curiosidade vence a vaidade. Do bolso interno ele extrai os óculos que somente nós, mulheres da sua vida, já o vimos usar. Depois aplica uma unha a cada uma das imagens.

— Aqui.

Lagermann endireita o corpo.

— Isso — diz ele. — Exatamente aí. Mas que diabo é isso?

Moritz pega uma lente de aumento numa bandeja de alumínio. Mesmo com ele apontando, continuo sem entender. Só quando ele mostra a mesma coisa na outra radiografia consigo perceber. Como em glaciologia. Uma vez é acidente. A repetição é que determina uma estrutura.

É uma linha esbranquiçada, fina como uma agulha, irregular, inclinada. Avança pelas vértebras esmagadas, desaparece nas costelas, reaparece junto à ponta de um dos pulmões, some, depois surge junto ao coração, fora e parcialmente dentro dele, no grande ventrículo, como um fio branco de luz.

Lagermann aponta a outra radiografia. Através do fígado, no rim esquerdo.

Os dois examinam as imagens com a lente de aumento.

Depois Moritz se vira. Vai até a escrivaninha e pega uma revista lustrosa, grossa.

— A *Nature* — diz ele. — Um número especial de 1979. Para o qual você, Smilla, me chamou a atenção.

Na página da direita há uma fotografia. Uma radiografia, mas tirada com uma técnica que também torna visíveis os órgãos moles, de modo que o corpo se funde quase imperceptivelmente no esqueleto.

— Este — diz Moritz — é um indivíduo de Gana.

Aponta com a caneta o lado esquerdo da imagem. Vê-se um rastro claro, tortuoso, que sai de um dos quadris e atravessa a cavidade abdominal.

— *Dracunculus* — diz ele. — Verme da Guiné. Transmitido por crustáceos *Cyclops* na água ingerida. Também pode se introduzir através da pele. Um parasita extremamente desagradável. Atinge um metro de comprimento. Vai abrindo um túnel no corpo à velocidade de um centímetro por dia. No fim acaba enfiando a cabeça para fora através da coxa. É nesse momento que os africanos conseguem capturá-lo e o enrolam num palito. A cada dia que passa, enrolam uns dois centímetros mais. Leva um mês para tirar o bicho. Esse mês e os meses anteriores são um período de sofrimento ininterrupto.

— Coisa nojenta — diz Benja.

Aproximamos as cabeças das fotografias.

— Achei — diz Lagermann —, achei que devia ser uma espécie de verme.

— O artigo da *Nature* — diz Moritz — é sobre o diagnóstico desse tipo de parasita por meio do raio X. É muito complicado quando ele não está calcificado no tecido. Porque depois que o coração pára de bater é muito difícil fazer os fluidos contrastantes se espalharem pelo corpo.

— Mas a gente está falando da Groenlândia — digo. — Não dos trópicos.

Moritz assente.

— Mas você sublinhou o artigo em sua carta. Foi Loyen quem escreveu. Essa é uma de suas grandes especialidades.

Lagermann bate com o dedo na radiografia.

— Não entendo nada de doenças tropicais. Sou especialista em medicina legal. Mas alguma coisa abriu um túnel no corpo destas duas pessoas. Alguma coisa que talvez se pareça a um verme, talvez outra coisa. Deixando um canal de quarenta centímetros de comprimento e pelo menos dois milímetros de diâmetro. Atravessando diretamente o diafragma e os órgãos moles. Para acabar nas áreas destruídas pela infecção. Para estes dois cavalheiros a explosão não fez a menor diferença. Já estavam mortos. Mortos porque alguma coisa, sabe-se lá que diabo de coisa era essa, tinha enfiado a cabeça no interior do coração de um e do fígado do outro.

Levantamo-nos e olhamos perplexos para as radiografias.

— A pessoa certa para responder a esse enigma — diz Moritz — talvez seja o Loyen.

Lagermann olha para ele apertando os olhos.

— É — diz ele. — Seria interessante ouvir o que Loyen tem a dizer. Mas tudo indica que se quisermos ter certeza de obter uma resposta sincera vamos ser obrigados a amarrá-lo a uma cadeira, dar-lhe pentotal e ligá-lo a um detector de mentiras.

# 6

Eu bem que gostaria de *entender* a Benja. Agora, mais que nunca. Nem sempre foi assim. Isso de eu querer entender de qualquer jeito. É o que eu digo para mim mesma, que nem sempre foi assim. Quando vim para a Dinamarca pela primeira vez, *vivenciava* os fenômenos. Em todo o seu horror, beleza ou cinzenta melancolia. Mas sem sentir uma necessidade maior de esclarecer esses fenômenos.

Muitas vezes quando Isaías chegava em casa não tinha comida. Juliane estava sentada à mesa com os amigos e havia fumo e risos e lágrimas e um consumo maciço de álcool, mas não havia sequer cinco coroas para ir até lá embaixo comprar umas batatas fritas. Ele jamais se queixava. Jamais gritava com a mãe. Não resmungava. Paciente, silencioso, atento, esquivava-se das mãos estendidas para ele e ia cuidar da vida. Ia tentar resolver o problema nos limites do possível. Às vezes o mecânico estava em casa, às vezes quem estava em casa era eu. Ele podia ficar uma hora ou mais sentado em minha sala sem dizer que estava com fome. Insistindo numa cortesia groenlandesa exagerada, quase burra.

Depois de fazer comida para ele, depois de cozinhar um peixe para ele e ter lhe servido o peixe inteiro, um peixe de um quilo e meio, sobre um jornal, no chão, porque era assim que ele preferia comer, depois que ele comia o peixe todo sem pronunciar uma só palavra, usando as duas mãos, com uma coerência metódica, depois que comia os olhos e chupava os miolos e lambia as espinhas e mascava as barbatanas, de vez em quando eu ficava com vontade de esclarecer. De tentar entender a diferença entre crescer na Dinamarca e crescer na Groenlândia. Para desvendar os dramas emocionais humilhantes, desgastantes, monótonos, que atrelam uns aos outros, no ódio e na dependência recíprocos, os filhos e pais europeus. Para entender Isaías.

Lá no fundo eu sei que essa história de querer desvendar acaba levando à cegueira, que o desejo de entender traz embutida uma brutalidade que oblitera o que a compreensão tenta apreender. Só a experiência é sensível. A questão é que talvez eu seja ao mesmo tempo fraca e brutal. Jamais consegui deixar de tentar.

Aparentemente Benja obteve tudo o que pudesse desejar. Fui apresentada aos pais dela. São esguios e submissos e tocam piano e falam outros idiomas e todos os verões, quando a escola de arte dramática do Teatro Real fechava e eles viajavam para o Sul, para a casa que possuem na Costa Smeralda, levavam junto o melhor professor de balé francês para ensaiar todas as manhãs com Benja no terraço entre as palmeiras, pois era isso o que ela própria havia desejado.

Seria de imaginar-se que uma pessoa que jamais sofreu, que jamais sentiu necessidade de alguma coisa digna de ser mencionada, estivesse em paz consigo mesma. Durante muito tempo fiz uma idéia equivocada dela. Quando ela andava pela casa só de calcinha diante de mim e de Moritz e colocava echarpes de seda vermelha sobre as lâmpadas porque a luz feria seus olhos e marcava uma série interminável de encontros com Moritz que em seguida desmarcava porque hoje, dizia, estava precisando estar com gente de sua idade, eu achava que tudo aquilo era um jogo entre os dois. Que ela, num misterioso surto de autoconfiança, estava testando sua juventude e beleza e sedução em Moritz, que era quase cinqüenta anos mais velho que ela.

Uma vez eu estava presente quando ela lhe ordenou que afastasse os móveis para que ela pudesse dançar e ele se recusou.

No começo ela não acreditou. Seu lindo rosto e seus olhos puxados, amendoados, e a testa lisa sob os cachos espiralados, reluziam na certeza antecipada da vitória. Depois ela entendeu que ele não ia ceder. Talvez tenha sido a primeira vez que aquilo acontecia na relação dos dois. Primeiro ela ficou branca de ódio, depois seu rosto rachou-se ao meio. Seus olhos ficaram desesperados, vazios, ausentes, sua boca se trancou sobre lágrimas aflitas, infantis, desconsoladas, que insistiam em não brotar.

Nesse momento eu vi que ela o amava. Que por baixo de sua volubilidade apelativa havia um amor que era como uma operação militar, um amor disposto a tolerar fosse o que fosse, a utilizar as divisões blindadas em todas as batalhas que fosse necessário travar, e em troca pedir o mundo. Nesse momento também percebi que era possível que ela jamais deixasse de me odiar. E que estava antecipadamente derrotada. Em algum lugar dentro de Moritz há uma paisagem onde ela jamais vai conseguir chegar. O lugar que abriga os sentimentos de Moritz para com minha mãe.

Sei lá, quem sabe eu me engane. Neste instante, agora mesmo, me ocorre que talvez de todo jeito ela tenha vencido. Se for esse o caso, preciso admitir que ela trabalhou como uma mula. Não se limitou a balançar a bundinha. Não se limitou a lançar olhares apaixonados do palco para Moritz sentado na primeira fila. Não achou que esse tipo de coisa ia resolver o caso a longo prazo. Não achou que estava garantida por causa do poder que exercia em casa e no seio da família. Caso eu já não o soubesse antes, agora sei. Que Benja possuiu uma energia bruta.

Estou de pé na neve, apertada de encontro à parede da casa, e observo a despensa. Benja serve um copo de leite. A sedutora, flexível Benja. E o estende a um homem que agora aparece em meu campo de visão. E que é o Unha.

Sigo pela Strandvej vinda da estação ferroviária de Klampemborg e é um milagre eu perceber alguma coisa, pois tive um dia daqueles.

Naquela manhã não consegui agüentar mais, levantei, juntei o cabelo e o curativo — que agora se resume a um band-aid no machucado — debaixo de um gorro de esqui, pus óculos escuros e casacão e tomei o trem para a estação central, de onde telefonei para o mecânico, mas ninguém atendeu.

Então passeio ao longo dos cais, do Toldkaj à Langelinje, para ver se ponho ordem nas idéias. Chegando ao Nordhavn compro uma série de coisas que mando embalar numa caixa e entregar na mansão de Moritz, depois, de uma cabine, dou um telefonema que estou ciente de ser um dos atos decisivos de minha vida.

Mesmo assim é estranho aquilo significar tão pouco. Em determinadas circunstâncias as decisões fundamentais da vida da gente — às vezes até em questões de vida ou morte — são tomadas com uma facilidade que chega às raias da indiferença. Enquanto as coisas sem importância — por exemplo, a maneira como nos prendemos a coisas que na realidade já ficaram para trás — parecem-nos tão sérias. Hoje a única coisa importante é voltar a ver a Knippelsbro, por onde passei de carro com ele, e o Terror Branco, onde dormi com ele, e a Associação Criolítica e a Skudehavnsvej, onde passeamos abraçados. Da cabine da estação de Nordhavn telefono de novo para ele. Um homem responde. Mas não é ele. Uma voz controlada, anônima.

— Alô!

Seguro o fone no ouvido. Depois desligo.

Consulto o anuário telefônico. Não consigo encontrar o número de sua oficina. Tomo um táxi para a Toftegaards Plads e vou andando pela Vigerslev Allé. Não vejo nenhuma oficina. De uma cabine, telefono para a associação dos mecânicos. O homem com quem falo é amável e paciente. Mas jamais houve qualquer oficina registrada na Vigerslev Allé.

Até este momento eu não tinha notado como as cabines telefônicas são expostas. Telefonar é o mesmo que oferecer-se a um reconhecimento instantâneo.

O anuário telefônico fornece dois endereços para o Centro de Pesquisas para o Desenvolvimento, um no Instituto August Krogh, outro na Escola Técnica da Dinamarca, na Lundtofteslet. Aparentemente é neste último endereço que se localizam a biblioteca e a secretaria.

Tomo um táxi para a Kampmannsgade, para a sede da Junta Comercial. O sorriso, a gravata e a ingenuidade do garoto continuam inalterados.

— Que bom que você veio — diz ele.

Mostro-lhe o recorte de jornal.

— Você tem o hábito de ler jornais estrangeiros. Por acaso está lembrado disto aqui?

— O suicídio — diz ele. — Todo mundo se lembra. A secretária consular pulou de cima de um telhado. O homem que eles prenderam tinha tentado convencê-la a não pular. O caso suscitou uma questão de princípio em torno dos direitos legais dos dinamarqueses no exterior.

— Por acaso você lembra o nome da secretária?

Seus olhos se enchem de lágrimas.

— Ela era da minha turma de direito internacional. Uma garota legal. O nome dela era Ravn. Nathalie Ravn. Prestou concurso para o Ministério da Justiça. Falaram, o pessoal do meio, que talvez ela viesse a ser a primeira mulher a ocupar o cargo de diretor geral da polícia.

— Hoje em dia nada mais é "do meio" — digo. — Acontece uma coisa na Groenlândia e quando a gente vai ver essa coisa se relaciona a alguma outra acontecida em Cingapura.

Ele está com uma cara de quem não está entendendo nada e me olha magoado.

— Você não veio até aqui para me ver — diz ele. — Veio por causa dessa história.

— Não sou uma pessoa que vale a pena conhecer — digo, e é o que penso.

— Ela era parecida com você. Cheia de mistérios. Também não era uma pessoa que se pudesse imaginar sentada atrás de uma escrivaninha. Eu não entendi como de repente ela foi parar em Cingapura como secretária consular. Em outro ministério.

Tomo o trem para a estação de Lyngby e de lá tomo um ônibus. De certo modo parece que voltei aos dezessete anos. A pessoa fica com a sensação de que vai ser paralisada pelo desespero, mas não, em vez de paralisar ele se encolhe num ponto escuro em algum lugar dentro da pessoa e obriga o resto do sistema a funcionar, a desempenhar atividades práticas que muitas vezes nem são importantes mas que nos seguram, que garantem que de alguma maneira continuamos vivos.

A neve entre os prédios atinge um metro de altura; há apenas estreitas passagens desimpedidas.

As reformas no Centro de Pesquisas para o Desenvolvimento ainda não foram concluídas. Puseram um balcão na recepção, só que como estão pintando o teto o balcão está todo coberto. Digo a eles o que desejo. Uma mulher me pergunta se reservei hora para utilizar o computador; não, respondo. Ela balança a cabeça, a biblioteca ainda não foi inaugurada, os arquivos do Centro estão na UNI C do Centro de Processamento de Dados para Pesquisa e Treinamento da Dinamarca, o sistema computadorizado para instituições especializadas de ensino, não acessível para o público em geral.

Passo algum tempo perambulando entre os prédios. Em meus tempos de estudante vim aqui inúmeras vezes. Nossos cursos de agrimensura eram ministrados aqui. Com o tempo o local se alterou. Ficou mais rígido, mais distante que em minha memória. Quem sabe é só por causa do frio. Quem sabe sou eu.

Passo pelo prédio dos computadores. Está fechado, mas, quando um grupo de estudantes sai, eu entro. Na sala principal deve haver uns cinqüenta terminais. Espero um pouco. Um homem idoso entra, vou atrás. Quando ele se instala, fico em pé por trás dele prestando atenção. Ele não se dá conta. Fica uma hora sentado. Depois vai-se embora.

Ocupo por minha vez um terminal livre e aperto uma tecla. O aparelho escreve: "Log on user ID?". Escrevo LTH3, como tinha visto o senhor idoso fazer. O aparelho responde: "Bem-vindo ao Laboratório de Higiene Técnica. Sua senha?". Teclo JPB. Como tinha visto o senhor idoso fazer. O aparelho responde "Bem-vindo, sr. Jens Peter Bramslev".

Quando chamo "Centro de Pesquisas para o Desenvolvimento", o aparelho responde com um menu. Uma das alternativas é "Biblioteca". Teclo Tørk Hviid. Há um único título. "Uma hipótese sobre a erradicação da vida submarina no mar polar correlativamente ao incidente Alvarez."

São cem páginas. Dou uma olhada. Vejo que há linhas de tempo. Imagens de fósseis. Impossível discernir as imagens e os textos que as acompanham na resolução grosseira do monitor. Há diversos gráficos. Alguns mapas diagramáticos, geológicos, do atual estreito Davis em várias etapas de sua criação. O conjunto parece altamente incompreensível. Aperto "Fim".

Depois de uma longa lista de referências, encontro um breve resumo do artigo.

> Este artigo se baseia na tese da década de 70 do físico e prêmio Nobel Luis Alvarez, segundo a qual o conteúdo de irídio de uma camada de argila entre os sedimentos terciários e de giz em Gubbio, nos Apeninos do Norte, e no Stevns Klint, na Dinamarca, é muito alto para poder ser atribuído a qualquer outra causa que não um meteoro de grandes dimensões. Alvarez afirma que a queda teria ocorrido há sessenta e cinco milhões de anos, que o meteoro teria entre seis e catorze quilômetros de diâmetro e que teria explodido com o impacto, liberando uma energia da ordem de cem mil megatons de TNT. A nuvem de poeira resultante teria impedido por completo a passagem da luz solar por um período de no mínimo alguns dias. Durante esse período diversas cadeias alimentares sucumbiram. O resultado foi que boa parte dos microorganismos marinhos e submarinos foram eliminados, o que por sua vez teve conseqüências que afetaram os carnívoros e herbívoros de grandes dimensões. Baseado em descobertas feitas pelo autor no mar de Barents e no estreito Davis, este artigo discute a possibilidade de que a radiação decorrente da explosão possa explicar diversas mutações ocorridas entre os parasitas marinhos nos períodos iniciais do Paleoceno. Discute ainda a possibilidade de que as mencionadas mutações possam ter causado o desaparecimento maciço dos grandes animais marinhos.

Volto a folhear o artigo. A linguagem é clara, o estilo enxuto, quase transparente. Seja como for, sessenta e cinco milhões de anos continuam sendo um período enorme de tempo.

Quando tomo o trem de volta, já escureceu. O vento sopra uma neve fina, *pirhuk*. Registro o fato como se estivesse anestesiada.

Nas cidades grandes a pessoa adquire um jeito especial de olhar para o mundo que a cerca. Seu olhar é focado, pontual. Quando se perscruta um deserto ou uma banquisa de gelo o olhar é outro. Tiram-se as particularidades de foco para apreender o todo. Esse modo de olhar revela uma outra realidade. Quando se olha assim para um rosto, ele começa a se fragmentar numa série cambiante de máscaras.

Vista assim, a respiração de uma pessoa — esse véu de gotas resfriadas formado pelo ar expirado a temperaturas inferiores a oito graus centígrados — não é simplesmente um fenômeno ocorrido a cinqüenta centímetros da boca. É uma coisa abrangente, uma alteração estrutural do espaço que cerca uma criatura de sangue quente, uma aura de deslocamentos térmicos mínimos, mas nítidos. Já vi caçadores acertarem em lebres polares em noites sem estrelas a uma distância de duzentos e cinqüenta metros simplesmente mirando o vapor que as cercava.

Não sou caçadora. E estou adormecida por dentro. Quem sabe esteja quase desistindo. Mas percebo a presença dele a cinqüenta metros de distância, antes de ele me ouvir. Está de pé entre as duas colunas de mármore que ladeiam o portão que dá acesso à escada para quem vem da Strandvej.

Em Nørrebro há pessoas paradas nas esquinas e nas entradas dos prédios, lá o fato é irrelevante. Mas na Strandvej a coisa muda de figura. Além disso, fiquei supersensível. De modo que trato de sacudir a indiferença, dou alguns passos para trás e entro no jardim do vizinho.

Localizo o buraco na cerca como tantas vezes localizei quando criança, me enfio por ele e espero. Alguns minutos depois, vejo o outro homem. Está posicionado junto ao ângulo da casa do porteiro, no ponto onde a entrada de carros quebra em direção à casa.

Volto atrás até o ponto onde posso me aproximar da porta da cozinha a partir de um ponto que os dois não conseguem ver. A visibilidade começou a deteriorar-se. A terra preta entre as roseiras está dura como pedra. A banheira dos passarinhos está coberta por um grande monte de neve.

Acompanho a parede da casa e me dou conta de que provavelmente eu, que tantas vezes me senti perseguida, jamais tive razões concretas de queixa até o dia de hoje.

Moritz está sozinho na sala, posso avistá-lo pela janela. Está sentado na cadeirinha baixa de carvalho e segura os braços da cadeira. Continuo dando a volta na casa; passo pela porta de entrada e continuo pelos fundos até o ponto onde a janela oitavada forma uma protuberância. Há uma luz na despensa. É ali que avisto Benja. Serve um copo de leite gelado. Revigorante numa noite como esta, quando a pessoa tem que montar guarda e esperar. Subo pela escada de incêndio. Ela vai dar no terraço de meu antigo quarto. Entro na casa e avanço explorando o caminho. Entregaram a caixa: está ali no chão.

A porta que dá para o corredor está aberta. Lá embaixo, no vestíbulo, Benja acompanha o Unha até o jardim.

Posso vê-lo andando pelo cascalho, parece uma sombra escura. Vai até a garagem e entra pela porta pequena.

Evidentemente estacionaram na garagem. Moritz ajeitou um pouco o carro para que coubessem. Os cidadãos devem oferecer todo o apoio possível à polícia.

Desço a escada. Conheço-a bem, por isso não faço barulho. Chego ao vestíbulo, passo pelo vestiário e entro na saleta. Ali está Benja. Não se dá conta de minha presença. Está em pé olhando na direção do Øresund. Na direção das luzes do porto da Tuborg, na direção da Suécia e do forte de Flak. Está cantarolando. Não exatamente feliz ou relaxada. Mas intensa. Esta noite, pensa ela, esta noite agarram a Smilla. Groenlandesa de araque.

— Benja — digo.

Ela gira o corpo rápida como um raio, como faz quando está dançando. Mas logo depois se imobiliza.

Não digo coisa alguma, apenas aponto com o braço e ela sai da sala andando na minha frente de cabeça baixa.

Fico parada junto à porta, onde as longas cortinas impedem que me vejam da rua.

Moritz levanta a cabeça e olha para mim. Sua expressão não se altera. Mas o rosto fica mais achatado, mais gasto.

— Fui eu.

Benja foi posicionar-se ao lado dele. Ele pertence a ela.

— Fui eu que telefonei — diz ela.

Ele esfrega a barba. A esta hora da noite ainda não se barbeou. Os tocos são pretos, com manchas grisalhas. Sua voz está baixa e resignada.

— Eu nunca disse que era perfeito, Smilla.

Isso é uma coisa que ele já me disse milhões de vezes, mas não tenho coragem de lembrá-lo desse fato. Pela primeira vez na vida vejo que está velho. Que um dia desses vai morrer, talvez num futuro não muito distante. Por um instante resisto, depois me rendo e sou invadida pela compaixão. Neste momento patético.

— Estão a sua espera lá fora — diz Benja. — Vão levar você. Seu lugar não é nesta casa.

Não consigo deixar de admirá-la. Ela está tomada por um pouco da mesma loucura dos ursos polares fêmeas ao defender os filhotes.

É como se Moritz não tivesse escutado o que ela disse. A voz dele continua baixa, introspectiva. Como se estivesse falando mais para si mesmo.

— Eu queria tanto ter sossego. Queria tanto a família ao meu redor. Mas não consigo. Nunca consegui. As coisas fogem do meu controle. Quando vi a caixa que entregaram esta tarde me dei conta de que você vai viajar outra vez. Como todas as vezes que fugiu. Fiquei velho para ir atrás de você e trazê-la de volta para casa. Vai ver que foi um erro eu ter feito isso naquela época.

Quando ele olha para mim, seus olhos estão injetados.

— Não quero perder você, Smilla.

Toda existência abriga em si uma possibilidade de esclarecimento. Essa chance ele perdeu. Quando ele estava com trinta e poucos anos de idade, quando o conheci, quando ele ficou sendo meu pai, já tinha os conflitos que agora o pregam à cadeira. A idade não fez mais que corroer seu vigor para enfrentá-los.

Benja passa a língua nos lábios.

— Você vai sair sozinha — diz ela — ou vou ser obrigada a ir chamá-los?

Desde que me entendo por gente tento sair desta casa, deste país. Todas as vezes que tentei, a vida o utilizou como instrumento de boa vontade para me trazer de volta. Neste momento, mais claramente que nunca desde que deixei de ser criança, percebo que a liberdade de escolha é uma ilusão, que a vida nos leva através de uma série de confrontos amargos, repetidos, involuntariamente engraçados, com os problemas que não resolvemos. Num outro momento talvez eu pudesse até achar graça da coisa. Mas neste exato momento estou muito cansada. De modo que inclino a cabeça e me preparo para desistir.

Mas Moritz se levanta.

— Benja — diz ele. — Não saia daqui.

Ela o contempla cheia de espanto.

— Smilla — diz ele —, o que você quer que eu faça?

Avaliamos um ao outro com os olhos apertados. Alguma coisa cedeu dentro dele.

— O carro — digo. — Pegue o carro e vá até a porta dos fundos. Chegue o mais perto possível, para poder colocar a caixa no carro sem eles verem. E para eu poder entrar e deitar na frente do assento traseiro.

Quando ele sai da sala, Benja se instala em sua cadeira. Seu rosto está distante, inexpressivo. Ouvimos o carro ser ligado, avançar, ouvimos o barulho dos pneus no cascalho junto da porta. Ouvimos o barulho da porta. As passadas cuidadosas, sobrecarregadas de Moritz levando a caixa para fora.

Quando ele entra de novo na sala está de botas de borracha, capa de oleado e gorro. Limita-se a ficar um momento parado na porta. Depois dá as costas e sai na frente.

Quando levanto, Benja vem atrás andando devagar. Entro na saleta onde está o telefone e disco um número. Respondem instantaneamente.

— Estou indo — digo. E desligo o telefone.

Quando me viro, Benja está logo atrás de mim.

— Depois que vocês saírem vou lá fora e mando eles atrás.

Me aproximo dela. Com o polegar e o indicador, através de seu collant de malha, seguro seu monte de Vênus e aperto. Quando ela abre a boca, agarro sua garganta com a outra mão e interrompo sua respiração. Seus olhos aumentam e aparentam muito medo. Ela cai de joelhos e desço com ela até ficarmos as duas ajoelhadas uma na frente da outra no assoalho. Ela é mais alta e mais pesada que eu, mas a força de suas mãos e da sua perfídia situam-se num outro plano. No Teatro Real não ensinam como manifestar a raiva fisicamente.

— Benja — sussurro. — Me deixe.

Aperto com mais força. Há gotas de suor sobre seu lábio superior.

Depois largo. Ela não produz um único som. Seu rosto está vazio de medo.

A porta do vestíbulo se abre. O carro está logo ali. Entro agachada e me deito na parte de trás. Sobre o assento traseiro está minha caixa. Um cobertor é jogado sobre mim. Moritz se instala ao volante.

Na frente da garagem o carro dá uma parada. O vidro é descido.

— Quero agradecer imensamente sua ajuda — diz o Unha.

Em seguida nos afastamos.

O Clube de Esqui Aquático de Skovshoved está equipado com uma rampa larga de madeira que desce do cais para a água. É ali que Lander está a minha espera. Veste um macacão impermeável especial para velejar; as pernas estão enfiadas nas botas. Tudo preto.

Como preto é o plástico que cobre o teto de seu carro. Não o Jaguar, mas uma Land Rover com chassi bastante elevado.

Preto ainda é o bote de borracha por baixo do plástico. Um Zodiac de lona emborrachada e fundo de madeira. Moritz quer ajudar, mas o outro é mais rápido. Num repelão o homem baixo desce o bote do carro, apara com a cabeça, depois empurra num movimento fluido rampa abaixo.

Em seguida pega um motor de popa no porta-malas, leva até o bote e prende firmemente no lugar.

Os três reunimos nossas forças para descer o bote para a água. Localizo em minha caixa botas de borracha, um boné com proteção para orelhas e pescoço, luvas de pele sintética e um macacão que visto por cima do suéter.

Moritz não desce a rampa conosco, mas fica no cais atrás de nós.

— Posso fazer mais alguma coisa por você, Smilla?

Quem responde é Lander.

— O senhor pode ir-se embora rapidinho.

Com isso ele se afasta e dá a partida no motor. Uma mão invisível sustenta o bote por baixo e depois nos afasta da terra. A neve começa a cair forte. Depois de alguns segundos o vulto de Moritz desaparece. Bem no momento em que ele nos dá as costas e volta para o carro.

Lander tem uma bússola presa ao pulso esquerdo. Num corredor de visibilidade que se abre por um instante em meio à nevasca aparece a Suécia. As luzes de Taarbæk. E, como manchas flutuantes, mais claras, no escuro, dois navios ancorados entre a costa e o canal central. A noroeste do forte de Flak.

— Esse a estibordo é o *Kronos.*

Tenho dificuldade para desvincular Lander de seu escritório, de suas bebidas, de seus saltos altos, de suas roupas elegantes. A autoridade com que ele manobra o bote em meio às ondas que vão ficando mais fortes à medida que nos afastamos de terra é inesperada, estranha.

Procuro orientar-me. Até o canal temos uma milha marítima a percorrer. Duas marcas de baixios. As luzes do canal que leva ao porto da Tuborg. Do canal para o porto de Skovshoved. As luzes dos topes de mastro nas elevações por trás da Strandvej. Um navio-contêiner avançando para o Sul.

Quando a nevasca bloqueia a visão, corrijo o curso por duas vezes. Ele olha para mim com ar interrogativo, mas nada diz. Tento não esclarecer coisa alguma. O que haveria de dizer?

Levanta-se um vento leve. Joga gotas frias e duras de água salgada em nossos rostos. Encolhemo-nos no fundo e nos apertamos um contra o outro. O pesado Zodiac dança nas ondas encapeladas. Ele aperta a boca em meu chapéu, que levantei.

— Føjl e eu estivemos juntos na marinha. No corpo de homens-rãs. Estávamos com vinte e poucos anos. Quando se é um ser humano pensante, só com essa idade é possível suportar uma merda daquelas. Durante seis meses levantávamos às cinco da manhã e nadávamos um quilômetro na água gelada, depois corríamos durante uma hora e meia. Fazíamos salto noturno de pára-quedas sobre a água a cinco quilômetros do litoral da Escócia e à noite minha visão é praticamente nula. Carregávamos aquela merda daquele bote de borracha na cabeça de um lado para o outro pelos bosques da Dinamarca enquanto os oficiais mijavam na nossa cabeça para tentar reestruturar nossas psiques e transformar-nos em verdadeiros soldados.

Coloco a mão em seu braço que controla o leme e acerto o rumo. Quinhentos metros a nossa frente o navio-contêiner corta nossa rota sob a forma de uma luz verde de estibordo e três luzes de navegação penduradas no alto.

— Em geral os baixinhos se viram melhor. As pessoas do meu tamanho. Nós é que segurávamos. Os altos agüentavam um trajeto, depois ficavam rendidos. Aí éramos obrigados a colocá-los no bote de borracha e carregar. Mas com Føjl era diferente. Føjl era alto. Mas rápido como se fosse baixo. Eles não conseguiam dobrá-lo. Jamais puderam quebrá-lo nos cursos de interrogatório. Ele simplesmente olhava para eles com aquele olhar amável que você conhece. E não recuava um milímetro. Um dia fizemos um mergulho por baixo do gelo. No inverno. Com o mar congelado. Tivemos que usar dinamite para abrir um buraco no gelo. Nesse dia havia uma correnteza forte. Estou descendo quando atravesso um cinturão frio. Coisas que acontecem. A água condensada do ar expirado se congela, vira gelo e bloqueia as pequenas válvulas do tanque de ar. Eu ainda não tinha tido tempo de prender a corda de segurança. A corda que serve para encontrar o caminho de volta para o buraco no gelo. É o que acontece quando se mergulha por baixo do gelo. A pessoa se afasta dois metros do buraco e ele se transforma num contorno escuro. A pessoa se afasta cinco metros e não dá mais para ver o buraco. Aí entro em pânico. Perco a corda. Acho que não estou mais conseguindo ver o buraco. Por baixo do gelo tudo fica verde, cintilante, cor de neon. A impressão que eu tenho é de que estou sendo sugado para o Reino da Morte. Percebo que a corrente está me levando para o fundo e para longe. Depois me disseram que Føjl tinha visto. Que pegou um cinturão de chumbo e mergulhou sem tanque de oxigênio. Só com uma corda na mão. Porque não havia tempo. E mergulhou atrás de mim. Conseguiu me alcançar a doze metros de profundidade. Mas mergulhou com a roupa seca. O que significa que a pressão da água gruda a borracha na pele dele. Com um acréscimo de pressão de uma atmosfera a cada dez metros. Quando ele está a mais ou menos dez metros de profundidade a borda da borracha entra em sua pele nos punhos e nos tornozelos. A caminho da superfície, a única coisa de que me lembro são as nuvens de sangue.

Lembro das cicatrizes ao redor dos pulsos e tornozelos, negras como se tivessem sido marcadas a ferro.

— Foi ele ainda quem me apertou os pulmões e tirou a água lá de dentro. E me fez respiração artificial. Tivemos que esperar um tempão. Eles só tinham um pequenino helicóptero com turbinas movidas a gás e o tempo estava ruim. Ele me fez massagem cardíaca e me deu oxigênio ao longo de todo o trajeto de volta.

— De volta para onde?

— Para Scoresbysund. Estávamos fazendo treinamento na Groenlândia. Estava frio. Mas ele gostava.

A neve nos envolve numa grade caótica, numa confusão louca de barras oblíquas.

— Ele desapareceu — digo. — Tentei telefonar para ele. Um estranho responde ao telefone. Talvez ele tenha sido preso.

Um minuto antes de o navio aparecer, sinto sua proximidade. O casco puxando as correntes das âncoras, todo o lento movimento daquela enorme massa flutuante.

— Esqueça-o, queridinha. É o que nós também tivemos que fazer.

A bombordo vê-se uma curta plataforma flutuante na ponta de uma escada a pino debaixo de uma luz amarela isolada. Ele não desliga o motor, mas equilibra o bote segurando-se num barrote de metal.

— Você pode voltar comigo, Smilla.

Ele tem algo de comovente, como se só agora tivesse se dado conta de que há muito paramos de brincar.

— O problema — digo — é que não tenho nada em especial para o que voltar.

Eu mesma iço minha caixa para o convés. Depois de subir também, olho para trás e vejo-o imóvel por um momento a olhar para mim, um vulto pequeno que sobe e desce acompanhando o movimento de dança do grande bote de borracha. Depois ele me dá as costas e se afasta.

# O MAR

## PARTE UM

# 1

Meu camarote tem dois metros e meio por três. Assim mesmo acharam lugar para uma pia com espelho, um armário, um beliche com lâmpada de leitura, uma estante para livros, debaixo da escotilha uma pequena escrivaninha com sua cadeira e o cachorrão por cima da mesa.

Ele começa na antepara e vai até o alto do beliche, tem uns dois metros de comprimento. Seus olhos são infelizes e suas patas escuras e toda vez que o navio balança ele tenta me tocar. Se algum dia conseguir, no mesmo instante me desintegro. Minha carne vai se despregar dos ossos, meus olhos vão saltar das órbitas e evaporar, meus intestinos vão se comprimir de encontro à pele e explodir em nuvens de gás dos pântanos.

O lugar dele não é aqui. Tenho absoluta certeza de que não pertencemos ao mesmo mundo. Seu nome é Aajumaaq; ele é do Leste da Groenlândia e minha mãe voltou com ele de uma visita a Ammassalik. Bastou que ela o visse lá uma vez para entender que sem dúvida ele sempre deveria ter estado na região de Qaanaaq e desde esse momento passou a vê-lo regularmente. Ele jamais toca o solo e também aqui flutua um pouco acima da escrivaninha e se está a meu lado é porque estou navegando.

Sempre tive medo do mar. Jamais me puseram num caiaque, embora fosse esse o mais caro desejo de minha mãe. Jamais pus os pés no convés do Swan, de Moritz. Uma das razões pelas quais sou tão apegada ao gelo é o fato de que o gelo cobre a água e a torna firme, segura, transitável, administrável. Sei que lá fora as ondas e o vento criaram efeito e que lá adiante a proa do *Kronos* afunda nas ondas estilhaçando-as e lança ruidosas cascatas de água pelas amuradas até que do lado de fora de minhas escotilhas a água se espalma num nevoeiro sibilante que rebrilha branco na noite. No mar aberto não se encontram pontos de referência, não se vê mais que um deslizamento amorfo, caótico, de massas aquáticas sem direção, que se elevam e quebram e rolam, enquanto sua superfície é por sua vez rompida por subsistemas que interferem e formam redemoinhos e aparecem e desaparecem e finalmente somem sem deixar traço. Lentamente essa perturbação vai me invadir até chegar às câmaras de meu sistema de equilíbrio para destruir meu sentido de orientação; vai invadir à força minhas células e deslocar sua concentração salina e, conseqüentemente, a condutividade de meu sistema nervoso, deixando-me surda, cega e indefesa. Não temo o mar simplesmente porque ele quer me sufocar. Tenho medo porque ele quer me despojar de minha orientação, quer tirar o giroscópio interno de minha vida, meu conhecimento do que seja em cima e do que seja embaixo, meu vínculo com o *Absolute Space.*

Ninguém pode crescer em Qaanaaq sem navegar. Ninguém pode fazer o que eu fiz, viver como estudante profissional e organizadora de expedições e navegadora na Groenlândia do Norte sem ter que sair para o mar. Já estive em muitos navios e durante muito mais tempo que tenho coragem de pensar. Quando não estou a bordo, normalmente consigo reprimir isso.

O processo de demolição teve início quando subi para bordo, umas poucas horas atrás. Já ouço uma fervura em meus ouvidos, meus fluidos estão passando por um deslocamento estranho, inexplicável. Já não consigo identificar com segurança os pontos cardeais. Acima de minha mesa, Aajumaaq espera para me pegar desprevenida.

Espera logo atrás da porta que conduz ao sono e, toda vez que ouço minha própria respiração ficar mais profunda e sei que agora estou dormindo, não deslizo para aquela tranqüila obliteração da realidade de que tanto necessito, mas entro numa nova e perigosa nitidez ao lado daquele espírito-guia, o cachorro de três garras em cada pata, aumentado e fortalecido pela fantasia de minha mãe, de onde, desde quando eu ainda era pequena, foi tirado e enxertado em meus pesadelos.

Faz mais ou menos uma hora que foi dada a partida nos motores e de muito longe senti, mais que ouvi, o jogo das âncoras e o tilintar da corrente e estou cansada demais para ficar acordada e tensa demais para dormir e acabo desejando alguma coisa que me distraia.

Tenho o que desejo quando a porta se abre. Não batem, não há o anúncio de uma campainha. Ele simplesmente se esgueira até a porta, que abre com um empurrão, depois enfia a cabeça para dentro.

— O comandante quer falar com você no passadiço.

Fica parado na porta para complicar meu ato de sair da cama e enfiar alguma roupa, quer me deixar vulnerável. Enrolada até os ombros no acolchoado escorrego para o pé da cama e dou um chute na porta, de modo que ele mal tem tempo de tirar a cabeça.

Jakkelsen. O nome dele é Jakkelsen. Ele deve ter também um primeiro nome, mas no *Kronos* só os sobrenomes são utilizados.

Fiquei em pé na chuva até desaparecer o bote de borracha com a silhueta de Lander. Como não há ninguém à vista tento levantar sozinha minha caixa, mas sou obrigada a desistir de subir a escada com ela. Deixo-a para trás e subo no escuro passando pela lâmpada solitária.

A escada vai dar numa porta para carga aberta. Do outro lado da porta uma lâmpada fraca ilumina um corredor verde na altura do segundo convés. Ao abrigo da chuva, com os pés apoiados numa caixa de eletricidade, um garoto está sentado fumando.

Está com sapatos pretos reforçados, calças azuis de trabalho e suéter azul de lã e é muito moço e muito, muito magro para ser marinheiro.

— Esperei por você. Meu nome é Jakkelsen. Aqui usamos os sobrenomes. Ordens do comandante.

Ele me observa atentamente.

— Fique na minha, que de repente posso lhe dar uma mão, sabia?

Seu nariz é polvilhado de sardas, o cabelo é vermelho e encaracolado, os olhos acima do cigarro estão semicerrados, preguiçosos, indagadores, impertinentes. Deve ter uns dezessete anos.

— Para começar, você pode buscar minha bagagem.

Ele se move a contragosto e deixa o cigarro cair no convés, onde fica a arder.

Mal consegue subir a escada com a caixa. Larga-a no convés.

— Tenho problema nas costas, sabia?

Vai na frente como quem passeia, mãos atrás das costas. Vou logo atrás com a caixa. O casco é atravessado por uma vibração surda e ininterrupta de grandes máquinas, como um lembrete de que estamos na iminência da partida.

Uma escada nos leva ao nível do convés superior. Ali o cheiro de óleo diesel se dissipa e o ar sabe a chuva e frio. Um corredor tem à direita uma parede branca, à esquerda uma longa fileira de portas. Uma delas é a minha.

Jakkelsen abre-a, chega para o lado para eu poder passar, entra atrás de mim, fecha a porta e se perfila diante dela.

Empurro a caixa para o lado e sento no beliche.

— Jaspersen. É o que está na lista de tripulantes. Seu nome é Jaspersen.

Abro o armário.

— Que tal uma trepadinha?

Considero a possibilidade de ter ouvido mal.

— As mulheres são loucas por mim.

Foi tomado por uma certa ansiedade, uma certa agitação. Levanto do beliche. Devemos evitar que nos surpreendam.

— Boa idéia — digo. — Mas vamos adiar para o seu aniversário. Seu aniversário de cinqüenta anos.

Ele fica decepcionado.

— Quando eu tiver cinqüenta você vai ter noventa. Não vou estar a fim.

Pisca o olho e caminha em direção à porta.

— Conheço o mar, sabia? Fique na minha, Jaspersen.

E fecha a porta.

Tiro as coisas da caixa. O banheiro fica no corredor. A água da torneira quente está fervendo. Fico ali um tempão. Depois passo óleo de amêndoas no corpo e visto um abrigo de ginástica. Tranco a porta e vou para baixo do acolchoado. Se o mundo estiver precisando de mim, que venha me buscar. Fecho os olhos e mergulho. Transponho a porta. No alto da mesa Aajumaaq lentamente se materializa. Em sonhos sei que é sonho. É possível chegar a uma idade e um ponto na vida em que mesmo os pesadelos começam a ter algo de consolador e conhecido. É exatamente esse o meu caso.

O ruído das máquinas se intensifica, a âncora é recolhida. Depois o *Kronos* zarpa. Depois Jakkelsen abre minha porta.

Tenho certeza de que tranquei a porta. Tomo nota do fato de que ele deve ter uma chave. Pequeno detalhe que convém lembrar.

— Seu uniforme — diz ele do lado de fora da porta. — Andamos de uniforme.

No armário encontro calças azuis grandes demais, camisetas azuis grandes demais, uma túnica azul grande demais, disforme como um saco de farinha, um pulôver azul de lã. Bem embaixo encontro botas de borracha de cano curto com espaço suficiente para se crescer lá dentro. De preferência uns cinco ou seis números, caso se tenha a intenção de que comecem a servir.

Jakkelsen espera por mim fora da porta. Me inspeciona por cima do cigarro, mas não abre a boca. Tamborila na antepara com os dedos, agitado por novo nervosismo. Vai na frente.

No final do corredor dobra à esquerda, na direção da escada que leva aos andares superiores. Só que eu dobro à direita, saio para o convés e ele é obrigado a ir atrás.

Vou para junto da amurada. O ar está saturado de umidade gélida, o vento sopra forte e tempestuoso. Mas dá para ver luzes à frente.

— Helsingør-Helsingborg. O estreito mais navegado do mundo, sabia? *Ferries* suecos, *ferries* dinamarqueses, uma marina monumental, tráfego de contêineres. A cada três minutos passa um navio. Não tem lugar assim no mundo. O estreito de Messina, já estive lá milhões de vezes, não tem comparação. Isto aqui sim, isto é que é. E num tempo destes o radar fica com problemas, é como atravessar de submarino uma sopa de leite azedo.

Seus dedos tamborilam nervosamente na amurada, mas seus olhos contemplam a noite com algo semelhante a entusiasmo.

— Passamos por aqui quando eu estava fazendo a escola da marinha mercante. Num *fullrigger*. Sol, o castelo de Kronborg a bombordo e as garotinhas na marina todas excitadas quando nos viram, sabia?

Vou na frente. Subimos três andares e vamos dar na ponte de navegação. À direita da escada está a sala de mapas, atrás de duas amplas vidraças. Está escuro, mas sobre as cartas de navegação abertas cintilam lâmpadas vermelhas, fracas. Entramos na casa do leme.

A peça está às escuras. Mas abaixo de nós, iluminado por uma única luz de navegação, setenta e cinco metros à frente na noite, estende-se o convés do *Kronos*. Dois mastros de sessenta pés com robustos paus-de-carga. Ao lado de cada mastro, quatro guinchos de carga; junto à escadinha para o curto convés do castelo de proa um pouco acima, uma caixa de controle para os guinchos. Entre os mastros, sobre o convés, um contorno retangular protegido por uma lona onde trabalham diversos pequeninos vultos azuis fixando longas alças de borracha entrecruzadas. Talvez seja o LMC, o veículo de desembarque em terra refugado pela marinha. No convés do castelo de proa há um grande guincho de âncora e uma gaiúta quadripartida sobre um porão de carga. A cada metro ao longo da amurada vê-se um holofote branco apontando para o alto.

Além disso, hidrantes para incêndio, extintores de espuma e equipamento de resgate. Só isso. O convés está desimpedido e em boa ordem.

E agora também deserto. Enquanto eu observava os vultos azuis desapareceram. A luz se apaga, o convés desaparece. Bem à frente, lá onde a proa corta as vagas, vêem-se protuberâncias súbitas, brancas, de água pulverizada. De um lado e outro do navio, surpreendentemente perto, projetam-se as luzes do litoral. Imediatamente na nossa frente e atrás de nós cruzam os pequenos *ferries*. À chuva a luz amarela do holofote dá ao castelo de Kronborg o ar desalentado de uma prisão moderna.

Na escuridão da sala cintilam duas imagens verdes de radar que giram lentamente. Vê-se ainda um ponto vermelho de luz opaca numa grande bússola líquida. E no meio da janela, com uma das mãos na cana do leme, uma sombra quase de costas para nós. É o comandante Sigmund Lukas. Atrás dele um vulto ereto, imóvel. Jakkelsen, de pé a meu lado, balança o corpo nervosamente sobre as plantas dos pés.

— O senhor pode se retirar.

Lukas falou baixo, sem se virar. O vulto atrás dele desliza porta afora. Jakkelsen o segue de perto. Durante um segundo a má vontade está ausente de seus movimentos.

Lentamente os olhos se habituam à escuridão e do nada apontam os instrumentos, alguns dos quais conheço, outros não, mas dos quais — todos eles — sempre mantive distância, pois pertencem ao mar aberto. E porque para mim eles simbolizam uma cultura que introduziu uma camada de esterilidade entre si mesma e as próprias tentativas de definir sua localização.

Os cristais líquidos do computador SATNAV, o rádio de ondas curtas, os consolos para o LORAN C, um sistema de radiolocalização que jamais entendi. Os algarismos vermelhos do ecômetro. O consolo do sonar de navegação. O inclinômetro. Um sextante em seu suporte. Painéis de instrumentos. O telefone para a sala de máquinas. Os mostradores da visibilidade. Um radiolocalizador. O piloto automático. Dois painéis com voltímetros e luzes de controle. E no alto daquilo tudo o semblante fechado, atento, de Lukas.

O VHF emite uma crepitação ininterrupta. Sem desviar o olhar, Lukas estende a mão e desliga o aparelho. A sala fica silenciosa.

— A senhora está a bordo porque estávamos precisando de uma camaroteira. Ou camareira, como dizem hoje em dia. Essa é a única razão. A conversa que tivemos foi uma entrevista de emprego, só isso.

Boiando em minhas botas e em meu suéter imenso eu me sinto uma menininha levando uma bronca na escola. Ele não olha para mim uma vez sequer.

— Até agora não tivemos condições de descobrir para onde estamos indo. Essa informação virá mais tarde. Até então, estamos simplesmente navegando para o Norte pelo faro.

Há alguma coisa diferente nele. São os cigarros. Estão faltando. Quem sabe no mar ele não fume. Quem sabe saia para o mar para se libertar das mesas de jogo e dos cigarros.

— O primeiro imediato Sonne irá mostrar-lhe o navio e indicar-lhe suas responsabilidades. Elas incluem tarefas leves de limpeza e a lavagem da roupa do navio. Além disso de vez em quando a senhora deverá servir os oficiais.

A dúvida é: por que ele me trouxe?

Estou perto da porta e ele me chama em voz baixa, amargo.

— A senhora ouviu bem o que eu disse? Estamos navegando sem saber para onde, compreendeu?

Sonne está a minha espera do lado de fora da porta. Jovem, correto, cabelo curto. Descemos um andar, para o convés de embarcação. Ele se vira para mim, abaixa o volume da voz e me olha muito sério.

— Estamos viajando com representantes da companhia de navegação. Estão instalados no castelo de proa do convés de embarcação. O acesso a este local está totalmente proibido. A não ser que a senhora receba instruções de vir servi-los. Do contrário não. Nada de limpeza, nada de pequenas tarefas.

Continuamos nossa descida. A lavanderia, o secadouro e os estoques de roupa de cama, mesa e banho estão localizados no convés principal. No convés superior, onde se localiza meu camarote, estão as acomodações dos tripulantes, os escritórios do maquinista e do eletricista, o refeitório da tripulação, a cozinha. No segundo convés estão o compartimento refrigerado e o congelador para os mantimentos, as despensas, duas oficinas e a sala de $CO_2$. Tudo isso se localiza na superestrutura ou abaixo dela; logo na frente e mais adiante estão a sala de máquinas, os tanques, os túneis e os porões de carga.

Subo atrás dele para o convés superior. Descemos o corredor, passando por meu próprio camarote. Bem no fundo a estibordo está o refeitório. Ele empurra a porta e entramos.

Conto onze pessoas na salinha. Cinco dinamarqueses, seis asiáticos. Destes últimos, dois são mulheres. Três dos homens parecem menininhos.

— Smilla Jaspersen, a nova camareira.

Sempre foi assim. Eu sozinha na porta e os outros sentados na minha frente. Pode ser uma escola, pode ser a universidade, pode ser outro ajuntamento qualquer. É até possível que eles não tenham nada de específico contra mim, que sua atitude seja sobretudo de indiferença, mas quase sempre é como se de uma ou de outra maneira preferissem não ser perturbados.

— Verlaine, nosso contramestre. Hansen e Maurice. Os três estão encarregados do convés. Maria e Fernanda, assessoras do navio.

São as duas mulheres.

À porta da cozinha está um homem alto, corpulento, vestindo uniforme branco de cozinheiro e com uma grande barba castanho-avermelhada.

— Urs. Nosso cozinheiro.

Todos eles têm algo contido e disciplinado. Exceto Jakkelsen. Jakkelsen está encostado na parede debaixo da tabuleta de PROIBIDO FUMAR com um cigarro na boca. Um de seus olhos está fechado por causa da fumaça, o outro me inspeciona com ar de gozação.

— Este é Bernard Jakkelsen — diz o piloto. Vacila um instante. — Também trabalha no convés.

Jakkelsen finge que não ouve.

— Jaspersen está encarregada de fazer a limpeza de nossos camarotes — diz ele. — Com onze homens e quatro oficiais, trabalho é que não vai faltar. Eu mesmo tenho uma enorme vocação para deixar as coisas pelo chão, sabia?

Como minhas botas de borracha estão grandes, as meias escorregaram sobre o calcanhar. Não dá para viver decentemente com as meias amontoadas nos pés. Ainda mais quando a pessoa está cansada e com medo. E eles rindo. Mas não um riso cordial. A silhueta magra de Jakkelsen impõe uma autoridade que subjuga todos os presentes.

Perco o controle. Agarro seu lábio inferior e aperto. O lábio fica puxado para longe dos dentes. Quando ele segura meu pulso, agarro seu dedo mindinho com a mão esquerda e dobro a falange para dentro. Ele cai de joelhos com um guincho de mulher. Aperto mais.

— Vou lhe explicar como vai ser a limpeza de seu camarote — digo. — Primeiro abro a escotilha. Depois faço de conta que abri um armário bem grande. Depois guardo tudo lá dentro. Em seguida lavo o camarote com água salgada.

Solto-o e dou um passo para o lado. Mas ele não tenta me pegar. Levanta lentamente e se aproxima de uma fotografia emoldurada do *Kronos* na frente de um iceberg de superfície plana da Antártica. Preocupado, considera a própria imagem refletida no vidro.

— Vai formar uma bolha de sangue, merda. Vai formar uma bolha de sangue.

Nenhum dos presentes se moveu.

Endireito o corpo e olho para eles um a um. Pedir desculpas, em groenlandês, é uma coisa que sai com dificuldade. E em dinamarquês nunca me dei ao trabalho de aprender.

Em meu camarote, empurro a mesa contra a porta e encaixo o dicionário Bugge's de groenlandês por baixo do trinco. Depois vou para a cama. Tenho boas razões para acreditar que esta noite o cachorro me deixa em paz.

# 2

São seis e meia da manhã, mas todo mundo já tomou café e sem contar Verlaine o refeitório está deserto. Tomo um copo de suco e vou atrás dele até o depósito para buscar um uniforme de trabalho. Ele dá uma olhada em mim, depois me entrega uma pilha de roupas.

Talvez seja o uniforme de trabalho, talvez as circunstâncias, talvez a cor de sua pele. Mas por um instante sinto necessidade de entrar em contato com ele.

— Que língua você fala?

— O senhor — diz ele suavemente. — Que língua o senhor fala.

O dinamarquês dele tem palavras um pouquinho cantadas, como finlandês.

Olhamo-nos nos olhos. Num dos bolsos do peito ele tem um saco de plástico. De dentro do saco tira um torrão de arroz. Põe o arroz na boca, masca devagar e meticulosamente, engole, esfrega as palmas das mãos uma na outra.

— Contramestre — acrescenta. Depois vira as costas e se afasta. Não há nada mais grotesco debaixo do sol que a gelada cortesia européia manifestada no Terceiro e no Quarto Mundo.

Me troco em meu camarote. Visto o uniforme de trabalho. Ele me deu o tamanho certo. Até o ponto em que é possível um uniforme de trabalho no tamanho certo. Experimento pôr um cinto por cima da túnica. Agora não estou mais parecendo um saco de correspondência. Agora estou parecendo uma ampulheta de um metro e sessenta. Cubro os cabelos com um lenço de seda. Vou ter que fazer limpeza e não quero saber de pó na fina penugem que começa a revestir minha mancha calva. Vou atrás de um aspirador de pó. Deposito no corredor, depois entro com toda a cautela no refeitório. Não que queira continuar o café da manhã. Não consegui engolir nem uma migalha. No decorrer da noite o mar fora de minha escotilha se filtrou para dentro de meu estômago e lá se uniu ao cheiro do óleo diesel e à consciência de estar em mar aberto, revestindo meu interior de uma náusea morna. Há quem garanta ser possível combater a náusea marinha indo para o convés tomar ar fresco. Talvez funcione quando o barco está no cais ou quando se faz a travessia do canal de Falsterbo e se avista a terra firme que dentro em pouco há de estar debaixo de nossos pés. Esta manhã, ao ser acordada pelo Sonne que bate a minha porta para me entregar uma chave, me visto e vou para o convés de jaqueta acolchoada e gorro de esqui, olho para o escuro de azeviche do inverno e entendo que agora vou ser obrigada a prosseguir porque estou em mar aberto e não tenho como voltar atrás, e só então, pela primeira vez, passo mal.

As duas mesas do refeitório estão arrumadas e limpas. Vou para a porta da cozinha.

Urs está ocupado batendo leite fervido numa tigela. Imagino que ele pese uns cento e quinze quilos. Mas do tipo compacto. Todos os dinamarqueses ficam pálidos no inverno. O rosto dele, no entanto, está bem mais para o verdoso. Coberto por uma fina camada de suor, no calor da cozinha.

— Magnífico café da manhã.

Nem provei o café. Mas uma conversa tem que começar por algum lugar.

Ele me dirige um sorriso e dando de ombros volta a se ocupar do leite.

— *I am Schweizer.*

Beneficiei-me do privilégio de estudar línguas. Enquanto a maioria das outras pessoas se limita a falar uma versão aguada da língua materna, também me tornei incompetente em duas ou três outras línguas.

— *Frühstück* — digo em alemão —, esplêndido. Como o de um restaurante de cinco estrelas.

Ainda em alemão, ele continua.

— Ich hatte so ein Restaurant. Eu tive um restaurante assim. Em Genebra. Junto do lago.

Preparou uma bandeja com café, leite quente, suco, manteiga, croissants.

— Levo para o passadiço?

— *Nein.* Não é para servir café da manhã. O café sobe pelo elevador de cozinha. Mas se a senhora aparecer às onze e quinze, *Fräulein*, é a hora do almoço dos oficiais.

— Como é essa história de cozinhar num navio?

A pergunta é só uma desculpa para ir ficando. Ele colocou uma bandeja no elevador e apertou o botão NAVIGATING BRIDGE. Agora está preparando a bandeja seguinte. É essa que me interessa. Inclui chá, torradas, queijo, mel, geléia, suco, ovo quente. Três xícaras e três pratos. No convés de embarcação, cujo acesso está proibido para a camareira, o *Kronos* leva três passageiros. Urs põe a bandeja no elevador e aperta o botão do BOAT DECK.

— Nada mal. Além do mais, não tenho escolha. Bem, às onze e quinze, então.

A fórmula para o fim do mundo está firmemente estabelecida. Ele há de começar por três invernos gélidos em que mares, rios e lagos se congelarão. O Sol sofrerá um esfriamento e ficará impossibilitado de produzir o verão. A neve cairá numa impiedosa eternidade branca. Em seguida virá um longo inverno interminável. Por último o lobo Skoll devorará o Sol. A Lua e as estrelas se extinguirão e reinará uma escuridão sem fim. O inverno Fimbul.

Na escola nos ensinaram que era assim que os habitantes do Norte do planeta imaginavam o fim do mundo antes que o cristianismo lhes ensinasse que o universo iria desaparecer pelo fogo. Sempre lembro disso, não porque de uma forma qualquer fosse mais relevante para mim pessoalmente que tantas outras coisas que aprendi, mas porque dizia respeito à neve. Quando ouvi falar nisso pela primeira vez, achei que se tratava de uma imagem distorcida criada por pessoas que não compreendiam minimamente a natureza do inverno.

Na Groenlândia do Norte as opiniões se dividiam. Minha mãe, e com ela muitos outros, preferia o inverno. Por causa da caça no gelo novo, por causa do sono profundo, por causa dos trabalhos manuais, mas principalmente por causa das visitas. O inverno era uma época de aconchego, não combinava com o fim do mundo.

Na escola também nos ensinaram que da Antiguidade para cá, dos tempos da teoria do inverno Fimbul para cá, a cultura dinamarquesa se desenvolveu muito. Há momentos em que tenho dificuldade para acreditar que isso seja verdade. Como agora, que estou passando álcool na cama de bronzeamento da sala da balança do *Kronos*.

As luzes ultravioletas de uma cama de bronzeamento quebram minúsculas porções do oxigênio existente no ar criando ozônio, um gás instável. Seu cheiro acre de agulhas de pinheiro também está presente em Qaanaaq, no verão, com sua luz solar quase dolorosamente brilhante a refulgir na neve e no mar.

Faz parte de minhas funções passar um pano com álcool nesse aparelho estimulador da reflexão.

Sempre gostei de fazer limpeza. Embora na escola tentassem ensinar-nos a preguiça.

Durante os primeiros seis meses recebíamos treinamento no vilarejo. Nossa professora era a mulher de um dos caçadores. Certo dia de verão eles apareceram, vindos do internato, querendo que eu fosse para a cidade. Um religioso dinamarquês e um catequista da Groenlândia do Oeste. Distribuíam ordens sem olhar para nossos rostos. Chamavam-nos *avanersuarmiut*, "gente do Norte".

Moritz me obrigou a ir. Meu irmão tinha ficado muito grande e muito teimoso para ele. O internato era em Qaanaaq, na própria cidade. Lá permaneci durante cinco meses, até minha combatividade amadurecer suficientemente para eu conseguir me recusar a ficar.

Na escola nos serviam todas as refeições. Tomávamos banho quente todos os dias e trocávamos de roupa a cada dois dias. No povoado tomávamos banho uma vez por semana; durante as caçadas ou viagens só muito raramente nos banhávamos. Todos os dias eu tinha que subir até a geleira no alto das escarpas, buscar *kangirluarhuq*, grandes blocos de gelo de água doce, carregá-los em sacos até a casa embaixo e derretê-los no fogão da cozinha. No internato bastava abrir a torneira. Quando chegaram as férias de verão, todos os alunos e professores foram até a Herbert Island visitar os caçadores; pela primeira vez em muito tempo comemos carne de foca cozida com chá. Foi então que me dei conta da paralisia. Não apenas em mim, mas em todos. Já não conseguíamos criar coragem, já não era uma coisa natural ir buscar um pouco de água e sabão escuro e o pacote de neógeno e começar a esfregar as peles. Não estávamos habituados a lavar roupa, não conseguíamos criar coragem para fazer comida. Sempre que havia um intervalo entrávamos num estado de devaneio, num compasso de espera. Nossa esperança era de que aparecesse alguém para se encarregar, para nos substituir, para nos libertar de nossas tarefas e fazer o que nós mesmos deveríamos ter feito.

Quando entendi para onde aquilo tudo estava nos levando, pela primeira vez enfrentei Moritz e voltei para casa. Foi também a volta a uma relativa satisfação com meu trabalho.

Essa mesma relativa satisfação me invade agora, enquanto aspiro o pó dos camarotes do convés superior do *Kronos*, o andar da tripulação. A mesma sensação de paz que me invadia na infância sempre que eu consertava as redes.

Em todos os camarotes reina a mais perfeita ordem. Eu, que tive a sorte de sobreviver aos internatos de minha vida, sei que, quando você não tem mais que uns poucos metros cúbicos para você mesmo e seus sentimentos mais íntimos, só é possível enfrentar o desânimo, a dissolução e a destruição que nos cercam por todos os lados quando se entende que esse espaço privado tem que estar submetido à disciplina mais drástica.

A sua própria maneira, Isaías tinha essa necessidade. O mecânico tinha. A tripulação do *Kronos* tem. E, por mais surpreendente que seja, Jakkelsen também tem.

Nas paredes de seu camarote Jakkelsen tem flâmulas, cartões-postais e pequenas lembranças da América do Sul, do Oriente, do Canadá e da Indonésia.

Toda a sua roupa no armário está cuidadosamente dobrada e empilhada.

Examino o espaço entre as pilhas. Retiro o colchão e passo o aspirador no espaço destinado a guardar a roupa de cama. Puxo as gavetas da escrivaninha, fico de joelhos e examino a parte debaixo do tampo da mesa, apalpo o colchão meticulosamente. O armário está cheio de camisas — examino uma a uma. Algumas delas são de seda rústica. Ele tem uma coleção de loções para após a barba e águas-de-colônia de fragrância cara e docemente alcoólica, abro os frascos e derramo um pouquinho num guardanapo de papel, que em seguida amasso fazendo uma bolinha e enfio no bolso do guarda-pó para depois jogar na privada. Estou procurando uma coisa definida e não estou encontrando. Nem essa coisa nem qualquer outra que apresente algum interesse.

Guardo o aspirador de pó e desço, passo pelo segundo convés, passo pelo compartimento refrigerado e pelos depósitos, depois continuo descendo essa escada que de um lado tem o que imagino devam ser os condutos da chaminé e do outro uma parede com a inscrição DEEP TANK. A escada acaba junto à porta da sala de máquinas. Levo na mão, à guisa de pronta justificativa, uma escova de chão e um balde — e caso não seja suficiente sempre posso apelar para a velha e verdadeira história de que sou estrangeira e que me perdi.

É uma porta pesada, forrada com material isolante; abro-a e no início o barulho é ensurdecedor. Piso numa plataforma de aço de onde sai uma passarela que dá toda a volta no aposento pela parte superior, perto do teto.

No chão, dez metros abaixo de mim, sobre uma plataforma levemente elevada no meio do aposento, avulta o motor. Está dividido em duas seções — um motor principal com nove cabeças de cilindro aparecendo e um motor auxiliar de seis cilindros. As válvulas brilhantes trabalham aos solavancos, ritmadamente, como partes de um coração que pulsa. Todo o bloco do motor deve ter uns cinco metros de altura e uns doze de comprimento e o conjunto dá uma impressão de selvageria opressiva, domada. Não se vê vivalma.

O aço da passarela é perfurado, meus sapatos de lona movem-se diretamente sobre o espaço que está por baixo de mim.

Por toda parte há cartazes em cinco línguas anunciando que é proibido fumar. Alguns metros adiante vejo um cubículo. Dali sai uma nuvem azulada de fumaça de tabaco. Jakkelsen está sentado numa cadeira de dobrar, com os pés apoiados na mesa de trabalho, fumando um charuto. Um centímetro abaixo de seu lábio inferior há uma bolha de sangue que acompanha toda a largura da boca. Me debruço sobre a mesa para poder colocar a mão discretamente sobre a chave inglesa de treze polegadas que ali está.

Ele tira as pernas de cima da mesa, larga o charuto e seu rosto é iluminado por um amplo sorriso.

— Smilla. Era exatamente em você que eu estava pensando aqui sentado.

Largo a chave inglesa. Sua agitação está temporariamente arquivada.

— Tenho problema nas costas, sabia? Tem navios em que a vida é mansa. Neste, é preciso começar às sete. Cortando ferrugem, emendando cabos de amarração, pintando, raspando as partes oxidadas do metal, polindo latão. Como uma pessoa pode querer ter mãos apresentáveis se todo santo dia precisa emendar cabos?

Não abro a boca. Experimento o silêncio em Bernard Jakkelsen. Sua tolerância é muito limitada. Mesmo agora, que está de bom humor, dá para perceber o nervosismo subjacente.

— Qual é o nosso rumo, Smilla?

Fico à espera.

— Nos cinco anos que estou no mar, eu nunca tinha visto uma coisa destas. Proibido bebidas alcoólicas. Uniforme. Ninguém pode ir ao convés de embarcação. Até o Lukas diz que não sabe para onde estamos indo!

Se apodera outra vez do charuto.

— Smilla Qaavigaaq Jaspersen. Seu nome do meio deve ser groenlandês...

Ele deve ter visto no meu passaporte. Que está no cofre do navio. O fato convida à reflexão.

— Examinei muito bem este navio. Sei tudo sobre navios. Este aqui tem casco duplo e cabos quebra-gelos ao longo de todo o comprimento. Na frente as placas são suficientemente grossas para agüentar uma bazuca.

Me olha com ar entendido.

— Na popa, acima do hélice, tem uma lâmina corta-gelo. Naquele ponto os motores produzem pelo menos seis mil ihp, o bastante para navegarmos a uns dezesseis ou dezoito nós. Estamos a caminho do gelo. Quanto a isso não tem dúvida. Quem sabe estamos a caminho da Groenlândia?

Não tenho necessidade de responder para que ele continue falando.

— Depois, tem a tripulação. Uma tripulação de merda. Mas todos fecham uns com os outros. Todo mundo se conhece. E todo mundo morrendo de medo, não consigo que ninguém me diga por quê. Também tem os passageiros que ninguém nunca vê. Por que eles têm que ir junto?

Larga o charuto. Não estava achando muita graça nele.

— E tem você, Smilla. Já embarquei em milhões de navios de quatro mil toneladas. Nunca vi camareira em nenhum deles. Quanto mais uma camareira que se comporta como se fosse a rainha de Sabá.

Recolho o charuto e jogo dentro do balde. O charuto se apaga com um chiadinho.

— Estou fazendo limpeza — digo.

— Por que ele resolveu embarcar você, Smilla?

Não respondo. Não sei o que dizer.

Só quando a porta da sala de máquinas bate atrás de mim percebo como aquele barulho era enervante. O silêncio me revigora.

Verlaine, o contramestre, está de pé na plataforma mais baixa, encostado na parede. Sem querer, começo a andar de lado até passar por ele.

— Se perdeu?

Do bolso do peito ele extrai um torrão de arroz e o leva à boca. Não perde um só grão e não lhe resta um só grão nas mãos, o movimento completo é exato e rotineiro.

Talvez eu devesse tentar achar uma desculpa, mas detesto interrogatórios.

— Foi só um desvio.

Alguns degraus acima lembro de um detalhe.

— Senhor contramestre — acrescento. — Foi só um desvio, senhor contramestre.

# 3

Minha mão bate de lado no despertador. Ele dispara pelo camarote como um projétil, bate nos ganchos da porta e depois cai no chão.

Não me dou bem com os fenômenos que supostamente duram a vida toda. Sentenças de prisão, contratos de casamento, empregos vitalícios. Tentativas de gravar partes da existência e de libertá-las da ação do tempo. Pior ainda é o que está previsto para durar por toda a eternidade. Como esse meu despertador. *Eternity clock*. Era o nome que lhe davam. Recolhi-o no painel de instrumentos totalmente destruído do segundo artefato da NASA a ir à Lua e que se arrebentou na calota de gelo continental. Como os americanos, incapaz de suportar uma temperatura de cinqüenta e cinco graus negativos e ventos que ultrapassavam em muito a escala de Beaufort.

Ninguém me viu pegar o relógio. Peguei como recordação e para demonstrar que comigo não desabrocha flor da eternidade nenhuma, que comigo nem o programa espacial americano consegue durar três semanas.

Já são dez anos que ele agüenta. Dez anos em que só recebeu brutalidade e palavras ásperas. Mas na época eles já previam algo do estilo. Disseram que quem quisesse podia enfiar o despertador nas chamas de um maçarico, fervê-lo em ácido sulfúrico e enterrá-lo na fossa das Filipinas que ele ia continuar mostrando as horas como se nada tivesse acontecido. Para mim essa afirmação funcionou como uma flagrante provocação. Em Qaanaaq os relógios de pulso eram considerados engraçadinhos. Alguns dos caçadores usavam-nos como peça decorativa. Mas jamais passaria pela cabeça de ninguém *deixar-se guiar* por eles.

Foi o que eu disse ao Gil, que estava dirigindo (eu sentada na nacela de observação e avisando quando o gelo ficava escuro demais ou branco demais, o que significava que não ia agüentar, que ia se abrir e permitir que a Terra engolisse quinze toneladas de um imbecil sonho americano de atingir a Lua para jogá-lo numa fenda de trinta metros de profundidade, azul e verde cintilante, que no fundo se estreita e prende tudo o que cai num abraço apertado a trinta graus negativos). Em Qaanaaq o que nos guia é o tempo, foi o que eu disse a ele. O que nos guia são os bichos. O amor. A morte. Não um pedaço de lata mecanizada.

Eu tinha só vinte e poucos anos. Nessa idade a gente pode mentir — pode até mentir para si mesmo — com mais autoconfiança. Na realidade o tempo europeu, medido pelo relógio, já havia chegado à Groenlândia havia muito, bem antes de meu nascimento. Chegou com as horas de abertura e fechamento da Companhia Comercial da Groenlândia, os prazos de pagamento, os horários de culto religioso e o trabalho assalariado.

Tentei golpear o relógio com um martelo de ferreiro. O martelo ficou cheio de marcas. De modo que agora desisti. Agora me limito a jogá-lo no chão e deixá-lo caído, tocando imperturbado e eletrônico, poupando-me de apresentar-me no passadiço sem ter molhado o rosto com água fria e passado alguma coisa em torno dos olhos.

São duas e meia. Metade da noite na parte norte do oceano Atlântico. Às dez horas da noite a voz de Lukas saiu de um alto-falante no alto do beliche sem outra advertência senão uma luzinha verde. Como uma invasão do quartinho.

— Jaspersen. Às três da manhã, servir café no passadiço.

Só quando o despertador bate no chão ele dá sinal de si. Acordei sozinha. Acordei com a percepção de atividades atípicas. Vinte e quatro horas foram suficientes para que eu me integrasse ao ritmo do *Kronos*. Um navio no mar é silencioso à noite. Claro que o motor ronca, que as ondas compridas e altas batem nos costados do navio e que de vez em quando um bloco de cinqüenta toneladas de água vem chocar-se contra a proa e se transforma em poeira fina. Mas todos esses ruídos se repetem com regularidade e todo som que se repete muitas vezes se transforma em silêncio. Os quartos de serviço se sucedem no passadiço, em algum lugar ouve-se um relógio tocar. Mas as pessoas dormem.

Sobre esse pano de fundo bem conhecido percebo uma inquietação. São botas andando pelos corredores, portas batendo, vozes, som de alto-falantes e um rumor distante de guinchos hidráulicos.

Escada acima rumo ao passadiço enfio a cabeça para o convés. Está escuro. Ouço passos e vozes, mas nenhuma luz está acesa. Saio para a escuridão.

Não estou agasalhada. A temperatura se aproxima do ponto de congelamento, o vento sopra à popa, a massa de nuvens está baixa e totalmente fechada. As vagas só ficam visíveis bem junto do navio, mas os intervalos entre as ondas parecem longos como campos de futebol. O convés está liso e escorregadio de água do mar. Me colo ao parapeito para me abrigar e ficar tão pouco visível quanto possível. Perto da lona passo por um vulto no escuro. Mais adiante há uma luzinha fraca. Vem do primeiro porão de carga. Os portalós foram corridos para um lado e a abertura cercada por uma grade. Dois cabos estendem-se através da abertura vindos dos guindastes voltados para trás do mastro dianteiro. Sobre a grade, tanto na frente como atrás, passa uma corda de náilon azul, grossa. Ninguém à vista.

O porão é surpreendentemente fundo e iluminado por quatro lâmpadas fluorescentes, uma em cada antepara. Dez metros abaixo, sobre a tampa de um grande contêiner de metal, Verlaine está sentado. Em cada canto dessa caixa há um compartimento branco de fibra de vidro semelhante àquele onde se guardam os botes infláveis de salvamento.

Isso é tudo o que consigo ver. Alguém me agarra a roupa por trás.

Não resisto ao puxão, não porque ceda mas para poder sair dele com mais impulso. No mesmo momento o navio balança sobre uma onda oblíqua, perdemos o equilíbrio e caímos para trás, sobre o painel de controle dos guinchos e sobre um aroma de loção para após a barba meu conhecido.

— Imbecil! Imbecil!

Jakkelsen luta para recuperar o fôlego depois de sua façanha. Tem na voz e no rosto uma coisa que não estava ali antes. Um começo de medo.

— Aqui neste navio as coisas funcionam como antigamente. Fique nas áreas que lhe dizem respeito e não saia delas.

Ele me olha com uma expressão quase suplicante.

— Fora. Saia.

Dou a volta. Contra o vento, ele um pouco grita e um pouco sussurra.

— Você quer acabar no grande baú molhado ou o quê?

Bato com a bandeja primeiro de um lado da porta depois do outro, depois passo e fico ali com as coisas chacoalhando na peça escura.

Ninguém me dirige a palavra. Passado algum tempo recuo de costas e acabo encontrando um lugar na mesa entre as réguas e compassos para as xícaras e pãezinhos.

— Dois minutos, oitocentos metros.

Ele é apenas um contorno no escuro, mas um contorno que jamais vi antes. Está inclinado sobre os algarismos verdes do silômetro eletrônico.

Os pãezinhos têm cheiro de manteiga. Urs é um cozinheiro cuidadoso. O aroma se dispersa porque a porta está aberta. Na ponta do passadiço adivinho as costas de Sonne.

Pendurada sobre uma carta marinha há uma débil luz vermelha acesa e o rosto de Sigmund Lukas se destaca da escuridão.

— Quinhentos metros.

O outro homem está vestindo um abrigo inteiriço com a gola levantada. A seu lado, sobre a mesa de navegação, vê-se uma caixa achatada do tamanho de um amplificador de aparelho de som. Das laterais da caixa erguem-se duas finas antenas de telescópio. Ao lado está uma mulher vestindo um abrigo idêntico ao do homem. A julgar por seu traje de trabalho e sua concentração, tem-se a impressão de que há algo errado com seu cabelo comprido, escuro, escovado, que flutua solto por sobre sua gola levantada e lhe desce encaracolado pelas costas. É Katja Claussen. Instintivamente, sei que o homem é Seidenfaden.

— Um minuto, duzentos metros.

— Içar.

A voz sai do interfone na parede. Afrouxo a pressão com que me agarro à borda da mesa atrás de mim. Estou com as palmas das mãos suadas. Já ouvi aquela voz antes. Pelo telefone, em meu apartamento. A última vez que fui lá.

A lâmpada vermelha é apagada. Surge da noite um contorno cinzento que se eleva do porão de carga dianteiro e balança, oscilando lentamente, por sobre o flanco do navio.

— Dez segundos.

— Verlaine. Baixe.

Ele deve estar sentado no cesto de gávea que há no alto do mastro dianteiro. As palavras que ouvimos são as ordens que ele dá à tripulação.

— Puxe tudo. Agora afrouxe.

— Cinco segundos. Quatro, três, dois, um, zero.

Atrás de nós um raio de luz abre um túnel na noite. O contêiner está sobre a água, a cinco metros da popa. Aparentemente flutua sobre um cachoeiro à proa. De um de seus cantos sai uma corda azul que se estende ao longo do costado do navio. Junto à amurada estão Maria e Fernanda, Hansen e os rapazes do convés. Com algo que se assemelha a um croque muito comprido, eles mantêm o contêiner afastado do casco. Com a luz posso ver que este tem junto às laterais duas faixas infláveis de borracha, estreitas e brancas.

— Verlaine. Solte.

Vou para a ponta do passadiço. A luz sai de um dos holofotes montados sobre a amurada. Quem manobra o holofote é Sonne. Está tentando focalizar alguma coisa na água. O contêiner, solto da corda, já está a uma distância de quarenta metros a ré, começando a afundar.

Ouve-se um estampido surdo. Os cinco invólucros de fibra de vidro que repousam sobre a superfície da água são expelidos e se espalham sobre a grande caixa de metal como cinco enormes nenúfares, cinco balões de flutuação cinzentos auto-infláveis. O holofote se apaga.

— Um metro, dois mil litros.

É a voz da mulher.

— Três mil. Quatro mil. Dois metros. Cinco mil litros. Dois metros. Dois e meio. Dois ponto três. Cinco mil litros e dois ponto três.

Estou parada junto da bandeja. Em meu lugar. No instrumento diante dela vêem-se agora diversas informações brilhando em vermelho.

— Estou soltando. Quatro mil e setecentos e dois e meio. Três, três ponto vinte, quatro, quatro e meio, cinco. Cinco mil e setecentos litros e cinco metros. A banda é zero. A temperatura, zero ponto cinco grau negativo.

Gira um botão e o aposento se enche de ruído, parece que alguém foi buscar meu despertador.

— Sinal direcional, dez-quatro.

Desliga o interruptor. O homem à frente endireita o corpo, afastando os olhos do silômetro. A tensão se desfaz. Sonne entra no aposento e fecha a porta. Lukas está imediatamente a meu lado.

— A senhora pode voltar para a cama.

Faço um gesto para o café. Ele balança a cabeça. Não querem nem que eu sirva. Fui chamada simplesmente para carregar uma bandeja ao longo de seis metros, do elevador de cozinha ao passadiço. Não faz sentido. A não ser que ele estivesse querendo que eu visse o que acabei de ver.

Recolho a bandeja. A mulher na minha frente estende a mão para acariciar o homem. Não olha para ele. Sua mão descansa um momento sobre a nuca dele. Depois ela enrola uma mecha do cabelo dele nos dedos e puxa. Nenhum dos dois reparou na minha presença. Espero para ver a reação dele à dor. Mas ele fica completamente imóvel, com as costas retas.

* * *

O rosto de Urs está lustroso de suor. Ele tenta ao mesmo tempo gesticular e equilibrar o panelão de dez litros.

— *Feodora,* a única com sessenta por cento de *Cacao.* E a nata batida tem que estar *ein bisschen* congelada. Dez minutos *im* congelador.

Todos os onze estão aqui. Nenhuma pergunta no ar. Como se eu fosse a única a não entender o que aconteceu. Ou será que eles não têm necessidade de entender?

Sorvo o chocolate escaldante através da nata batida levemente congelada. O efeito é uma espécie de embriaguez imediata que começa no estômago e depois sobe, quente e pulsante, até o alto do crânio. Pergunto-me o que um feiticeiro como o Urs está fazendo a bordo do *Kronos.*

Verlaine olha para mim pensativo, mas evito seus olhos.

Sou a penúltima a sair. A um canto, Jakkelsen contempla emburrado uma xícara de café preto.

Maria está no banheiro, na frente do espelho. Primeiro tenho a sensação de que é uma espécie de prótese, depois vejo que são pequenos cones ocos de alumínio. Na ponta de cada dedo ela tem um — que agora remove cautelosamente. Por baixo suas unhas são vermelhas, de quatro centímetros de comprimento, perfeitas.

— Sustento minha família — diz ela. — Em Phuket. Com meu salário. Vim para a Dinamarca como prostituta. Na Tailândia ou se é virgem ou prostituta.

Seu dinamarquês é mais obscuro que o de Verlaine, mais indistinto.

— Eu chegava a atender trinta fregueses num dia. Trabalhei e economizei para conseguir deixar a vida.

Ela estende o indicador, encosta a unha na minha bochecha e comprime minha pele.

— Uma vez arranquei os olhos de um policial.

Fico parada e me apóio na unha. Ela me olha intrigada. Depois retira a mão.

Fico à espera em meu camarote com a porta entreaberta. Jakkelsen passa pouco depois. Seu camarote está localizado um pouco mais adiante no corredor. Depois de entrar, tranca a porta atrás de si. De pés descalços, sigo-o até a porta de seu quarto. Ele está fazendo alguma coisa lá dentro. Ouve-se um leve ruído de algo sendo lixado, o trinco da porta é pressionado para cima. Ele está calçando o trinco da porta com a cadeira da escrivaninha.

Está armando uma barricada. Talvez tenha medo de que uma das mulheres loucas por ele ponha a porta abaixo.

Volto para meu camarote nas pontas dos pés. Me dispo, localizo na caixa meu roupão cor-de-rosa de toalha e minha luva de crina e vou ruidosamente para o banheiro, assobiando, e me esfrego com minha luva, depois me seco, passo creme e vou para meu camarote batendo os chinelos de borracha pelo corredor. Depois volto pé ante pé para a porta de Jakkelsen.

Do outro lado impera o silêncio. Talvez ele esteja fazendo as unhas ou tratando de suas delicadas mãos de alguma outra maneira. Mas não creio.

Bato na porta. Não há resposta. Bato com mais força. O silêncio é absoluto. No bolso do roupão tenho a chave de meu próprio camarote. Destranco a porta. Mas continuo sem conseguir abrir. Começo a lidar com o trinco. Um minuto depois a cadeira cai no chão. Espero um pouco até o pânico se acalmar. Depois empurro a porta. Não sem primeiro dar um longo olhar para os dois lados do corredor. A situação poderia prestar-se a algum mal-entendido.

Fico parada no escuro. Não há nada para ouvir. Chego à conclusão de que o camarote deve estar vazio. Aí acendo a luz.

Jakkelsen está dormindo de pijama tailandês em delicados tons pastéis. Sua pele está branca como cera. Nos cantos da boca ele tem bolhas de saliva que se movem toda vez que ele respira — debilmente, laboriosamente. Um de seus braços está caído para fora da borda do beliche. O pulso que aparece fora da manga do pijama é assustadoramente magro. Ele parece uma criança doente — e de certo modo é exatamente isso que ele é.

Sacudo-o. Suas pálpebras levantam-se um pouco. Suas íris escorregam para o alto, de modo que o branco de seus olhos me oferece um olhar cego, morto. Ele não emite um som.

O cinzeiro ao lado do beliche está vazio. Nada sobre a mesa. Tudo limpo e arrumado.

Arregaço as mangas de seu pijama. Distribuídas ao longo da parte interna de seu antebraço vejo entre quarenta e sessenta picadinhas azul-amareladas com um ponto negro no centro, formando um fino traço que acompanha as veias inchadas. Abro a gaveta da roupa de cama. Foi ali que ele largou o material. Papel metalizado, palitos, uma seringa de vidro das de antigamente, cola instantânea, cânula, um canivete aberto, recipientes plásticos para agulhas de máquina de costura e um pedaço de correia de borracha preta usada para empacotar.

Ele não planejou acordar tão cedo. Dorme o mais relaxado e despreocupado sono de pó que se possa imaginar.

Antes da Autonomia Interna não havia controle alfandegário na Groenlândia. A polícia e as autoridades portuárias tomavam conta das questões alfandegárias. No ano em que estive na estação meteorológica de Upernavik encontrei Jørgensen.

Ele era o capataz do porto, só que raramente estava em seu posto. Os americanos passavam o tempo todo levando-o para Thule ou para bordo de um dos navios de inspeção da marinha. Era o recordista groenlandês de horas de vôo em helicóptero.

Iam buscar Jørgensen quando achavam que tinham encontrado alguma coisa mas não sabiam onde estava. Quando faziam uma idéia mas não conseguiam saber com certeza. A brigada antidrogas da Base Aérea de Thule tinha cachorros e detectores de metal e uma equipe de laboratoristas e técnicos. Em Holsteinsborg a marinha tinha muitos especialistas em localização de mercadorias ilegais e em Nuuk tinham um dos aparelhos móveis de raios X do Centro de Soldagem.

Mesmo assim todos eles só queriam saber do Jørgensen. Ele tinha recebido treinamento como soldador na Burmeister & Wain, depois tinha estudado para ser oficial da marinha mercante e no fim acabara sendo um capataz do porto que jamais aparecia no porto.

Era um homem baixo, grisalho, encurvado e de cabelo eriçado como um porco-espinho. Falava o mesmo dinamarquês anasalado e sincopado com groenlandeses e russos e todo o pessoal militar, sem distinção de posto.

Levavam-no para bordo do navio ou avião apreendido e ele resmungava um pouco com o comandante e a tripulação, examinava tudo com olhos míopes, dava umas batidinhas distraídas aqui e ali com os nós dos dedos nas chapas de metal, depois iam buscar um dos serralheiros da marinha, o homem vinha com uma alavanca e removia a chapa e atrás encontrava cinco mil garrafas ou quatrocentos mil cigarros ou, cada vez mais freqüentemente com o passar dos anos, blocos compactos de pó branco revestidos de parafina.

Jørgensen nos contou que quando se está atrás de alguma coisa a abordagem sistemática só nos leva até certo ponto. "Quando perco meus óculos", dizia ele, "começo sendo um pouco sistemático. Procuro no banheiro ou ao lado da cafeteira ou debaixo do jornal. Mas, se não encontro, aí paro de pensar, sento numa cadeira, dou uma olhada geral no panorama e vejo se não me aparece alguma idéia, coisa que sempre acontece, sempre aparece alguma idéia. Não se pode sair por aí quebrando tudo, independentemente de estarmos atrás de óculos ou de garrafas, temos que examinar os fatos e perceber as coisas, temos que encontrar o delinqüente dentro de nós mesmos e descobrir onde nós mesmos teríamos escondido a coisa."

Em fevereiro de 1981 ele foi morto a tiros em um dos postos avançados da baía Disko por quatro jovens groenlandeses que por recomendação dele haviam recebido sentenças absurdamente severas por contrabando de bebidas alcoólicas. Por alguma razão, ele simpatizava comigo. Os groenlandeses como um todo ele jamais tentava entender.

Agora que estou pensando em Jørgensen, procuro encontrar a *junkie* dentro de mim.

Eu iria me dar tempo para esconder o material. Não seria desleixada. Sentiria a tentação de esconder fora de meu camarote. Mas não ia conseguir deixar de ter a droga bem pertinho de meu corpo. Como uma mãe — dizem — não consegue ficar longe de seu bebê.

Tem o ar-condicionado. O *Kronos* tem um sistema de ventilação de alta pressão cujo zumbido estou ouvindo neste momento. A saída do ar está instalada por trás das chapas perfuradas do teto. Há pelo menos quarenta parafusos em cada chapa. Seria uma tortura ter que tirar quarenta parafusos sempre que quisesse pegar meu bebê.

Pela segunda vez hoje passo suas gavetas em revista. Uma vez mais, sem qualquer resultado. Nelas encontro papel de cartas, cera azul de modelar do tipo usado para pregar cartões-postais na parede, alguns números grossos e reluzentes da *Playboy*, um barbeador elétrico, diversos baralhos, uma caixa com peças de xadrez, quatro caixas de plástico transparente, cada uma com uma exuberante gravata-borboleta, uma boa quantidade de dinheiro estrangeiro, uma escova de roupa e um par de correntinhas de ouro de reserva, do tipo que ele costuma usar no pescoço.

Na estante de livros um dicionário espanhol-dinamarquês, um livro de expressões turcas do Berlitz, um manual de *contract bridge* publicado pela British Petroleum, um par de livros sobre xadrez. Uma brochura muito manuseada tendo na capa uma ilustração representando uma robusta garota loura nua e que leva o título de *Flossy — dezesseis anos.*

Nunca me interessei seriamente por livros que não sejam livros de referência. Jamais pretendi ser uma pessoa muito instruída. Por outro lado, sempre acreditei que nunca é tarde para inaugurar uma nova fase de aprendizado na vida. Talvez fosse o caso de começar com *Flossy — dezesseis anos.*

Retiro o canivete da gaveta. Do lado da lâmina vejo umas poucas partículas verde-garrafa. Abro o armário e repasso outra vez a roupa toda. Nada que seja exatamente daquela cor. Deitado no beliche, Jakkelsen borbulha suavemente.

Tiro da gaveta a caixa com peças de xadrez. Pego um rei branco e uma rainha preta e ponho os dois um ao lado do outro sobre a mesa. As peças foram esculpidas meticulosamente em madeira pesada. O tabuleiro está sobre a mesa; é guarnecido com uma fina lâmina de metal. A bordo de um navio deve ser prático ter um jogo de xadrez que seja magnético. As peças têm ímãs na parte de baixo, um disco cor de chumbo debaixo dos pés. Pregado no disco há um pedaço de feltro verde. Enfio a lâmina do canivete entre os pés do rei e o disco de metal. O disco resiste, mas sai. Recebeu um pouquinho de cola de cada lado. Coloco o disco sobre a mesa. No canivete ficou uma partícula de feltro, uns poucos pêlos verdes microscópicos, invisíveis quando a pessoa não procura por eles.

A peça de xadrez é oca. Deve ter uns oito centímetros de altura e ao longo de toda a altura foi cavado um cilindro de um centímetro e meio de diâmetro. Provavelmente não foi Jakkelsen quem fez, as peças foram produzidas assim originalmente. Mas ele aproveitou. Por cima há um pouco de cera de modelar. Por baixo da cera, três tubos de plástico transparente. Sacudo a peça e os tubos saem. Por baixo encontro mais quatro.

Ponho todos no lugar, vedo com cera de modelar e colo o ímã na peça. Eu poderia ter examinado as outras peças. Para descobrir se no peão cabem dois ou três frascos. Para calcular se ele está abastecido para quatro ou para seis meses. Mas estou com vontade de sair daqui. Uma moça solteira não deve demorar-se muito no camarote de um senhor desconhecido.

# 4

— Era minha primeira viagem. Por isso consultei um colega. “Como eu faço para navegar para a Groenlândia?”, perguntei. “Primeiro navegue até Skagen”, respondeu ele. “Lá você quebra à esquerda. Quando chegar ao cabo Farewell, quebre à direita.”

Enfio o saca-rolhas na rolha. É um vinho branco, sua cor é verde amarelada e Urs o colocou no elevador, sozinho, no último momento, como se fosse um ícone sensível à temperatura. Quando puxo o saca-rolhas, metade da rolha fica entalada na garrafa. Tenho que enfiar de novo o saca-rolhas. A rolha de cortiça se esfarela e cai na bebida. Urs disse que o Montrachet é um grande vinho. Quer dizer, uma rolhinha não vai fazer diferença.

— Depois ele pegou uma carta marinha, posicionou o lado da régua sobre Skagen, encurvou a régua até o cabo Farewell e riscou. “Siga esta rota”, disse ele, “você vai estar navegando o *grand circle sailing.* E nos últimos dois dias antes de chegar ao cabo, não durma. Beba café preto e fique de olho nos icebergs.”

É Lukas quem está falando. De costas para as pessoas a quem se dirige. Mas sua autoridade as mantém atentas.

Está com três pessoas no refeitório dos oficiais. Katja Claussen, Seidenfaden e o maquinista Kützow.

É a primeira vez na minha vida que sirvo à mesa.

— Naquele tempo se costumava viajar em abril. Tentávamos pegar o assim chamado “Leste da Páscoa”. Quando conseguíamos, era vento a favor o trajeto inteiro. Era impensável alguém escolher espontaneamente o período entre novembro e fim de março para viajar.

Há regras estritas que determinam a ordem em que o vinho deve ser servido. Infelizmente não estou familiarizada com elas. Por isso sigo meu palpite e sirvo a mulher. Ela balança o copo com seu conteúdo de um centímetro de bebida, mas seus olhos estão colados em Lukas e, quando ela prova, na realidade não prova.

Tento servir alternadamente pela direita e pela esquerda. Para deixar todo mundo satisfeito.

Eles estão vestidos formalmente. Os homens de camisa branca, a mulher de vestido vermelho.

— Provavelmente vamos encontrar os primeiros gelos a uma jornada de viagem do cabo Farewell. Foi lá que o *Hans Hedtoft*, da Companhia Comercial da Groenlândia, naufragou em 1959; noventa e cinco passageiros e membros da tripulação morreram. Alguma vez a senhora já viu um iceberg, senhorita Claussen?

Sirvo a couve-flor e a baguete de massa azeda de Urs. A situação à mesa está sob controle. Mas perto do elevador derramo o resto da couve-flor por cima do salmão cozido. O salmão está inteiro, com pele, e olha para mim cheio de expectativa. Urs me explicou que tinha aprendido com um cozinheiro japonês a não cozinhar os olhos, mas deixá-los reservados e colocá-los no lugar só quando a carne já estivesse cozida, depois pincelar o peixe todo com uma fina camada de clara de ovo para o peixe ficar com um aspecto úmido, como se tivesse ido para a mesa diretamente da rede. Não acho a idéia interessante. Acho que a impressão obtida é de que o peixe morreu de causas naturais.

Retiro a couve-flor espalhada e levo o peixe para a mesa. Não faz diferença: eles nem vêem o que estão comendo. Só têm olhos para Lukas.

— Os icebergs são pedaços de geleira que flutuam da calota de gelo continental para o mar, depois se fragmentam. Quando são maciços, a relação entre a parte que fica para fora da água e a que está submersa é de um para cinco. Quando são ocos, a proporção é de um para dois. Claro que estes últimos são mais perigosos. Já vi icebergs de quarenta metros de altura com cinqüenta mil toneladas de peso arriscando emborcar só com a vibração do hélice.

Queimo os dedos no gratinado de batatas. Lukas ainda não viu nada. Na Antártica saí num bote de borracha que passou entre icebergs semiderretidos de noventa metros de altura, um milhão de toneladas de peso e arriscando explodir se a pessoa assobiasse a primeira estrofe de "Um lindo e prazeroso verão".

— O *Titanic* se chocou contra um iceberg em 1912 a sudeste de Terra Nova e em três horas foi a pique. Mil e quinhentas pessoas morreram.

Em meu camarote abri um jornal sobre a pia, inclinei o corpo para a frente e cortei vinte centímetros do meu cabelo para emparelhar com o que cresceu depois do incêndio. Pela primeira vez a bordo estou sem o lenço na cabeça. É tudo o que eu posso fazer para tornar-me irreconhecível para a mulher.

Eu podia ter me poupado esse desgosto. Sou uma mosca na parede, ela não me vê. O homem olha para Lukas, o maquinista olha para seu copo e Lukas não olha para nada e para ninguém. Por um momento os olhos da mulher pousam avaliadoramente sobre mim. Ela é pelo menos vinte centímetros mais alta e cinco anos mais moça que eu. É morena e atenta e em torno de sua boca há uma linha de tensão que conta uma história — possivelmente a história de quanto custa (contrariamente à opinião corrente) para uma mulher ter boa apresentação.

Espero que ela não me reconheça. Estava escuro no enterro de Isaías. Havia outras vinte mulheres. E ela estava lá por uma razão diferente. Estava lá para fazer uma advertência a Andreas Fine. Ele devia ter prestado mais atenção no que ela lhe disse.

Ela leva uma fração de segundo para me classificar. Dentro de si, abre a gaveta onde está escrito "Serviçais", "Um metro e sessenta", e me deixa cair lá dentro. Depois me esquece. Tem outras coisas em que se concentrar. Por baixo da mesa, pousou a mão na coxa do homem.

Ele não tocou o peixe.

— Mas temos radar a bordo — diz ele.

— O *Hans Hedtoft* também tinha radar.

Nenhum comandante ou líder de expedição experiente amedronta deliberadamente seus companheiros de viagem. Uma pessoa familiarizada com os riscos da navegação no gelo sabe que depois que a viagem tem início não se pode intensificar o risco externo com medo interno. Não entendo aonde Lukas quer chegar.

— E isso que os icebergs são problemas menores. Os icebergs correspondem à imagem que o leigo faz dos mares polares. Muito pior é o campo de gelo, um cinturão de *pack ice*, gelo amontoado que flutua para o Sul acompanhando a costa leste, dá a volta no cabo Farewell em novembro e depois sobe, passando por Godthaab.

Na segunda garrafa registro o sucesso de extrair a rolha inteira. Sirvo Kützow. Ele bebe enquanto dá uma olhada distraída no rótulo. O que o interessa é o teor alcoólico.

— Quando acaba o *pack ice* começa o gelo do Oeste. Este se forma na baía Baffin e é empurrado para baixo, de encontro ao estreito Davis, onde se congela junto com o gelo do inverno. Forma um campo de gelo contra o qual vamos nos chocar perto dos campos de pesca situados ao norte de Holsteinsborg.

Viajar intensifica todos os sentimentos humanos. Sempre que saíamos de Qaanaaq para ir caçar, fazer uma visita ou viajar até Qeqertat, os sentimentos latentes explodiam — as amizades, as animosidades. No ar, entre Lukas e seus dois passageiros e empregadores, existe um antagonismo maciço, recíproco.

Olho para Lukas. Ele não disse coisa alguma, não fez coisa alguma. Mesmo assim, sem palavras, exige que olhem para ele. Mais uma vez sou tomada pela sensação vaga, inquietante, de ter assistido a uma exibição parcialmente encenada em meu benefício e que não consigo entender.

— Onde está Tørk? — pergunta.

— Trabalhando — responde a mulher.

Ao sair do aparelho, a pessoa que viaja de avião da Europa para Thule chega à conclusão de que está entrando num congelador sob pressão quando sente a massa invisível de frio gélido que se enfia por seus pulmões adentro a diversas atmosferas de pressão. Quando se voa na direção oposta, chegar à Europa é como entrar numa sauna finlandesa. Mas um navio que navega para a Groenlândia não navega para o Norte, e sim para Oeste. O cabo Farewell está situado na mesma latitude de Oslo. O frio só começa quando se faz a curva e se aponta para o Norte. O frio que se instala no decorrer do dia é rude e úmido, mas não é mais frio que uma tempestade no Kattegat. As ondas, por sua vez, são as compridas e profundas vagas do Atlântico Norte.

O convés está lavado em água. A abertura que dá para o porão de carga dianteiro está fechada agora. Meço-a a passadas. Tem cinco metros e meio por seis. As dimensões originais não eram estas. As duas pontas do navio foram equipadas com uma nova borda branca, recém-pintada, de três quartos de metro. E sobre o convés há uma soldagem com costura. Recentemente a entrada foi alargada dos dois lados em quase um metro.

Para a Europa o mar simboliza o desconhecido, por isso navegar é sinônimo de viagem e aventura. Essa é uma idéia que não corresponde à realidade. Navegar é o movimento que mais chega perto da imobilidade. O sentimento de que estamos nos deslocando exige o reconhecimento do terreno, exige pontos fixos no horizonte e ondulações geladas que desaparecem debaixo dos patins do trenó, com a visão das montanhas visíveis além da *napariaq*, a escora na traseira do trenó, formações de gelo que crescem diante de nós, passam e afundam no horizonte.

O mar não tem nada disso. Um navio dá a impressão de estar imóvel, de ser uma plataforma de aço fixa, emoldurada por um horizonte circular rígido varrido por um vento de inverno frio e cinza e pousada no alto de um abismo de água que se move mas jamais se altera. Convulsionado pelos esforços monótonos de seus motores, o navio se debate inutilmente no mesmo lugar.

Ou será que fui eu que fiquei velha demais para viajar?

Com o nevoeiro lá fora, a depressão vai me impregnando.

Para viajar é preciso que se tenha um lar de onde sair e para onde voltar. Do contrário se é um refugiado, um exilado, um *qivittoq*. No Norte da Groenlândia neste exato momento todo mundo está reunido nos alojamentos de Qaanaaq.

Como tanta gente antes, pergunto-me como vim parar aqui. Não posso carregar toda a culpa sozinha, é uma carga pesada demais, também deve ter sido falta de sorte minha, de alguma maneira o universo deve ter se esquivado de mim. Quando as coisas que me cercam cedem, recuo para dentro de mim mesma como um mexilhão vivo no qual alguém pinga limão. Sou incapaz de oferecer a outra face, sou incapaz de fazer frente à animosidade com uma fé fortalecida.

Uma vez bati em Isaías. Eu havia contado a ele que quando éramos crianças em Siorapaluk, quando o gelo se parte lá no meio da baía, costumávamos saltar de bloco de gelo em bloco de gelo, mesmo sabendo que qualquer escorregão significava ir parar embaixo do gelo e ser levado pela corrente até Nerrivik, a mãe do mar, de onde jamais se volta. No dia seguinte ele quis esperar do lado de fora da quitanda, na praça, perto da estátua do groenlandês, e quando saí ele tinha ido embora, e quando atravessei a ponte lá estava ele sobre o gelo, gelo fino, novo, desmanchando-se por baixo pela ação da corrente. Não gritei, não conseguia gritar, fui até o mictório perto do molhe e chamei-o com suavidade e ele veio, hesitante, escorregando no gelo, e quando subiu para as pedras da margem bati nele. Provavelmente a bofetada era uma destilação de meus sentimentos para com ele, como acontece tantas vezes com a violência. Por pouco ele não perde o equilíbrio.

— Você está me batendo — disse ele, e olhou ao redor, piscando em meio às lágrimas, em busca de uma arma com a qual me partir ao meio.

Em seguida, num movimento único, enorme, ele achou o caminho de volta para as reservas ilimitadas de sua natureza.

— *Naammassereerpoq*, quem sabe eu consigo me acostumar — disse ele.

Essa profundidade eu não tenho. Talvez também por isso as coisas estejam do jeito que estão.

Não se ouve ruído algum, mas sei que há um homem atrás de mim. Verlaine se debruça na amurada e acompanha meu olhar sobre as águas. Descalça a luva de trabalho e pega um punhado de arroz no bolsinho do peito.

— Eu achava que os groenlandeses tinham pernas curtas e trepavam como uns animais e só trabalhavam quando sentiam fome. Numa das ocasiões em que estive lá levamos querosene para uma cidade em algum lugar ao norte. Bombeamos diretamente nos reservatórios, na praia. Em certo momento apareceu um sujeitinho num bote e disparou um fuzil e gritou alguma coisa. Depois todos correram para as cabanas e voltaram armados de rifles e entraram no mar em suas canoas ou então começaram a disparar diretamente da praia. Se eu não estivesse tomando conta, a pressão teria feito as mangueiras pularem para fora dos tanques. Depois se verificou que aquela história toda era para avisar que tinha aparecido um cardume de algum tipo de peixe.

— Em que época do ano foi isso?

— Julho, talvez, ou então começo de agosto.

— Esturjão branco — digo. — Uma pequena baleia. Nesse caso deve ter sido perto dos entrepostos comerciais, ao sul de Upernavik.

— Telegrafamos para a companhia comercial avisando que eles tinham abandonado o serviço e saído para pescar. A resposta que recebemos foi que isso acontecia diversas vezes por ano. É o que acontece com pessoas primitivas. Quando estão de barriga cheia, não vêem razão para trabalhar.

Balanço a cabeça concordando.

— Na Groenlândia dizem que as Filipinas são um país de cafetõezinhos preguiçosos — digo — que só são admitidos a bordo dos navios porque cobram apenas um dólar por hora. O único problema é que você tem que passar o tempo todo dando a eles enormes quantidades de arroz cozido no vapor se não quiser acabar com uma faca cravada nas costas.

— É verdade — diz ele.

Ele se inclina para mim para não ser obrigado a berrar. Ergo os olhos para o passadiço. Qualquer pessoa pode nos ver no lugar onde estamos.

— Este navio tem as suas regras. Algumas são do comandante. Algumas são de Tørk. Mas nem todas. Eles dependem de nós, dos ratos.

Ele sorri para mim, seus dentes são pedaços cintilantes de giz contra a pele escura. Ele observa meu olhar.

— Coroas de porcelana. Estive preso em Cingapura. Depois de um ano e meio não me restavam muitos dentes inteiros na boca. Meu maxilar foi reconstituído com arame de aço galvanizado. De modo que organizamos uma fuga.

Ele aproxima ainda mais o corpo de mim.

— Foi lá que descobri a raiva que eu tenho da polícia.

Quando ele endireita o corpo e se afasta, fico ali parada com o olhar perdido no mar. Começa a nevar. Só que não é neve. Vem do convés. Baixo os olhos e me olho. Em todo o seu comprimento, da gola até o elástico da cintura, minha jaqueta acolchoada está aberta com um único talho, que sem atingir o forro abriu canais de onde as plumas se soltam e flutuam ao meu redor como flocos de neve. Dispo e dobro a jaqueta. Enquanto volto pelo convés, me ocorre que deve estar frio. Mas não sinto o frio.

# 5

O Conselho do Bem-Estar Social da marinha mercante remete pacotes com nove vídeos de uma só vez para seus assinantes. Sonne organizou-se para exibir o primeiro na tela ampliada do salão de ginástica. Me instalo bem no fundo. Quando vejo aparecer na tela um pôr-do-sol numa paisagem desértica, saio discretamente.

Na segunda coberta, em duas filas fronteiras de armários, está localizado o depósito de ferramentas e peças de reposição. Apanho uma chave de fenda Phillips. Remexo nas coisas sem nenhuma idéia definida. Numa caixa de madeira encontro diversos rolamentos cinzentos de aço maciço levemente engraxados, um pouco maiores que uma bola de golfe e envoltos em papel lubrificado. Pego um deles.

Subo a escada e saio para o convés a ré. É de lá que vem a luz do projetor, brilhando através de duas janelas compridas. Vou andando de joelhos até a antepara abaixo da janela e espio. Só volto para o corredor depois de avistar os cabelos pretos e lustrosos de Sonne e o perfil dos cachos de Jakkelsen. Me tranco no camarote de Jakkelsen.

Agora a gaveta debaixo da tarimba contém apenas a roupa de cama. O jogo de xadrez, porém, continua em seu lugar. Enfio a caixa debaixo do pulôver. Depois escuto um pouco à porta e volto para meu camarote. De muito longe, vinda de uma direção indeterminada, é possível perceber a trilha sonora do filme atravessando o metal do casco.

Coloco a caixa numa gaveta. É uma sensação estranha estar de posse de uma coisa que, dependendo do porto onde fosse descoberta, poderia significar para seu proprietário entre três anos de prisão sem sursis e a pena de morte.

Visto meu abrigo de ginástica. Amarro a bola de aço numa toalha de banho branca, comprida, dobrada. Depois penduro a toalha de novo no cabide. Aí me sento e espero.

Quando se tem que esperar muito tempo é preciso assumir o domínio do tempo de espera, do contrário ele se torna destrutivo. Se você se descuida a consciência fraqueja, o medo e a inquietação despertam, a depressão ataca e você é puxado para baixo.

Para me animar pergunto a mim mesma o que é o homem, quem sou eu.

Sou meu nome?

No ano do meu nascimento minha mãe viajou para o Oeste da Groenlândia, onde recolheu o nome feminino Millaaraq. Como esse nome lembrava a Moritz a palavra dinamarquesa *mild*, suave, que não se encontrava no dicionário da relação amorosa existente entre ele e minha mãe, visto que ele queria impor uma transformação a tudo o que fosse groenlandês para torná-lo europeu e conhecido e porque ao que dizem eu havia sorrido para ele — com a ilimitada confiança do bebezinho que vem do fato de que ele ainda não tem noção do que o espera —, os dois resolveram chamar-me Smillaaraq, de onde saiu, com o encurtamento a que o tempo nos condena a todos, a abreviação Smilla.

Que é apenas um som. Se você procurar por trás do som poderá encontrar o corpo com sua circulação, com o movimento de seus fluidos. Com seu amor pelo gelo, sua raiva, seus desejos, seu conhecimento do espaço, sua fraqueza, sua incredulidade e sua lealdade. Por trás desses sentimentos, as forças não nomeadas se levantam e se desvanecem, imagens mnemônicas fragmentadas e incongruentes, sons sem nome. E a geometria. Lá no fundo de nós está a geometria. Meus professores na universidade passavam o tempo todo perguntando o que é a realidade dos conceitos geométricos. Onde é que se encontra, perguntavam eles, um círculo perfeito, uma autêntica simetria, um paralelismo absoluto, quando é impossível construir essas coisas neste mundo imperfeito, externo?

Eu não respondia, pois eles não teriam entendido a obviedade da resposta e a enormidade de suas conseqüências. A geometria existe enquanto fenômeno inato de nossa consciência. No mundo externo jamais existirá um cristal de neve perfeitamente formado. Mas em nossa consciência está o conhecimento cintilante e sem falhas do gelo perfeito.

Quando nos restam energias podemos procurar mais adiante, atrás da geometria, além dos túneis de luz e escuridão que há em cada um de nós e que recuam rumo à eternidade.

São tantas as coisas que se poderiam fazer se tivéssemos a energia necessária.

Já faz duas horas que o filme acabou. Duas horas desde que Jakkelsen trancou sua porta. Mas não há razão para impaciência. Não se pode crescer na Groenlândia sem estar familiarizado com o consumo de drogas. Quem diz que o uso de narcóticos deixa as pessoas imprevisíveis está dizendo um lugar-comum equivocado. Ao contrário, a droga deixa as pessoas muito, muito previsíveis. Sei que Jakkelsen virá. Tenho paciência para esperar o tempo que for necessário.

Me inclino para a frente para apagar a luz, para ficar sentada no escuro. O interruptor está localizado entre a pia e o armário, de modo que preciso inclinar-me para a frente.

É esse o momento que ele escolhe. Ou seja, ele devia estar em pé no corredor com o ouvido na porta. Subestimei Jakkelsen. Ele se esgueirou até minha porta, destrancou-a e ficou esperando que eu fizesse algum movimento audível, tudo isso sem que eu, sentada imediatamente depois da porta, ouvisse o menor som. Agora ele abre a porta tão bruscamente que sou atingida na têmpora e jogada ao chão, entre o beliche e o armário. Ele entra e fecha a porta. Não tem intenção de apoiar-se na própria força física. Trouxe consigo uma grande espicha de cabo de madeira e ponta oca de aço polido.

— Passe para cá — diz ele.

Tento levantar e sentar.

— Fique deitada!

Sento.

Ele gira a espicha na mão com a ponta pesada para baixo e no mesmo movimento golpeia meu pé. Atinge o osso de meu tornozelo direito. Durante um momento meu corpo se recusa a acreditar na extensão da dor, depois meu esqueleto é percorrido até o alto do crânio por uma língua branca de fogo e o tronco volta a cair por conta própria ao chão.

— Dê cá!

Não consigo dizer uma só palavra. Mas enfio a mão no bolso e pego o pequeno recipiente de plástico e estendo a ele.

— O resto.

— Na gaveta.

Ele considera a situação. Para ir até a escrivaninha vai ter que passar por cima de mim.

Seu nervosismo está mais pronunciado do que nunca, mas ele está imbuído de uma espécie de determinação. Uma vez ouvi Moritz dizer que é possível viver uma vida longa e saudável com heroína. Caso a pessoa disponha dos meios. A droga em si tem um efeito quase conservativo. O que leva os drogados para o túmulo são as escadarias gélidas e as infecções hepáticas e os aditivos contaminados e a AIDS e a extenuante atividade de arranjar dinheiro. Mas quando a pessoa tem meios, é possível viver com a dependência. Foi o que Moritz falou.

Achei que ele estava exagerando. O exagero cínico, irônico, distanciado do profissional. Heroína é suicídio. Para mim não melhora nem um pouco as coisas o fato de você arrastá-la ao longo de vinte e cinco anos. Sejam quais forem as circunstâncias, ela é uma forma de desdém pela própria vida.

— Pegue você e me dê aqui.

Me ponho de cócoras. Quando tento me firmar, a perna direita cede e caio de joelhos. Exagero um pouco a queda e me firmo na pia. Da fila de cabides pego a toalha branca e enxugo o sangue do rosto. Depois me viro e dou um passo mancando na direção da escrivaninha e das gavetas. Sempre com a toalha na mão. Me viro para o armário.

— A chave está ali.

Ao girar o corpo dou início ao movimento. Um arco que vai na direção da escotilha, sobe para o teto e acelera ao descer sobre seu septo.

Ele a vê vir em sua direção e dá um passo para trás. Mas só contou com a pancada de um pedaço de pano. A bola por trás da toalha o atinge exatamente na altura do coração. Ele cai de joelhos. Giro a toalha outra vez. Ele consegue levantar um braço, o golpe o acerta logo abaixo do ombro e o joga de costas no beliche. Agora em seus olhos vejo o desejo de matar. Golpeio com toda a força, procurando atingi-lo na têmpora. Ele faz tudo direitinho: move-se em direção ao golpe e ergue o braço de modo que a toalha se enrola nele e o impacto do golpe é muito menor. Dou um salto de um metro na direção dele. Ele me ataca com a espicha, baixo, num movimento de varredura; sou atingida na barriga. Tenho a sensação de estar me vendo de fora sendo levantada e jogada para trás através do camarote e percebo que o que está me atingindo nas costas é a escrivaninha. Ele vem por cima do beliche. Sinto que não tenho corpo, por isso olho para baixo. Primeiro tenho a sensação de que há um líquido branco escorrendo de meu corpo. Depois percebo que estou olhando para a toalha, que arrastei comigo na queda. Ele se aproxima por cima da borda do beliche. Levanto a bola do assoalho, encurto o comprimento da toalha à metade, coloco a mão direita sobre a esquerda e impulsiono os braços estendidos para cima.

Ele é atingido bem debaixo do queixo. Sua cabeça voa para trás, o corpo segue logo depois um pouco mais devagar e ele é jogado de encontro à porta. Por um momento suas mãos procuram agarrar-se a alguma coisa atrás dele e encontram apoio no trinco, mas ele desiste e escorrega para o chão.

Fico parada um momento. Depois me precipito pelos três metros de assoalho apoiando-me no beliche, no armário e na pia, insensível do umbigo para baixo. Pego a espicha. Retiro o frasquinho de seu bolso.

Ele demora a recuperar os sentidos. Espero, agarrada à espicha. Ele apalpa a boca e cospe nas mãos. Sai sangue, juntamente com fragmentos sólidos mais claros.

— Você estragou meu rosto.

Metade de um dos dentes superiores da frente quebrou. Dá para ver quando ele fala. Sua raiva se esvaiu. Está parecendo uma criança.

— Me dê pelo menos o frasco, Smilla.

Pego o frasco e o equilibro sobre a coxa.

— Quero ver o primeiro porão de carga — digo.

A entrada do túnel é na sala de máquinas. Do assoalho sai uma escadinha que embarafusta por entre as vigas de aço da plataforma do motor. No fim dessa escadinha há uma porta estanque corta-fogo que se abre para um corredor estreito com menos de um metro de largura onde mal dá para ficar em pé.

A porta está trancada, mas Jakkelsen a abre.

— Lá de cima, do outro lado do motor, sai um túnel exatamente como este e que passa por baixo dos quartos de baixo e do meio do convés a ré, depois desce até os tanques laterais.

Em meu camarote ele esticou uma carreira curta, espessa, em meu espelho de bolso, depois aspirou de uma só vez por uma das narinas. Com aquilo ele se transformou num guia esplêndido e seguro de si. Só que está falando ceceado por causa do dente da frente partido.

Quase não consigo apoiar-me no pé direito. O pé está inchado como se houvesse uma distensão grave. Vou andando atrás dele. Enfiei a ponta da pequena chave de fenda numa rolha de cortiça e guardei atrás do cós de minha calça.

Ele acende a luz. A cada cinco metros há uma lâmpada nua dentro de um envoltório de tela de aço.

— O porão tem vinte e cinco metros. Todo o comprimento do navio, até o ponto onde começa o convés do castelo de proa. Por cima há um porão de carga de trinte e quatro mil e quinhentos pés cúbicos e por cima desse um outro de vinte e três mil pés cúbicos.

Ao longo das laterais do túnel as raias do navio formam uma grade apertada. Ele apóia a mão nelas.

— Cinqüenta centímetros. Entre as raias. A metade da distância normal num navio de quatro mil toneladas. No bico de proa, chapas de quatro centímetros. Isso produz uma força localizada vinte vezes maior que a exigida pelas companhias de seguros e pelos inspetores navais para aprovar a navegação no gelo, sabia? Foi por isso que eu descobri que estávamos a caminho do gelo.

— Por que você entende de navios, Jakkelsen?

Ele endireita o corpo. Puro charme e efusão.

— Você conhece o Peder Most, né? O Peder Most sou eu. Nasci em Svendborg exatamente como ele. Tenho cabelo vermelho. E sou de antigamente. Da época em que os navios eram de madeira e os marinheiros de ferro. Agora é o oposto.

Ele enfia os dedos nos cachos vermelhos para afofá-los no ar salgado.

— Além disso sou magro, que é o que está na moda, exatamente como ele. Já me convidaram diversas vezes para ser modelo. Em Hong Kong dois caras assinaram um contrato. Eles eram do ramo. Eu tinha chamado a atenção deles de longe. Era para eu me encontrar com eles no dia seguinte, para a primeira sessão de fotos. Na época eu estava navegando como ajudante de cozinha. Não deu tempo de lavar a louça. Aí joguei todos os pratos e talheres pela escotilha. Infelizmente, quando cheguei ao hotel deles eles tinham viajado. O comandante descontou cinco mil coroas do meu salário para pagar o mergulhador que foi buscar a louça.

— Ó mundo injusto.

— É mesmo, cara. Por isso sou só marinheiro. Há sete anos estou navegando. Já estive para entrar na escola de navegação centenas de vezes. Sempre acontece alguma coisa. Mas sei tudo sobre navios.

— Mas o contêiner que jogamos na água ontem, essa você não conseguiu matar...

Seus olhos ficam estreitos.

— Quer dizer que o que o Verlaine diz é verdade...

Fico à espera.

Ele faz um gesto com a mão.

— Eu podia me transformar num sujeito valioso para a polícia. Eles podiam me dar um emprego na patrulha antidrogas. Conheço todo mundo que está metido, sabia?

Por cima de nossas cabeças passa um cano hidráulico. A cada dez metros esse cano tem bicos para alimentar os sprinklers. Cada um desses bicos é iluminado por uma lâmpada vermelha fosca. Jakkelsen tira um lenço do bolso e num movimento experiente enrola o lenço na torneira. Depois acende um cigarro.

— Todas elas têm detectores de incêndio. A pessoa vai sentar num canto para dar uma fumada e se a pessoa não tiver tomado providências o alarme de fumaça dispara.

Ele estufa os pulmões prazerosamente e aperta os olhos quando o dente dói.

— Na Dinamarca é um inferno a pessoa conseguir se livrar de uma carga ilegal. O país inteiro está sob controle; é só você chegar perto de um porto e a polícia, a alfândega, as autoridades portuárias, todo mundo cai em cima de você querendo saber de onde você vem, para onde está indo, quem é o dono do navio. E na Dinamarca não tem ninguém para subornar, todos são funcionários públicos, não aceitam nem um copo de água mineral. Aí você tem a brilhante idéia de que um de seus amigos pode abordar o navio num barquinho discreto, pegar a muamba e largar no litoral, num canto escuro qualquer. Também não dá. Todo mundo sabe que na Dinamarca a guarda costeira e as autoridades da alfândega trabalham juntas. Nas duas grandes bases militares da ilha de Anholt e em Frederikshavn há policiais sentados numerando todos os navios que chegam e saem das águas territoriais dinamarquesas para depois acompanhar seus trajetos pelo computador. Na mesma hora essa turma vai ver seu amigo com o barquinho. Aí você chega à conclusão de que basta jogar a tal muamba por cima da amurada. Com uma bóia ou um par de flutuadores. E um pequeno transmissor a bateria que emite um sinal que pode ser localizado pela pessoa que vem recolher a carga.

Procuro estabelecer uma correlação entre o que ele está me dizendo e o que acabo de ver.

Ele apaga o cigarro.

— Com tudo isso, há uma coisa que não entendo direito. O navio saiu de um estaleiro em Hamburgo. Passou catorze dias em águas territoriais dinamarquesas. Ancorado em Copenhague. Está meio tarde para largar o material a uma distância de quinhentas milhas marítimas Atlântico adentro, né?

Concordo. Parece incompreensível.

— Aquela história de ontem, não acredito que fosse contrabando. Conheço esse ramo, na realidade sei com certeza que não era contrabando. Sabe por quê? Porque eu tinha dado uma espiada no contêiner. Você sabe o que havia naquele contêiner? Cimento. Centenas de sacos de cinqüenta quilos de cimento Portland. Dei uma olhada uma noite. Estava fechado com cadeado. Mas as chaves do porão sempre ficam penduradas no passadiço. A carga pode correr para um lado. Assim, uma noite que eu estava de plantão, fui até lá e peguei as chaves. Estava na maior excitação, cara. Abri a tampa. E a única coisa que vi foi cimento e mais cimento. Digo para mim mesmo que só pode ser brincadeira. Que deve haver outra coisa por baixo. De modo que volto à cozinha e pego emprestado um espeto de churrasco. Estou quase me borrando nas calças só de pensar na possibilidade de levar um flagra do Verlaine. Passo duas horas naquele contêiner. Empurrando os sacos, enfiando o espeto neles, tentando encontrar alguma coisa. Quase morrendo de dor nas costas. As mãos completamente esfoladas. A pior coisa do mundo é pó de cimento. Mas não acho nada. Digo para mim mesmo que é impossível, que esta viagem toda é impossível. Tudo é secreto. Pagamento extra porque não sabemos para onde estamos indo, não sabemos o que estamos levando. Depois a única coisa que eles trazem para bordo é um depósito cheio de cimento. É demais. Não consigo dormir à noite. Digo para mim mesmo que é droga, que deve ser droga.

— E deixa para lá.

— Eu acho — diz ele devagar — que aquela história de ontem era um teste. A verdade é que não é tão fácil jogar uma carga pesada por cima da amurada. Você quer saber com precisão quais são as coordenadas para depois pegar a muamba. Você não vai querer que a caixa bata no hélice. Não vai querer oscilar demais, em caso de haver vento e mar alto, pois haveria o risco de alguma coisa se quebrar. E você sabe muito bem que mesmo pequenos movimentos alteram sua velocidade relativa no radar da guarda costeira. Seria preferível parar e baixar o contêiner até a água com todo o cuidado. Só que não dá. Eles anotam todas as alterações de velocidade. O pessoal da alfândega ia chamar você pelo rádio na hora. Assim, se você realmente quer colocar alguma coisa grande e pesada na água e fazer isso discretamente, sem chamar a atenção, vai ter que fazer um ensaio. Para testar seus flutuadores e sua instalação transmissora, e para dar aos marinheiros a possibilidade de aprender as manobras de convés que depois vão ter que executar. Para armar direito o botaló, o guincho e o arame de estai dianteiro. Aquele contêiner de ontem era um ensaio, um simulacro. Foi jogado no mar naquele ponto para verificar se estamos livres dos radares. Na realidade aquilo foi apenas uma prévia.

— De quê?

— Do material quente, cara. O material que estamos indo buscar. Pode acreditar no que estou dizendo. Sei tudo sobre o mar. Eles estão pagando uma fortuna por todo este negócio. A única coisa que compensa o capital investido é droga, né?

Quando o túnel acaba, uma pequena escada em espiral sobe contornando uma viga de aço que não é mais grossa que o suporte de um mastro de bandeira. Jakkelsen apóia a mão no esmalte branco.

— O suporte do mastro dianteiro.

Penso no botaló de carga e no guincho. Ambos têm uma previsão de carga máxima de quarenta e cinco toneladas.

— Magrinho.

— Pressão vertical. O peso do mastro produz uma pressão de cima para baixo. Não há pressão lateral significativa.

Conto cinqüenta e seis degraus e constato que subimos um total de metros que correspondem a um edifício de três andares. Meu pé mal consegue dar conta do recado.

Neste ponto a escada forma um patamar junto a uma antepara. Na antepara há uma comporta circular com um diâmetro de um metro e meio. Está equipada com duas rodas de compressão absoluta que a fazem ficar parecida com um cofre de desenho animado. A comporta não combina com o resto das coisas ao redor. Tenho a sensação de que o *Kronos* foi construído na mesma época do *Kista Dan*, da Companhia Lauritzen de Navegação, que foi a primeira — e espantosa — experiência de minha infância com grandes navios a diesel. Isso foi no início dos anos 60. A comporta parece ter sido feita anteontem.

Ela não está bem fechada. Jakkelsen dá meia-volta nas duas rodas e puxa a escotilha para nós. Ela deve ser pesada, mas desliza sem opor resistência. Do outro lado uma borracha de vedação grossa, preta, de três pregas, fecha a porta por pressão.

Cruzando a porta chegamos a uma plataforma que se projeta sobre um escuro nada. De algum ponto ao lado da porta Jakkelsen pega uma grande lanterna a pilha. Tiro-a da mão dele e a acendo.

Pelo barulho — o eco distante de paredes muito afastadas — já dava para sentir a dimensão do aposento. Agora o raio de luz atinge o fundo, um fundo que parece estar a uma distância estonteante de nós. Na realidade ele não deve estar a mais de doze metros. Acima de nós são mais ou menos cinco metros até a gaiúta. Deixo que a luz acompanhe todo o contorno da gaiúta, fazendo a volta inteira. Ela está equipada com a mesma borracha de vedação da comporta. Ilumino o fundo. Vejo que é uma espécie de grade de aço inoxidável.

— A grade agora está mais baixa — diz Jakkelsen. — Quando o contêiner estava aqui, ficava mais levantada.

Debaixo da grade o chão se inclina na direção de um ralo de escoamento.

Localizo um dos cantos e acompanho a parede com a lanterna até o alto.

As paredes são de aço polido. A certa altura a luz da lanterna encontra alguma coisa saliente. Parece um suporte de ducha manual. Só que apontado para baixo. Um pouquinho acima há outro igual. Depois, outro mais. Na parede fronteira idem. Na sala inteira, conto dezoito deles.

Examino as paredes. No meio, no alto e na parte inferior de cada uma há uma grade embutida de cinqüenta por cinqüenta centímetros.

A plataforma sobre a qual nos encontramos avança meio metro sobre o aposento. À esquerda há uma espécie de painel de instrumentos. Inclui quatro lâmpadas, uma chave de força, um medidor onde está escrito OXIGÊNIO 0%, outro com a inscrição PRESSÃO ATMOSFÉRICA, um termostato com uma escala que vai de vinte graus positivos a sessenta graus negativos e um higrômetro.

Penduro a lanterna de volta no lugar. Saímos e fecho a comporta. À esquerda há uma tampa branca na parede. Experimento, mas as chaves de Jakkelsen não conseguem abri-la. Não é importante. Posso imaginar o que há atrás dela. Um painel de força para tudo o que há no porão. Mais os botões de regulagem.

Voltamos, Jakkelsen na frente. Sua energia está declinando. Ele está quase exaurido.

Deixo-o à espera em seu camarote enquanto busco suas peças de xadrez. Não encontro vivalma. Meu despertador mostra três e meia. Sinto que envelheci.

Tomo um banho. Ao sair do banheiro, encontro-o na frente da porta. Cheio de energia. Com um olhar transfigurado no rosto jovem, magro.

— Smilla — sussurra ele —, que tal uma rapidinha?

— Jakkelsen — digo. — Me fale uma coisa. Peder Most também era drogado?

# 6

Enfio a cabeça na máquina de secar roupa e mergulho as mãos nos panos de prato ainda ferventes. Instantaneamente, perceptivelmente, a pele de meu rosto e de minhas mãos começa a ficar ressecada.

Quando você não tem casa, anda sempre em busca de correspondências, de semelhanças, de pequenos odores e cores e sensações que possam evocar um lugar onde tenha se sentido em casa, onde alguma vez tenha encontrado sossego. O ar de uma máquina de secar roupa é um ar de deserto. Uma vez me senti em casa num deserto.

Íamos por uma planície no fundo de um vale; em torno de nós se estendia uma estepe rasa, sem vida, e sobre nós brilhava um sol escaldante. Como se um deus impiedosamente curioso tivesse voltado para nós seu microscópio e suas lâmpadas de laboratório por sermos os únicos seres vivos num mundo — à parte nós — extinto. Cruzamos dunas de areia, cruzamos salinas, cruzamos um inferno de calor marrom-amarelado e cinza — e mesmo assim incrivelmente belo. No fim do dia levantou-se uma tempestade de pó, fomos obrigados a deitar no chão e cobrir os rostos com lenços. Nossa água tinha acabado e um dos participantes do grupo, um homem jovem, ficou com febre e começou a gritar que estava morrendo de sede. Quando a tempestade recuou, tivemos durante um momento, entre nós e o sol, uma cortina de areia levada pelo vento. Era uma areia que brilhava de dentro para fora, como se tivesse engolido o sol, como se um grande e cintilante enxame de abelhas estivesse a ponto de subir com o sol pelos ares. Eu me sentia nítida e feliz, sem razões aparentes.

Eram onze e meia da noite, a luz ardente era o sol da meia-noite e o lugar era Schuckerdtdal, Nordeste da Groenlândia, um deserto ártico onde durante verões curtíssimos o sol polar aquece as colinas a temperaturas de trinta e cinco graus e constrói uma paisagem assolada pelos mosquitos, com leitos ressecados de rios e pedregais de que o calor se irradia. Foram necessários dois dias para atravessá-lo; desde então muitas vezes tive vontade de voltar. Meu irmão participava da expedição na qualidade de caçador. Aquela foi a última viagem longa que fizemos juntos. Estávamos nos sentindo crianças, como se o dia em que Moritz me arrastou para a Dinamarca jamais tivesse existido, como se jamais tivéssemos vivido doze anos de separação. Neste momento, diante da máquina, evoco aquela inexplicável experiência da juventude cuja doçura nunca mais vou poder partilhar com ninguém. O problema da morte não é o fato de ela alterar o futuro. É que ela nos deixa sós com nossas lembranças.

Retiro a rolha da chave de fenda e esvazio o saco preto grande de lixo.

Foi anteontem que Jakkelsen me mostrou o porão de carga. Desde ontem ando sempre com a chave de fenda.

Ontem ao meio-dia saí da lavanderia e fui até meu camarote com a intenção de trocar de roupa.

Pode ser que minha vida como um todo pareça um tanto confusa. Mas mantenho minha roupa em ordem. Trouxe cabides próprios para as calças, cabides infláveis para as blusas e dobro meus pulôveres de uma maneira toda especial. A roupa permanece nova e acolhedora se for convenientemente passada a ferro, dobrada, pendurada, escovada, empilhada e posta no lugar.

Na parte de cima de meu armário, uma camiseta não está guardada como devia. Examino a pilha toda. Alguém andou examinando minhas coisas.

No refeitório vou sentar-me ao lado de Jakkelsen. Não o vejo desde ontem à noite. Ele pára de comer um instante, depois se inclina sobre seu prato.

— Você andou remexendo em meu camarote? — pergunto baixinho.

Em seus olhos lampeja uma ponta de medo, como uma febre baixa. Faz que não com a cabeça. Eu deveria comer, mas perdi o apetite. Naquela tarde, quando me apresento na lavanderia depois do almoço para fazer meu trabalho, pus duas tiras finas de fita crepe em minha porta.

Quando volto, antes da refeição da noite, estão arrebentadas. Desde esse momento, não me separo da chave de fenda. É possível que essa reação não seja racional. Mas para reforçar a própria coragem as pessoas andam com tanta coisa esquisita! Uma chave de fenda Phillips não é pior que muitas delas.

Cai do saco e se espalha pelo chão um monte de roupas de homem. Camisetas, camisas, meias, jeans, ceroulas, uma calça reforçada de sarja.

Tenho diante de mim a primeira leva de roupa para a lavanderia recebida do inacessível convés de embarcação.

Algumas roupas de mulher. Um cardigã, meias, uma saia de algodão, toalhas de rosto da marca Tecelagem de Damascos da Jutlândia num tecido atoalhado de um centímetro de espessura e com o nome Katja Claussen bordado. Foi só o que ela mandou. Compreendo-a bem. Nós, mulheres, não gostamos que outras pessoas vejam nossa roupa suja, que a peguem. Se eu não fosse a única pessoa da lavanderia, lavava minha roupa na pia de meu camarote e depois secava no encosto de uma cadeira.

Há ainda uma outra pilha de roupas de homem. Camisetas, camisas, camisas-de-meia, calças de pano. Três coisas chamam a atenção. Tudo é novo, caro e tamanho extragrande.

— Jaspersen.

Os pequenos interfones pretos de plástico que equipam todos os aposentos do *Kronos* e que podem ser acionados do passadiço, permitindo que a pessoa que estiver de plantão intervenha e transmita instruções sempre que lhe der na telha, são, a meu ver — pelo menos neste momento —, a imagem viva da produção genial, levemente terrorista, sofisticada e tremendamente superficial destes últimos quarenta anos de desenvolvimento tecnológico.

— Por favor, sirva café no passadiço.

Não gosto de ser vigiada. Detesto cartões de ponto e jornada flexível. Tenho alergia a cadastros remissivos. Abomino controles de passaporte e atestados de nascimento. Escola compulsória, depoimento compulsório, pensão compulsória, indenização compulsória, compromissos de confidência compulsória, toda essa monstruosidade podre de controles e exigências governamentais que caem por cima da cabeça da pessoa que chega à Dinamarca e que todo dia expulso de minha consciência mas que periodicamente se apresenta diante de mim — materializada, por exemplo, num pequeno interfone preto.

Meu ódio é ainda maior por saber que essas coisas também têm o intuito de ser uma espécie de bonomia, que toda essa mania ocidental de controlar e arquivar e catalogar também serve para ajudar as pessoas.

Nos anos 30, quando perguntaram a Ittussaarsuaq — que quando criança percorrera a ilha Ellesmere com sua tribo e sua gente chegando até a Groenlândia, no movimento migratório em que pela primeira vez em setecentos anos os esquimós canadenses entraram em contato com os *inuits* do Norte da Groenlândia —, quando lhe perguntaram, a ela, uma senhora de seus oitenta e cinco anos que acompanhara todo o processo moderno de colonização, da Idade da Pedra até a era do rádio, como era a vida hoje comparada à de antigamente, ela disse sem vacilar: "Melhor. É muito mais raro os *inuits* morrerem de fome".

As emoções têm que fluir puras para não se confundirem. O problema de conseguir começar a odiar a colonização da Groenlândia com um ódio puro é que, independentemente do que se possa detestar nessa colonização, é inegável que ela contribuiu para melhorar as necessidades materiais de uma vida que era uma das mais duras do planeta.

O aparelho não tem um dispositivo que me permita responder. Me encosto na parede ao lado do microfone.

— Eu estava aqui, justamente — digo —, na esperança de ter uma oportunidade de dar o máximo de mim.

Ao subir, saio para o convés. O *Kronos* navega sobre compridas vagas transversais, velho mar formado por alguma tormenta distante que se desfez, deixando atrás de si apenas esse tapete móvel, cinza fosco, de energia entranhada na água.

Mas o vento está entrando de proa, um vento frio. Aspiro fundo o ar, abro a boca e deixo que encontre um eco, uma onda profunda, a prumo, como quando se sopra para dentro de uma garrafa vazia.

Retiraram a lona que cobria o veículo de desembarque em terra. Verlaine trabalha de costas para mim. Com uma chave de fenda elétrica, prende ao fundo longas ripas de teca.

Lukas está sozinho no passadiço. Com a mão na cana do leme. O piloto automático está desligado. Algo me diz que ele prefere levar o barco na mão, embora com isso a rota seja menos precisa.

Entro e ele não se vira para mim. Antes que me dirija a palavra, nada indica que tenha registrado minha presença.

— A senhora está mancando.

Desenvolveu a capacidade de ver tudo sem olhar diretamente para nada em especial.

— São minhas varizes — digo.

— A senhora sabe onde estamos, Jaspersen?

Sirvo o café dele. Urs sabe exatamente como prepará-lo. Curto e preto e venenoso, como um decilitro de breu fervente.

— Estou sentindo o cheiro da Groenlândia. Só hoje, quando saí para o convés.

Suas costas são eloqüentemente céticas. Tento achar uma explicação.

— É o vento. Tem cheiro de terra. É frio e seco ao mesmo tempo. Contém gelo. É o vento que vem da calota de gelo continental, sopra ao longo da costa, depois chega até aqui.

Coloco a xícara na frente dele.

— Não sinto cheiro nenhum — diz ele.

— É um fato científico que os fumantes inveterados queimam o próprio sentido do olfato. Café forte também não é bom.

— Mas a senhora tem razão. Esta noite, mais ou menos às duas horas, passamos o cabo Farewell.

Ele quer alguma coisa de mim. Desde o dia em que vim para bordo ele não falava comigo.

— É regulamentar avisar a Central do Gelo da Groenlândia quando se ultrapassa o cabo.

Passei trezentas horas de vôo na Havilland Twin Otter, da Central do Gelo, mais três meses no acampamento de Narsarsuaq desenhando mapas do gelo a partir de fotografias aéreas que em seguida eram telefaxadas para o Instituto Meteorológico, que as distribuía para a indústria de navegação pela Rádio Skamlebæk. Prefiro, porém, não contar nada disso a Lukas.

— Avisa-se voluntariamente. Mas todo mundo se beneficia disso. Eles tomam nota, depois dão informações diárias.

Toma o café como quem toma um comprimido para dor de cabeça.

— A não ser que se esteja em missão ilegal. E que se queira ocultar os próprios movimentos. Quando não se avisa a Central do Gelo, as embarcações dinamarquesas de inspeção também não são avisadas. Nem a polícia.

Todo mundo me fala em polícia. Verlaine, Maria, Jakkelsen. E agora Lukas.

— Ficou combinado com o proprietário do navio que o telefone de bordo não seria usado durante o trajeto. Estou disposto a abrir uma exceção.

No começo fico muito espantada. Acho que não dei a impressão de estar precisando ficar pendurada no telefone de papo com a minha família pela Rádio Lyngby.

Depois entendo. Tarde demais, óbvio, mas com imensa nitidez. Lukas está convencido de que sou da polícia. Verlaine também. Jakkelsen também. Eles acham que estou aqui secretamente. Essa é a única explicação possível. Por isso Lukas me aceitou a bordo.

Olho para ele. Não há nada para ver, mas naturalmente está presente. O medo. Já devia estar presente na primeira vez em que nos encontramos, em seu rosto voltado para o outro lado mas refletido nos vidros da janela do cassino. Ele já deve ter feito muitas viagens questionáveis na vida. Mas desta vez a coisa é muito grave. Desta vez, está apavorado. A ponto de me receber a bordo. Crente de que estou atrás de alguma coisa. E de que sua cooperação relutante há de garantir-lhe algum tipo de álibi, caso a lei resolva abater-se sobre ele, o *Kronos* e seus passageiros.

Percebe-se em suas costas, na rigidez de suas costas, na forma como procura vigiar tudo, estar em toda parte ao mesmo tempo. Em sua disciplina pessoal.

— A senhora está... precisando de alguma coisa a bordo?

A pergunta não sai com naturalidade. Ele não é assistente social nem chefe de pessoal. É uma pessoa que dá ordens.

Me coloco atrás dele.

— Uma chave.

— A senhora já tem uma chave.

Estou tão perto dele que consigo respirar em sua nuca. Ele não se vira.

— Do convés de embarcação.

— Foi confiscada.

De trás dele vem o golpe da amargura. Dirigido contra minha solicitação. Mas dirigido principalmente contra o fato de lhe terem retirado seu poder irrestrito enquanto autoridade máxima do navio.

Em seguida pergunto. Como Jakkelsen me perguntou.

— Para onde estamos indo?

Seu dedo aterrissa sobre a carta marinha ao lado dele. Uma carta do Sul da Groenlândia. Sobre ela vê-se um fax plastificado muito claro das linhas, círculos, tracejados e triângulos de tinta preta do posto transmissor de Julianehaab dando todas as informações sobre concentrações de gelo, visibilidade e icebergs. No alto, ao longo do litoral, está assinalado um trajeto que dá a volta no cabo Thorvaldsen e em seguida toma o rumo nor-noroeste. A linha se interrompe perto de Vestland, um lugar no meio do oceano.

— O que sei é isso.

Ele os odeia pelo que lhe fizeram. Por mantê-lo sob rédea curta, como uma criancinha.

— Mas o gelo do Oeste está chegando ao Sul de Holsteinsborg. E não tem a menor graça. Está chegando a algum ponto ao norte do Søndre Strømfjord. Além desse ponto eles não vão conseguir que eu os leve.

Sentei ao lado de Jakkelsen. Do outro lado da mesa estão Fernanda e Maria. As duas estão unidas de uma vez por todas contra o mundo masculino que as cerca. Não me vêem. Parecem estar ensaiando para ver como vão ficar as coisas dentro em pouco, quando eu tiver deixado de existir.

Jakkelsen contempla o prato. Na mesa, ao lado dele, está seu molho de chaves. Pouso a faca e o garfo, me espreguiço, coloco a mão direita sobre suas chaves, empurro-as devagarinho sobre a mesa até que caiam em meu colo. Ao abrigo da borda da mesa faço-as escorregar uma a uma entre meus dedos, até encontrar uma assinalada com três K e um sete. É a chave mestra comum do *Kronos*, igual à que eu própria tenho. Só que a de Jakkelsen tem a marca adicional do H. O navio é reparado em Hamburgo. O H corresponde à palavra *Hauptschlüssel*. Retiro-a do chaveiro. Depois devolvo o molho de chaves e me levanto. Ele não se moveu.

Em meu camarote, visto roupas quentes. Dali me dirijo ao convés a ré.

Vou andando à toa, com a mão na amurada. Quem olha pode imaginar que estou dando um passeio.

No Norte da Groenlândia as distâncias são medidas em *sinik*, em "sonos", ou seja, no total de pernoites que dura uma viagem. Não é uma distância fixa, pois dependendo do clima e da época do ano o total de *sinik* pode variar. Tampouco é uma medida de tempo. Sob a ameaça de uma tempestade, viajei com minha mãe de uma só tirada de Force Bay até Iita, um percurso que normalmente exigiria dois pernoites.

Um *sinik* não é uma distância, não é um total de dias ou de horas. É um fenômeno ao mesmo tempo espacial e temporal, um conceito de espaço-tempo que descreve a relação de espaço, movimento e tempo evidente para os esquimós mas que nenhuma língua corrente européia consegue apreender.

A medida européia de distância, o metro padrão parisiense, é outra coisa. É um conceito para reformadores, para aqueles cuja visão primária — e mais importante — do mundo é que o mundo deve ser transformado. Engenheiros, estrategistas militares, profetas. E cartógrafos. Como eu, por exemplo.

O sistema métrico só se integrou efetivamente a minha pessoa no outono de 1983, quando fiz o curso de agrimensura da Escola Técnica da Dinamarca. Medimos o Dyrehaven. Com teodolitos e fitas métricas e distribuição normal e eqüidistâncias e variáveis estocásticas e tempo chuvoso e lápis diminutos que tinham que ser apontados o tempo todo. E com passadas. Tínhamos um professor que não se cansava de repetir que a agrimensura começa e termina com geodesistas que conhecem o comprimento da própria passada.

Eu conhecia o comprimento de minha própria passada medida em *sinik.* Sabia que sempre que corríamos atrás do trenó porque o céu estava negro de explosões iminentes, o espaço-tempo em torno de nós reduzia-se à metade do total de *sinik* necessários quando nos deixávamos arrastar pelos cães sobre o macio gelo novo. Com névoa o número duplicava, com uma tempestade de neve ele podia até decuplicar.

No Dyrehaven eu mesma traduzi meus *sinik* em metros. Desde então, independentemente de estar andando enquanto durmo ou atada a uma linha, de estar usando botas e grimpas ou uma saia tão justa que me obrigue a dar passos japoneses de cinco centímetros, sempre sei exatamente que distância estou transpondo quando dou um passo.

Não é por prazer que dou este passeio pelo convés a ré. Estou medindo o *Kronos.* Dou uma olhada na direção da água. Mas toda a energia disponível está dedicada a fixar as medidas na memória.

Ando vinte e cinco metros e meio passando pelo mastro a ré e seus dois guinchos e seguindo até a superestrutura. Doze metros transversalmente à superestrutura. Chegando à amurada, debruço-me e calculo uma altura de cinco metros de bordo-livre.

Há alguém em pé atrás de mim. Viro-me. Hansen preenche a porta que dá para a oficina dos metais. Maciço, usando pesadas botas-tamancos. Tem na mão o que me dá a impressão de ser um punhal curto.

Me olha com a satisfação despreocupada, brutal, que a supremacia física leva determinados homens a sentir.

Ergue a faca. Depois aproxima a mão esquerda da lâmina e começa a esfregá-la com um paninho fazendo movimentos circulares. A lâmina fica coberta por uma camada branca, parece sabão.

— Giz de Viena. Para polir, só giz de Viena. Do contrário o fio vai embora.

Ele não olha para a faca. Seus olhos não se afastam de mim enquanto ele fala.

— Eu mesmo faço. De velhas serras a frio. O aço mais duro do mundo. A lâmina é feita primeiro com uma polidora de diamante. Depois esfrego com carborundo e pedra oleosa. O polimento final é com giz de Viena. Muito, muito afiadas.

— Como navalha de barbeiro?

— Mais afiadas — responde ele satisfeito.

— Mais pontudas que limpadores de unhas?

— Muito mais pontudas.

— Então como é possível — pergunto — você estar tão tremendamente necessitado de fazer a barba e aparecer no refeitório que acabei de limpar com umas unhas tão absolutamente nojentas?

Ele levanta os olhos para o passadiço, depois olha para mim novamente. Lambe os lábios. Mas não encontra o que responder.

Não estamos diante da história que se repete? Por acaso a Europa não passou o tempo todo tentando esvaziar suas cloacas nas colônias? O *Kronos* não é como os condenados a caminho da Austrália, a legião estrangeira a caminho da Coréia, os comandos britânicos a caminho da Indonésia?

De volta ao camarote, pego os dois pedaços de papel dobrado que trago no bolso da jaqueta. Já não deixo nada importante no camarote. Enquanto ainda lembro, anoto os resultados de minhas passadas no esquema que estou fazendo do casco do *Kronos*. À margem escrevo os seguintes números — que um pouco sei, um pouco deduzo:

Comprimento total: 105 metros
Comprimento p.p.: 97 metros
Largura: 15 metros
Altura do convés superior: 9,5 metros
Altura do segundo convés: 6 metros
Capacidade de carga (segundo convés): 100000 pés cúbicos
Capacidade de carga (casco): 125000 pés cúbicos
Total: 225000 pés cúbicos
Velocidade de marcha: 18 nós, equivalentes a 4500 BHK

Consumo de diesel: 14 toneladas por dia
Autonomia: 10000 milhas náuticas

Procuro uma explicação para as restrições impostas aos movimentos da tripulação a bordo do *Kronos*. Quando o esquimó Hans navegou para o pólo norte com Peary, os marinheiros não estavam autorizados a subir para o convés dos oficiais. Essa determinação fazia parte do treinamento, era uma tentativa de transportar a segurança de uma hierarquia feudal para o Ártico. Nos navios de hoje a tripulação é pequena demais para esse tipo de regulamentação. No *Kronos*, porém, ela foi adotada.

Ponho as máquinas de lavar roupa para funcionar. Depois me retiro da lavanderia.

Quando se faz parte de um grupo isolado de pessoas — num internato, na calota de gelo continental, num navio — nossa individualidade se relativiza e passa a ser constituída, em parte, por uma sensação de pertencer ao todo. Sem me dar conta, a qualquer momento dado, tenho a capacidade de situar todas as outras pessoas no universo do navio. Por seus passos no corredor, por sua respiração quando estão dormindo atrás das portas fechadas de seus camarotes, por seus assobios, pelo ritmo de seu trabalho e por meu conhecimento de seus quartos de serviço.

Da mesma forma, os outros também sabem onde estou. Essa é a vantagem de estar na lavanderia. Pelo barulho, parece que a gente está lá, mesmo que a gente não esteja.

Urs está comendo. Instalou uma mesa dobrável junto ao fogão, pôs toalha, serviu e acendeu uma vela.

— *Fräulein* Smilla, *attendez-moi one minute.*

O refeitório da tripulação do *Kronos* é uma torre de Babel de inglês, francês, filipino, dinamarquês e alemão. Urs flutua desamparado entre fragmentos de línguas que jamais aprendeu. Fico com pena dele. Posso ouvir como sua língua materna está passando por um processo de desintegração.

Ele traz uma cadeira para mim e põe mais um prato.

Urs gosta de companhia para comer. Come como se quisesse unir os homens de todos os países em torno de suas panelas, com o conhecimento otimista de que para viver todos temos que nos alimentar, independentemente de guerras, violações, barreiras lingüísticas, alterações de temperatura e exercício militar da soberania dinamarquesa sobre o Norte da Groenlândia, inclusive depois de proclamada a Autonomia Interna.

Em seu prato há uma porção de massa suficientemente farta para servir duas pessoas.

Quando recuso, olha pesaroso para mim.

— A senhora está muito magra, *Fräulein.*

Rala um pedaço grande de parmesão e o pó seco, dourado, cai sobre a massa como finos flocos de neve.

— A senhora é *ein Hungerkünstler.* Uma artista da fome.

Corta ao comprido as baguetes que ele mesmo preparou, depois fritou na manteiga com alho. Enfia dez centímetros de pão na boca de cada vez e mastiga devagar e prazerosamente.

— Urs — digo —, como você veio parar a bordo?

Não consigo de jeito nenhum chamá-lo de "senhor".

Seus maxilares se imobilizam.

— Verlaine diz que a senhora é *Polizist.*

Avalia meu silêncio.

— Passei dois anos *im Gefängnis. In der Schweiz.* Preso na Suíça.

O que explica a cor de sua pele. Palidez carcerária.

— Fui fazer uma viagem de automóvel no Marrocos. Pensei: você leva dois quilos e está abastecido durante dois anos. Na fronteira italiana me levaram para o *Stichprobekontrol.* Peguei três anos. Libertado depois de dois. Em outubro do ano passado.

— Como era a prisão?

— *Die beste Zeit meines Lebens.*

A emoção o fez voltar para o alemão.

— Foi a melhor época de minha vida. Nenhuma preocupação. Só *Ruhe.* Paz. Eu trabalhava como voluntário na cozinha. Foi por isso que consegui a *Strafermässigung,* a redução da pena.

— E o *Kronos*?

Uma vez mais ele avalia minhas intenções.

— Prestei serviço militar na marinha suíça.

Fico olhando para ver se aquilo é uma piada, mas ele faz um gesto com a mão.

— *Flussmarine.* Nos rios. Era cozinheiro. Um de meus colegas tinha contatos em Hamburgo. Recomendou o *Kronos. Ich hatte meine*

*Lehrzeit teilweise in Dänemark, in Tønder gemacht.* Parte de meu aprendizado foi na Dinamarca, em Tønder. Foi difícil. Não se consegue emprego quando se esteve na prisão.

— Quem contratou você?

Ele não responde.

— Quem é Tørk?

Ele dá de ombros.

— Só vi ele *einmal.* Não sai do convés de embarcação. Seidenfaden e *die Frau* é que saem.

— Qual o objetivo desta viagem?

Ele balança a cabeça.

— *Ich bin Koch. Es war unmöglich Arbeit zu kriegen. Sie haben keine Ahnung, Fräulein* Smilla... Sou cozinheiro. Na guerra era impossível arranjar trabalho. A senhora não faz idéia...

— Quero dar uma olhada nos compartimentos refrigerados e nos depósitos.

Há medo em seu rosto.

— *Aber* Verlaine *hat mir gesagt, die* Jaspersen *will...* Mas Verlaine me disse que a senhorita Jaspersen...

Me debruço sobre a mesa. Com isso o obrigo a afastar-se da massa, a afastar-se de nossa camaradagem anterior, de sua confiança em mim.

— O *Kronos* é um navio de contrabando.

Agora ele está em pânico.

— *Ahh, ich bin kein Schmuggler. Ich konnte nicht ertragen, noch einmal ins Gefängnis zu gehen.* Não agüento voltar para a prisão. Contrabandista eu não sou.

— Você não disse que foi a melhor época de sua vida?

— *Aber es war genug.* Uma vez chega.

Ele agarra meu braço.

— *Ich will nicht zurück. Bitte, bitte.* Não quero voltar para lá. Se me levarem, por favor, conte a eles que não tenho culpa, que eu não sabia.

— Vou ver o que eu consigo fazer — digo.

Os depósitos de gêneros estão logo abaixo do refeitório. Incluem um congelador para carne, um para ovos e peixe, um compartimento refrigerado duplo com temperatura de dois graus centígrados para outros gêneros perecíveis, além de diversos armários. O conjunto está bem guarnecido, limpo, ordenado e é funcional; como é usado continuamente, não é um bom esconderijo para coisa alguma.

Urs me mostra essas instalações com um misto de orgulho profissional e temor. A inspeção nos toma dez minutos. Tenho um plano horário. Volto para a lavanderia. Centrifugo a roupa. Coloco na secadora e giro o botão até o START. Nesse momento dou outra fugida. Desço.

Não sei coisa alguma sobre motores. E tem mais: não pretendo aprender.

Quando eu tinha cinco anos, o mundo era incompreensível. Quando eu tinha treze, ele me parecia muito menor, muito mais sujo e tristemente previsível. Hoje continuo a achá-lo corrompido, só que agora ele voltou a ficar complexo como quando eu era criança, embora de outra maneira.

Com a idade optei espontaneamente por ter certas limitações. Não tenho energia suficiente para começar tudo de novo. Aprender um novo ofício. Lutar contra minha própria personalidade. Aprender tudo sobre um motor a diesel.

Conto com as observações sem cerimônia de Jakkelsen. "Smilla", diz ele esta manhã quando o surpreendo na lavanderia, sentado com as costas apoiadas no isolamento dos canos de água quente, um charuto na boca e mãos nos bolsos para que o ar marinho não se introduza e prejudique a pele de pêssego que deverá ser usada para alisar o interior das coxas das senhoras.

— Smilla — responde ele quando lhe pergunto sobre o motor —, é um motor enorme. Nove cilindros, cada um com um diâmetro de quatrocentos e cinqüenta milímetros e um tempo de setecentos e vinte milímetros. É um Burmeister & Wain, propulsão direta reversível, com superalimentador. Navegamos a dezoito ou dezenove nós. É um navio dos anos 60, cara, mas foi reformado. Estamos aparelhados como um quebra-gelos.

Observo o motor. Ele se ergue diante de mim, sou obrigada a passar por ele. Suas válvulas de injeção, suas torneiras de combustível, seus tubos do radiador, seus canos, molas, cobre e aço polidos, sua descarga múltipla e sua movimentabilidade ao mesmo tempo sem vida e enérgica. Como os pequenos interfones pretos de Lukas, ele é um concentrado civilizatório. Uma coisa ao mesmo tempo evidente e incompreensível. Mesmo que fosse necessário, eu não saberia como fazê-lo parar. Talvez seja impossível pará-lo. Talvez haja a possibilidade de interrupções temporárias, mas não de uma parada definitiva.

Talvez ele dê essa impressão porque não é — como o ser humano — uma individualidade, mas um símile de algo que está por trás, da alma da máquina, do sistema de axiomas de todos os motores.

Ou quem sabe é a combinação de solidão e medo que está me fazendo ter visões.

Seja como for, não consigo esclarecer o ponto fundamental. A razão pela qual há dois meses, em Hamburgo, o *Kronos* foi equipado com um motor altamente superdimensionado.

A porta que há na antepara atrás do motor é isolada. Quando ela se fecha atrás de mim o barulho do motor desaparece e meus ouvidos zunem surdamente. O túnel desce três degraus. A partir desse ponto o corredor avança vinte e cinco metros, direito como uma régua, iluminado por lâmpadas protegidas por redes de arame, uma cópia exata do trecho por onde Jakkelsen e eu andamos menos de vinte e quatro horas atrás, embora agora eu tenha a impressão de que isso ocorreu num passado remoto.

No assoalho há números assinalando os reservatórios de óleo diesel que ficam embaixo dele. Passo pelos números 7 e 8. Junto a cada tanque, na parede, há um extintor de incêndio, um cobertor antifogo e um botão de alarme. Não é agradável ser lembrada de incêndios a bordo de navios.

No final do túnel sobe uma escada em caracol. A primeira porta aparece à esquerda. Se minhas medidas provisórias estiverem corretas, ela leva aos porões de carga pequenos da popa. Passo por ela sem entrar. A seguinte fica três metros acima.

O aposento contrasta com tudo o que já vi até agora. Não tem mais que seis metros de altura. As laterais não vão até a altura do convés, mas se interrompem na entreponte, onde a luz de minha lanterna desaparece na escuridão.

O aposento é um porão de carga manchado e descamado e intensamente utilizado. Empilhados na frente de uma escotilha há calços de madeira, cordas de cânhamo e sacas, utilizados para movimentar e imobilizar a carga.

Na frente da outra escotilha há cerca de cinqüenta dormentes ferroviários empilhados e firmemente amarrados.

Um andar acima, uma porta dá para a entreponte. Minha lanterna localiza paredes distantes, a aresta superior da parede do porão de carga, o entravamento debaixo do ponto onde o mastro da popa deve estar situado. Amontoados de cabos elétricos pintados de branco e as saídas para o sistema de sprinklers.

A entreponte vai de um lado a outro do navio e na realidade é um espaço único, de teto baixo, sustentado por colunas. De um lado ela começa nas paredes atrás das quais estão os compartimentos refrigerados e os depósitos. O outro lado desaparece no escuro para o lado da popa. É nessa direção que eu vou. Vinte e cinco metros adiante há um parapeito. Três metros abaixo, a luz localiza um fundo. O porão de carga da ré. Evoco os cálculos de Jakkelsen: mil pés cúbicos, disse ele, contra os três mil e quinhentos do porão que acabei de ver.

Tiro meu esquema e confronto-o com o que tenho diante de mim. Tenho a impressão de que é um pouco menor que no desenho.

Volto para a escada em caracol e para a primeira porta.

Visto do chão, é compreensível por que o porão me deu a impressão de ser menor que em meu desenho. Está cheio até a metade. Com uma forma retangular de um metro e meio de altura coberta por um encerado azul.

Com a chave de fenda faço duas perfurações e um rasgão na lona.

Considerando-se a existência dos dormentes, haveria razões para imaginar que estamos indo para a Groenlândia com o objetivo de colocar setenta e cinco metros de trilhos e dar início a uma estrada de ferro. Debaixo do encerado há uma pilha de trilhos.

Mas não seria possível fixá-los aos dormentes. Estão soldados uns aos outros formando uma grande construção retangular com fundo de ferro.

Penso que aquilo me lembra alguma coisa. Depois deixo a idéia de lado. Tenho trinta e sete anos. Com a idade todas as coisas começam a evocar outras coisas.

Voltando para a entreponte, consulto o despertador. Neste exato momento a lavanderia deve estar em silêncio. Alguém pode ter me chamado. Alguém pode ter passado por lá.

Avanço um pouco mais na direção da popa.

As vibrações do casco informam que agora o hélice deve estar em algum ponto abaixo e um pouquinho adiante de meus pés. De acordo com meu esquema, cerca de quinze metros. Neste ponto o convés é cortado por uma antepara com uma porta. A chave de Jakkelsen abre a porta. Do outro lado há uma lâmpada de emergência vermelha com um interruptor. Não acendo a luz. Devo encontrar-me num andar logo abaixo da superestrutura baixa da popa. Desde que vim para bordo ele esteve trancado.

A porta se abre para um corredor curto com três portas de cada lado. A chave abre a primeira porta da direita. Nenhuma porta está fechada para Peder Most e seus amigos.

Até há não muito tempo a peça era uma de três camarotes menores situados a bombordo. Agora as anteparas foram retiradas, formando uma única peça. Um armazém. Ao longo das paredes há rolos com cabos de náilon azuis de sessenta milímetros. Corda trançada de polipropileno. Oito conjuntos de corda dupla Kermantel de oito milímetros, em cores alpinas fluorescentes de segurança — um velho conhecido da calota de gelo continental. Cada conjunto daqueles custa cinco mil coroas e suporta até cinco toneladas; essa é a única corda do mundo capaz de espichar vinte e cinco por cento de seu comprimento.

Imobilizados por presilhas há escadas de alumínio, ancoramentos para neve, barracas, pás leves e sacos de dormir. Em ganchos de metal aparafusados na parede estão penduradas marretas de gelo, martelos de escalar, pitões, mosquetões, freios dinâmicos e chave de rosca para gelo — tanto as estreitas, que parecem saca-rolhas, como as largas, em cujo centro se aparafusa um cilindro de gelo e que são capazes de suportar um elefante.

Atrás de algumas portas, abertas aleatoriamente em armários de metal ao longo da parede, há cunhas, óculos de proteção para geleira, uma caixa com seis altímetros Tommen. Mochilas sem armação, botas de Meindl, cintos de segurança. Tudo direto da fábrica e acondicionado em plástico transparente.

A estibordo há uma sala igualmente formada pela reunião de três camarotes. Nessa há mais escadas, mais cordas e um armário de material antiincêndio onde está escrito EXPLOSIVOS e que infelizmente a chave de Jakkelsen não abre. Em três grandes caixas de papelão há três exemplos idênticos de um produto dinamarquês de boa qualidade: três guinchos manuais de vinte polegadas e três marchas da Sophus Berendsen. Não entendo grande coisa de câmbios mecânicos. Mas estes são do tamanho de barris e pelo aspecto seriam capazes de levantar uma locomotiva.

Meço o corredor a passadas e calculo cinco metros e meio. No final, uma escada sobe ao nível do convés. Lá em cima há um lavabo, uma sala de pintura, uma oficina de metais e um pequeno refeitório que funciona como sala de estar para os que trabalham no convés. Resolvo deixar o exame dessas salas para uma outra ocasião.

Depois mudo de idéia.

Deixei entreaberta a porta por onde passei. Talvez porque do contrário o corredor e os quartinhos teriam parecido uma ratoeira. Talvez para ter condições de ver se alguém ia acender a luz atrás de mim.

Agora estou ouvindo um barulho. Pouca coisa. Só um pequeno ruído que quase desaparece debaixo do barulho do hélice e do rumor fervilhante do mar de encontro ao casco.

Um barulho de metal contra metal. Cauteloso, mas ampliado pelo eco áspero do aposento.

Precipito-me para a escada. Quero sair para o convés. No alto da escada há uma porta. Ouço o barulho da lingüeta que a chave fez girar, mas a porta não abre. Está calçada por fora. Volto por onde vim.

Na escuridão da entreponte me posiciono a um lado, me agacho e fico à espera.

Eles aparecem quase ao mesmo tempo. São pelo menos dois, talvez mais. Movem-se lentamente, examinando os lugares por onde vão passando. Discretos, mas sem maiores esforços para não fazer barulho.

Ponho minha lanterna sobre o tombadilho. Espero que o *Kronos* suba numa onda alta. Quando isso acontece, acendo a lanterna e largo. Ela começa a rolar para estibordo enquanto sua luz passeia pelas colunas.

Saio em disparada pelo cantinho.

Eles não se deixam enganar pela manobra. Diante de mim, apalpo alguma coisa que parece uma cortina. Procuro afastá-la para um lado, mas ela cai em cima de mim. Logo em seguida uma outra me envolve o torso e o rosto e eu grito, mas o som é abafado pelo tecido grosso e se transforma num mero zunido para meus próprios ouvidos e num gosto de poeira e pano na boca. São os cobertores de incêndio, que eles jogaram sobre mim.

Não houve violência, tudo foi feito com calma e sem drama.

Deitam-me no chão e a pressão dos cobertores aumenta enquanto aparece um novo cheiro. Cheiro de mofo e juta. Da cabeça para os pés, por cima dos cobertores, me enfiaram num dos sacos de que havia tantos no porão de carga.

Sou levantada, sempre com todo o cuidado — estou apoiada sobre os ombros de dois homens —, carregam-me pelo tombadilho. Irracionalmente, despropositadamente, penso que devo estar com um aspecto ridículo.

Uma comporta se abre, depois se fecha. Enquanto descemos a escada eles me mantêm esticada no meio dos dois. A impossibilidade de ver produz um aumento da sensibilidade do corpo, mas nem uma só vez toco os degraus. Não fossem a embalagem e as circunstâncias eles podiam estar transportando um doente numa maca.

Um barulho ao mesmo tempo próximo e abafado me faz perceber que estamos junto à porta da sala de máquinas. A porta é aberta, atravessamos a sala de máquinas e o barulho se distancia novamente até desaparecer. Os tempos e distâncias se encompridam. Quando eles sobem o primeiro degrau, a sensação que eu tenho é que andamos uma eternidade. Na realidade não pode ter sido mais que os vinte e cinco metros que antecedem a escada do fundo.

Agora há apenas um ombro por baixo de mim. Tento soltar os braços.

Depositam-me no chão com todo o cuidado; em algum lugar por cima de minha cabeça percebo uma leve vibração de metal.

Agora sei para onde estamos indo. A porta que foi aberta não leva a lugar nenhum: vai dar na pequena plataforma onde Jakkelsen e eu estivemos, doze metros acima do fundo.

Não sei por quê, mas tenho certeza de que eles vão me jogar daquela plataforma para o fundo do tanque.

Colocaram-me sentada. O resultado é que o tecido forma uma prega. No lugar da prega o tecido afrouxa o suficiente para que eu possa correr o braço esquerdo por cima do peito. Na mão tenho a chave de fenda.

Quando ele me ergue do chão, meu peito se apóia no dele. Procuro apalpar, diante de mim, o ponto onde acabam suas costelas, mas estou tremendo demais. Além disso a chave de fenda ainda está protegida pela rolha.

Ele me encosta no parapeito e se ajoelha diante de mim, como uma mãe que vai pegar o filho no colo.

Tenho certeza de que vou morrer. Mas afasto o pensamento. Não vou tolerar esta humilhação. Há uma frieza degradante na maneira como eles devem ter planejado isto tudo. Foi tão fácil para eles e agora aqui estou eu, Smilla, a groenlandesa, a ponto de me esborrachar.

Quando ele encaixa o ombro por baixo de mim, passo a chave de fenda para a mão direita. Enquanto ele vai endireitando o corpo devagar, levo a chave de fenda à boca e prendo a rolha entre os dentes até soltá-la. Ele gira meu corpo num ângulo de noventa graus para me afastar do parapeito. Com a mão esquerda, localizo o ombro. Não tenho como atingir sua garganta. Mas localizo a clavícula e, entre ela e a omoplata, a cavidade macia, triangular, onde os nervos ficam expostos sob uma fina camada de pele e tecido conjuntivo. É para ali que dirijo a chave de fenda. Ela atravessa o tecido. Depois seu avanço se interrompe. A surpreendente resistência elástica e a solidez das células vivas. Reúno as palmas das mãos, depois solto o corpo de uma só vez de modo a jogar todo o meu peso no cabo da chave de fenda. Ela desliza até o fim.

Ele não emite um som. Mas todo o movimento cessa e por um instante cambaleamos os dois juntos. Espero que ele me largue, já estou preparada para a colisão com a grade, no escuro por baixo de mim. Mas ele me larga na plataforma.

Bato a cabeça no parapeito. A tontura toma conta de mim, aumenta, depois desaparece. O saco e os cobertores de lã protegeram minha cabeça o suficiente para eu não perder a consciência.

Depois um carneiro me acerta o estômago. Me dá coices.

Primeiro me dá vontade de vomitar. Mas como a dor volta uma e outra vez, não consigo recuperar o fôlego entre dois golpes. Estou quase sufocando. Penso que foi uma pena não ter conseguido chegar mais perto da garganta dele.

A próxima coisa que percebo é a gritaria. Imagino que é ele quem está gritando. Me agarram pelos ombros e penso que agora esgotei todos os meus recursos, toda a minha sorte, e meu único desejo é morrer em paz.

Mas não é ele quem está gritando, trata-se de um guincho eletrônico, da corrente sinusoidal de um oscilador. Me arrastam escada acima. Meus rins vão batendo nos degraus.

Sou atingida por uma sensação de frio, juntamente com o barulho de chuva caindo. Ouço uma comporta bater, me largam. A meu lado um bicho está tossindo os pulmões.

Me contorço e consigo tirar o saco pela cabeça. Para ficar livre dos cobertores, rolo de um lado para o outro.

Saio para uma chuva fria, torrencial, para o guincho eletrônico, para uma luz elétrica ofuscante e para a respiração estertorosa da criatura a meu lado.

Não é bicho. É Jakkelsen. Ensopado e branco como giz. Estamos os dois numa sala que não consigo identificar imediatamente. Sobre nossas cabeças o sprinkler despeja cascatas de água loucamente giratórias. O ruído do alarme de fumaça aumenta e diminui, monótono e enervante.

— Que mais eu podia fazer? Acendi o charuto e apliquei a boca ao sensor. Aí esta merda toda começou a funcionar.

Tento perguntar-lhe uma coisa, mas não sai ruído algum. Ele adivinha a pergunta.

— Maurice — diz ele.

Parece que desistiu da carreira de demolidor de corações. Não olhou para mim uma vez sequer.

Em algum lugar sobre nossas cabeças ouvem-se os passos correndo. Os passos descem a escada.

Estou impossibilitada de sair do lugar. Jakkelsen se levanta. Me arrastou um andar escada acima. Suponho que nos encontremos na entreponte debaixo do castelo de proa. O esforço deixou-o caído no chão.

— Não estou nada bem — diz ele.

E se precipita penosamente para o escuro.

Abrem a porta. Sonne entra. Levo algum tempo para identificá-lo. Está armado com um grande extintor de incêndio e enverga um traje protetor de fumaça completo, inclusive com tanque de oxigênio nas costas. Atrás dele estão Maria e Fernanda.

Ainda estamos olhando uns para os outros quando o alarme pára e a pressão da água começa a decrescer no sistema de sprinklers até o jato cessar por completo. No aposento, em meio às gotas que caem das paredes e do teto e de toda a água que se acumulou no chão, se introduz o ruído distante das ondas batendo contra a proa do *Kronos.*

# 7

Apaixonar-se é uma coisa altamente supervalorizada. Apaixonar-se consiste em quarenta e cinco por cento de medo de não ser aceito e quarenta e cinco por cento de esperança maníaca de que justamente desta vez esse medo seja desautorizado — e finalmente de modestos dez por cento de frágil sentimento de que exista a possibilidade de amor.

Já não me apaixono. Assim como já não pego caxumba.

Mas é claro que todo mundo pode ser vitimado pelo amor. Nestas últimas semanas tenho me permitido pensar nele alguns minutos todas as noites. Dou essa permissão à consciência, depois observo a falta que o corpo sente, como ainda me lembro dele desde antes de tê-lo visto realmente. Vejo sua solicitude, lembro de sua gagueira, de seus abraços, da percepção do centro maciço de sua personalidade. Quando essas imagens começam a irradiar uma saudade intensa demais, interrompo-as. Pelo menos tento.

Não estou apaixonada. Vejo as coisas com muita clareza para estar apaixonada. Estar apaixonada é uma espécie de demência. Uma coisa muito próxima do ódio, da frieza, do ressentimento, da intoxicação, do suicídio.

Acontece — não com freqüência, mas acontece — que alguma coisa me faça lembrar das vezes que me apaixonei na vida. É o que está acontecendo agora.

Diante de mim, à mesa do refeitório dos oficiais, está sentado o homem que eles chamam Tørk. Caso este encontro tivesse ocorrido há dez anos, é possível que eu tivesse ficado apaixonada por ele.

Pode acontecer que o magnetismo de uma pessoa seja de tal ordem que atravesse nossas fachadas, nossos preconceitos e inibições essenciais e se infiltre diretamente em nossas entranhas. Há cinco minutos uma câibra aperta meu coração e a sensação está ficando cada vez mais intensa. Essa sensação está associada a uma febre crescente, que é a resposta do organismo à sobrecarga que sofreu, e que dá origem a uma forte dor de cabeça.

Há dez anos essa dor de cabeça poderia ter se transformado num intenso desejo de pressionar minha boca contra a dele e vê-lo perder o autocontrole.

Hoje posso observar o que vai acontecendo comigo, cheia de respeito para com o fenômeno mas bem consciente de que ele não é mais que uma ilusão passageira e mortífera.

As fotografias capturaram sua beleza, mas deixaram-na sem vida, como a de uma estátua. Não transmitiram seu magnetismo. Que é dobrado. Que é ao mesmo tempo uma irradiação dele para o aposento e uma atração exercida por sua pessoa.

Mesmo sentado ele é muito alto. Os cabelos são de um branco quase metálico, reunidos atrás da cabeça num rabo-de-cavalo.

Ele olha para mim e o doloroso latejar de meu pé, de minhas costas e da base de meu crânio aumenta; recordo indistintamente — como acontecia na universidade quando, por ocasião dos exames, tínhamos que reconhecer os exemplos isolados de formações de gelo — uma sucessão dos rapazes e homens que me afetaram desta maneira no decorrer de minha vida.

Depois volto à realidade e ponho os pés no chão. Os cabelos de minha nuca se eriçam e me informam que, independentemente do que ele possa ser, era ele a pessoa de quem estive a um metro de distância na noite e no frio, enquanto os dois esperávamos diante do Terror Branco. A luz que rodeava sua cabeça era esse cabelo extraordinariamente branco.

Ele me observa atentamente.

— Por que o convés do castelo de proa?

Lukas está sentado à cabeceira da mesa. Fala com Verlaine. Que está sentado diagonalmente em relação a mim. Numa atitude um tanto desleixada e complacente.

— Para me aquecer. Antes de ter que voltar ao trabalho com os esquis.

Agora estou lembrando. O *Kista Dan* e o *Maggi Dan*, navios da Companhia Lauritzen especiais para viagens no Ártico, os navios de minha infância. Antes da base americana, antes dos aviões do Sul da Groenlândia. Para uso em situações extremas, por exemplo, em caso de congelamento rápido, eles eram equipados com botes especiais de salvamento, botes de alumínio que tinham esquis aparafusados na parte de baixo para poder deslizar sobre o gelo como trenós. Eram esquis desse tipo que Verlaine estava fixando.

— Jaspersen.

Lukas examina o papel diante dele.

— A senhora abandonou a lavanderia meia hora antes do fim de seu quarto de serviço, ou seja, às três e meia da tarde, para ir dar uma volta. A senhora desceu até a sala de máquinas, viu uma porta, abriu essa porta e seguiu pelo túnel até a escada. Que diabos: o que a senhora estava procurando?

— Queria descobrir o que tenho diariamente debaixo dos pés.

— E então?

— Havia uma porta. Com dois puxadores. Seguro um deles e o alarme dispara. No começo imagino que a culpada tinha sido eu.

Ele olha para Verlaine, depois para mim. A raiva altera sua voz.

— A senhora mal se agüenta em pé.

Olho Verlaine nos olhos.

— Caí. Quando o alarme disparou, dei um passo para trás e caí pela escada. Devo ter batido a cabeça num degrau.

Lukas concorda com a cabeça, devagar, amargo.

— Alguma pergunta, Tørk?

Ele não muda de posição. Simplesmente inclina um pouco a cabeça. Tanto pode ter trinta e cinco como quarenta e cinco anos.

— A senhora fuma, Jaspersen?

Lembro tão claramente aquela voz! Faço que não com a cabeça.

— O sprinkler é acionado por seções. A senhora sentiu cheiro de fumaça em algum lugar?

— Nada.

— Verlaine. Onde estava seu pessoal?

— Estou verificando.

Tørk levanta. Fica em pé apoiado na mesa e olha para mim pensativo.

— Segundo o relógio do passadiço, o alarme disparou às quinze e cinqüenta e sete. Parou três minutos e quarenta e cinco segundos depois. Todo esse tempo a senhora permaneceu na seção ativada. Por que a senhora não está completamente ensopada?

Meus sentimentos de há pouco desapareceram. Tudo o que posso observar em meio à febre é que mais um poderoso me atormenta. Olho-o nos olhos.

— Sei lá, não consigo acumular minhas experiências.

# 8

Há um consolo na água quente. Eu, que cresci tomando banho em água de gelo derretido, branca como leite, fiquei dependente de água quente. Uma das poucas dependências que reconheço em mim. Como a necessidade de tomar um café de vez em quando ou de ver o sol brilhar sobre o gelo.

A água das torneiras do *Kronos* é fervente; regulo-a para que fique quase no ponto de queimar, depois deixo que escorra sobre meu corpo. Com isso irrompem chamas da base do meu crânio e de minhas costas, dos ferimentos da barriga e principalmente do pé, que continua inchado e prejudicado. A febre e os arrepios aumentam mas nem por isso vou para a cama, depois desaparecem por completo, deixando-me apenas fraca.

Vou ao refeitório buscar uma garrafa térmica com chá e levo para o camarote. Coloco-a diante de mim no escuro, tranco a porta, respiro fundo e acendo a luz.

Jakkelsen está sentado em meu beliche, de abrigo branco e com pupilas sumidas de tão recuadas para dentro do cérebro, o que o deixa com um olhar de quartzo, onde brilha uma autoconfiança artificial.

— Você está bem consciente de que salvei você, né?

Espero que o susto largue meus membros para conseguir me sentar.

— Smilla não agüenta esta vida do mar, digo para mim mesmo. Por isso me instalo lá embaixo na sala de máquinas e espero. Quando alguém quiser encontrar você, é só procurar lá embaixo. Mais cedo ou mais tarde você passa, a caminho do fundo. E logo atrás vêm Verlaine, Hansen, Maurice. Eu fico ali mesmo. Para falar a verdade, tranquei as portas que dão para o convés. Vocês vão ser obrigados a voltar por onde foram.

Mexo meu chá. A colher e a xícara se entrechocam.

— Quando eles voltam com você num saco ainda estou ali sentado. Sei qual é o problema deles. A história de que é só jogar o lixo do refeitório e as pessoas de quem não se gosta por cima da amurada é coisa do século passado. Sempre há duas pessoas no passadiço e o convés é iluminado. Quem jogar alguma coisa maior que um palito de fósforo por cima da amurada está arrumando encrenca e inquérito naval. A gente ia chegar a Godthaab e encontrar um verdadeiro formigueiro de groenlandeses baixinhos de pernas tortas e uniforme da polícia esperando por nós.

Nesse ponto ele se lembra de que está falando com uma das formigas baixinhas de pernas tortas.

— Desculpe — diz.

Em algum lugar um relógio bate quatro pancadas duplas, quatro sinos, a medida do tempo no mar, um tempo que não conhece diferença entre o dia e a noite, só o monótono revezamento dos quartos de serviço de quatro horas. Essas pancadas intensificam a sensação de imutabilidade, de que jamais zarpamos, de que ficamos imóveis no tempo e no espaço e apenas nos enfiamos mais fundo na falta de sentido.

— Hansen fica na sala de máquinas, perto da comporta. Transfiro-me para o convés acima e vou até a escada de bombordo. Quando Verlaine sobe, me pergunto onde aquilo vai dar. Verlaine de guarda no convés, Hansen na comporta. E Maurice sozinho com você lá embaixo. O que isso significa?

— Quem sabe Maurice esteja a fim de uma rapidinha.

Pensativo, ele balança a cabeça.

— É uma possibilidade. Mas ele prefere mocinhas. O interesse por mulheres maduras só vem com a experiência. *Sei* que eles querem jogar você no porão de carga. Bem pensado, cara! São doze metros de altura. Vai parecer que você caiu por acidente. Depois é só retirar o saco. Foi por isso que carregaram você com tanto cuidado. Para que não ficasse nenhuma marca.

Olha exultante para mim. Feliz por ter decifrado tudo.

— Desço para a entreponte e vou até a escada. Através dos degraus, vejo Maurice carregar você porta adentro. Com a maior facilidade. Também, não há dia em que ele não treine na sala de pesos. Duzentos quilos para os bíceps e vinte e cinco quilômetros de bicicleta ergométrica. É preciso tomar uma decisão. Você nunca fez nada por mim, não é mesmo? Aliás, me prejudicou diretamente. Além disso você tem uma coisa... uma coisa irritante...

— Solteironice?

— É, justamente. Por outro lado, nunca consegui engolir o Maurice.

Faz uma pausa significativa.

— Sou fã das mulheres. De modo que acendo o charuto. Não consigo ver vocês: vocês estão na plataforma. Mas aplico a boca ao sensor, sopro e ele dispara.

Me dirige um olhar penetrante.

— Maurice vem andando para a escada. Sangue por todo lado. Os sprinklers enxaguam o sangue escada abaixo. Um riozinho. Dava vontade de vomitar. Por que essa trabalheira toda da parte deles? O que você fez a eles, Smilla?

Preciso da ajuda dele.

— Até agora eles me toleraram. Só complicou depois que cheguei perto da popa.

Ele concorda com a cabeça.

— Ali sempre foi território do Verlaine.

— Agora vamos subir até o passadiço — digo — e contar tudo isso ao Lukas.

— Não vai dar, cara.

Ele está com manchas vermelhas no rosto. Fico esperando. Mas ele mal consegue falar.

— Verlaine sabe que você se pica?

Ele reage com a petulância barroca que às vezes encontramos em pessoas que já estão praticamente no fundo do poço.

— Eu é que controlo a droga, não é a droga que me controla!

— Mas Verlaine viu através de você. Ele está querendo pegar você. Por que isso seria tão grave?

Ele estuda atentamente seus tênis.

— Por que você tem uma chave mestra, Jakkelsen?

Ele faz que não com a cabeça.

— Já fui até o passadiço — digo. — Falei com o Verlaine. Expliquei a ele que o alarme disparou sozinho. Que com o susto caí da escada.

— O Lukas não cai nessa.

— Ele não acredita em nós. Mas não pode fazer nada. Seu nome nem foi mencionado.

Ele fica aliviado. Depois uma idéia lhe vem à cabeça.

— Por que você não disse a ele o que aconteceu?

Preciso conquistar seu apoio. É como tentar construir alguma coisa na areia.

— Não estou interessada em Verlaine. Estou interessada em Tørk.

O pânico voltou a seu rosto.

— Agora piorou, cara. Conheço malandro de longe. Ele é *bad news*.

— Quero saber o que estamos indo buscar.

— Eu já disse, cara, estamos indo buscar droga.

— Não — digo. — Não é droga. A droga vem dos trópicos. Da Colômbia. Da Birmânia. Do Paquistão. E vai para a Europa. Ou para os Estados Unidos. Não vai para a Groenlândia. Não numa quantidade que exija um cargueiro de quatro mil toneladas. Aquele porão de carga lá da frente é especial. Nunca vi nada parecido. Dá para esterilizá-lo a vapor. Dá para regular a composição, a umidade e a temperatura do ar. Tudo isso você já viu. Já pensou a respeito. A que conclusão você chegou?

As mãos dele vivem uma vida própria, de agitada impotência, sobre meus travesseiros. São como filhotes de passarinho caídos do ninho. Ele abre e fecha a boca.

— Uma coisa viva, cara. Senão não faz sentido. Eles querem transportar uma coisa viva.

# 9

Sonne abre a porta da enfermaria para mim. São nove horas da noite. Consigo encontrar uma compressa de gaze. Ele ameniza sua atrapalhação ficando em posição de sentido. Porque sou mulher. Porque ele não me entende. Porque está querendo me dizer alguma coisa.

— Na entreponte, quando chegamos lá com os extintores, a senhora estava sentada com dois cobertores de incêndio.

Aplico uma solução bem diluída de água oxigenada no local onde a pele está partida. Para mim, nada de mercurocromo. Tenho que sentir o ardor para acreditar que o remédio vai funcionar.

— Voltei lá. Mas tinham desaparecido.

— Alguém deve ter tirado — digo. — Ordem é uma coisa muito positiva.

— Mas isto aqui eles não tinham tirado.

Atrás das costas ele estava segurando um saco de juta dobrado e molhado. O sangue de Maurice deixou manchas grandes, vermelho-azuladas.

Ponho a compressa sobre o ferimento. A gaze está equipada com uma espécie de cola que a faz ficar no lugar sozinha.

Pego uma grande atadura elástica. Ele sai pela porta atrás de mim. É um bom rapaz dinamarquês. Neste momento devia estar a bordo de um navio-tanque da Leste-Asiática. Podia estar no passadiço de um dos navios da Companhia Lauritzen de Navegação. Podia estar em casa com papai e mamãe em Ærøskøbing debaixo do cuco comendo almôndegas com molho de ferrugem, elogiando a culinária de mamãe e sendo o objeto do orgulho contido de papai. Mas não, foi acabar aqui. Na pior companhia que jamais terá condições de imaginar. Sinto pena dele. Ele é um pedacinho do que há de bom na Dinamarca. Honestidade, integridade, operosidade, docilidade, cabelo à escovinha e ordem nas finanças.

— Sonne — digo. — Você é de Ærøskøbing?

— De Svaneke.

Parece desconcertado.

— Sua mãe faz almôndegas?

Ele faz que sim.

— Gostosas? Crocantes por fora?

Ele fica vermelho. Gostaria de protestar. De ser levado a sério. De impor sua autoridade. Como a Dinamarca. Com olhos azuis, rosto vermelho e boas intenções. Mas está completamente cercado por forças poderosas, dinheiro, desenvolvimento, abuso, colisões entre o novo e o velho mundo. E além disso não entendeu o que está acontecendo. Não entendeu que só vai ser tolerado enquanto dançar conforme a música. E é isso que ele quer, sua imaginação não o leva mais longe. Dançar conforme a música.

Para mudar as coisas é preciso ter talentos bem diferentes. Talentos mais vulgares, muito mais penetrantes. Muito mais exasperados.

Ergo o braço e lhe bato de leve na bochecha. Não consigo resistir. O rubor lhe sobe do pescoço, como uma rosa por baixo da pele.

— Sonne — digo. — Não sei o que o senhor está planejando, mas seja lá o que for, vá em frente.

Tranco a porta de meu camarote, posiciono a cadeira por baixo do trinco e sento no beliche.

Todo aquele que viaje tempo suficiente por lugares muito frios mais cedo ou mais tarde enfrenta a situação de ter que se manter desperto caso queira manter-se vivo. O sono traz embutida a morte. A pessoa que morre por congelamento passa por um curto estágio de sono. Quem sangra até morrer, dorme; quem é soterrado por uma avalanche de neve úmida compacta, dorme para a morte por sufocamento.

Estou precisando dormir. Mas não posso. Ainda não. Nesta situação, há um certo repouso na região mormacenta entre o sono e a lucidez.

No decorrer da primeira Conferência Circumpolar Inuit percebemos que todos os diferentes povos que vivem ao redor do mar Ártico conhecem a história da raposa, o mito ártico da criação. Eis o que se conta da raposa: "No começo até a raposa tinha forma humana e se debatia às cegas e agia ao sabor do acaso; até ser-lhe revelado quem era e qual seu objetivo".

Descobrir qual é nosso objetivo. Talvez seja isso que Isaías me deu. O que toda criança pode dar. Um sentido de significado. De que através de mim e também através dele gira uma roda — um movimento amplo, frágil, e ao mesmo tempo necessário.

Esse movimento é que foi rompido. O corpo de Isaías na neve é uma ruptura. Enquanto ele se movia, era um determinador de sentido, um juízo. E, como sempre, só pude avaliar a extensão de seu significado depois que ele se foi.

Agora se trata de entender por que ele morreu. De penetrar e esclarecer esse detalhe mínimo e universal — sua morte.

Enrolo a atadura elástica ao redor de meu pé e procuro ativar a circulação. Depois saio para o corredor e bato de leve na porta de Jakkelsen. Ele ainda está cheio de vigor químico, mas o efeito começa a declinar.

— Quero ir até o convés de embarcação — digo. — Esta noite. Preciso que você me ajude.

Ele está de pé e sai porta afora. Não tento retê-lo. Um homem como ele não tem autêntica liberdade de escolha.

— Você deve estar maluca, cara. Estamos proibidos de entrar lá. Pule no mar, cara, pule no mar em vez de entrar lá.

— Você vai ter que ir — digo. — Do contrário vou ser obrigada a ir até o passadiço pedir a eles que venham buscar você. E você vai ter que arregaçar as mangas na presença de testemunhas. E eles vão internar você na enfermaria: amarrado na cama, com a porta trancada e um guarda do lado de fora.

— Você não ia fazer isso, cara.

— Meu coração ia sangrar. Por ser obrigada a denunciar um herói dos mares. Mas ia ser obrigada.

Ele se debate contra a incredulidade.

— Além disso vou dar um jeito de Verlaine ficar sabendo o que você viu.

Esta última parte resolve o caso. Ele treme incontrolavelmente.

— Ele me corta em pedacinhos — diz ele. — Salvei sua vida, como você pode fazer isso comigo?

Talvez eu conseguisse fazê-lo entender. Mas para isso seria necessário um esclarecimento que não tenho condições de dar.

— Quero saber — digo —, preciso saber o que estamos indo buscar. O que aquele tanque está preparado para receber.

— Por quê, Smilla?

A coisa começa e acaba numa pessoa que cai de um telhado. Mas pelo meio foram aparecendo uma série de correlações que talvez jamais seja possível desenredar. E Jakkelsen não está querendo mais que um esclarecimento tranqüilizador. Os europeus têm necessidade de explicações simples. Em toda e qualquer ocasião, preferem uma mentira simples a uma verdade complexa.

— Porque devo isso a alguém — digo. — Devo isso a uma pessoa a quem amo.

Falar no presente não é um engano. É apenas do ponto de vista físico, limitado, que Isaías deixou de existir.

Jakkelsen olha para mim desiludido e melancólico.

— Você não ama ninguém. Não gosta nem de você. Não é uma mulher de verdade. Quando eu estava arrastando você escada acima, vi o ferrinho que saía do saco. Uma chave de fenda. Como um pintinho duro. Você furou o sujeito, cara.

Suas feições estão cheias de assombro.

— Não consigo entender você, cara. Você é a fada boa na jaula dos macacos. Mas ao mesmo tempo é horrivelmente fria, cara, você tem uma coisa agourenta.

Quando chegamos à área coberta do convés superior o relógio do passadiço bate dois sinos duplos; são duas da manhã, o quarto de meia-noite vai pela metade.

O vento decaiu, a temperatura baixou e o *pujuq* — o nevoeiro — ergueu quatro paredes brancas em torno do *Kronos*.

Jakkelsen, a meu lado, já começou a tremer. Não tem a menor resistência contra o frio.

Aconteceu alguma coisa com os contornos do navio. Com a amurada, com os mastros, com os holofotes, com a antena de rádio que a trinta metros de altura se estende entre os mastros dianteiro e traseiro. Esfrego os olhos. Mas não porque tenha algum problema de visão.

Jakkelsen põe o dedo na amurada, depois volta a retirá-lo. O dedo deixa uma marca negra no ponto onde ele fez a camada fina e leitosa de gelo derreter.

— Há dois tipos de gelo num navio, sabia? O ruim, que se forma das ondas que batem nos costados e se congelam, formando uma camada sólida. Esse gelo aumenta cada vez mais depressa depois que se cria uma camada grossa sobre a mastreação e tudo o que se projeta do navio. E o tipo péssimo. O que se forma a partir da névoa marinha. Esse tipo não precisa de ondas, simplesmente cobre tudo. Como uma coisa que está ali e pronto.

Ele faz um gesto na direção daquela brancura.

— Isto é o começo do tipo péssimo. Mais quatro horas e vamos ter que começar a usar as marretas de gelo.

Seus movimentos parecem desprovidos de energia, mas seus olhos brilham. Ele vai detestar ter que soltar o gelo a marretadas. Mas em algum lugar dentro dele até mesmo esse aspecto do oceano desencadeia uma alegria louca.

Avanço dez metros na direção da proa. Vou para um lugar onde não dá para me ver do passadiço mas de onde posso descortinar boa parte das janelas do convés de embarcação. Todas apagadas. Todas as janelas da superestrutura estão apagadas, exceto uma luzinha fraca no refeitório dos oficiais. O *Kronos* dorme.

— Estão dormindo.

Ele foi até o convés a ré para dar uma olhada nas janelas que dão para aquele lado.

— Que merda, todo mundo aqui devia estar dormindo.

Subimos três andares até o convés de embarcação. Ele prossegue até o patamar seguinte. Dali vai poder ver se alguém está saindo do passadiço. E se por acaso alguém sai do convés de embarcação. Dentro de um saco, por exemplo.

Estou com meu uniforme preto de servir à mesa. Praticamente nulo como desculpa para seja lá o que for a esta hora da noite. Não consegui achar outra coisa. Vou fazendo as coisas sem parar para pensar. Porque não há outro caminho senão aquele que avança para a frente e parar é impossível. Enfio a chave de Jakkelsen na fechadura. A chave entra sem problemas. Mas não gira. Trocaram a fechadura.

— Isso é um sinal, cara. Vamos deixar esse negócio para lá.

Ele desceu e está logo atrás de mim. Agarro seu lábio inferior. A bolha de sangue ainda não se dissolveu. Se eu não o estivesse segurando pela boca ele teria protestado.

— Se é sinal, então é um sinal de que atrás dessa porta há alguma coisa que eles tiveram muito trabalho para evitar que a gente visse.

Falei sussurrando em seu ouvido. Em seguida largo seu lábio. Ele tem milhões de coisas para dizer, mas engole. Vai atrás de mim de cabeça baixa. Quando a ocasião se apresentar, há de se vingar e de me humilhar ou me vender ao primeiro que vier ou me dar o último empurrãozinho pelas costas. Neste exato momento, porém, não pode fazer nada.

Todo aposento utilizado para uma ou outra forma de atividade social fica irreal quando vazio. Os palcos dos teatros, as igrejas, os refeitórios. O refeitório está escuro e sem vida, mas continua povoado por uma lembrança de vida e de horários de refeição.

A cozinha tem um cheiro forte de massa azeda, fermento e álcool. Urs me disse que seu pão descansa seis, sete horas, das dez da noite às cinco da manhã. Temos uma hora e meia, duas horas no máximo.

Assim que abro as duas portas de correr, Jakkelsen percebe o que estou planejando.

— Eu sabia que você era maluca, cara. Mas a esse ponto...

O elevador de cozinha foi limpo; dentro dele está guardada uma bandeja com xícaras, pires, pratinhos, talheres e guardanapos. Os preparativos simbólicos de Urs para o dia seguinte.

Removo a bandeja e a louça.

— Me dá claustrofobia — diz Jakkelsen.

— Não é você que vai subir.

— Também me dá pelas outras pessoas.

É uma caixa retangular. Sento na mesa da cozinha e me arrasto de lado para dentro dela. Primeiro experimento se existe a possibilidade de inclinar a cabeça entre os joelhos até o ponto que vai ser necessário. Depois enfio metade do corpo lá dentro.

— Você manda o elevador para o convés de embarcação. Depois que eu sair, deixe o elevador ficar lá. Vamos evitar ruídos desnecessários. Aí você sobe pela escada e fica esperando. Se alguém mandar você embora, fique mesmo assim. Se insistirem, vá para seu camarote. Me dê uma hora. Se eu não voltar, acorde o Lukas.

Ele torce as mãos.

— Não consigo, cara, não consigo.

Sou obrigada a espichar as pernas ao mesmo tempo em que evito enfiar as mãos na massa azeda que está descansando na mesa.

— Por que não?

— Ele é meu irmão, cara. Foi por isso que eu embarquei, entende? Por isso tenho a chave, sacou? Ele acha que estou limpo.

Aspiro profundamente e encho os pulmões pela última vez, expiro e me encolho dentro do caixote.

— Se eu não voltar dentro de uma hora, acorde o Lukas. Essa é sua única chance. Se vocês não forem me buscar, conto tudo ao Tørk. Ele vai mandar o Verlaine tomar conta de você. Verlaine é o capanga dele.

Não acendemos a luz. A cozinha está às escuras, exceto pela luminosidade pálida do mar e pelo reflexo da bruma. Mesmo assim percebo que ele é sensível a minhas palavras. Acho ótimo não poder ver seu rosto.

Encaixo a cabeça entre os joelhos. Ele fecha a porta. Ouço o fraco zumbido de um motor elétrico por baixo de mim no escuro e começo a subir.

O movimento dura cerca de quinze segundos. O único pensamento é o desamparo. O medo de que alguma coisa esteja a minha espera lá em cima.

Empunho a chave de fenda. Só para ter alguma coisa a oferecer quando eles abrirem a porta de um golpe e me arrastarem para fora.

Mas não acontece nada. O elevador freia em seu poço de escuridão e permaneço sentada e não acontece nada a não ser a dor que sinto no lado externo das coxas e o movimento do navio no mar e o ruído distante dos motores que daqui mal dá para perceber.

Enfio a chave de fenda entre as duas portas de correr e pressiono para o lado e para cima. Depois saio, arrastando-me de costas para o tampo de um balcão.

Uma luz suave entra no aposento. São as luzes de navegação do mastro de ré que neste andar entram por uma clarabóia no teto. O aposento é uma espécie de copa com geladeira, mesa de refeições e fogão de duas bocas.

Uma porta leva a um corredorzinho estreito. Sento-me encolhida no chão do corredor e espero.

Nas situações de transição, muita gente sucumbe. Em Scoresbysund as pessoas davam tiros de espingarda nas cabeças umas das outras quando o inverno começava a extinguir o verão. Não há grande mérito em deslizar ladeira abaixo quando tudo está bem, quando o equilíbrio já está estabelecido. O difícil é o novo. O gelo novo. A luz nova. Os sentimentos novos.

Sento-me. É minha única chance. É a única chance de todas as pessoas. Tomar o tempo necessário para ajustar-se.

A antepara diante de mim vibra com os motores distantes, lá embaixo. Do outro lado deve estar a chaminé. Este andar foi construído em torno da grande caixa retangular da chaminé.

A minha esquerda, na altura do chão, posso ver uma luzinha fraca. É a lamparina da escada. Aquela porta é meu caminho de volta e para fora dali.

A minha direita primeiro há silêncio. Depois toma corpo, do silêncio, uma respiração. Muito mais leve que o barulho do resto do navio. Mas passados seis dias a bordo os ruídos cotidianos recuaram para um discreto pano de fundo contra o qual todos os acontecimentos adquirem realce. Mesmo o leve ressonar de uma mulher adormecida.

Isso significa que há um camarote, possivelmente dois, dando para bombordo e que mais um ou dois dão para o outro lado. O que significa que o salão e o refeitório dão para o convés do castelo de proa.

Fico sentada. Depois de algum tempo, um cano afastado borbulha. As privadas do *Kronos* estão equipadas com descarga a alta pressão. Em algum lugar abaixo ou acima de nós alguém puxou a descarga da privada. O movimento nos canos informa que o banheiro e as privadas deste andar estão situados na frente da chaminé e que foram construídos de encontro a sua lateral.

Meu despertador está no bolso do guarda-pó. Que saída? Dou uma olhada nele e vou em frente.

A porta que dá para fora está fechada com uma tranca. Retiro a tranca. Para poder sair rapidamente. Mas sobretudo para que outros possam entrar.

Entre o corredor curto que leva à porta que dá para fora e o que imagino ser o salão, apalpo uma porta. Encosto o ouvido nela e espero. A única coisa que consigo escutar é o relógio distante do navio batendo os sinos. A porta se abre para um escuro mais profundo que aquele de onde venho. Espero novamente. Depois acendo a luz. Não é uma luz trivial. São centenas de lâmpadas de aquário em centenas de aquários fechados, muito pequenos, montados em molduras de borracha e presos a prateleiras que recobrem as três paredes. Nos aquários há peixes. Mais numerosos e variados que em qualquer loja especializada.

Ao longo de uma das paredes há uma mesa manchada de preto equipada com duas grandes pias rasas de porcelana com misturadores operados com o cotovelo. Sobre a mesa há duas bocas de gás e dois bicos de Bunsen, todos ligados à torneira de gás por tubulações fixas de cobre. Sobre uma mesa lateral está aparafusada uma autoclave. Uma balança de Mettler. Um pH-metro. Uma grande câmera de fole montada sobre um tripé. Um microscópio bifocal.

Embaixo da mesa há uma prateleira metálica com gavetinhas fundas. Abro algumas delas. Em caixas de papelão do Laboratório Químico Struer vejo pipetas, tubos de borracha, rolhas, lâminas de vidro e papel de tornassol. Substâncias químicas em pequenos frascos de vidro. Magnésio, permanganato de potássio, limalha de ferro, enxofre em pó, cristais de sulfato de cobre. De encontro à parede, em caixas de madeira forradas com palha e papelão corrugado, há pequenos balões de ácido. Ácido fluorídrico, ácido clorídrico e ácido acético em diversas concentrações.

Na mesa oposta há bandejas plásticas fixas, cubas de revelação e um ampliador. Não estou entendendo nada. A decoração do aposento é uma mistura de Aquário Nacional da Dinamarca com laboratório químico.

O salão tem portas duplas com almofadas. Um lembrete de que o *Kronos* foi construído para a elegância há muito desaparecida dos anos 50, fora de moda já na época. O aposento está situado diretamente sob o passadiço e tem as mesmas dimensões. Seu aspecto é o de uma sala de estar dinamarquesa de teto baixo. Tem seis janelas grandes para o convés do castelo de proa. Todas elas estão cobertas de gelo; através do gelo escoa-se uma luzinha cinza-azulada.

A bombordo estão empilhadas caixas de madeira e papelão sem rótulo, mantidas no lugar por uma corda de bandeira estendida entre dois radiadores.

No meio da sala há uma mesa fixa; em concavidades no tampo há diversas garrafas térmicas. Ao longo de duas das paredes foram instaladas compridas mesas de trabalho munidas de lâmpadas Luxo. Uma pequena fotocopiadora foi aparafusada à antepara. Ao lado, um aparelho de fax. Mais acima na parede há uma prateleira cheia de livros.

Estou andando na direção da estante quando vejo a carta náutica. Está colocada debaixo de uma lâmina de plexiglas sem reflexo, e só agora a vejo. Acendo minha lanterna.

O texto da margem foi cortado, por isso só depois de alguns instantes consigo localizar-me. Nas cartas náuticas a terra é um detalhe, uma linha única, um contorno afogado num enxame de números que informam as profundidades. Nesse momento reconheço o promontório vizinho a Sisimiut. Embaixo da placa de vidro, junto à borda da carta, foram colocadas diversas fotocópias reduzidas de mapas especializados. "Retardamento médio da passagem (superior ou inferior) da Lua por Greenwich até o início da maré alta no Oeste da Groenlândia." "Vista geral das correntes de superfície do Oeste da Groenlândia." "Mapa geral das divisões setoriais na região de Holsteinsborg."

No alto, apoiadas à antepara, vêem-se três fotografias. Duas delas são fotografias aéreas em branco e preto. A terceira parece um detalhe fractal do grupo de Mandelbrot transposto para uma imagem em cores. As três têm, no centro, o mesmo contorno. Uma figura com forma aproximada de círculo encolhida em torno de uma abertura. Parece um feto de cinco semanas que, feito peixe, encurva o corpo em torno das guelras.

Dou uma olhada no arquivo da mapoteca, mas está trancado a chave. Preparo-me para examinar os livros quando uma porta se abre em algum ponto do andar. Apago a lanterna e me imobilizo. Uma segunda porta é aberta e fechada, depois silêncio. Mas o andar já não dá a impressão de estar adormecido. Em algum lugar há pessoas acordadas. Não tenho necessidade de consultar o relógio. Tenho tempo de sobra, mas a coragem acabou.

Estou com a mão na porta que dá para fora quando ouço alguém subindo a escada. Recuo de costas pelo corredor. Uma chave é enfiada na fechadura. Há um momento de perplexidade diante do fato de a porta estar destrancada. Empurro a porta da cozinha, entro e fecho a porta atrás de mim. Passos se aproximam pelo corredor. Talvez sejam passos cautelosos, inquisidores, talvez a pessoa esteja surpresa porque a porta estava destrancada, talvez inspecionem o andar inteiro. Talvez eu esteja ouvindo coisas. Subo no balcão da cozinha e me enfio no elevador. Puxo as portas, mas de dentro é impossível fechá-las direito.

A porta que dá para o corredor se abre e a luz é acesa. No meio da peça, bem na frente da fresta que não consegui fechar, está Seidenfaden. De sobretudo, ainda afogueado de um passeio pelo convés. Aproxima-se da geladeira e desaparece de meu campo de visão. Há um assobio de ácido carbônico e ele torna a ficar visível. Está de pé bebendo uma cerveja diretamente da lata.

Nesse momento, em que seu rosto exprime ao mesmo tempo prazer introspectivo e vontade de tossir, seus olhos estão voltados para mim, mas sem me ver. De repente o elevador começa a roncar e ranger alto.

Me falta espaço para estremecer. Só me resta desembaraçar a chave de fenda da rolha e preparar-me para ser descoberta dentro de dois segundos.

Nesse momento o elevador desce.

Acima de mim, no escuro, as portas são abertas com violência. Mas já não estou mais lá, estou descendo.

Rezo para que seja Jakkelsen desobedecendo a minhas ordens. Talvez ele tenha chamado o elevador por ter percebido um movimento no poço. Espero que esteja escuro no instante em que a porta se abrir.

E que as mãos trêmulas de Jakkelsen estejam lá entrelaçadas quando eu engatinhar para fora.

O elevador pára, a porta é aberta cautelosamente. Está tudo escuro.

Uma coisa molhada e fria é comprimida contra minha coxa. Alguma coisa deita no meu colo. Algo é empurrado para baixo de meus joelhos. A porta é fechada, o elevador ronca, um motor é acionado e subo pelo poço.

Passo a chave de fenda para a mão esquerda e com a direita agarro a lanterna. Por um momento ela me ofusca, depois consigo ver.

A cinco centímetros de meus olhos, colada a meu corpo, eleva-se, ereta, suada, fria, uma garrafa grande com a inscrição “Moët & Chandon 1986 Brut Imperial Rosé”. Champanhe cor-de-rosa. No meu colo há um copo de champanhe. Debaixo de meus joelhos vejo o fundo côncavo de outra garrafa.

Estou convencida de que quando a porta se abrir, banhada em luz, vou ficar frente a frente com Seidenfaden.

As coisas saem diferentes. Conto dois solavancos e sei que o convés de embarcação ficou para trás. Estou a caminho do passadiço, do refeitório dos oficiais.

O elevador pára e segue-se um silêncio sem acontecimentos. Tento abrir as portas. É quase impossível por causa das garrafas.

Em algum lugar uma porta se abre e se fecha. Depois riscam um fósforo. Forço as portas e abro uma fresta de um centímetro. Sobre a mesa grande onde servi jantar há dois dias há uma vela num castiçal. Alguém pega a vela e se aproxima de mim.

As portas se afastam. Tenho uma das mãos na parede atrás de mim para imprimir toda a potência possível ao golpe. Estou à espera de Tørk ou Verlaine. Minha idéia é tentar atingir os olhos.

A luz me ofusca por estar muito próxima. Não consigo ver mais que um contorno escuro. Que recolhe primeiro uma garrafa, depois a outra. No momento de pegar o copo, a mão roça meu quadril por um instante.

Da sala vem um barulho abafado de surpresa.

O rosto de Kützow está inclinado para mim. Olhamo-nos nos olhos. Esta noite os dele estão saltados, como se ele tivesse sido vitimado por uma crise aguda de mal de Basedow. Só que do ponto de vista usual ele não está doente. Está é colossalmente bêbado.

— Jaspersen! — diz ele.

Nesse momento nossos olhos se voltam ao mesmo tempo para a chave de fenda. Está voltada para um ponto qualquer entre os olhos dele.

— Jaspersen! — repete ele.

— Um conserto sem importância — digo.

Não consigo falar direito porque minha posição encolhida dificulta a respiração.

— Mas quem cuida dos consertos a bordo sou eu, *eu*!

A voz dele é autoritária, mas engrolada. Passo a cabeça pela porta.

— Estou vendo que você também é responsável pela adega. Urs e o comandante vão gostar da notícia.

Ele enrubesce. É uma alteração cromática lenta, mas de amplo alcance. Tende para o roxo.

— Posso explicar.

Dentro de dez segundos ele vai começar a pensar. Ponho um braço para fora.

— Estou sem tempo — digo. — Preciso acabar meu trabalho.

Nesse instante o elevador desce. No último segundo ponho o tronco para dentro. Chego a sentir uma ponta de indignação pelo fato de não haver mecanismo de segurança que impeça o elevador de andar quando as portas não estão fechadas.

Em pensamentos repasso toda a cena da descoberta, da confrontação e da solução catastrófica. Quando o elevador chega à cozinha, minha imaginação não consegue ir mais longe.

O elevador não pára na cozinha. Continua descendo.

Depois pára. Os últimos segundos esgotaram minhas últimas reservas. Agora só tenho a meu favor o elemento-surpresa. Forço as portas e as afasto uma da outra. Ao abrir, elas batem com força dos lados fazendo barulho. Bem na minha frente balança um saco com a inscrição "Batatas Vildmose. 50 kg. Provisões Navais da Dinamarca". Tiro as duas pernas para fora, apóio-as no saco e empurro. O movimento se interrompe, o saco mergulha para trás e vai parar no canto oposto. Aterrissa entre caixas de papelão com a inscrição "Cenouras Wiuff Lammefjord".

Em pé, recupero o equilíbrio. Não tenho a sensação de possuir pernas. Mas estou com a chave de fenda em riste.

De trás do saco aparece Urs.

Não consigo encontrar nada para dizer. Quando me abalo porta afora ele ainda está de joelhos.

— *Bitte, Fräulein* Smilla, *bitte*...

Acho que subconscientemente eu pensava que ia encontrar algum tipo de alerta. Homens armados à minha espera. Mas o *Kronos* está às escuras. Atravesso três conveses sem encontrar ninguém.

A escada que leva ao passadiço está vazia. Jakkelsen não está em nenhum lugar visível. Para o que der e vier, entro no passadiço de ré pela porta onde está escrito OFFICER'S ACCOMMODATIONS e abro a porta do banheiro dos homens.

Ele está de pé junto à pia. Andou penteando o cabelo. Sua testa está apoiada no espelho, como se quisesse certificar-se de que o resultado vai ser realmente estonteante. Andou ajeitando para trás os cachos que caem por cima das orelhas. Mas está dormindo. Inconscientemente, em movimentos elásticos, seu corpo acompanha a ondulação do navio e se mantém ereto. Mas está roncando. Sua boca está aberta com um pedaço da língua do lado de fora.

Enfio a mão no bolso do peito de sua camisa de trabalho. Pego o tubo de borracha. Ele se esgueirou até o banheiro para tomar uma picadinha e acalmar os nervos. Depois resolveu se ajeitar um pouco. Depois ficou cansado.

Chuto suas pernas para desequilibrá-lo. Ele escorrega pesadamente para o chão. Tento arrastá-lo, mas não agüento a dor nas costas. Só consigo levantar sua cabeça.

— Você não viu o Kützow — digo.

Um sorriso voluptuoso aparece em seus lábios.

— Smilla. Eu sabia que você ia voltar.

Ajudo-o a pôr-se em pé. Depois enfio sua cabeça na pia e abro a torneira da água fria. Assim que ele consegue agüentar-se em pé, arrasto-o na direção da escada.

Já descemos cinco degraus quando Kützow sai pela porta atrás de nós. Não restam dúvidas de que ele imagina que está se esgueirando com pés de veludo. Na realidade mal consegue parar em pé, pois se pendura em tudo o que pode agarrar. Quando põe os olhos em nós estaca abruptamente, firma a mão na mesa do barômetro e olha para mim.

Estou com o corpo desconjuntado de Jakkelsen apoiado na grade. Eu mesma só consigo avançar com dificuldade.

Lentamente o choque vai abrindo caminho em meio a sua bebedeira, que agora deve estar fortalecida por uma ou duas garrafas grandes de vinho espumante.

— Jaspersen — grasna ele. — Jaspersen...

Sinto um enorme cansaço dos homens e seus excessos. Desde que vim para a Dinamarca tem sido isso. É preciso passar o tempo todo se cuidando para não dar com gente que tomou veneno mas imagina que está conduzindo as coisas com dignidade.

— Dê o fora, senhor maquinista — digo.

Ele me contempla com um olhar esgazeado.

Não encontramos mais ninguém em nosso caminho escadas abaixo. Empurro Jakkelsen para dentro de seu camarote. Ele despenca no beliche como um boneco de pano. Viro-o de lado. Bebezinhos, alcoólatras e dependentes de drogas correm o risco de sufocar com o próprio vômito. Depois tranco a porta do camarote por fora com a chave dele.

Tranco a minha e reforço com uma barricada. São quatro e quinze. Planejo dormir três horas, depois dizer que estou doente e dormir mais doze. O resto pode esperar.

Consigo dormir durante quarenta e cinco minutos. Depois um zumbido eletrônico invade os pesadelos iniciais, na fronteira do sono, seguido pela voz determinada de Lukas.

Estou trabalhando a menos de dois metros de distância de Verlaine. Ele está usando uma marreta de borracha comprida como um machado de lenhador.

Pelo ressecamento de meus lábios, percebo que a temperatura é de aproximadamente dez graus negativos. Verlaine trabalha em mangas de camisa. Com uma das mãos, prende-se à amurada do navio ou à grade que cerca os *scanners* do radar. Com a outra ergue a marreta num arco elegante, macio, e a leva até atrás das costas para depois fazê-la abater-se sobre o teto da superestrutura numa explosão de vitrine que se estilhaça. Seu rosto está coberto de suor, mas seus movimentos são desembaraçados e incansáveis. Cada golpe desprega uma placa de gelo de mais ou menos um metro quadrado.

Não há vento, mas o mar picado faz o *Kronos* jogar forte de popa a proa. E a névoa é como grandes áreas úmidas de brancura no escuro.

Toda vez que emergimos de uma das nuvens de névoa — tão baixas que dão a impressão de flutuar na água — a camada de gelo está visivelmente mais espessa. Com o cabo de uma sovela de gelo estou raspando o gelo dos *scanners*. Assim que um deles ficar pronto, acho que o melhor é voltar para o que limpei antes. Em menos de dois minutos deposita-se uma camada de um milímetro de gelo duro, cinzento.

O convés e a superestrutura estão vivos. Não com as personagens pequenas e escuras que golpeiam o gelo, mas com o próprio gelo. Todas as luzes do convés estão acesas. A luz e o gelo reunidos criaram uma paisagem mitológica. A mastreação e os estais estão cobertos por trinta centímetros de gelo, em guirlandas de rostos atentos que vão do mastro ao convés. Através do gelo que a reveste, a luz de navegação brilha em seu estai como o cérebro ardente na cabeça de um animal fabuloso. O convés é um mar cinzento, solidificado. Tudo o que é vertical ergue-se com uma face interrogativa e membros cinzentos, gélidos.

Verlaine trabalha a estibordo. Atrás de mim está a amurada; depois da amurada há uma queda livre de pelo menos vinte metros até o convés. Na minha frente, atrás dos suportes do radar e do mastro baixo com as antenas, a sirene e um holofote articulado para as manobras no porto, Sonne retira gelo com a pá. Verlaine joga os pedaços que vai soltando por cima da amurada e eles vão cair no convés de embarcação, ao lado dos botes de salvamento. Dali Hansen, de capacete de segurança amarelo, atira-os por cima da amurada.

A bombordo, Jakkelsen solta gelo dos suportes do radar usando um martelo curto. Trabalha avançando em minha direção. Em certo momento os *scanners* nos ocultam do resto do telhado.

Ele enfia o martelo no bolso da jaqueta. Apóia as costas no radar. Tira um cigarro do bolso.

— Como você previu — digo. — O gelo ruim.

Seu rosto está branco de cansaço.

— Não — diz ele. — O gelo ruim só começa com cinco-seis na escala de Beaufort, mais ou menos no ponto de congelamento. Ele nos mandou para o convés cedo demais.

Olha ao redor. Não há ninguém por perto.

— Quando comecei a vida no mar, sabe, quem mandava no navio era o comandante e nossa medida de tempo era o calendário. Se estivéssemos avançando para uma situação de congelamento, diminuíamos a velocidade. Ou então alterávamos a rota. Ou virávamos para navegar a favor do vento. Mas nos últimos anos isso mudou. Agora quem decide são as companhias de navegação, agora quem manda nos navios são os escritórios nas cidades grandes. E nossa medida de tempo é esta.

Aponta o relógio de pulso.

— Mas está na cara que temos que chegar a algum lugar num certo momento. De modo que mandaram ele prosseguir. E ele obedece. Está perdendo o *touch*. Pois já que de todo jeito vamos ter que enfrentar esse tempo, não havia por que mandar a gente para o convés agora. Os navios menores agüentam até dez por cento de seu deslocamento de gelo. Podíamos navegar com quinhentas toneladas de gelo que não ia acontecer nada. Bastava ele mandar alguns dos rapazes tirar o gelo da antena.

Raspo o gelo da antena direcional. Enquanto trabalho fico acordada. Assim que paro, tenho curtos lapsos de sono.

— Ele está com medo de que a gente não consiga manter a velocidade de cruzeiro. Medo de que a gente falhe em alguma coisa. Ou que as coisas piorem de repente. São os nervos. Os nervos dele estão no limite.

Deixa cair o cigarro meio fumado sobre o gelo. Cruzamos outro banco de bruma. A umidade parece grudar-se ao gelo que já está formado. Por um instante Jakkelsen quase some da vista.

Enquanto trabalho vou dando a volta no radar. Procuro estar o tempo todo no campo de visão de Jakkelsen e Sonne.

Verlaine trabalha a meu lado. Seus golpes caem tão perto de mim que o impulso empurra ar gelado para meu rosto. Acertam a base do suporte de metal com uma precisão de corte cirúrgico, desprendendo uma placa de gelo transparente. Que ele chuta para Sonne.

Seu rosto está encostado ao meu.

— Por quê? — pergunta.

Seguro a sovela um pouco para trás. Um pouco mais adiante, fora do alcance de nossas vozes, Sonne limpa o suporte do mastro com o cabo da pá.

— Eu sei por quê — diz ele. — Porque de todo jeito Lukas não teria acreditado.

— Eu podia ter falado do ferimento de Maurice — digo.

— Acidente de trabalho. O amolador disparou quando ele estava trocando o disco. A chaveta do mandril o pegou no ombro. Tudo verificado e esclarecido.

— Um acidente. Como o garoto no telhado.

Seu rosto está junto do meu. Não mostra nada além de ausência de compreensão. Verlaine não sabe do que estou falando.

— Mas com Andreas Licht — digo —, o velho do navio, lá a coisa complicou um pouco.

Quando seu corpo trava a impressão que dá é que ele está congelado, como o navio em volta de nós.

— Vi vocês no cais — minto. — Quando vinha nadando.

Enquanto avalia as conseqüências do que eu disse, ele se trai. Por um segundo um animal doente olha para mim de algum lugar no interior de seu corpo. Como em seus dentes, um fino verniz recobre uma crueldade transformada em sadismo.

— Vai ser feito um inquérito em Nuuk — digo. — Polícia e autoridades navais. Só com a tentativa de assassinato você já pegava dois anos. Agora eles também vão querer investigar a morte de Licht.

Ele ri para mim, um riso amplo e alvo.

— Não vamos para Godthaab. Vamos para o dique flutuante dos navios-tanques. A vinte léguas marítimas de terra. Não dá nem para avistar o litoral.

Me olha divertido.

— A senhora briga bem — diz. — Chega a dar pena a senhora estar tão sozinha.

# O MAR

## PARTE DOIS

# 1

— Estou pensando no comandantezinho lá do passadiço — diz Lukas. — Não manda mais no navio. Não tem mais autoridade. Não passa de um elo na engrenagem que põe em marcha um mecanismo complicado.

Lukas está apoiado à amurada da ponta do passadiço. Da frente da proa do *Kronos* sobe do mar um arranha-céu de poliesmalte vermelho. O arranha-céu se eleva até acima do castelo de proa e é bem mais alto que o topo dos mastros. Inclinando bem a cabeça vê-se que em certo ponto do céu cinzento mesmo esse fenômeno chega ao fim. Não se trata de arranha-céu. É a proa de um superpetroleiro.

Quando eu era pequena em Qaanaaq, no final dos anos 50 e início dos 60, mesmo o tempo europeu, medido a relógio, andava um pouco mais devagar. O ritmo das mudanças permitia que as pessoas registrassem um protesto contra elas. Inicialmente essa inconformidade assumiu a forma do conceito "bons tempos de antigamente".

Naquela época a nostalgia do passado era um sentimento totalmente novo em Thule. O sentimentalismo sempre será a primeira revolta dos homens contra o desenvolvimento.

Com o tempo essa reação ficou obsoleta. Hoje se faz necessária uma outra forma de protesto, não a lamentação chorosa pela terra natal. Hoje as coisas acontecem tão depressa que aqui e agora já estamos vivendo o que será num instante "os bons tempos de antigamente".

— Para os navios como esse — diz Lukas — o resto do mundo deixa de existir. Se você encontra um assim em alto-mar e tenta chamar pelo VHF para trocar informações sobre o tempo e dar as posições ou perguntar sobre a localização do gelo, ninguém responde. Eles nem deixam o rádio ligado. Se você desloca duzentos e cinqüenta mil metros cúbicos de água e produz cavalos a vapor como uma usina nuclear e tem um computador enorme para calcular a rota e a velocidade e depois mantê-las (ou, quando necessário, divergir levemente delas), nesse momento o que está ao seu redor deixa de apresentar interesse. Nesse momento o resto do mundo se resume ao lugar de onde você partiu, ao lugar para onde você vai e à pessoa que vai lhe pagar quando chegar.

Lukas emagreceu. Começou a fumar.

Vai ver que ele tem razão. Uma das síndromes do desenvolvimento na Groenlândia é que tudo parece ter acontecido recentemente. Os novos navios de inspeção da marinha dinamarquesa, fortemente armados, velozes, acabaram de ser introduzidos. A decisão de entrar para o Mercado Comum e a apertada maioria que votou pela retirada no dia 1º de janeiro de 1985, as renegociações de novembro de 1992 e a volta em janeiro de 1993 — a maior reviravolta da política externa de todos os tempos, está logo atrás de nós. Muito recentemente o Ministério da Defesa limitou, por razões militares, o visto de entrada para Qaanaaq. E o local onde nos encontramos, a grande plataforma flutuante de petróleo Greenland Star, ao largo de Nuuk — vinte e cinco mil pontões de metal presos uns aos outros, ancorados ao fundo do mar que ali tem setecentos metros de profundidade, a uma distância de vinte milhas marítimas da costa —, meio quilômetro quadrado de metal pintado de verde, feio como o pecado e desesperadamente batido pelo vento, foi todo ele construído há muito pouco tempo. "Dinamismo", essa é a palavra utilizada pelos políticos.

Tudo criado com o propósito de coagir.

Não os groenlandeses. A presença do exército — a violência direta da civilização — está desaparecendo do Ártico. O desenvolvimento já não precisa dela. Hoje lhe basta o apelo liberal à voracidade sob todos os seus matizes.

A cultura tecnológica não acabou com os povos do oceano Ártico. Acreditar nisso seria atribuir excessiva importância a essa cultura. Ela foi simplesmente uma propiciadora, um modelo cósmico para a possibilidade — existente em todas as culturas e todos os homens — de centrar a existência na combinação tipicamente ocidental de cobiça e inconsciência.

O que eles querem coagir é o resto, o grande, o que está além dos homens. O mar, a terra, o gelo. A obra que temos diante de nós é uma tentativa nesse sentido.

As feições de Lukas estão deformadas pela contrariedade.

— Antes, até 92, em Færingehavn só havia a Polar Oil. Um lugarzinho. O fiorde tinha de um lado uma estação de telecomunicações e uma fábrica de processamento de pescado. Do outro, as instalações da companhia. Gerida pela Companhia Comercial da Dinamarca. Podíamos atracar de ré sem problemas, com cinqüenta mil toneladas. Retirávamos as mangueiras e desembarcávamos. Tudo o que havia era a casinha dos moradores, uma cozinha e a casa da bomba. Cheiro de diesel e bromol. Cinco homens para manobrar a coisa toda. Sempre bebíamos um gim-tônica com o encarregado na cozinha.

Esse lado sentimental de Lukas é novidade para mim.

— Devia ser bonito — digo. — Também tinha sapateado de tamancos e concertina?

Os olhos dele se apertam.

— A senhora está enganada — diz ele. — Estou falando de poder. E de liberdade. Naquele tempo o comandante era a autoridade máxima. Desembarcávamos com toda a tripulação. Só ficava o quarto de serviço no porto. Não tinha nada em Færingehavn. Aqui era só um lugar desolado esquecido por Deus a meio caminho entre Godthaab e Frederikshaab. Mas nesse nada quem tivesse vontade podia sair para uma caminhada.

Com um gesto, mostra o sistema de pontões diante de nós e os pavilhões de alumínio ao longe.

— Aqui há três lojas *dutyfree*. Comunicação regular por helicóptero com o continente. Um hotel e uma estação de mergulho. Uma agência dos correios. Escritórios administrativos da Chevron, da Gulf, da Shell e da Esso. Em duas horas é possível instalar uma pista de aterrissagem capaz de receber um jato de pequeno porte. Esse navio aí em frente tem uma tonelagem bruta de cento e vinte e cinco mil toneladas. Aqui estão o desenvolvimento, o futuro. Mas ninguém pode desembarcar, Jaspersen. Se você estiver precisando de alguma coisa, eles vêm conversar com você a bordo. Pegam uma lista e fazem uma cruzinha nas coisas que você está querendo. Depois aparecem com uma calha de descarga móvel e depositam seu pedido no convés. Se o comandante insistir muito para desembarcar, uma dupla de funcionários do serviço de segurança vai recebê-lo na passarela de desembarque e não larga a mão dele até ele voltar para bordo. Prevenção do risco de incêndio, dizem eles. Prevenção do risco de sabotagem. Eles dizem que, quando a plataforma está cheia, este lugar tem um bilhão de litros de petróleo ao mesmo tempo.

Faz um gesto para pegar outro cigarro, mas o maço está vazio.

— É o espírito de centralização. Nessas circunstâncias as autoridades do navio praticamente desaparecem. Os marinheiros deixam de existir.

Espero. Ele quer alguma coisa de mim.

— A senhora estava com esperanças de desembarcar?

Faço que não com a cabeça.

— Nem que esta fosse sua única chance? Que este fosse o destino da viagem? Que depois só houvesse a viagem de volta?

Ele está querendo saber até onde estou informada.

— Não vamos carregar aqui — digo. — Não vamos descarregar. Esta é apenas uma parada. Estamos à espera de alguma coisa.

— A senhora está fazendo conjeturas.

— Não — digo. — Sei para onde estamos indo.

Ele mantém a atitude relaxada. Mas está alerta.

— Conte isso.

— Em troca quero saber por que estamos aqui.

A pele de seu rosto não é resistente. É muito branca e se descama ao ar relativamente seco. Ele umedece os lábios. Contava comigo como uma espécie de garantia. Agora está diante de um contrato novo, arriscado. Que exige uma confiança em mim que ele não sente.

Sem dizer palavra, sai andando. Sigo-o até o passadiço. Fecho a porta atrás de nós. Ele avança até a mesa de navegação, levemente elevada.

— Mostre — diz.

É uma carta do estreito Davis na escala de 1:1 000 000. A oeste inclui a ponta da península de Cumberland. A noroeste mostra o litoral das Grandes Banquisas de Halibut.

Sobre a mesa, ao lado da carta marinha, está o mapa da Central do Gelo com todas as indicações sobre as formações de gelo.

— Este ano, de novembro para cá — digo —, a massa de gelo avançou cem milhas marítimas mar adentro e não foi além de Nuuk. O gelo que a corrente do Oeste da Groenlândia força para o Norte deriva para o mar e derrete, pois o estreito Davis teve três invernos amenos e por isso está relativamente mais quente que o normal. Livre do gelo, a corrente avança para o Norte acompanhando o litoral. A baía Disko tem o maior número de icebergs por metro quadrado do mundo. Nos últimos dois invernos a geleira de Jakobshavn deslocou-se quarenta metros por dia. O que a transforma no maior iceberg do mundo fora da Antártica.

Aponto para o mapa das formações de gelo.

— Este ano os icebergs foram empurrados para fora da baía já em outubro e prosseguiram ao longo da costa, provocando turbulência entre a corrente do Oeste da Groenlândia e a corrente de Baffin. Há icebergs até nas enseadas. Quando sairmos daqui, Tørk vai nos fornecer uma rota para noroeste até fugirmos desse cinturão.

O rosto de Lukas está inexpressivo. Mas sua concentração é a mesma que já observei junto ao feltro da roleta.

— A partir de dezembro a corrente de Baffin empurrou o gelo do Oeste para baixo, até o paralelo 67. Esse gelo juntou-se ao gelo novo em algum ponto entre duzentas e quatrocentas milhas marítimas ao largo no estreito Davis. Tørk vai querer que a gente chegue até as proximidades dessa borda. Dali em diante vai fixar uma rota direta para o Norte.

— A senhora já navegou aqui antes, Jaspersen?

— Tenho pânico de água. Mas de gelo entendo alguma coisa.

Ele se debruça sobre a carta.

— Impossível encontrar alguém que já tenha navegado além de Holsteinsborg nesta época do ano. Nem em águas abrigadas. A corrente reuniu e compactou a massa de gelo e o gelo do Oeste. O resultado é um verdadeiro concreto. Talvez conseguíssemos navegar dois dias para o Norte. O que ele quer que a gente vá fazer na borda do gelo?

Endireito o corpo.

— Para jogar é preciso fichas, senhor comandante.

Por um segundo tenho a impressão de tê-lo perdido. Depois ele concorda com a cabeça.

— É como a senhora disse — fala ele devagar. — Estamos esperando. É só o que eu sei. Estamos esperando um quarto passageiro.

Cinco horas antes o *Kronos* muda a rota. Do lado de fora do refeitório reflete-se um sol baixo, fosco; por sua posição, constato o fato com segurança. Mas já tinha observado antes.

No refeitório do internato as pessoas se afeiçoavam a seus lugares. Em todos os grupos instáveis, os raros pontos externos fixos adquirem importância. No refeitório do *Kronos* grudamo-nos a nossas cadeiras. À outra mesa, pálido, pensativo, Jakkelsen come de cabeça inclinada sobre o prato. Fernanda e Maria procuram evitar olhar para mim.

Maurice come de costas para mim. Usa apenas a mão direita. A esquerda está numa tipóia que lhe desce do pescoço passando por um volumoso curativo em seu ombro. Veste uma camisa de trabalho com um dos braços cortados para caber o curativo.

Em minha boca há uma secura que denota medo e que enquanto eu estiver a bordo não vai desaparecer.

Vou andando para a porta com Jakkelsen logo atrás.

— Mudamos a rota! Estamos a caminho de Godthaab!

Decido fazer faxina no refeitório dos oficiais. Se Verlaine vier atrás de mim, vai ter que passar pelo passadiço. Se estivermos a caminho de Nuuk, vai ter que vir. Eles não podem permitir que eu desembarque num porto importante.

Passo quatro horas no refeitório. Esfrego as vidraças, dou brilho nos bronzes, no fim passo lustra-móveis em todas as madeiras.

A certa altura aparece Kützow. Quando me vê, desaparece ligeirinho.

Depois é a vez do Sonne. Fica ali parado algum tempo passando o peso do corpo de um pé para outro. Estou com um vestidinho azul curto. Quem sabe ele interprete o fato como um convite para ficar. Mas está equivocado. O vestido é para poder correr o mais depressa possível. Ao ver que não recebe outros estímulos, vai-se embora. É jovem demais para ousar investir e não suficientemente velho para ter se tornado inconveniente.

Às quatro da tarde lançamos âncora atrás do arranha-céu vermelho. Meia hora mais tarde sou chamada ao passadiço.

— Nesta época do ano — diz Lukas — só há uma possibilidade de navegar até mais ao norte sem um quebra-gelos para dar cobertura. E mesmo essa possibilidade não é muito garantida. É procurar mar aberto. Do contrário acabamos presos numa enseada e de repente o gelo fecha atrás de nós e não há mais como sair.

Eu podia mentir para ele. Mas ele é um dos raríssimos fios de palha que ainda restam para eu me agarrar. É um homem em processo de desintegração. Quem sabe num futuro próximo ele acabe lá no fundo, quem sabe lá a gente se encontre.

— Aos cinqüenta e quatro graus de longitude oeste a profundidade da água aumenta — digo. — Nesse ponto um braço da corrente do Oeste se afasta do litoral. Nesse ponto ela encontra a corrente do Norte, relativamente mais fria. A oeste dos grandes bancos de pesca há uma região de clima instável.

— O “mar das Brumas”. Nunca estive lá.

— Os fragmentos maiores de gelo do litoral oeste vão parar lá e de lá não saem mais. Mais ou menos como o cemitério dos icebergs, ao norte de Upernavik.

Com a aresta da régua, localizo na carta uma região escura.

— Pequeno demais para estar assinalado em detalhe. Muitas vezes, quem sabe também neste momento, sua forma é a de uma baía comprida, uma espécie de fiorde na banquisa. Navegação arriscada, mas praticável. Depende da importância da viagem. Mesmo os pequenos cúteres dinamarqueses de inspeção entravam ali de vez em quando atrás de pescadores ingleses e islandeses.

— Para que levar um navio costeiro de quatro mil toneladas e duas dúzias de homens até a baía de Baffin para depois entrar numa fenda perigosa na banquisa?

Fecho os olhos e evoco a visão ampliada de um embrião vegetal, uma pequena forma enroscada em torno do próprio centro. As imagens que vi junto à carta marinha, no convés de embarcação.

— Porque lá existe uma ilha. A única situada tão longe da costa antes da ilha Ellesmere.

Embaixo de minha régua é um pontinho tão minúsculo que quase nem se vê.

— Isla Gela Alta. Descoberta no século passado por baleeiros portugueses.

— Já ouvi falar — diz ele pensativo. — Um santuário de aves. O clima ruim até para as aves. Proibido desembarcar. Impossível lançar âncora. Nada no mundo justifica uma viagem até lá.

— Mesmo assim, aposto que é para lá que estamos indo.

— Não tenho bem certeza — diz ele — de que a senhora esteja em condições de fazer apostas.

Descendo do passadiço para o convés, penso que em Sigmund Lukas perdeu-se um belo exemplar de ser humano. Observei muitas vezes esse fenômeno, sem jamais conseguir entendê-lo. O fato de que no interior de uma pessoa possa haver uma outra, um indivíduo inteiramente formado, generoso e confiável, que só raramente se deixa ver porque está rodeado por um rematado infrator reincidente e corrupto.

Já caiu a noite no convés. Num ponto da escuridão brilha um cigarro. É Jakkelsen, debruçado sobre a amurada.

— Que coisa incrível, que incrível!

O complexo diante de nós é iluminado por postes dispostos dos dois lados dos trapiches. Mesmo agora, banhado nesta luz amarela, pintado de verde-musgo, tendo ao longe as luzes das edificações, com seus pequenos veículos elétricos e a sinalização de tráfego branca, a Greenland Star continua não parecendo mais que alguns milhares de metros quadrados de aço largados sobre o oceano Atlântico.

Para mim tudo não passa de um equívoco absolutamente evidente. Para Jakkelsen não: ele vê uma fusão impressionante de mar e alta tecnologia.

— É — digo —, e o mais fantástico é que em doze horas dá para desmontar e empacotar.

— Isto é um território conquistado do mar, cara. Agora a profundidade da água e as condições climáticas deixaram de ter importância. Eles podem pôr um porto onde bem entenderem. No meio do oceano!

Não sou professora, não sou líder de escoteiros. Não estou interessada em corrigi-lo.

— Para que vão querer desmontar tudo, Smilla?

Talvez por nervosismo, acabo respondendo.

— Construíram isto aqui quando começaram a extrair petróleo do fundo do mar ao largo do Norte da Groenlândia. Entre a descoberta da existência de petróleo e o início da extração, dez anos se passaram. O problema deles era o gelo. Começaram construindo um protótipo de uma coisa que estava programada para ser a maior e mais sólida plataforma de perfuração do mundo, a Joint Venture Warrior, decorrência da Glasnost e da Autonomia Interna da Groenlândia, obra conjunta dos Estados Unidos, da União Soviética e da A. P. Møller — maior companhia de navegação da Dinamarca. Você já passou por plataformas de perfuração. Sabe quais são suas dimensões. Dá para avistá-las de uma distância de cinqüenta milhas marítimas e elas não param de crescer, como um universo flutuante sobre vigas. Têm cantinas e restaurantes e escritórios e oficinas e cinema e teatro e estações do corpo de bombeiros, tudo montado doze metros acima da superfície do mar, de modo que mesmo as maiores ondas de tormenta passam por baixo. Imagine só. A Joint Venture Warrior seria quatro vezes isso. O protótipo ficava dezoito metros acima da superfície do mar. Havia uma previsão de emprego para mil e quatrocentos homens. Construíram o protótipo na baía Baffin. Depois que acabaram, apareceu um iceberg. Era uma coisa que eles tinham previsto. O iceberg era um tanto maior que de hábito. Formado em algum recanto do oceano Ártico. Tinha cem metros de altura e era plano por cima, como costumam ser os icebergs muito altos. Tinha quatrocentos metros de gelo abaixo da superfície do mar e pesava mais ou menos vinte milhões de toneladas. Vendo ele chegar, todos ficaram um tanto apreensivos. Mas, como estavam equipados com dois quebra-gelos, prenderam os barcos ao iceberg para ver se conseguiam desviá-lo para outra rota. Havia muito pouca correnteza e nenhum vento. Mesmo assim, quando eles viraram os motores praticamente nada aconteceu. O iceberg continuou indo exatamente na mesma direção. Como se não tivesse notado que estava sendo rebocado. Passou por cima do protótipo. Atrás de si, na água, os únicos rastros deixados pela orgulhosa realização da Joint Venture Warrior foram pequenas manchas de petróleo e um ou outro fragmento de qualquer coisa. Desde então, espera-se que tudo o que é construído no oceano Ártico possa ser desmontado em doze horas. É o que aconselha a Central do Gelo. A perfuração é feita de plataformas flutuantes que podem se deslocar. O magnífico porto onde estamos não passa de uma bandeja de lata. O gelo ao passar por aqui levaria tudo de roldão, como se nada disto existisse. Por isso ele só é instalado nos invernos amenos, quando a massa de gelo não chega até aqui em cima nem a banquisa até aqui embaixo. Eles não dominaram o gelo, Jakkelsen. A batalha ainda nem começou.

Ele apaga o cigarro. Me dá as costas. Não sei se está desapontado ou indiferente.

— Como você sabe tudo isso, Smilla?

Quando ainda se considerava a possibilidade de instalar a Joint Venture Warrior sobre o gelo, trabalhei durante seis meses no laboratório americano Coldwater da ilha Pylot criando modelos para o cálculo da elasticidade do gelo marinho. Éramos um animado grupo de cinco pessoas. Já nos conhecíamos das duas primeiras conferências da ICC. Toda vez que fazíamos uma festa e nos embriagávamos, conversávamos sobre o fato de ser aquela a primeira vez que alguém reunia uma equipe composta por cinco glaciologistas de origem esquimó. Dizíamos uns aos outros que naquele momento nosso grupo representava o mais concentrado nível de excelência do mundo sobre a questão.

Nossos dados mais importantes eram recolhidos com bacias de lavar roupa. Púnhamos água salgada na bacia, guardávamos no freezer do laboratório e congelávamos a água formando pedaços padronizados de gelo. Depois levávamos essas placas de gelo para fora, apoiávamos sobre duas bordas de mesa, colocávamos peso em cima e verificávamos quanto elas cediam antes de quebrar. Depois instalamos um motorzinho elétrico para fazer os pesos vibrarem e verificamos que a trepidação das perfurações não faria a menor diferença para a estrutura e a elasticidade do gelo. Estávamos muito orgulhosos da natureza pioneira de nossos conhecimentos científicos. Só ao redigir o relatório final, em que aconselhávamos a A. P. Møller, a Shell e a Gospetrol a darem início à exploração das reservas groenlandesas de petróleo usando plataformas construídas sobre o gelo, percebemos o que estávamos fazendo. Mas já era tarde. Uma empresa soviética havia feito um projeto para a Joint Venture Warrior e obtido a concessão. Fomos os cinco demitidos. Cinco meses mais tarde o protótipo era pulverizado. De lá para cá, ninguém tentou nada mais sólido que as plataformas flutuantes.

É o que eu poderia dizer a Jakkelsen. Mas não digo.

— Esta noite eu resolvo todos os nossos problemas — diz ele.

— Que beleza!

— Você não acredita, cara. Espere só. Está tudo claro para mim. Estão pensando que vão me fazer de bobo? Conheço o navio, entende? Já está tudo planejado.

Quando ele entra na área iluminada pelo passadiço vejo que está sem agasalho. Ficou conversando comigo como se estivéssemos dentro de casa a uma temperatura de dez graus abaixo de zero.

— Esta noite você pode dormir sossegada, Smilla. Amanhã a situação vai ser bem outra.

— A cozinha da prisão oferecia oportunidades *einzigartige*, únicas, de fazer pão azedo.

Urs está inclinado sobre uma forma retangular enrolada num pano de prato branco.

— *Die vielen Faktoren.* Diversos fatores. A própria matriz do pão azedo, o fermento e por último a massa do pão. Quanto tempo deixar descansar? A que temperatura? *Welche Mehlsorten?* Que tipo de farinha? A temperatura do forno?

Desembrulha o pão. A casca é marrom-escura, lisa e brilhante como vidro, salpicada aqui e ali de grãos inteiros de trigo. Tem um cheiro penetrante de trigo e farinha, e um frescor ácido. Se a situação fosse outra eu poderia ficar feliz. Mas há uma coisa que me interessa. Um fator tempo. Num navio, todos os acontecimentos têm seu prenúncio na cozinha.

— Você está assando o pão a essa hora, Urs? Não é comum, *ungewöhnlich*...

— O problema é o equilíbrio. Entre a *Säuerlichkeit* e o tempo de descanso.

Desde que se rompeu nosso contato, desde que ele me encontrou no elevador da cozinha, estou com a sensação de que ele está meio parecido com massa de pão. Elástico, íntegro, puro e ao mesmo tempo refinado. E ao mesmo tempo muito macio, macio demais.

— Um lugar mais à mesa?

Ele tenta fingir que não ouviu o que eu disse.

— Você vai acabar em cana — digo. — Vai direto *ins Gefängnis*. Aqui na Groenlândia. Não vai ter a menor chance de cozinhar. *Keine Strafermässigung*. Aqui ninguém sabe cozinhar direito. Quando a gente se encontrar de novo, em três ou quatro anos, quero só ver se você vai ter conseguido manter seu bom humor. Mesmo tendo perdido uns trinta quilos.

Ele afunda como um suflê furado. Não tem condições de saber que na Groenlândia não existe prisão.

— *Um elf Uhr. Für eine Person.* Aí pelas onze horas. Para uma pessoa.

— Urs — digo. — Por que você foi preso?

Seu olhar é impenetrável.

— É só eu dar um telefonema — digo. — Para a Interpol.

Ele não responde.

— Telefonei antes de partirmos — digo. — Quando vi a lista da tripulação do navio. Tinha heroína no meio.

O suor brota na pequena aresta entre o bigode e o lábio superior.

— Não era do Marrocos. De onde era?

— Por que esse interrogatório?

— De onde era?

— Do aeroporto de Genebra. O lago é bem pertinho. Eu estava fazendo o serviço militar. Levamos as caixas junto com as provisões, pelo rio.

Quando ele responde, pela primeira vez na vida entendo um pouco da arte do interrogatório. Não foi só por medo que ele respondeu. Foi também por necessidade de contato, pelo peso de uma consciência culpada, pela solidão no mar.

— Caixas com antiguidades?

Ele faz que sim.

— Do Leste. Pelo avião que saiu de Kyoto.

— Quem trouxe, quem expediu?

— Mas isso a senhora deve saber.

Não digo nada. Sei a resposta de antemão.

— *Der* Verlaine, *natürlich...*

Foi esse o critério para montar a tripulação do *Kronos.* Homens tão comprometidos que não tinham outra escolha. Só agora, depois de tanto tempo, vejo o refeitório do navio como ele realmente é. Como um microcosmos, uma representação da rede armada por Tørk e Claussen algum tempo atrás. Assim como Loyen e Ving utilizaram a Associação Criolítica, eles utilizaram uma organização que já existia. Fernanda e Maria da Tailândia, Maurice, Hansen e Urs da Europa, fragmentos do mesmo organismo.

— *Ich hatte keine Wahl. Ich war zahlungsunfähig.* Eu não tinha escolha. Estava quebrado.

O medo de Urs já não parece uma coisa exagerada.

Estou saindo quando ele vem atrás de mim.

— *Fräulein* Smilla. De vez em quando tenho a impressão de que a senhora pode estar blefando... Que talvez a senhora não seja da polícia.

Mesmo a meio metro de distância dele, sinto o calor do pão. Deve ter acabado de sair do forno.

— E, nesse caso, *wäre es kein besonderes Risiko,* se um dia eu lhe servisse, por exemplo, um bocado de alguma coisa com caco de vidro e pedaços de arame farpado.

Está segurando o pão. O pão deve estar com mais de duzentos graus de temperatura. Vai ver que ele não é tão macio quanto imaginei. Vai ver que submetido a altas temperaturas é capaz de criar uma crosta dura como vidro.

Uma ruptura não precisa ser um colapso, ela pode muito bem assumir a forma de uma tranqüila passagem para a resignação.

É o que acontece comigo. Ao sair da cozinha tomo a decisão de fugir do *Kronos.*

No camarote, junto ao corpo, visto roupa de baixo de lã nova. Por cima, minha roupa de trabalho azul, botas de borracha azuis, suéter azul e uma jaqueta acolchoada fina, azul-marinho. No escuro vai funcionar praticamente como preto. É o que consigo encontrar de menos chamativo. Não faço mala. Enrolo meu dinheiro, minha escova de dentes, uma calcinha extra e um frasco de óleo de amêndoas num saco de plástico. Não acredito que pudesse sair daqui com mais coisas.

Digo para mim mesma que a culpada é a solidão. Cresci numa comunidade. Quando eu quis e procurei breves períodos de solidão e recolhimento, foi sempre para voltar fortalecida ao grupo.

Mas não consegui encontrar meu grupo. Tenho a sensação de tê-lo perdido em algum momento daquele outono em que Moritz pela primeira vez me tirou da Groenlândia. Até hoje estou procurando, não desisti. Mas tenho a impressão de não estar progredindo.

Agora este navio se transformou numa caricatura de minha existência no mundo moderno.

Não sou nenhuma heroína. Senti afeição por uma criança. Caso tivesse encontrado uma única pessoa preocupada em entender a morte dessa criança, teria colocado minha obstinação a seu serviço. Mas não há ninguém. Só eu.

Subo para o convés. De todos os cantos vejo surgir Verlaine.

Não encontro ninguém. O convés parece ter sido abandonado. Me debruço na amurada. A Greenland Star está diferente do que quando olhei para ela há algumas horas, deste mesmo lugar. É que eu ainda estava atordoada pelos dias anteriores. Agora ela é o caminho diante de mim, minha possibilidade de fuga.

Pelo menos dois dos cais flutuantes têm um quilômetro de comprimento; tudo está estranhamente silencioso em meio às compridas vagas que rolam da escuridão. Ao longe, perto das edificações, vejo, iluminados, pequenos automóveis elétricos e empilhadeiras.

A passarela do *Kronos* está descida. Nos cais, grandes cartazes avisam: ACCESS TO PIER STRICTLY FORBIDDEN.

Ao sair da passarela vou ter que atravessar entre seiscentos e setecentos metros de cais flutuante banhada em luz elétrica. É provável que não haja sentinelas. Nas torres de controle, de onde se conduzem as manobras de bombeamento do petróleo para os navios, as luzes estão apagadas. Mas é evidente que toda a área está sendo vigiada. Que vou ser vista e interceptada.

É nisso que estou apostando. Imagino que eles sejam obrigados a me devolver ao navio. Mas primeiro vão ter que me levar até algum lugar com um policial, uma escrivaninha e uma cadeira. Onde vou explicar algumas coisas sobre o *Kronos*. Nada que chegue perto dos fatos de que tenho conhecimento. Eles não iriam acreditar. Mas coisas menores. Posso falar das drogas de Jakkelsen, por exemplo, dizer que estou me sentindo ameaçada pelo resto da tripulação e que quero abandonar o navio.

Eles vão ser obrigados a escutar. A deserção, enquanto fenômeno técnico e jurídico, deixou de existir. Tanto marinheiros como camareiras podem desembarcar no momento que quiserem.

Desço para o segundo convés. Daqui dá para ver a escada que leva à passarela. Sua saída para o convés está protegida por um pára-vento. Ali, há tanto tempo, Jakkelsen esperava por mim.

Agora quem espera é outro. Hansen apoiou as botas de borracha sobre a caixa baixa de aço.

Eu poderia chegar à passarela antes mesmo de ele levantar da cadeira. Indiscutivelmente poderia ser a vencedora de uma corrida de cento e cinqüenta metros pelo cais. Só que nesse momento iria ficar sem fôlego e me esborrachar no chão.

Volto desanimada para o convés. Procuro avaliar minhas possibilidades. Cheguei à conclusão de que não tenho possibilidades quando de repente a luz se apaga.

É que fechei os olhos. Tento encontrar uma solução nos ruídos. A agitação das ondas ao longo dos molhes, o som cavo da água batendo nas vigas. Os gritos das gaivotas no escuro, o gemido baixo do vento contra as torres de controle. O suspiro das articulações que unem os pontões entre si, ao serem forçadas umas contra as outras. Um zumbido afastado, fraco, de grandes turbogeradores. E, mais desalentadora que todos esses barulhos reunidos, a sensação de que todo rumor é aspirado pelo nada que cobre o negro oceano Atlântico. Que toda esta construção, todos os navios ancorados, são um vulnerável erro de cálculo que num minuto há de ir pelos ares.

Não encontro conselho nesses ruídos. Num lugar como este é impossível sair de um navio de qualquer outra maneira que não pela passarela. Estou presa ao *Kronos*.

É então que as luzes se apagam. Quando abro os olhos, no início tenho a sensação de que eles estão ofuscados pela escuridão. Depois aparece sobre o molhe uma fileira de luzes vermelhas, a intervalos de aproximadamente cem metros. São as luzes de emergência.

No cais onde o *Kronos* está ancorado e no navio propriamente dito as luzes são apagadas. A noite está tão escura que mesmo os objetos próximos somem. A parte afastada da plataforma parece uma ilha branco-amarelada na noite.

Dá para ver o cais. Também dá para ver um vulto no cais. Andando na direção oposta ao *Kronos*. Uma combinação de medo, esperança e hábito impede que eu dê com a cabeça no mastro ou no cabrestante. No último trecho da escada faço uma curta parada. Ninguém à vista. Mesmo que houvesse, eu não teria conseguido ver. Saio em disparada.

Para fora do navio, passarela abaixo. Não vejo ninguém, ninguém grita para mim. Viro e corro pelo cais. Os pontões parecem vivos e instáveis debaixo de meus pés. Aqui embaixo as luzes de alerta parecem penosamente intensas. Corro pelo lado oposto ao dos postes e ganho velocidade toda vez que chego a um campo de luz. Sempre que volto para a zona escura, procuro ganhar fôlego. Passaram-se apenas seis dias desde que vi Lander sumir na bruma ao voltar para Skovshoved em seu barco. Sob todos os pontos de vista, continuo em mar aberto. Mesmo assim, sinto uma coisa que deve ser parecida com a alegria do marinheiro ao pôr novamente o pé em terra depois de uma longa viagem.

Diante de mim se define um vulto. O vulto se move aos arrancos, oscilante, vai de um lado para outro como um bêbado.

Começou a chover. O cais tem sinais de trânsito, como uma avenida. Ao longo de suas laterais, erguem-se a quarenta e cinco metros de altura, como edifícios sem janelas, os costados dos navios. Ao longe cintila o alumínio dos pavilhões. Tudo vibra surdamente com as máquinas imensas, invisíveis. A Greenland Star é uma cidade extinta à margem do vácuo do espaço sideral.

A única coisa viva é a figura cambaleante diante de mim. Jakkelsen. Pela silhueta contra a luz de um poste, trata-se inquestionavelmente de Jakkelsen. À frente dele vai um outro, bem à frente, uma pessoa que se dirige a algum lugar. Por isso Jakkelsen está andando desse jeito. Como eu, também ele procura furtar-se à luz. Procura tornar-se invisível para a pessoa que está seguindo.

Tanto quanto se possa ver, ninguém vem atrás de mim, por isso me deixo ficar para trás. Para não me aproximar dos dois que me precedem. Mas sem deixar de avançar.

Viro na última torre. Abre-se diante de mim uma ampla área livre. Uma praça no meio do mar. Na penumbra, a única fonte de luz é uma lâmpada fluorescente isolada, lá no alto.

No meio da praça, no centro de uma sucessão de círculos brancos concêntricos, delineia-se a silhueta de um grande animal morto. Um helicóptero Sikorsky com quatro hélices levemente arqueadas para baixo. Junto a um barracão alguém abandonou um pequeno veículo bombeador de espuma antiincêndio e um ônibus elétrico. Jakkelsen desapareceu. Este é o lugar mais desolado que já vi na vida.

Quando eu era criança, de vez em quando sonhava que todas as pessoas tinham morrido, abandonando-me a uma eufórica liberdade de escolha num mundo de adultos que de repente me pertencia. Sempre interpretei esse sonho como um sonho que exprimia um desejo. Agora, aqui na praça, vejo que ele sempre foi um pesadelo.

Avanço para o helicóptero, passo a seu lado e entro na débil luz tingida de verde-escuro pelo revestimento antiderrapante dos pontões. Tudo está tão vazio a meu redor que nem sequer consigo sentir medo de ser agarrada.

No ponto onde a plataforma se abre para o mar há três barracões e um telheiro. Na sombra, um pouco afastado da luz, está sentado Jakkelsen. Por um momento fico preocupada. Há poucos minutos seus movimentos eram tão apressados — agora ali está ele todo encolhido. Mas quando apóio as mãos em sua testa percebo que está quente e suado da corrida. Quando vou sacudi-lo para ver se ele se reanima, ouço um tilintar de metal. Examino o bolsinho de seu peito. Encontro a seringa. Lembro a expressão de seu rosto enquanto me garantia que haveria de resolver tudo. Tento pô-lo em pé, mas está todo frouxo. Ele precisa é de dois enfermeiros robustos e uma maca de hospital. Tiro a jaqueta e ponho sobre seus ombros. Puxo-a para cima de sua cabeça para que não chova em seu rosto. Coloco de novo a seringa em seu bolso. É preciso ser mais jovem ou pelo menos mais idealista que eu para tentar endireitar pessoas que tomaram a firme resolução de dar cabo da própria vida.

Quando levanto o corpo uma sombra se destacou do telheiro e ganhou vida. Não vem na minha direção; está atravessando a praça.

É uma pessoa. Levando uma mala pequena e vestindo um sobretudo que o vento sacode. Não é que a mala seja pequena. A pessoa é que é grande. Da distância em que estou, não dá para ver grande coisa.

Nem é necessário. Não precisa muito para eu reconhecer aquela pessoa. É o mecânico.

Talvez eu estivesse sabendo o tempo todo. Sabendo que o quarto passageiro era ele.

Ao reconhecê-lo, percebo que vou ter que voltar para o *Kronos.*

Não porque de repente o fato de viver ou morrer me pareça indiferente. Antes porque o problema já não está nas minhas mãos. Já não se trata apenas de Isaías. Ou de mim. Ou do mecânico. Nem mesmo de algo relativo ao que existe entre nós. É uma coisa maior. Quem sabe o amor.

Estou voltando pelo cais quando volta a luz. Não há qualquer razão para eu tentar me esconder.

Há alguém na torre fronteira ao *Kronos.* O vulto atrás das vidraças parece um inseto. De perto vê-se que é por causa de seu capacete de segurança, com duas antenas curtas. Duas mangueiras estão estendidas para bordo. O *Kronos* está recebendo combustível.

Hansen está sentado no alto da passarela. Quando me vê, seu corpo se enrijece. Está sentado ali por minha causa. Só que esperava que eu aparecesse do outro lado. Não está preparado para esta situação. Suas atitudes se definem lentamente, não sabe improvisar. Primeiro bloqueia minha passagem. Tenta avaliar o risco de tomar uma atitude agressiva. Remexo os bolsos em busca da chave de fenda e encontro o saco de plástico. Por trás dele, na escada, aparece Lukas. Estendo o punho fechado a Hansen.

— Da parte de Verlaine — digo.

A mão dele se fecha sobre o que lhe estendi. Uma reação automática de obediência ao ouvir o nome do contramestre. Atrás dele está Lukas. Com um olhar, Lukas se dá conta da situação. Seus olhos se estreitam.

— A senhora está molhada, Jaspersen.

Me bloqueia a passagem.

— Tive que ir buscar uma encomenda — digo. — Para o Hansen.

Hansen tenta encontrar palavras para protestar. Abre a mão na esperança de encontrar uma resposta. Em sua grande palma vê-se uma bola. Enquanto olhamos, a bola se abre. É uma calcinha — pequena, com rendinhas, branquíssima.

— Maior não tinha — digo. — Mas acho que vai servir, Hansen. É superelástica.

Passo por Lukas. Ele não tenta me impedir. Toda a sua atenção está voltada para Hansen. Seu rosto está tomado de espanto. As coisas não estão fáceis para Lukas. Cercado por todos os lados de perguntas sem resposta.

Enquanto subo a escada ouço-o desistir de mais esse enigma.

— Primeiro a bagagem — diz ele. — Depois o cabrestante da ré. Partimos em quinze minutos.

Sua voz está áspera, atônita, irritada e tensa.

Tiro a roupa molhada e sento no beliche. Penso em Jakkelsen.

Através do casco dá para perceber que as bombas de combustível pararam de funcionar. Que as mangueiras estão sendo recolhidas. Que estão ferrando as amarras. Que o convés está sendo preparado para o mar.

Em algum lugar no escuro, mais ou menos a um quilômetro daqui, está sentado Jakkelsen. Sou a única pessoa que sabe que ele fugiu de bordo. A questão é: devo comunicar sua ausência?

A passarela é içada. No convés, marinheiros lidam com os cabos de amarração.

Não saio do lugar. Porque talvez Jakkelsen tenha descoberto alguma coisa. Alguma coisa em sua voz no convés, alguma coisa em sua autoconfiança, em sua convicção, me volta constantemente à memória. Se ele de fato descobriu alguma coisa, devia haver uma razão para ele querer desembarcar. Quem sabe achou que a providência que era preciso tomar tinha que ser tomada de lá. De modo que talvez ele ainda possa me ajudar. Embora eu não consiga ver como ou por que deveria. Ou por que meios.

Não há toque de sirene. O *Kronos* deixa a Greenland Star tão anonimamente como chegou. Nem cheguei a perceber em que momento o motor foi acelerado. Concluo que estamos navegando devido a uma alteração nos movimentos do casco.

Nossa velocidade de marcha é de dezoito nós. Entre quatrocentas e quatrocentas e cinqüenta milhas marítimas por dia. Isso significa que temos aproximadamente doze horas pela frente. Se eu estiver certa. Se estivermos a caminho da geleira Barren em Gela Alta.

Uma coisa pesada está sendo arrastada. Quando ouço bater a porta para o convés a ré, saio para o corredor para ver de que se trata. Pelos vidros da porta, vejo Verlaine e Hansen transferindo a bagagem do mecânico para a popa. Caixas pretas, semelhantes às utilizadas pelos músicos para carregar seus instrumentos, empilhadas no carrinho de carga. Ele deve ter viajado com excesso de peso no avião. Deve ter custado caro. Fico imaginando quem pagou.

# 2

Quando você tem trinta e sete anos de idade num país como a Dinamarca e passa periodicamente por fases sem remédios e não cometeu suicídio e não liquidou com todos os suaves ideais da sua infância, então é porque aprendeu alguma coisa sobre como enfrentar as adversidades da vida.

Na década de 1970, em Thule, com equipamentos carregados por balões meteorológicos, medíamos as gotas de água super-resfriadas. Elas vivem durante um curto espaço de tempo em nuvens muito altas. Em volta delas é frio, mas nada se move. Num bolsão de imobilidade, sua temperatura cai a quarenta graus negativos. Elas deveriam congelar-se, virar gelo, mas não. Permanecem totalmente imóveis, estáveis e líquidas.

É assim que tento enfrentar a adversidade.

O *Kronos* ainda não entrou na rotina. Persiste uma sensação de vida e movimentação subterrâneas. Mas não dá para continuar esperando.

Eu podia ter entrado pela sala de máquinas e atravessado a entreponte. Se aquilo tudo não estivesse excessivamente impregnado de experiências claustrofóbicas. Pelo menos quero vê-los entrar.

O convés a ré está banhado em luz. Respiro fundo e entro no palco. Pelo canto dos olhos vejo os cabos de reboque e a grade da base do mastro deslizarem para um lado. Avanço para a superestrutura, abro a porta e entro. Do lado de dentro da porta, em pé junto à vidraça, olho para o convés.

Estes são os domínios de Verlaine. Mesmo agora, quando não há ninguém à vista, sua proximidade é perceptível.

Tranco a porta atrás de mim. Minhas armas sempre foram os detalhes sobre os quais ninguém está informado. Minha identidade, meu objetivo, a chave mestra de Jakkelsen. Ninguém tem condições de saber que tenho essa chave. Devem achar que foi distração, que foi por desleixo da parte deles que consegui me introduzir da última vez no convés a ré. Ficaram com medo de que eu estivesse atrás de alguma coisa específica. Mas não têm como saber que tenho a chave.

No primeiro aposento, o raio de minha lanterna passeia sobre latas bem embaladas e imobilizadas contendo zarcão, primer, verniz naval, massa de rejunte, thinner especial, caixas com máscaras faciais, alcatrão epóxi, pincéis e rolos. Tudo empilhado, limpo e ordenado. O capricho de Verlaine.

A porta seguinte é a entrada dos fundos de um toalete. Fronteiro à sala dupla dos chuveiros. A que vem depois dá para a oficina de metais. Onde Hansen afia suas facas com giz de Viena.

O último aposento é a oficina elétrica. No labirinto de armários, prateleiras e caixas seria possível esconder um pequeno elefante e eu levaria uma hora para encontrá-lo. Não disponho de uma hora. Por isso fecho a porta e desço a escada.

Agora a porta para a entreponte está trancada. E fechada com cadeado. Alguém quis certificar-se de que ninguém entraria por ali. Só acendo a lanterna durante alguns momentos. Sem dúvida estou sendo exagerada em minhas medidas de segurança. O local onde me encontro é escuro e sem janelas. Mas meus nervos não resistem.

Fico imóvel para poder ouvir. Tenho que fazer força para não entrar em pânico. Jamais gostei do escuro. Jamais entendi o costume dinamarquês de perambular à noite. Passeios no mais escuro breu. Caminhadas noturnas pela floresta. Mania de olhar as estrelas. Competições de orientação noturna.

É preciso respeitar a escuridão. A noite é o momento em que o espaço vibra de maldade e perigo. Podem dizer que é superstição. Podem dizer que é medo do escuro. Mas dizer que a noite é o mesmo que o dia só que sem luz é uma falácia. A noite é para as pessoas se aconchegarem dentro de casa. Sempre que a pessoa não for sozinha ou não precisar fazer outra coisa.

No escuro os ruídos ficam mais palpáveis que os objetos. O ruído da água em torno do hélice, em algum lugar abaixo de meus pés. A vibração surda da esteira do navio. O barulho do motor. Da ventilação. Do giro do eixo do hélice sobre seus suportes. De um pequeno compressor elétrico quase impossível de localizar. Como tentar determinar, num edifício, de que apartamento vem o barulho de uma geladeira.

Aqui também tem uma geladeira. Não a encontro pelo barulho. Encontro-a porque a escuridão me leva a visualizar meu próprio desenho. Meço o corredor a passadas. Mas já sei qual será o resultado. Só por nervosismo não percebi antes. O corredor é dois metros mais curto. Segundo Jakkelsen, em algum ponto atrás da parede do fundo deve estar o sistema de encanamento hidráulico. Mas esse fato não justifica os dois metros.

Ilumino a parede. Tem o mesmo tipo de revestimento das outras paredes. Por isso não percebi antes. Mas o revestimento foi aplicado há relativamente pouco tempo. De algum lugar atrás dele vem o rumor abafado, como de uma geladeira. Está aparafusado. Não se trata de um esconderijo preparado com esmero. Foi ajeitado às pressas. Mas eu não teria como abri-lo sozinha. Nem que tivesse as ferramentas apropriadas.

Abro a porta mais próxima.

Empilhadas junto à parede estão as caixas negras. GRIMLOT MUSIC INSTRUMENTS FLIGHT CASES, leio. Abro a primeira. É uma caixa quadrada, poderia parecer que contém um alto-falante de tamanho médio.

A garantia do fabricante embaixo dos dois tanques azuis brilhantes de aço esmaltado diz SELF-CONTAINED UNDERWATER BREATHING APPARATUS. Eles estão cobertos por uma rede emborrachada que protege a pintura das pancadas.

Abro outra caixa menor. Tenho a impressão de que o conteúdo são válvulas para aparafusar nos tanques. Reluzentemente brilhantes. Acondicionadas em cavidades na espuma de borracha. Um calibrador de oxigênio. Mas de um tipo que eu nunca tinha visto. Para ser montado no alto do tanque em vez de ficar diretamente no bocal.

Na caixa seguinte encontro manômetros e bússolas de pulso. Uma mala grande com alça contém óculos, três pares de pés-de-pato, adagas de aço inoxidável em bainhas de borracha e dois coletes infláveis para prender os tanques.

Uma bolsa de pano contém dois trajes de mergulho pretos de borracha com capuz e zíper nos punhos e tornozelos. Abrigos para natação de neoprene. Com pelo menos quinze milímetros de espessura. Embaixo, dois abrigos Poseidon. Embaixo, luvas, meias, dois abrigos térmicos, cabos de segurança e seis diferentes lanternas a pilha, duas delas montadas num capacete.

Uma caixa dá a impressão de poder conter um baixo elétrico, mas é um pouco mais comprida e funda. Está apoiada na antepara. Dentro dela está Jakkelsen.

Como a caixa não era suficientemente grande para ele, comprimiram sua cabeça por sobre o ombro direito e dobraram as pernas para trás das coxas, de modo que ele agora está ajoelhado. Os olhos estão abertos. Ainda tem minha jaqueta sobre os ombros.

Toco seu rosto. Ainda está úmido e quente. No verão, ao ar livre, a temperatura do corpo de um animal de grande porte cai dois graus por hora depois que ele é alvejado. Para o ser humano deve ser mais ou menos isso. Jakkelsen está quase com a temperatura ambiente.

Enfio a mão em seu bolsinho do peito. A seringa sumiu. Mas encontro outra coisa. Não sei por que não pensei nisso antes. Metal não tilinta sozinho. Tem que tilintar contra outro metal. Com extremo cuidado, meus dedos seguram no fundo de seu bolso um pequenino triângulo. O triângulo sai de sua caixa torácica.

O rigor mortis se espraia dos músculos do maxilar para baixo. Exatamente como a tensão nervosa. Ele está rígido até o umbigo. Não consigo virá-lo, mas corro o fundo da caixa com a mão e a introduzo atrás de suas costas, por dentro da jaqueta. Abaixo das omoplatas sai um pedaço de metal, só alguns centímetros, chato e não muito mais grosso que uma lixa de unhas. Ou que a lâmina de uma serra a frio.

A lâmina foi enfiada entre duas costelas e depois dirigida para o alto. Imagino que tenha atravessado o coração. Logo em seguida o cabo da arma foi retirado, mas a lâmina ficou. Para que não houvesse sangramento.

Numa outra pessoa a lâmina não iria sair pelo peito. Mas Jakkelsen é magro demais. Que é o que está na moda.

Deve ter acontecido pouco antes de eu alcançá-lo. Possivelmente enquanto eu atravessava a praça.

Na Groenlândia eu não tinha cáries, agora tenho doze obturações. Todo ano aparece uma cárie. Me recuso a tomar anestesia. Desenvolvi uma estratégia para enfrentar a dor. Respiro fundo com a barriga, e imediatamente antes de a broca penetrar no esmalte e atingir o osso penso que agora estão fazendo uma coisa comigo que sou obrigada a aceitar. Com isso me transformo numa espectadora envolvida, mas não esmagada pela dor.

Eu estava presente no Landsting, o Parlamento groenlandês, quando o Partido SIUMUT propôs que a retirada das forças armadas americanas e dinamarquesas de solo groenlandês, já prevista, fosse precedida pelo estabelecimento de um exército groenlandês. Não foi esse o nome que eles usaram, claro. Uma guarda costeira descentralizada, diziam, formada inicialmente pelos groenlandeses que nos últimos três anos haviam prestado serviços como policiais na guarda marinha. E comandada por oficiais de nível A a serem treinados na Dinamarca.

Pensei que fosse impossível, que eles jamais iriam aceitar.

A proposta foi derrotada na votação. "Estamos surpresos com o resultado da votação", disse Julius Høeg, porta-voz do SIUMUT em questões de política externa, "considerando-se que o comitê de segurança nacional deste Parlamento recomendou uma guarda costeira e estabeleceu um grupo de trabalho preliminar formado por representantes da marinha dinamarquesa, da polícia groenlandesa, da Patrulha Sirius, da Central do Gelo e de outros profissionais."

Outros profissionais. As informações importantes sempre vêm por último. Como uma coisa secundária. Um adendo. Uma anotação à margem.

O pessoal da segurança da Greenland Star era groenlandês. Só agora recordo esse fato, agora que a Greenland Star ficou para trás. Deixamos de ver as coisas que se tornaram lugares-comuns. Tornou-se um lugar-comum ver groenlandeses armados, vestindo uniforme. Lugar-comum entrarmos em guerra.

Inclusive para mim. Tudo o que me resta é minha capacidade de distanciar-me.

É comigo que está acontecendo, a dor é minha, mas não sou inteiramente tomada por ela. Uma parte de mim permanece na posição de espectadora.

Engatinho para dentro do elevador de cozinha. De ontem para hoje a tarefa não ficou mais fácil. Mais moço a gente não fica.

Agora me regozijo com o fato de não haver dispositivo de segurança. O perigoso sistema permite que eu mesma aperte o botão para fazer o elevador subir.

O arrepio de medo enquanto subo pelo poço é o mesmo. O silêncio no fim da linha. A copa deserta.

A lua brilha através da clarabóia. A caminho da porta, me vejo de relance tal como alguém poderia ver-me de fora. Vestida de preto, mas pálida como um palhaço pintado de branco.

No corredor, os mesmos ruídos. Motor, descargas de privadas, a respiração de uma mulher. Como se o tempo tivesse ficado imóvel.

A luz da lua, que inunda o salão, é azulada e sensivelmente fria, como um líquido sobre a pele. O movimento do navio no mar faz as silhuetas do contorno das janelas esticarem-se nas paredes como sombras vivas.

Antes de mais nada, os livros.

*O piloto groenlandês*, o livro de mapas do Instituto Geodésico referente à Groenlândia, as cartas marinhas do estreito Davis feitas pelo almirantado, fotocopiadas, reduzidas quatro vezes e reunidas num volume único. *Dynamics of snow and ice masses*, de Colbeck, sobre os movimentos do gelo. *Meteorites*, de Buchwald, em três volumes. Números de *Naturens Verden* e *Varv*. A *Review of Medical Microbiology*, de Jawetz e Melnick. *Parasitologia — um manual*, de Rintek Madsen. *Lecture notes on tropical medicine*, de Dion R. Bell.

Coloco os dois últimos no assoalho e folheio com a mão direita enquanto com a esquerda seguro a lanterna. Sob o verbete "*Dracunculus*" há tantos trechos destacados com marca-texto amarelo que o papel dá a impressão de ter mudado de cor. Guardo os livros no lugar.

No corredor, escuto longamente diante de cada porta. Mas só por sorte localizo Tørk na primeira tentativa. Entreabro a porta três milímetros. A luz da lua entra pela escotilha e ilumina o beliche. O camarote está frio. Mesmo assim, o acolchoado está jogado para um lado. Seu torso parece mármore azulado. Ele dorme um sono pesado. Me esgueiro para dentro do camarote e fecho a porta atrás de mim. O que complica a vida é ter que optar. As pessoas empurradas para a frente simplesmente vivem.

Tudo é muito claro. Ele esteve sentado à escrivaninha trabalhando. O material necessário para escrever foi guardado, como se faz nos navios com tudo o que pode rolar. Mas os papéis estão ali. Uma pilha, não tão grande que eu não possa carregar.

Fico parada um instante olhando para ele. Mais uma vez, como tantas vezes antes, desde a infância, me impressiona a casta vulnerabilidade da pessoa que dorme. Eu poderia inclinar-me sobre ele. Poderia beijá-lo. Poderia sentir seu coração pulsar. Poderia cortar sua garganta.

Compreendo de repente que minha vida tem essa característica: muitas vezes estou acordada enquanto os outros dormem. Já vi muitas noites tardias e muitas manhãs precoces. Não foi algo que eu tivesse querido. Simplesmente aconteceu.

Vou para o salão com a pilha de papéis. Não há tempo para levar tudo para baixo.

Fico sentada um momento sem acender a luz. O aposento foi tomado por uma espécie de solenidade. Como se o luar tivesse recoberto tudo com um vidro cinza-azulado.

Encontrar a chave de você mesmo e de seu futuro é um sonho que todo mundo tem. As aulas de educação religiosa da escola dominical de Qaanaaq eram ministradas por um catequista da missão morávia, um matemático belga introvertido e brutal que não sabia falar uma palavra do dialeto de Thule. Ele lecionava numa mistura grotesca de inglês, groenlandês ocidental e dinamarquês. Tínhamos medo dele e ao mesmo tempo ele nos fascinava. Haviam nos ensinado a respeitar a profundidade que às vezes se encontra na loucura. Domingo após domingo ele insistia em duas coisas. O mandamento "conhece-te a ti mesmo", do recém-descoberto cânone de Nag Hammadi, e a idéia de que nossos dias estão contados, de que no universo existiria uma aritmética divina. Tínhamos todos entre cinco e nove anos de idade. Não entendíamos uma só palavra. Mesmo assim, mais tarde eu era capaz de recordar diversas coisas. Muitas vezes me ocorria que seria bom ver os cálculos cósmicos referentes a minha própria vida.

De vez em quando tenho a impressão de que esse momento chegou. Por exemplo, agora. Como se a pilha de papéis diante de mim fosse me dizer alguma coisa decisiva sobre meu futuro.

Os antepassados de minha mãe teriam se virado na cova se soubessem que um de seus descendentes iria encontrar as chaves do universo sob forma escrita.

No alto da pilha está uma cópia do relatório da Associação Criolítica da Dinamarca sobre a expedição de 1991 a Gela Alta. As últimas seis páginas do relatório não são cópias. São as fotografias aéreas originais, levemente borradas e tecnicamente imperfeitas, da geleira Barren. A geleira faz jus à fama que tem. Fria, branca, árida, gasta, ventosa e desprezada até pelos pássaros.

Depois há cerca de vinte e cinco páginas manuscritas, com números e pequenos desenhos a tinta incompreensíveis para mim.

Doze fotografias são cópias de raios X. Possivelmente das mesmas pessoas que observei na tela iluminada do consultório de Moritz. Possivelmente de outra coisa qualquer.

Há outras fotografias. Talvez também tiradas com raios X. Mas o motivo é outro — não corpos humanos. A imagem mostra faixas regulares, pretas e cinzentas, retas como se tivessem sido traçadas a régua.

As últimas páginas estão numeradas de 1 a 50 e formam um conjunto. São um relatório.

O texto é conciso, os muitos desenhos a nanquim são esquemáticos, em vários lugares há cálculos acrescentados a mão, sempre que a máquina de escrever não dispunha dos símbolos necessários.

Trata-se de uma compilação de dados relativa ao transporte sobre o gelo de objetos com grandes massas. Com desenhos indicando os procedimentos e cálculos sumários, esquemáticos, das especificações mecânicas.

Há um relato sobre a utilização de trenós pesados pelas expedições que visitaram o pólo norte. Uma série de desenhos mostra como se rebocaram navios sobre o gelo para impedir que ficassem aprisionados dentro dele.

Diversos trechos do relatório têm curtos cabeçalhos: *Ahnighito*, *Dog*, *Savik 1*, *Agpalilik*. Dizem respeito ao transporte dos maiores fragmentos conhecidos do meteorito que caiu no cabo York, às complicadas manobras de resgate e viagem de Peary na escuna *Kite*, ao livro de bordo de Knud Rasmussen e ao legendário transporte das trinta toneladas do *Ahnighito*, em 1965, por Buchwald.

Esta última seção inclui fotocópias das fotografias do próprio Buchwald. Já vi essas fotos milhões de vezes, elas foram incluídas em todos os artigos sobre a questão publicados nos últimos vinte anos. Mesmo assim, vejo-as agora como se esta fosse a primeira vez. As calhas de transporte feitas com dormentes. Os guinchos. Os trenós grosseiros feitos com trilhos de trem. As fotocópias intensificaram os contrastes e enfraqueceram os detalhes. Mesmo assim, os fatos estão mais que óbvios. No porão de carga da ré o *Kronos* está transportando uma cópia do equipamento de Buchwald. A pedra que Buchwald transportou para a Dinamarca pesava trinta toneladas e oitocentos e oitenta quilos.

A última seção trata dos planos dinamarqueses-americanos-soviéticos de construir uma plataforma de perfuração sobre o gelo. A lista de referências inclui o já citado relatório Pylot sobre a capacidade de resistência do gelo. Com meu nome na lista de autores.

No final da pilha há seis fotos coloridas. Batidas com flash em algum tipo de caverna com estalactites. Todo estudante de geologia já viu fotografias desse tipo. As minas de sal na Áustria, as grutas azuis na Sardenha, as cavernas de lava nas ilhas Canárias.

Mas estas são diferentes. A luz do flash volta em ricochete para a lente do aparelho em reflexos matizados. Como uma foto de mil pequenas explosões. Foi tirada numa caverna de gelo.

Todas as cavernas de gelo que já vi tiveram um tempo muito curto de vida; só existiram enquanto a fenda na geleira não se fechou ou não foi inundada por correntes subterrâneas de gelo derretido. Esta não se parece a nada que eu já tenha visto. Por toda parte descem do teto longas estalactites cintilantes, um sistema colossal de pingentes de gelo que deve ter se formado no decorrer de um longo período de tempo.

No centro da caverna há algo que se assemelha a um lago. No lago há alguma coisa. Sei lá. Pela foto não dá nem para arriscar um palpite.

Só é possível fazer uma idéia das dimensões do lugar porque em primeiro plano há um homem sentado. Está sentado sobre uma das elevações que os pingos constantes da água e o frio fizeram crescer no chão da caverna. Está rindo triunfante para a câmera. Nesta foto está de calças acolchoadas. Mas continua de *kamiks*. É o pai de Isaías.

Quando levanto a pilha da mesa a última folha de papel fica, pois é mais fina que as fotografias. É uma folha de papel de correspondência com o rascunho de uma carta. Umas poucas linhas, escritas a lápis e com muitas rasuras. Depois colocada no fim da pilha. Como quando se escreve um diário. Ou um testamento. Mas na realidade não se deseja que o fato seja sabido. Quando se tem a sensação de que aquilo não deve ser comentado abertamente, expondo nossas confissões aos olhos do mundo. Mas ao mesmo tempo se tem necessidade de ter por perto o que se escreveu. Talvez porque o texto ainda precise ser melhorado.

Leio o que está escrito. Depois dobro o papel e guardo no bolso.

Minha garganta está seca. Minhas mãos estão trêmulas. Estou muito necessitada de sair de cena sem complicações.

Estendo a mão para abrir a porta do camarote de Tørk quando ouço um clique em seu interior e no corredor vem refletir-se uma faixa de luz. Recuo. A porta começa a se abrir. Abre-se para trás, na minha direção. Tenho tempo de escolher uma porta a minha direita, abri-la e entrar na peça. Não ouso fechar a porta, mas puxo-a atrás de mim.

Tudo preto. Os azulejos debaixo de meus pés me informam que ali é um banheiro. A luz é acesa pelo lado de fora. Vou entrando de costas, passo uma cortina e chego ao boxe. A porta se abre. Não há ruído, mas um par de mãos flutua para dentro de meu campo de visão através da abertura entre as duas metades da cortina. São as mãos de Tørk.

Seu rosto aparece no espelho. Está tão bêbado de sono que nem chega a ver-se a si próprio. Inclina a cabeça, abre a torneira, espera que a água esfrie e bebe. Depois endireita o corpo, vira-se e sai. Seus movimentos são mecânicos como os de um sonâmbulo.

No segundo em que a porta de seu camarote se fecha já estou no corredor. Num instante ele vai ver que os papéis sumiram. Quero dar o fora antes que a busca comece.

A luz se apaga. Seu beliche range. Ele voltou a dormir à luz azul da lua.

Uma oportunidade dessas, uma sorte assim esplendorosa só acontece uma vez na vida. Eu seria capaz de ir dançando até a saída.

No escuro em frente, um pouco mais adiante no corredor, uma mulher chama em voz baixa e autoritária. Viro e volto por onde vim. Um homem dá uma risadinha defronte de mim. Ao mesmo tempo, cruza o campo de luz diante da porta aberta que dá para o salão. Está nu. Tem uma ereção. Não me viu. Fiquei no meio dos dois.

Recuo para o banheiro andando de costas, volto para o boxe. Alguém acende a luz. Os dois entram. Ele vai até a pia. Espera que a ereção se acalme. Depois fica nas pontas dos pés e urina na pia. É Seidenfaden. O autor do relatório sobre transporte de massas pesadas no gelo marítimo que acabo de folhear. O relatório em que se refere a um artigo que escrevi. E agora estamos tão próximos um do outro. Vivemos num mundo de justaposições comprimidas.

A mulher está atrás dele. Seu rosto está concentrado. Em certo momento tenho a sensação de que me viu pelo espelho. Depois ela levanta as mãos acima da cabeça. Está segurando uma cinta com a fivela para baixo. Quando bate, é com tamanha precisão que só a fivela o atinge, deixando um vergão comprido e branco sobre uma das nádegas. No início o vergão é branco, depois de um vermelho inflamado. Ele se agarra na pia, inclina as costas e comprime o traseiro contra ela. Ela volta a bater, a fivela marca a outra nádega. Uma evocação de Romeu e Julieta. A Europa tem uma longa tradição de encontros galantes. Depois a luz se apaga. A porta se fecha. Os dois se foram.

Saio para o corredor. Meus joelhos chacoalham. Não sei o que fazer com os papéis. Dou dois passos na direção do camarote de Tørk. Hesito. Dou um passo atrás. Resolvo abandoná-los no salão. Não há outra saída. Estou com a sensação de ter ficado trancada num pátio de manobras.

Diante de mim, no escuro, uma porta se abre. Desta vez não há preâmbulos, a luz não é acesa e só porque me acostumei com o caminho consigo chegar até o banheiro e me enfiar de novo no boxe.

Desta vez ninguém acende a luz. Mas a porta é aberta, depois fechada e trancada. Estou a postos com a chave de fenda. Vieram para me pegar. Seguro os papéis atrás das costas. Penso jogá-los quando enfiar a chave de fenda. Um golpe só, de baixo para cima, direto no ventre. Depois correr.

A cortina é levantada. Preparo-me para me desgrudar da parede.

Abrem o chuveiro. A torneira da água fria. Depois a torneira da água quente. A temperatura é regulada. O chuveiro está virado na direção da parede. Fico encharcada nos primeiros três segundos.

O jato de água é afastado da parede. Ele se instala debaixo da água. Estou a dez centímetros dele. O único ruído audível é o da água caindo. E não há luz alguma. Mas a essa distância não é necessário luz para eu reconhecer o mecânico.

No Terror Branco ele nunca acendia a luz para subir a escada. Esperava até o último momento para apertar o interruptor no porão. É um apreciador de paz e solidão no escuro.

Sua mão me roça ao avançar para a saboneteira. Ele localiza a saboneteira, sai um pouco do chuveiro, se ensaboa. Coloca o sabonete no lugar, esfrega a pele. Estende de novo a mão para o sabonete. Seus dedos roçam minha mão e desaparecem. Depois voltam devagarinho. Apalpam a mão.

No mínimo ele devia arquejar. Um grito seria perfeitamente compatível. Ele não solta um som. Seus dedos registram a chave de fenda, retiram-na cuidadosamente de minha mão, apalpam o braço até o cotovelo.

A torneira é fechada. A cortina é empurrada para o lado, ele sai do boxe. Depois de um instante, a luz se acende.

Ele enrolou os quadris numa grande toalha alaranjada. Seu rosto está inexpressivo. Todos os seus movimentos foram serenos, deliberados, contidos.

Ele olha para mim. Depois me reconhece.

Seu domínio da situação se dissolve. Ele não se move, seu rosto se altera um nada. Mas está paralisado.

Agora sei que ele não tinha se dado conta de que eu estava a bordo.

Ele olha meu cabelo molhado, o vestido empapado, os papéis encharcados que agora seguro diante do corpo. Os sapatos de borracha inundados, a chave de fenda que ele próprio tem na mão. Não está entendendo nada.

Depois me estende sua toalha. Num gesto desajeitado e perplexo. Sem pensar que ao fazê-lo se expõe. Pego a toalha e lhe estendo os papéis. Ele segura os papéis na frente da barriga enquanto seco o cabelo. Seus olhos não se afastam de mim.

Estamos sentados no beliche no camarote dele. Bem juntinhos, com um abismo entre nós. Cochichamos, embora não seja necessário.

— Você sabe o que está acontecendo? — pergunto.

— A ma-maior parte.

— Dá para me contar?

Ele faz que não com a cabeça.

Acabamos onde começamos. Num pantanal de segredos. Sinto um desejo louco de me agarrar a ele e lhe implorar que me anestesie, que só me acorde quando tudo isto acabar.

Jamais cheguei a conhecê-lo. Até há algumas horas, achava que havíamos compartilhado momentos de tácita cumplicidade. Ao vê-lo andar pela plataforma de desembarque da Greenland Star percebi que sempre fomos estranhos um para o outro. Quando você é jovem pensa que o sexo é o ápice da intimidade. Mais adiante entende que é apenas o começo.

— Quero lhe mostrar uma coisa.

Deposito os papéis sobre a escrivaninha dele. Ele me estende uma camiseta, ceroulas, calça térmica, meias de lã e pulôver. Vestimo-nos de costas um para o outro, como estranhos. Sou obrigada a enrolar as calças dele até acima dos joelhos e a arregaçar as mangas do pulôver até acima dos cotovelos. Peço ainda um gorro de lã, que ele me dá. De uma gaveta, tira uma garrafa chata, escura, e enfia no bolso de dentro. Eu tiro o cobertor de lã do beliche e dobro. Depois saímos os dois.

Ele abre a caixa. Jakkelsen olha desconsolado para nós. Seu nariz ficou azulado, afinou, como se estivesse congelado.

— Quem é este?

— Bernard Jakkelsen. Irmão mais moço de Lukas.

Me aproximo dele, abro a camisa e exponho o triângulo de aço. O mecânico não se move.

Apago a lanterna. Ficamos algum tempo calados no escuro. Depois subimos. Tranco a porta atrás de nós. Quando chegamos ao convés ele estaca.

— Quem foi?

— Verlaine — digo. — O contramestre.

Passos se fundem à comporta que dá para fora. Começo a engatinhar. Devagar, ele me imita. Subimos para uma pequena coxia escura. Apoiado em dois cavaletes de madeira está um barco a motor e atrás deste um grande bote de borracha. Sentamo-nos no meio dos dois. Daqui podemos controlar o convés a ré e ao mesmo tempo ficar protegidos da luz.

— Aconteceu na Greenland Star. Exatamente no momento em que você chegou.

Ele não acredita.

— Verlaine podia tê-lo jogado no mar. Mas ficou com medo de que ele aparecesse boiando junto à plataforma no dia seguinte. Ou de que fosse sugado por um hélice.

Penso em minha mãe. O que é jogado no oceano Ártico não volta à tona. Mas isso Verlaine não sabe.

O mecânico continua calado.

— Jakkelsen seguiu Verlaine até o cais. Foi visto. A partir desse momento, o mais seguro era arranjar um lugar nas caixas e colocá-lo lá dentro. Trazê-lo para bordo. Esperar até nos afastarmos da plataforma. E só então jogá-lo no mar.

Tento manter minha voz despojada de desespero. Ele precisa acreditar no que lhe digo.

— Já estamos distanciados. Cada minuto com ele no porão é um risco para eles. A qualquer momento eles aparecem. Vão ser obrigados a sair com ele para o convés. Não há outra forma de jogar uma coisa no mar. É por isso que estamos aqui. Achei que você tinha que ver pessoalmente.

Ouve-se um suspiro abafado no escuro. É a rolha saindo da garrafa. Ele me estende a garrafa e eu bebo. É um rum escuro, doce, encorpado.

Estendo o cobertor de lã por cima de nós. A temperatura deve ser de aproximadamente dez graus negativos. De todo modo estou ardendo de calor por dentro. O álcool expande os capilares, a superfície da pele dói um pouquinho. Essa dor que devemos evitar a qualquer preço caso não queiramos nos congelar para a morte. Tiro o gorro de lã para refrescar a testa.

— Tø-Tørk jamais teria permitido.

Estendo-lhe a carta. Ele ergue os olhos para as janelas escuras do passadiço, se encolhe atrás do casco do barco a motor e lê à luz de minha lanterna.

— Estava entre os papéis de Tørk — digo.

Bebemos outra vez. A luz da lua está tão clara que dá para discernir as cores. O convés verde, a calça térmica azul, o rótulo dourado e vermelho da garrafa. Parece luz solar. Brilha sobre o convés com um calor perceptível. Beijo-o. A temperatura perdeu todo significado. Em certo momento me ajoelho por cima dele. Não há mais corpo algum, apenas pontos de calor na noite.

Sentamo-nos encostados um contra o outro. É ele quem puxa o cobertor para nos cobrir. Não sinto frio. Bebemos da garrafa. O sabor é forte e ardente.

Você é da polícia, Smilla, não, respondo. Você é de alguma outra organização, não, digo. Você sabia o tempo todo, não, digo. Agora você já sabe, faço uma idéia, digo.

Tornamos a beber, ele se deita sobre mim. Por baixo do cobertor o convés deve estar frio, mas não percebemos.

Ninguém aparece. O *Kronos* parece um navio sem vida. Como se tivesse se desprendido de sua rota e agora avançasse conosco, só conosco a bordo.

Em determinado momento a garrafa está vazia. Quando me levanto é porque sei que alguma coisa está errada. Não há outras possibilidades de abertura no casco, pergunto, nenhuma outra forma de dar um jeito nele? Por que você fala de morte, pergunta ele, o que devo responder? Como a âncora é lançada, pergunta ele.

Descemos para a entreponte. Agora a caixa contém coletes salva-vidas. Jakkelsen desapareceu. Descemos a escada, atravessamos um túnel, a sala de máquinas, um túnel, a escada em caracol, e ele abre dois cadeados numa porta de um metro por um metro. A corrente da âncora está esticada no meio da peça. Lá em cima no teto ela entra por um cano. Pelos lados do cano é possível ver a luz da lua e a silhueta do guincho da âncora. A partir daí a corrente some através de uma espia do tamanho de uma tampa de privada. A âncora está içada até logo abaixo da espia. Não sobra muito espaço. Ele examina a abertura.

— Um homem adulto não passa por aqui.

Toco o aço. Os dois sabemos que foi por aqui que esta noite Jakkelsen foi jogado no mar.

— Ele era magro. Magro como está na moda — digo.

# 3

O comandante Lukas não fez a barba, não penteou o cabelo e está com jeito de ter dormido de roupa.

— O que a senhora sabe sobre corrente elétrica, Jaspersen?

Estamos sozinhos no passadiço. São seis e meia da manhã. Falta uma hora e meia para seu quarto de serviço. A pele de seu rosto está amarelada e recoberta por uma fina camada de suor.

— Sei trocar uma lâmpada — digo. — Mas normalmente queimo os dedos.

— Ontem, quando estávamos atracados, houve uma queda de corrente no *Kronos.* Um setor do porto também ficou sem força.

Ele tem um pedaço de papel na mão. A mão e o papel estão trêmulos.

— No navio, toda a fiação passa por disjuntores. Conseqüentemente, todas as saídas estão protegidas. A senhora sabe o que isso significa? Significa que é tremendamente difícil danificar a parte elétrica de um navio. A não ser que a pessoa seja mais esperta do que lhe convém e vá diretamente à instalação central. Ontem alguém mexeu na instalação central. Nos curtíssimos períodos em que está sóbrio, Kützow tem momentos de grande lucidez. Localizou a causa do acidente. Foi uma agulha de cerzir. Ontem alguém enfiou uma agulha de cerzir no cabo de fornecimento. Provavelmente com um alicate isolado. Depois quebrou o olho da agulha, detalhe de grande esperteza. Com isso, provocou um curto-circuito. Depois é impossível localizar o problema. A não ser que você conheça alguns truques com um magneto e um voltímetro, como o Kützow. E que tenha alguma idéia do que está procurando.

Penso na agitação de Jakkelsen. Nas quebras de tom de sua voz. "Resolvo todos os nossos problemas, Smilla. Amanhã a situação vai ser bem outra." Sinto um novo respeito por sua engenhosidade.

— Tudo indica que enquanto faltou luz um dos marinheiros, Bernard Jakkelsen, desobedeceu à interdição de desembarque e abandonou o *Kronos.* Esta manhã recebemos esta mensagem dele. Um aviso de demissão.

Ele me estende o papel. É um telex. Enviado pela estação de telecomunicações da Greenland Star. Curto, mesmo para uma demissão.

Para o comandante Sigmund Lukas

Por meio deste apresento minha demissão imediata da tripulação do *Kronos* por motivos particulares. Vá para o inferno.

B. Jakkelsen

Ergo os olhos para ele.

— Tenho a impressão — diz — de que a senhora também desembarcou durante o período de falta de luz.

Sua fisionomia se estilhaça. O oficial desapareceu, o sarcasmo desapareceu. Só resta uma preocupação próxima do desespero.

— Me diga se sabe alguma coisa sobre ele.

Tudo o que Jakkelsen não me disse, posso ver agora. Lukas, sua louca preocupação, seu desejo de proteger, de salvar, de manter o irmão navegando, fora da prisão e afastado das más companhias da cidade. A qualquer custo. Mesmo que isso significasse trazê-lo junto numa viagem como esta.

Durante um momento tenho vontade de contar tudo a ele. Durante um momento me identifico com seu tormento. Essas nossas tentativas irracionais, cegas e inúteis de proteger os outros de alguma coisa que não sabemos o que seja, uma coisa que sempre volta, independentemente do que possamos fazer.

Mas deixo que minha fraqueza decline e desapareça. Agora não posso fazer nada por Lukas. Por Jakkelsen, ninguém mais pode fazer o que quer que seja.

— Fiquei parada no cais. Só isso.

Ele acende outro cigarro. O cinzeiro já está cheio.

— Telefonei para a estação de telecomunicações. Mas a situação é totalmente absurda. É estritamente proibido um passageiro desembarcar desse modo. Além disso, o sistema interno da Greenland Star dificulta ainda mais as coisas. A pessoa escreve o telegrama e entrega num guichê. De lá o telegrama é levado até o posto do correio. Do correio o telegrama é levado até o posto do telex por uma terceira pessoa. Falei com uma quarta. Eles não têm condições de saber sequer se o telegrama foi entregue pessoalmente ou se foi transmitido por telefone. Impossível descobrir alguma coisa.

Ele me agarra pelo braço.

— A senhora tem alguma noção do que ele possa ter ido fazer em terra?

Faço que não com a cabeça.

Ele sacode o telegrama.

— É a cara dele.

Seus olhos estão cheios de lágrimas.

Jakkelsen teria escrito exatamente aquilo. Curto, arrogante, misterioso e ao mesmo tempo com uma inclinação pelos clichês da linguagem formal. Mas não foi Jakkelsen quem escreveu o telegrama. Aquele é o texto do papel que encontrei no camarote de Tørk na noite passada.

Lukas olha para o mar sem ver coisa alguma, absorto nas primeiras dolorosas especulações que haverão de tomar conta dele de agora em diante. Esqueceu-se de minha presença.

Nesse momento o alarme de incêndio dispara.

Somos dezesseis pessoas reunidas no refeitório. Todos os que estão a bordo, exceto Sonne e Maria — ambos no passadiço.

Tecnicamente é dia, mas está escuro lá fora. Ventou e a temperatura subiu, combinação que faz a chuva bater nas janelas como galhos. As ondas dão no costado do navio como golpes irregulares de marreta.

O mecânico, em pé, se apóia na comporta ao lado de Urs. Verlaine está sentado um pouco à parte. Hansen e Maurice misturam-se aos outros. Em grupo são sempre tão insignificantes! Uma discrição que faz parte do estilo meticuloso de Verlaine.

Lukas está sentado à cabeceira da mesa. Faz uma hora que estive com ele no passadiço. Está irreconhecível. Vestiu uma camisa recém-passada e sapatos bem engraxados. Acaba de fazer a barba; molhou o cabelo e depois penteou. Está alerta e objetivo.

Junto à porta está Tørk. Na frente dele estão sentados Seidenfaden e Katja Claussen. Passa-se algum tempo até eu conseguir me forçar a olhar para eles. Eles não registram minha presença.

Lukas apresenta o mecânico. Explica que o sistema de alarme de fumaça continua com problemas. O desta manhã foi um alarme falso.

Em poucas palavras, informa que Jakkelsen desertou. Fala todas essas coisas em inglês. Utiliza a palavra *deserted.*

Volto os olhos para Verlaine. Ele se encostou na parede. Seus olhos penetram nos meus, atentos, esquadrinhadores. Não consigo desviar a vista. Outra pessoa que não eu olha pelos meus olhos. Um diabo. Que jura vingança a Verlaine.

Lukas comunica que estamos chegando ao destino da viagem. Mais, não diz. *We are approaching our terminal destination.* Num dia ou dois estamos lá. Não será permitido desembarque.

A informação é absurda por sua imprecisão. Na era do SATNAV é possível prever com uma margem de erro de poucos minutos a hora exata em que se vai avistar terra.

Não há reação. Todos sabem que esta viagem tem alguma coisa estranha. Além disso, a tripulação está acostumada com as condições a bordo dos grandes petroleiros. A maioria dos presentes já passou pela situação de viajar sete meses sem pôr pé em terra.

Lukas olha para Tørk. Esta reunião foi convocada para atender a Tørk. Por solicitação dele. Talvez para que tivesse condições de ver-nos reunidos. Para avaliar nossas reações. Enquanto Lukas falava, os olhos de Tørk passeavam de rosto em rosto, demorando-se alguns instantes em cada um. Agora ele vira as costas e sai. Seidenfaden e Claussen saem atrás.

Lukas encerra a reunião. Verlaine sai. O mecânico fica um momento por ali e conversa com Urs, que num inglês trôpego explica alguma coisa a respeito dos croissants que acabamos de comer. Capto a informação de que a umidade é importante. Tanto durante o período de descanso como no forno.

Fernanda se retira. Evita olhar para mim.

O mecânico sai. Não olhou para mim uma única vez. Vou vê-lo esta tarde. Mas enquanto isso não acontece, não temos existência um para o outro.

Penso no que tenho que fazer antes de encontrá-lo. Não é nenhum planejamento glorioso para o futuro. Trata-se de uma estratégia de sobrevivência — pobre e pouco imaginativa.

Avanço pelo corredor. Preciso falar com Lukas.

Mal pus o pé na escada e Hansen começa a descer na minha direção. Recuo para o trecho de convés aberto que fica logo abaixo do andar superior.

Só agora percebo como o tempo está ruim. A chuva está a ponto de se congelar, pesada e abundante. As curtas lufadas de vento chicoteiam-na na queda. O mar está coberto de faixas brancas, nos lugares onde o vento incide sobre a crista das ondas e as carrega consigo como espuma.

A porta se abre atrás de mim. Não me viro, limito-me a andar para a porta que dá para o convés a ré. A porta se abre e Verlaine entra.

Agora este curto trecho de convés coberto ficou totalmente diferente. Normalmente me distraio com as luzes de emergência eternamente acesas, com as duas portas, com as janelas dos camarotes da tripulação que dão para este convés. Só agora percebo que este é um dos lugares mais isolados do navio. Não dá para vê-lo de cima e só há essas duas entradas. E as janelas atrás de mim são as do camarote de Jakkelsen e do meu próprio. Diante de mim, só a amurada. Além da amurada, doze metros de queda livre até o mar.

Hansen se aproxima enquanto Verlaine permanece imóvel. Peso cinqüenta quilos. É só uma levantadinha rápida, depois a água. Que foi mesmo que Lagermann disse? Que você prende o fôlego até acreditar que os pulmões estão a ponto de explodir. Esse é o momento da dor. Aí você respira muito forte e fundo, expira e em seguida aspira. Depois vem a paz.

Este é o único lugar onde eles podem resolver o caso sem serem vistos do passadiço. Devem ter ficado à espreita desta oportunidade.

Me aproximo da amurada e me debruço. Hansen chega mais perto. Nossos movimentos são serenos e deliberados. À minha direita a queda livre para o mar é interrompida pelo bordo-livre que desce até a amurada. Do lado externo do navio, soldadas no aço, vejo uma fileira de travessas de ferro formando degraus que sobem e desaparecem na escuridão.

Passo uma perna por cima da amurada. Hansen e Verlaine param. Como as pessoas sempre param ao ver uma pessoa a ponto de saltar por vontade própria. Só que não salto. Me agarro nos degraus e me penduro no costado.

Hansen não chega a entender o que está acontecendo. Mas Verlaine se precipita para a amurada e estende as mãos para me segurar pelos tornozelos.

O *Kronos* é atingido por uma onda mais violenta. O casco trepida e aderna para estibordo.

Verlaine conseguiu pegar um de meus pés. Mas o movimento do navio o empurra de encontro à amurada e ameaça jogá-lo ao mar. Ele é obrigado a me largar. Meus pés escorregam nos degraus que o sal e a chuva deixaram lisos como sabão. Quando o navio volta, fico pendurada pelos braços. Em algum lugar muito abaixo de mim reluz, branca, a linha da água. Fecho os olhos e escalo.

Depois do que me parece uma eternidade, abro os olhos. Em algum lugar abaixo de mim, Hansen me olha com o rosto levantado. Subi apenas uns poucos metros.

Estou do lado de fora das janelas do convés de passeio. À minha esquerda uma luz brilha através de cortinas azuis. Bato na vidraça com a palma da mão. Quando desisto e estou a ponto de prosseguir, as cortinas se abrem cautelosamente. Kützow olha para fora e me vê. Bati na janela que dá para o escritório do maquinista. Ele coloca as palmas das mãos dos lados do rosto para bloquear os reflexos e encosta no vidro. Seu nariz se transforma numa mancha esborrachada, verde fosca. Nossos rostos estão a alguns centímetros um do outro.

— Socorro! — grito. — Socorro, merda!

Ele olha para mim. Depois volta a fechar as cortinas.

Continuo subindo. No alto dos degraus despenco no convés de embarcação junto aos turcos que sustentam o bote salva-vidas da popa. A porta é logo à direita. Está trancada. Uma escada externa semelhante à que acabo de utilizar sobe pela chaminé e vai até a plataforma vizinha ao passadiço.

Em outras circunstâncias, haveria razões para admirar o rigor de Verlaine. No alto da escada, alguns metros acima, está Maurice, ainda com o braço na tipóia. Sua função é certificar-se da ausência de testemunhas nos conveses de cima.

Dirijo-me para a escada que leva ao andar inferior. Verlaine vem subindo em minha direção.

Dou a volta. Penso que talvez consiga descer o bote salva-vidas. Que o bote deve ter algum tipo de trava de segurança que permita soltá-lo de uma vez. Que depois de soltá-lo eu podia pular na água.

Desisto ao ver os guinchos que descem o bote. O sistema de mosquetões e cabos é inextricável. Rasgo a lona do bote. Procuro alguma coisa com que me defender. Um croque, um foguete sinalizador.

A lona é de náilon verde reforçado, fecha com um elástico que acompanha a borda do bote. Quando levanto a lona o vento entra e a solta, a lona adeja de encontro ao costado do navio. Fica pendurada em um ilhós da proa do bote salva-vidas.

Verlaine chegou ao convés. Atrás dele vem Hansen. Me agarro ao náilon verde e me deixo cair. O *Kronos* navega e meu corpo está solto; com a lona apertada entre as coxas vou descendo pelo costado. Quando chego à ponta da lona, meus pés pedalam no vazio. Em seguida caio, eles desprenderam o pano. Abro os braços e a amurada se encaixa em minhas axilas. Meus joelhos se chocam contra o costado do navio. Mas fico pendurada. No início paralisada, mas isso porque com o choque não consigo mais respirar. Depois deslizo de cabeça para o convés superior.

Uma lembrança breve, absurda, evoca o quadro da primeira vez que brinquei de pegar, logo depois de chegar à Dinamarca. De meu estranhamento diante de uma brincadeira que rapidamente suprimia os fracos e depois, numa hierarquia natural, todos os outros. Do esforço para manter-me viva quando todos os outros eram caçadores.

A porta da escada se abre e Hansen aparece. Enveredo para o convés a ré. Saio junto da escada. Na altura de minha cabeça vem descendo um par de sapatos azuis. Enfio as mãos pela grade da escada e puxo os pés para fora. É uma continuação do próprio movimento dos pés, por isso não preciso fazer muita força. Eles descrevem uma pequena curva no ar e a cabeça de Verlaine vem bater na escada perto de meus ombros. Logo em seguida ele despenca os últimos metros e se esparrama no convés sem conseguir se segurar.

Corro escada acima. No convés de embarcação corro para o costado de bombordo e dali subo pela escada. Maurice deve ter ouvido. Enquanto subo ele se aproxima da escada. Atrás dele a porta que dá para o passadiço se abre e Kützow sai. Está de roupão de banho e pés descalços. Ele e Maurice ficam olhando um para o outro. Passo ao lado dos dois e entro no passadiço.

Enfio a mão no bolso em busca da lanterna. O raio de luz enquadra o rosto de Sonne. Ao lado da cana do leme está Maria.

— Me acompanhe até a enfermaria — digo. — Sofri um acidente.

Ele vai à frente. Ao passar pela sala de mapas, vira-se e estaca. Olho para baixo, para meu corpo. As calças de meu abrigo não têm joelhos. Só dois buracos sangrentos. As palmas de minhas mãos estão esfoladas.

— Caí — digo.

Ele abre a porta da enfermaria. Evita olhar diretamente para mim.

Quando sento e a pele de meus joelhos se distende, sinto que vou desmaiar. Um rio de minúsculas impressões dolorosas. As primeiras escadas do internato, uma queda no gelo áspero: o clarão luminoso, a paralisia, a ardência, a dor aguda, o frio e por último a pancada rija.

— Você pode limpar isto?

Ele olha para o lado.

— Não agüento ver sangue.

Limpo sozinha. As mãos tremem, o líquido escorre sobre os ferimentos. Aplico compressas estéreis. Enrolo com gaze.

— Ketalar.

— É contra o regulamento.

Levanto os olhos para ele. Ele me entrega o frasco.

— Anfetamina também.

Toda farmácia de navio e toda expedição são equipadas com medicamentos que estimulam o sistema nervoso central e combatem a sensação de cansaço.

Ele me estende o remédio. Esmago cinco comprimidos num copo de papel com água. O gosto é muito amargo.

Difícil fazer alguma coisa em relação às mãos. Ele acha um par de luvas de algodão, dessas que ficam bem ajustadas, do tipo usado por pessoas alérgicas.

Quando saio pela porta, ele tenta um sorriso valente.

— Está melhor agora?

Nada mais dinamarquês que ele. O medo, a decisão inquebrantável de ignorar o que está acontecendo a seu redor. O otimismo inabalável.

A chuva não amainou. Cai como fios oblíquos de água sobre as janelas do passadiço. Que agora deixam passar a luz cinzenta de um dia escuro.

— Onde está Lukas?

— No camarote.

Uma pessoa que há dois dias não dorme não serve para nada.

— O quarto de serviço dele começa dentro de uma hora — diz Sonne. — No cesto de gávea. Ele quer ver o gelo pessoalmente.

Uma das telas de radar está fixada num raio de cinqüenta milhas marítimas. A uma pequena distância da borda aparece um continente quadriculado, esverdeado. O início da massa de gelo.

— Diga a ele que venho falar com ele — digo.

O convés do *Kronos* está deserto. Já não parece pertencer a um navio. A luz mortiça do dia cria sombras profundas que já não são simplesmente sombras. Em cada área escura se aninha um inferno. Quando eu era pequena essa era a atmosfera que acompanhava as mortes. Ouviam-se, vindos de algum lugar, os gritos das mulheres, e isso nos informava que alguém tinha morrido. O fato alterava tudo. Mesmo que fosse maio em Siorapaluk, com aquela luz verde-azulada que se filtrava para dentro das casas e impregnava todas as coisas, enlouquecendo as pessoas com a primavera, mesmo esse tipo de luz se transformava no reflexo gélido de um reino dos mortos que se tivesse transferido para a superfície da terra.

A escada sobe ao longo da face dianteira do mastro. O cesto de gávea é uma caixa de alumínio rasa, equipada com vidraças na parte dianteira e na lateral. É um detalhe obrigatório nos navios que navegam no gelo.

São vinte metros até o topo. Em meu esboço do *Kronos* não parece grande coisa. Mas subir até lá é uma coisa aterradora. O navio joga com as ondas e avança de lado, todos os movimentos do eixo do casco se magnificam à medida que vou subindo e que a oscilação do mastro se acentua.

Os degraus se interrompem numa plataforma acima da qual está presa a roldana do guindaste. Dali passa-se para uma plataforma menor e desta, através de uma pequena porta, para o cesto metálico.

Dá justinho para ficar em pé. No escuro adivinho um antiquado telégrafo de sala de máquinas, uma régua de inclinação, um diário náutico, uma grande bússola, a cana do leme e o interfone para o passadiço. É daqui que Lukas vai manobrar o *Kronos* quando entrarmos na massa de gelo, só daqui haverá visibilidade suficiente.

Alguém está sentado junto à parede do fundo. Quando entro, chega para um lado e abre um espaço para mim — vejo-o apenas como um adensamento da escuridão. Quero contar-lhe sobre Jakkelsen. Em todo navio o comandante tem uma ou outra forma de arma. Ele continua investido de sua autoridade. Deve ser possível manter Verlaine sob controle e dar volta no navio. Poderíamos chegar a Sisimiut em sete horas.

Deslizo para o assento, ele tem as pernas apoiadas no telégrafo. Não é Lukas. É Tørk.

— O gelo — diz ele. — Estamos chegando perto.

Mal dá para ver o gelo, um clarão branco-acinzentado no horizonte. O céu está baixo e escuro, parece fumaça de carvão com umas poucas áreas mais claras.

A pequena cabine onde estamos balança de um lado para outro, meu corpo cai para o lado dele, depois para o lado da parede. Ele não se move. Com as botas no telégrafo e a mão no banco, parece soldado no lugar.

— Você desembarcou na Greenland Star. Estava na parte dianteira do navio quando houve o primeiro alarme de incêndio. Mais de uma vez Kützow viu você perambulando à noite. Por quê?

— Estou habituada a movimentar-me livremente a bordo de um navio.

Não consigo ver seu rosto, apenas adivinhar os contornos.

— Que navio? Você entregou apenas um passaporte ao comandante. Passei um fax para a Divisão de Transportes Marítimos. Jamais foi emitido um atestado de serviço em seu nome.

Por um momento a tentação de entregar os pontos é avassaladora.

— É que eu navegava em embarcações menores. Fora da marinha mercante nunca pedem documentos.

— Quer dizer que você ficou sabendo dessa oportunidade de emprego e entrou em contato com o Lukas.

Não se trata de pergunta, por isso não respondo. Ele está me estudando. É provável que esteja vendo tanto quanto eu.

— Esta viagem não foi mencionada em lugar nenhum. Foi organizada privadamente. Você não entrou em contato com o Lukas. Pediu a Lander, um proprietário de cassino, que intermediasse um encontro.

Sua voz tem uma tonalidade grave, interessada.

— Você procurou Andreas Fine e Ving. Está atrás de alguma coisa.

É como se o gelo viesse derivando lentamente por cima do mar em nossa direção.

— Para quem você trabalha?

O que é intolerável é a idéia de que ele sabia desde o início quem eu sou. Não consigo lembrar de nenhuma outra ocasião na vida, desde meus tempos de criança, em que me sentisse tão fortemente em poder de outra pessoa.

Ele não contou ao mecânico que eu estaria a bordo. Quis presenciar um encontro nosso. Para entender o que há entre nós. Era isso, antes de mais nada, o que estava querendo verificar quando fomos todos chamados ao refeitório. Impossível saber a que conclusão chegou.

— Verlaine acha que você é da polícia federal. Durante algum tempo eu mesmo estive inclinado a ter essa opinião. Dei uma olhada em seu apartamento em Copenhague. Em seu camarote a bordo. Você parece tão sozinha. Tão desorganizada. Mas quem sabe uma empresa? Um cliente particular?

Durante um momento estive a ponto de deixar-me cair para trás à espera do sono, da perda da consciência, do esquecimento. A repetição da pergunta me tira de meu torpor. Ele necessita de uma resposta. Mais uma vez estou sendo interrogada. Ele não tem condições de saber com certeza quem eu sou. Quais são meus contatos. Quanto eu sei. Ainda estou viva.

— Uma criança do edifício onde moro caiu de um telhado. Encontrei o endereço de Ving na casa da mãe dessa criança. Ela recebe uma pensão da Associação Criolítica devido à morte do marido. Isso me levou aos arquivos da associação. Às informações disponíveis sobre as expedições a Gela Alta. Tudo o mais deriva daí.

— Com a ajuda de quem?

Sua voz se manteve o tempo todo inquisitiva e ao mesmo tempo descomprometida. Como se estivéssemos falando sobre conhecidos comuns ou acontecimentos que não nos envolvessem diretamente.

Jamais acreditei na frieza dos indivíduos. Tensão sim, mas frieza não. O calor é a essência da vida. Mesmo o ódio é quente, quando desencadeado contra sua vítima natural. Neste momento, aqui, verifico que estava enganada. A corrente de energia que emana, como uma realidade física, do homem que está a meu lado é opressiva, fria.

Tento visualizá-lo criança, tento aferrar-me a algo humano, algo compreensível, um garoto mal nutrido, sem pai, num casebre de Brønshøj. Frágil, magro feito um passarinho, solitário.

Sou obrigada a desistir. A imagem se confunde, se estilhaça, se dissolve. O homem a meu lado é monolítico e ao mesmo tempo fluido, ardiloso, uma pessoa que se descolou de seu passado a ponto de já não ser possível identificar os rastros desse passado.

— Com a ajuda de quem?

Esta última pergunta é a decisiva. O mais importante não é o que eu própria possa saber. O mais importante é saber com quem partilhei o que sei. Para que ele possa entender o que o espera no futuro. Talvez seja essa sua humanidade, a marca de ter crescido cercado por uma desconfiança insondável: a necessidade de planejar, de tornar seu mundo previsível.

Falo sem qualquer emoção na voz.

— Sempre fui capaz de me virar sozinha.

Primeiro ele fica em silêncio.

— Por que você está fazendo isso? — pergunta em seguida.

— Quero entender por que ele morreu.

É possível desenvolver um extraordinário sentimento de confiança quando se está na ponta da prancha com uma venda sobre os olhos. Tenho certeza de ter dito a coisa certa.

Ele considera a resposta.

— Você sabe o que eu vou fazer em Gela Alta?

Nesse "eu" percebo laivos de uma grande sinceridade. O navio, a tripulação, eu própria, os colegas dele — tudo desapareceu. Todo esse mecanismo complicado move-se apenas para atendê-lo. A pergunta está destituída de arrogância. As coisas são assim e pronto. De um ou de outro modo todos estamos aqui porque ele assim o quis e soube como fazê-lo.

Estou equilibrada na corda bamba. Ele sabe que menti. Que é impossível eu ter chegado até aqui sem a ajuda de outras pessoas. O mero fato de que consegui embarcar já o informa disso. Mas ele ainda não sabe se está sentado ao lado de um indivíduo ou de uma organização. É isso que o preocupa e é essa a minha chance. Lembro da expressão dos caçadores ao voltar para casa: quanto mais neutras suas expressões, mais carregados seus trenós. Lembro da falsa modéstia de minha mãe depois da pescaria, um jogo que pertencia a ela mas que Moritz desvendou em um de seus ataques de fúria: o melhor é diminuir a importância do feito em vinte por cento. Quarenta por cento é melhor ainda.

— Vamos buscar uma coisa — digo. — Uma coisa tão pesada que é preciso um navio do tamanho do *Kronos.*

Nenhuma possibilidade de saber o que lhe vai pela cabeça. Do escuro vem apenas uma espécie de aumento da atenção, uma força que registra e analisa. E mais uma vez me ocorre a imagem de um urso polar, a maneira como o animal avalia com objetividade a própria fome, a capacidade defensiva de sua presa e a situação em geral.

— Por que telefonar? — ouço-me perguntar. — Para o meu apartamento?

— Aquele telefonema serviu para eu entender uma porção de coisas. Nenhuma mulher normal, nenhuma pessoa normal, teria respondido àquele telefonema.

Pisamos juntos na plataforma agora recoberta por uma fina camada de gelo. Sempre que uma onda atinge o casco, dá para sentir a sobrecarga do motor no fato de que o hélice gira com mais força.

Deixo que siga na frente. A potência de um homem decresce quando ele sai para o ar livre. A dele não. Ele ocupa o espaço e a luz cinzenta e difusa que nos cerca com a própria irradiação. Nunca antes temi uma pessoa dessa maneira.

Aqui, na plataforma, sei de repente que ele estava naquele telhado com Isaías. Que o viu saltar. Essa certeza me vem como uma visão, ainda sem detalhes, mas absoluta. Neste instante, por sobre o tempo e a distância, partilho o medo de Isaías, neste instante também estou no telhado.

Com a mão apoiada na grade ele me olha nos olhos.

— Por favor, afaste-se alguns passos.

Nosso entendimento recíproco é absoluto e quase sem palavras. Ele percebeu uma possibilidade. Que, tendo dado alguns passos escada abaixo, eu invista e solte suas mãos e lhe chute o rosto e o faça cair de costas os vinte metros que nos separam do convés, que lá embaixo parece tão limitado que nem dá para ter certeza de que se cairia nele.

Recuo até encostar as costas na grade. Quase lhe sou grata por ter tomado essa precaução. É possível que a tentação tivesse sido grande demais para mim.

Duas vezes aconteceu de eu viajar para a Groenlândia e passar seis meses sem ver meu rosto no espelho. Na viagem de volta tratava cuidadosamente de evitar os espelhos dos aviões e aeroportos. De novo em meu apartamento, colocava-me diante do espelho; nesse momento via claramente as manifestações físicas da passagem do tempo. Os primeiros cabelos brancos, a rede de rugas, os contornos mais cavados e perceptíveis dos ossos por baixo da pele.

Nada era mais tranqüilizador para mim do que a consciência de que vou morrer. Nesses momentos de grande percepção — e só nos vemos com clareza quando nos vemos como estranhos — desaparece toda angústia, todo desânimo, toda depressão; tudo se transforma em serenidade. Para mim a morte não era tanto um espantalho ou um estado de espírito ou algo que forçosamente vá me acontecer. Antes, era uma sintonia no agora, uma auxiliar, uma aliada no esforço de estar alerta.

Às vezes acontecia que Isaías adormecesse em meu sofá numa noite de verão. Não me lembro o que eu poderia estar fazendo, vejo-me sentada a olhar para ele. Em certo momento apalpava seu pescoço e constatava que estava quente. Cuidadosamente desabotoava sua camisa e descobria seu peito, depois me levantava e abria a janela que dá para o porto e nesse momento nos transportávamos para outro lugar. Estávamos em Iita, na barraca de verão. Pelo tecido da barraca se escoa uma luz que parece de lua cheia. Mas é o pano que tinge a luz de azul, pois quando afasto as laterais da entrada a luz que o ilumina é a luz vermelha do sol da meia-noite. Ele não se acorda, não dorme há vinte e quatro horas, não conseguimos dormir com a luz incessante e agora ele cedeu ao cansaço. Talvez seja meu filho, é assim que sinto e olho para seu peito e seu pescoço e por baixo da pele castanha e perfeita se move sua respiração e seu pulso apressado.

Depois fui até o espelho e tirei a blusa e examinei meu próprio peito, meu próprio pescoço, e vi que algum dia tudo isso passa, mesmo o que sinto por ele algum dia passa. Mas até esse momento ele continua onde está e depois dele os filhos dele ou outras crianças, uma roda de crianças, uma cadeia, uma espiral que se esfarela na eternidade.

Esse tipo de experiência da mortalidade e do prosseguimento de todas as coisas sempre me proporcionou muita felicidade.

De certo modo, isso ainda acontece. Tirei a roupa e fui para a frente do espelho.

Todo interessado em morte ganharia em olhar para mim. Tirei as ataduras. Meus joelhos estão sem pele. Entre meus quadris há uma mancha larga, amarelo-azulada, de sangue coagulado por baixo da pele, no lugar onde a espicha de Jakkelsen me atingiu. As duas palmas estão com esfoladuras infeccionadas que não querem cicatrizar. Na nuca tenho uma bola que parece um ovo de gaivota e uma região onde a pele está rompida e repuxada. E isso porque tive o pudor de não tirar as soquetes brancas, de modo que não se vê o tornozelo inchado, e não estou contando os hematomas generalizados nem o alto de meu crânio que ainda lateja periodicamente devido à queimadura.

Perdi peso. Passei de magra a descarnada. Tenho dormido muito pouco, os olhos estão afundados nas órbitas. Tudo isso não me impede de sorrir para a imagem no espelho. Não há uma aritmética única na distribuição de felicidade e infelicidade na vida, não há cotas padronizadas. A bordo do *Kronos* está um dos poucos homens do mundo que fazem a vida valer a pena de ser vivida.

Ele me chama exatamente às cinco horas da tarde. Esta é a primeira vez que sinto afeto pelo interfone.

— Smi-Smilla, apresente-se na enfermaria dentro de um quarto de hora.

Ele é como eu com os telefones. Mal consegue deixar seu recado antes de desligar.

— Føjl — digo. Esta é a primeira vez que o chamo pelo sobrenome. É um mel na boca. — Obrigada por ontem à noite.

Ele não responde. O interfone estala, a lampadinha se apaga.

Visto uma roupa de trabalho azul. Não se trata de uma escolha casual. Nada é casual quando me visto. Claro, eu podia me arrumar. Mesmo agora posso me arrumar. Mas essa roupa azul é o uniforme do *Kronos*, um símbolo de que estamos nos encontrando em circunstâncias diferentes, de que temos o mundo contra nós de um modo diferente do que até agora.

Passo um bom tempo escutando junto à porta antes de sair para o corredor.

Não consigo imaginar a possibilidade de que exista algo que se assemelhe ao inferno cristão. Mas ultimamente ando pensando sobre o velho reino dos mortos groenlandês. Quando se pensa em tudo o que se encontra de desagradável na vida, parece insensato que tudo deva se interromper só porque morremos.

Caso haja encontros clandestinos entre os amantes no reino dos mortos, o prelúdio deve ser alguma coisa assim. Avanço de porta em porta. Já não vejo o *Kronos* só como um navio, mas como uma área de risco. Tento avaliar antecipadamente se determinado risco pode se avolumar até constituir risco de vida.

Quando sai alguém da sala de exercícios, embarafusto pelo banheiro antes que a porta se feche atrás da pessoa que está saindo. De onde estou, vejo pela frincha quando Maria passa. Apressada, de rosto fechado. Não sou a única a saber que o *Kronos* é o mundo das sombras.

Não encontro ninguém ao subir a escada. A porta para o passadiço está fechada, a sala de mapas está vazia.

Estaco na frente da enfermaria. Endireito a roupa, sinto o rosto nu sem maquiagem.

A peça está escura, as cortinas puxadas. Fecho a porta atrás de mim e me encosto nela. Percebo meus lábios. Fico querendo que ele saia das sombras e me beije.

Sou envolvida por uma aragem suave, fresca, cheirando a flor. Espero.

Não acendem a luz do teto, mas a lâmpada sobre o beliche de exames, uma espécie de lâmpada operatória. Ela cria uma área amarela de luz no couro preto e mantém o resto da sala na obscuridade.

Numa cadeira, com as botas apoiadas no beliche, está sentado Tørk. Junto à parede, na semi-escuridão, está Verlaine. Katja Claussen está sentada no pé do beliche, com os pés balançando no ar. Não há outras pessoas na sala.

Vejo-me de fora. Talvez por ser muito doloroso permanecer dentro de mim mesma. Tanto faz os três diante de mim, tanto faz eu mesma. Foi com o mecânico que falei há alguns instantes. Foi ele quem me disse para vir até aqui.

Um limite, existe um limite para nós todos. Para a perseverança, para as aproximações que conseguimos fazer na vida. E para o número de rejeições que conseguimos tolerar.

— Esvazie os bolsos.

Foi Verlaine quem falou. Esta é a primeira vez que tenho oportunidade de observar a divisão de trabalho entre os dois. Tenho um palpite de que a parte da violência física fica com Verlaine.

Me adianto para a luz e deposito minha lanterna e minhas chaves sobre o beliche. Tento imaginar qual o papel da mulher. Sou imediatamente informada. Verlaine acena e ela avança em minha direção. Os homens olham para o lado enquanto ela me revista. É muito mais alta que eu, o que não a impede de ser ágil. Começa abaixo dos joelhos, apalpando meus tornozelos, depois vai subindo. Encontra a chave de fenda e a chave mestra de Jakkelsen. No fim confisca meu cinto.

Tørk não olha para o que ela encontrou. Mas Verlaine avalia os objetos em sua mão.

Como vai ser a coisa? Será que vou ter tempo de ver?

Tørk se levanta.

— Você está formalmente presa.

Não olha para mim. Os dois sabemos que toda referência a formalidades faz parte da mesma ilusão de que faz parte nossa cortesia recíproca. São os únicos pretextos que ainda restam.

Ele olha para baixo. Depois balança lentamente a cabeça e algo semelhante a assombro passa por seu rosto.

— Você blefa maravilhosamente — diz ele. — Prefiro mil vezes sentar no alto do cesto de gávea ouvindo você mentir que andar no meio de todas essas verdades medíocres.

Durante um segundo os três ficam em silêncio. Depois saem.

Verlaine tranca a porta. Fica algum tempo parado no vão da porta. Parece cansado. Seu silêncio tem uma coisa sincera. Seu silêncio me diz que isto não é uma cela e que a situação não é de prisão. Que este é o início da conclusão, que em pouco tempo virá.

# O GELO

# 1

Na escola dominical nos ensinavam que o sol era Cristo Nosso Senhor, no internato nos disseram pela primeira vez que ele devia ser uma bomba de hidrogênio em explosão permanente.

Para mim ele sempre há de ser o palhaço celestial. Em minha primeira lembrança consciente do sol, olho diretamente para ele com os olhos apertados embora saiba muito bem que não se pode, e penso que ele ao mesmo tempo ameaça e ri, como o rosto do palhaço, pintado de sangue e cinzas e com um espeto preso entre os dentes, avançando estranho, apavorante e divertido para nós, crianças.

Agora, pouco antes de o disco solar tocar o horizonte — onde por um momento ele se esquiva à muralha de nuvens negras e lança um jato de luz por sobre o gelo e o navio —, ele repete a estratégia do palhaço. Esquiva-se ao escuro abaixando-se bem. A força demolidora da humilhação.

O *Kronos* vai avançando no meio do gelo. Vejo-o de longe, velado por uma camada de dez milímetros de vidro inquebrável esfumado pelo sal que se cristalizou no exterior. Não faz diferença: sinto-o como se estivesse pisando nele.

É uma massa de gelo compacta e, inicialmente, toda cinzenta. O estreito canal aberto pelo *Kronos* é como um regato de cinzas, os pedaços de gelo — a maioria dos quais do comprimento do navio — são como fragmentos de rocha levemente estufados e rachados pelo frio. Esse é um mundo de reiterada e generalizada ausência de vida.

Depois o sol desaparece atrás da muralha de nuvens como gasolina inflamada.

Esse campo de gelo formou-se há um ano, no oceano Ártico. Dali foi forçado para baixo, passando entre Svalbard e a costa leste da Groenlândia, em seguida levado até depois do cabo Farewell e empurrado para o Norte ao longo da costa oeste.

Foi criado na beleza. Certo dia de outubro a temperatura cai trinta graus centígrados em quatro horas e o mar fica quieto como um espelho. Espera para refletir uma maravilha da criação. As nuvens e o mar cintilam juntos num cortinado de seda cinza espessa. A água se transforma num líquido grosso, um pouquinho avermelhado, como um licor de frutinhas silvestres. Uma névoa azul de fumaça gélida se desprende da superfície da água e passeia sobre o espelho do mar. Aí a água coagula. Do mar escuro, o frio extrai um roseiral, um tapete branco de flores de gelo feitas de gotas de água salgada e congelada. Que talvez vivam quatro horas, talvez dois dias.

A essa altura os cristais de gelo estão estruturados em torno do número seis. Ao redor de um hexágono, como uma cela de colméia de água endurecida, abrem-se seis braços que dão para seis novas celas que novamente — fotografadas através de um filtro de cor e muito ampliadas — decompõem-se em novos hexágonos.

Então se forma o gelo *frazil*, ou gelo de fundo, o *grease ice* e o *pancake ice*, cujas placas se congelam juntas formando banquisas. O gelo separa o sal — a água do mar se congela de baixo para cima. O gelo se rompe; o acúmulo na superfície, a precipitação e mais frio lhe dão uma topologia ondulada. Em certo momento, empurrado, o gelo sai à deriva.

À distância está *hiku*, o gelo eterno, o continente de mar congelado ao longo do qual vamos navegando.

Ao redor do *Kronos*, no fiorde aberto pelas correntes locais — pouco conhecidas e incompletamente registradas —, por toda parte há *hikuaq* e *puktaaq*, gelos flutuantes. Os mais perigosos são as banquisas azuis e negras, gelo de pura água derretida, pesadas e profundas, e que devido a sua transparência adquiriram a cor da água circundante.

O gelo branco das geleiras e o gelo cinzento do mar, colorido por partículas atmosféricas, podem ser vistos com maior nitidez.

A superfície dos gelos flutuantes é uma paisagem desolada de *ivuniq* — blocos de gelo empurrados para a superfície pelas correntes e pelo entrechoque das placas —, *maniilaq*, ou montículos de gelo, e *apuhiniq*, neve que o vento comprimiu, formando duras barricadas.

O mesmo vento formou *agiuppiniq* sobre o gelo, as nevadas derivantes que você acompanha com o trenó quando a bruma desce sobre o gelo.

Tal como as coisas se apresentam neste momento, clima, mar e gelo permitem que o *Kronos* prossiga. Lukas está sentado no cesto de gávea e conduz seu navio pelos canais, busca *killaq*, os respiradouros do gelo, deixa que a proa corra sobre o gelo novo nos pontos em que este tem menos de trinta centímetros para que o peso do navio se encarregue de esmagá-lo. Avança. Porque aqui a corrente é o que é. Porque o *Kronos* foi construído para isso. Porque é um navegador experiente. Mas nosso avanço é muito lento.

O *Endurance*, de Shackleton, navio reforçado para navegação no gelo, foi esmagado pelo *pack ice* no mar de Weddell. O *Titanic* afundou. O *Hans Hedtoft* também. E também o *Proteus*, quando tentava resgatar a expedição do capitão-tenente Greely durante o segundo Ano Polar Internacional. Não há estatísticas para as baixas na região polar.

O gelo oferece uma resistência grande demais, não faz sentido tentar conquistá-lo. Neste exato momento posso ver como o entrechoque lascou as arestas das banquisas e as amontoou em barreiras de vinte metros de altura, por baixo das quais outros trinta metros de gelo mergulham na água. Tudo está se congelando em volta de nós. Agora, neste instante, percebo que o mar deseja fechar-se em torno de nós, que somente temos condições de prosseguir devido a uma conjunção fortuita, passageira, de água, vento e correntes. Cem milhas marítimas ao norte daqui a massa de gelo é uma muralha que nada poderia transpor. Mais para oeste estão os icebergs solidamente congelados que se desprenderam da geleira de Jakobshavn; num ano apenas, mil icebergs saíram dali, um total de mais de cento e quarenta milhões de toneladas de gelo, posicionadas entre nós e a terra como uma rígida cadeia de montanhas a setenta e cinco milhas marítimas da costa. Em qualquer momento do ano o gelo flutuante cobre um quarto da superfície oceânica da terra. O cinturão de gelo flutuante da Antártica tem vinte milhões de quilômetros quadrados; em torno da Groenlândia e do Canadá ele tem entre oito e dez milhões de quilômetros quadrados.

Mesmo assim, querem conquistar o gelo. Insistem em navegá-lo, em construir plataformas de perfuração de petróleo sobre ele, em rebocar icebergs planos do pólo sul para o Saara com o objetivo de irrigar os desertos.

Esses são projetos cujas virtualidades não me interessam. É tempo jogado fora planejando impossibilidades. Podemos tentar viver com o gelo. Não podemos viver contra ele, ou mudá-lo e viver em seu lugar.

De certa maneira, o gelo é extremamente claro. Traz a própria história na superfície. Banquisas, elevações e lodo se formam à medida que o gelo derrete e volta a se congelar. No mosaico de gelo se observa uma conjugação de gelos de diferentes idades: os torrões negros de *sikussaq*, gelo velho acumulado em fiordes protegidos que com o tempo se solta e é empurrado para o mar. Agora, sob os últimos raios do sol, cai das nuvens de que o sol se esquivou um fino véu de *qanik* — neve em rajadas.

Da planície branca sai um tubo para meu coração. Como um prolongamento da árvore de água salgada dentro do gelo.

Ao acordar, percebo que tinha adormecido. Deve ser noite.

O *Kronos* continua navegando. Os movimentos me informam que Lukas continua abrindo caminho em gelo novo.

Tento abrir as gavetas do armário de remédios. Trancadas. Enrolo o suéter no cotovelo e quebro um dos vidros da porta do armário. Nas prateleiras há tesouras, marteletes, pinças. Um otoscópio, uma garrafa de álcool etílico, iodo, agulhas cirúrgicas em embalagens estéreis. Encontro dois bisturis descartáveis de plástico e um rolo de esparadrapo. Junto com esparadrapo os dois cabos plásticos estreitos e finos. Com isso os bisturis adquirem alguma capacidade de corte.

Sem que eu ouça passos, a porta se abre. O mecânico entra com uma bandeja. Está mais cansado e abatido que da última vez que o vi. Seus olhos se detêm no vidro quebrado.

Seguro o bisturi de encontro à coxa. Minhas mãos estão transpirando. Ele baixa os olhos para minha mão, deposito a faca sobre o beliche. Ele apresenta a bandeja.

— U-Urs se des-desdobrou.

Sinto que vou vomitar se chegar a ver comida. Ele vai até a porta e a fecha. Me afasto. O autocontrole é uma coisa tão frágil.

O pior não é a raiva. O pior é o desejo por trás da raiva. Um sentimento em sua pureza é coisa de vida inteira. O que mais me apavora é minha necessidade secreta de me apertar contra ele.

— Vo-você mesma já participou de outras expedições, Smilla. Sabe que chega uma hora em que é preciso deixar o barco correr, em que não se consegue mais parar.

De certo modo penso que não o conheço, que jamais fiz amor com ele. Por outro lado vejo uma congruência distante, altiva, no fato de ele não lamentar coisa alguma. Assim que tiver oportunidade, hei de riscá-lo de minha vida. Mas por enquanto ele é minha única chance — remota, impossível.

— Quero lhe mostrar uma coisa — digo. Em seguida conto o quê.

Ele ri constrangido.

— Não é possível, Smilla.

Abro a porta para ele, para que saia. Até aqui falamos sussurrando, mas agora desisto de falar baixinho.

— Isaías — digo. — De certa maneira você agora é um deles. Agora você também estava no telhado atrás dele.

Suas mãos se fecham sobre meus antebraços e ele me carrega de volta para o beliche.

— Como você pode ter tanta cer-certeza, Smilla?

Sua gagueira piorou muito. Há pânico em seu rosto. Já não há ninguém a bordo do *Kronos* que não esteja com medo.

— Não vá fu-fugir. Depois você vol-volta comigo?

Estou quase caindo na risada.

— Mas onde eu ia me enfiar, Føjl?

Ele não está sorrindo.

— Lander disse que viu você andar sobre a água.

Tiro as meias. Entre os dedos e a planta do pé há um pedaço de esparadrapo. Prendendo a chave mestra de Jakkelsen.

Não encontramos vivalma. A luz do convés a ré está apagada. Quando tranco a porta depois de entrarmos, ambos nos damos conta de que estamos a poucos metros da plataforma do convés onde há menos de vinte e quatro horas esperamos para ver a última viagem de Jakkelsen. Essa constatação não tem nenhum significado especial. O amor decorre do excesso e desaparece quando nos aproximamos dos instintos básicos — fome, sono, necessidade de segurança.

No andar de baixo, acendo a luz. Uma inundação de luz, em comparação com o raio da lanterna a pilha. Talvez seja imprudência. Mas é preciso, não temos tempo. Em duas horas no máximo chegamos a nosso destino. Nesse momento a luz do convés será acesa, todos estes aposentos desertos ficarão cheios de gente.

Estacamos diante da parede do fundo.

Aposto tudo em minha curiosidade. Estou intrigada com a razão pela qual, de acordo com minhas medidas, a antepara foi afastada pouco mais que um metro e meio do sistema de leme hidráulico. Com a razão pela qual atrás daquela parede há algum tipo de gerador.

Olho para o mecânico. De repente não consigo entender por que ele veio comigo. Vai ver que nem ele entende. Quem sabe por causa do atrativo da inverossimilhança. Aponto para a porta da oficina de metais.

— Lá dentro tem uma marreta.

Aparentemente ele não ouve o que lhe digo. Agarra a borda da moldura da parede e arranca fora a moldura. Observa os buracos dos parafusos. É madeira nova.

Enfia as mãos na fresta entre o painel e a antepara e puxa. O painel não cede. São uns quinze parafusos de cada lado. Sacode com força e fica com a divisória nas mãos. Uma chapa de compensado de seis metros quadrados e dez milímetros de espessura. Nas mãos dele parece uma porta de armário.

Atrás há uma geladeira. Tem dois metros de altura e um de largura e é de aço inoxidável — me lembra as leiterias de Copenhague na década de 60: foi lá que vi pela primeira vez as pessoas utilizarem energia elétrica para conservar alguma coisa fria. Uma armação de metal, fixada à parede que originalmente devia estar nos fundos da peça e aparafusada aos pés da geladeira, protege-a dos movimentos do navio. A porta está trancada com uma fechadura de despensa.

Ele pega uma chave de fenda. Desaparafusa a armação. Depois segura a geladeira. Aparentemente é impossível tirá-la do lugar. Puxa com toda a força. Consegue afastá-la meio metro. Algum tipo de informação parece orientar seus movimentos — ele parece saber que só deve aplicar o máximo de força durante uma fração de segundo. Com três sacudidas mais a geladeira está com a parte de trás voltada para nós. No canivete ele tem uma chave de fenda Phillips. Uns cinqüenta parafusos fixam a placa traseira da geladeira. Ele aplica a ponta da chave de fenda à cavidade, firma a ferramenta com o indicador da mão esquerda e gira para a esquerda, não aos arrancos, mas ininterruptamente. Os parafusos parecem sair sozinhos dos buracos. Em menos de dez minutos ele retira todos. Guarda-os no bolso com cuidado. Retira todo o revestimento da parte de trás da geladeira — juntamente com os fios, a grade de resfriamento, o compressor e o compartimento para o líquido.

Mesmo nas circunstâncias presentes não deixo de registrar que temos diante de nós algo ao mesmo tempo banal e extraordinário. Estamos olhando para o interior de uma geladeira pela parte de trás.

Ela está cheia de arroz. As caixas quadradas estão cuidadosamente empilhadas de baixo até em cima.

O mecânico pega uma das caixas, abre e retira um saco plástico com arroz. Deu tempo para eu pensar que afinal de contas não ia perder grande coisa. Depois vejo seu rosto contrair-se. Olho de novo para o saco. É opaco, mas um pouco transparente. Não é arroz. É um material compacto e amarelado como chocolate branco. Embalado a vácuo.

Ele abre uma das lâminas do canivete e enfia no saco. O ar penetra com um pequeno suspiro. Um pó encaroçado, escuro, escorre para a mão dele — como se tivessem misturado manteiga líquida à areia que mede o tempo na ampulheta.

Ele escolhe mais algumas caixas ao acaso, abre-as, olha o conteúdo e as coloca de novo no lugar com todo o cuidado.

Aparafusa a placa de trás e empurra a geladeira para o lugar. Não o ajudo, não consigo mais tocá-lo. Levanta o compensado e posiciona a parede, busca um martelo e a fixa meticulosamente onde estava. Seus movimentos são rígidos e distraídos.

Só então olhamos um para o outro.

— *Mayam* — digo. — Um estágio intermediário entre o ópio bruto e a heroína. Oleoso, por isso a necessidade da geladeira. Tørk é que desenvolveu. Ravn me falou sobre isso. Faz parte do acordo entre Tørk e Verlaine. Essa é a fatia do bolo que ficou com Verlaine. A idéia é que no caminho de volta a gente entre num porto. Talvez Holsteinsborg, talvez Nuuk. Talvez ele tenha conexões na Greenland Star. Há dez anos apenas, por aqui contrabandeavam cigarros e bebidas. Esse tempo já passou. Já virou "bons tempos de antigamente". Agora em Nuuk há montes de cocaína. Agora há uma oligarquia groenlandesa que vive como os europeus. Aqui há mercados muito refinados.

Seus olhos estão distraídos, sonhadores. Tenho que chegar até ele.

— Jakkelsen deve ter descoberto. Deve ter ficado sabendo. E disse a eles que sabia. Devia estar alto, cheio de auto-suficiência. Pressionou-os. Eles tiveram que agir. Tørk redigiu o telegrama. Não teve outra saída. Mas ele e Verlaine se odeiam. Pertencem a dois mundos diferentes. Só estão juntos porque são úteis um para o outro.

Ele se inclina para mim e pega minhas mãos.

— Smilla — sussurra —, quando eu era pequeno tinha um tanque de dar corda que deslizava sobre correias. Se você pusesse alguma coisa na frente ele passava direto por cima, pois tinha uma rotação muito baixa. Se o objeto fosse totalmente vertical o tanque dava a volta e tentava mais adiante, até encontrar outro caminho. Era impossível pará-lo. Você parece aquele tanque, Smilla. Era para você ter ficado fora de tudo isto, mas não, tinha que se envolver. Era para você ter ficado em Copenhague, mas de repente você aparece a bordo. Aí eles trancam você, a idéia foi minha, é o mais seguro para você. Você é presa, problema resolvido; e de repente aí está você outra vez. Você passa o tempo aparecendo. Você é como aquele tanque, Smilla. Como um desses copos de bebê que quando viram levantam sozinhos.

Sua voz exprime sentimentos contraditórios.

— Quando eu era pequena — digo — meu pai me deu um urso de pelúcia. Antes só tínhamos as bonecas que nós mesmos fazíamos. O urso durou uma semana. Primeiro ficou todo sujo, depois o pêlo caiu, depois furou e o recheio saiu, fora isso era oco por dentro. Você é como aquele urso, Føjl.

Estamos em seu camarote, sentados um ao lado do outro no beliche. Sobre a mesa está uma das garrafas achatadas, mas só ele está bebendo.

Ele está sentado encolhido, com as mãos no meio das coxas.

— É um meteorito — diz ele. — Uma espécie de pedra. Tørk diz que é antigo. Está preso numa espécie de colo da rocha, por baixo do gelo. Vamos buscá-lo.

Penso nas fotografias entre os papéis de Tørk. Ao vê-las, devia ter imaginado. As que me fizeram pensar em radiografias. Estruturas de Widmannstätten. Encontram-se em qualquer manual escolar. A manifestação visível da relação entre o níquel e o ferro nos meteoritos.

— Por que isso?

— Todo aquele que encontra algo que apresente interesse na Groenlândia deve relatar o fato ao Museu da Terra, em Nuuk. De lá, te-telefonam para o Museu de Mineralogia e para o Instituto de Metalurgia, em Copenhague. A descoberta é registrada como algo que apresenta interesse para a nação e apreendida.

Ele inclina o corpo.

— Tørk diz que o meteorito pesa cinqüenta toneladas. É o maior de que se tem notícia. Em 91 foram até lá com oxigênio e acetileno. Retiraram alguns fragmentos. Segundo Tørk, a pedra contém diamantes. E substâncias desconhecidas na Terra.

Não fosse a perversidade da situação, eu podia até achar que ele tinha uma coisa comovente, uma coisa de menino. O deslumbramento da criança diante da idéia das substâncias misteriosas, dos diamantes — o ouro na ponta do arco-íris.

— E Isaías?

— Participou da expedição de 91. Fo-foi com o pai.

Claro, foi o que aconteceu.

— Fugiu do navio em Nuuk. Foi preciso deixá-lo para trás. Loyen o encontrou e mandou de volta.

— E você, Føjl? — digo. — O que queria dele?

Quando ele entende o que estou querendo dizer, seu rosto se fecha e sua expressão fica muito dura. Nesses minutos, quando de todo modo já está tudo perdido, consigo chegar aos recantos mais remotos de seu ser.

— Claro que não pus a mão nele. Naquele telhado. Eu gostava dele, gostava como nu-nunca...

A gagueira interrompe sua frase. Ele espera que as emoções se acalmem.

— Tørk sabia que ele tinha pegado alguma coisa. Uma fi-fita cassete. A geleira tinha mudado de lugar. Passaram duas semanas procurando sem conseguir encontrar. No fi-fim Tørk alugou um helicóptero e foi até Thule. Para achar os esquimós da expedição de 66. Conseguiu. Só que eles não qui-quiseram voltar com ele. Aí ele conseguiu uma descrição do itinerário. Foi essa a fita que o Barão pegou. E que você encontrou.

— E como você foi morar no Terror Branco?

Já sei qual vai ser a resposta.

— Ving — digo. — Foi Ving. Ele pôs você lá para que você ficasse de olho em Isaías e Juliane.

Ele faz que não com a cabeça.

— Então foi ao contrário, óbvio — digo. — Você já estava morando lá. Ving transferiu Isaías e Juliane para o Terror Branco para que ficassem morando perto de você. Talvez para descobrir quanto eles sabiam e de quanto se lembravam. Foi por isso que Juliane não conseguiu que atendessem seu pedido de trocar de apartamento para ficar mais perto do térreo. Eles tinham que morar perto de você.

— Seidenfaden me contratou. Eu nunca tinha ouvido falar dos outros dois. Só depois de você descobri-los. Antes havia trabalhado para Seidenfaden como mergulhador. Ele é engenheiro de transportes.

Na época estava negociando com antiguidades. Eu mergulhava para ele no lago Liai, na Birmânia, em busca de imagens religiosas. Isso antes do estado de emergência.

Penso no chá que ele me fez, em seu sabor tropical.

— Mais tarde voltei a encontrá-lo em Copenhague. Estava desempregado. Não tinha onde mo-morar. Ele me propõe ficar de olho no Barão.

Não há ser humano que não fique aliviado quando alguém o obriga a falar a verdade. O mecânico não é um mentiroso nato.

— E Tørk?

Seu olhar se perde na distância.

— Alguém que faz exatamente o que decidiu que vai fazer.

— O que ele sabe sobre nós? Sabe que estamos aqui sentados neste momento?

Ele faz que não com a cabeça.

— E você, Føjl? Quem é você?

Seu rosto se esvazia. Esta é a pergunta em relação à qual ele jamais chegou a uma conclusão na vida.

— Uma pessoa interessada em ganhar um pouco de dinheiro.

— Espero que seja muito — digo. — Suficiente para compensar a morte de duas crianças.

Sua boca vira um risco.

— Me dê um trago — digo.

A garrafa está vazia. Ele pega outra na gaveta. Vejo de relance um recipiente redondo de plástico azul e um pano de pó amarelo em volta de uma coisa retangular.

A bebida bate com força.

— E Loyen, Ving, Andreas Fine?

— Eles es-estavam fora desde o início. Ve-velhos demais. Esta era para ser a nossa expedição.

Por trás das trivialidades que ele diz, ouço a voz de Tørk. A ingenuidade tem um lado encantador. Até o momento em que a sedução se completa. A partir daí, é apenas deprimente.

— Quer dizer que, a partir do momento em que me torno perigosa, vocês combinam que é você o encarregado de me seguir?

Ele nega com a cabeça.

— Eu nunca tinha ouvido falar nesta história toda, nem em Tørk ou Katja. Isso foi só mais tarde. Tudo o que você e eu descobrimos era novidade para mim.

Agora vejo-o como ele é. Não que seja uma visão desalentadora. Apenas mais complexa do que eu havia imaginado inicialmente. O envolvimento amoroso sempre simplifica as coisas. Como a matemática. Vê-lo claramente significa ficar objetiva, abandonar a ilusão do herói e voltar à realidade.

Ou vai ver que já estou embriagada, depois dos primeiros goles. É no que dá, beber tão raramente. Você fica bêbada assim que as primeiras moléculas são absorvidas pelas mucosas da cavidade bucal.

Ele levanta e se aproxima da escotilha. Inclino o corpo para a frente. Com uma das mãos, pego a garrafa. Com a outra abro a gaveta e apalpo a flanela. Ela envolve um objeto de metal cilíndrico, pontudo.

Olho para ele. Vejo sua corpulência, sua lentidão, sua força, sua ganância e sua singeleza. Sua necessidade de um líder, o perigo que ele representa. Vejo ainda seu esmero, sua calidez, sua paciência, seu ardor. E vejo que ele continua sendo minha única chance.

Por isso fecho os olhos e apago tudo o que está escrito em minha caderneta interna. Nossas mentiras mútuas, as perguntas sem resposta, as desconfianças fundadas e infundadas. O futuro é um luxo que já não podemos nos permitir.

— Føjl — digo —, você vai mergulhar no lugar onde está essa pedra?

Ouvindo minha pergunta ele concordou com a cabeça. Não o ouvi dizer nada. Mas concordou com a cabeça. Por alguns segundos essa afirmação oblitera tudo o mais.

— Por quê? — ouço-me perguntar.

— Ele está num lago de gelo derretido. Quase submerso. Parece que o lago está um pouco abaixo da superfície do gelo. Seidenfaden acha que não é difícil chegar até ele. Utilizando um túnel de gelo derretido. Ou aproveitando as rachaduras de uma fenda da geleira, próxima ao colo onde está o meteorito. O problema vai ser removê-lo. Seidenfaden acha que temos que alargar o túnel que drena o lago e retirar a pedra através desse túnel. Vai ser preciso utilizar explosivos. Tudo trabalho debaixo da água.

Vou sentar-me ao lado dele.

— A água se congela à temperatura aproximada de zero grau centígrado. Como Tørk explica o fato de haver água em torno da pedra?

— Não é alguma coisa relativa à pressão no gelo?

— Isso mesmo. Uma coisa relativa à pressão. Quanto mais você avança numa geleira, mais quente ela fica. Isso devido à pressão das massas de gelo mais acima. A uma profundidade de quinhentos metros, a calota de gelo continental tem uma temperatura de vinte e três graus negativos. Quinhentos metros mais abaixo a temperatura é de dez graus negativos. Como o ponto de fusão depende da pressão, é possível haver água a temperaturas inferiores a zero. De 1,6 ou 1,7 graus negativos. Nos Alpes e nas montanhas Rochosas há geleiras temperadas onde a partir de trinta metros de profundidade encontra-se água de gelo derretido.

Ele concorda.

— Foi isso que Tørk me explicou.

— Mas Gela Alta não está situada nos Alpes. É o que se costuma chamar uma "geleira fria". E é muito pequena. Neste momento a temperatura de sua superfície deve ser de dez graus negativos. A temperatura de sua base não é muito diferente disso. O ponto de fusão resultante dessa pressão é de aproximadamente zero grau. É impossível obter-se uma gota sequer de água em forma fluida naquela geleira.

Ele olha para mim enquanto bebe. O que eu lhe disse não o perturbou. Vai ver, não entendeu. Vai ver, Tørk desenvolve nas pessoas uma confiança que corta o contato com o resto do mundo. Vai ver, é só o de hábito: que o gelo é incompreensível para as pessoas que não nasceram com ele. Experimento outra abordagem.

— Eles contaram como encontraram a pedra?

— Foram os groenlandeses. Em tempos pré-históricos. Estava em suas sagas. Por isso eles trouxeram Andreas Fine. Quem sabe naquele tempo ela ainda estivesse sobre o gelo.

— Quando um meteorito entra na atmosfera — digo —, a primeira coisa que acontece, a uma distância de aproximadamente cento e cinqüenta quilômetros, é que ele recebe um impacto semelhante ao de uma colisão com uma muralha de concreto. Sua camada externa derrete. Já vi essas faixas pretas, cavadas no gelo da calota continental. Mas o impacto diminui a velocidade do meteorito e, conseqüentemente, a produção de calor. Caso ele chegue a cair sem se despedaçar, costuma ter a temperatura média da Terra, cerca de cinco graus. Por isso, não derrete. Mas também não fica parado. Calma e silenciosamente, a força da gravidade o pressiona para baixo. Jamais se encontraram meteoritos de qualquer tamanho *sobre* o gelo. E jamais se encontrarão. A força da gravidade sempre os pressiona para baixo: ficam enterrados e com o tempo acabam sendo levados para o mar. E, caso fiquem presos numa fenda subterrânea, são pulverizados. Uma geleira não tem nada de delicado. É uma mistura de plaina gigantesca com britadeira. Ela não forma cavernas encantadas em torno de objetos de interesse geológico: primeiro os raspa, depois mói e descarrega o pó no oceano Atlântico.

— Então deve haver fontes quentes por perto.

— Não há atividade vulcânica em Gela Alta.

— Vi fo-fotografias. O meteorito está dentro de um lago.

— É — digo. — Também vi as fotografias. Se não for tudo invenção, ele está dentro da água. No fundo tenho esperança de que seja tudo invenção.

— Por quê?

Não tenho certeza de que ele entenda. Mas de todo modo não há outra possibilidade senão tentar dizer a verdade. O que acredito ser a verdade.

— Não posso saber com certeza. Mas poderia parecer que o calor vem do próprio meteorito. Que ele emite energia. Talvez sob a forma de uma espécie de radiatividade. Mas também há uma outra possibilidade.

— Qual?

Posso ver no jeito dele. Que essas idéias também não são novidade para ele. Que ele também estava percebendo que havia alguma coisa esquisita. Só que empurrou o problema para um lado. É dinamarquês. Em qualquer circunstância, a ordem é optar pelo consolo da informação suprimida em detrimento da incômoda verdade.

— O porão dianteiro do *Kronos* foi reformado. É possível esterilizá-lo. Está equipado com estoques de oxigênio e ar atmosférico. Foi construído como se fosse servir para o transporte de um animal de grande porte. Me ocorreu que talvez Tørk imagine que a pedra que vocês estão indo buscar é viva.

A garrafa está seca.

— Aquela do alarme de incêndio foi genial — digo.

Ele sorri, cansado.

— Era o único jeito de pôr os papéis no lugar e ao mes-mesmo tempo justificar o fato de eles estarem molhados.

Estamos sentados cada um numa ponta do beliche. O *Kronos* avança com lentidão crescente. Em meu corpo trava-se uma luta sinistra e voluptuosa entre dois tipos diferentes de envenenamento. A irrealidade transparente da anfetamina e o bem-estar evanescente do álcool.

— Só quando Juliane lhe contou que Loyen examinava Isaías periodicamente me ocorreu pela primeira vez que o problema devia ser algum tipo de doença. Mas só tive certeza ao ver as radiografias. Da expedição de 66. Que Lagermann conseguiu no Hospital da Rainha Ingrid, em Nuuk. Os homens não tinham morrido da explosão. Haviam sido atacados por algum tipo de parasita. Talvez uma espécie de verme. Só que bem maiores do que qualquer tipo conhecido. E mais velozes. Eles morreram em poucos dias. Talvez em algumas horas. Loyen estava interessado em saber se Isaías estava contaminado.

Ele balança a cabeça. Não quer acreditar numa coisa dessas. Afinal, está indo em busca do tesouro. Vai procurar diamantes.

— Desde o início, essa foi a razão da participação de Loyen. Ele é um cientista. O dinheiro é secundário. Para ele o que estava em jogo era o prêmio Nobel. Desde a época em que ficou sabendo da pedra, na década de 1940, imagina a sensação que irá causar no mundo da ciência.

— Se é assim, por que não me contaram?

Passamos a vida confiando cegamente nas pessoas que tomam as decisões. Confiando na ciência. Porque o mundo é inescrutável e todas as informações são inefáveis. Aceitamos a existência de um globo terrestre, de núcleos atômicos agregados como gotas, de um universo que encolhe, da necessidade de interferir no material genético. Não porque saibamos que tudo isso está certo, mas porque acreditamos nas pessoas que nos disseram que é assim que deve ser. Somos todos prosélitos da ciência. E, em oposição aos seguidores de outras religiões, já não temos como transpor a distância que nos separa de nossos sacerdotes. A dificuldade é quando você tropeça numa mentira evidente. E quando essa mentira vai lhe custar a vida. O pânico do mecânico é idêntico ao da criança que pela primeira vez se confronta com uma inverdade dos pais, uma inverdade de cuja existência ela sempre havia sabido.

— O pai de Isaías mergulhava — digo. — Provavelmente as outras vítimas também mergulhavam. A maioria dos parasitas passa uma parte da vida na água. Você vai mergulhar. E vai mandar outras pessoas mergulharem. Você é a última pessoa que eles querem que fique sabendo.

A comoção o faz levantar.

— Você tem que me ajudar a dar um telefonema — digo.

No momento em que nos levantamos, fecho a mão sobre um pedaço de metal enrolado numa flanela e sobre um recipiente chato, redondo, dentro da gaveta.

A central de rádio está localizada atrás do passadiço, diante do refeitório dos oficiais. Chegamos até lá sem que ninguém nos veja. Fora da porta, hesito. Ele balança a cabeça.

— Não tem ninguém. De acordo com as instruções do IMO, seria necessário fazer verificações duas vezes por hora, só que não temos técnico de rádio a bordo. A solução é deixar a HF em dois mil cento e oitenta e dois quilohertz, a freqüência internacional de emergência, e conectá-la a um alarme que dispara em caso de ser captado algum pedido de socorro.

A chave de Jakkelsen não abre a porta. Sinto vontade de gritar.

— *Preciso* entrar — digo.

Ele dá de ombros.

— É uma coisa que eles devem a nós dois — digo.

Ele vacila um instante mais. Depois aplica com cuidado as duas mãos ao trinco e empurra a porta. Não há ruído de madeira que se lasca, só um raspão quando a lingüeta entorta sua moldura de aço.

A peça é muito pequena, muito apertada. Há um pequeno VHF, um emissor duplo de ondas largas do tamanho de uma geladeira, uma caixa de um tipo que nunca vi antes com um transmissor Morse instalado na parte de cima. Uma mesa, cadeiras, um telex, um fax, uma máquina de café, açúcar e copinhos de plástico. Na parede, um relógio em cujo mostrador colaram triângulos de papel de várias cores, um telefone móvel, um calendário, certificados dos equipamentos em estreitas molduras de aço, um diploma atestando que Sonne é operador de rádio. Sobre a escrivaninha, um gravador aparafusado, manuais de instrução, e um registro — aberto — das operações do rádio.

Escrevo um número num pedaço de papel.

— O telefone de Ravn — digo.

Ele se imobiliza. Pego-o pelo braço e penso que esta é a última vez em minha vida que toco nele.

Ele se instala na cadeira de escritório e se transforma num outro homem. Assim como em sua cozinha, seus movimentos ficam mais rápidos, precisos e decididos. Bate no mostrador do relógio.

— Estes triângulos assinalam as horas internacionalmente fixadas em que os canais têm que ficar liberados e disponíveis para sinalizações de emergência. Se passarmos por cima, o alarme dispara. Para a HF isso significa o período compreendido entre três minutos depois da meia hora e a hora. Temos dez minutos.

Ele me entrega um fone e fica com os fones de ouvido. Me instalo ao lado dele.

— Com este tempo e a essa distância da costa vai ser impossível.

No começo consigo entender o que ele faz, embora eu mesma jamais tivesse condições de fazê-lo.

Ele seleciona a potência máxima, de duzentos watts. Assim o emissor corre o risco de abafar o próprio sinal, mas o mau tempo e a distância da costa tornam isso necessário.

Ouve-se um rumor de espaço vazio, depois a voz passa.

— *Sisimiut falando. O que podemos fazer por vocês?*

Ele resolve fazer a transmissão por ondas portadoras. O transmissor tem *readouts* análogos e ajustes automáticos. De agora em diante irá ajustar-se o tempo todo segundo a onda portadora, enquanto o diálogo é enviado por uma faixa paralela. O método mais eficiente, provavelmente o único viável numa noite como esta.

Imediatamente antes de ele ajustar os diais, o receptor capta uma estação canadense que está transmitindo música clássica pela rede de ondas curtas. Por um momento deixo de ver o aposento onde me encontro, tomada por memórias da infância. É Victor Halkenhvad cantando os *Gurrelieder*. Depois Sisimiut entra novamente na linha.

O mecânico não pede a Rádio Lyngby, pede Reykjavik. Quando a estação entra, pede Thorshavn.

— O que está acontecendo? — pergunto.

Ele tapa o microfone.

— Todas as estações grandes têm um localizador direcional automático, acionado sempre que elas recebem uma chamada. Registram os custos da conversa sob o nome do navio que você lhes fornece. Garantem-se contra nomes falsos verificando a posição do navio. Graças a isso, sempre é possível atribuir uma conversa a um conjunto de coordenadas. Estou criando uma cortina de fumaça. A cada estação diferente que peço, fica mais difícil localizar a chamada. Depois da quarta, fica impossível.

Consegue a Rádio Lyngby, informa que está chamando do *Candy 2* e fornece o telefone de Ravn. Olha direto nos meus olhos. Os dois sabemos que se eu quiser que ele adote outro procedimento — uma chamada direta que permita a Ravn achar a posição do *Kronos* — o mecânico está fora. Fico em silêncio. Já o pressionei bastante. Além disso, ainda não chegamos ao final.

Ele solicita uma linha de segurança, uma linha sem escuta simultânea. Muito longe, num outro lugar do espaço terrestre, um telefone toca. O sinal está fraco e intermitente.

— O que há em torno de nós, Smilla?

Tento auscultar a noite e o tempo.

— Nuvens de cristais de gelo.

— É o que há de pior. Os raios da HF se encurvam na atmosfera. Com neve ou tempo nublado eles podem ser captados por uma armadilha de reflexo.

O telefone toca, monótono, inanimado. Desisto. A desesperança é uma insensibilidade que se irradia das tripas.

Alguém levanta o fone.

— Alô?

A voz soa próxima, perfeitamente clara, mas cheia de sono. Devem ser mais ou menos cinco da manhã na Dinamarca.

Vejo-a diante de mim. Com seu rosto das fotografias na carteira de Ravn. Cabelo branco, tailleur de lã.

— Posso falar com Ravn?

Quando ela larga o fone, uma criança começa a chorar bem perto. Deve ter dormido no quarto deles. Quem sabe no meio dos dois.

— Aqui é o Ravn.

— Sou eu — digo.

— Vamos deixar para outra vez.

Como ouço muito claramente a voz dele, a rejeição também é muito nítida. Não sei o que aconteceu. Mas agora já fui longe demais para ficar especulando.

— Tarde demais — digo. — Quero falar do que aconteceu nos telhados. Em Cingapura e em Christianshavn.

Ele não responde. Mas não desliga o telefone.

Impossível visualizá-lo como indivíduo privado. Com que roupa dorme? Com que cara estará agora, na cama, ao lado do neto?

— Vamos imaginar que estamos no fim da tarde — digo. — O menino volta para casa sozinho do jardim-de-infância. O único que ninguém vai buscar. Anda como andam as crianças, dando voltas, pulando, olhando para o chão. Observando apenas o que está por perto. Exatamente como seus netos, Ravn.

Ouço-o respirar, tão nitidamente como se estivesse neste aposento.

O mecânico tirou um dos fones de ouvido para poder ao mesmo tempo acompanhar a conversa e prestar atenção no que acontece no corredor.

— Por isso ele só vê o homem quando já está bem ao lado dele. O homem estava esperando no carro. Nenhuma janela dá para o estacionamento. Está quase escuro. Estamos em meados de dezembro. O homem o agarra. Não pelo braço, mas pela roupa. Pelas alças do macacão, que não arrebentam e não ficam marcadas. Só que ele fez um erro de avaliação. O menino o reconheceu imediatamente. Os dois passaram semanas juntos. Mas não é daí que o menino se lembra dele. Lembra-se dele de um desses últimos dias. Do dia em que viu o pai morrer. Talvez tenha visto o homem empurrar os mergulhadores de volta para a água depois que um deles morreu. Num momento em que eles ainda não haviam chegado a entender qual era o problema. Ou quem sabe o que o menino passou a associar àquele homem fosse apenas a própria experiência da morte. Seja como for, não vê um homem diante de si. Vê uma ameaça. Como só as crianças podem experimentar as ameaças. Aterradoras. O menino fica imóvel. Todas as crianças ficam imóveis.

— A senhora está fazendo suposições — diz Ravn.

O sinal ficou pior. Em certo momento quase perco o fio do que estou dizendo.

— A criança que está a seu lado — digo. — Também haveria de ficar imóvel. Foi nesse momento que o homem fez um erro de avaliação. O menino que está na frente dele é tão miudinho. Está inclinado para ele. Parece uma boneca. O homem está a ponto de levantá-lo para colocá-lo no assento do carro. Por um momento, larga o menino. Foi aí que ele errou. Ao não contar com o vigor do menino. De repente o menino corre. A terra está coberta de neve bem batida. Por essa razão, o homem não consegue alcançá-lo. Não tem a prática de correr na neve que tem o menino.

Agora estão prestando atenção, tanto esse a meu lado como o outro, a uma distância infinita. O que ouvem não é tanto o que eu digo. O que nos une é o medo, o medo da criança que todos temos por dentro.

— O menino corre ao longo do edifício. O homem corre para o meio da rua e bloqueia sua passagem. O menino chega aos depósitos. O homem chega logo depois, escorregando, tropeçando. Só que mais tranqüilizado. Não há por onde escapar. O menino se vira para ele. O homem relaxa. O menino olha em volta. Parou de pensar. Mas dentro dele funciona um motor que não vai parar de funcionar enquanto houver um resto de energia. O motor cuja existência o homem havia deixado de considerar. De repente o menino envereda andaimes acima. O homem o persegue. O menino sabe o que vem atrás. É o terror personificado. Sabe que vai morrer. Esse sentimento é mais intenso que seu medo das alturas. Vai subindo, chega ao telhado. E ao chegar, corre para a frente. O homem pára. Quem sabe desde o início tivesse contado com isso, quem sabe só agora a idéia lhe ocorra, quem sabe só aqui ele se dê conta das próprias expectativas. Da possibilidade de eliminar uma ameaça. Para evitar que algum dia o garoto conte o que viu numa caverna numa geleira, em algum lugar do estreito Davis.

— A senhora está fazendo suposições!

A voz dele é um sussurro.

— O homem avança para o menino. Vê como o menino corre ao longo da borda, tentando encontrar um jeito de descer. As crianças não têm visão de conjunto, o menino nem sabe muito bem onde está, só consegue ver alguns metros adiante. O homem estaca junto ao limite da neve. Não quer deixar pegadas. Espera que isso não seja necessário.

O sinal sumiu. O mecânico gira o botão. O sinal volta.

— O homem espera. É como se houvesse uma imensa autoconfiança nessa espera. Como se ele soubesse que sua presença é suficiente. Sua silhueta recortada contra o céu. Como em Cingapura. Será que em Cingapura foi suficiente, Ravn? Ou será que ele a empurrou? Porque ela era mais velha e mais racional que o menino, porque ele podia se aproximar dela, porque não havia neve para registrar suas pegadas?

O ruído é tão nítido que imagino que venha do mecânico. Mas o mecânico está em silêncio.

O ruído recomeça, atormentado, vem de Ravn.

Falo com ele suavemente.

— Olhe para a criança, Ravn, para a criança que está a seu lado. Ela é a criança do telhado, Tørk está atrás dela, uma silhueta, ele poderia interromper a cena. Mas não interrompe, quer que ela prossiga, como antes com a mulher no telhado. Quem era ela, o que ele fez?

Ele desaparece, depois volta, de muito longe.

— Quero saber! O nome dela era Ravn!

O mecânico põe uma das mãos sobre minha boca. A palma de sua mão está fria como gelo. Devo ter gritado.

— ... era...

A voz dele some.

Pego o aparelho e começo a sacudi-lo. O mecânico me puxa para trás. Nesse momento a voz de Ravn volta — nítida, clara, esvaziada de sentimentos.

— Minha filha. Ele a empurrou. Está satisfeita, senhorita Smilla?

— A fotografia — digo. — Foi ela quem tirou aquela foto de Tørk? Ela era da polícia?

Ele diz alguma coisa. Ao mesmo tempo sua voz recua através de um túnel de barulho e desaparece. A ligação foi interrompida.

O mecânico apaga a luz. À luz dos painéis de instrumentos, seu rosto está pálido e tenso. Lentamente ele retira os fones de ouvido e os recoloca no lugar. Estou transpirando como se tivesse corrido.

— O testemunho de uma criança não teria validade num tribunal, não é mesmo?

— Para os jurados, teria um peso muito grande — digo.

Ele não leva o pensamento adiante e nem tem necessidade disso. Estamos pensando a mesma coisa. Às vezes havia uma coisa nos olhos de Isaías, um conhecimento mais maduro que a idade dele, mais maduro que a idade de quem quer que seja, uma profunda compreensão do mundo dos adultos. Tørk conhecia bem aquele olhar. Há acusações que não se fazem nas salas dos tribunais.

— E a porta? — digo.

Ele comprime a moldura de aço com a mão e a coloca cuidadosamente no lugar.

Ele me acompanha de volta pela escada externa. Quando chegamos à enfermaria, fica um instante parado do lado de dentro.

Dou as costas para ele. As dores do corpo são impalpáveis e insignificantes comparadas às da alma.

Ele abre os dedos e olha para as mãos.

— Quando tivermos acabado — diz —, vou matá-lo.

Nada poderia me induzir a passar uma noite — mesmo uma noite curta e desconsolada como a que me espera — numa cama de exames. Tiro as roupas de cama, removo os assentos das cadeiras e me deito logo na frente da porta. Se alguém tentar entrar, primeiro vai ter que me empurrar para um lado.

Ninguém tenta entrar. Depois de algumas horas de sono profundo o casco trepida e arranha alguma coisa e o convés se enche de passos. Imagino ouvir ainda o chacoalhar de uma âncora — quem sabe o *Kronos* ancorou junto à borda do gelo. Estou cansada demais para levantar-me. Em algum lugar nas redondezas, no escuro, está Gela Alta.

## 2

Algumas formas de sono são piores que a ausência de sono. Depois de dormir duas horas desperto mais tensa, mais fisicamente deteriorada que se tivesse ficado em pé. Lá fora está escuro.

Faço uma lista na cabeça. Quem — pergunto para mim mesma — seria capaz de vir para o meu lado. Não é uma expressão de esperança. Mas é impossível fazer a mente parar de funcionar. Enquanto você continua vivo ela não desiste de procurar possibilidades de sobrevivência. Como se por dentro de você houvesse uma outra pessoa, mais ingênua, mas também mais persistente.

Desisto da lista. A tripulação do *Kronos* pode se dividir entre aqueles que já estão contra mim e aqueles que ainda vão ficar contra mim quando chegar a hora. O mecânico eu deixo de fora. Procuro não pensar nele.

Quando chegam com o café da manhã, estou deitada no beliche. Alguém estende a mão para o interruptor, mas peço que não acenda a luz. Ele coloca a bandeja do lado de dentro da porta e vai-se embora. Era Maurice. No escuro, não pode ter visto o vidro quebrado.

Me obrigo a comer alguma coisa. Alguém se instala do lado de fora. De vez em quando ouço uma cadeira roçar na porta. Em certo momento o motor auxiliar e os grandes geradores são ligados. Dez minutos mais tarde começam a descarregar alguma coisa do convés a ré. Não consigo ver o quê. As janelas da enfermaria dão para a popa.

O dia começa. É como se a alvorada não tivesse luz alguma, como se ela fosse uma substância específica, como fiapos de fumaça passando pelas janelas.

Deste ângulo é impossível avistar a ilha. Mas dá para sentir o gelo. O *Kronos* está amarrado pela popa. A borda de gelo está a uns setenta e cinco metros de distância. Daqui consigo ver o ponto onde um dos cabos de amarração passa através de uma âncora de gelo *frazil*, presa a uma baliza de gelos flutuantes fustigados, sólidos.

O barco a motor vai até a margem e descarrega. Não há luz suficiente para identificar as pessoas ou chegar a alguma conclusão sobre a bagagem. Em certo momento tenho a sensação de que o barco foi deixado para trás, amarrado à borda de gelo.

Sinto que fui até onde dava para ir. Não se pode exigir de ninguém que prossiga além desse ponto.

A chave de Jakkelsen está dentro de um dos assentos que utilizei como travesseiro. Junto com uma caixa de plástico azul. E um pano de pó enrolado num pedaço de metal. Eu tinha imaginado que ele fosse perceber imediatamente, mas ele não apareceu.

É um revólver. Ballester Molina Inûnángitsoq. Fabricado em Nuuk com autorização da Argentina. Existe uma disparidade entre seu objetivo e seu aspecto. É surpreendente que a maldade possa assumir uma forma tão simples.

Os rifles têm a desculpa de servirem para a caça. Em determinados tipos de neve pode ser necessário contar com um revólver de cano longo e calibre alto para defesa pessoal. Porque tanto o boi almiscarado como o urso polar são capazes de dar a volta no caçador e atacá-lo por trás. Tão depressa que não dá tempo para girar o corpo com o fuzil.

Mas para esta arma de cano curto não há desculpa.

As balas têm um revestimento de chumbo de ponta chata. A caixa está cheia. Carrego o tambor. São seis balas. Ponho o tambor no lugar.

Enfio um dedo na garganta. O resultado é uma tosse estertorosa. Chuto os pedaços de vidro ainda presos à porta do armário. Eles se espatifam no chão. A porta se abre e Maurice entra. Me apóio no beliche e seguro o revólver com as duas mãos.

— De joelhos — digo.

Ele começa a avançar na minha direção. Aponto para suas pernas e aperto o gatilho. Nada acontece. Esqueci de tirar a trava de segurança. Ele dá um soco de baixo para cima com o braço esquerdo são. O golpe me atinge no peito e me joga contra o armário. Cacos do vidro quebrado penetram em minhas costas com a dor fria característica dos gumes muito afiados. Caio de joelhos. Ele chuta meu rosto, seu pé me quebra o nariz e por um instante perco a consciência. Quando a recupero, um de seus pés está ao lado de minha cabeça, ele deve estar em pé em cima de mim. Tiro do bolso para ferramentas da calça de minha roupa de trabalho os bisturis presos com esparadrapo. Deslizo um pouco para a frente e os enfio em seu calcanhar, por trás. Ouço um pequeno estalo ao romper-se seu tendão de Aquiles. Quando puxo a faca vê-se no fundo do talho o brilho amarelado do osso. Rolo para longe dele. Ele tenta ir atrás, mas cai com o rosto voltado para o chão. Só ao levantar, vejo que ainda estou com o revólver na mão. Ele ajoelha sobre um dos joelhos. Sem pressa, procura alguma coisa dentro da jaqueta. Me aproximo e o golpeio na boca com o cano curto do revólver. Ele cai de costas contra o armário. Não ouso chegar perto dele outra vez. Saio porta afora. Sua chave ainda está na fechadura. Tranco a porta atrás de mim.

O corredor está deserto. Mas há movimentos atrás da porta do refeitório. Abro a porta um centímetro. Urs está arrumando a mesa. Entro e fico imóvel junto à porta. Ele põe uma cesta de pão na mesa. Primeiro não me vê, depois me vê.

Tiro a tampa de uma garrafa térmica. Derramo café numa xícara, ponho açúcar, mexo, bebo. O café está quase fervendo, o sabor queimado dos grãos misturado ao gosto do açúcar é enjoativo.

— Quanto tempo vamos ficar aqui, Urs?

Ele tem os olhos fixos em meu rosto. Não posso ver meu nariz. Apenas percebo um calor difuso.

— A senhora está presa, *Fräulein* Smilla.

— Tenho permissão para passear.

Ele não acredita em mim. Torce para eu ir embora. Ninguém gosta de perdedores certos.

— *Drei Tage,* três dias. Amanhã desembarcamos as provisões. Depois todos vamos trabalhar na neve, *im Schnee.*

Ou seja, vão ajudar a empurrar a pedra pela calha feita com os dormentes de estrada de ferro. O que significa que ela deve estar muito perto da costa.

— Quem está em terra?

— Tørk, Verlaine, *der neue Passagier. Mit Flaschen.* O novo passageiro. Com os tubos de oxigênio.

No começo não entendo o que ele está dizendo. Ele faz um desenho no ar com as mãos. Os tanques de oxigênio.

Vou saindo pela porta quando ele vem atrás de mim. A situação é uma repetição. Já passamos por isso antes.

— *Fräulein Smilla...*

Ele, que jamais teve coragem de chegar muito perto, segura meu braço, insistente.

— *Sie müssen schlafen. Sie brauchen* atendimento médico...

Que preciso dormir. Que tenho necessidade de um médico.

Puxo o braço. Não consegui assustá-lo. Em vez disso, despertei sua compaixão.

No mar, por princípio, você só fecha a porta quando sai de um aposento. O objetivo é facilitar os trabalhos de resgate em caso de incêndio. Lukas dorme de porta aberta. Está profundamente adormecido. Fecho a porta atrás de mim e sento junto a seus pés. Ele abre os olhos. Primeiro opacos de sono, depois ardentes de choque.

— Resolvi me demitir provisoriamente — digo.

Ele tenta me agarrar. É mais rápido do que seria de se esperar, considerando-se que está deitado de costas e acabou de acordar. Mostro-lhe o revólver. Ele não interrompe o movimento. Alinho o cano com seu rosto e solto a trava de segurança.

— Não tenho nada a perder — digo.

Ele relaxa o corpo.

— Volte. A prisão é sua segurança.

— É — digo. — Com Maurice do lado de fora é realmente muito tranqüilizador. Vista o casaco. Vamos para o convés.

Ele hesita. Depois pega o sobretudo.

— Tørk tem razão. A senhora está doente.

Vai ver que é isso mesmo. Seja como for, criou-se uma camada de insensibilidade entre mim e o resto do mundo. Uma crosta onde os nervos estão mortos. Enxáguo o nariz na pia. É incômodo porque tenho que segurar a arma com a outra mão e não perder Lukas de vista. Há menos sangue do que eu havia imaginado. A gente sempre tem a sensação de que os ferimentos no rosto são maiores do que realmente são.

Ele vai na frente. Quando passamos pela escada que leva ao convés superior, Sonne vem descendo. Me encosto bem em Lukas. Sonne estaca. Com um gesto, Lukas ordena a Sonne que prossiga. Ele vacila. Depois a escola de navegação, os anos na marinha e todo o resto de sua disciplina interna falam mais alto. Ele chega para um lado. Atravessamos o convés. Vamos até a amurada. Me coloco a alguns metros de distância. Somos obrigados a falar alto para conseguir ouvir um ao outro. Mas fica mais difícil para ele me pegar.

Depois de tantos dias em mar aberto, a ilha tem para mim uma beleza escura, dolorida.

É uma ilha tão estreita e alta que parece uma torre a elevar-se do mar congelado. A rocha só é visível em alguns pontos, de um modo geral está tudo coberto de gelo. Do cume em forma de taça, como de uma fria cornucópia da abundância polar, o gelo transborda e escorre pelos flancos íngremes. Uma ponta cintila mar adentro na direção do *Kronos* — a geleira Barren. Se pudéssemos ver os outros lados, veríamos muralhas perpendiculares de rocha devastadas por fendas e avalanches de neve.

O vento sopra da ilha, vento norte, *avangnaq*. Cristaliza-se uma outra palavra, no início a palavra é apenas som, como pronunciada por outra pessoa, só que dentro de mim. *Pirhirhuq*, tempestade de neve. Balanço a cabeça. Não estamos em Thule, o tempo aqui é outro, meu organismo esgotado está criando assombrações.

— Para onde o senhor vai depois?

Ele faz um gesto que engloba o convés e o mar aberto. O barco a motor junto à borda do gelo.

— *Feel free*, senhorita. Smilla.

Agora, que ele abandona toda cortesia, percebo que ela jamais fez parte dele, que ela vem de Tørk. Assim como a justiça a bordo. Lukas jamais passou de um instrumento.

Começa a se afastar de mim. Também ele é um perdedor. Também ele não tem mais nada a perder. Deixo que o pesado metal escorregue para meu bolso. Antes, na enfermaria, eu podia ter atirado em Maurice. Talvez. Ou quem sabe foi de propósito que não soltei a trava de segurança.

— Jakkelsen — digo atrás dele. — Verlaine o matou e Tørk mandou o telegrama.

Ele volta. Fica de lado para mim, olhando para a ilha. E assim permanece, sem mudar de posição, enquanto falo. Em certo momento despregam-se das encostas de gelo lá no alto os contornos de um grupo de grandes pássaros, são albatrozes peregrinos; ele não vê. Conto-lhe tudo a partir do começo. Não sei durante quanto tempo. Quando acabo, o vento abateu. A luz também parece ter mudado. Sem que se possa dizer exatamente como. De vez em quando lanço um olhar para a porta. Não aparece ninguém.

Lukas acende um cigarro atrás do outro. Como se acender o fogo, inalar e soltar fumaça fosse a cada vez uma atividade plena.

Ele endireita o corpo e sorri para mim.

— Eles deviam ter me ouvido — diz. — Eu disse a eles que lhe aplicassem uma injeção. Que lhe dessem quinze miligramas de valium. Eu disse a eles que a senhora ia fugir. Tørk foi contra.

Volta a sorrir. Agora há loucura por trás do sorriso.

— É quase como se ele tivesse desejado que a senhora fosse. Deixou o bote de borracha. Vai ver, está querendo que a senhora desembarque.

Acena para mim.

— O dever me chama — diz.

Me inclino na amurada. Em algum ponto das margens baixas cobertas de bruma, onde o gelo flutua para o mar, está Tørk.

Lá embaixo vejo uma coroa branca. Os tocos dos cigarros de Lukas. Não estão balançando, não passam uns pelos outros. Estão perfeitamente imóveis. A água onde estão flutuando continua negra. Mas deixou de ser brilhante. Está coberta por uma película opaca. O mar que cerca o *Kronos* está começando a se congelar. No céu, as nuvens estão começando a ser sugadas para o espaço. O ar está imóvel. A temperatura caiu pelo menos dez graus na última meia hora.

Aparentemente, nada foi tocado em meu camarote. Encontro um par de botas de borracha de cano curto. Ponho meus *kamiks* num saco plástico.

O espelho mostra que meu nariz não sofreu avarias sérias. Mas está torto, foi empurrado para um dos lados.

Num instante ele vai mergulhar. Evoco o vapor da fotografia. A temperatura da água deve ser de dez ou doze graus. Ele é apenas uma pessoa. Tão pouco. Sei por mim mesma. Apesar disso bem que a gente tenta continuar vivo.

Visto a calça térmica. Dois suéteres finos de lã, jaqueta acolchoada. Localizo na caixa uma bússola de pulso e um cantil achatado. Um cobertor de lã. Alguma vez, há muito tempo, devo ter previsto este momento.

Os três estão sentados, por isso só os vejo depois de chegar lá em cima. O ar foi retirado do bote de borracha, ele é um tapete cinzento de borracha com marcas amarelas, achatado sobre a superestrutura de popa.

A mulher está acocorada. Me mostra a faca.

— Esvaziei o bote com isto aqui — diz ela.

Devolve a faca a Hansen, encostado a um dos garrotes.

Levanta-se e avança em minha direção. Estou de costas para a escada. Seidenfaden vem atrás dela num passo hesitante.

— Katja — diz ele.

Os três estão sem agasalho.

— Ele quer que você desembarque — diz ela.

Seidenfaden apóia uma das mãos em seu ombro. Ela se vira para esbofeteá-lo. Um dos cantos da boca dele se parte. Seu rosto parece uma máscara.

— Eu o amo — diz ela.

Não se dirige a ninguém em especial. Chega mais perto.

— Hansen encontrou Maurice — diz ela, num tom esclarecedor. Depois acrescenta, sem transição: — Você o quer?

Já assisti a isso antes, o campo onde o ciúme e a insanidade se aliam para obliterar a realidade.

— Não — digo.

Recuo andando de costas e bato em alguma coisa que não se desloca. Urs está atrás de mim. Ainda de avental. Por cima do avental, um grande agasalho de pele. Numa das mãos, tem um pão. O pão deve ter acabado de sair do forno, no frio fica rodeado por um halo de umidade concentrada. A mulher o ignora. Quando ela tenta me agarrar, ele aplica o pão ao pescoço dela. Ela cai por cima do bote de borracha e permanece caída. A queimadura aumenta como um filme sendo revelado, com as marcas das ranhuras do pão.

— Que devo fazer? — pergunta ele.

Entrego a ele o revólver do mecânico.

— Você me garante algum tempo? — pergunto.

Ele olha para Hansen pensativo.

— *Leicht* — diz ele.

A ponte flutuante não foi removida. Assim que vejo o gelo, percebo que ainda é cedo. O gelo ainda está muito transparente para poder resistir. Vejo uma cadeira. Sento-me para esperar. Apóio os pés na caixa de cabos. Aqui estava Jakkelsen, muito tempo atrás. Hansen também. Num navio você passa o tempo repisando as próprias pegadas. Como na vida.

Neva. Flocos grandes, *qanik*, como a neve sobre o túmulo de Isaías. O gelo ainda está tão quente que ao tocá-lo os flocos derretem.

Como passo muito tempo olhando para eles, acabo tendo a impressão de que não estão caindo mas que nascem do mar e se elevam ao céu para depositar-se sobre a torre rochosa aqui ao lado. Primeiro a neve cai sob a forma de flocos recém-formados, hexagonais. Depois, com quarenta e oito horas de idade, como flocos fraturados, de contornos indefinidos. No décimo dia será um cristal granulado. Com dois meses, fica compacta. Dois anos depois, está a meio caminho entre neve e nevado. Passados três anos, virou *névé*. E com quatro anos transformou-se em cristal de geleira — grande, compacto.

Em Gela Alta ela não vai ter condições de existir por mais de três anos. Passado esse tempo, a geleira irá empurrá-la para o mar. Onde algum dia ela irá fraturar-se e de onde irá flutuar para a evaporação, a dissolução e a integração ao mar. De onde algum dia irá levantar-se como neve recém-formada.

Agora o gelo está acinzentado. Piso nele. Não está bom. Como tudo o mais.

Mantenho-me tanto tempo quanto possível sob a proteção do navio. Em certo momento o gelo fica tão fino que sou obrigada a me afastar. É provável que nem assim eles consigam me avistar. Começou a escurecer. A luz se retira sem ter chegado a estar aqui. Transponho os últimos dez metros deslizando de barriga. Ponho o cobertor no gelo e me arrasto para diante.

O barco a motor está ancorado à borda de gelo. Vazio. Trezentos metros o separam da faixa litorânea. Neste ponto, onde a parte submersa da geleira derreteu e voltou a congelar-se tantas e tantas vezes, formou-se uma espécie de escada.

Agora o que se impõe é o cheiro de terra. Depois de tanto tempo no mar, a ilha tem cheiro de jardim. Raspo a camada de neve. Tem mais ou menos quarenta centímetros. Por baixo há restos de musgo e de salgueiro ártico murcho.

Quando eles chegaram havia uma camada fina de neve, suas pegadas são muito nítidas. Trouxeram dois trenós de puxar. O mecânico puxou um dos trenós, Tørk e Verlaine o outro.

O grupo tratou de subir a encosta para evitar as aberturas escarpadas por onde o gelo corre para o mar. Aqui a neve solta tem meio metro de profundidade. Eles se revezaram para abrir uma trilha calcando a neve com os pés.

Calço os *kamiks*. Olho para a neve e me concentro na tarefa de andar. É como se tivesse voltado a ser criança. Temos que chegar a algum lugar, não me lembro qual, a viagem foi longa, talvez diversos *sinik*, começo a tropeçar, eu e meus pés já não somos a mesma pessoa, eles avançam sozinhos, pesadamente, como se cada um deles fosse uma missão a cumprir. Em algum ponto de meu organismo cresce a necessidade de desistir, de sentar no chão e dormir.

Minha mãe aparece atrás de mim. Ela sabe, já faz algum tempo que sabe. Ela fala, ela que em geral é tão lacônica, bate com a mão em minha cabeça num gesto que tem um pouco de violência e um pouco de carícia, que vento é este, Smilla? É *kanangnaq*. Não, Smilla, você está dormindo. Não, não estou, é um vento fraco e úmido, o gelo deve ter começado a se partir. Fale direito com sua mãe, Smilla. A descortesia é uma coisa que você aprendeu com os *qallunaaq*.

Assim vamos e estou de novo desperta, sei que temos que andar até chegar a nosso destino, há muito fiquei pesada demais para ela poder me carregar.

Tenho trinta e sete anos. Há cinqüenta anos, em Thule, isso era uma vida. Mas não fiquei adulta. Jamais me acostumei a andar sozinha. Em algum lugar lá dentro tenho esperança de que alguém apareça por trás de mim e me bata na cabeça. Minha mãe. Moritz. Uma força externa qualquer.

Estou começando a tropeçar. Estou ao lado da geleira. Aqui eles fizeram uma pausa. Puseram grampos nas botas.

Agora, de tão perto, entendo a razão de seu nome.* O vento lixou sua superfície formando um revestimento compacto, liso, sem irregularidades, como esmalte cerâmico branco, queimado. Logo adiante de mim ela forma um precipício de uns cinqüenta metros de altura. Neste ponto a superfície está partida, formando um desnível no gelo. Um conjunto de escadas cinzentas, brancas e cinza-azuladas. À distância vê-se sua regularidade, quando se chega mais perto parece um labirinto.

Não dá para saber para que lado eles foram. Tampouco se vê onde estão. De modo que começo a andar. Ficou mais difícil acompanhar as pegadas. Mas não impossível. A neve se depositou nos degraus horizontais, ali eles deixaram marcas. Em certo momento em que perdi a orientação e começo a procurar em semicírculos, vejo de longe uma marca amarela de urina.

Começo a ter alucinações, ouço fragmentos de conversas. Digo alguma coisa a Isaías. Ele responde. O mecânico está por perto.

(*) *Barren*: desprovido de tudo, desolado. (N. T.)

— Smilla.

Passei a um metro dele sem vê-lo. É Tørk. Estava a minha espera. Chamou meu nome com tanta gentileza. Como da vez que me telefonou, naquela última noite em meu apartamento.

Está sozinho. Sem trenó e sem bagagem. Parece tão colorido ali sentado. As botas amarelas. A jaqueta vermelha, que projeta uma mancha rosada na neve em torno dele. A faixa azul-turquesa em seu cabelo louro.

— Eu sabia que você vinha. Mas não sabia como. Vi quando você veio andando por cima da água.

Como se o tempo todo fôssemos amigos e as circunstâncias nos obrigassem a esconder esse fato.

— Formou-se uma camada de gelo.

— Antes você já tinha atravessado portas fechadas.

— Com uma chave.

Ele balança a cabeça.

— Para as pessoas que têm recursos, as coisas certas *acontecem*. Pode parecer coincidência. Mas são necessidades. Katja e Ralf queriam segurar você desde Copenhague. Mas eu vi possibilidades. Você iria apontar coisas que nos haviam escapado. Que haviam escapado a Ving e Loyen. Coisas que sempre escapam.

Ele me estende arreios de alpinismo, que visto e prendo na frente.

— E o *Nordlyset* — digo —, o incêndio?

— Licht telefonou para Katja depois de receber a fita. Tentou chantageá-la. Fomos obrigados a tomar uma providência. O fato de você ter acabado envolvida foi erro meu. Deixei tudo por conta de Maurice e Verlaine. Verlaine sofre desse ódio primitivo às mulheres.

Ele me entrega a ponta da corda. Faço um oito. Ele me passa um machado de gelo curto.

Ele vai na frente. Tem um bastão longo e fino. Com esse bastão, procura fendas no solo. Quando está a quinze metros de distância, fala. Os paredões cintilantes que nos cercam produzem uma acústica de banheiro. Dura e ao mesmo tempo íntima, como se estivéssemos sentados juntos na banheira.

— Claro, eu já havia lido as coisas que você escreveu. Essa sua afinidade com o gelo é uma coisa muito inspiradora.

Ele enfia seu machado de gelo na neve, enrola a corda no machado e vai puxando a corda com cuidado enquanto o sigo. Quando chego ao lugar onde ele está, fala novamente.

— O que os especialistas têm a dizer sobre esta geleira?

Olhamos em volta para a escuridão crescente. É uma pergunta difícil de responder.

— Não sei o que dizer. Se ela tivesse uma área dez vezes maior, eles poderiam tê-la classificado como uma calota de gelo muito pequena. Se fosse mais baixa, teriam dito que era uma geleira *botu*. Se as características da corrente e do vento fossem levemente diferentes, em um mês a deriva e a deflação a teriam reduzido tão drasticamente que eles diriam que simplesmente não existe geleira, mas uma ilha com um pouco de neve em cima. Impossível classificá-la.

Alcanço-o de novo, ele me passa a corda, escolho uma parada, ele continua. Seus movimentos naturais são ágeis e metódicos, mas o gelo os torna um pouco atrapalhados, como acontece com todos os europeus. Ele fica parecendo um cego habituado à própria cegueira, perfeitamente adaptado a seu bastão, mas nem por isso menos cego.

— A limitada capacidade explicativa da ciência é uma coisa que sempre me intrigou. Veja meu próprio campo, a biologia. Ele se apóia em sistemas classificatórios botânicos e zoológicos completamente ultrapassados. Enquanto ciência, a biologia já não tem fundamentos. O que você acha da mudança?

É uma pergunta intempestiva. Sigo-o, ele enrola a corda dupla trançada. Estamos unidos por um cordão umbilical, como mãe e filho.

— Dizem que é boa — digo.

Ele me passa sua garrafa térmica. Bebo. Chá quente com limão. Ele se inclina. Na neve há alguns caroços escuros — pedra esmagada.

— Nove e meio vezes dez à nona. Quatro bilhões e seiscentos milhões de anos. Foi quando o sistema solar começou a assumir sua forma atual. O problema da história geológica da Terra é que é impossível estudá-la. Não há rastros. Porque desde aquela época, desde a Criação, pedras como estas passaram por um número infinito de transformações. O mesmo aconteceu com o gelo que nos cerca, com o ar, com a água. Já não temos condições de recuar até suas origens. Não se encontram substâncias na Terra que tenham mantido sua forma original. Por isso os meteoritos são interessantes. Vêm do espaço, passaram pelos processos de transformação descritos por Lovelock em sua teoria sobre Gaia. Têm uma forma que remete à origem do sistema solar. Ao mesmo tempo, eles costumam ser compostos pelos primeiros metais do universo. Ferro, níquel, silicato. Você costuma ler literatura fantástica?

Balanço a cabeça.

— É pena. Os escritores, não os cientistas, vêem para onde estamos indo. O que descobrimos na natureza não decorre tanto do que possa existir. O que encontramos é determinado principalmente pelo que temos condições de entender. Como a *Esfera dourada*, de Júlio Verne, a respeito de um meteorito que no fim se verifica ser a coisa mais valiosa do mundo. Ou as visões de Wells sobre outras formas de vida. Ou o *Uller Uprising*, de Piper. Nesse livro descreve-se uma forma especial de vida. Corpos feitos a partir de substâncias inorgânicas, de silicatos.

Chegamos a um platô chato, varrido pelo vento. Temos diante de nós uma série de fendas regulares. Devemos ter chegado à zona de ablação, o lugar onde as camadas inferiores da geleira movimentam-se contra a superfície da terra. Um nó de rocha dividiu o fluxo do gelo. Não o vi de baixo porque se trata de algum tipo de pedra branca. A pedra brilha no escuro que aos poucos se impõe.

Debaixo da rocha, onde o solo se inclina para uma das fendas, a neve foi pisada. Ali fizeram uma parada. Dali ele voltou para me esperar. Pergunto para mim mesma como pôde ter sabido que eu viria. Sentamo-nos. O gelo forma uma grande cavidade em forma de tigela, como um mexilhão aberto. Ele desatarraxa a tampa de sua garrafa térmica. Continua falando, como se a conversa não tivesse se interrompido — talvez seja verdade, talvez ela tenha continuado dentro dele, talvez dentro dele ela nunca se interrompa.

— É uma bela teoria, essa sobre Gaia. É importante a teoria ser bela. Só que evidentemente está errada. Lovelock demonstra que o globo e seu ecossistema são uma máquina complexa. Mas não demonstra que são mais que uma máquina. Gaia não se diferencia fundamentalmente de um robô. O pensamento de Lovelock sofre da mesma lacuna do conjunto do conhecimento biológico. Deixa de explicar o começo. As primeiras formas de vida, o surgimento da vida, o que não é cianobactéria. Vida baseada em matérias inorgânicas já seria um início.

Movimento o corpo cautelosamente, para me aquecer e para pôr sua atenção à prova.

— Loyen esteve aqui nos anos 30. Com uma expedição alemã. Para preparar a instalação de um campo de pouso numa estreita faixa plana de litoral, na face norte. Trouxeram esquimós de Thule. Não conseguiram convencer nenhum groenlandês do Oeste a acompanhá-los por causa da má reputação da ilha. Loyen começou a procurar exatamente como Knud Rasmussen, quando este encontrou seus meteoritos. Levando a sério as lendas dos esquimós. E encontrou. Em 1966, voltou. Ele, Ving e Andreas Fine. Mas, como os conhecimentos dos três eram muito limitados, não houve como solucionar as dificuldades técnicas. Eles abriram uma passagem permanente até o meteorito. Depois a expedição se dispersou. Em 1991, voltaram. Dessa vez, viemos junto. Mas fomos obrigados a voltar para casa.

Seu rosto está quase invisível na escuridão, o único ponto de referência é a voz. Tento entender por que ele está me contando tudo isso. Por que continua mentindo, mesmo nesta situação que ele domina de forma tão absoluta.

— E os fragmentos que foram retirados?

Sua hesitação desvenda o enigma. De certo modo, entendê-la é um alívio. Ele ainda não sabe quanto eu sei, nem se estou sozinha. Não sabe se alguém está à espera dele na ilha, no mar, quando algum dia ele voltar. Ainda precisa de mim, só um momento mais, só até eu falar.

Ao mesmo tempo em que entendo isso percebo uma outra coisa ainda mais importante. O fato de ele esperar, de ser obrigado a esperar, demonstra que o mecânico não lhe contou tudo, não lhe contou que estou sozinha.

— Analisamos esses fragmentos. Não encontramos nada excepcional. Eram constituídos por uma mistura de ferro, níquel, olivina, magnésio e silicatos.

Sei que deve ser verdade.

— Então não é uma coisa viva?

Mesmo no escuro percebo seu sorriso

— Há a questão do calor. Com toda a certeza, ele produz calor. Se não fosse assim, teria sido carregado com o gelo. Derrete as paredes ao seu redor num ritmo que corresponde aos movimentos da geleira.

— Radiatividade?

— Medimos e não encontramos.

— E os mortos — digo —, as radiografias? Os riscos claros nos órgãos internos?

Ele fica um momento em silêncio.

— Será que você poderia me dizer de onde tirou essa informação? — diz.

Não respondo.

— Eu sabia — diz ele. — Você e eu poderíamos ter feito uma bela dupla. Quando telefonei para você aquela noite, foi num impulso.

Confio em minha intuição, sabia que você ia responder ao telefone, reparei em você, eu poderia ter dito: "Una-se a nós". Você viria?

— Não — digo.

O túnel começa no pé da rocha. É uma construção simples. Eles abriram um caminho a dinamite no lugar onde o gelo de todo modo tem tendência a fazer uma curva para se desviar da rocha, depois fixaram enormes tubos de concreto por dentro do túnel. Os tubos descem num ângulo abrupto, dentro deles há degraus de madeira. Primeiro o fato me intriga, depois lembro como pode ser difícil encher moldes de cimento sobre alicerces de *permafrost*.

Dez metros abaixo alguma coisa está queimando.

A fumaça vem de um aposento ao lado da escada que consiste numa concha de concreto reforçada com vigas. No chão vêem-se alguns sacos, sobre os sacos ardem caixas de madeira cortadas em pedaços e colocadas num tonel de petróleo.

Contra a parede do fundo, numa mesa larga, estão os instrumentos e equipamentos. Cromatógrafos, microscópios, grandes recipientes de cristalização, uma incubadeira e um aparelho que nunca vi antes, concebido como uma grande caixa de plástico com a frente de vidro. Debaixo da mesa há um gerador e diversas caixas de madeira do mesmo tipo das que estão queimando no tonel. Há moda em toda parte, até no equipamento de laboratório: esses instrumentos me evocam os anos 70. Está tudo coberto por uma camada de gelo cinzento: coisas que devem ter sido abandonadas em 66 ou em 91. Que será que vamos deixar para trás ao partir?

Tørk apóia uma das mãos sobre a caixa de plástico.

— Eletroforese. Para a separação e análise de proteínas. Loyen trouxe em 66. Na época em que eles ainda acreditavam que se tratasse de alguma forma de vida orgânica.

Assente de leve com a cabeça. Tudo o que ele faz está impregnado pela consciência de que bastam esses pequenos sinais e movimentos para que o resto do mundo entre nos eixos. Junto a uma bancada, Verlaine trabalha com um microscópio de dissecção. Regula-o para que eu veja, a ocular em dez e a objetiva em vinte. Aproxima um lampião a gás.

— Estamos degelando o gerador.

No começo não vejo coisa alguma, depois ajusto o foco e vejo um coco.

— *Cyclops marinus* — diz Tørk. — Este ou outros da mesma família estão por toda parte, em todos os oceanos do mundo. Os fios são órgãos de equilíbrio. Demos um pouco de ácido clorídrico a este aí, por isso está tão quieto. Experimente prestar atenção na parte de trás do corpo dele. O que você vê?

Não vejo coisa alguma. Ele ocupa meu lugar no microscópio, muda, por baixo, a posição da placa de Petri, depois dá de novo o foco.

— O sistema digestivo — digo. — Os intestinos.

— Não são os intestinos. É um verme.

Agora consigo ver. Os intestinos e o estômago são uma área escura na parte de baixo do animal, o longo canal claro, ao contrário, sobe acompanhando as costas.

— O grupo primário é o filo Nematoda, nematelminto, e pertence à subclasse Dracunculoidea. Seu nome é *Dracunculus borealis* — verme polar. Conhecido e descrito pelo menos desde a Idade Média. Um grande parasita. Encontrado nas baleias, focas e delfins, onde migra dos intestinos para a musculatura. Ali os machos e as fêmeas se cruzam, os machos morrem e as fêmeas migram para a região subcutânea, onde formam um caroço do tamanho de um punho de criança. Quando o verme adulto percebe que na água que o circunda há *Cyclops,* perfura a pele e libera no oceano milhões de minúsculas larvas vivas. No oceano elas são comidas pelo *Cyclops,* formando o que se denomina "um hospedeiro", um lugar onde os vermes passam por um período de desenvolvimento que dura algumas semanas. Quando o *Cyclops,* junto com a água salgada, chega à cavidade bucal ou aos intestinos de um grande mamífero marinho e se desintegra, a larva sai e se instala nesse hospedeiro novo e maior, onde amadurece, se acasala, migra para a região subcutânea e completa seu ciclo. Aparentemente nem o *Cyclops* nem o mamífero sofrem qualquer dano. Um dos parasitas mais bem adaptados do mundo. Você já especulou sobre a razão pela qual os parasitas não se disseminam?

Verlaine põe mais lenha e aproxima o gerador do fogo, o calor radiante queima um dos lados de meu corpo, o outro está frio. Não há ventilação adequada, a fumaça é sufocante, eles devem estar com o tempo muito apertado.

— O que os impede são sempre fatores obstrutores. Veja, por exemplo, o verme da Guiné, que é o parente mais próximo do verme polar. Ele só pode sobreviver em águas quentes e estagnadas. Os lugares onde é encontrado são aqueles onde as pessoas dependem da água superficial.

— Como na fronteira entre Birmânia, Laos e Camboja — digo —, como, por exemplo, na região de Chiang Rai.

Os dois se imobilizam. Em Tørk é apenas uma pausa levemente perceptível.

— É — diz ele —, como, por exemplo, nesses lugares, durante os períodos relativamente raros de seca. Assim que chove, que a água começa a correr, assim que esfria um pouco, as condições se tornam mais difíceis para o verme. É assim que as coisas têm que ser. Os parasitas desenvolveram-se simultaneamente a seus hospedeiros. O verme da Guiné se desenvolveu paralelamente ao homem, talvez ao longo deste último milhão de anos. Ambos são mutuamente compatíveis. Todos os anos, cento e quarenta milhões de pessoas estão expostas ao risco de serem contaminadas pelo verme da Guiné. Há dez milhões de casos por ano. As pessoas contaminadas costumam passar por um período de alguns meses de sofrimento, mas depois o verme é expelido. Mesmo em Chiang Rai, no máximo meio por cento dos habitantes adultos sofrem danos significativos. Esta é uma das regras de ouro do delicado equilíbrio da natureza: um bom parasita não mata seu hospedeiro.

Ele faz um movimento e involuntariamente me afasto. Ele olha no microscópio.

— Imagine a situação de Loyen, Ving e Licht em 1966. Tudo foi planejado. Claro que há problemas, mas são problemas técnicos, solúveis. Localizaram a pedra, construíram a descida e estas salas, têm sorte com o vento e relativamente bastante tempo. Perceberam que não têm condições de levar a pedra inteira, mas sabem que podem levar um pedaço. É possível ver fotografias de suas serras, uma invenção genial: uma faixa de aço endurecida que corria sobre rodinhas. Loyen era contra a idéia de abrir a pedra com o maçarico. E então, justamente quando estão posicionando a serra, os esquimós morrem. Dois dias depois de seu primeiro mergulho. Morrem quase ao mesmo tempo, em menos de uma hora. Tudo muda. O projeto fracassou, de repente o tempo fica terrivelmente escasso. São obrigados a improvisar um acidente. Loyen, óbvio, encarrega-se dessa parte. Tem presença de espírito suficiente para não destruir os corpos. Já naquela época, percebe que há algo estranho. Assim que chegam a Nuuk, faz uma autópsia. E o que encontra?

— Olhe o tempo — diz Verlaine.

Tørk o ignora.

— Encontra o verme polar. Um parasita muito disseminado. Grande, medindo entre trinta e quarenta centímetros, mas muito comum. Um nematelminto cujo ciclo é conhecido e entendido. Só tem um detalhe: não é possível encontrá-lo nos homens. Ele é encontrável nas baleias, nas focas, nos golfinhos, muito raramente nas morsas. Mas não nos homens. Todo dia acontece, principalmente entre os esquimós, que alguém coma carne infectada. Mas assim que entra no organismo humano, a larva é detectada por nosso sistema imunológico como estranha e então é devorada pelos linfócitos. O verme jamais se adaptou a nosso sistema imunológico. Sempre se limitou aos mamíferos marinhos de grande porte paralelamente aos quais supõe-se que se desenvolveu. Faz parte do equilíbrio da natureza. Imagine o espanto de Loyen ao encontrar esses parasitas nos cadáveres. E ainda por cima por puro acaso. Porque no último instante foi obrigado a tirar radiografias para poder identificá-los.

Não quero ouvi-lo, não quero falar com ele, mas não consigo deixar de fazê-lo. Aliás, a conversa vai espichando o tempo.

— Como foi possível que acontecesse?

— Essa era a pergunta que Loyen não conseguia responder. Por isso ele se concentrou numa outra: *de que maneira* tinha acontecido. Ele tinha levado amostras da água que cerca a pedra para a Dinamarca. Além da água do gelo derretido, o lago é alimentado por um lago situado mais acima, na superfície. Há aves vivendo em volta desse outro lago. Também se encontra muita truta. E diversos tipos de *Cyclops*. A água que cerca a pedra está cheia de *Cyclops*. Todas as amostras levadas por Loyen estavam infectadas. Então ele decidiu inocular as larvas em tecidos humanos vivos.

— Que bela idéia — digo. — Como ele fez para pôr em prática?

Pergunto e adivinho a resposta. Fez isso na Groenlândia. Na Dinamarca as chances de ser descoberto seriam muito grandes.

Tørk percebe que entendi.

— Foram necessários vinte e cinco anos. Mas ele descobriu que a larva tinha se adaptado ao sistema imunológico humano. Já na boca ela penetra nas membranas abertas das mucosas e adquire uma espécie de pele formada pelas proteínas da própria pessoa. Protegido por essa camuflagem, o parasita passa por ser parte do próprio corpo humano e o sistema imunológico não o agride. Aí ele começa a crescer. Não devagar, ao longo dos meses, como nas focas e baleias, mas depressa, de hora em hora ou de minuto em minuto. Mesmo a reprodução e a migração pelo corpo, que nos mamíferos aquáticos leva seis meses, ocorre em poucos dias. Mas esse não é o fator decisivo.

Verlaine o pegou pelo braço. Tørk olha para ele. Ele retira a mão.

— Preciso perguntar uma coisa a ela — diz Tørk.

Talvez ele mesmo acredite nisso, mas não é por essa razão que está falando. Fala para obter atenção e reconhecimento. Por baixo de sua autoconfiança e da aparente objetividade há um orgulho feroz e o sentimento de triunfo em relação às coisas que descobriu. Tanto Verlaine como eu estamos suando e começamos a tossir. Mas ele está fresco e à vontade; à luz bruxuleante da fogueira, seu rosto é só paz. Talvez porque estejamos no meio do gelo, talvez porque seja tão evidente que estamos próximos do fim, ele fica transparente para mim de repente. Como sempre quando um adulto fica transparente, a criança que há dentro dele se apresenta. A carta de Victor Halkenhvad me volta à memória e intempestivamente, irresistivelmente, as palavras saem sozinhas de minha boca.

— Como aquela bicicleta que não se ganhou, quando se era criança.

A observação é tão absurda que no começo ele não entende. Assim, quando o significado chega até ele, por um instante ele titubeia como se eu o tivesse esbofeteado, por um instante parece que vai deixar tudo cair por terra, depois consegue dominar-se.

— Você até podia imaginar que descobrimos uma nova espécie. Mas não é o caso. É só um verme polar. Mas com uma diferença fundamental. O verme se adaptou ao sistema imunológico humano sem se adaptar a nosso equilíbrio. A fêmea grávida não migra para a região subcutânea depois do acasalamento. Migra para os órgãos internos. Para o coração ou para o fígado. E lá solta suas larvas. Larvas que viveram na mãe, que não chegaram a travar conhecimento com o corpo humano, que não estão cobertas por uma pele de proteínas. O corpo reage contra essas larvas com infecção, inflamação. Entra em estado de choque: há dez milhões de larvas numa só leva. Dentro dos órgãos vitais. A pessoa morre na hora, não há possibilidade de salvação. Independentemente do que tenha acontecido com o verme polar, ele alterou o equilíbrio. Mata seu hospedeiro. Comparado ao homem, trata-se de um pobre parasita. Mas de um excelente assassino.

Verlaine diz alguma coisa numa língua que não entendo, Tørk o ignora mais uma vez.

— Verlaine inoculou as larvas em todos os peixes que conseguimos obter: peixes de mar, peixes de água doce, grandes, pequenos, a diversas temperaturas. Ele se adapta a todos. Pode viver em qualquer lugar. Você sabe o que isso significa?

— Que ele é de boa paz.

— Significa que está faltando um dos mais importantes fatores que restringem sua disseminação: a limitação dos hospedeiros capazes de transmiti-lo. Ele pode viver em qualquer lugar.

— Por que ele ainda não se espalhou pelo mundo todo?

Ele reúne alguns rolos de cordas, pega uma bolsa, coloca uma lâmpada de mineiro. Sua preocupação com o tempo se restabeleceu.

— Há duas respostas para essa pergunta. Uma delas é que seu desenvolvimento nos mamíferos marinhos é lento. Mesmo que ele saia deste lago, e talvez de outros lugares desta ilha, para ser jogado ao mar, vai ser preciso que fique bonitinho esperando que passe alguma foca para transportá-lo para outro lugar. Isso se ainda estiver vivo quando a foca passar. Uma das respostas é que até agora só vieram raríssimas pessoas a este lugar. Só quando o verme entra no organismo humano a coisa se complica para valer.

Ele vai na frente. Sei que tenho que ir atrás. Deixo-me ficar para trás um instante. Quando ele sai de uma sala você é tomado por uma sensação de impotência. Verlaine olha para mim.

— Na época em que estávamos trabalhando para Khum Na — diz ele —, apareceram doze policiais. Só uma mulher escapou. As mulheres são uma praga.

— Ravn — digo. — Nathalie Ravn?

Ele faz que sim.

— Ela veio dizendo que era enfermeira inglesa. Falava inglês e tai sem sotaque. Na época estávamos em guerra com o Laos, o Camboja e no fim também com a Birmânia, com o apoio dos Estados Unidos. Havia muitos feridos.

Segura a placa de Petri entre o polegar e o indicador e a ergue em minha direção. Instintivamente, meu corpo quer se esquivar àquele verme. Deve ser a teimosia que me mantém imóvel no lugar.

— Quando ele se enfia pele adentro põe o útero para fora e o útero solta um líquido branco com milhões de larvas. Já vi isso acontecer.

O nojo contrai seu semblante.

— As fêmeas são muito maiores que os machos. Se enterram na carne. Acompanhamos seu progresso com *scanners* de ultra-som. Loyen inoculou dois groenlandeses que estavam com AIDS. Levou os dois para a Dinamarca e internou num desses pequenos hospitais particulares onde as pessoas só estão interessadas em saber o número de sua conta bancária. Pudemos ver tudo, como o verme chegava ao coração e depois soltava as larvas, aquela história do útero e tal. Todo o gênero feminino é assim, no ser humano também, principalmente no ser humano.

Deposita com muito cuidado a placa de Petri.

— Posso ver — digo — que o senhor é um grande conhecedor das mulheres, Verlaine. Qual era sua atividade em Chiang Rai?

Ele não é imune a cumprimentos. Só por isso responde.

— Sou laboratorista. Fabricávamos heroína. Na época em que a tal mulher apareceu, tinham enviado o exército contra nós, os três países. Aí Khum Na foi para a televisão e disse: "No ano passado pusemos novecentas toneladas no mercado, este ano estamos pondo mil e trezentas, no ano que vem vão ser duas mil toneladas. E vai ser assim enquanto os soldados não forem chamados de volta". No dia que ele disse isso, acabou a guerra.

Estou saindo pela porta quando ele fala novamente.

— O parasita é o ser humano. O verme é um enviado dos deuses. Exatamente como a papoula.

# 3

Tørk está a minha espera. Chegamos ao fundo depois de descer mais ou menos vinte metros. O túnel, que agora prossegue horizontalmente, tem um reforço de concreto áspero, quadrado. Acaba no negro nada. Tørk vai na frente, estacamos diante de um abismo.

A nossos pés um precipício de vinte e cinco metros desce até o fundo da caverna. Lá de baixo, perpendicularmente à terra, sobem em nossa direção estalagmites de gelo cintilantes, irisadas.

Ele quebra um pedaço de gelo e joga no buraco. O precipício se transforma em círculos, depois em névoa, depois cessa de existir. O que estávamos vendo era o teto da caverna espelhado num lago imediatamente diante de nossos pés, numa imobilidade que na superfície da terra seria inviável. Mesmo agora, com o lago percorrido por ondulações, os olhos se recusam a admitir que aquilo seja água. Lentamente o lago se tranqüiliza e restabelece seu mundo subterrâneo.

Os modelos de crescimento e a descrição das formações cristalinas das estalactites foram estabelecidos por Hatakeyama e Nemoto em *Geophysical Magazine*, 28, 1958; por Knight, em 1980, no *Journal of Crystal Growth*, 49; por Maeno e Takahashi em "Studies on icicles", *Low Temperature Science*, A, 43, 1984. Mas, de longe, o modelo mais aplicável foi estabelecido por mim e Lasse Makkonen, do Laboratório de Engenharia Estrutural de Espoo, Finlândia. Esse modelo demonstra que uma estalactite cresce como um junco, um tubo oco de gelo que se fecha em torno de água sob forma líquida. O modelo demonstra ainda que a massa da estalactite pode ser expressa simplesmente como:

$$M = \frac{\pi D^2}{4} \rho_\alpha L$$

onde $D$ é o diâmetro, $L$ o comprimento, $\rho_\alpha$ a densidade do gelo, e $\pi$ no numerador da fração evidentemente resulta do fato de que estamos calculando baseados numa gota hemisférica cujo diâmetro está fixado em 4,9 mm.

O que nos levou a estabelecer nossa fórmula foi o medo do gelo, numa época em que no Japão haviam ocorrido diversos acidentes com estalactites que se desprenderam do teto de túneis ferroviários e atingiram e perfuraram vagões. Sobre nossas cabeças estão penduradas as maiores e mais numerosas estalactites que já vi na vida. Instintivamente procuro recuar, mas sinto a presença de Tørk e desisto da idéia.

O aposento é uma igreja. Sobre nós eleva-se um teto abobadado que deve ter pelo menos quinze metros de altura e deve chegar bem perto da superfície da geleira. Ao redor do domo há diversas rachaduras que correspondem a pedaços que se partiram e caíram e onde o gelo recobriu o solo, ocupou o interior da gruta, e depois derreteu novamente e se escoou.

Nos períodos em que Moritz estava viajando — quando não tínhamos condições de comprar querosene — ou nos curtos períodos de escassez em que o navio não conseguia abrir passagem, minha mãe punha velas de parafina sobre um espelho. Mesmo com poucas velas, o efeito do reflexo era deslumbrante. O mesmo acontece com o raio da lâmpada de mineiro de Tørk. Ele a mantém imóvel para dar-me tempo e a luz, captada pelo gelo, se amplia e se projeta ao redor como uma chuva de raios que se movimentasse de baixo para cima.

As longas lanças de gelo parecem flutuar. Em seu brilho prismático, pingam do teto e se espicham para a terra. Talvez haja dez mil delas, talvez mais. Algumas são trançadas, como correntes de catedrais cascateantes, góticas, outras são miúdas e agrupadas — almofadas de alfinetes de cristal de rocha.

Por baixo está o lago. Com aproximadamente trinta metros de diâmetro. No meio está a pedra. Negra, sem matizes. Ao redor dela a água é um pouco leitosa, com bolhas que se dissolvem no gelo da geleira. O local não tem cheiro, exceto o leve ardor do gelo na garganta. O único ruído é o das gotas que caem. A longos intervalos. O teto está a uma certa distância da pedra, o que estabelece um equilíbrio. Neste aposento pouca coisa congela ou derrete. A circulação de água é mínima. Não há vida alguma no local.

Não fosse o calor. Que é exatamente como o calor do iglu de minha infância. O frio que se irradia das paredes torna-o convidativo. Mesmo que a temperatura ambiente esteja entre zero e cinco graus.

Perto de nós há diversos volumes. Tanques de oxigênio, roupas de mergulho, pés-de-pato, arpões, a caixa com explosivos plásticos. Corda, lanternas, ferramentas. Somos as únicas pessoas presentes. Uma única vez ouve-se o gelo estalar, como se alguém estivesse mudando um móvel pesado de lugar numa sala adjacente. Mas não há sala adjacente. Só gelo compacto, socado.

— Como vocês vão tirar ela daqui?

— Vamos abrir um túnel com explosivo — diz ele.

Deve ser factível. Imagino que o túnel terá uns cem metros. Mas eles não vão precisar reforçá-lo. E a pedra há de rolar sozinha pelo túnel caso ele tenha a inclinação correta. Seidenfaden pode encarregar-se disso. Katja Claussen o manda fazer. E Tørk manda nela e no mecânico. Essa é minha experiência do mundo desde que saí da Groenlândia. Como cadeias de força.

— Terá vida? — pergunta ele contido.

Faço que não com a cabeça. Mas é porque não quero acreditar nessa possibilidade. Ele apóia as mãos nos lados da lâmpada. Dirige o raio para a neve sob nossos pés. Dali, a luz se reflete para o alto. Dessa maneira não se vêem as estalactites isoladas, mas uma nuvem de reflexos cambiantes, como pedras preciosas que não tivessem peso.

— O que acontece se o verme escapa?

— A pedra vai ficar isolada.

— Vocês não vão conseguir evitar que ele saia. É microscópico.

Ele não responde.

— Vocês não têm como saber — digo. — Ninguém tem. A única coisa que vocês sabem sobre esse verme é o que aprenderam com umas poucas pesquisas de laboratório. Mas há uma pequeníssima possibilidade de que ele seja um autêntico assassino.

Ele não responde.

— Você disse que havia duas razões para ele não ter se disseminado. Qual era a segunda?

— Quando eu era criança passei um ano na Groenlândia, na costa oeste. Lá, colecionava fósseis. Desde aquela época, de vez em quando me passa pela cabeça que alguns dentre os grandes extermínios de vida na pré-história podem ter sido obra de um parasita. Quem sabe até do verme polar. Ele reuniria as características necessárias. Talvez tenha sido ele o responsável pela erradicação dos dinossauros.

Sua voz é provocadora. De repente entendo o que ele quer dizer.

— Mas isso não é importante, não é mesmo?

— Não, não é importante.

Ele olha para mim.

— Não é importante como as coisas realmente se passam. O importante é no que os homens acreditam. Vão acreditar nesta pedra. Você já ouviu falar em Ilya Prigogine? O químico belga que ganhou o prêmio Nobel em 1977 por sua descrição das estruturas dissipativas? Ele e seus alunos têm trabalhado incessantemente com a hipótese de que a vida possa ter se originado de substâncias inorgânicas irradiadas com energia. Essas idéias prepararam o caminho. Os homens estão *à espera* desta pedra. Sua fé e sua expectativa criarão uma realidade. Eles vão torná-la *viva*, independentemente do que possa ser efetivamente.

— E o parasita?

— Já posso até ouvir as primeiras levas de jornalistas especulativos. Vão apregoar que o verme polar representa um estágio significativo do encontro entre a pedra, a vida inorgânica, e os organismos superiores. Chegarão a todas as conclusões possíveis, sem qualquer importância em si mesmas. O que importa são as forças de medo e esperança que serão liberadas.

— Por quê, Tørk? O que você quer com isso?

— Dinheiro — diz ele. — Fama. Mais dinheiro. Na realidade não interessa saber se essa pedra é viva. Só o que interessa é seu tamanho. Seu calor. O verme. Essa é a maior descoberta científica deste século. Não se trata de números num pedaço de papel. Não se trata de abstrações que levam trinta anos para serem publicadas sob forma vendável para o público. Uma pedra. Uma pedra que se pode pegar, apalpar. De que se podem tirar pedaços e vender. Que se pode fotografar, filmar.

A carta de Victor Halkenhvad me volta à memória. "O garoto era um gelo", escreveu ele. Não é verdade, afinal. O frio é totalmente superficial. Por trás desse frio está a paixão. De repente também para mim deixa de ser importante saber se há vida na pedra. De repente ela passa a ser um símbolo. Neste momento ela passa a ser a cristalização da atitude da ciência ocidental para com o mundo. Calculismo, ódio, esperança, medo, tentativa de instrumentalizar. E acima de tudo, mais forte que qualquer afeto pelos seres vivos: a avidez por dinheiro.

— Vocês não podem pegar esse verme e levá-lo para uma região densamente povoada do mundo — digo. — Não sem antes saber exatamente do que se trata. Vocês poderiam desencadear uma catástrofe. Se alguma vez ele já esteve disseminado pelo mundo, lembre-se de que seus números só se limitaram depois que ele exterminou seus hospedeiros.

Tørk larga a lâmpada na neve. A lâmpada produz e projeta um túnel cônico de luz que atravessa o espelho de água e a pedra. O resto do mundo desapareceu.

— A morte é sempre um desperdício. Mas às vezes ela é a única coisa capaz de estimular as pessoas. Bohr participou da construção da bomba atômica e estava convencido de que ela iria promover a paz.

Recordo uma coisa que Juliane me disse certa vez num momento de sobriedade. Disse que ninguém devia ficar com medo da terceira guerra mundial. Que a humanidade estava precisando de uma nova guerra para criar vergonha.

Neste momento, minha sensação é idêntica à daquela ocasião. A consciência da loucura do argumento.

— Você não pode forçar as pessoas a amar quando as degrada o mais que pode — digo.

Passo o peso do corpo para a outra perna e pego um rolo de corda.

— Você não tem imaginação, Smilla. Isso é uma coisa imperdoável num cientista.

Se eu conseguir impulsionar a corda, talvez consiga jogá-lo na água. Depois eu podia correr.

— O garoto — digo. — Isaías. Por que Loyen sempre o examinava?

Me afasto um pouco para poder fazer um arco maior na hora de dar o impulso.

— Ele pulou na água. Fomos obrigados a trazê-lo aqui para dentro, ele tinha medo de altura. O pai caiu quando ainda estávamos na superfície. O menino queria o pai. Nunca teve medo de água fria, costumava nadar no mar. Foi Loyen quem teve a idéia de mantê-lo sob observação. Nele o verme estava na região subcutânea, não nos intestinos. Ele nunca chegou a sentir nada.

Isso esclarece a biópsia muscular. O desejo de Loyen de obter uma última amostra definitiva. Queria informações sobre o destino do parasita quando o hospedeiro morre.

A água tem uma tonalidade esverdeada, uma cor serena. O que é horrível é a antecipação da morte, o fenômeno propriamente dito sempre vem tão naturalmente quanto um pôr-do-sol. Uma vez em Force Bay vi o major Guldbrandsen, da Patrulha Sirius, de arma automática em punho, obrigar três americanos a largar um fígado de urso infectado com triquinose. Isso se passou em pleno dia, os homens sabiam que a carne era venenosa, que bastava esperar quarenta e cinco minutos até a carne ser cozida. Nem por isso deixaram de cortar pequenas lascas do fígado; já haviam começado a comê-la quando chegamos ao lugar onde estavam. Tudo parecia tão trivial. A tonalidade azul da carne, o apetite dos homens, o rifle do major, o assombro dos homens.

Estende o braço para minhas costas e me tira o rolo de corda como se tira uma ferramenta afiada de uma criança.

— Suba e espere.

Ilumina a parede oposta a nós. De lá sai um túnel. Me aproximo desse túnel. Agora estou reconhecendo o caminho. Não leva à superfície, leva ao abismo. A entrada para o fim sempre foi um túnel. Tal como a entrada para a vida. Ele me conduziu até aqui. Todo o tempo, desde o navio, foi ele quem me conduziu.

Só agora vejo o estrategista brilhante que ele é. Não podia resolver o assunto a bordo. Afinal, ainda tem que voltar, o *Kronos* ainda tem que atracar em algum porto. Ele não ia conseguir esconder o fato. Agora, porém, vai ser simplesmente mais uma deserção. Um desaparecimento, como o de Jakkelsen. Ninguém me viu encontrá-lo, ninguém vai me ver partir.

O mecânico é outro que não vai voltar. Ele iria entender, iria associar-me a Tørk com absoluta segurança, como se nos tivesse visto juntos. Tørk vai deixá-lo mergulhar, é óbvio que estão precisando dele, pelo menos para a instalação da primeira carga. Vão deixá-lo mergulhar e depois ele vai cessar de existir. Quando Tørk voltar, contará que houve um acidente, quem sabe um acidente com o tanque de oxigênio. Tørk já deve ter planejado tudo.

Agora entendo o equipamento junto ao lago. O mecânico estava descarregando enquanto Tørk falava comigo. Por isso ele me levou para o laboratório.

A luz de sua lanterna focaliza a pedra e projeta a sombra da pedra sobre a parede diante de mim. Quando saio para o túnel, a escuridão se adensa.

O túnel é uma passagem quadrada, horizontal, dois metros de altura e dois de largura. Depois de alguns metros, se alarga. Vejo uma mesa. Sobre a mesa há aparelhos de medição, garrafas de leite, carne seca, cereal — tudo coberto de gelo e tudo com vinte e oito anos de idade.

Deixo que meus olhos se habituem à luz débil do gelo e prossigo até o ponto onde tudo está escuro, mas continuo em frente, acompanhando a parede com a mão estendida. O solo tem um declive mínimo, mas nada indica uma saída mais para a frente: trata-se de um beco.

Uma parede surge diante de mim, uma muralha de gelo. Fico à espera nesse lugar.

Não há barulho de passos, mas há uma luz, primeiro muito longe, depois mais perto. Ele está com a luz acesa na testa. A luz me focaliza junto à parede e se imobiliza. Depois ele tira a lâmpada da testa. É Verlaine.

— Mostrei a geladeira a Lukas — digo. — Com isso, mais a história de Jakkelsen, você pega prisão perpétua sem possibilidade de livramento condicional.

Ele se ergue a meio caminho entre mim e a luz.

— Mesmo que cortassem seus braços e suas pernas — diz ele —, você achava um jeito de chutar.

Ele inclina a cabeça e fala consigo mesmo, parece uma oração. Depois avança para mim.

No começo acho que o que estou vendo é a sombra dele na parede, depois olho para trás assim mesmo. Uma rosa está crescendo do gelo, tem uns três metros de diâmetro e está desenhada com pontinhos vermelhos borrifados na parede. Depois ele levanta os pés do chão, abre os braços, sobe meio metro e se joga contra a parede. Fica pendurado, como um grande inseto, no meio da flor. Só então começa o barulho. Um zumbido breve. Uma nuvem cinzenta desliza para a luz da lâmpada no chão. Da nuvem surge Lukas. Não olha para mim. Olha para Verlaine. Segura um arpão de ar comprimido.

Verlaine se move. Com uma das mãos, tateia as próprias costas. Um pouco abaixo da omoplata aponta uma linha fina, negra. O metal deve ser uma liga especial para ser capaz de mantê-lo levantado do chão. A ponta não devia estar a mais de um metro e meio de distância dele quando Lukas fez o disparo. Entrou em seu corpo mais ou menos no mesmo lugar onde Jakkelsen foi atingido.

Ando para fora da luz e passo diante de Lukas.

Ando na direção de um sol branco de luz que vai subindo. Ao emergir das paredes do túnel, vejo que agora arde uma lâmpada no alto de um suporte. Devem ter ligado o gerador. Ao lado da lâmpada está Tørk. O mecânico tem água até os joelhos. Passam-se alguns momentos antes que eu o reconheça. Veste um traje amarelo, grande, com botas e capacete fixos. Já estou a meio caminho deles quando Tørk me vê. Inclina-se. Do meio do equipamento, pega um tubo do tamanho de um guarda-chuva fechado. O mecânico tem o rosto voltado para a água. O capacete vai impedi-lo de me ouvir. Pego minha bússola e jogo na água. Ele levanta a cabeça e me vê. Quando me vê, começa a abrir o vidro dianteiro do capacete. Tørk lida com o guarda-chuva. Está montando uma arma.

— S-smilla.

Continuo avançando. Atrás de mim, no túnel, ecoam passos.

— É s-só este mergulho. É preciso, para o trabalho amanhã.

— Não vai haver amanhã nem para você nem para mim — digo. — Pergunte a ele onde está Verlaine.

O mecânico se vira para Tørk. Olha e compreende.

— O menino — digo. — Por quê?

Pergunto em benefício do mecânico e para parar o tempo, não porque eu própria tenha necessidade da resposta. Sei o que aconteceu, sinto-me tão segura como se também tivesse estado no alto daquele telhado.

Sinto Tørk como se ele fosse um pedaço de mim. Através dele percebo o caráter catastrófico da situação. As muitas bolas que ele tem no ar. A questão de até que ponto ele é capaz de se virar sem o mecânico. A necessidade de uma solução. Mesmo assim, sua voz está calma, quase pesarosa.

— Ele saltou.

Continuo andando enquanto falo. Ele posiciona um longo carregador perpendicularmente ao cano da arma.

— Entrou em pânico.

— Por quê? — pergunto.

— Eu queria pedir a ele que me entregasse a fita cassete. Mas ele correu, acho que não me reconheceu. Pensou que eu fosse um estranho. Estava escuro.

Solta a trava de segurança. O mecânico não olha para a arma, olha para o rosto de Tørk.

— Subimos até o telhado. Ele não me viu.

— As pegadas — minto. — Vi as pegadas, ele tinha se virado.

— Gritei para ele, ele olhou para trás, mas não me viu.

Ele me olha nos olhos.

— Surdo — digo. — Ele era surdo. Não se virou. Não conseguia ouvir nada.

Há gelo embaixo de meus pés, estou avançando sobre o gelo na direção dele, assim como Isaías avançou na direção oposta à dele. É como se eu fosse Isaías. Só que voltando. Para fazer uma outra coisa. Para ver se teria havido alguma outra possibilidade.

Lukas está a cinco metros de distância quando Tørk o vê. Lukas deu a volta na pedra pelo outro lado, Tørk repartiu sua atenção entre mim e o mecânico. Mas não pode dar conta de tudo. Nem ele é capaz de dar conta de tudo.

— Bernard está morto — diz Lukas.

Segura o arpão diante de si. Deve tê-lo carregado novamente. O arpão parece longo como uma lança; com sua silhueta devastada e extremamente rígida ele lembra por um momento alguma personagem de história em quadrinhos. Sua calça congelada é uma armadura de gelo. Deve ter levado um tombo e caído na água ao vir para o litoral.

— Você deve ser responsabilizado — diz.

O guarda-chuva de Tørk trepida. Uma grande mão invisível gira Lukas no mesmo lugar. Em seguida se ouve o estampido surdo e Lukas descreve uma pirueta. Seu rosto está outra vez voltado para nós, só que agora falta seu braço esquerdo. Ele se senta no gelo e começa a sangrar.

Nesse momento o mecânico se move. Como está saindo da água, por um curto instante dá a impressão de ser um grande peixe pulando para terra. O guarda-chuva escorrega pelo gelo. Mesmo sem ele, a silhueta ereta de Tørk está impregnada de uma grande autoconfiança.

O mecânico chega aonde ele está. Uma das luvas amarelas vai para o ombro de Tørk, a outra se fecha em torno de seu maxilar. Depois o mecânico aperta. Quando o rosto por baixo do cabelo claro cai para trás, ele inclina o capacete por cima, os dois se olham nos olhos. Espero um ruído de vértebras separando-se umas das outras. O barulho não vai ser de alguma coisa que quebra, mas de alguma coisa que entra no lugar.

Tørk chuta, um movimento treinado que vem de fora e descreve um semicírculo na direção do rosto do mecânico. Atinge o lado do capacete com um ruído que lembra o ruído de um machado ao enterrar-se num toco de madeira. Lentamente a forma amarela aderna e cai de joelhos.

O guarda-chuva está diante de mim no gelo. Meu medo de armas de fogo é tão grande que não consigo sequer chutá-lo para longe.

O mecânico se endireita. Começa a tirar o tanque de oxigênio. Seus movimentos são lentos como se ele não tivesse peso, parecem os movimentos de um astronauta.

Nesse momento Tørk sai correndo. Saio atrás.

Ele vai querer obrigar os outros a zarpar. Eles não vão querer se envolver na história. Sonne, especialmente, não vai querer se envolver. Mas ele vai conseguir obrigá-los.

Ele corre, desce pela fenda no gelo. Vejo o raio de sua lanterna, está escuro. À noite, em Qaanaaq, eu costumava subir até o gelo para buscar blocos para derreter. O gelo tem seu próprio acolhimento noturno. Não tenho nenhuma luz, mas corro como se estivesse numa estrada plana. Sem dificuldade, segura. Meus *kamiks* aderem à neve diferentemente das botas que ele está usando.

Seria preciso tão pouco. Uma só distração e ele caía como Isaías caiu.

As áreas brancas, onde a neve se acumulou, formam hexágonos no escuro. Corremos atravessando o universo.

Saio da geleira antes dele e corro para a margem. Quero evitar que ele chegue ao barco a motor. Ele não me viu e não me ouviu. Mesmo assim, sabe que estou aqui.

O gelo é *hikuliaq*, gelo novo, formado onde o velho saiu à deriva. É uma camada grossa demais para ser atravessada num barco a motor e fina demais para que se possa andar sobre ela. Logo acima paira uma névoa branca, gélida.

Ele me vê, ou talvez veja apenas que há um vulto, mas procura se desviar pelo gelo. Vou atrás, numa linha paralela à dele. Ele percebe que sou eu. Constata que não tem energia para me alcançar.

O *Kronos* está oculto na bruma. Ele quebra demais para a direita. Quando instintivamente corrige a trajetória, o navio ficou duzentos metros atrás de nós. Perdeu a orientação. Corre na direção da água. Na direção do lugar onde a corrente desgastou o gelo deixando-o fino como uma membrana, uma membrana fetal, e por baixo dela o mar é escuro e salgado como sangue e um rosto se comprime debaixo contra a membrana de gelo, é o rosto de Isaías, o Isaías que ainda não nasceu. Ele chama pelo nome de Tørk. Será Isaías quem o atrai para si ou serei eu que venho pelo outro lado com o objetivo de empurrá-lo na direção do gelo fino?

Suas forças estão chegando ao fim. Quem não nasceu nesta paisagem acaba perdendo as forças.

Talvez dentro em pouco o gelo ceda debaixo de seus pés. Talvez ele sinta alívio quando a água fria o deixar sem peso e sugar seu corpo para baixo. Visto de baixo, o gelo — mesmo numa noite como esta — é branco-azulado, como uma luz de neon.

Também pode ser que ele mude de direção e quebre novamente para a direita, atravessando o gelo. Esta noite a temperatura irá cair mais ainda, vai haver uma tempestade de neve. Ele não poderá sobreviver mais que um par de horas. A certa altura vai parar de correr e o frio irá transformá-lo; como uma estalactite, uma concha congelada irá fechar-se sobre uma vida que ainda flui muito de leve até que seu pulso também se imobilize e ele se funda à paisagem. Não é possível vencer o gelo.

Atrás de nós a pedra permanece, com seu mistério, com as questões que suscitou. E com o mecânico.

Em algum lugar diante de mim, o vulto que corre vai pouco a pouco escurecendo.

Conte, virão eles dizer-me. Para que possamos entender e resolver tudo. Estão enganados. Só podemos resolver o que não entendemos. Isto aqui vai ficar sem solução.

#LIT49882
Senhorita Smilla e o sentido da neve

ESTA OBRA FOI COMPOSTA PELA GRAPH-BOX EDITORAÇÃO ELETRÔNICA EM ADOBE GARAMOND E IMPRESSA PELA GRÁFICA EDITORA HAMBURG EM OFF-SET PARA A EDITORA SCHWARCZ EM JULHO DE 1994.